한국현대문학사

한국현대문학사

1900~1910 | 1910 | 1920 | 1930~45 | 1945~50 | 1950 | 1960 | 1970 | 1980 | 1990 | 2000~2010

김윤식 · 김우종 외 38인 지음

H
현대문학

개정증보판 출간에 부쳐

이 책이 처음 세상에 나온 지도 벌써 10여 년을 훌쩍 넘어섰다. 그동안 독자들의 성원에 힘입어 수차례 증쇄를 거듭해왔으며, 1994년 3월에는 증보판을 선보이기도 했다. 근대와 현대를 아우르며, 우리 문학이 걸어온 궤적을 따라 이 책 또한 성장에 성장을 거듭해온 셈이다. 1990년대 중반에 첫 번째 증보판이 나오게 된 것은 그 시점에서 1980년대의 문학을 돌아보고 정리해야 할 필요가 있어서였다. 당시는 이미 1990년대의 사회·문화적 상황을 유효적절하게 형상화해내는 문학이 만개해 있는 상황이었다. 1980년대와는 여러모로 확연하게 구별되는 문학적 변별성이 두드러진 시기였던 터라 갓 지나온 한 시대의 문학을 한 번쯤 짚고 넘어가야 될 시기이기도 했다.

그 1990년대도 어느덧 시간의 지평을 넘어가고 말았다. 동시에 백 년 동안 지속되었던 한 세기도 시대의 황혼 속으로 녹아들어 갔다. 새로운 백 년의 시작과 함께, 바야흐로 또 한 번의 '정리 작업'이 요구되는 시기가 도래한 것이다. 지금도 여전히 1990년대를 장식했던 문학적 현상과 조류가 현재진행형으로 흐르고 있는 상황에서, 그 시대에 대한 정리 작업을 벌이는 것은 그리 만만한 일이 아닐 것이다. 기록상의 오류를 낳을 위험도 적지 않으며,

미완의 시도로 끝나게 될지도 모른다. 그러나 지금은 그런 위험성을 얼마간 감수하더라도 이 작업을 뒤로 미뤄둬선 안 된다는 시대적 당위성이 얼굴을 바짝 들이대고 있는 형국이다. 이는 곧 1990년대 한국문학사의 요구사항이기도 하다. 21세기의 초입에서 1990년대 문학을 되돌아보는 것은 단순히 지나온 한 시대에 대한 '되돌아봄'에 그치는 일이 아니다. 이 작업은 지난 백년의 문학사를 통시적으로 조망해보는 의미도 함께 지니고 있기에 그러하다. 따라서 이번 개정증보판은 우리 문학의 한 세기, 20세기 한국현대문학사를 전체적으로 정리해본다는 큰 의미를 담고 있기도 하다.

이번에 정리해본 1990년대는 가히 세계사적 전환기라 불릴 만한 시대였다. 1989년의 사회주의의 몰락에 대한 충격은 우리 문학에도 적잖은 변화 내지는 변혁의 바람을 몰고 왔다. 1980년대 문학의 중심을 이루었던 사회적 신념이나 이데올로기가 해체되면서, 그 중심의 그림자에 묻혀 있던 다양한 문학적 가능성이 폭죽처럼 터져 나온 시기였다. 거대서사의 그늘에서 숨죽이고 있던 미시적 일상이 중심이 해체된 자리를 차지하는가 하면, 그동안 사회적 관심권 밖에서 떠돌며 숨죽이고 있던 다양한 목소리가 문학의 외피를 입고 한껏 목청을 돋우기도 했으며, 세기말이라는 시대적 특성이 문학의 한 조류를 형성하기도 했던 시기였다. 이렇듯 다양한 프리즘을 보여준 1990년대 문학을 이 짧은 지면에 담아내기란 사실 불가능에 가까운 일이다. 그러나 이 시대 문학의 전반적인 특성과 흐름을 한눈에 조망해볼 수 있도록 원고 구성에 신경을 기울였다. 무엇보다 지난 20세기 한국문학사를 하나의 텍스트로 접근할 수 있게 되었다는 데 의의가 있다.

앞서 말했던 어려움을 기꺼이 감수하면서, 이번 1990년대 문학의 정리 작업에 참여해준 필자들에게 진심으로 감사드린다. 아울러 독자 여러분의 변함없는 관심과 성원을 부탁드린다.

2002년 12월
(주)현대문학 편집부

증보판을 내며

이 책이 처음 간행된 것은 1989년 8월이었다. 출간된 이래로 이 책은 독자들의 따뜻한 관심과 성원에 힘입어 여러 차례 증쇄를 거듭해왔다. 이 책 이전에도 한국근대문학사를 정리한 책들이 여러 권 나와 있었으나 그것들은 그 나름의 독특한 미덕과 가치에도 불구하고 한 가지 공통의 문제점을 갖고 있었다. 그 문제점이란 바로 그것들이 기술된 당시의 시대적 제약으로 인해 월북 및 납북 문인들과 관련된 부분을 논의에서 배제할 수밖에 없었다는 점이다. 이러한 사정은 남북의 분단 상황에서 말미암은 것으로, 제대로 된 우리 근대문학사를 기술해보려는 모든 연구자에게 커다란 장애 요인으로 작용해왔다.

1988년 7월 29일에 이루어진 전격적인 해금 조치는 우리 근대문학사의 기술과 관련된 학문적 불구성을 치유할 수 있는 하나의 중요한 계기가 되었다. 이 책 역시 그같이 호전된 정치적·시대적 상황에 힘입어 남북 분단을 문학사 수준에서라도 극복해보려는 의지에서 비롯되었다. 기존의 문학사에서 배제된 부분을 포섭한 총체적인 한국현대문학사로서의 이 책은 동일한 문제의식을 공유하고 있던 필자들의 적극적인 호응의 소산이었음은 물론이다.

처음 출간되었을 당시 이 책이 지녔던 또 하나의 미덕은 당시로서는 최초로 1970년대 문학에 대한 체계적이고 포괄적인 문학사적 정리를 시도하였다는 점이다. 시간상으로 그리 멀리 떨어져 있지 않은 1970년대의 문학을 조망한다는 것은 객관적 관찰을 위한 일정한 거리 확보에 있어 다소의 모험성을 내포하는 일이긴 했다. 그럼에도 이 책에 1970년대 문학사를 포함한 것은 초창기부터 가장 최근 시점까지의 한국 근대문학을 전체적으로 투시해보려는 의도에서였다. 이번에 1980년대 문학을 체계적으로 정리하여 보완한 증보판을 내게 된 것도 바로 그와 같은 이 책의 근본 취지에서 비롯되었다.

1990년대 중반 시점에서 1980년대 문학을 조망해보려는 작업은 처음 이 책을 기획하였던 1980년대 후반 시점에서 1970년대 문학을 조망한 작업보다 더 큰 모험을 수반하는 일이긴 하다. 그러나 1980년대는 여러 가지로 1990년대와는 확연히 구분되는 역사적·구조적 특징을 지니고 있기에 그 시대를 일정한 거리에 놓고 객관화시키는 작업이 전혀 불가능한 일만은 아닐 것이다. 더욱이 소연방 해체와 동유럽 사회주의 국가의 몰락 그리고 문민 정부 출범과 함께 정치적으로나 사회적으로 전혀 새로운 차원에 돌입한 1990년대의 시대적 상황 속에서 오늘날 우리 문학이 서 있는 자리를 점검해보고 전망해보기 위해서라면, 1980년대 문학의 체계적인 정리 작업은 오히려 시급한 문제일 수 있다. 지나친 시간적 근접성으로 인해 야기될 수도 있을 기술상의 여러 가지 장애와 위험을 인식함에도 불구하고, 이렇게 증보판을 내는 것은 1980년대 문학의 정리 작업이 오늘날의 시점에서 갖는 그와 같은 시대사적 의미 때문이다.

이번에 보완된 1980년대 문학의 정리 작업에 함께 참여해주신 필자분들께 진심으로 감사드리며, 이 증보판에 독자 여러분의 변함없는 관심과 성원을 부탁드린다.

1994년 3월
(주)현대문학 편집부

책을 펴내며

우리 근대문학의 역사적 체계의 연구는 임화에 의하여 처음으로 시도되었다. 다음으로 백철과 조연현에 이르러 각 시기 작품의 대표성을 존중하는 연구가 이어져 근대문학의 사적 체계가 일단은 완성되었다.

그러나 이들 선행적 업적의 귀중함에도 불구하고, 체계에 삼투된 서양적 문예 인식은 우리의 창조적 전통성과 그 역량을 덜 평가했거나 혹은 몰각된 점이 후대의 관심자들에 의해 논란되기에 이르렀다.

그 가장 중심적인 관점의 문제는 서양적 교양에 바탕을 둔 저자들이 서양 문예사를 모방하여 그 척도로써 우리 근대문학의 성장을 조명하고 평가한 것이었다. 그리하여 우리 근대문학의 자생적 특성을 덜 평가하고 오직 서양적 관점에만 의거하여 근대문예의 근대적 특성이 이루어진 것처럼 논증했던 것이다.

이러한 서양적 모방주의를 극복하려는 시도들은 1960년대 중반 이후부터 학계와 비평계에 활발한 쟁점으로 나타나면서 그 논리적 극복이 이루어지기 시작하였다. 그리하여 우리 문예의 창조적 전통이 19세기의 근대적 문예 준비기를 거쳐 20세기 초에는 착실한 지반을 구축하면서, 근대적 민주사회로의 가치 구축과 함께 문예 발전을 확립하기에 이르렀다. 이러한 과정을 통해 문예적 창조의식에 근거를 두고 새로운 문학사 체계가 제시되었던 것이다.

조윤제의 한국문학사는 민족문화의 흐름 속에서 각 역사적 단계와 문예 창조의 자율적 관계를 비추어 사적 체계를 세운 대표적 예가 될 것이다. 1948년 그는 문학사 초판 서문에서 다음과 같이 기술하고 있다.

> 나의 이십여 년의 학구의 생활은 나에게 있어서는 하나의 민족독립운동이었다.

이러한 저자의 기술에서 후학들이 본받아야 할 전통 정신의 생동하는 일면을 실감할 수가 있다. 조윤제는 우리 문학의 사적 체계 수립에 있어, 방법론상으로는 진화론적 운동사로 본 것 같고 체계 수립의 가치 실체로는 겨레의 창조적 정신의 끈질긴 운동사로 파악한 듯이 보인다. 이러한 창조적 정신의 운동사로서의 사관은 그전에 안자산 같은 선학에서도 발견되었다.

이와는 좀 다른 문학사로 김동욱의 저서가 있다. 이 책에서는 동양문학의 흐름 속에서 한국문학의 체계를 찾으려는 시도를 보였다. 우리만의 독자적인 창조성과 인접문화와의 관련성은 어떠한가 하는 문제의식을 내포한 책이었다. 한 예로서 한시의 형태가 동양의 한문 문화권에 널리 유포되었는데, 우리의 창조적 정신의 특징이나 형태로서 어떻게 가치화되고 있는가에 관한 겨레 고유성의 문제와 관계된 인식이었다. 그러나 교류사라는 관점이 상대적으로 우세한 비교학적 관점이 두드러졌다.

다음으로는 김윤식과 김현의 문학사를 거론할 수 있다. 이 책에서는 문학적 가치와 사회사적 변동의 상관관계를 주요한 한 관점으로 제기하면서, 일부 선행적 업적들이 지녔던 문화단절론과 서구문예이식론을 극복하려는 의도가 명백히 드러나고 있다. 그런데 근대적 문예의 특성이나 가치를 한국문학사에서 추적함에 있어, 그 뿌리 찾기에 치중한 나머지 문예적 가치와 사회적 규범의 동질성과는 상당한 거리가 있는 일부 사례들을 지나치게 소급하여 밝혔다. 마치 보편적 현상으로 대표화할 수 있는 것처럼 논급된 부분에 관하여 이 책의 독자들은 이론을 제기하기에 이르렀다. 그러나 그러한 이론이 있음에도 불구하고 기존의 체계를 크게 보완한 뜻깊은 노작임에는 틀림이 없다. 이 책은 문예적 가치와 사회적 규범을 통합적으로 이해하기 위해서는 해석의 폭보다는 객관적 논증의 관찰이 중요할 것이라는 앞으로의 저술에 대한 전망도 마련한 셈이었다. 그러한 사적 체계의 전망은, 사회적 규범과 문예적 가치는 그 뿌리에 있어서나 상상적 조작에 있어서나 어떤 공분모가 보편적으로 존재할 것이라는 선입견에 의한 예상이라기보다는 창조의 자율성을 존중하는 엄정한 객관주의의 논증을 요구한다는 실증의 문제이다.

이러한 업적들과는 좀 다른 시각에서 김열규의 문학사가 한 자리를 차지하고 있다. 이 책에는 문예작품이 다루고 있거나 포용하고 있는 소재 체계를 수립한 특징이 보인다. 그것은 소재 체계를 들여다봄으로써 겨레의 인식체계를 이해할 수 있다는 독자성을 겨냥한 것이었다. 즉, 각 시기마다 선택된 소재들이 각 시기의 창의성과 결합하여 어떻게 인식되었는가를 주요 관심사로 삼은 것이라 하겠다. 그리하여 소재 체계의 수립에서 미의식의 문법을 엿볼 수 있게 하였다. 그러나 이 책이 다루고 있는 소재 체계는 몇 가지의 주요한 항목에 한정함으로써 문예사 전체 모두를 일목요연하게 보여주지는 못하고 있는 것 같다. 이 책 역시 앞으로의 연구의 여지를 새롭게 펼쳐 보여준 것으로 이해할 수 있다.

다음으로 조동일은 문예사의 자료 범위를 확장하여, 소박한 구비문학의 전통에서부터 한문문학과 한글문학을 통합하여 다룸으로써 기록문학사 중심이 아닌 말로 이룩한 문학을 모두 수용한 문학사를 최초로 저술하였다. 특히 구비문학의 창조적 전통과 기록문학과의 밀접한 관계를 적절히 기술하여 설득력이 있는 책이 되었다. 또 특기할 것은 근대문학의 성장과 확립 과정을 논구하며 거론된 19세기 문화에 관한 논리로, 그것은 이 책을 기존의 어느 문학사보다 객관성이 높은 책이 되게 했다. 이러한 문화적 투시 속에서 문예사의 값진 점이 적절히 드러나게 했다. 또 개별 작품들의 미적 가치와 역사·사회적 규범의 문제가 밀도 있게 통합적으로 해명된 점도 이 책이 지닌 좋은 점으로 말할 수 있을 것 같다.

위와 같은 업적이 축적되었음에도 불구하고 교재의 수준에서나 교양서의 수준에서 새로운 문학사 기술에 대한 요구가 있다. 그리고 남북 분단에 의해 결손된 문학사를 시급히 보완할 필요 또한 있을 것이다.

이 책에서는 우선 남북 분단을 문학사 수준의 작업에서라도 극복한다는 과제를 각 필자가 모두 인식한 데서 집필에 착수하였다. 다루는 자료와 전공이 다르나 통합된 문예사를 기술함으로써 분단적 불구성을 치유하고 이념의 건강성을 가능한 한 세워보는 작업으로서 이 책의 뜻은 인정될 수 있다.

또 이 책은 작품들의 일정한 대표성을 염두에 두고 기술되어 있으므로, 침소봉대하는 과도한 연역적 논리가 배제될 수 있었다고 보인다. 그러나 여러 필자의 관점이 서로 다른 점이 있으므로, 완전히 통일된 것으로는 볼 수 없지만, 그 대신 서로 다른 개성이 한 체계 속에서 이바지하는바 학문에 있어서 일정한 민주적 기능에 관한 가능성의 실현으로서 독자적인 뜻이 담겨 있다.

나아가서, 책의 크기와 전체적 투시를 위한 적절한 요약 및 참고에 필요한 자료들의 제시도 연구에 큰 도움이 될 것이다. 또 다소의 모험적 의미가 있기는 하나 1970년대까지의 투시를 시도한 점도 이 책의 특징이 될 것이다.

여러 필자분의 협력에 감사드린다.

1989년 8월

(주)현대문학 편집부

차례

총론

한국근현대문학사를 다시 써야 되는 까닭

— 안고 있는 과제들 | 김윤식

한국근현대문학사를 다시 써야 되는 까닭

― 안고 있는 과제들

김윤식

한국문학사는 한국근대문학사이다. 이런 명제가 성립되기 위해서는 많은 우여곡절과 논의가 요망되겠거니와, 이런 논의의 중심부에 놓이는 것이 바로 '근대(성)'이다. 대체 근대란 무엇인가. 이런 물음에는 사회과학쪽에서는 어느 수준에서 정리된 해답을 내놓고 있다. 정치적으로는 국민국가(nation-state) 만들기, 경제적으로는 자본제 생산 양식의 완성 과정이 그것이다. 국민국가라든가 자본제 생산 양식의 본질, 곧 발생 근거라든가 그 전개 과정을 염두에 두지 않고는 근대를 이해할 수도 설명할 수도 없다는 데 이 논의의 복잡성이 있다. 국민국가란 무엇인가. 시민성이 주도적 몫을 하는 정치 형태, 곧 시민계층이 국가권력의 중심부를 이루는 정치 형태로 이 사정이 요약될 터이다. 프랑스 혁명(1789~1799)으로 그 실마리를 연 이른바 시민혁명이 인류사에 얼마나 큰 획을 그은 것인가는 여기에서 새삼 말할 것도 없다. 그 시민계층이 주역이 되어 역사를 전개하는 과정이 근대라면, 그것을 가능케 한 원동력은 자본제 생산 양식의 도입과 그 발전 심화에서 온 것이다.

우리가 말하는 근대문학이란 그러니까 알게 모르게 혹은 많건 적건 이 시민계층의 욕망의 전개 양식의 표출 방식과 관련되어 있는 셈이다. 이러한 현상을 두고 근대성에 대한 보편성이라 부를 것이다. 그러나 우리의 경우 이러한 보편성은 다음 두 가지 방해물에 노출되지 않으면 안 되었는데, 일제의 침략으로 말미암은 국권 상실이 그 하나, 제국주의란 물을 것도 없이 국민국가의 형태, 곧 시민계층의 권력이 해외 쪽으로 뻗어 나간 세력을 가리킴인 것. 국민국가를 일찍 이룩한 세력권이 제국주의라면 이를 뒤늦게 이루고자 하는 후발국들은 무엇보다 이 침략 세력을 물리치지 않으면 안 되었는데, 이 장면을 두고 반제 투쟁이라 부를 것이다. 한편 자본제 생산 양식의 완성 과정은 어떠할까. 이 역시 방해하는 세력인 자체 내의 봉건적 세력과의 투쟁이 불가피할 것이다. 반제 투쟁과 반봉건 투쟁이 그들 앞에 숙명적으로 가로놓이게 되었는바, 이 장면을 두고 근대에 대한 특수성이라 부를 것이다.

이처럼 우리 근대사의 전개란, 보편성으로서의 국민국가 및 자본제 생산 양식의 완성이라는 두 항목과 특수성으로서의 반제·반봉건 투쟁이라는 두 항목 속에서 비로소 가능했던 것이다. 여기서 주목할 것은, 보편성으로서의 두 항목이 실상 분리된 것이 아니듯 특수성으로서의 두 항목 또한 분리되는 것이 아니라는 사실이다. 그럼에도 불구하고, 흡사 각각 분리되어 전개되는 것처럼 설정하는 이유는 무엇일까. 실제로 우리 근대문학사를 검토하는 작업에 가담해본 사람이라면 그 이유가 스스로 뚜렷해질 터이다. 곧 우리의 근대문학 전개 과정에서 이 보편성의 두 항목과 특수성의 두 항목, 곧 네 개의 항목에 대한 강조점에 이 사정이 관여되어 있기 때문이다. 국민국가에 대한 일방적 강조가 우선순위의 맨 앞으로 서게 되는 경우가 있는가 하면, 반봉건이나 반제 투쟁의 우선순위가 뒤바뀌는 장면이 자주 일어나는 것이다. 가령 육당, 춘원의 국민국가에 대한 지향성은 어느 시기에는 반제 투쟁과 모순되는 장면으로 뒤바뀌며, 반제 투쟁에 제일 첨예한 계층이 어느 경우엔 철저한 봉건적 세력이었음도 자주 목도되는 현상이었다.

이러한 우리 근대사의 보편성과 특수성의 갈등 속에 우리 근대문학이 놓여 있었다고 일반적으로 말할 수 있거니와, 그 갈등과 모순이 가장 첨예하게 노출되는 장면이란 다름 아닌 카프문학에서이다. 카프문학 및 그것이 기대고 있는 세계관이란 무엇인가. 원리적으로는 근대사가 안고 있는 보편성 자체를 부정하고 새로운 관점을 제시한 것이 카프문학의 이념이다. 시민계급을 물리치고 노동자계급이 권력을 쟁취하여 그들의 계급적 이익을 꾀하는 이념을 두고, 사회주의 제1단계(국가사회주의)라 불렀다. 귀족정치에서 시민정치에로의 전환이 인류사의 혁명이듯, 시민정치에서 노동자계급에로의 권력 이동이야말로 인류의 혁명이라 부를 만한 것이었다.

사회주의 국가 건설과 국가사회주의 경제 체제 완성이 그들의 보편성이라면 이를 방해하는 세력과의 싸움이 특수성일 터이다. 카프문학에 있어서도 그것은 반제·반봉건 투쟁이지만 이번엔 그 반제·반봉건 세력이란 이중적인 것으로 놓이는 것이었다. 제국주의 자체가 시민계층에 뿌리를 둔 것이며 따라서 이번엔 반봉건 자체가 시민계층의 생산 양식을 직접적으로 가리킴이었던 까닭이다. 바로 이 장면이 카프문학에서 가장 첨예하게 드러났던 것이다. 곧 보편성으로서의 근대가 제시하는 국민국가, 자본제 생산 양식과, 이를 전면적으로 거부하는 사회주의라는 이름의 또 다른 세력이 등장하여, 노동자계급성과 국가 통제 경제라는 보편성을 내세우지 않았겠는가. 이 장면에서 카프문학은 보편성으로서의 네 가지 항목에 대한 변별점과 그 우선순위를 문학사에서 점검하지 않으면 안 되었던 것이다. 작품의 가치 평가란 이 개개의 변별점에서 도출되지 않는다면 그 근거를 잃을 것이기 때문이다. 더구나 네 개의 특수성에 개개의 작품을 대응시키는 장면이란 외면할 수 없는 문학사의 구체적 사항이 아닐 수 없다. 이 점에서 보면 반봉건도 반제 투쟁도 이중성으로써 평가될 수밖에 없는 실험실과도 같은 곳이 바로 카프문학이었음이 판명된다. 실상 우리 근대문학사의 고민이랄까 풍요로움의 근거란 여기서 말미암는다.

문학사의 기술은 과연 가능한 것일까. 이런 물음을 스스로 던지고, 문학의 모든 학문 분야 중에서 문학사는 아직 일종의 식민지 상태에 머물러 있다고 절망한 것은 러시아 형식주의자들이었다.[1] 그럼에도 불구하고 우리의 근대문학사 기술은 임화 이래 지금껏 많은 문학 연구가의 관심 대상이자 야심을 불러일으키는 장소이기도 하였는데 그 이유는 과연 어디서 말미암았던 것일까. 바로 이 물음 속에 참다운 우리 근대사 및 우리 근대문학사의 특수성이 깃들어 있다고 나는 믿는다. 분단국가로 놓인 우리의 운명이 그것. 북한이 지향하고 있는 사회주의 이념으로서의 인류사의 혁명단계와 대한민국이 지향하고 있는 시민계급의 혁명 단계가 모든 긴장력 및 가치 평가의 기본항으로 가로놓여 있었다. 해금조치(1988. 7. 29) 이래, 우리의 근대사 및 근대문학의 활성화가 이루어지고 문학사가 다투어 집필된 것은 이 때문이었다. 현대문학사가 기획하여 출간한 『한국현대문학사』도 그러한 흐름 속에서 나온 것의 하나이다.

이 책은 1910년대에서 1970년대까지를 다룬 것인데, 이제 1980년대를 새로 추가하여 재간행하기에 이르렀다. 의의 있는 일이라 할 만하다.

물론 중요한 것은 따로 있다. 이 책의 집필 당시만 하더라도 아직 근대

---

1) 티니아노프, 「문학의 진화」(1927), 김윤식 편, 『문학비평용어사전』, 일지사, 1976, 부록 Ⅱ 참조.

라는 이름에 어울리는 보편성으로서의 국민국가와 자본제 생산 양식이 사회주의 앞에 맞서고 있을 시기였다. 그것은 시련과도 같은 장면이었다. 이에 비할 때 1990년대 중반으로 접어드는 오늘의 시점에서는 어떠할까. 국가 사회주의가 송두리째 흔들리고 해체 현상까지 벌어지는 마당이 아니겠는가. 이것이 우리의 근대문학사를 새로이 써야 할 참된 이유일 터이다. 오늘날의 포스트모던한 현실에 적용되는 그러한 우리 근대문학사가 새로이 쓰이지 않는다면 아무도 문학사 자체에 흥미를 느끼지 않을 것이다. 역사는 써 보태는 것이 아니라 항시 새로 쓰는 법, 문학사의 경우도 사정은 마찬가지이다.

1900년대

개화기 시가의 전개

김학동

서구 과학문명의 유입과 함께 신구 세력의 갈등 상황에서 개화기 시가는 형성되었다. 1920년을 전후해서 출발하는 한국 근대시 이전까지의 시가들은 그 초기에는 개화사상이나 애국정신을 고취했거나, 아니면 일제나 그에 편승하여 매국하려는 친일 집단에 대한 강렬한 저항정신을 노래한 것이 그 대부분을 차지하고 있다.

《독닙신문》에 실린 애국가 유형에서 신체시에 이르는 한국시의 근대적 전개에 대해서는 그동안 많은 논의가 이루어져 왔다. 이런 거듭된 논의 과정에서 개화기 시가의 윤곽이 점차로 드러나게 된 것은 사실이나, 각기의 견해차를 해소하고 하나로 통일된 결론에 도달했다고는 할 수가 없다. 모두가 그 나름의 논거에 입각한 문제점을 제시하고 있기 때문에 앞으로도 계속 논의될 것으로 생각한다.

개화기 시가에 대하여 이제까지 논의되어 온 것은 크게 두 가지로 구분

되는데, 그것은 형식과 내용 중 어느 하나를 강조한 관점의 차이라 할 수
있다.

먼저 개화기 시가의 음수율이나 분련법에 의한 것으로는,

① 창가 → 신체시(신시)
② 개화가사 → 창가 → 신체시
③ 개화시 → 개화가사 → 창가 → 신체시

등과 같은 계기적 전개는 시적 형태에 의한 분류법이다.[1] 이에 반하여 개
화기 시가의 내용과 주제 면에서 특징화 할 것을 주장한 정한모는 개화기
시가의 특색을 요약하여,

開化의 노래들은 守舊와 愚昧에 대한 저항과 계몽의 노래로 시작되었고
文明開化를 謳歌할 여지도 없이 침략자와 침략에 부역하여 賣國하는 집권자
들에 대한 저항과 규탄의 피맺힌 노래를 불러야만 했다. 적극적인 저항의

---

1) 이 세 가지 분류법에 대해서 간략히 말해보면 다음과 같다.
① 창가→신체시(신시)의 전개를 주장하고 있는 측에서는 신체시 이전의 개화기 시가의 총
   체를 창가의 범주에다 포괄하고 있다. 이것은 임화가 「개설 신문학사」에서 '신시의 선구로
   서의 창가'라고 한 것을 위시하여 백철, 조연현 등의 논저에 나타난 견해이다.
② 개화가사→창가→신체시와 같이 창가에 앞서 새로 '개화가사'를 설정한 것은 조지훈에서
   비롯된 것으로,《문학춘추》에 1964년 6월호부터 연재되었던 「한국현대시문학사」에서 주
   장한 것이다.
③ 개화시→개화가사→창가→신체시의 순으로 본 것은 송민호로서 조지훈의 3단계법에서
   그 첫 단계인 '개화가사'를 다시 '개화시'와 '개화가사'로 구분하고 있다. 이를테면《대한매
   일신보》의 '사회등'란에 실린 가사 작품들은 전통 가사의 운율인 4 · 4조의 음수율을 그대
   로 답습하고 있기 때문에 '개화가사'라 했고,《독닙신문》에 실린 애국가 유형을 '개화시'로
   보고 있는 것이다. 그리고 최남선의 「경부텰도 노래」와 같은 서구식 음곡을 붙여 가창할
   수 있는 것을 '창가'라 하고 「해에게서 소년에게」에서 비롯되는 일련의 시를 '신시'로 명명
   하고 있다.

보람이 없이 大勢가 기울어지자, 다음엔 교육과 단결로써 후일을 기약하는 소극적인 노래로 바뀌어갔다.[2]

라 하고 있다. 이것은 개화기 시가의 형식에만 치우쳤던 그간의 논의에 대한 반론으로, 이 시대의 시가는 개화사상이나 시대정신의 맥락 속에서 살펴봐야만 한다는 것이다. 이외에도 개화기 시가의 계기적 전개에 대한 이의가 없는바 아니나, 실지로 오늘날 개화기 시가의 엄밀한 분석에 앞서 전통시가와는 다른 차원의 '애국가', '개화가사', '창가', '신체시'라는 새로운 장르를 각기의 논거를 바탕으로 하여 세우고 있는 것이 그 대체적인 경향이라 할 수 있다.

이와 같이 《독닙신문》의 애국가 유형에서 신체시까지에 이르는 한국시의 근대적 전개에 대한 여러 사람의 견해차는 내용이나 형식 어느 한 면을 강조했건 아니건 간에 그 반대 측을 전적으로 배제한 것이 아니다. 그 차이는 각기의 관점적인 차이일 뿐이며, 이 두 가지 면의 상보적인 연관성에서 파악하려는 의도만은 서로 일치하고 있는 것이다.

개화기 시가는 그것이 지니는 심미성보다는 그 시대의 정치 및 사회 현실을 고발하고, 또 '근대화'와 '국권 상실'이라는 역리(逆理) 현상에서 야기되는 그 시대인의 고통과 아픔을 노래하고 있다. 서구문화의 수용과 함께 급변하는 사회 변동의 흐름을 따라 그 시대정신이나 사상을 새로운 시가 형식으로 형상화할 전문적인 근대 시인이 미처 등장하지 못했던 과도기적 현상을 보이고 있다. 따라서 개화기 시가는 전통시가의 형태를 그대로 답습하고 그 시대의 정치와 사회의 변동에 따른 민감한 반응을 보이고 있을 뿐이며, 시가문학의 기본적인 심미성을 그다지 기대할 수 없었는지도 모른다.

---

2) 정한모, 『한국현대시문학사』, 일지사, 1974, 131쪽.

1. 애국가 유형

4·4조 2행련의 대구 형식으로 된 시가 유형의 발생 기원에 대해서는 아직 확연치가 않다. 그러나 《독닙신문》에 실린 애국가 유형의 시가가 나타나기 훨씬 이전의 천주교 가사(국역 또는 한역) 같은 것만 보아도 상당 기간을 소급해볼 수가 있을 것 같다. 포교의 효율적인 수단으로서 그 시대 가장 보편화된 시가 형식을 빌려 그것이 번역되었다고 할 때, 전대로부터 계승된 기존 형식이라는 전제를 배제할 수 없기 때문이다.

이 애국가 유형에 대한 이제까지의 논의는 신체시의 전 단계로 '창가'나 '개화가사' 중 어느 하나에다 일괄 통칭하고 있는가 하면, '개화시'3) 또는 '개화가(開化歌)'4)라는 새로운 장르를 설정하고 있다 함은 이미 앞에서 말했다. 그러한 애국가 유형은 '시'라기보다는 '노랫말'로 바로 뒤를 이어온 개화가사나 창가의 형태와 내용 및 주제의식과도 깊이 관련되고 있는 점으로 미루어, 그 과도적인 성격을 띠는 두 요소의 미분화 현상이 아닐까 한다.

《독닙신문》, 《대한매일신보》, 《경향신문》 및 기타에 이르기까지 당시의 신문이나 잡지에 발표된 애국가의 유형 및 기타 시가들은 거의가 직설적이며 웅변적인 특색을 띠고 있는 것들로, 이미지의 형상화나 근대시적 기법과는 거리가 있는 것들이라 할 수 있다. 아마도 이런 유형의 시가들이 형성된 것은 그 전대부터 들어온 기독교 사상과 함께 번역되기 시작한 천주교 가사 및 찬송가 그리고 창가(일본)와 전통시가, 민요 형식과도 깊이 관련된 것으로,

---

3) '개화시'는 송민호에 의해 제기된 것으로, 《대한매일신보》에 실린 개화가사와 구별하여 《독닙신문》에 실린 4·4조 2행련의 애국가 유형을 이렇게 명명한 것이다.
4)'개화가'는 김해성에 의해 《독닙신문》에 실린 애국가 유형을 이렇게 붙인 명칭이다.

개화기는 서구 충격과 일본의 침략이라는 외래적 상황과 그에 대한 저항
및 내적 모순에 대한 날카로운 감각, 그리고 민족적 역량의 자각 등으로 점
철된 시대인 이상, 개화기 시가가 심미적 차원에서보다 그 시대적 성격이 크
게 강조되었음은 앞에서 말했다. 개화기 시가는 그러기에 문학적 의미보다
그 사회적 기능을 중시하지 않을 수 없게 된다.[5]

라고 한 박철희의 말처럼 개화기 시가의 한 유형인 애국가류의 작품들은
자의식과 개체감이라는 근대적 관념과는 무연한 것으로, 그 심미성보다는
사회적 기능이 훨씬 강조되고 있다. 자주독립이나 문명개화나 부국강병
등과 같은 관념은 개성적이 아닌 공적 반응인 민중의식의 형상화라 할 수
있다.

1) 애국가 유형의 작품

애국가 유형의 시가들이 《독닙신문》을 비롯하여 당시의 신문이나 잡지
에 많이 발표되고 있다 함은 이미 앞에서 말했다. 이들 중 양적으로 《독닙
신문》, 《대한매일신보》, 《경향신문》 등에 가장 많이 발표되었고, 그 밖의
신문이나 잡지에는 몇 편씩 실려 있다. 따라서 여기서는 이 세 신문에 발
표된 작품들을 중심으로 살피기로 한다.

먼저 《독닙신문》에 실린 애국가 유형의 작품은 1896년 4월 11일자의
「최돈성의 글」을 위시하여 총 27편이다.[6] 원래 독자 투고로 이루어졌기
때문에 전문적인 시인이나 저명인사라기보다는 교원과 학생, 주사나 순검
등 말단 공무원과 일반 민간인사들이 그 대부분을 차지하고 있다.

---

5) 박철희, 『한국시사연구』, 일조각, 1980, 76쪽.
6) 이에 대하여 조지훈은 20편, 송민호 · 정한모는 22편, 김윤식은 23편, 김병철은 26편이라
   하고 있지만, 필자가 확인한 바에 의하면 27편이다.

애국가 유형 등 일련의 개화기 시가들은 거의 그 시대사상과 감정을 표현한 것들로 우리의 근대적 시의 출발을 의미한다. 그 작자들의 지역별 분포가 경향 각지에 고루 퍼져 있는 것으로 미루어, 당시의 개화사상에 대한 민중적 열의가 전국적으로 확산되어 있었음을 알 수 있다. 그 표제로 보아 「동심가」, 「성절송축가」, 「셩몽가」, 「익민가」 및 제목 없는 몇 편을 제외하고는 「익국가」, 「독닙가」, 「ᄌᆔ독닙가」, 「익국독닙가」 등으로 되어 있다. 그러나 이들 대부분이 개화사상을 바탕으로 하고 애국사상과 자주독립 정신을 내용으로 하고 있는 것이다.

그리고 《대한매일신보》에는 4·4조의 음수율로 된 개화가사 유형이 양적으로 훨씬 우세하나, 그것들은 다소 뒤의 현상이고, 그 초기에는 2행련의 애국가 유형도 50여 편이나 발표되었음을 볼 수가 있다. 여기에 실린 애국가 유형은 《독닙신문》의 작품들과는 달리, 그 내용과 주제의식에서도 다양성을 보이고 있다. 이것은 그 시대 상황에 따른 주제의식의 변화로, 일제 침략에 대한 강렬한 저항성은 후에 나타난 '사회등'란의 개화가사류와 연관된다 하겠다.

끝으로 《경향신문》은 1906년에 창간되어 총 220호로 종간된다. 천주교회에서 애국계몽운동의 일환으로 순 한글로 발간한 이 신문에는 40편에 달하는 애국가 유형의 시가들이 실려 있다. 《독닙신문》의 작품들과는 형태 면에선 서로 일치하지만, 내용 면에서는 큰 차이를 보이고 있다. 이것은 그 시대 상황의 추이에 따른 변화라 할 수 있다.

이들 시가는 작자 미상이 대부분이고 일부 밝혀진 것들조차도 독자 기고 형식으로 이루어져 있음은 《독닙신문》의 경우와도 같다. 그리고 4·4조 2행련의 대구 형식은 잘 지켜져 있지만, 그 표제의 다양성과 함께 내용이나 주제 면에서 많은 변화를 보인다는 점은 《대한매일신보》의 시가들과 같다고 할 수가 있다.

이상 애국가 유형의 시가들에 대한 서지적 국면을 간략히 살펴보았다. 요컨대 《독닙신문》에 실린 시가들 대부분이 단형인 데 반해서, 《대한매일신보》나 《경향신문》의 시가들은 대체로 장형화되고 있음을 특색으로 들 수가 있다. 심지어는 100연 이상 되는 작품도 있으니 말이다.

2) 애국가 유형의 주제 의식

《독닙신문》 3호의 '외국통신'란에 실린 「서울 순쳥골 최돈셩의 글」은 이제까지 알려진 애국가 유형의 첫 작품이다. 작품 제목도 없이 작자의 주소와 이름만이 밝혀져 있을 뿐이지만, 개화사상과 애국정신을 내용으로 하고 있다.

> 대죠션국 건양원년　　 텬디간에 사룸되야
> ᄌᆞ쥬독닙 깃버ᄒᆞ셰　　 진츙보국 뎨일이니
> 님군ᄭᅴ 츙셩ᄒᆞ고　　 인민들을 ᄉᆞ랑ᄒᆞ고
> 졍부를 보호ᄒᆞ셰　　 나라긔를 놉히달셰
> 　　　　　　　　　　　　—「서울 순쳥골 최돈셩의 글」일부

이 시가에 나타난 'ᄌᆞ쥬독닙', '단결(동심·합심·일심)', '교육', '문명개화', '부국강병', '보국애민', '국위선양', 'ᄉᆞ랑공상' 등의 용어들이 표상하는 관념은 그 시대 정치와 사회 현실을 웅변적으로 나타내고 있다. 자연이나 개인적인 삶에서 우러난 예술적 정서의 형상화와는 거리가 먼 애국사상이나 개화 의욕을 나타내고 있는 것이다.

「이국가」와 「독닙가」 등 《독닙신문》에 실린 총 27편의 시가에 일관하는 주제의식은 자주독립과 개화사상이지만 그 사용된 몇 가지 용어와 구절의 반복으로 각기 특색을 찾아볼 수 없을 만큼 민중적인 발상법으로 이루어

진 것이 애국가 유형의 공통점이라 할 수 있다. 이런 용어에 따른 주제의 식의 유형화 이외에도 '님군은혜', '대군쥬', '보국이민' 등과 같은 관념어의 사용이 없는바 아니나, 대체로 이들 용어가 표상하고 있는 주제의식은 다음 몇 가지로 요약된다.

첫째, 자주독립과 애국사상을 들 수 있는데, 역사적으로 오랫동안 예속되어왔던 중국의 지배에서 벗어나 자주독립을 성취한 기쁨, 이른바 저항 정신을 기조로 했다기보다는 치욕스러운 역사를 청산한 기쁨을 노래하고 있다. 영은문(迎恩門)을 헐어 독립문을 세우고 노래한 「독닙문가」, 「독닙가」, 「익국가」 등에 나타난 '자쥬독닙'이 '즐겁도다', '빗나도다', '죠흘시고', '장흥도다', '만만세' 등과 연결되고 있는 것으로 보아 자주독립의 쟁취라기보다는 그 성취감으로 충만하여 있는 것이다. 이들 작품에 나타난 애국 사상은 전대의 충군사상에서 크게 벗어난 것은 아니지만, 그런대로 근대적 애국관념의 출발을 의미하는 '진충보국'의 기반을 이룩한 것으로 생각한다. 이것은 한국 근대사의 자각 운동이며, 문명개화와 개아(個我) 및 민족아의 자각을 바탕으로 하고 있기 때문이다.

둘째, '동심'이나 '일심' 및 '합심동력' 등이 표상하는 단결과 교육은 '문명기화'와 '부국강병'을 이룩하기 위한 것이다. 자주 국민으로서 후진성을 탈피하여 외세 침략을 막기 위한 국력 배양은 온 국민의 합심 단결에 있고, 서구의 선진문명을 받아들이기 위해서는 신교육이 바탕이 되어야 함을 강조하고 있다. 그동안 폐쇄되었던 역사와 인습에서 벗어나 부국강병을 이룩하기 위해서는 상하 만민이 합심하고 신교육을 받아야만 한다는 것이다.

셋째, '문명기화'나 '성몽(醒夢)' 그리고 근대 신문을 찬양한 노래에서는 완고하고 우매한 구속에서 벗어나려는 의지를 노래하고 있다. 문명개화의 뒤늦었음을 한탄하지 말고 합심 진력하여 근대화운동에 적극 참여해야 한다는 것이다. '잠을끼세 잠을끼세 / 수천년이 꿈속이라'와 같이 몽매했던 지난 역사를 청산하고 근대화를 향한 미래 지향적인 강한 의지를 나타내고 있다. 양이(洋夷)에 대한 도전이 아닌 서구 과학문명의 수용이 앞으로 이룩하려는 규범이 돼야 한다는 것이다.

넷째, 부국강병이나 국위선양도 애국가 유형의 시가에 일관하는 주제의식인데, 그것은 문명개화를 이룩한 연후에 가능하므로 사농공상 모든 계층이 합심하여 각기의 생업에 충실할 것을 강조하고 있다. 부국강병은 그 시대의 지상과제로서 이것만이 외세 침략을 막을 수 있는 길이 된다는 것이다.

애국가 유형에 나타난 부국강병책은 외세 배격뿐만 아니라, 일본이나 중국 및 세계열강의 대열에 올라 국위를 선양하려는 환상적 요소를 띠고 있다. 비록 이런 주제의식이 당시로서는 한낱 환상에 불과했지만, 우리의 근대화운동을 촉진시켜 활력소가 되었던 것은 사실이다.

한편 4·4조 2행련의 애국가 유형은 《대한매일신보》, 《경향신문》, 《뎨국신문》, 《황성신문》 및 개화기 잡지에 많은 작품이 발표되었다 함은 이미 앞에서 말했다. 그러나 《독닙신문》의 애국가 유형이 자주독립의 찬양과 문명개화, 권학정신 등을 강조하고 외세에 대한 저항정신이 표출되지 않고 있는 데 반해서, 이들은 항일정신이 기조를 이루었다. 이것은 일본의 침략 정책이 드러나기 시작한 시대 상황의 추이에 따른 주제의식의 변화로, 실국(失國)의 위기에 직면하여 국권수호를 위한 저항정신의 발현이라 할 수 있다.

또한 이런 애국가 유형은 「애국성(愛國誠)아」, 「무궁화가」, 「이좋은 강산을」, 「우리 황상폐하」, 「성자신손 천만년은」, 「상제난 우리 황제를 도우소서」, 「황실가」 등에 이르러 형식과 내용 면에서 큰 변화를 보이고 있다. 자주독립과 문명개화보다는 황실이나 국가의 무궁한 발전과 번영을 기원하는 내용으로 되어 있다.

다시 말해서 4 · 4조의 음수율과 2행련의 대구 형식에서 각 연 대응 행의 음수율을 일치시킨 형식적 변화를 시도하는가 하면, 그 주제의식에서도 변화를 보이고 있다. 이들 애국가 유형의 형식적 변화는 바로 뒤에 나타나는 신체시의 형식과도 연관되고 있는 것이다.

2. 개화가사 유형

개화가사 유형의 시가들은 《대한매일신보》에 실린 약 650여 편과 기타 개인 문집 등에 전해지는 많은 작품으로 이루어져 있다. 이 시가 유형에 대하여는 많은 논의가 거듭되어 왔다. 그 장르적 명칭은 '한말우국경시가(韓末憂國警時歌)', [7] '개화가사', '사회등가사(社會燈歌辭)'[8] 등으로 불리고 있지만, 아직도 정확한 개념 규정 없이 '개화가사'로 통칭되고 있다. 시평(時評)과 풍자성을 띤 4 · 4조의 가사 유형으로 일제의 침략 정책과 그 추종 세력에 대한 강렬한 저항정신을 기조로 한 작품들도 많다. 그리고 낡은 전통과 인습을 혁파하고 서구문명과 과학정신의 도입을 적극 주장하고 있는 작품들도 상당수 있다.

1) '사회등'란과 개화가사

개화가사 유형이 실려 있는 '사회등'란은 후기에 이르러 고정된다. 2면

---

7) '한말우국경시가'란 용어는 구자균에 의해 처음으로 사용되었다. "여기에 실은 가칭 '한말 우국경시가'는 이 《대한매일신보》에 실려 있는 '가사'와 약간의 '시사평론'을 채록한 것이다"에서 비롯되었는데, 이것은 고려대출판부에서 1959년 간행한 『문리논집』 4집에다 개화가사 유형을 처음으로 소개하면서 붙인 명칭이다.

8) '사회등가사'도 역시 개화가사 유형을 이르는데, 이것은 《대한매일신보》의 발표란을 중심으로 붙인 명칭이다.

의 하단에 배치되어 있는데, 그 초기에는 시가 작품을 싣기 위해 사림(詞林)란이 간간이 나타나 있을 뿐이다. 그러니까 그날에 문제 된 몇 가지 화제를 요약하여 묶고 상징적인 제목을 붙이기 시작한 것은 좀 뒤의 일이다.

'사회등'이란 표제는 아니지만, 이 난이 고정된 것은 1906년 11월 7일자 '추야한담(秋夜閑談)'(365호)에서 비롯된다. 이후 '여항만평(閭巷漫評)', '시사만평(時事漫評)' 등으로 이어지고 있는데, 이들은 각기 다른 표제로 가사 유형은 아니나 고정란으로 설정되는 과정임이 틀림없다.

이 '사회등'란의 가사 작품이건, 시평이건 간에 많은 상징적인 표제의 분포로 보아 '사회등'이란 명칭이 사용되기까지 '검(劍)'과 '등(燈)'의 과정을 밟은 것으로 보인다. '검'과 '등'의 선후관계에서 '등'이 오히려 먼저 사용되었으나, 1909년 11월 16일자 '등'(1242호)이란 표제의 가사를 쓰고 난 뒤, 바로 그다음 날짜에서 '사회등'(1243호)이라 하고 있는 것으로 보아 그 의도적인 사용은 이 무렵부터 시작되었다고 할 수 있겠다.

아무튼 '검'과 '등'의 사용은 의도적인 것으로, '검'은 초기의 시평란인 '검심(劍心)'과도 관련된 것이 아닐까 싶다. 일제의 침략 정책에 항거하는 상징적 의미가 있다고 하겠다. 그리고 '등'의 용례는 처음에는 춘추양절(春秋兩節)에만 국한되어 가사 작품이 아닌 시평으로 일관하고 있다. 앞에서 말했듯이 '등'(1242호)에 이르러 비로소 가사 작품이 실리게 되는데, '사회등'이란 표제로 발표된 50여 편 중 약 그 반수가 가사 작품이고 나머지는 시평인 것이다. 이 '사회등'이란 제목은 1910년 4월 말까지 나타나는데, 여기서 '등'은 사회의 암흑상을 밝힌다는 것과, '개명'의 상징적 의미로 사용된 것이 아닐까 싶다.

2) 개화가사 유형의 형식적 특색

개화가사 유형은 그 내용과 관련하여 형식 면에서 크게 두 가지로 구분해볼 수 있다. 그 하나는 작품 전체가 어떤 하나의 주제로 통일되어 있는 데 반하여, 다른 하나는 분절된 각 연이 전혀 다른 주제로 되어 있는 것도 있다. 전대 가사와 비교하여 일정 수의 시행으로 연이 나뉜 것이 다르다 하겠으나, 4·4조의 음수율은 보다 철저히 지키고 있다. 그날 일어난 시사성의 화제에 따른 분련법으로 첫 연에서 전체의 내용을 총괄하는 형식으로 되어 있고, 음수율 구분 없이 연철되어 있다. 각 연의 첫 구나 끝 구의 반복으로 분련된 것도 있고, 한주국종(漢主國從), 네 자 제목, 시사용어의 사용 등이 그 특색이 되고 있는 것이다. 그런데 《대한매일신보》는 한편으로는 국문판이 동시에 간행되었던바, 이 국문판 신문은 가사 유형의 시가를 모두 '시ᄉ평론'이란 표제로 국한문체를 국문화하여 싣고 있다. 이를테면 1908년 8월 27일자의 '경축일결(慶祝壹関)'을 예시하여 보면,

*時則仲秋오/日則二十七이로다/美哉盛矣라/紀念慶祝이어/千門萬戶에/國旗가/飄揚ᄒ고/路四價에/球燈이/光耀ᄒ니/慶祝歌를/불너보세.

*三千餘里/뎌疆土ᄂ檀君遺業/分明ᄒ고/三千萬衆/뎌民族은/光聖後裔/이아닌가/어화韓國/同胞들아/世世生生/保有ᄒ야/萬萬歲나/누려보쇼.

*오늘팔월/이십칠에/긔념경축/장ᄒ도다/거리거리/태극등과/집집마다/국긔돌아/대한텬디/빗낫스니/경축가나/불너보세.

*삼천여리/뎌강토가/단군긔업/분명ᄒ니/이천만중/뎌민족이/션왕후예/이아닌가/어화한국/동포들아/셰셰샹젼/무궁ᄒ야/만만세나/누려보게.

와 같이 되어 있다. 이렇게 볼 때 오히려 국문판 신문의 '시ㅅ평론'이 시적으로 보다 더 잘 형상화되어 있음을 알 수가 있다. 한자 용어들을 단순히 음독한 것이 아니라, 의역하는 과정에서 보다 구체화시키고 있는 것이다. 이제까지 국한문판의 시가만을 다루었는데, 국문판 시가의 중요성을 재론해야만 할 것 같다.

3) 주제의식의 두 가지 유형

개화가사 유형은 고정란인 '사회등'이 갖고 있는 특색을 그대로 나타내고 있는데, 그 시대의 정치나 사회 현실을 가사 형식으로 고발하고 있다. 4 · 4조의 음수율을 제외한 그 내용이 지니는 시사성은 현대 신문의 시평란과도 같다. 한마디로 개화가사는 논평의 율문화로 그 시작의 동기를 요약할 수 있는바, 주제의식은 애국가 유형과 같이 크게 개화사상과 민족 이념으로 볼 수가 있다. 그 시대 상황의 추이에 따른 저항정신의 심화된 갈등 구조를 형성하고 있는 것이다.

먼저 개화사상은 개항과 함께 밀려드는 서구문화와 과학사상을 수용하여 민족의 자주권을 확립하고 청소년들에게 신교육을 권장하여 문명개화를 이룩하자는 것이다. 그 전대의 애국가 유형에 나타난 개화사상이 선진 외래문화에 대한 비판 없는 맹목적인 수용이라면, 개화가사의 그것은 민족적인 주체성을 유지하면서 이루어지는 내적 개혁이나 개화인 것이다. 이것은 그 당시 개화나 개혁만 표방하며 외세에 지나치게 의존한 결과 민족 자주권 상실이라는 엄청난 결과를 초래케 한 일부 집권층의 매국적 행위에 대한 비판의식에서 기인한 것으로 보인다.

국권 회복을 위한 진정한 개혁, 이것은 외세 의존의 추상적 개화사상과는 다르다. 우리의 자주권을 지키기 위한 실질적인 능력을 목적으로 한 개화나 개혁이 되어야 한다는 것이다. 따라서 개화가사에 나타난 개혁 의지나 개화이념은 매국 집단에 항거하고 민족적 주체성을 바탕으로 한 전환적 의미를 갖게 된다. 이를테면 「구악종자(九惡種子)」, 「패풍상존(悖風尚存)」, 「타파여습(打破餘習)」 등 일련의 작품들은 전통적 습속 일체를 '악습' 또는 '패풍'으로 보고 개화기 이후 새로 등장하는 문명사회, 즉 생활과 사고의 과학성을 보다 실질적으로 미화하여 '선(善)'의 관념으로 규정하고 있다.

그러나 일본적인 것에 대해서는 매우 부정적인 태도를 보이고 있는데, 이것은 일본의 식민 정책에 의한 반작용으로 봐야만 할 것 같다. 요컨대 전통사회의 모순적인 패풍과 악습을 개신하여 새로운 문명사회를 이룩하되, 민족적인 주체성을 바탕으로 하여 그 모순성을 혁파하는 내실의 개화여야 한다는 것이다.

그리고 민족 관념은 구국정신으로 표상되는데, 이것은 개화가사에 이르러 보다 강렬한 저항적 차원으로 전개되면서 우리나라를 식민지화하려는 일본의 야욕과 그 추종 세력에 대해 극도의 반감을 보이고 있다. 이들 시가의 소재에 따른 내용을 분석해보면, 시사성을 띠는 정치, 사회, 경제, 문화의 제반 문제로 귀착된다. 개화와 외세 배격이라는 반어성 속에서 국권회복운동을 펼쳐야 한다는 막중한 소임을 맡고 있었던 것이 그 시대 우리 민족의 과제이기도 했다.

일제와 그에 동조하는 친일 세력은 잠시도 쇠사슬의 고삐를 늦추지 않았다. 무장병력을 앞세워 때로는 회유하고, 때로는 갖은 학정과 횡포를 자행하면서 우리의 자주권을 탈취해간 것이다. 이런 시대 상황을 배경으로 한 개화기 시가에서 저항시가가 차지하는 비중은 자못 크다 아니할 수 없다. 《대한매일신보》의 '사회등'란을 통하여 발표되고 있는 시가들은 대개 망국적 비애와 항일 구국의 정신을 형상화한 것들로 저항문학의 금자탑을 이루고 있다.

'사회등'란의 가사는 을사, 정미, 경술까지 일제의 식민지화라는 극한적인 현실인식을 기조로 하고 있다. 외세 배격에서 그 외세의 범주도 《독닙신문》의 애국가 유형과는 달리 일본으로 국한되고, 개화 정책을 주도했던 일부 집권층은 일제의 침략 정책을 도와 자신의 안일과 영화를 추구하는 매국 집단으로 변신하게 된 것이다. 그러나 한편으로는 이런 극한적인 시대 상황에 대치하여 그에 동조하는 매국 집단을 규탄하는 세력도 크게 형성되었다.

사실 《대한매일신보》가 그 당시 보인 일본의 침략 정책에 항거하는 자세는 적극적이었다. 따라서 이 신문에 실린 가사 작품들도 그 사시(社是)나 논설 내용의 방향과 깊이 연관되고 있는바, 시대적 성격이 훨씬 강조되고 있다. 요컨대 개화가사는 시대 감정의 공적 반응 양식인 4·4조의 음수율을 기조로 한 개화기 정신문화의 소산으로 그 시대가 지닌 특수한 성격을 띠고 민중 속에 깊이 뿌리박힌 시가 유형이라 할 수 있다.

3. 시조형의 단가 유형

《대한매일신보》에 보면 '사림'란을 개칭한 '사조(詞藻)'란은 1면 좌중단에 있다. 그 초기의 '사림'란에는 민충정공의 '혈죽시(血竹詩)'를 위시하여 주로 한시 작품이 실려 있다. 이것이 뒤에 '사조'란으로 바뀌면서 시조형의 단가와 4·4조의 2행련의 시가 유형이 실리게 된 것이다.

그런데 이 시조 유형의 단가들도 4·4조 2행련의 시가 유형이나 4·4조의 가사 유형과 마찬가지로 전문적인 시인에 의해 씌어진 것이 아니다. 그뿐만 아니라 그 주제의식이나 내용에서도 고시조가 지니는 개아적 서정성보다는 오히려 시대 상황의 변화에 따른 애국사상과 구국충절을 기조로 한 저항정신으로 표상되어 있다.

그리고 형식 면에서 보인 변화의 시도도 그 주제의식과 상관된다 하겠다. 이를테면 종장의 '……이노라'나 '……하노라'와 같은 종결어미를 생략하거나 명사로 대치시킴으로써 환기되는 긴장감의 고조는 그 저항적 주제와 관련된 것으로 보인다.

《대한매일신보》에 실린 시조형 단가는 약 400편에 이른다. 이 신문사의 사장 배설(裴說, E. T. Bethell)의 서거를 애도한 한시가 한 달여에 걸쳐서 연재된 것을 제외하고는 시조형의 단가들이 '사조'란에 실린 셈이다. 이들 중 몇몇 작품은 기고로 이루어졌으나, 나머지는 이 신문사에 관련된 인사들에 의해 씌어진 것이다.

여기(餘技)로서 화조월석(花朝月夕)을 노래하던 시조가 조선 후기에 와서 평민들에 의해 풍자와 해학적인 사설시조로 전개되었다면, 한말에 이르러서는 침략 세력과 그에 동조하는 세력들에 대한 저항정신을 주제로 하고 있으면서도 그 형태적 변모를 시도하기까지 한다.

이들 시조형 단가의 형태적 변모는 몇 가지로 구분해볼 수 있는데, 첫째는 종장에서 '……하노라'나 '……이노라' 등 종결어미를 변화시킨 점이다. 이것은 고시조의 종결어미 '……러라' 체가 주는 유장하고 완만한 느낌을 힘찬 리듬으로 바꾸려는 시도[9]로서 개화기 시가의 저항적 주제와도 관련된다 하겠다. 둘째는 초장이나 중장, 아니면 이 두 장에다 고시조를 그대로 인용하고 중·종장이나 또는 종장을 '문명개화'와 일제의 침략 정책에 대한 저항적 주제를 담은 구절로 바꾼 작품도 많다. 초장 또는 중장을 비유구로서 고시조를 그대로 인용하거나, 아니면 그 일부를 바꿔놓고 중·종장 또는 종장에만 새로운 내용을 넣는 것이다. 셋째는 그 중간기의 약 30편에 해당하는 단가 형식인 '홍'체를 특색으로 들 수가 있다. 이런 유형의 단가들은 대개 풍자성과 해학성을 띠고 있는바, 그 율격 또한 전통

---

9) 정한모, 『한국현대시문학사』, 일지사, 1974, 150쪽 참조.

민요의 속성과 다분히 연관되어 있다.

1) 항일정신과 구국충절

'사조'란의 시조형의 단가들은 대체로 일제의 침략 야욕으로 기울어져 가는 나라에 대한 근심, 자강력 확충과 국권수호를 위한 애국충절, 일제와 그에 동조하는 친일 인사들을 향한 비판이나, 또 다른 한편으로 권학과 인습 타파, 서구의 신문명 찬양 등을 주제로 하고 있다. 애국가 유형이나 개화가사 유형과 마찬가지로 그 시대 상황의 변화에 따른 정치와 사회 현실을 주제로 하고 있는 것이다.

이것은 시조형 단가의 표제로도 유형화될 수 있는데, 대부분의 작품이 주제 내용을 요약하여 그 표제로 삼고 있기 때문이다. 그 주제의식은 당시의 정치 및 사회 현실과 긴밀한 연관성을 맺고 있지만, 단가의 속성이라 할 수 있는 은유와 상징을 통해서 형상화하고 있다. 이런 속성으로 인해 직설적이고 웅변적인 애국가 유형이나 개화가사 유형과는 달리, 일제와 친일 인사나 집단의 불법 비리를 끝까지 고발할 수 있었는지 모른다.

이 시조 유형의 단가 전반에 나타난 내용과 주제의식은 ①국권수호와 우국충절 ②항일과 구국정신 ③일제와 친일 인사와 불법 비리 고발 ④'흥'체의 해학 ⑤권학 · 경세 · 합심 단결 등으로 유형화할 수 있다.[10] 그러나 이런 유형적 분류가 각기 분리된 개념으로 형성되는 것이 아니다. 이것은 작품 해석을 위한 한 방편에 지나지 않는다. 일제에 대한 저항과 친일 인사 및 집단 등의 비위 고발, 국권수호를 위한 구국충절과 자강력 배양, 권학과 합심 단결 등 이 모두가 애국관념으로 귀착되는 것이라 하겠다.

이상 개화기 시가 유형으로 애국가 유형, 개화가사 유형, 시조형의 단가

---

10) 김학동, 「《대한매일신보》의 시가 유형에 관한 연구」, 『대한매일신보연구』(공저), 서강대학교 인문과학연구소, 1986, 189~200쪽 참조.

등에 이르기까지 살펴보았다.

이들은 바로 이 뒤로 이어질 창가(7 · 5조 또는 8 · 5조, 4행련)와 신체시의 앞선 단계에 놓여진 시가 유형이라 할 수 있다. 전문적인 시인이 출현하기 이전, 그러니까 서구 과학문명의 도입과 함께 열린사회에 기능하기 위해 불려진 노래들이다. 그 시대 지식인들이 전통시가 형식을 빌려 거기에 새로운 내용과 사상을 담아본 것이라 할 수 있다. 때로는 전통시가에서 형식적 변모를 시도했으나, 끝내 그 범주를 크게 못 벗어나고 내용만 담는 데 급급해 있었던 것이 아닐까 한다.

그러나 이런 시가 유형의 보수성도 육당 최남선에 이르면 훨씬 큰 변화를 시도하게 된다. 그는 당시로서는 최초로 등장한 전문적인 시인이다. 따라서 그는 시가의 형식, 곧 분련과 음수율의 다양한 변화를 시도한다. 이것은 전문적인 시인이 아니고서는 불가능한 시가의 새 형식을 여러 각도에서 실험하고 있다는 것을 의미함이다. 아무튼 이렇게 해서 우리의 근대시는 최남선을 기점으로 첫 시동을 걸게 되었고, 1910년대 시단의 과도기를 경유하여 1920년대로 접어들면서 그 본격적인 출발을 다지게 된다.

애국계몽기의 소설

윤명구

1. 다양한 유형의 소설의 전개

한국의 근대적 소설의 효시라고 칭해지는 『혈의 누』가 발표된 것은 1906년이다. 1906년을 전후하여 신문과 잡지에 게재된 소설류로는 신소설이라고 칭해지는 소설 외에도 한문소설, 토론체 소설,[1] 역사 · 전기소설, 그리고 몽유록계 소설 등 다양하다. 이 글에서 다루고자 하는 1900~1910년대의 소설은 실상 위와 같이 다양한 양상으로 발표되었으며, 이들의 관계는 경쟁 또는 상보적이었던 것으로 보인다. 한국소설사의 맥락에서 이 시기의 소설의 위상과 문학적 의의를 밝히기 위해서는 다양한 소설 양식의 출현 이유와 이들의 문학적 특성 및 문학사적 평가가 이루어져야 할 것 같다.

---

1) 이 명칭은 공인된 것은 아니다. 본론에서 상론하기로 한다.

이 글의 제목을 애국계몽기의 소설이라고 붙인 이유는 1900년대의 시대적 성격과, 이 시기의 소설에 투영된 정신사적 성과가 폭넓게는 개화기에 포괄될 수 있으면서도, 개화기의 여러 단계 중 애국과 계몽이 주 이데올로기로 정치·사회·문화를 지도하던 시기로 판단되기 때문이다.

개화의 개념을 근대화에 초점을 두고 볼 때, 일반적으로 서구화를 전제로 하는 경향이 없지 않다. 임화가 「개설 신문학사」[2]를 쓸 때도 이러한 입장에 서 있었던 것 같으며, 그의 "동양의 근대문학사는 사실 서구문학의 수입과 이식의 역사다"라는 논단은 은연중 후배 문학사가들에게 지대한 영향을 끼친 것이 사실이다. 그 결과로 '근대적 형식을 갖춘' 것으로 판단한 신소설 중심의 이 시기의 소설사 기술이 범람하기에 이른 것이다.

그러나, 서구의 근대정신이 발현될 수 있는 제반 조건이 미숙했던 당대의 한국은 서구의 그것을 그대로 이식하고 모방할 수 있었던 것은 아니다.

안으로는 조선사회의 모순과 갈등이 남아 있었으며, 서구 제국주의의 동점(東漸)에 대응할 수 있는 힘의 탄력이 형성되지 못한 상태였다. 이러한 내외의 갈등과 위기를 극복하려는 노력이 몇몇 선구자들의 지적 저작[3]과 민중의 항쟁,[4] 그리고 정변[5] 등을 통하여 응집하기 시작한다. 개화사상의 두 속성으로 규정되는 자주와 진보[6]는 점진 개화론과 급진 개화론으로 전개되며, 이것이 다시 국권수호와 민권신장운동으로 이어지고, 이들 사이의 대립과 갈등은 정치 현실에서, 또는 사회·문화 각 방면에서의 지

---

2) 이 신문학사는 1939. 11. 2~12. 27까지 《조선일보》에 연재된 것이며 《인문평론》의 발표분까지 합하여 미완의 저술이다.
3) 황현의 『매천야록』이나 김옥균의 『갑신일록』 같은 기록.
4) 민란과 동학혁명 같은 항쟁.
5) 갑신정변과 갑오경장 같은 혁명적 정변.
6) 홍일식은 『한국개화기의 문학사상연구』(열화당, 1980)에서 개화사상의 주류를 전통사상 속에서 자생적으로 피어난 근대사상의 일환으로 보고, 그 방향을 자주적 주체의식과 진보적 근대 지향의식으로 나눈 바 있다.

도이념이 된다. 그리하여 문학, 특히 이 시기의 소설이 다양한 양상으로 제작되기에 이른 것이다. 그러므로 이 시기의 소설은 자주와 진보를 이념으로 한 애국과 계몽을 행동 강령으로 한 문화적 소산이라고 볼 수 있다.

물론 1900년대에 구소설과 다른 유형의 소설[7]이 등장하게 된 이유로 서구적 요인을 배제할 수는 없다. 신교육의 실시, 문학작품의 번역 · 번안, 기독교의 보급, 저널리즘의 확대, 유학생 파견 등은 직간접적으로 서구 또는 준 서구화된 일본과의 교섭을 통해 이루어진 것이 사실이다. 그리고 특기할 일의 하나는 신소설의 개척자로 평가되는 이인직이 일본 유학생이었다는 사실과, 그의 첫 작품인 『혈의 누』가 일본식 표기 방법으로 인쇄되었다는 사실이다. 이와 같은 엄연한 증거가 있음에도 불구하고 애국계몽기의 소설을 서구소설의 모방 · 이식으로만 보지 않는 것은 서구적 소설 형식과는 다른 소설들이 이 시기 문학사의 망을 짜는 데 합계하고 있기 때문이며, 이들을 배제한 1900년대의 문학사 기술은 무의미한 것으로 판단되기 때문이다.

2. 역사 · 전기류의 번역과 번안

중국이나 일본의 경우와도 마찬가지이지만, 한국의 경우에도 문예작품보다는 먼저 역사서나 전기 같은 것이 번역 또는 번안되었다. 1897년에 발간된 『태서신사』를 비롯하여 『미국독립사』, 『법국혁신전사』, 『월남망국사』 등의 사서 번역과, 1907년에 번역된 전기인 『라란부인전』, 『비사맥전』, 『피득대제』, 『까뀌일트전』, 『이태리건국삼걸전』 등이 일본 또는 중국인의 번역을 중역하여 발간되었다.

이들 역사 · 전기물들의 번역은 당시의 지적 열망에 부응한 것이기도 했

7) 여기서는 신소설로 명명되는 일군의 소설을 말한다.

으며, 아울러 번역자들의 시대 인식의 한 반영이었다고도 볼 수 있다. 다시 말해서 이 시기의 젊은이들의 신지식 계발에 지대한 공헌을 하였던 이들 전사 · 독립사, 국난 극복의 영웅의 전기 중심의 번역은 위기를 맞은 당대의 시국과 이에 대응하려는 영웅주의 사상의 한 반영으로 이해된다.

이 시기에 번역된 소설로서는 1907년에 간행된 박은식 역술의 『서사건국지』,[8] 1908년에 이해조가 역술한 『철세계』, 이채우 역술의 『애국정신』, 『경국미담』,[9] 『라빈손 표류기』 등이 있다. 그런데 이 번역소설들은 완역이 아니며, 전체 내용을 간추린 줄거리를 발췌한 정도에 머문 중역이다. 그리고 이들 작품 가운데서 『철세계』는 쥘 베른의 공상과학소설이며, 『라빈손 표류기』는 일종의 모험소설이고, 나머지 작품들은 정치소설로 평가되는 작품이며, 그 표제에도 정치소설이라는 기명이 붙어 있는 소설들이다. 여기서 1908년에 구연학에 의하여 번안된 정치소설 『설중매』[10]를 포함하여 이들 작품의 번역 또는 번안자의 의도가 자명해짐을 알 수 있다. 즉, 앞서 살펴본 역사 · 전기류의 번역의 경우와 마찬가지로 번역자들은 국민 계도에 목적을 두고 있었다는 점이다.

역사 · 전기류와 정치소설류의 번역과 번안은 엄밀히 따져볼 때 다른 사상적 배경을 지니고 있는 것 같다.[11] 역사 · 전기류의 경우는 당대 현실에 대한 역사인식이 위기의식에 놓여 있으며, 이는 나아가 자주라는 국권수호의식과도 연관되는 것이다.

---

8) 이 작품은 실러의 「빌헬름 텔」을 중국의 정철관(鄭哲貫)이 번역한 것을 중역한 것이다.

9) 이 소설은 야노 류케이(失野龍溪)의 동명 소설을 번역한 것으로 일본 메이지 시대의 대표적 정치소설이다.

10) 일본 개화기 작가 스에히로 데쓰초(末廣鐵腸)의 동명 작품. 메이지 유신 이후 입헌정치 실시 직전의 정치 분위기를 그린 원작에 비해, 이 번안작은 독립협회 운동 시기로 시대적 배경이 바뀌었다.

11) 「서사건국지」의 경우 소설 형식으로 쓴 것이기는 하나 이는 엄격히 말하여 역사 · 전기류에 포함된다. 뒷장에서 재론하기로 한다.

정치소설류의 경우는 민권 투쟁과 관련되는 진보적 사상이 배경에 놓여 있는 것 같다. 이는 역자들의 성분이나 사상을 검토할 때에도 어느 정도 드러나는데, 번역 · 번안에서의 이러한 현상은 창작 전기소설에서 더욱 두드러지게 나타나는 것 같다.

3. 구소설 형태 소설의 존재 양상과 의의

한문소설이 처음 신문에 연재된 것은 1904년 《대한일보》[12]에 발표된 「관정제호록(灌頂醍醐 錄)」이 아닌가 싶다. 이 작품은 처음에 한글 표기이던 것을 중도에 현토한문으로 바꾸었으며, 그 내용은 기기적(奇記的) 애정소설이다. 한문소설은 1906년에 「일념홍(一捻紅)」, 「용함옥(龍含玉)」이 《대한일보》에 연재되었으며, 같은 해에 《황성신문》에도 「신단공안(神斷公案)」이 연재되었다. 그리고 잡지에는 이해조의 「잠상태(岑上苔)」가 같은 해에 《소년한반도》에 실렸으며, 《대한자강회월보》, 《대한협회보》, 《야뢰》 등 인민을 지도 · 계몽하거나 개화사상을 고취하겠다는 취지에서 발간된 잡지들에 국한혼용 소설이 1906~1907년에 다량 발표되었다.

주지하다시피 신소설이 처음 발표된 것은 1906년 7월인데, 한문소설이 이를 전후하여 속속 신문과 잡지의 지면을 차지했던 것이다. 이들 한문소설을 검토해볼 때 「일념홍」 한 편만이 구소설과 신소설 요소를 동시에 내포하고 있는 중간 형태의 표본적인 작품[13]으로 평가할 수 있을 뿐, 여타의 작품은 비록 제한적인 취재의 현실성이 나타난다 하더라도 작품에 투영된 작가의 현실인식이나 정신 그리고 작품의 사회적 기능을 점검해볼 때 전통적인 한문소설의 전기성에 바탕을 둔 파한적 오락성을 극복하지

---

12) 1904년 3월 인천 조선신보사에서 일본인 아리후 주로(蟻生十郎)에 의하여 발행된 신문.
13) 송민호, 『한국개화기소설의 사적 연구』, 일지사, 1975, 106쪽.

못하고 있는 것 같다. 그러나 여기서 1908년에 단행본으로 출간된 유원표의 『몽견제갈량(夢見諸葛亮)』 같은 작품은 작가의 비판적 시대정신에 의하여 한문소설의 또 다른 돌파구를 찾은 작품으로 평가하지 않을 수 없다.[14]

몽유록 형태의 소설들이 이 시기에 제작되어 소설의 시대와 사회에 대한 사명을 수행하고 있음을 볼 수 있다.

몽유록은 조선조 때부터 있어온 소설의 한 유형으로, 양식적 특징은 입몽-각몽(入夢-覺夢)의 구조로 되어 있으며, 내용은 주로 현실에 불만을 가진 주인공(화자)이 비판적으로 작중인물과 대담·토론을 하는 소설이다.

몽유록 형태의 소설 중 대표적인 작품으로는 안국선의 『금수회의록』과 앞서 밝힌 유원표의 『몽견제갈량』이 있는데, 1911년에 박은식의 『몽배금태조』, 1916년에 신채호의 『꿈하늘』 같은 작품들이 발표된다.

『금수회의록』의 경우, 몽유자가 동물들의 인간 성토 연설을 듣고 부끄러움을 느끼면서 기독교적 설교를 하는 작품으로, 이 시기에 발표된 한국적 정치소설의 대표적인 작품으로 평가되고 있다. 이 작품의 작가인 안국선은 1899년 동경전문학교를 졸업한 사람으로서 「외교통의」, 「정치원론」, 「연설방법」, 『공진회』(단편소설집) 등의 저술과 이 시기의 잡지에 경제와 정치에 관한 논설을 십여 편 발표한 진보적 개화파에 속하는 사람이다.[15]

『금수회의록』은 몽유록 속성의 하나인 비판과, 독립협회 결성을 전후하여 만개된 연설과 유관한 것으로 보이는 '연설법방'의 소설적 적용, 그리고 동물 우화의 위장성 내지는 알레고리의 원용이라는 점에서 구소설의 한계를 극복하고 새로운 몽유록의 지평을 연 것으로 평가된다.

이에 비하여 『몽견제갈량』은 구소설 한계의 극복 정도가 미비하기는 하

---

14) 이 작품은 몽유록에서 재론하기로 한다.
15) 원명구, 『개화기소설의 이해』, 인하대출판부, 1986, 139~162쪽 참고.

지만 오랫동안 국민의 가치관과 윤리에 터를 잡고 있었던 유교적 관념의 상징인 제갈량적 사고를 깨뜨림으로써 한문소설의 가능성을 제시한 데 의의가 있는 작품이다.

『몽견제갈량』의 작가인 유원표는 한학을 수학한 구한말 군관 출신으로 을사늑약에 항거한 1905년 군부 반란으로 파면·축출된 후 강단에서 교육에 전념한 사람이다.[16]

위의 두 작품의 내용을 검토할 때, 이 작품들은 현실비판과 국민 계몽에 주안점을 둔 듯하며, 자주정신을 근간으로 한 진보의 개념에 입각한 듯하다. 그러나 이 두 작품은 1905년 5월, 11월에 각각 금서로 압수되었으며,[17] 이러한 종류의 소설은 국외로 망명한 박은식, 신채호 등에 의하여 잠시 명맥을 유지한다.

토론체 소설은 소설의 서사 구조가 토론 형식으로 된 소설을 말하며 「쇼경과 안즘방이 문답」(《대한매일신보》, 1905. 11~12), 「거부오해」(《대한매일신보》, 1906. 2) 같은 《대한매일신보》 시사문답란에 게재되었던 희문(戱文)[18]과 이해조의 『자유종』 같은 작품이 이에 해당한다.

1910년 7월에 광학서포에서 발간한 『자유종』은 본문 첫 페이지에 '토론소설'이라고 표기되어 있는데, 이 작품을 소설로 보기 어렵다는 견해[19]와 일종의 계몽서로 보는 견해,[20] 그리고 단막 희곡 같다는 견해[21] 등이 있다.

그러나 이 글에서는 당시 소설에 대한 개념이 명료하지 못했던 사실을

---

16) 앞의 책, 174~192쪽 참고.
17) 《경무월보》, 1912. 3. 27.
18) 이재선, 홍일식이 이 용어를 사용한다.
19) 조동일, 『신소설의 문학사적 성격』, 한국문화연구소, 1973.
20) 이재수, 『한국소설연구』, 형설출판사, 1973.
21) 김광용, 『신소설연구』, 새문사, 1986.

염두에 두고, 작가의 표기를 존중하여 이 문제에 대한 논의는 배제하기로 한다. 『자유종』의 서사적 시간은 하룻밤이며, 전편이 거의 대화로 짜여 있다. 융희 2년(1908) 음력 1월 16일 밤 매경 부인의 생일잔치에 초대받아 모인 부인들이 개화와 계몽에 관한 여러 문제를 토론하는 이 소설은 닭이 우는 새벽녘에 해산하는 것으로 끝을 맺는다.

남자에게 억압받는 여성의 인권 문제를 제시하는 데서 시작하는 이 작품은 신설헌 부인이 사회자가 되어 토론회를 할 것을 제안하고, 자신부터 여권 문제와 자녀 교육에 대한 의견을 발표한다. 이들이 토론한 주제를 정리해보면 다음과 같다.

① 여권 신장
② 여성 교육의 중요성
③ 자녀 중심의 교육
④ 근대적 학문의 필요
⑤ 종교 · 교육 제도의 비판
⑥ 적서차별 폐지
⑦ 반상 문제
⑧ 지방색 타파
⑨ 한자 사용 비판
⑩ 고대소설 비판
⑪ 자주독립의 염원

위에 열거한 토론 주제를 살펴볼 때, 이들 토론의 주제는 당시 사회를 개혁하고 진보를 이념으로 하던 급진적 개화론자들의 개화이념의 구체적 항목이며, 이는 앞서 고찰한 『금수회의록』과 유사한, 당시 풍미하던 연설회의 회의록 같은 감을 금할 수 없다. 그러나 전체적으로 볼 때 소설 미학적 형상력과 감동의 문제를 차치한다면, 개명된 독립국가의 어엿한 국민으로서 자유를 찾고 권리를 행사할 수 있는 새날을 희구하는 염원으로 일관된 민권 신장과 국권 회복의 의식으로 제작된 작품으로 평가할 수 있으며, 시사성과 공론성이 강한 작품으로 평가할 수가 있다.

무서명 소설인 「쇼경과 안즘방이 문답」은 불구자인 두 대담자에 의하여 당시의 경제 파탄과 매관매직의 정치 부패상과 수구파의 불구적인 의식, 형식화된 개화인의 사고, 의타적 근성, 오적 규탄 등을 야유와 풍자로 비판하는 내용을 대담 형식으로 쓴 소설이다. 「요로원야화(要路院夜話)」 등에서 볼 수 있는 바와 같이 전대 서사의 한 양식이라 할 수 있는 토론체 소설의 형식을 계승한 이 작품은 그 관심의 초점을 당대적 문제에 둠으로써 시대에 맞도록 양식을 조작하여 풍자적 효과까지 거두고 있는 듯하다.

《대한매일신보》에 게재된 토론체 소설들은 무서명인 것이 외적 특징이며, 신문사 사설의 통속적 적용인 듯하고, 이들 소설의 주된 관심은 단순한 개화 지향에 있는 것이 아닌 자주 국권 회복 의지에 놓여 있는 것 같다.

애국계몽기에 발표된 전기로는 앞장에서 언급한 번역 작품 외에 1908년에 간행된 신채호의 『을지문덕』, 우기선의 『강감찬전』과 1909년에 《대한매일신보》에 연재한 신채호의 「최도통전」(상편)과 「이순신전」 등이 있다.

경험적 서사체인 전기는 실제적 사실이나 진실에 직결되어 있을 뿐 아니라, 사실 보증적인 강점과 역사적 충동, 역사적 진실을 통한 자기 인식, 역사적 우의법에 의한 이념 표출이 가능하다는 강점을 지닌다. 그뿐만 아니라 전통적 전기 형태를 수용함으로써 새로운 형태 창조의 작가적 부담이 감해지며 독자에게 익숙한 장르의 관습으로 인하여 쉽게 받아들여질 수 있다는 장점이 있다.

서양 위인의 전기가 한국 위인의 전기보다 먼저 번역되어 출간되었는데, 이는 앞에서 언급한 바와 같이 당시의 서양에 대한 지적 갈망의 표출로 볼 수 있으며, 번역된 위인전의 주인공이 모두 건국의 공이 있거나 국난을 극복한 영웅이라는 점에서 당시 한국의 시대적 상황과 연관시킬 때 영웅의 출현을 절실히 기대하던 시대사조의 소산이었다 하겠다. 즉, 서양 위인의 전기에 반영된 역자나 편자의 의도는 영웅심을 조장하고 위기의 현실을 인식시키려는 데 있었다고 보아도 틀리지 않을 것이다.

이와 같이 서양 위인전에 투영되었던 전기 제작의 동인은 한국의 역사적인 인물로 방향이 전환되어 을지문덕, 강감찬, 최도통, 이순신, 연개소문 등을 주인공으로 한 전기가 쓰였으며, 이들은 모두 한국사에서 외적의 침입을 막고 국난을 극복한 영웅들로 실제 작품상에도 영웅으로 형상화되었다. 따라서 이 시기의 전기의 주인공들이 너무 규격화되어버린 점이나 신격화된 점에서 문제를 발견할 수 있지만, 이는 전기작가들의 의도와 목적이 문학적 형상화나 역사적 삶의 올바른 인식보다 앞선 결과라 하지 않을 수 없을 것이다. 전기작가들의 지나친 자주 의지와 국권 수복 의지가 빚은 결과가 아닌가 싶다.

이상에서 개괄적으로 고찰한 한문소설, 몽유록계 소설, 토론체 소설, 전기소설들은 한문소설을 제외하고는 대개 전대 소설의 형식을 계승하고 있으며, 새로운 소설 형태의 시도보다는 작가의 이념 표출에 주안을 두었던 소설로서, 자주와 국권 회복 의지에서 현실을 비판하고 국민을 계몽하여 애국정신과 자아 각성을 목표로 하여 창작된 일종의 목적소설이라고 할 수 있다. 이러한 목적소설이 비록 일제의 언론 탄압이라는 물리적 힘으로 금서 조치되거나 압수 처분을 당하게 되어 한국현대문학사에 전통적 유산을 계승시켜주지는 못하였지만, 1900년대 당대의 특수성을 고려할 때 이들 구소설 형태의 소설 양식들은 소설의 사회적 기능을 충실하게 실천한 것이라고 판단된다. 따라서 당대의 존재 의의를 인정할 수밖에 없다는 입장에서 우리의 근대소설사는 첫머리부터 새로 쓰여야 할 것으로 판단된다.

4. 신소설의 계몽성과 의의

신소설이라는 용어는 이인직의 『혈의 누』가 발표된 이후 1907년 광학서포에서 발매 광고를 내면서 구소설의 대치어로 사용되어온 용어로서[22] 한국문학사에서만 사용되는 독특한 명칭이다.[23] 이 신소설은 고대소설과 이광수 이후 소설의 중간 단계의 장르 개념으로 사용되고 있으며, 따라서 과도기의 소설로 규정하고 있다.[24] 그리고 신소설은 '낡은 양식에 새 정신을 담은 문학'으로 임화는 규정하고 있는데, 실제로 신소설이 제작된 1906년부터 1926년경까지의 신소설 모두에 이 규정이 적용될 수는 없는 듯하다.

1900년대에 제작된 신소설로는 이인직의 『혈의 누』를 비롯하여 『귀의 성』(1906), 『치악산』(상), 『은세계』(1908), 이해조의 『고목화』(1907), 『홍도화』, 『빈상설』, 『구마검』(1908), 『자유종』(1910), 육정수의 『송뢰금』(상, 1908), 안국선의 『금수회의록』 등을 들 수 있는데, 이 가운데서 『자유종』과 『금수회의록』은 이미 앞장에서 토론체 소설과 몽유록계 소설로 논의하였으므로 여기서는 제외하기로 한다. 『자유종』이나 『금수회의록』 같은 소설을 비롯하여 신극소설로 알려진 『은세계』라든가 과학소설, 정탐소설, 전기소설(『이국부인전』) 등을 모두 신소설에 포괄시켜온 경향이 있는바,

---

22) 이에 대한 이론으로는 이재선 교수의 설이 있다. 『한국개화기소설연구』 참조.
23) 전광용, 『신소설연구』, 새문사, 1986, 18쪽.
24) 임화의 「개설 신문학사」 이후 백철, 조연현, 전광용 등이 이를 수용한다.

이 글에서는 앞서 말한 새 정신을 담은 소설로서 그 정신이 소극적 문명개화에 치우친, 소설 미학에 근거한 소설에 한하여 이 시기의 신소설을 논하고자 한다. 『혈의 누』를 중심으로 몇 작품을 보완 자료로 하여 신소설의 문학적 특징을 검토하기로 한다.

이 소설은 청일전쟁을 배경으로 하여 옥련(玉蓮) 일가의 이산과 옥련의 일곱 살 때부터 열일곱 살에 이르기까지의 기구한 생애를 줄거리로 한 작품이다.

이 작품을 표본으로 놓고 볼 때, 서술의 평이성, 문장 서두의 파격적 변형, 사실적 묘사 등의 외형적 특징이 발견된다. 이는 전대 소설의 설화성 탈피와 사실적 형상화 그리고 일상어와 국어에 대한 새로운 인식 등이 그 기저에 자리한 작가의식 변화의 한 현현이라 할 수 있다.

소설의 기술 측면에서 본다면, 이 소설을 비롯하여 신소설 일반의 특징으로 작가 개입의 절제와 객관적 서술의 지향을 볼 수 있다. 그리고 사건 전개도 가능한 한 필연성을 얻도록 노력하려는 기미를 볼 수 있다. 그러나 이러한 기술상의 문제가 신소설에서 완전히 확립된 것은 아니다.

이상과 같은 외형적 특징보다 더 눈길을 끄는 것은 신소설에서 발견할 수 있는 새로운 정신이며, 그것이 취재의 현실성과 문제 제시에 있는 것 같다.

취재의 현실성이란, 이야기 내용이 당대적이라는 점과, 서사 공간과 시간이 구체적이며 현실적이라는 점이다. 앞에 예로 든 소설 모두가 갑오경장, 또는 동학혁명, 또는 청일전쟁, 하와이 이민 전후로 작품 속에 구체적으로 밝혀져 있으며, 공간 또한 평양, 서울, 부산, 원산, 인천 등지로 지리적·상황적 배경 묘사가 이루어지고 있다. 그뿐만 아니라 등장인물은, 비록 고대소설의 선악 대립에서 개화/보수의 대립으로 바꾸어놓기는 하였으나, 당대적 인간형의 두 유형의 갈등으로 설정하였다는 것은 현실성 획득의 한 효과적인 방법으로 보인다.

『혈의 누』의 경우에는 전체적으로 보아 주인공의 시련 극복과 개화 과정을 보여준 것이기는 하나 부국, 자주독립, 남녀평등, 신교육 등 당대의 문제를 제기하고 이를 주인공의 시련 과정에서 소설적으로 형상화하려는 의도가 보이며, 『구마검』 같은 경우는 미신 타파라는 주제를 주인공 함진해의 집안이 몰락하는 과정을 통하여 형상화함으로써 계몽적 의도를 어느 정도는 소설 미학 속에 용해하여 성취하였다는 점은 높이 평가하지 않을 수 없다. 그러나 이러한 긍정적 측면이 있음에도 불구하고 신소설 작가들의 이상주의적 현실관은 문제의 깊이에 천착하지 못한 듯하고, 본질적 문제보다는 기성 인습 타파나 제도의 변혁에 치우쳐 최우선이어야 했던 국권 회복 문제에 있어서는 취약한 의지를 드러내고 만다. 『혈의 누』에서 구완서가 주장하는 삼국연방론이나, 『은세계』에서 옥남이 비적(실은 의병임)들에게 설유하는 정치 개혁 찬양은 작가의 정치 인식의 천박함 내지는 소박함을 드러낸 것이라 하지 않을 수 없다. 그리고 앞에 예시한 거의 모든 신소설이 주요한 폭로의 대상으로 삼았던 탐관오리의 부패상에 대한 비판은 당면한 국가적 문제 인식의 피상성을 드러낸 것이며, 단순한 계몽에 몰두하였다는 증거가 되기도 한다.

실상 신소설 작가의 소설관은 이해조의 소설론에 집약되어 있다고 볼 수 있는데, 이해조는 『화의 혈』(1911) 후기에서 다음과 같이 그의 소설관을 피력하고 있다.

기자왈 소설이라 하는 것은 매양 빙공착영(憑空捉影)으로 인정에 맞도록 편집하여 풍속을 교정하고 사회를 경성하는 것이 제일 목적인중 그와 방불한 사람과 방불한 사실이 있고 보면 애독하시는 열위 부인 신사의 진지한 재미가 일층 더 생길 것이오. 그 사람이 회개하고 그 사실을 경계하는 좋은 영향도 없지 아니할지라. 고로 본 기자는 이 소설을 기록함에 스스로 그 재미와 그 영향이 있음을 바라고 바라노라.

이해조의 위의 글은 허구론과 교화론과 흥미론에 입각한 소설관으로, 소설의 더 큰 적극적 기능에 미치지 못함을 알 수 있다. 최소한도 국성배양과 민지계도의 적극적 기능을 인식하였다면, 그의 소설 태반이 다루고 있는 가정사를 중심으로 한 구소설적 형태로 퇴행하지는 않았을 것으로 판단된다.

후기로 갈수록 신소설이 흥미 위주이거나 가정 쟁총(爭寵) 소설 형식의 괴상한 소설로 퇴행한 것은, 신소설 작가들의 현실인식과 개화사상의 협소성이나 한계성과 유관한 것 같다. 풍속 개량 차원에서 개화의 의미를 신봉했거나, 당대의 국제정치 상황에 대한 이상주의 내지는 낙관론적 견해를 지니고 있지 않았다면 신소설은 상업성과 야합한 통속적 흥미 중심의 소설로 전락하지 않았을지도 모른다.

애국계몽기의 신소설 작가로는 이인직, 이해조, 안국선, 육정수 등을 들수 있다. 그런데 이들은 모두 신교육을 받은 사람들이며, 이인직과 안국선은 일본 유학생이며, 육정수는 배재학당 출신이다. 여기서 작가들에게 관심의 일단을 보내는 것은 그들의 지향점이 자주적 민족주의보다는 진보적 근대화로 향해 있는 것과 그들의 교육이 유관한 것이 아닐까 하는 추측에서이다. 그리고 계몽과 개혁에 의하여 개화를 성취할 수 있다고 본 그들의 이상주의적 성향이 외국 유학이나 신교육 기관의 영향과는 전혀 무관할 것인가라는 의문에서이다.

애국계몽기의 신소설은 비록 합방 후 1910년대에 가서 추악하게 퇴행하기는 하지만, 근대화를 지향하는 계몽 의지를 소설적 형상화를 통하여 어느 정도 성취함으로써, 소설의 시대적 사명의 일익을 담당했던 것으로 판단된다.

5. 애국계몽기 소설의 문학사적 의의

매우 소략한 고찰을 통하여 애국계몽기 소설의 다양한 전개 양상을 살펴보았다. 그 결과 어느 시대를 막론하고 다양한 이념에 의하여 역사적 현실에 대응하고 극복하려는 노력이 있었으며, 그 문학적 실천으로서 다양한 양식의 문학작품이 생산될 수밖에 없으며, 다양한 문학 양식의 존재 양상은 시대 이념의 존재 양상의 또 다른 현현임을 알 수 있었다.

따라서 한국의 애국계몽기라 할 수 있는 1900~1910년은 단순한 이념에 의하여 근대화로 치달을 수 없는 역사적 특수 상황을 내포한 시기이며, 이 시기의 문학을 논함에 있어서 어느 하나의 이념으로 대표될 수 있는 문학 현상에 경도되는 문학사의 기술이나 문학사적 평가는 온당한 것이 못된다는 결론에 도달하게 되었다.

애국계몽기의 소설은 각기 지향점이 다른 이념의 다양한 표현이며, 낡은 형식이든 새로운 형식이든 관계없이 국민을 올바른 방향으로 지도하여 문학의 역사적 사명을 수행한 경우에는 제 몫을 인정하고 평가해주어야 한다고 본다.

자주와 진보 두 방향에서, 보수와 개화의 의지로 이 시기의 작가들은 문학적 실천을 행한 것이며, 이는 당대의 시대정신의 구현 작업인 것이다. 그러므로 작가 개인차와 정치·사회적 상황에 의하여 각각 달리 구현된 한 시대의 문학의 총체적 모습을 문학사의 그물에 포착하려는 노력이 필요하다 하겠다.

애국계몽기의 소설은 그 유형이 다양한 양상으로 드러났다는 데 의의가 있으며, 한 시대의 이념과 갈등, 고민이 반영된 문학이라는 데 특별한 의미가 있다 하겠다. 새로운 것으로의 변신이 얼마나 힘든 것인가를 보여주는 과도기적 문학이라는 점에서 이 시기의 문학은 오늘날 우리에게 많은 암시를 준다.

근대 문학비평의 여명기

김복순

이 시기의 비평은 비평의 장르적 전문화 이전 시기의 산물로서 이론비평과 실천비평이 혼합된 서발비평, 그리고 장르적 전문화가 어느 정도 이루어진 단계의 실천비평과 이론비평으로 나누어 고찰할 수 있다.

1. 서발비평(序跋批評)

서발비평이란 서문 또는 발문 형식의 단편적인 문학비평 형태를 지칭한다. 1890년부터 발표된 역사·전기문학, 신소설, 시 작품들에는 서문과 발문 형식의 비평문들이 상당수 눈에 띈다.

이는 비평의 아마추어리즘과 연관되는 것으로서, 비평의 장르적 전문화가 이루어지지 않았던 시기의 현상이며 이 시기에만 존재 가치를 지니는 독특한 유형의 비평이다. 그 내용은 이론비평과 실천비평의 혼합 양상을 드러낸다.

이 서발비평 형태는 동양문학 양식 분류에서의 '서발 · 증서류(序跋 · 贈序類)'[1]에서 비롯된다. 사평(史評) 형식에서 영향받은 이 양식은 각 문집 속의 자서(自序) · 증서(贈序) · 발문(跋文) 또는 시서(詩序) 형태로 일찍부터 문학비평의 한 갈래로 인식되고 있었다.[2] 이러한 서발 · 증서류는 「육미당기(六美堂記)」, 「일락정기(一樂亭記)」, 「종옥전(鍾玉傳)」, 「삼한습유(三韓拾遺)」(이상 김동욱 교수 소장본) 등의 고소설에서도 차용되거니와, 1890년대 이후 더욱 본격적으로 등장하는 서발비평 형태의 비평문은 형태 면에서 볼 때 이러한 서발 · 증서류의 일정한 영향 하에서 배태되었다고 할 수 있다.[3]

1900년대의 서발비평은 역사 · 전기문학의 서발, 신소설의 서발, 시 서발로 나누어 살필 수 있으며, 연극에 관한 자료는 없다. 우선 당대를 위기로 파악하고 저항과 자보적 민족주의[4] 성격을 띤 역사적 서사체인 역사 · 전기문학(『서사건국지』 등 26종의 자료가 발견된다)에서는 외세 배격과 외세 의존 비난, 자유와 자립 강조로 나타나며, 위기 타개책으로서 영웅 출현을 갈망하는 영웅숭배사상과 그와 관련되어 애국심이 고취되어 있는 것이 특징이다. 이 점에서 역사 · 전기문학의 서발이 대체로 정치적 효용성을 강조하고 있음을 알 수 있다. 문체상으로는 순 한문이 제일 많고 국한문이 더러 보이며 순 한글로 된 것은 『텬로역정』, 『라란부인젼』 정도이다.

---

1) 이가원, 『한문학연구』, 탐구당, 1969, 612~665쪽 참조.
2) 김동욱 편의 『한국고전비평론 자료집』(계명문화사, 1988)을 보면 2/3 이상이 서발비평 형태이다.
3) 그러나 내용 면에서는 전대의 서발과 차이점이 있다. 자세한 것은 졸고 「1890년대~1910년대 문학비평연구」(연세대 석사논문, 1982) 11~20쪽 참조.
4) 이재선, 「개화기 서사문학의 두 유형」, 『국어국문학』 68 · 69 합병호, 1975.

신소설의 경우 모두 50여 종의 자료 여기저기에서 발견되는바 서(序)는 서문, 서언, 셔언, 증독자문(贈讀者文), 편두단언(編頭短言) 등으로 표기되어 있으며 발문은 기자(記者)왈 · 긔쟈왈 · 저쟈왈 등으로 표기(발문 · 후기 등의 표기는 보이지 않는다)된 소설 말미를 말한다. 서문은 대체로 작품 소개, 집필 동기, 집필 경위가 주 내용이며, 발문은 대체로 집필 목적과 독자 지도 의지로 구성되어 있다. 고소설 서발에 비해 소설의 효용 · 기능에 대한 인식은 별 차이가 없으나 고소설 서발이 윤리적 효용성을 강조하는 데 비해, 풍속 개량 및 사회 계몽 등 사회적 · 정치적 효용성을 강조하고 있다. 소설과 비평에 대한 인식은 다소 진전되고 있다. 『화의 혈』 셔언과 말미에서 그것을 확인할 수 있다.

무릇 쇼설은 테ᄌᆡ가 여러가지라…… 상쾌ᄒᆞ고 악착ᄒᆞ고 슯흐고 즐겁고 위틱하고 우슨것이모도다 됴흔ᄌᆡ료가되야 긔쟈의 붓긋을따라 ᄌᆞ미가진진 쇼설이되나 그러나 그 ᄌᆡ료가 미양 옛스룸의 지나간자최어나 가탁의 형질 업ᄂᆞᆫ 것이 열이면 팔구ᄂᆞᆫ되되 ……이졔 쏘 그와 ᄀᆞᆺ튼 현금스룸의 실젹으로 花의血이라 ᄒᆞ난 쇼설을 ᄉᆡ로 져슐ᄒᆞᆯᄉᆡ 허언랑셜은 한구졀도 긔록지안이 ᄒᆞ고 명녕히잇ᄂᆞᆫ 일동 일졍을 일호차착업시 편즙ᄒᆞ노니 긔쟈의 ᄌᆡ료가 민첩지못ᄒᆞᆷ으로 문쟝의광치ᄂᆞᆫ 황홀치못ᄒᆞᆯ지언졍 ᄉᆞ실은 젹확하야눈으로 그스룸을보고 귀로 그ᄉᆞ졍을듯ᄂᆞᆫ듯ᄒᆞ야 션악간 죡히밝은거울이 될만ᄒᆞᆯ가 ᄒᆞ노라.

긔쟈왈 쇼설이라 ᄒᆞ난것은 미양 빙공착영(憑空捉影)으로 인졍에 맛도록 편즙ᄒᆞ야 풍속을 교졍ᄒᆞ고 샤회를경셩ᄒᆞ난것이 뎨일 목적인중 그와 방불ᄒᆞᆫ ᄉᆞ실이 잇고 보면 익독ᄒᆞ시ᄂᆞᆫ 렬위부인 신ᄉᆞ의 진진ᄒᆞᆫ직미가 일층 더싱길것이오 그사룸이 회기하고 그 ᄉᆞ실을 경계ᄒᆞ는 됴흔영향도 업지안이ᄒᆞᆯ지라 고로 본긔쟈는 이쇼설을 긔록ᄒᆞᆷ에 스스로 그ᄌᆡ미와 영향이 잇슴을 바르고 쏘 바르노라.

뿐만 아니라 『탄금대』 말미 등에서도 소설의 허구성 및 사실성, 소설의 짜임새, 본질에 대한 인식이 보다 구체적으로 표명된다. 또한 시론·소설론·연극론의 초보적 양상이 드러나고, 『재봉춘』 편두단언, 『화상설』 말미에서는 소박한 차원에서나마 모방론·반영론에 대한 견해가 거론되기도 한다. 이러한 부분은 신소설 서발에서 자주 거론되고 고소설 비판과 함께 고소설 서발의 부정적 계승 측면이라 할 수 있다. 문체상으로는 순 한글이 대부분이고 간혹 한자를 섞어 쓴 것도 있다.

그런데 한 가지 주목할 점은 재미(쾌락적 기능)에 대한 인식이 영향(교훈적 기능)과의 대립하에 논의되고 있다는 점이다. 이 재미에 대한 인식은 1895년의 『텬로역정』 서문에서도 드러나거니와 더 소급해서는 고소설의 서발(「계월전(桂月傳)」 후기, 「쟝한림전」 말미─이상 김동욱 교수 소장본), 이인로의 『파한집』에서도 엿볼 수 있는 현상이다. 그러나 이 자료들에서의 재미란 '국문으로 되어 있어서 재미있다'는 것이며, 무료함을 덜어줄 수 있다는 정도의 의미에 지나지 않는다. 그러나 신소설 서발(이해조의 『화의혈』 셔언과 말미, 『탄금대』 말미, 안국선의 『공진회』 증독자문 등)에 오면 '흥미 본위의 오락성', '신기성'으로 재미의 내포가 변한다. 또한 문학의 기능 중 영향(효율성)보다 재미(쾌락성)를 우위에 두어 강조한다. 이러한 견해는 근대적인 소설관에 상당히 접근한 것[5]으로서, 재미라는 요소를 소설의 기능에 부여하고 영향보다 우위에 두어 인식함으로써 비로소 공리적인 소설관에서 벗어난다고 하겠다. 한편 이러한 태도는 당대의 역사적 현실에 대한 작가들의 정신적 극복 노력이 상당히 약화되었음[6]을 뜻하기도 하는데, 이는 대한제국 멸망 후 '전망의 부재' 상태에 놓여 새로운 삶의 정신적 지표를 제대로 설정할 수 없었던 상황에서 기인하며, 한편으론 작가

---

5) 신동욱, 『한국현대비평사』, 한국일보사, 1975, 12쪽.
6) 권영민, 「한국근대소설론연구」, 서울대 박사논문, 1984, 16쪽.

가 전문적 직업인이 되어가면서 독자에게 어느 정도 영합한 결과이기도 하다.

시(시가) 서발은 각종 신문·잡지에 서발의 표기 없이 나타나는 자료를 지칭한다. 서보다 발에 해당하는 '평일(評日)'의 형태가 압도적으로 많으며, 거의 단평·자평 형식을 취하고 있다. 장르상으로는 한시의 경우에 집중적으로 나타나는바, 이는 국시 개혁의 일환으로서 시대 변화에 적응하기 위해 한시를 변혁해야 한다(「천희당시화」에서는 한시의 경우 변혁을 꾀해도 동국시계혁명의 범주에 넣을 수 없다고 선언했음)는 당대의 시대 의지가 반영된 것으로 파악된다. 언론 매체를 통해서 대중문학을 유도한 점, 운동 형태를 통해 자주와 독립이라는 당대의 이념을 실천한 점에서 그 의의를 지닌다.

이도재의 「분매(盆梅)」에 첨가된 단평을 보면,

> 평하건대 핍진하다. 이는 실로 시대를 고민하는 자의 구기이니, 읽어보매 저도 모르게 사람을 통곡하게 한다(評日逼, 此眞憂時者口氣, 讀之, 不覺令人痛哭).[7]

자유에 대한 갈망을 호소하는 이 시는 당대 상황과 견주어볼 때 아마도 비상한 감명을 주었을 것이다. 평자는 시의 내용적 측면에 초점을 두면서 시 창작이 담당하는 사회적 맥락과의 관련성을 간접적으로 표명하고 독자 지도의 태도를 견지하고 있다.

"개인의 서정의 표현이라기보다 공적 반응인 민중 의식의 형상화"[8]에 많은 몫을 담당하고 있는 당대의 수많은 시편에 공통으로 관류하는 사상

---

7) 『대한협회회보』, 1909. 2.
8) 김학동, 『한국개화기시가연구』, 시문학사, 1981, 54쪽.

내용이 있다면 대체로 민주주의적 계몽사상과 민족주의적 애국사상[9]이라 할 수 있다. 그리고 이에 대한 비평 역시 이 부류 작품의 게재 의도에 부합하여 동일한 차원의 성격을 지닌다.

그 밖에 자평 형식으로 「모르네 나는」(《대한학회월보》, 1908. 2)과 「나는 가오」(《대한학회월보》, 1908. 4) 등을 들 수 있다.

2. 실천비평

서발비평이 비평의 장르적 전문화 이전 시기의 산물이라면 이 시기의 실천비평과 이론비평 자료들은 장르적 전문화 초기 단계에 해당하는 것들이라 할 수 있다.

시에 대한 실천비평은 시조, 가사, 민요, 창가 등 여러 장르에 걸쳐 다양하게 드러나는데 그중 시조와 민요에 관한 자료가 제일 많다. 류승흠(柳承欽)의 「종교유지방침(宗敎維持方針)이 재경학가(在經學家) 속선개화(速先開化)」 부축가(附祝歌)에 대한 비평은 소위 경계의 사상[10]이라 지칭되는 애국계몽사상의 영향 아래 창간된 《태극학보》에 대한 축시를 게재한 후 '무릇 시회란 세력으로 유지하는 것'이므로 모두가 자강과 개화에 주력해야 환란이 없을 것임을 강조한다. 축시에 대한 비평이니만큼 내용에 대한 언급으로 일관되어 있다. 「혈죽가석의(血竹歌釋義)」는 『유년필독(幼年必讀)』이라는 구한말 교과서의 교사용 지침서인 『유년필독석의(幼年必讀釋義)』에 실린 것으로, 작품에 대한 해석과 그 의미를 밝힌 해설문이다. 교사용 지침서여서 그런지 작품에 어떻게 접근해야 하는지를 자세하게 설명

---

9) 임형택, 『한국문학사의 시각』, 창비사, 1984, 243~250쪽.
10) 김윤식, 「단재사상의 앞서감에 대하여」, 『신채호의 사상과 민족독립운동』, 단재신채호선생기념사업회, 1986.

하고 있다. 이 두 자료는 굳이 말하자면 외재적 문학연구 방법에 속한다고 할 수 있다. 시조에 관한 해설로는 「새상곡(塞上曲)」 평(《대한협회회보》, 1908. 5), 율곡시조 해설(《소년》, 1908. 11), 이이 시조석의(《소년》, 1908. 12), 시조해설(《서북학회월보》, 1909. 2) 등을 들 수 있다. 이들은 주로 작품상의 자구 해석, 용어 설명 차원에 머무르고 있어 인상비평 성격을 띤 해설식 비평의 범주에 넣을 수 있다.

한편, 하나의 유형으로 정착되어 있다[11] 할 만큼 이 시기에 빈번히 행해진 민요개작운동의 예를 이 범주에 넣을 수 있다. 당대의 각종 학회지에는 국시운동의 일환으로 행해진 민요개작운동의 예가 상당수 드러난다. 그 내용은 전래 민요를 싣고 평한 후 개작 민요를 게재하고 이를 다시 평하는 순서를 취한다. 그 한 예를 춘몽자(김원극)의 「문동요(聞童謠)」에서 볼 수 있다.

> (구조) 량반 량반 두 량반 기파라 석량반
>
> 聞者ㅣ曰 이 곡조는, 우리나라, 이왕양반들이, 일홈은, 양반이라고, 자처
> 흐나, 행위는, 기백정이마도, 못흐싯둙에, 일어흔 동요롤, 들을만흐지오, 아
> 마, 즉금은 량반이라는작자들이, 좀회기흐랴고흐지요.
>
> 그러면, 이곡조도 , 좀기량흐는것이, 좃소.
>
> (신조) 량반 량반 저 량반 문명홀사 참량반
>
> 갓탄곡조라도, 량반들에게가, 되단히잇소.[12]

구래의 노랫가락에 신의경을 주입해서 시대 감각이 넘치게 환골탈태시킨 것으로 잡가, 민요, 장시조 등 재래의 모든 문학 양식 및 개별 작품은

---

11) 김영철, 「개화기 시가비평의 형성과정」, 《한국학보》, 1987년 여름호, 9쪽.
12) 춘몽자, 「문동요」, 《서북학회월보》, 1910. 1.

이러한 새로운 창작의 틀로 총동원되었다. 아양자(峨洋子)의 견해에 의하면 이러한 형태는 개작 활동을 통해 민족의 발전과 풍화를 도모하고자 함이 그 목적[13]이다. 금혜(琴兮)의 「가곡개량의 의견」(《대한매일신보》, 1908. 4. 10) 역시 이와 동일한 차원에서 국시 개혁의 필요성을 역설하고 그 방법론적 시도를 구체적으로 논의한다.

시 실천비평 자료의 경우, 민족 양식을 소중하게 이용해야 한다는 자각과 국민 대중적 기반을 확보하려는 비평적 태도 및 비평가의 역할을 보인 점은 바람직하다 할 수 있다. 그러나 변혁기에 있어 형식의 낡은 굴레를 깨뜨리는 비평적 인식에는 미처 도달하지 못한 한계를 여실히 드러낸다.

소설에 대한 실천비평 자료로는 「근래나는 책을 평론」을 비롯하여 「독월남망국사」, 「독이태리삼걸전」 등 10여 종 이상이 드물게 보이는데 모두 서평 형태를 취하고 있음이 특징이다. 이 서평 형태는 비평의 장르적 전문화로 이행하는 초기적 양상을 드러낸다는 점에서 그 의의를 가진다. 즉, 비평의 전문화가 이루어지기 전에는 서발비평으로 행해지던 서평 또는 작품평이 비평 요구의 확대 추세 요인으로 인해 독립 장르로 전문화되어가는 과정을 엿볼 수 있다.

「근래나는 책을 평론」(《경향신문》, 1908. 4. 10)이란 논설[14]은 필자 미상의 순국문 서평으로, 종교적 목적에 따라 천주교와 프랑스를 적극 옹호하는 입장에서 「월남망국사」를 신랄히 비판한 글이다. 여기서는 우선 '소설은 참된 사실을 가지고 하되 실제대로 기록하지 않고 작자 마음대로 기록하기' 때문에 '참말보다 거짓말이 더 많으며' 그렇기 때문에 소설이 상당히 유해하다고 하면서 소설에 대해 부정적 정의를 내린다. 평자는 이 책의

---

13) 아양자, 「가조(歌調)」, 《태극학보》, 1908. 8.
14) 이 당시 논설에는 문학적 표현 형식이라고 볼 수 있는 것이 있다. 《황성신문》 1898년 2월 24일자 참조.

거짓됨을 총 17회 중 2~17회 중간에 걸쳐 장황하게 설명한 후 책을 선별하여 읽을 것을 강조하는데, 그러기 위해서는 평론이 책의 이로움과 해로움을 정확히 밝혀주어 독자에게 지침이 되어야 한다면서 비평의 필요성을 강력히 설파한다. 한편, 평자는 거짓말투성이임에도 이 책의 독자가 많은 이유를 일본에 대한 우리의 원한, 저자의 애국심, 유익한 저술이라 생각하기 때문이라면서 그 이유를 정치적·사회적 조건에 기인한다고 하여 비록 편협한 견해에 불과하기는 하나 독자의 존재 방식을 문화사회학적 시점에서 고찰하고 있음[15]이 드러난다. 그러나 이 글은 제국주의의 속성에 대한 무지를 드러내고, 종교적 목적을 위한 왜곡된 비평의 모습을 노출시켰다는 점에서 커다란 한계를 지닌다. 「독이태리삼걸전」, 「독인도망국사」 등의 자료들 역시 우리와 유사한 상황에 처한 각국의 사정과 국권 회복을 위한 독립투사들의 영웅적 행동을 본받게 하려는 효용적 목적을 바탕으로 씌어져 있다.

연극에 관한 실천비평은 당대의 언론 매체에 나타나는 논설들이 주 자료이다. 당시의 지식인들은 민속예술의 내용과 연희 형태, 연극장 분위기를 매우 비판적으로 바라보았는데, 그 내용은 다음의 네 가지로 분류된다. 첫째 관객비평, 둘째 연희단체 및 극장비평, 셋째 작가비평, 그리고 넷째가 작품비평이다.

첫 번째에 해당되는 것이 《대한매일신보》(1908. 5. 15, 10. 18)와 《황성신문》(1908. 5. 1)의 논설이다. 당시의 민중들에게는 별다른 도락이 없었던 탓으로 연극은 일찍부터 관객층을 확보하고 있었다. 그 주된 구성원은 상류층과 학생층[16]이었는데, 바로 이 점에서 이들은 비판의 대상이 된다. 역사적 위기 상황을 맞아 국권 회복의 활로를 찾아 진력해야 함에도 불구

---

15) 이선영, 「한국근대문학비평 연구」, 건국대 박사논문, 1981, 53쪽.
16) 유민영, 「개화기연극의 사회의식」, 《한국학보》, 1986, 6쪽.

하고 소위 기생까지 대동하고 연극 관람에 열을 올리고 있어 비판의 대상이 된 것이다. 연희단체 및 극장에 대한 비평으로는 「협률사비판」(《대한매일신보》, 1906. 3. 8)과 「연극장 주인에게」가 있다. 여기서는 전래의 민속예술을 퇴폐적인 것으로 보고, 이 국난의 위기에 대중의 마음을 이완시키고 병들게 하는 음담패설로 사람들이나 웃기는 일이 있어서는 안 된다고 비판한다. 영리 위주의 상업주의에 입각하여 이 같은 연극만 공연한다면 음분학교(淫奔學校)에 불과하다는 것이다. 이러한 비판은 곧 협률사를 혁파해야 한다는 주장으로 이어진다. 작가비평으로는 「연극계지 이인직」(《대한매일신보》, 1908. 11. 8)을 들 수 있다. 역시 위와 동일한 논조 아래, 이인직이 음탕적ㆍ황괴적 연극인 「춘향가」, 「심청가」, 「흥부가」, 「화용도」 등을 개량한다 하여 환영하였던바, 시급히 요청되는 연극은 볼 수 없고 여전히 구투의 연극만 성행한다면서 작자의 문학적 태도 및 사회적 의무가 결여되어 있음을 비판한다. 넷째 작품비평으로는 「극계개량론」(《대한매일신보》, 1908. 7. 12), 「연극장에 독갑이」(《대한매일신보》, 1908. 10. 8), 「연극계지 이인직」, 「연희장의 야습」(《황성신문》, 1909. 11. 29)을 들 수 있다. 여기서는 우리의 전통 예술이 한결같이 전면 부정되고 있다. 판소리라든가 꼭두각시, 「토끼타령」, 심지어 「춘향가」까지 음탕지희(淫蕩之戲)라 하여 부정된다. 자주와 주체적 개화를 부르짖으면서도 자국의 전통 민속예술을 부정하는 자가당착적인 이러한 태도에는, 논설에서도 드러나는 바 새로운 창작극에의 갈망이 내포되어 있다고 할 수 있다.

즉, 온달이나 을지문덕, 나파륜 등 역사상의 영웅호걸과 충절열사를 작품화하여 국민 교화에 힘써야 한다는 것이다. 이들은 연극장을 사회교육장으로만 인식하고, 교화적 목적을 위해 주체성이 강한 목적극을 일관되게 요망했던 것이다.

그런데 소설 및 연극에 대한 실천비평에서 자주 발견되는 현상은 작품 전체를 비평의 대상으로 삼지 않고 지엽적인 일부를 들어 비윤리적 등등이라 매도하는 편협하고 경직된 비평 태도가 견지되었던바 객관적 비평수준을 유지하지 못한 점은 그 한계로 지적된다.

3. 이론비평

앞장에서 논의한 비평 양식들이 실제 작품을 대상으로 한 실천비평이거나 실천비평에 가까운 것들이라면 여기에서는 주로 이론적인 측면을 언급하고 있는 자료들이 그 대상이다. 이론비평은 대체로 문학 일반론, 시론, 소설론, 희곡론, 표기 형태론, 번역론으로 나누어 살필 수 있다.

문학 일반론의 범주에는 조용주, 이만종, 김용근의 「도덕과 문학의 관계론」(《장학월보》, 1908. 2), 최재학의 『실지응용작문법』(1909), 현채의 「문학의 진보 급쇠퇴」(1909), 이광수의 「문학의 가치」(《대한흥학보》, 1909. 3)를 들 수 있다. 모두 필자가 밝혀져 있어 비평 활동에 대한 의식의 심화가 어느 정도 이루어졌음을 알 수 있다.

「도덕과 문학의 관계론」은 작문 모집에 응모하여 당선된 동일 제목의 세 논문이다. 필자인 조용주, 이만종, 김용근은 모두 도덕과 문학의 관계를 체(體)와 용(用), 질(質)과 문(文)으로 보고 이 둘의 조화와 병행을 강조한다. 이러한 발상은 전대의 유교적 문학론과 거의 차이가 없다.[17] 을사늑약 체결에 반대하다가 구금된 바 있는 최재학의 저서 『실지응용작문법』(상·하)은 국한문체 작법을 만들어 이용토록 하겠다는 저술 목적 아래 국한문 작문의 원리와 지침 및 수사법을 자세하게 거론한다. 신구 문학이론의 절충을 통하여 국한문체의 실지 응용 방법을 구체적으로 깊이 생각하고 따진 이 저서는 한문 작법을 궁극적으로 벗어나지 못한 측면과 국문문

---

17) 전형대 외, 『한국고전시학사』, 홍성사, 1979, 238쪽 참조.

학에 대한 이해 부족으로 당대 문학개혁운동의 실상과 결부될 수 없었던 [18] 한계를 지닌다. 현채의 「문학의 진보 급쇠퇴」는 신라에서 고려까지의 문학사로서, 이때 문학은 문헌의 개념을 지닌다. 문학이란 용어의 내포가 "문헌, 학문, 서적의 개념으로 사용된 예는 이 당시 자료에 자주 보이는 바, '문헌' 등에서 '순수문학'으로 내포가 바뀌는 과정은 범박하게 말해 근대문학 형성 과정이며 고전적 문학론의 범주에서 새로운 문학론을 접맥시켜가는 과정으로 보아 무방하다. 이광수의 「문학의 가치」는 바로 이 문학 개념의 내포를 서구적 개념하에 정확히 정의한 최초의 논문이다. 그는 원래 문학이란 일반 학문을 가리켰으나 학문이 점점 복잡해짐에 따라 문학도 독립이 되어 이제는 시가 · 소설 등 정적(情的) 분자를 포함한 문장"을 칭하게 되었다고 말한다. 이어 문학이란 원래 정적 만족, 즉 유희로 생겨났지만 이성이 첨가되어 사상과 이성을 지배하는 주권자나 인생 문제 해결의 담임자가 되었고, 인생과 우주의 진리를 드러내 밝히며 인생의 행로를 연구하고 인생의 정적 상태와 변천을 몹시 두려워한다고 한다. 하지만 논자는 일국의 흥망성쇠와 부강빈약이 그 국민의 이상과 사상 여하에 있다고 언급하면서 문학이 실제 문제에 소원한 듯이 보이지만 사실은 실제와 몰교섭한 무용의 장물은 아니고, 문학이야말로 그 이상과 사상을 지배한다고 개진하는바 문학의 정치적 효용성을 노출시키고 있다.

시론으로는 윤상현의 「천희당시화」[19]를 꼽을 수 있다. 동국시계혁명을 주창한 「천희당시화」는 전대의 시화식(詩話式) 고전문학 비평 형태를 빌려 우리의 민족시론 수립에 뚜렷한 지표를 제시한 자료로서 높이 평가된다. 평자는 '시도(詩道)와 나라의 관계'는 매우 중요한 문제이므로 국시의 장

---

18) 조동일, 『한국문학통사』4, 지식산업사, 1986, 244쪽.
19) 「천희당시화」는 신채호의 것으로 추정되어 왔으나 천희당은 윤상현의 호임이 주승택에 의해 밝혀졌다.

점을 보존하고 그 올바른 시도를 확립하는 일이 시급하다고 하면서 문약한 국시를 개량하는 동국시계혁명을 이루어 전 국민의 감정과 풍속이 크게 바뀌도록 힘써야 한다고 주장한다. 그에 의하면 시란 '국민 언어의 정화'로서 '환호, 분규, 처량, 쇄읍(灑泣), 신음, 광제(狂嗁) 등의 정태(情態)로 결성한 문언(文言)'이며, 사람의 감정을 도용함을 목적으로 삼고 국민지식 보급에 그 효력이 있다. 그런데 문약한 국민은 그 시부터 문약하므로 나라가 강무해지기 위해서는 국시부터 개량해야 한다. 국시, 즉 동국시란 동국어, 동국음, 동국문으로 제작한 것으로 신수안(新手眼)을 방(放)하고 신사상을 수입하여 동국시계혁명을 이루면 무릇 세상을 도야할 수 있다는 것이다. 시체(詩體)를 전통적 맥락에서 찾으려 하고, 우리글, 우리말, 우리 음률로 시를 표현해야 한다고 주장하여 민족문학과 민족시론 수립에 뚜렷한 지표를 제시한 점과 당시의 역사적 상황에서 '낙관적 전망'을 가지고 적극적으로 대처하여 해결하고자 한 실천적 지식인의 모습을 보인 점, 문학과 사회의 관계를 살피는 비평 방법을 모색한 점 등은 높이 평가할 수 있다. 그러나 동국시로 고유시를 주장하지만 민요와 시조를 제시하는 데 그친 점, 시의 교시적 기능을 지나치게 강조한 점은 그 한계로 지적된다.

소설론으로서는 신채호의 것으로 판단되는 「근금 국문소설 저자의 주의」(《대한매일신보》, 1908. 7. 8)와 「소설가의 추세」(《대한매일신보》, 1909. 12. 2)가 있다. 여기에서는 소설을 '국민의 혼', '국민의 나침판'이라 정의하면서 소설이 감화를 주기 때문에 "위미음탕적(萎靡淫蕩的) 소설(小說)이 다(多)하면 기국민(其國民)도 차(此)의 감화(感化)를 수(受)할지며 협정강개적(俠情慷慨的) 소설이 다(多)하면 기국민(其國民)이 차(此)의 감화(感化)를 수(受)할지니" 소설 저자들은 이 점에 유의하여 퇴폐적인 구소설과 모리적인 신소설을 일소할 새로운 소설을 지어내야 한다고 강조한다. 신채호는 국문소설의 역할을 사회 개조의 측면까지 끌어올리면서 그 방법까지도 구체적으로 제시하는데, 폐해한 소설을 강제적으로 판매 금지할 것이 아니라 신기하고 영결(瑩潔)한 신소설을 많이 생산하면 그런 것들은 자연히 종적을 감출 것이라는 논리적으로 합당한 견해를 보인다. 그는 소설의 의의와 중요성, 가치를 설명하면서 문학의 사회적 가치와 효용을 특히 강조하고 있을 뿐 아니라 비평의 역할과 의미를 작자 지도에까지 확대시키고 있어 주목된다 하겠다.

연극에 관한 이론비평 자료에서는 주로 부정적 견해에서 비판적으로 행해진 실천비평의 경우와 달리 연극의 필요성이 강조되고 있다. 「연회장의 야습」을 보면 "연극이 남녀로 하여금 피로할 때 유쾌하게 하며 애국정신을 감발케 하고 이로 인해서 지식을 감발하는 효력도 없지 않다"고 하여 효용적 측면에서 연극의 필요성을 언급한다. 「소설과 희대가 풍속에 유관」(《대한매일신보》, 1910. 7. 20)에서도 이와 마찬가지로 "소설과 연극이 개인의 머리에 깊이 스며들고 사회의 기풍에 감화를 주어 마음을 매혹케 하고 정성을 움직이게 한다"고 개진한다. 달관생(達觀生)의 「연극장 주인에게」(《서북학회월보》, 1909. 10)에서는 연극이 "상필부패(想必腐敗)한 풍속을 개량하며 여항간 음사리요(淫詞俚謠)를 방뒤(防杜)코자 함"이라면서 같은 논지를 드러낸다. 이러한 주장은 얼핏 실천비평 자료와 배치되는 듯 보이지만, 연극의 필요성을 자각하고 그에 미치지 못하는 연극 풍토를 비판한 것으로 서로 일관된 논지 하에 있음이 발견된다. 그러나 전반적으로 볼 때, 예술론적 측면을 애써 경시한 채 연극의 사회적 효용성만을 강조하는 태도를 취한 점은 부정적으로 평가되는 부분이다.

기왕의 연구에서 논의된 바 없으나 문학론의 범주에서 제외시킬 수 없는 것이 이 시기의 표기 형태에 관한 논의이다. 이 논의는 자국 문자에 대한 자각과 국문 사용이란 실천적 측면을 동반한 문제여서 민족문학 논의의 제1단계에 해당되는 과제이고, 표기 체계가 문학 내용의 질적 규정성을 갖는 측면을 고려해볼 때 문학비평 분야에서 중요하게 취급되어야 할 문제이다. 이에 관한 자료로는 20여 종이 드물게 보이나 대체로 다음과 같이 분류된다. 즉, 한문 사용으로 돌아가 전래의 문명을 수호하자는 보수적 입장, 국문 사용의 필요성 및 의의를 역설하고 혼란된 표기법을 정비하는 것이 그 과제라 강조한 주체적 입장, 그리고 절충론이 있다. 그러나 주체적 입장 내에서도 국문이냐 국한문이냐의 견해는 계속 논란거리로 남아 있었던 것이 사실이다. 여러 가지 문제가 뒤섞여 엉켜 있는 논의이니만큼 검토에 유의해야 할 부분이 많다. 전자의 경우로 여규형의 「논한문국문」, 김형복의 「한문불가폐론」(번역), 장지연을 들 수 있고, 둘째 경우로는 지석영의 「국문론」, 신해영의 「한문자와 국문자의 손익여하」, 강전의 「국문편리 급 한문폐해」와 주시경, 신채호, 이광수가 놓인다. 절충론을 주장한 사람은 이능화(「국문일정법의견서」)이다.

그 밖에 이 시기의 비평 범주에 넣을 수 있는 것으로 문학사 정리라는 차원에서 한국문학사의 효시 작품을 정확하게 찾아 올바른 시사(詩史) 복원을 꾀하고자 한 박은식이 황성자(皇成子)라는 필명으로 쓴 「고구려시사」(《서북학회월보》, 1908. 1)와 어문 생활사를 역사적 단계에 따라 고찰한 「국한문의 경중」이 있으며, 번역문학 논의의 효시로서 번역자의 태도 및 자질, 번역 시 유의 사항에 대해 언급한 「글을 번역하는 사람에게 경고함」(《대한매일신보》, 1909. 9. 1)과 「일본서책의 효력」이 있다.

4. 비평사적 의의와 한계

1900년대는 일본 제국주의에 의한 강제 병합이 거의 기정사실화되어가던 때이며, 그에 따라 민족 모순이 주요 모순으로 인식되기 시작한 때이다. 이러한 역사적 위기 상황을 맞이하여 당대의 지식인들은 민족의 생존권 보존을 위해 그 대응책을 집중적으로 추구하고 모색하기에 애쓴다. 비평의 경우도 마찬가지여서, 이 시대 비평 역시 '생존 그 자체'로 받아들여진다. 역사적 위기를 타개하기 위해 각성을 촉구하고, 새로운 문학의 지평을 열어 나름대로 가능한 어떤 전망을 제시해야 한다는 민족사적 과제가 문학비평에도 고스란히 주어졌던 시대이다.

이 시기는 전통적인 문학론이 새로운 시대정신을 포괄하기 위해 자체로서의 새로운 변혁을 시도하고, 한편으로는 외래문학론이 수용되어 전통적인 문학론과 치열하게 맞부딪치면서 조화를 이루어나가는 과정이었다. 그래서 문학관 자체에 대한 광범위한 전환이 이루어지면서 문학의 본질 및 기능, 효용성에 대한 점검이 다양한 형태로 이루어지게 된다. 이러한 현상은 이 시기 비평 중 가장 독특한 유형인 서발비평에서 제일 두드러지게 나타난다.

서발비평은 비평의 장르적 전문화가 이루어지기 이전의 비평 형태로서 단편적인 문학론 양상을 보인다. 이는 전시대의 문학비평 형태를 계승한 것으로 비평사 단절 논의를 불식시킬 수 있다는 점에서 비평사적 의의를 획득한다. 이론비평과 실천비평의 혼합 양상을 드러내고, 시론·소설론·희곡론에 대한 초보적 인식을 보이는 등 근대 문학비평의 기틀을 마련했다는 점에서도 의미가 있다.

비평의 전문화가 어느 정도 이루어졌다고 판단되는 이론비평과 실천비평에서는 애국계몽사상의 영향 아래 '낙관적 전망'을 가지고 국권 회복을 위해 문학개혁을 추구한 측면이 드러났다. 개혁 논의에 적극적으로 참가한 사람들은 전문적 문학인이라 할 수 없는 전통적 지식인들로서, 이들은 주로 공리적 문학관을 토대로 문학의 사회적 기능을 강조했다. 즉, 문학 구조론적 측면에 대한 인식보다는 비평의 기능 중 '가치의 귀속'에 목적을 두는 문학 기능론에 기울어 있다. 이들은 문학이 무슨 일을 할 수 있는가,

문학을 어떻게 이용할 수 있는가를 집중적으로 추구했던 것이다. 그리하여 문학 내에 본질적으로 사회 교화 기능이 있음을 간파하고 역설하면서, 독자 지도 · 작가 지도에 비평 최대의 몫을 할당한다. 따라서 자주와 독립이라는 당대 이념에 부합하지 못하는 각종 작품은 입법비평의 견지 아래 신랄히 비판되고 부정된다.

이론비평에 비해 자료 수가 월등히 많은 실천비평의 경우, 작품 전체를 대상으로 하기보다 지엽적인 일부를 들어 비난하는 편협한 태도를 보이는데, 이 점은 문학의 사회적 기능을 지나치게 강조한 나머지 문학의 예술론적 측면에 대한 인식에 소홀했던 점과 함께 한계로 지적되었다. 이들 비평의 정점에 위치하는 동국시혁명 논의, 소설개혁 논의, 연극개량 논의는 운동을 통한 당대 이념의 실천 과정으로 파악되는바, 민족운동 논의의 범주에 넣어 살필 수 있다는 점에서 보다 적극적으로 평가될 필요가 있다.

그동안 문학비평 분야에서 취급되지 않았던 표기 형태에 관한 논의는 자국 문자에 대한 자각과 국문 사용이란 실천적 측면을 동반한 문제로서, 민족문학 논의의 출발점으로서 파악해야 할 당위성 및 필요성이 있다는 점에서, 그리고 표기 체계가 문학 내용의 질적 규정성을 갖는다는 점에서 중요하게 취급되었다.

이상에서 살펴본바, 1900년대 비평은 아직 본격적인 근대 문학비평이라 하기에는 미흡하지만 당대 이념을 철저하게 수행했다는 점에서 그 비평적 의미를 지니며, 1910년대 후반에 가서야 가능해지는 근대 문학비평의 기초를 다지고 기틀을 확립해주었다는 점에서 그 의의가 있다 하겠다.

1910년대

한국 근대시의 전사

박철희

1.

19세기 후반에 서구문학과 접촉하면서 한국문학사의 새로운 시대는 시작되었다. 그렇다고 새로운 시대의 문학이 한국의 근대문학은 아니다. 물론 한국 근대시의 경우, 그 무엇보다 서구시의 영향이 각별하다는 것은 주지의 사실이다. 하지만 서구시의 경험이 한국 근대시를 형성시킨 요인이된 것은 사실이나, 그것은 외부적인 자극(영향)일 뿐, 한국시 자체 내의전통적인 경험과 전혀 무관한 것은 아니다. 반전통적이라는 서구적인 충격과 그 반작용인 전통적 경험과의 이러한 모순적 양립을 한국 근대시는처음부터 자체 속에 경험하고 있었다. 아니, 반전통성과 전통성 사이의대립과 갈등, 그리고 긴장을 겪으면서 한국시의 근대성은 움트고 싹터온것이다. 초창기 최남선의 신시나 주요한의 자유시에서 서구시와 접촉하면서 이루어진 한국 근대시가 다시 전통적 경험으로 귀의함으로써 자기 동일성을 이룩하였다는 역사적 아이러니 속에 한국시의 '근대성'은 마련되고 있는 것이다.

이런 의미에서 한국문학사에 있어서 '근대' 또는 '현대'의 변화는 엄격히 말해서 1919년 3·1 운동을 전후로 잡는 것이 통설처럼 되어 있으나, 한국문학의 '근대성' 내지 '현대성'은 이렇듯 이미 그 이전에 단속적으로 움터왔다. 그동안 근대시 논의가 근대시의 내적 배경으로서 18세기 전후에 이루어진 근대 지향적인 요소를 주목하고 19세기 후반 문학, 20세기 초의 전환기 문학을 집중적인 대상으로 삼은 것은 이 때문이다.

그러므로 한국문학의 '근대성'은 타설적 형식의 쇠퇴와 자설적 형식의 부상이라는 패러다임적 관점[1]에서 논할 수 있다. 근대 이전의 문학, 특히 개화기 시가는 감각보다 이념이, 개성보다는 관념을 앞세운 타설적 구조 위에서 형성·전개되었다고 하면, 근대 이후의 시는 반대로 자설적 구조로 변화를 일으켰다. 그만큼 이념보다는 감각, 관념보다는 개성을 강조하고 있다. 자아의 발견 및 강조, 과거에의 회귀, 낭만적 정열, 에로스적 충동 등과 같은 도피 모티브 등 한국시의 근대성을 이루는 서정성이 1920년대 초 시의 특징으로 나타난 것은 결코 우연은 아니다.

특히 에로스적 충동은 오랫동안 공식 문화(유교문화)에 의해 무시되고 외면되었던 본능적이고 구체적인 육체 회복인 민중문화의 일환으로 파악하는 것이 옳을 듯하다. 육체(감각)로 파악되지 아니한 세계는 정신(관념)으로 시종할 수밖에 없기 때문이다. 근대적 지향이 개화기 시가와 같은 관념적이고 선비적인 세계를 지양하고 감각적인 복잡성을 내세운 것이 바로 그 때문이다. 그리고 이것은 유가적 문학과 개화기 시가 등에서 매몰되었던 자아의 발견 및 그 반영이라고 볼 수 있는 것이다. 이러한 자아의 발견

---

1) 박철희, 『한국시사연구』, 일조각, 1980.

및 강조는 권위주의를 신성화하는 공식 문화에 대한 반명제이자, 왜곡되고 억압된 인간성의 회복이다.

그러나 그러한 회복은 이 시기에 와서야 비로소 이루어진 것은 아니다. 그 이전에 이미 간헐적으로 나타나고 있었다. 《소년》, 《청춘》, 《학지광》 등에 실린 육당 최남선, 춘원 이광수, 소성 현상윤, 소월 최승구, 김억 등의 1910년대 시가 바로 그것이다. 그중에서도 동경 유학생 회지 《학지광》에 실린 일련의 시편들은 근대시의 특성을 이루는 자설적 형식과 너무나 비슷했다. 하지만 이것은 극히 소수에 그쳤고 또한 몇몇 사람의 산발적인 활동으로 이루어졌기 때문에 엄격한 의미에서 근대시의 '시학'을 예견한 최초의 조짐으로밖에 볼 수 없는 것이다. 그 내용 또한 일종의 감정 토로 아니면 사사로운 내용에 머물고 있었다.

1910년대 시가 형식 면에 있어서 이미 새로운 것을 갖추었다 해도 근대시가 되기 위해서는 다른 모든 문화적 표현 형식과 함께 내부에서 발효되는 새로운 감수성의 출현을 기다려야 했다. 그러기에 근대적인 시 형식을 최초로 자각한 것은 1910년대 시인이었지만, 근대적 시의 형식을 본격적으로 표방한 것은 1920년대에 와서였다. 개화기 시가류의 시풍이 아직 가시지 않은 채, 한편으로 타설적 형식에 집착하면서 다른 한편으로 자설적 형식을 모색하여 혼미와 저조의 양상을 보이던 이 시대는 개화기 시가를 신시로 전환시켜 근대시로 한걸음 접근시킨 과도기라고 할 수 있다. 그만큼 1910년대 시에 있어서 형식의 변화는 그것이 비록 부분적인 것에 그쳤다고 할지라도 당시 초기 근대 시단 형성 과정에 있어서 무시할 수 없는 근대시의 '시학'을 예고하고 있었다. 뿐만 아니라 1910년대 시의 움직임은 근대시를 고전시가의 전통 안에서 이해할 수 있는 믿을 만한 출발점이 되어준다. 1920년대 이후 한국시의 근대적 전개 과정은 이러한 1910년대 시의 성과 없이는 생각할 수 없기 때문이다.

2.

《소년》과 《청춘》, 그리고 《태서문예신보》를 거쳐 《창조》에 이르는 1910 년대 시는 개화기 시가에서 근대시로 넘어오기까지의 과도기적인 역할을 수행하였다는 점에서 근대시의 전사(前史)로서 시사적 의의를 가진다. 육당을 비롯하여 그 후 춘원, 소성, 소월 및 그 밖의 몇몇 시인들에 의하여 창작된 시편들이 신문과 잡지에 발표됨으로써 그 후 '근대시'라는 새로운 양식이 이 땅에 뿌리내리는 초석이 마련된 것이다. 그동안 「해에게서 소년에게」 이후 「불노리」에 이르는 1910년대 시단은 거의 외면되었던 것이 사실이다. 1910년대 문단을 육당의 시와 춘원의 소설로 한정한 종래의 육당, 춘원의 시대라는 통념을 깨뜨리고, 사실상 《학지광》, 《신문계》 등 1910년대 잡지나 신문에 육당과 춘원 이외에도 소성이나 소월 등과 같은 많은 작가와 시인들이 문필 활동을 하고 있었음을 실증한 것은 김학동의 「신체시와 그 시단의 전개」다.

> '육당, 춘원의 시대'니 '최남선, 이광수, 이인 문단 시절'이니 하는 주장은 백철, 조연현에 한정된 것만은 아니다. 우리의 근대문학에 관심을 갖는 모든 사람에게 일반적인 통념이 되고 있다. 그러나 《소년》과 《청춘》 이외에 《학지광》, 《신문계》 등 1910년대의 잡지나 신문에는 많은 시와 소설이 발표되고 있었고 뿐만 아니라 육당과 춘원 이외에도 소성이나 소월 등과 같은 많은 시인과 작가들이 문필 활동을 하고 있었다.[2]

《소년》, 《청춘》만이 아니라 《대한흥학보》, 《학지광》, 《신문계》, 《여자

---

2) 김학동, 『한국개화기시가연구』, 시문학사, 1981, 95쪽.

계》,《태서문예신보》,《유심》,《학우》등 1910년대의 신문과 잡지에는 사실상 많은 시가 발표되었고, 또한 과거 어느 때보다 형식도 다양했다. 시라고 하는 단일 개념은 없으며, 시형과 주제 및 성격이 서로 다른 여러 갈래의 시가들이 다채롭게 뒤섞여 있었다. 한시, 가사, 시조, 사설시조, 언문풍월, 민요, 창가, 신시, 자유시, 산문시 등이 바로 그것이다. 이러한 신구 장르의 공존은 신구 문화의 접변기의 혼란 및 갈등의 반영이면서, 아울러 1910년대 시단의 주역인 육당, 춘원, 현상윤, 김억 등 전문적 시인들 대부분이 서구문화를 경험한 신세대들이라는 것과도 무관하지 않다.

그중에서도 신시, 자유시, 산문시는 전에 볼 수 없었던 새로운 형식이다. 신시, 자유시, 산문시는 한결같이 그 이전의 정형성에 대한 반명제이자 자유시 지향이라고 보아 틀림이 없다. 육당, 춘원, 현상윤 등의 시가 보여준 반율문성이나 반산문성이 그렇고, 소월 최승구, 안서 김억, 유암 김여제 등의 자유시(산문성) 지향이 바로 그렇다. 개화기 시가의 정형적 음수율이나 반복적인 리듬에서 벗어나려 한 것이라든가, 구어체의 사용과 같은 형식의 실험은 개화기에서 1920년대 시에 이르는 그 중간단계인 과도기의 시적 변모라고 할 만하다.

가령 육당의 경우 「해에게서 소년에게」는 물론 「구작삼편」, 『쏫두고』 등은 고시가나 개화기 시가와는 다른 형식(분련 및 음수율의 변화)을 보이는 것은 사실이나, 이것은 여러 사람들에 의해 지적된 바와 같이 각 연 대응 행에 나타난 음절 수의 일치[3]라는 점에서 그 이전의 시가와 별로 다르지 않다. 시상 또한 「해에게서 소년에게」, 「태백산의 사시(四時)」와 같이 표현으로 나타나지 않고 '바다'와 '산'의 객관적 등가물을 통한 조선주의 고취라는 선험에 압도당하고 있다. 그만큼 그 감각은 개인적이고 반사회적인

---

3) 김춘수, 『한국현대시 형태론』, 해동문화사, 1958, 23쪽; 정한모, 『한국현대시문학사』, 일지사, 1964, 159~160쪽; 김학동, 앞의 책, 178쪽.

현실감각이 아니라, 기성적이고 공적인 외부의 선험으로 일관되고 있는 것이다. 이런 뜻에서 육당의 신시는 근대시의 성격과 관련지어볼 때, '근대성'과는 거리가 있음을 발견하게 된다. 이 점은 춘원이나 현상윤의 시도 마찬가지다. 최승구, 김억, 김여제 등의 《학지광》, 《태서문예신보》에 발표된 시 역시 개성적인 서정의 발견은 새로운 감정이지만, 그 리듬은 순전히 내발적인 것이 아니라, 서구시와 교접하면서 이루어진 것이다. 그만큼 타설적이다. 그들의 시에 엄격한 의미에서 근대적이라는 에피세트를 부여할 수 없는 것은 이 때문이다. 하지만 1910년대의 시가 이러한 과도기적 단계를 거치면서 1920년대 이후 한국시의 근대성이 그 자체로 형성된 것만은 틀림이 없다.

3.

뭐니뭐니해도 1910년을 전후한 한국 시단의 일인자는 육당 최남선이다. 그는 처음부터 왕성한 의욕과 정력으로 재일본 유학생 회지인《대한유학생회회보》에 발표한 「국풍사수(國風四首)」를 비롯하여 《대한학회월보》에 '대몽최(大夢崔)'로 발표한 시편 등을 거쳐서 자신이 주간한 《소년》, 《청춘》 등을 통하여 창가, 신시, 시조 등 다양한 시 형태를 거듭하여 발표했다. 《소년》, 《청춘》에는 거의 매호 빠짐없이 그의 창가, 신시, 시조가 발표되었다. 그중에서도 신시는 그에 의하여 최초로 제작 · 발표되었다. 《대한학회월보》에 실린 「모르네 나는」, 「자유의 신에게」, 「그의 손등」을 시발로 「해에게서 소년에게」, 「구작삼편」, 「꽃두고」, 『태백산시집』의 시편 등이 보여준 형식의 실험은 그 이전의 4 · 4, 3 · 4조의 정형성 앞에서는 글자 그대로 낯섦이었으며 당시로서는 대담한 혁신이었다.

이미 있어온 전통적 리듬인 4 · 4, 3 · 4조를 변조하기도 하고 외래적인 리듬인 7 · 5조를 그대로 따르기도 하고 또한 변조하기도 하였다. 더구나 『태백산시집』에 이르면 「태백산부(太白山賦)」, 「태백산의 사시」, 「녀름ㅅ구름」, 「천주당(天主堂)의 층층대」 등과 같이 정형률마저 벗어난 자유율로 나타나기도 하였다. 물론 자유시로서의 가능성을 보여준 이러한 자유율은 「꽃두고」까지에서 보여준 신시의 정형성보다 발전된 형태라고 할 수 있다. 그러나 정한모의 말과 같이 육당은 이러한 자유율에서 더 많은 정제 작업을 계속하지 못하였다. 자유율은 보다 개성적인 통어로써 이루어지는 것이라는 리듬의식에 투철하지 못하였던 육당은 『태백산시집』 이후에는 신시의 형태적 구속을 벗어버린 통어 없는 형태적 자유를 마음껏 누리는 길을 택하고 말았다. '시'라고 쓰인 작품들이 거의 산문화되었으며, 작가의 이념이 서술되거나 수필적인 서경이 곁들여지기도 하였다.[4] 이러한 산문화와 이완된 표현은 《학지광》의 시편만이 아니라, 그 후 1920년대 초의 시에서 흔히 볼 수 있는 표현과 무관하지 않다.

이렇듯 형태 면에서 신구 장르의 다양한 시도 그 자체가 역설적으로 다름 아닌 자기 부정 · 자기 분열을 보여주는 것이 된다. 한쪽에서는 이미 있어온 전통적 리듬을 따르기도 하고, 다른 한편에서는 외래적인 리듬을 시도하기도 하며 또한 전통적 리듬과 외래적 리듬을 변조하기도 한다. 전통적 리듬과 외래적 리듬, 그 어디에도 자신을 동일화할 수 없는 구심점의 상실을 육당의 시가는 처음부터 경험하고 있었다. 그만큼 육당의 시가는 '구래의 시'와의 갈등과 그에 대한 거부 그리고 새로운 경향과의 충돌로 리듬의 무정부 상태로 얼룩져 있었고, 그것은 주로 육당 자신의 사상적 방황 등으로까지 이르고 있다. 근대문명을 예찬하기 위하여 또한 조선심을 강조하기 위하여 거기에 알맞은 형태를 동시에 시도한 것은 역설적으로

---

4) 정한모, 앞의 책, 197쪽.

육당의 시가가 자기 부정과 자기 분열로 나타나고 있음을 증언하는 것이 된다. 서구를 철저히 경험한 신시의 경우 더욱 그렇다. 신시 형식이 한 연을 보면 자유시이고, 연이 바뀔 때마다 행의 일정한 글자 수가 되풀이되는 시형과 처음부터 아무런 율격적 원리가 없는 자유시 형이 뒤섞여 있었던 것은 이 때문이다.

육당의 신시가 새로운 주제와 소재로 나타났지만, 그 형식이 이렇듯 타설적 구조인 한, 그의 시가 그 이전의 개화기 시가에서 다루어질 가능성은 큰 것이다. 물론 표면상으로 시상이나 시형은 개화기 시가와는 분명 다른 세계다. 그것은 육당의 감정과 경험 세계가 현실과 관련되어 있기 때문이다. 그러나 육당의 감정과 경험은 제1차적인 기능에 있어서 개화기 시가와 같이 밖에서 온 경험이며 자유, 평등, 애국 등 기성화된 감정이다.

> 텨—ㄹ썩, 텨—ㄹ썩, 텩, 쏴—아,
> 싸린다, 부슨다, 문허바린다,
> 태산갓흔 놉흔뫼, 딥태갓흔 바위ㅅ돌이나,
> 요것이 무어야, 요게 무어야,
> 나의 큰 힘, 아나냐, 모르, 나냐, 호통까디 하면서,
> 싸린다, 부슨다, 문허바린다,
> 떠—ㄹ썩, 떠—ㄹ썩, 텩 튜르릉, 콱
>
> — 최남선, 「해에게서 소년에게」 일부

> 혼자 웃둑,
> 모든山이 말큼 다 훗훗한 바람에 降服하야,
> 녹일것은 녹이고 풀닐것은 풀니고,
> 아지랑이 粉발은것을 자랑하도다.

그만 如前하도다.

— 최남선, 「태백산의 사시」 '봄' 일부

'바다'와 '산'으로 의식되는 이상과 같은 상징과 시적 배경은 자설적 요소에 선행되는 타설적 요소로 말미암아 오늘의 관점에서 봤을 때 그의 민족의식이나 역사의식이 관념적이라는 인상을 준다. 전술한 바와 같이 시상이 표현으로 나타나지 않고, '산'과 '바다'와 같은 객관적 등가물은 조선주의의 고취와 문명개화의 예찬이라는 미리 정해진 선험에 압도당하고 있다. 민족과 국토에 바치는 찬가가 잠재적인 것보다 먼저 외부 관념의 자극으로 촉발되었다는 것이 그것의 단적인 예증이다. 따라서 그의 시에 대한 관심은 현실에 대한 새로운 인식이나 그 밑바닥을 밝히는 일이 아니다. 그의 시는 완결의 미학인 한, 그 내용과 방법이 기성적인 표현 논리에 의하여 추상적인 개념이나 도식, 장르 의식의 결여로 처리된 것은 이 때문이다.

이와 같이 육당의 신시에서 주제의 새로움은 내면적 필연성에서 오는 시인의 표현 의지가 아니라, 외부의 시대적 압력에서 만들어진 것이며 당시 시대적 분위기에 대해 지도자로서 부응한 것이었다. 육당의 신시는 이러한 의식을 반영한 것이다. 이런 의미에서 육당은 전문적·직업적 시인이 아니라 아마추어였다. 육당은 사회적 발언의 기회나 표현으로서 신시를 썼던 것이다. 그만큼 외부적인 계기에 의하여 만들어진 계기의 시였다. 그리고 그것은 창가, 신시 등 그 어디에나 방법론적인 갈등으로 나타나 있는 것이다.

선진문명국의 전례를 따르는 것이 당시 시대정신인 이상, 이러한 계기가 외부의 자극에서 온 것은 틀림이 없다. 외부 세력은 이미 기성 체계를 갖추고 있어서 그것을 그냥 받아들일 때, 타설적으로 끝날 수밖에 없다.

육당은 일본 유학생이었고, 일본의 신체시를 보고 이에 경도되었다. 서구 및 서구화한 일본의 신문명을 받아들여서 새로운 문화 건설을 이룩하자는 것이 당시 육당의 이상이었다. 그리하여 새로운 시의 가능성을 서구시 및 서구풍의 일본에서 찾았고, 그 모범으로 일본의 신체시에 매료되었다. 육당의 시가가 음절 수가 고정되어 있는 일본 정형시를 향한 정열에서 비롯되었다는 지적[5]은 이런 의미에서 육당의 신시를 이해하는 데 퍽 시사적이다. 육당이 시도한 다양한 창가, 시조, 신시가 서로 다른 형태임에도 불구하고 자수에 대한 엄격한 규제로 일관된 것은 그 때문이다. 그럼으로써 신시 역시 다시 새로운 구속의 형태로 묶어놓는 결과를 가져왔다. 육당 자신도 7·5, 8·5, 6·5의 신시 형식의 한계를 깨달았을 때, 『태백산시집』의 시편과 같은 자유율을 선택하였고, 그 결과 그 자유율이 리듬의 무정부 상태, 말하자면 운율적 질서의 불균형(산문화)으로 시종하였다는 것은 그것이 하나의 지속적인 움직임으로 정착하지 못하고 너무나 단기적이었다는 사실에서도 엿볼 수 있다. 그러기에 초기의 운율적 질서의 불균형에서 그 후 시조의 전통적 율격으로 귀일한 것은 어쨌든 뜻있는 일이다. 이 점은 춘원도 마찬가지다.

4.

춘원의 시작 활동은 1909년 1월호 《대한흥학보》에 실린 「옥중호걸」에서 비롯한다. 그 후 《소년》, 《새별》, 《학지광》, 《청춘》, 《여자계》 등 1910년대 잡지들을 통하여 「곰」, 「우리의 영웅」, 「님 나신 날」, 「말 듣거라」, 「내 소원」, 「생활난」, 「침묵의 미」, 「극태행」, 「어머니의 무릎」 등을 발표하였다. 비록 그 수는 한두 편에 지나지 않으나, 육당과 마찬가지로 시조, 언문풍

---

5) 조동일, 『한국문학사상사시론』, 지식산업사, 1978, 315쪽.

월, 가사, 신시 등 신구 장르의 시 형태를 시도하고 있음이 눈에 띈다. 다만 전통적 리듬을 심하게 변조하지도 않고, 시 형태의 시험도 과격하지 않은 것이 육당과 다른 점이다. 자유를 잃은 민족의 수난과 울분을 '범'에 투사한 「옥중호걸」은 새로운 내용으로 나타났지만, 그것이 이미 있어 온 3·4, 4·4조의 전통적 리듬을 통하여 그대로 토로되어 있다는 점에서 그 이전의 개화기 가사와 너무나 비슷한 것이다. 「말 듣거라」의 4행 연시나, 「님 나신 날」의 5행 연시 또한 그 이전의 시가에 비해 형식적 파격처럼 보이지만, 면밀히 검토해보면 개화기 시조의 변형이라고 할 만하다. 그리고 「내 소원」, 「생활난」과 같은 4행시는 4·4조의 음수율을 기조로 하여 각 행마다 압운하는 형태라는 점에서 개화기에 유행했던 언문풍월처럼 보인다. 언문풍월은 순 국문체로 이루어진 한시 형식의 특이한 양식인 것이다.

전통적 리듬이 우리와 친숙하고 연속적인 자기 동일성의 형식인 이상, 그것은 당시 시대정신과 사상을 가장 효과적으로 전달할 수 있는 형태라고 생각한다. 그만큼 전통적 리듬은 누구나 짓고 부를 수 있고, 또한 쉽게 익히고 전달될 수 있는 실제적 리듬이다. 민족의식의 고양, 계몽이라는 춘원의 당시 의도를 나타내는 데 이러한 친숙한 리듬 형식으로 채용되었다는 것은 그러므로 우연은 아니다. 「말 듣거라」, 「님 나신 날」과 같은 시가 춘원의 다른 시 「우리의 영웅」, 「곰」, 「침묵의 미」보다 쉽게 읽히고 전달될 수 있었던 것은 이 때문이다. 그만큼 「우리의 영웅」, 「곰」, 「침묵의 미」, 「어머니의 무릎」 등은 「말 듣거라」, 「님 나신 날」과 같은 형태적 정형성을 낯설게 하고 있다.

> 月明浦에 밤이 깁헛도다
> 連日苦戰에 疲困한 壯士들은
> 깁히잠들고 코ㅅ소리 높도다

깁고검은 하날에 無數한 星辰은

잠잠하게 반뜻반뜻 빛나며

부드러운 바람에 나라오난 풀내까지도

날낸 우리 愛國士의 피ㅅ내를 먹음은듯

浦口에 밀어오난 물ㅅ결ㅅ소래는

철썩철썩 무엇을 노래하난듯

— 이광수, 「우리의 영웅」 일부

그는 죽었도다 그렇도다 그는 죽었도다

그가 이리하지 아니였던들 그의 목숨은 더 좀 길었으리라

그러나 좀더 긴 그 목숨은 목숨이 아니라 機械니라

그가 비록 短命하게 죽었으나 그러나 그러나

그의 그 짧은 一生은 숲혀숲혀 自由니라

그는 일찍 自然의 法則以外에는 自我를 꺾은 적 없느니라

곰아! 곰아!

— 이광수, 「곰(熊)」 일부

어머니!

당신께서 가르쳐 주신 말을

당신께서 가르쳐 주신 글字로 써서

당신의 입술에서 흐르던 曲調로

당신을 생각하는 노래를 부릅니다

廣 하고 沃土이던 당신의 가슴!

잔디보다 구름보다 부드럽던 무릎

저는 웁니다, 먼 나라에서

그것이 그리워서, 보고 싶어서

— 이광수, 「어머니의 무릎」 일부

「우리의 영웅」, 「곰」, 「어머니의 무릎」 등은 장시에 버금가는 길이로서, 자수나 행의 길이조차 일정치 않은 자유율이다. 자유율은 '양식화된 정형률'에 대한 저항에서 출발한 개성적인 리듬이다. 정형률은 한 시인의 개성적인 생리적 욕구에 대한 반응은 아니다. 그러면서도 「우리의 영웅」, 「곰」, 「어머니의 무릎」 등은 외형은 자유율이면서 내적으로는 정형률과 같이 개성적이고 개인적인 리듬이 아니다. 거기에 나타나 있는 것은 1920년 이후 시와 같이 주관적이고 개인적인 감정이 아니라, 기성화된 공적 감정이며, 예술적 형상과 무관한 유형적 서술이다. 이순신의 우국 정신을 예찬(「우리의 영웅」)하고, 일제에 아첨하는 무리를 매도(「곰」)하고 또한 어머니의 무릎을 그리는 정(「어머니의 무릎」)은 처음부터 자의식과 개체성이라는 근대적 관념과는 무연한 것이다.

그러나 「우리의 영웅」, 「곰」, 「어머니의 무릎」 등이 신시라고 할 수 있는 근거가 있다면 그것은 내용보다 형식에 있다. 자유율은 춘원의 시가 시작품일 수 있게 하는 시적 효과이자 전략이며 자유시의 가능성을 보여주는 하나의 징표를 이룬다. 신시가 이미 있어온 고정적 형식인 정형성에 대한 반명제이자, 자유시 지향을 그 특색으로 한다고 할 때, 이러한 춘원 시의 형식의 파격과 자기 부정은 시사적 관점에서 근대시에 이르는 과도기적인 모습이기도 하다. 그래서 춘원은 육당의 『태백산시집』의 시편과 같이 형식 면에서의 자유로움만 극단적으로 몰고 간 자유율을 더 이상 발전시키지 못하였다. 그만큼 자유율은 '양식화된 정형률'에 대한 저항에서 출발한 개성적인 리듬이라는 것을 간과하고 있었다. 개성적인 리듬을 간과할 때, 형태의 새로움은 모방과 시험으로 시종할 수밖에 없다. 춘원 시의 주류를 이루는 세부가 육당과 마찬가지로 개인적 구조가 아니라, 관념적이고 보편적인 공적 감정으로 일관된 것은 이 때문이다. 공적 감정, 이른바 민족의식의 고양이라는 시대정신은 작품의 현실성보다 우선되었다. 이렇듯 외형으로는 자유율을 표방하고 안으로는 개성적인 리듬을 거부함으로써 자기 부정으로 귀착된 예를 춘원의 시가 보여준다.

5.

우리가 외래문화를 받아들일 때 어떤 방향으로 기존 문화를 변혁시켜야 한다는 방향 설정 없이 그냥 받아들이기만 한 결과, 의식의 이중 구조 속에 분열이 야기되어 자기 부정으로 나타났다는 것은 육당이나 춘원뿐만 아니라, 그 후 《학지광》, 《매일신보》, 《태서문예신보》에 실린 현상윤, 최승구, 김억, 황석우 등의 초기 시 및 시론에서도 볼 수 있다. 《학지광》, 《태서문예신보》에 발표된 김억의 창작시가 서구시의 경험에 의한 타설적 리듬이며, 산문적 경향이 타설적으로 일관된 황석우 역시 개체성과 자의식이라는 근대시의 개념과 무관하여 엄격한 의미에서 근대적(자설적) 변용을 일으키기에는 거리가 먼 것이다.

사실 1920년대 자유시형 역시 1910년대 시와 마찬가지로 '우리'의 자유시는 아니다. 그것은 일본을 거쳐서 간접 수입된 서구시에서 온 것이다. 그리고 그 중개 지역인 일본 근대시의 영향이 압도적이었다. 이러한 사례는 근대시 초기로 올라갈수록 현저하다. 특히 「해에게서 소년에게」 이후 「불노리」에 이르는 1910년대의 신시가 보여준 타설적 리듬과 추상적 관념의 무차별한 현실 적용의 원인은 이러한 곳에 있었다고 생각한다. 초기 자유시 지향은 우리의 형식 체험으로 생활화되지 않는다. 그만큼 그들의 의식이 자유시형을 향하여 열려 있음에도 불구하고, 그것을 받아들일 근대적 성장이 그 자체 내에 이루어지지 않았음을 의미한다. 이 사실을 보다 확실히 증명해놓은 것이 1910년대 자유시형이다. 「사랑의 보금자리」 (최승구), 「나의 적은 새야」, 「이별」(김억), 「산녀(山女)」(김여제) 등과 같이 1910년대 시가 대부분 이완된 표현으로 나타나고, 1920년대 시와 비교할 때, 시적 산문의 표기 아니면 외국시를 번역한 어설픈 형태로밖에 나타날 수 없었던 것은 이 때문이다. 그리고 이것은 「불노리」로 대표되는 1920년대 시가 보여준 감정의 용솟음과 산문화와 맥락을 잇고 있다. 그러기에 최초의 비타설적 시를 시도한 것은 1910년대 시인이겠지만 근대적 감수성의 시가 본격적으로 쓰이기 시작한 것은 1920년대 이후의 일이 된다.

육당과 춘원의 1910년대 시는 비록 당시로서는 근대시 형성 과정에서 선구자적 구실을 다하였고, 특히 『태백산시집』의 시편, 「곰」 등 자유시 지향성은 1920년 이후 자유시의 디딤돌로서 그 가치가 인정되지만 그것은 전술한 바와 같이 시사적 기여를 크게 인정할 만큼 개체성과 자의식이라는 자설적 구조에는 이르지 못하였다. 그만큼 그 시대의 시대적 요청에 충실한 시였고, 계기의 시였던 것이다. 육당과 춘원의 신시를 엄격히 말해서 근대시의 태동을 위한 최초의 과도기적 단계의 시라고 한다면 1910년대 중엽의 《학지광》이나 《태서문예신보》의 시편들은 근대적 시의 형식과 보다 가까이 근접한 시로서 시사적 의의를 둘 수 있다.

그러나 《학지광》이나 《태서문예신보》의 시편들은 몇몇을 제외하고는 문학청년기의 습작으로 그쳤고, 그나마 이 시인들도 바로 절필했기 때문에 본격적인 근대시의 전개는 1919년에 나온 《창조》와 함께 전개되었다.

그러나 1920년대 전반기의 시인들인 김억, 주요한, 황석우 등이 1910년대 이후의 시인들이라는 점을 염두에 둘 때 《학지광》, 《태서문예신보》, 《학우》 등에 실린 시, 그중에서도 자유시 지향의 시는 한국 근대시의 출발을 알리는 하나의 징표로서 그 시사적 의의와 역할은 과소평가할 수 없다.

이런 의미에서 「불노리」로 대표되는 1920년대 초 시의 자설화 과정은 1910년대 시에서 이어지는 일련의 과정의 연장선상에 있음을 말해준다. 육당과 춘원에 의해 싹트고 움텄던 자유시 지향이 《학지광》, 《태서문예신보》에 이르러 비로소 개화되었다고 하겠다. 《학지광》, 《태서문예신보》, 《학우》, 《청춘》, 《유심》 등에 작품을 발표한 시인은 소성, 소월, 유암, 김억, 이일(東園), 황석우, 한용운 등이다. 그중에서 그 편수가 많지는 않으나 소성, 소월, 유암 등은 최근까지 묻혀 있었던 시인이지만, 그들에 의하여 오히려 값진 성과가 이루어지기도 하였다. 소성의 「향상」, 「새벽」, 소월의 「보월」, 「조에 접」, 유암의 「산녀」, 「한낮」, 「갈째」 등은 당시 자수나 행의 길이조차 의식하지 않은 자유율로서 그만큼 리듬이 자유롭다. 특히 「조에 접」은 감정의 절제가 그 자체로 완벽한 서정시의 면모를 갖추고 있다.

> 南國의 바다 가을날은
> 아즉도 따뜻한 엿을 沙汀에 흘니도다
> 저젓다 말넛다 하는 물입술의 자최에
> 납흘납흘 아득이는 흰나뷔
> 봄아지랭이에 게으른 꿈을 보는듯
>
> — 소성, 「조에 접」 일부

아아! 이 어두움의 빛! 내의 弱한 몸을 누르는 듯하다―깁히깁히 쪄 검은 구석에 싸여 있는 무엇이라 形容못할 온갖 Monster(怪物) 온갖 Devil(惡魔)이 무셔운 입에 異常한 우슴을 씌우면서 무엇을 기다리고 있는 듯이 보인다. 안이 금시에 나를 向하야 한 입에 생키랴고 싸라나올 듯이 보인다.

이 빗에 엄습된 나는 번개가지 등골로 지나가는 무슨 늣김 한아이 갑자기

온몸에 더운 이슬을 매라붓친다.

— 소성, 「새벽」 일부

어느쌔 모진 狂風이 닐어와

앞嶺, 늙은 소나무들 두어대 썩디

멧벌에가 弱한 피레를 불어울다

節하자 아름다운 꼿도 퓌여—香氣도 내이다

그러나 亦是 山가운듸엿다

잇다금 들퇴씨(野兔)가 튀여 우리 山女의 뷔인 가슴에 새 反響을 내일쑨이

엿다

——님은 如前히 안이오다

— 유암, 「산녀」 일부

이와 같이 「새벽」, 「산녀」 등은 지나친 감정의 과잉 노출로 인해 시의 긴
장과 깊이가 반감되고 산문화되어 있는 것이 사실이다. 이러한 감정의 과
잉 노출과 산문화는 그 후 1920년대 시에서 흔히 볼 수 있는 현상이다.
「불노리」로 대표되는 1920년대 시의 공통분모를 이루는 자아의 발견 및
그 강조, 그리고 개인적 리듬은 「산녀」, 「새벽」 등에 이렇듯 산발적으로 태
동하고 있는 것이다. 그러기에 한국시에 있어서 근대의 변화는 그것이 비
록 외부로부터 온 것이긴 하나, 이러한 영향은 하나의 자극일 뿐, 한국시
가 전체를 일관하는 내재적인 한국시가의 지속성만은 거부하지 못한다.
말하자면 1920년대 시인들의 자아 발견 및 강조성은 타설적 시가에서 볼
수 없었던 잠재적 감정의 회귀이며, 그것의 회귀이다. 그리고 그러한 회
귀는 1910년대에 이르러 서구시와 접하면서 서서히 이루어지고 있었다.
　사실 김억과 황석우의 초기 시가 육당과 춘원의 신시에 비해 개성적인

서정의 발견이라는 새로운 감정이 나타나지만, 리듬은 순전히 내발적인 것이 아니라 서구시와 교접하면서 이루어진 것이다. 김억의 경우, 그의 시는 역시집 『오뇌의 무도』에 실린 번역 작품의 리듬 패턴과 거의 비슷하다. 그만큼 그의 운율 의식은 거의 서구시의 영향이라고 보아야 할 것이다.[6] 그러나 서구시가 김억의 운율 의식을 형성시킨 외부적 근거나 자극제가 된 것만은 사실이나, 서두에서 밝힌 바와 같이 기존의 내재적 요소로서의 내부적 기반도 배제할 수 없다. 그런 점에서 1915년을 전후한 현상윤, 최승구, 김여제, 김억 등의 부분적인 자설적 요소가 1920년대 자아를 강조케 할 수 있는 내재적 배경이면서 동시에 한국시의 근대적 변용이 감정의 용솟음과 산문화로 출발하였다는 점에 한국 근대시의 특수성이 있는 것이다.

---

6) 정한모, 앞의 책, 265쪽.

근대소설의 태동기
— 암울한 시대 인식과 소설

윤홍로

1. 유학생 세대의 고독한 목소리
— 단편소설의 형성

1910년대의 시대적인 분위기는 암울할 수밖에 없다. 문화 발전이란 다원적인 상호관계 속에서 가능한 것이다. 정치·경제·교육·과학과 기술·문화 등은 모두가 나름의 개별적 측면이 있지만 궁극적으로는 상호 보완적인 것이지 분리될 수 없다. 일제는 합방 후 통치 수단으로 모든 분야의 종속 상태를 요구하면서 문화적 종속 상태 역시 강요하였다. 이를 각성하고 이에 대응한 민족 세력이 약화되는 상황 속에서 소설은 무엇을 말하였는가, 소설은 어떻게 성장하였는가를 검토하여야 할 것이다.

이 시대 신교육을 받은 엘리트들은 대부분 일본 유학 중이거나 유학을 경험한 사람들이고, 이들은 대체로 부유층 자제들이다. 국권을 박탈한 나라에 가서 새로운 서구문명의 세례를 받은 이들은 점차로 자아 각성을 인식하고 이에 따른 개성의 신장, 개인의 행복, 자유평등사상을 나름대로 자각하기 시작하였다. 이들은 이러한 근대정신의 시각으로 근대화의 장애 요소를 부정하였고, 그것은 우리 조상들의 가치관에 대한 도전으로 변하였다. 유교적 이데올로기를 서구 이데올로기와의 경쟁에서 패배한 것으로 보고 이들은 과거 조선 시대 사회 제도의 모순과 부당한 인권 유린에 대한 항거를 호소하고 싶어했다. 특히 삼종지도의 여권 유린과, 조혼 제도로 인한 개인 행복의 박탈을 직접적으로 체험한 유학생들은 그것을 논문이나 소설로 일깨우고 싶은 충동이 컸다.

그러나 유학생이라는 특수 신분을 가진 이들 계층은 어느 곳에도 뿌리를 내릴 수 없는 불안한 계층이기도 하였다. 당시 지배계층은 낡은 주자학적 사상의 틀에서 벗어나지 못했고 민중은 무지하였다. 그렇다고 하여 안중근이 이토 히로부미를 저격한 민족의식에서 도피할 수도 없는 상태에서 일제에 종속될 수만도 없었다. 또 하나 주목되는 것은 1910년대 소설 창작의 선구적 주역자들이 거의 서북지방 출신의 일본 유학생이라는 것과 기독교의 영향을 받은 사람들이 많다는 것이다. 이광수와 현상윤이 평북 정주 출신이고 김동인이 평양, 전영택이 진남포 출신이다. 정주는 홍경래 난의 배경이 되는 곳이요, 또한 동학과 3·1 운동의 주요 거점지다. 평양 지방은 동양의 예루살렘이라는 점과 멀리는 고구려 서사시인들의 후예들이 자리 잡은 것을 참고한다면 근대소설의 반봉건적인 저항의 물결이 서북지방 출신 유학생들에 의해 일어났다는 것을 우연이라고만은 볼 수 없다.

일찍이 일본에 유학한 고독한 반역자—이들은 신문명 개화를 통해 주자 주의적 조선의 과거를 거부하였으나 아직 아무런 미래의 신기루를 볼 수도 없었다. 반역적인 소외자의 고독한 목소리가 결국 단형서사시를 만들어 단편소설의 양식이 형성되었다.[1]

단편소설의 사전적 정의를 참고한다면 "단편소설은 그 성질상 사회로부터 멀리 떨어져 있고 낭만적이고 비타협적인 성격을 지닌 장르에 속하는 것이다." 단편소설은 흔히 사회로부터 소외당하고 규범에서 일탈한 떠돌이, 몽상가, 추방된 자 또는 희생된 자의 꿈과 한두 사람에게 얽힌 갈등을 그 특징으로 하는 것이다. 그런 의미에서 살피면 유학생들의 심리적 단편을 밝히는 문학 장르로 단편소설이야말로 가장 적합한 양식이다. 또한 이들은 유학생으로서의 경험 미숙, 깊이 천착할 수 없는 자기 고유의 정서나 역사의식 부족 그리고 예측할 수 없는 미래에 대한 전망 등으로 인해 단편소설을 쓰게 되었다. 물론 우리는 상식적으로 1910년대 문예작품 게재지가 제한적이었다는 점을 고려하지 않을 수 없다.

1910년대의 단편소설 형성 배경에는 《청춘》 매호마다 있는 200~300자 내외의 단편소설 현상 모집 규정과 투고 원고의 심사자인 이광수의 영향이 컸을 것임이 분명하지만 그 밖에 개화기 작가들과의 연속적인 관련을 살펴보아야 할 것이다. 이인직을 비롯해 이해조, 안국선, 최찬식 등 신소설 작가들은 언론 기관 등에서 혹은 한말 관료층에 있으면서 얻은 중년기의 체험을 살려 시대감각을 장편으로 서술할 수 있었으나, 유학생들의 경우 구체적인 체험 부족으로 장편을 쓸 수 없었다.[2] 구한말의 서사문학은 창작 집단의 사회적 성격에 따라 두 갈래로 크게 나뉜다. 의타적 개화파 집단에 의해 창작된 신소설은 장편으로 나갔고, 반면 주체적 민족주의 세력에 의해 생산된 몽유록, 기타의 여러 양식은 단형서사에 머물렀다는 관점[3]을 받아들일 경우 1910년대 유학생 소설들은 개화파 장편소설을 계

1) 이동하, 「1910년대 단편소설연구」, 『현대문학연구』, 1982, 8쪽 참고.
2) 이 부분은 권영민의 『한국문학과 시대정신』(문예출판사, 1983), 주종연의 『한국근대단편소설연구』(형설출판사, 1979), 이재선의 『한국단편소설연구』(일조각, 1975) 등을 참고할 수 있다.
3) 이동하, 앞의 책, 15쪽.

승한 것이지만 합방 후의 절망적인 분위기 때문에 서구문학의 세례를 받은 젊은 유학생들은 신소설적인 통속 이야기로 끌려갈 수는 없었다. 이들이 신소설의 문체를 새롭게 하고 언문일치와 시제를 확실히 하면서 시대 문제와 개인의 삶과의 긴장 관계를 주제화하여 소외자의 고독한 목소리를 살리려 한 것이 이 시대의 단편소설 성격으로 굳어진다. 신소설 작가들이 언문소설적인 통속류 가정소설로 전락하였다는 인상을 지우려고 유학생들이 국한문 혼용을 사용한 것인지에 대하여도 검토할 문제다. 그러나 신소설들은 전대 소설문학의 기반 위에 서구적인 기법을 수용하고 작가들의 창조적인 노력을 결집하였기 때문에 재미가 있었고 독자들의 상상력의 폭을 확대하였다는 점에서 전대의 고소설이나 혹은 전통적인 지식인의 단형 서사문학, 몽유록 계열의 작품들과의 경쟁에서 앞설 수 있었다. 동경 유학생들이 개화기 신소설의 계승자가 된 것은 바로 이런 이유 때문이다.

2. 역사인식과 시대 모순 파악
― 신채호와 현상윤의 소설

단재 신채호와 소성 현상윤은 전자가 전통적 한학자이고 후자가 일본 유학생이지만 역사학자라는 공통점을 지니고 있다. 이들은 현실적인 민족의 모순을 직시하면서 그것에 항거하는 투쟁을 우회적 수법으로 소설화하였다.

단재는 주체적 민족 세력에 의한 문학 활동의 궤멸과 신소설류의 애정물이 민족정신을 흐리게 하는 현실을 통렬히 질타했다. 소설의 민중에 대한 막중한 감화력에 따른 책임을 외면한 신소설류의 음담·괴화 따위는 결국 효용가치가 없을 뿐만 아니라 진실을 혼미하는 무익한 것임을 단재는 강조한다.[4] 양계초의 『중국소설 혁명론』에 많은 영향을 받은 단재는 양계초의 『이태리건국삼걸전』(1908)을 역술한 바 있고 『을지문덕』(1908), 『수군제일위인 이순신전』(1909~1910) 등을 발표하면서 『꿈하늘』(1916)을 집필하였다. 『꿈하늘』을 조선조 '몽유록' 계열[5] 소설로 파악하여 소설로서의 예술적 형상화의 미숙함을 지적하는 의견도 있으나, 이 작품은 민족적 주체성을 치열한 투쟁을 통하여 구현하려는 정신사적인 측면에서 재평가해야 할 것이다. 말하자면 단재가 스스로 『꿈하늘』의 서문에서 "독자 여러분이시어, 이 글을 볼 때 앞뒤가 맞지 않는다, 우아래의 문체가 다르다 그런 말을 마르소서"라고 주장한 것을 참고하면, 『꿈하늘』은 작가의 의도대로 형식에 구애받지 않고 정신적 진실만을 추적하여 작품을 서술한 것이다. 말하자면 서구소설의 형식적인 모방을 거부하고 소설의 고정된 틀을 일탈하여 가장 자유스럽게 자기의 꿈을 이야기로 전개하였다는 점에서 단재는 자생적으로 독특한 해체론자가 된 셈이다. 『꿈하늘』은 민족 재생의 희망이 과거의 외침에 항거한 민족적 영웅 열사들의 위대한 투쟁력을 부활하고 강화함으로써 가능하다는 것을 주체화한 것이다. 그러나 단재는 구소설과 신소설을 시대적으로 구분하지 않고 내용과 주제 면에서 새로운 시대정신을 저항 여부에 두었다. 그는 시대정신을 살린다는 논리를 내세워 『꿈하늘』에서 한자어 사용을 자제하고 구어체 문장을 사용하여 장면 묘사에 생동감을 주고 노래를 사용하여 정감을 고양시켰다는 점에서, 그리고 형식 면에서도 새로운 변혁을 시도하였다. "인간에게 싸움뿐이라, 싸움에 이기면 살고 지면 죽나니 신의 명령이 이러하다"라는 투쟁적인 수사는 이 작품 전체를 사회진화론적인 약육강식의 삶의 은유로 주제화하였다.[6] 약육강식의 싸움에서 살아남기 위하여서는 국혼을 상징하는 단군

---

4) 신채호, 「근금(近今)국문소설의 저자의 주의」, 『단재신채호전집』, 형설출판사, 1975, 113쪽.
5) 김사엽과 조동일이 『꿈하늘』은 몽유록 소설이라고 주장했음.
6) 윤홍로, 「개화기진화론과 문화사상」, 『전통문화와 서양문화』, 성대출판부, 1987, 49~74쪽.

의 명령을 따른 을지문덕 장군의 싸움을 본받아야 하고 자강의 힘을 키워야 함을 강조한다. 『꿈하늘』 6장 중 5장에서는 나라 사랑하는 마음과 미인을 사랑하는 마음이 동시에 있으면 미인을 사랑하는 마음 때문에 나라 사랑을 잊을 때가 있는 법이니 두 사랑을 한 몸에 가지려 한 놈이 스스로 지옥에 갇힌 원인이라고 서술하고 있다. 『꿈하늘』은 결국 국권을 박탈당한 동시대의 지상 과제가 무엇인가를 은유화한 것으로 가장 현실적인 중심 과제를 가장 넓은 공간(영계·지상·지옥 공간)과 가장 긴 역사적 시간으로 펼친 의식소설이라고 할 수 있다. 그러나 『꿈하늘』은 근대의식과 함께 근대소설로서의 형식상의 조건인 자유 모티프의 형상화에서 한계가 있다.

소성 현상윤(1893~?)은 춘원과 같은 평북 정주 출신으로 평양 대성학교를 거쳐 서울 보성중학을 1912년에 졸업하고 와세다 대학 사학과와 사회학과를 2등으로 졸업하였다. 그는 재학 중 시, 소설, 수필, 논설 등 각 영역의 문학을 습작하였으나 귀국 후에는 교육계·학계에 종사하여 『조선유학사』(민중서관, 1949)를 쓰기도 하다가 6·25 전쟁 중에 납북되었다. 그의 소설로는 「한의 일생」(《청춘》, 1914. 11), 「박명」(《청춘》, 1914. 12), 「재봉춘」(《청춘》, 1915. 1), 「청류벽」(《학지광》, 1916. 9), 「광야」(《청춘》, 1917. 5), 「핍박」(《청춘》, 1917. 6) 등 여섯 편만이 밝혀졌다. 그의 처녀작이라고 할 수 있는 「한의 일생」은 주인공 김춘원, 약혼녀 이영애, 그녀를 탐내는 윤상호의 삼각관계를 그린 것이다. "삼각산이 변하면 변하였지 영애와 자기와의 사이에 단단히 맺어진 언약은 변치 안흘 것"이라고 굳게 믿는 주인공 김춘원이 "금전 앞에는 영애도 빼앗기는 줄을 때때로 느끼는" 위기감이 고조되었을 때 상호가 약혼자의 방에 들어가는 것을 목격한 후 상호와 영애를 죽이고 자기도 자살하는 것으로 소설은 끝난다. 「한의 일생」은 시대 변천에 적응하지 못한 주인공 김춘원과 지배계층의 부도덕한 탐욕자 윤상호, 윤상호의 금전 유혹에 말려드는 약혼녀 이영애와의 상호 마찰이 빚어낸 비극을 형상화한 것이다. 「한의 일생」은 환경에 의하여 좌절한 인간, 패배한 인간, 타락한 인간을 사실적으로 관찰함으로써 자연주의적 작품의 등장을 예고한 것이기도 하다. 영애의 운명은 「감자」의 복녀나 「물레방아」의 신치규의 처와 같이 물신숭배에 희생당하는 운명적 여인의 출현을 예고한 것이기도 하다. 한편 남주인공 김춘원의 죽음의 항거는 최서해의 작품이나 카프 계열의 적극적인 저항문학의 탯줄이 되기도 한다. 그것은 어떤 의미에서 개인을 떠나 사회와 국가의 문제로까지 확대하여 환유적 해석을 할 수도 있다.

「핍박」은 일인칭 서술로 내면 심리의 불안과 강박관념을 토로한 작품이다. 스토리 중심의 신소설류와는 다르게 심리적 갈등을 일상의 현실과 교차시키면서 엮은 소설적 기교는 이 시대의 어느 작가보다도 앞서 있다. 이 소설의 주제는 "그 시대의 지성인들이 가졌던 이상과 현실의 괴리 현상을 묘파"하려는 데 있다. 「핍박」의 경우 「박명」이나 「재봉춘」보다 핍진성을 가지게 되는 원인은 이 시대 유학생들이 가지는 고민의 일단을 사실적으로 표현하였다는 데 있다.

저 편으로 긴 칼을 느린 보조원이 심상치 않게 나를 본다. 그러나 내가 일즉이 강도난 사기 취재 가튼 범과가 업거니 아모 경관에게 포박될 일도 업다. 그러나 그가 나를 본다. 나는 끄짓듯 한다. 나를 잡으랴는듯 하다. 발을 내노을때마다 그가 밧삭 닥아드는듯 하다. 나는 거를 수가 없다. 나는 땀이 흐른다……

「임자 공부도 잘햇다니 일안하고 돈 모으는 법이 무엇임마?」
「여봇, 그런 소리 그만 두게…… 저 사람 덕에 우리가 다 살터인데……

아 우리야 야만이 안이기에 그림마.」

　「예야 너 내가 참말이다 그만치 공부를 하얏스면 판임관이 나는 하기가
아조 쉽겟고나. 거 제일이더라 저 거년골 백선달 아들도 벌서 토지조사국
기수라든가 햇다구 저 어른도 깃버하더니……」[7]

　칼 찬 경찰보조원에게 아무런 죄도 없이 공포감을 느끼는 지식인의 강
박관념을 조장하는 시대 분위기 속에서 민중—마을 사람들과의 대화는 소
통하지 않는다. 놀고먹고 남의 덕에 잘살 방법이나 생각하며 일제 수탈 기
구인 토지조사국의 말단 관리나 부러워하는 이들 민중을 선도하여야 할
부담과 그것을 실제로 실천하지 못하는 '나'는 오히려 땀 흘려 일하는 이
들 농부에게마저도 죄책감을 가진다. 모순된 시대의 삶을 인식하면서도
그것을 행동으로 옮기지 못하는 지식인의 고통을 고독한 독백의 소리로
절규한 것이 「핍박」이다. 「핍박」은 1920년대의 탁월한 중편 「만세전」의 관
점과도 유사하다.

3. 새롭게 탈바꿈한 장편
― 이광수와 「무정」의 양면성

　1910년 국권침탈로 국권이 상실되고 한국민의 우민화 또는 문화 종속
정책이 강요됨으로 말미암아 언론, 출판, 집회, 결사의 자유가 박탈되고
유일하게 남은 일간지는 총독부 기관지 《매일신보》뿐이었다. 이에 대응하
기 위하여 등장한 문학작품 발표지로 국내에서는 《청춘》, 《태서문예신보》
등과 일본 유학생들이 발간한 《학지광》이 있었고 이어서 《창조》가 나왔
다. 이러한 여건 하에서 가장 두드러진 작가는 춘원 이광수였다. 그는

---

7) 현상윤, 「핍박」, 《청춘》, 1917. 6, 89쪽.

1910년 단편 「어린 희생」(《소년》, 1910. 2~5), 「무정」(《대한흥학보》, 1910. 3~4), 「헌신자」(《소년》, 1910. 8), 「김경」(《청춘》, 1915. 3) 그리고 장편 『무정』(《매일신보》, 1917), 『개척자』(《매일신보》, 1918)와 단편 「소년의 비애」(《청춘》, 1917. 6), 「어린 벗에게」(《청춘》, 1917. 7~9), 「개척자」(《매일신보》, 1917), 「방황」(《청춘》, 1918. 3), 「윤광호」(《청춘》, 1918. 4) 등을 비롯하여 『서울』(《태양신문》, 1950)에 이르기까지 신문학 사상 가장 많은 작품을 발표한 작가이기도 하다. 그는 시, 소설, 평론, 수필, 기행문 등 문학 양식 전 분야에 걸쳐 집필하였으며 일종의 문화비평이라고 할 수 있는 계몽적인 논설로도 설득력 있고 감동적인 문장으로 많은 독자에게 영향력을 발휘하였다.

춘원만큼 이 땅의 소설가 중에서 사랑을 많이 받고, 동시에 미움을 많이 받은 작가도 찾기 어렵다. 신을 지향하려다 좌절한 작가, 건드릴수록 영광과 상처가 번갈아 튀어나오는 작가, 그가 바로 춘원이다. 춘원은 문장을 구도자의 자세로 집필하였으며 문장을 통하여 개인과 민족 그리고 인류를 구원하려는 종교적 자세를 견지하였기에 그의 소설은 대부분 시대마다 문제가 되고 있는 갈등을 이상적인 정신세계로 해소하려 하였다. 그것은 결국 춘원의 장점이 될 수도, 단점이 될 수도 있다. 그런 의미에서 춘원 문학에 대한 긍정적 평가로는 위대한 정신력의 소산에서 산출된 것으로 볼 수 있으나 부정적인 측면으로는 춘원이 현실인식과 역사인식의 부족으로 사태를 무산시킨 작가라는 견해가 있다.

작품에서 구현되고 있는 종교적 구원관 혹은 인간 해방에 대한 도덕적 계몽의식이 현실의식을 고양하였는가 혹은 저해하였는가는 춘원의 작품을 자세하게 검토함으로써 결정하여야 할 것이다.[8] 조연현은 춘원의 각

---

8) 춘원에 대한 평가는 구인환의 『이광수연구』(삼영사, 1983), 신동욱의 「우리 이야기문학의 아름다움」(한국연구원, 1982) 등을 비롯하여 다양한 논평이 있다.

장르에 걸친 작품을 전문적인 관점에서 검토하면 일급의 작품들은 아니나 전 분야를 걸친 작가의 스케일이나 능력이 탁월하다는 의미에서 문호적인 작가라고까지 평가한다. 김태준은 춘원의 사상적 원류가 기독교적, 고전적, 톨스토이즘적 사상에 근거하고 있다고 밝히고 그의 역사소설가로서의 발전 가능성, 민족주의 사상, 개인의 자유와 인도주의 사상, 『무정』의 문학사적 위치 등에 대하여 평한 바 있다.[9]

『무정』이 최초의 근대 작품이라는 평가는 오늘날까지도 지배적이다. 1910년대까지 지속적으로 자기 갱신을 해오던 신소설과 단편소설의 기교 축적이 『무정』에 이르러서 집약되어 실현된 셈이다. 『무정』이 한국 근대소설에서 최초의 기념비적 작품이라고 평가되는 이유는 전대 소설과의 차별성과 문학성에서 연유한다. 춘원은 사상을 전달하는 계몽의 수단으로 소설을 쓴다고 밝혔다. 그는 독자를 누구보다도 염두에 둔 작가라고 할 수 있다. 그렇다면 춘원은 독자들에게 친숙하였던 소설의 기법을 외면하지 않았을 것이며, 동시에 새로운 '낯설음' 장치를 사용하여 독자들의 관심을 의식하였을 것이 분명하다. 그것은 형식적인 '낯설음(defamiliarization)'의 기법을 통해 고대소설의 의미를 재조명하고 새롭게 탈바꿈을 하여 새로운 근대의식을 수용한 것이기도 하다.

『무정』은 양면적인 대립항 속에서 자유롭게 변신하는 유연성 때문에 근대성을 띤다. 춘원이 『무정』을 쓰게 된 직접적인 동기는 "《매일신보》에 신소설 하나를 쓰라, 그 제호를 전보하라"는 전보를 받고서이다.[10] 본래 『무정』은 '영채'라는 전에 써 둔 원고를 개작하여 쓴 것이다. 『무정』을 영채로부터 기술하였다면 춘원은 소설의 실마리를 풀어나가는 데 고심하였을 것이다. 그러나 춘원은 현재로 출발하여 과거를 삽입하는 역진(逆進) 서술을

---

9) 김태준, 『조선소설사』, 청진서관, 1933, 185쪽.
10) 이광수, 「다잡한 반생의 도정」, 『이광수전집』, 삼중당, 399쪽.

함으로써 과거를 회상시키는 영화기법을 도입했다. 물론 이러한 소설 기법은 현상윤의 단편에서도 드러났으나 1910년대 소설의 기법을 축적하여 『무정』에서 집약적으로 보인 것이다. 춘원은 서구소설의 탐독으로 입체적 소설 기법을 터득하고 있었던 것이다. 춘원이 외할머니댁에서 읽었던 책으로 고대소설의 기법을 익힌 데다가 서구적인 '낯설음'의 장치를 합성하였다는 것은 동시대 독자들에게 호응을 받을 수 있는 충분한 조건이 된다. 기법적인 측면에서뿐만 아니라 인물 설정에서도 보수적인 '영채'와 진보적인 '형식'과의 대조에서 양면성을 지녔다는 점에서 호응을 받을 수 있게 되었다. 형식이나 선형보다 기구한 운명의 영채에게 쏠린 독자의 관심에 대하여 동인은 개화의 역행길로 유도하는 작품의 모순을 지적하고 있으나 근대화 과정에서 필연적으로 희생당하는 모순된 삶의 한을 부상시킨다는 점에서 독자들의 동정을 받았을 것이다. 영채의 부친 박 진사 역시 보수적 주자학자가 아니라 개신 유학자로 시대의 흐름을 인식한 개화운동의 희생자로 만들어 과도기 조선의 사회상을 제시하였다는 점에서 이 소설이 진화론적 발전 방향을 제시하였다는 것을 알 수 있다.

한 사회가 발전해감에 따라 그 신화들도 수정되고 선택되거나 삭제되며 혹은 변화하는 욕구에 대응하기 위하여 재해석되는 것이다. 춘원의 경우 『삼국사기』에 소개되고 있는 '가실'을 작품화한 「가실」, 「춘향전」을 근거로 한 『일설춘향전』, 박지원의 단편 「허생전」을 소재로 한 『허생전』, 『법화경』의 무명을 뼈대로 한 「무명」 등이 바로 옛 소재를 환골탈태하여 새로운 기법으로 창작한 것이다. 이러한 관점에서 살피면 한국 최초의 근대 작품이라고 평가되는 『무정』의 원형 텍스트는 어떤 것인가를 추적하는 작업도 흥미 있을 것이다. 여러 가지 관점에서 『무정』의 창작 동기는 다양한 측면이 있으나 그중 하나는 「채봉감별곡」으로 볼 수 있다. 『무정』의 여주인공격인 '영채'와 「채봉감별고」의 주인공 '채봉'의 신분이 기생으로 변동된 원인은 위기에 빠진 아버지를 구원하기 위한 효성 때문이다. 그러나 고전소설의 채봉은 그런 효성으로 말미암아 행복한 결말을 맞지만『무정』의 영채는 그로 말미암아 불행한 비극을 맞게 되는 것이다. 말하자면『무정』의 양면성, 보수적 효의 모티프와 진보적 자아 발견의 틈바구니에서 방황하는 영채의 과도기적 시대 비극을 독자가 깨닫게 하는 데서 우리는『무정』을 재평가하여야 한다.『무정』의 신선한 충격은 삼종지도의 유교적 윤리의식에 대한 논리에 반대한 근대적 자아 각성과 시대의식을 일깨우는 데 있다고 재평가할 수 있다. 그가 신봉한 점진론적인 사회 진화 논리의 발전 원리에서 춘원의 힘의 사상 논리를 찾을 수 있다. 그는 근대적 지식이야말로 힘을 기르는 첩경이라고 믿어 과도기에 따른 불행을 겪는 개인을 해외 유학을 통해 힘의 원천지로 보냄으로써 해결 짓는다. 조실부모한 춘원은 자유롭게 과거를 부정하였지만 그 한계는 현실 문제를 구체적으로 제기하지 못하였다는 것에 있다.

춘원의 소설은 시대 변천에 따라 대응하는 자의식의 변화를 사실적으로 표현하였다는 데서도 그 특징을 찾을 수 있다. 1920년대 작품『재생』에서는 민족의식을, 1930년대 작품『흙』에서는 농촌운동을, 그리고『사랑』에서는 초이성적인 애정을,「무명」에서는 인간의 탐욕에 대한 불교적인 해탈을 폭넓게 주제화하고 있다.

춘원의 소설을 다각적으로 분석하면 그는 결국 당대의 민족적 현실을 전형화하여 공리주의적 문학관으로 많은 작품을 썼다고 평가할 수 있다. 그는「어린 벗에게」,「소년의 비애」,「윤광호」를 통해 인습적인 조혼 제도와 허례허식의 유교적 이념에 반기를 들어 자아를 계몽하였고,『재생』,『흙』을 통하여 민족적 정체를 계몽하였고,『사랑』,『무정』을 통하여 인류의 구원을 계몽하였다. 그는 톨스토이의 종교적 인도주의와 예술감염론에 크게 감동하여 사회적 현실과 종교적 이상을 결합시키면서 인류의 구원을 소설의 주제로 삼았고, 도산의 민족주의적 실천강령인 무실역행사상(務實力行思想)을 소설을 통하여 표현하려 하였다. 그런가 하면 진화론적인 낙관론을 믿고 민족의 앞날을 신기루처럼 이상화하여 역사적 현실을 흐리게 무산시킨 과오를 범하기도 하였다. 그럼에도 춘원은 이 시대 소설이 지향하여야 할 민족주의적 발판을 마련한 가장 영향력 있는 작가였다.

4. 창조파 등장과 순수문예 선언
― 김동인과 전영택의 소설

3·1 운동의 전초인 〈동경유학생독립선언문〉이 발표된 1919년 2월 8일은 순수문예지 《창조》가 발간된 날이기도 하다. 《창조》의 창간 주역은 김동인, 주요한, 전영택, 김환 등이었다. 이들은 정치 방면은 그쪽에 관심 있는 사람들에게 맡기고 순수문예 활동만 할 것을 선언하기도 하였다. 이들은 전문적인 작가와 시인으로서 장르상 구분을 하여 근대적 창작 분야의 전문성을 주장하고 신문학 활동의 기수임을 자부하였다.

《창조》가 낳은 대표적 작가는 금동 김동인과 늘봄 전영택이었다.

동인은 평양 부호 기독교 장로의 아들로 태어나서 성격이 내성적이고 자존심이 강하며 사물을 극단적으로 보는 경향이 있었다. 유아독존적 자아가 강한 작가라고 평가되기도 하는 동인은 인형조종설을 내세우면서 창조적인 독창성을 소설 창작에서 강조하여 이른바 톨스토이의 귀신 울릴 만한 기묘한 사실 묘사를 지향한 이상적 문장을 꿈꾸었다. 그는 시마자키 도손(島崎藤村)과 많은 일본 문학가를 배출한 기독교계 학교 메이지 학원 재학 중 일역판 서구소설을 탐독한 안목으로 조선조의 고대소설이나 개화기 이후의 신소설류 혹은 이광수의 계몽소설류를 본격소설과 거리가 먼 통속소설이라고 공격하기도 하였다.

당대 문단이 춘원의 독무대와 다름없음을 처음부터 의식한 동인은 인생의 본질 문제를 다루는 순수소설로 춘원류의 소설을 극복하려 하였다. 말하자면 동인의 소설사적 의식은 권선징악적인 고대소설→조선사회 문제를 제시한 신소설→조선사회 풍속을 개량하려 하였던 춘원류 소설→인생의 본질적 고통을 제시하는 동인 소설의 발전 과정을 내세우기도 하였다.[11]

동인이 내세운 신문학운동의 하나는 문장 개혁이었다. 삼인칭 대명사의 사용, 과거시제를 사용한 시제 확립, 실감 나는 구어체 사용과 사투리 사용 등이 동인 스스로의 개척이었음을 밝히고 있다. 동인의 초기 작품 「약한 자의 슬픔」(《창조》, 1919. 2~3), 「마음이 옅은 자여」(《창조》, 1919. 12~1920. 5)의 문장을 살피면 현상윤의 「핍박」(1917)이나 춘원의 『무정』의 문장보다 별로 앞선 것은 아니다. 오히려 감상적인 문장의 미숙성을 더욱 많이 볼 수 있다. 그러나 열아홉 살 학생의 습작에 대하여 문학사에서 너무 많은 것을 기대할 수는 없는 것이다. 「약한 자의 슬픔」이나 「마음이 옅은 자여」는 순 한글로 쓰인 『무정』보다 2년 후에 나온 것이고 국한문혼용이 사용되었음에도 불구하고 한문식 어휘를 고유한 우리말 어휘로 사용하려는 노력이 보인다는 것은 특히 주목된다.

> 엘니자벳트는 이와가튼 거짓 대답을 하면서도 그의 마음 속에는 한 바람(希望)이 이섯다. ……혜숙의 집에 끌고 가야만 바른 일이라 생각한 엘니자벳트의 미리생각(豫想)은 헛대로 돌아 갓다. ……아랫동이 모도 흙투성이가 되여서 전차멋는 곳(停留場)까지 갓다. ……그는 병원으로 가서 기다리는

---

11) 김동인, 『동인전집』 8권, 홍자출판사, 1964, 592쪽.

방(待合室)으로 갓다.[12]

　이러한 발상은 그대로 서구 문예사조를 수용하는 태도와 작법과 묘사의 기법에서도 드러난다. 그는 일찍이 일본에서 기독교 계통 메이지 학원을 졸업한 후 가와바타(川端) 미술학교에 입학하여 미학을 공부한 바 있으며 진남포 부호의 아들인 미술학도 김환과 《창조》 동인을 한 바도 있다. 그런 이유로 동인은 다양한 문예사조를 선구자적 자세로 실험하였으나 결국 예술지상주의적 문학관과 근대소설의 뿌리인 자연주의와 리얼리즘 소설관만이 그의 작품에서 뿌리를 내렸다. 결국 그는 「약한 자의 슬픔」, 「마음이 옅은 자여」, 「발가락이 닮았다」 등의 심리주의 소설 실험이나 「붉은 산」, 『운현궁의 봄』 등 민족주의 소설 실험을 하였으나 낯선 문제적 소설로만 제시하였다. 결국 「감자」, 「명문」, 「태형」, 「발가락이 닮았다」 등의 자연주의 계열 소설과 「광화사」, 「광염소나타」, 「배따라기」 등 탐미주의적 소설이 대표작으로 남게 되었다.[13] 그것은 작가의 기질, 시대 배경, 근대소설이 지향하고 있는 리얼리즘의 성격 등과도 무관하지 않다. 동인의 순수소설 혹은 본격소설 선언은 신소설의 스토리적 흥미 위주 혹은 계몽소설의 공리주의적 효용성으로만 치닫는 당대 소설의 위기에 경종을 울린 데 기여하였다. 그러나 동인이 독자 수용을 염두에 두지도 않고 서구소설을 즉흥적으로 다양하게 실험한 것은 수용론적 관점에서 시행착오를 한 것이다. 이는 우리 현대소설사에서 발판을 다진 작가들이 겪어야 하는 과정이기도 하였으나 작가의식과 기법의 한계에 더 큰 책임이 있다. 그가 내세우는 사실주의 또는 자연주의는 가장 합리주의적 객관성과 이성적 보편성 위에서 실현되는 것인데 동인은 극단적으로 이질적인 것을 갑자기 결합시켜 독자

---

12) 김동인, 「약한 자의 슬픔」, 《창조》, 1919. 3, 67~69쪽.
13) 윤홍로, 『한국근대소설연구』, 일조각, 1980, 110~120쪽.

를 경이롭게 한다. 그것은 포커 스타일의 낭만주의 소설인 경우에나 허용될 수 있는 수법이다. 장면 설정의 리얼한 배경 없이 주인공의 인생관이 갑자기 변화하는 경우는 그의 극단적 성격을 반영한다. 그럼에도 불구하고 동인은 극단적인 철저성—살신성예적(殺身成藝的)인 문학 태도에서 인간의 갈등을 장치하는 명수가 되었다. 동인이 산출한 환경적 인간인 「감자」의 복녀나 환경을 파괴하고 예술적인 영웅으로 등장한 「광염 소나타」의 백성수나 「광화사」의 솔거는 한국 근대소설사에서 기념비적인 인물로 남을 것이다.

늘봄 전영택은 《창조》 창간 멤버이고 평북 영변 출신이다. 일본 아오야마 학원 신학부를 거쳐 미국에서 신학 공부를 한 목사이면서 《창조》 창간호에 「혜선의 사」(1919)를 발표한 후 1968년 「노교수」를 발표할 때까지 장편 『청춘곡』을 비롯하여 60여 편에 이르는 단편을 발표하였다. 늘봄은 춘원의 도사적(道士的) 기질이나 동인의 천재연하는 기질과는 다르게 겸허한 인간애적 기질이 작품상에도 그대로 드러난다. 그의 처녀작 「혜선의 사」나 「천치? 천재?」(1919)에서부터 그는 죽음으로 결말 처리를 하곤 하였으나 그 죽음은 피안의 세계를 소망하여 현실의 모순에서 탈출하려는 자유선택이라는 점에서 다른 작가들이 선택한 죽음과는 다르다. 「천치? 천재?」를 쓰고 난 다음 그는 《창조》의 '남은 말'에서 비극적 인생 사상을 그리려는 것보다는 인생을 그대로 표현하여보려고 죽음을 썼을 뿐이라고 밝히고 있다. 대체로 소설의 결말에서 해외 도피나 죽음으로 갈등을 해결하는 경우는 서구소설이나 우리의 고대소설에서도 흔히 볼 수는 있다. 그러나 이 시대의 분위기와 자연주의 작품의 영향 또는 단편소설로서 극단적 인생의 제시 등으로 죽음은 이 시대 소설문학의 관습을 이루었다. 물론 늘봄이 시대소설의 관습도 따랐겠으나 그가 기독교 신자로서 죽음에 대한 인식을 달리하였다는 것은 대부분 그의 작품이 말하여 준다. 초기 작품에서부터 부활적인 죽음의 장치가 작품 대단원에 설치되고 있으나 그것은 후기로 갈수록 더욱 영적인 세계로 비상한다. 가령 「혜선의 사」, 「순복이 소식」(1926), 「남매」(1939) 등의 작품을 비교하면 자연주의 세례를 받은 초기 작품보다는 후기 작품일수록 영적인 부활, 신앙을 통해 거듭나는 새 인생과 죽음을 관련시킨 것을 볼 수 있다.

「혜선의 사」, 「천치? 천재?」의 주인공들의 비극적 죽음은 자기들이 감당하기 어려운 환경을 탈출하기 위하여 선택한 것이지만 결국 주변 사람들의 이해심이 부족한 데서 원인을 찾을 수 있다. 그러므로 두 작품은 낡은 가치관과 새로운 가치관의 충돌에서 빚어진 모순들을 독자들에게 이해하도록 하는 데 도움을 주었을 것이다. 「운명」(1919)은 감옥 안에서 주인공 오동준에게 심리적 변화가 생겨 약혼녀 H를 굳게 믿고 상상적인 애정의 구원을 받았으나 출옥 후 불행하게도 주인공 오동준의 애정을 확인할 수 없었던 그의 약혼녀 H가 자신을 극진히 사랑하는 다른 남자와 동거생활을 하게 된 것을 알게 되어 여인의 변심에 비애를 느낀다는 아이러니한 작품이다. 감옥이라는 공간을 설정하여 쓰면서도 사회적인 모순은 전혀 외면한 채 애정 문제만을 공상하는 주인공의 행동은 검열 때문이기도 하지만 인간의 우유부단한 성격과 환경이 어떤 운명을 결정하는가를 구체적으로 제시한 셈이다. 그러나 앞에 인용된 작품들은 아직도 습작품이어서 지나치게 감상적이며 논리의 비약 또한 많다. 자살하러 가는 혜선이가 술 취한 승객에게 욕을 당할까 두려워하는 장면 같은 것은 설득력이 없다. 전영택의 초기 작품에서도 자주 드러나는 특징으로는 자연주의 혹은 사실주의의 울타리 안에서 모순된 현실을 찾은 후 모순의 문제를 해결하기 위하여 기독교적인 이상의 세계로 탈출하는 것을 들 수 있다. 인간적인 사랑과 인정의 끈을 언제나 놓지 않으면서 현실적인 아픔을 사실적으로 들추는 늘

봄의 기법이 탁월하게 실현되기[14) 위하여서는 「화수분」(1925)까지 기다려야 하였다. 「화수분」이 나온 1925년은 동인의 「감자」, 빙허의 「불」, 도향의 「물레방아」 등 근대소설의 이색적인 꽃이 만발하게 피었던 해이기도 하다.

백악(白岳) 김환은 「신비의 막」(《창조》, 1918. 12)에서 유교와 기독교와의 충돌을 갈등으로 하면서 예술의 미적 정서를 살리려 하였다.

1910년대 소설은 정치적 억압의 바위 밑에서 자생한 강인한 꽃이라 할 수 있는 「꿈하늘」, 「핍박」과 같은 작품이 나오기도 하였다. 이 시기는 전대의 사상과 외래문학 형식이 혼유되었다가 이후 사상적 내용이 경시되고 지엽적인 기교나 감상적인 감각에 기울어졌다는 측면에서 문학사적인 비판을 받아야 할 것이다. 전통단절론과 이식문학론 혹은 종속이론도 이런 시각의 결과라면 재고의 여지를 남긴다.

---

14) 전영택에 대한 참고자료는 아래 논저가 있다. 채훈, 「늘봄 전영택론」, 『충남대논문집』 9집, 1970; 신동욱, 「전영택 작품에 나타난 삶의식」, 『한국문학론연구』, 1980; 김송현, 「「천치? 천재?」의 원천 탐색」, 《현대문학》, 1963. 4.

신파극 시대의 희곡

유민영

한국 희곡문학 발전 과정에 있어서 1910년대는 매우 특이하면서도 중요한 시기였다. 왜냐하면 일본에서 들어온 신파극이라는 새로운 근대극 양식을 맞아 수백 년 동안 흘러온 재래의 전통극이 중앙무대를 잃고 변두리로 밀리면서 급속히 퇴조해갔기 때문이다. 물론 처음에는 날탕패 박춘재(朴春載) 일행의 경우에서 볼 수 있는 바와 같이 전통극은 신파극과 충돌이 아닌 타협의 길을 모색하기도 했다. 그러나 한일 두 나라 문화의 간극만큼이나 큰 두 가지 연극 양식의 이질성 때문에 곧 각자의 길을 갈 수밖에 없었다. 따라서 박춘재 일행과 창극 단체들은 구파로서 도시의 변두리와 지방을 유랑하게 되었고 신파극은 중앙과 주요 극장을 중심으로 공연 활동을 벌이게 된 것이다. 신파극이 우리나라 대중의 가장 중요한 오락물의 하나로 정착하면서 근대적 형태의 희곡문학도 싹트게 되었다. 주지하다시피 신파극은 메이지 시대에 일본에서 처음 생겨난 연극 양식으로서

구극인 가부키(歌舞伎)에 대립되는 명칭으로 사용되었었다. 그럼에도 불구하고 신파극의 표현 형식은 가부키로부터 비롯된 것이기 때문에 분장·표현술 등이 매우 과장되었고 여형배우(女形俳優), 스타 시스템 등을 특징으로 하는 감상극이었다. 신파극이 일본에서 발생·성숙해서 이 땅에 유입되다 보니 레퍼토리도 그대로 전해질 수밖에 없었다. 처음에 정치극으로 시작되어 군사극, 탐정극, 가정비극 등으로 발전된 신파극 레퍼토리의 내용이 한꺼번에 수용되었던 것이다. 초기에는 극본도 없는 구치다데(口建) 식으로 시작되었지만 점차 메이지 말기의 대중소설을 각색한 가정비극이 주류를 이루었다. 즉, 일본에서 대중소설로서 인기를 끌었던 대부분의 작품이 신파 무대에서도 인기를 끌었고 그것이 다시 우리나라에 번안됨으로써 역시 인기 레퍼토리가 되었던 것이다. 몇 가지 주요 작품만 소개해본다면 메이지 시대 문호 오자키 고요(尾崎紅葉) 원작『곤자키야샤(金色夜叉)』는 조일재에 의해서「장한몽」으로 번안되었고, 기쿠치 유호(菊池幽芳) 원작의『나의 죄(己が罪)』는『쌍옥루』로, 오쿠라 토로(大倉桃朗) 원작의『비와우타(琵琶歌)』는「비파성」으로, 와타나베 카테이(渡邊霞亭) 원작의「소오후렌(想夫憐)」은「재봉춘」으로 각각 번안되고 공연되어 대중적 인기를 끈 것이다. 이러한 가정극들은 대부분이 "통속미와 봉건적인 의리 인정의 비극"[1]으로서 전근대적 유교 모럴을 긍정하고 권선징악이 주제를 이루고 있다. 이 시대 대부분의 신파극이 애증, 은수(恩讐), 반상(班常), 적서(嫡庶) 대립, 의리, 인정을 기조로 하다 보니 "감상의 눈물을 흘리게 하는 것일뿐더러 혹은 사대주의, 혹은 비장취미(悲壯趣味), 혹은 웃음보다도 눈물을 더 귀하게 여기는 사상 등을 반영하여 해후의 기쁨보다는 이별의 아픔을, 삶보다는 죽음을, 저항보다는 인종(忍從)을 집요하게 찬미"[2]하는

---

1) 河竹繁俊,『日本戲曲史』, 南雲堂桜楓社, 1964, 563쪽.
2) 이두현,『한국신극사연구』, 서울대출판부, 1966, 66쪽.

데로 흘러갔다. 따라서 신파극은 당시의 대중을 정신적 자각으로 이끌기는커녕 오히려 퇴영과 안주에 빠지게 하는 부정적 기능을 한 것이다. 신파극 시대의 이러한 비관적 흐름이 나라 잃은 백성에게 어떤 면에서는 하나의 위안을 준 것도 사실이다. 왜냐하면 대중이란 언제나 일상의 괴로움을 잊기 위해 달콤한 감상을 찾고 끊임없이 현실도피를 꾀하기 때문이다. 이러한 식민지적인 분위기와 신파극의 유행에 따라 조일재나 이상협과 같은 신파극 작가도 등장하게 되었다. 이들이 읽었거나 구경한 것은 모두 일본의 대중적 신파극뿐이었으므로 그런 유형의 작품밖에 쓸 수가 없었다. 가령 이상협의 「눈물」이라든가 조일재·이상협 합작의 「청춘」 등만 보더라도 구 도덕을 은연중에 찬양하고 의리 인정을 중요시하는 점에서는 일본 작품들과 궤를 같이하고 있다. 그만큼 신파극 작가들은 보수적, 전통적 윤리의식으로부터 한 발짝도 벗어나지를 못했던 것이다.

최초로 활자화된 조일재의 「병자삼인」만 보더라도 이 작품이 신파극 형식을 취했고 전통적인 윤리관을 지니고 있음을 알 수가 있다. 그는 일본의 대중소설과 신파극을 주도적으로 소개한 작가였으므로 메이지 시대 일본 대중의 정서에 빠져 있었다. 그렇기 때문에 조일재는 1910년대에 들어서도 19세기 말 일본 대중작가의 도덕률에 입각해서 시대를 파악하는 우를 범했던 것이다. 즉, 그는 개화기의 시대 흐름에 따른 관심사라 할 여권 신장을 작품의 주제로 삼았으면서도 실제로는 풍자로 갔던 것이다.

이 작품에는 세 쌍의 부부가 주인공으로 등장하는데 세 여성이 모두 남편들보다 사회적으로 우위에 있다. 여기서 남성들은 좌절과 저항을 느끼게 되고 아내들을 굴복시키는 위장극을 연출한다는 내용이다. 이 작품의 주제라고 한다면 남존여비의 인습을 타파해보려는 여성들과 그것을 옹호하는 구식 남성과의 갈등인데, 남성들이 단순히 남편이라는 기득권을 내세워 아내를 굴복시킨다는 점에서 매우 전근대적이다. 이러한 작품의 결말은 두 가지 각도에서 분석될 수 있다. 그 하나는 조일재가 변화하는 새 시대에 발을 딛고 있으면서도 메이지 시대의 대중소설에서 문학을 배웠기 때문에 여전히 유교 모럴에 입각해서 사회를 보았다는 점이다. 따라서 그는 작품에서 여권 옹호를 긍정적으로 보기보다는 오히려 급속한 여권 대두를 냉소적이면서도 경계의 눈으로 본 것이다. 두 번째로는 그가 순전히 신파극만 했기 때문에 전형적인 신파 형태의 멜로드라마를 벗어날 수가 없었다는 사실이다. 그는 프로타고니스트를 남성으로 설정하고 안타고니스트를 여성으로 설정하여 양성 대립으로 만들었고 자연스럽게 여성들의 패배라는 결말에 이른다. 그러니까 보수적인 조일재는 소위 여권 신장이라는 것을 조롱하기 위하여 「병자삼인」이라는 작품을 썼다고 해도 과언이 아니다. 바꾸어 말하자면 그는 계몽주의나 근대적 자각을 작품에 투영할 만큼 근대적 의식을 성장시키지 못했고 그 결과 변천하는 사회를 오히려 부정적으로 표현한 것이라 하겠다. 그 점은 형태상의 낙후성에서 더욱 심하게 나타나고 있다. 소극(笑劇) 형식으로 되어 있어서 가정비극형의 신파와 다른 것처럼 보일 수도 있지만 희곡을 자세히 살펴보면 일본 신파에 매우 가깝다. 우선 작가가 제시한 무대 디렉션만 보더라도 하나미치[3]가 세 장면씩이나 예시되어 있다. 게다가 막의 개폐 신호마저 타목음[4]을 사용하고 있는 점에서 당시 유행하던 일본식 신파극을 답습했음을 확인할 수가 있다. 이러한 형태상의 전근대성뿐만 아니라 인물의 성격 구축에서도 미숙성이 드러난다. 우선 등장인물이 스테레오타입으로서 성격 진전이 별로 없다. 등장인물들이 작품 속에서 어떤 사건으로 인해 자동적으로 움직여 나가는 등장인물이 아니라 작가가 의도적으로 만들어놓은 로봇에 불과하

---

3) 하나미치(花道)는 일본 고전극 중 가부키에서 주연 배우를 부각시키기 위해 주연 배우가 등장하는 길을 객석 한가운데 또는 비스듬히 낸 것을 뜻한다.
4) 타목음(打木音)은 일본 가부키에서 사용되는 개폐막 신호이다.

다는 이야기이다. 격변하는 사회 속에서 내적 갈등이 없는 인물에 생명이 깃들 수 없음은 자명하다. 이처럼 조일재는 시대를 응축한 성격을 전혀 창조해내지 못한 것이다. 따라서 「병자삼인」은 희곡사나 연극사적으로 큰 의미를 지니지 못하고 다만 희곡문학이 불모일 때 발표되었다는 데서 그 의미를 찾을 수밖에 없다.

조일재와 같은 시기에 신파극운동을 주도했던 윤백남도 1910년대에 두 편의 희곡을 남겼다. 1918년을 전후해서 쓴 「국경」과 「운명」 두 편이 바로 그것이다. 윤백남은 개화기에 은행원, 대학강사, 극단 대표 등 다방면에 걸쳐 활동한 선구자로서 1918년부터 「응조화」, 「기연」, 「시주」, 「황금」 등 단편소설도 발표한 바 있다. 신소설 계열의 이러한 단편소설을 발표한 시기에 단막희곡도 두 편이나 쓴 것이다. 그러나 안국선의 소설 세계와 궤를 같이한 소설을 썼던 만큼, 윤백남의 희곡도 문학적 주제는 그 수준에 머물러 있다.

가령 희극인 「국경」만 보더라도 조일재의 희곡처럼 신식 여성이 주인공으로 등장한다. 은행 지배인인 남편은 가정을 돌보기보다는 음악회나 매일 출입하는 신식 부인을 두고 적잖은 고생을 한다. 왜냐하면 남편은 식사까지도 스스로 해결해야 할 정도이기 때문이다. 여기서 갈등이 생기고 한집에서 국경선을 긋고 살 만큼 소원해지게 된다. 이러한 신식 부부가 남성들에게 어떻게 비쳤는지는 그 집 하인의 다음과 같은 독백에 잘 표현되어 있다. 즉, 하인은 혼잣말로 "참 기가 막힌다. 내가 열일곱 먹는 오늘까지 이런 집 저런 집에 고용도 많이 하였지마는 이 댁처럼 거꾸로 된 집은 처음 보았어……"라고 읊조린다. 이러한 독백은 곧 윤백남의 가정관이기도 하다. 그러니까 남녀평등이니 가정 개량이니 하는 것이 인습에 젖어 있던 윤백남의 눈에는 우스꽝스럽게 비친 것이다. 이들 부부의 냉랭한 관계는 결국 친구의 중재로 화해하게 되지만 그것은 어디까지나 신식 아내의 복종 서약으로 가능해졌다는 데 문제가 있는 것이다. 아내가 남편에게 무조건 항복하는 것을 전제로 한 가정 평화는 당시의 도덕률이 변화하는 흐름과 역행하는 것이다. 여권을 들고 나오는 신식 여성들의 행태를 용납 못 하는 남성 주인공은 곧 보수적인 윤백남의 도덕관이나 사회관을 단적으로 나타내는 것이다. 이는 1910년대 한국 남성의 과도적 모럴리티인 동시에 동양사회의 견고한 인습으로 인한 현상이기도 하다. 「병자삼인」과 「국경」은 그 점에서 같은 선상에 있는 작품이다. 그만큼 두 작품은 1910년대를 풍미했던 계몽주의 문학의 주제와 달리 시대사조를 외면한 채 남성이라는 동양적 아집에서 벗어나지 못하고 완고한 전근대적 모럴의 바탕에서 개화 의식을 노골적으로 거부한 주제를 담고 있는 것이다. 그 점은 「운명」에서도 유사하게 표출된다. 「운명」은 특이하게도 무대가 미국 하와이로 설정되어 있다. 윤백남은 이 작품에다가 사회극이라는 이름을 붙였지만 그것은 단순히 그 당시 사회의 한 단면을 묘사했다는 의미 이상은 아닐 성싶다.

한국인들이 하와이로 이민 가기 시작한 것은 대한제국 때인 1903년부터였다. 이민은 남성들이 주축을 이루었기 때문에 하와이 정착 후에는 자연히 결혼 문제가 심각하게 대두될 수밖에 없었다. 그래서 자연스럽게 생겨난 것이 국내 거주 처녀들과의 사진결혼 풍습이었다. 1910년대에 사진결혼으로 맺어진 부부만도 자그마치 8백여 쌍이나 되었던 것이다. 사진결혼이 많은 부작용을 빚은 것은 너무나 당연하다. "남편 될 사람의 젊었을 당시의 사진을 보고 왔더니 자기 아버지뻘 되는 늙은이가 마중 나와 있어 자살하거나 도망하는 소동도 있었다"[5]는 당시의 일화에서도 알 수 있듯이 사진결혼은 여러 가지 희비극을 연출했던 것 같다. 이러한 사회 풍속도는 작가의 흥미를 끌 만한 소재였고 윤백남에 의해서 「운명」으로 탄생된 것이

---

5) 하와이 이민의 개척역정」, 《동아일보》, 1973. 1. 19.

라 하겠다. 그런데 작자는 당시 사진결혼의 폐해를 이민 문제의 불합리로 본 것이 아니라 사회윤리적 측면에서 보려고 했다는 데 주목할 필요가 있다. 즉, 이화학당까지 나온 인텔리 여성이 애인이 있으면서도 부권에 눌려 하와이 교민과 사진결혼을 해보니 남편은 무식한 주정뱅이 구두 수선공이었다. 그런데 늙은 구두 수선공의 아내가 된 그녀는 모국에 버리고 온 애인이 미국 유학길에 하와이에 들름으로써 파국을 맞게 된다. 이미 남의 아내가 된 옛 애인을 만나자마자 남자 주인공은 "사진결혼의 폐해올시다. 또 하나는 썩어진 유교의 독침이올시다. 부권의 남용이올시다. 그러나 그릇된 도의와 부유(腐儒)의 습속이 우리 조선사회에서 사라지기 전에는 우리 사회는 얼빠진 등걸밖에 남을 것이 없습니다. 인생의 두려운 마취제올시다. 모든 생기와 자유를 그것이 빼앗아갑니다……"라고 울분을 토한다. 이상과 같은 주인공의 대사에서 알 수 있는 바와 같이 윤백남은 사진결혼의 폐단을 강제 결혼의 구습과 연결시켜 전통적인 모럴을 비판하지만 다른 한편으로는「국경」에서 보인 것처럼 신여성에 대한 비판도 빼놓지 않는다. 그 점은 옛 애인에게 고백하는 다음과 같은 대사, 즉 "수옥 씨! 나의 죄를 용서하십쇼—서양을 동경하는 허영이 나의 양심을 적지 않게 가리웠던 것도 사실이올시다"라고 솔직히 고백한 것이다. 그런데 작가는 이 작품에서 신여성을 비극의 주인공으로 만듦으로써 구식 결혼과 여성의 허영심이 빚는 파국을 자연주의적 시각으로 처리하려 했다는 데 주목할 필요가 있다. 이것은 곧 개화기 사회윤리의 변동 속에서 지식인들이 지녔던 이중성을 단적으로 보여주는 것이라 볼 수 있다. 윤백남의 사회윤리의식은「국경」에서도 나타내고 있는 바와 같이 전근대와 근대, 보수와 진보라는 양면을 동시에 지니고 있고, 그것이 두 작품에 극명하게 드러나 있다.

그 결과 윤백남은「운명」의 여주인공을 파국으로 본 것이고 남주인공의 입을 통해서 모든 것을 운명으로 돌린 것이다. 그리고 작가는 여주인공으로 하여금 막판에 남편을 살해케 하고 옛 애인의 품으로 돌아가도록 함으로써 사회도덕보다는 사랑의 위대함을 구가시킨다. 이것은 낭만적 성향이 짙은 멜로드라마로 볼 수가 있는데, 그가 표현을 비교적 사실적으로 가져가려 한 점에서 자연주의에 근접하는 모습도 조금은 보여주었다고 하겠다. 이 시기의 극작가들은 시대 조류에 따라 서구적인 근대 모럴을 긍정적으로 수용하려 하면서도 의식 저변에 깔려 있는 유교적 도덕관만은 떨쳐버릴 수가 없었던 것이다.[6] 그것은 아마도 개화기 지식인이 지녔던 복합적 성격, 더 나아가 자가당착적 윤리의식이었는지도 모른다. 그러나 윤백남은 적어도 희곡의 형태상에 있어서는 동시대 작가 조일재를 넘어서고 있다. 즉, 두 작가가 다 같이 당시 신파극의 주제를 크게 벗어나지 못하였지만 윤백남만은 신파극에서 보편적으로 쓰던 무대 메커니즘의 일종인 하나미치라든가 타목음의 개폐 신호를 배제한 것이다. 이 점은 윤백남이 조일재류의 신파희곡을 극복하고 근대희곡에 한 발짝 다가갔음을 의미하는 것이다.

그렇게 볼 때 신파극 시대의 희곡문학 수준을 좀 더 진전시킨 작가는 소설 분야의 이광수였다. 이광수는 개화기 문단을 주도한 선각자로서 문학의 모든 장르에 걸쳐 작품을 남겼다. 그는 소설 『무정』을 쓸 무렵에 희곡 두 편을 발표했는데, 그것이 다름 아닌 「규한」과 「순교자」이다. 두 작품의 성격은 다르지만 다 같이 젊은 시절 이광수의 윤리의식과 인생관을 표현했다는 점에서 공통성을 지닌다. 우선 그가 주창하여 개화기 젊은이들의 도덕관을 흔들어놓았던 자유연애사상을 「규한」을 통해 표현했고 이어서 그가 한때 관심을 가졌던 천주교도들의 순교 문제를 또 다른 작품에서 다룬 것이다. 첫 작품 「규한」에서는 부모의 강권에 따라 조혼한 젊은 부부의

---

6) 유민영, 『한국현대희곡사』, 홍성사, 1982, 116쪽.

파탄이 그려져 있다. 즉, 조혼한 남자 주인공이 동경에서 신문화를 접함으로써 자유연애와 결혼 제도에 대해 눈뜨게 된다. 근대의식을 자각한 남편은 고국의 아내에게 이혼을 요구하는 편지를 보낸다는 이야기인데, 그 내용인즉 "그대와 나와 서로 만난 지 이제 5년이라 그때에 그대는 십칠 세요 나는 십사 세라. 나 토론(討論)은 또 왜 나오노. ―나는 그때에 아내가 무엇인지도 모르고 혼인이 무엇인지도 몰랐나니 내가 그대와 부부가 됨은 내 자유의사로 한 것이 아니요. ―전혀 부모의 강제―강제 강제―강제로 한 것이니 이 행위는 실(實)로 법률상에 아무 효력이 없는 것이라" 운운한다. 이어서 주인공은 "지금 문명한 세상에는 강제로 혼인시키는 법이 없나니 우리의 혼인행위는 당연히 무효"라는 결별 선언을 한다. 남편의 그러한 자각에 아무런 대비가 없던 구식 아내가 당혹하고 정신이상으로 가는 것은 당연한 귀결인지도 모른다. 이처럼 「규한」은 아내가 정신이상이라는 극한적 상황에서 비극으로 끝난다.

그러나 다음에 쓴 「순교자」의 경우는 조금 다르다. 이 작품은 시대적 배경이 대원군 대이고 당시 천주교 박해를 줄거리로 하고 있다. 그러므로 초창기 천주교 전파 과정에서의 순교와 배교 문제가 묘사되고 결국 신앙 때문에 박해받는 교도들의 수난이 생생히 묘사된다. 그런 가운데서도 이광수가 묘사하려고 했던 것은 인습적인 구식 결혼 제도의 모순이었다는 사실에 주목할 필요가 있다. 즉, 남매를 키운 가난한 과부는 딸을 돈 있는 남자에게 인신매매 형식으로 강제 결혼시킨다. 그런데 모친의 강권에 못이긴 딸이 결혼식은 치르지만 결국 첫날밤에 신랑을 살해함으로써 전통 인습에 도전한다. 이러한 강제 결혼과 남편 살해라는 극적 구성은 개화기에 있어서 전통 인습과 근대 모럴 간의 충돌과 갈등을 매우 첨예하게 묘파한 것이다. 물론 이 작품에서는 남편을 살해한 여동생의 동기를 충분히 이해하는 천주교도 오빠가 대신 순교함으로써 해결의 실마리를 찾는다.

이 작품은 종교 문제와 전통 인습 문제를 교묘하게 결합시킨 것인데, 이는 곧 이광수의 개인적 관심과 사회윤리관을 함께 표현했다는 점에서 흥미를 끌 만하다. 불교도였던 이광수는 기독교에도 관심이 많았고 특히 순교 행위에 대해서 남다른 관심을 갖고 있었다. 그가 소설 「이차돈의 사」와 「순교자」라는 역사소설 및 시대극을 쓴 이유도 거기에 있다고 하겠다.

동시대의 극작가 유지영의 경우는 또 다른 색깔을 보여준다. 그는 1919년에 「연(戀)의 죄」라는 장막희곡을 발표했는데, 이 작품은 제목이 암시해주듯이 사랑을 위해서는 죄도 지을 수 있다는 내용이다. 즉, 기생을 사랑하는 양갓집 청년이 결혼을 극구 반대하는 백부를 살해하고 그녀와 결혼을 하지만 곧 죄과가 드러남으로써 친족 살인죄로 체포되며, 그에 충격을 받은 기생 출신 아내는 자결한다는 비련(悲戀)이다. 이 작품은 신파극적인 인물 설정과 사건 전개에서 낭만적 분위기가 풍기는데 실은 신파극에 익숙한 작가가 서구 문예의 영향을 조금 받음으로써 세련되게 나타낸 것으로 보아야 될 것 같다.

이처럼 1910년대에 희곡을 발표한 작가는 몇 명 되지 않았고 작품 역시 대여섯 편에 불과했다. 그만큼 1910년대에는 전통극인 구파와 일본적인 신파가 대중오락으로 유행하면서 문학으로서 성숙하지 못했다는 이야기가 된다. 따라서 작가들도 시대의식을 희곡 속에 제대로 투영하지 못했을 뿐만 아니라 신파의 큰 흐름에서조차 일탈하지 못한 감마저 준다. 희곡이 시대의 기록자로서 거의 기능을 못 했다는 이야기이다. 그 점은 희곡의 낙후된 형태나 또한 진부한 주제에서도 잘 나타나 있다. 전문적인 극작가가 없었던 시대의 한 단면이라 하겠다. 그러나 1919년 3·1 운동이 일어나면서부터 연극계 전체에 지각변동이 일었고 그에 따라 희곡도 하나의 문학 장르로서 조금씩 각광을 받기 시작했다. 물론 3·1 운동과 동시에 전문적인 극작가들이 등장한 것은 아니나 동인지 중심으로 문단 활동이 시작되면서 희곡을 쓰는 작가도 등장했고 시인이나 소설가 또는 연극 애호가 중에서도 희곡을 쓰는 경향이 나타났다. 가령 언론인 최승만이 「황혼」을 썼다거나 화가 김환과 김유방이 「참회」, 「삼천오백냥」 등을 쓴 것이나 시인 조명희가 「김영일의 사(死)」를 발표한 것 등이 그러한 시대 풍조에서 나온 것이라 볼 수 있다.

이들도 일종의 아마추어 극작가라 하겠는데, 이런 유형의 희곡작가들이 등장하게 된 배경도 실은 대중적 자각과 연극의 사회적 기능이 증대되는 조짐을 보인 때문으로 볼 수 있다. 실제로 3·1 운동이 일어나면서부터 연극계에도 적잖은 변화가 시작되었다. 제일 처음 나타난 것이 신파극 퇴조와 함께 그 주도자들의 자기반성이었고, 두 번째가 서구 근대화의 소개·수용이었으며, 세 번째는 서구 연극을 답습한 근대극의 실험이었다. 가령 윤백남이 《동아일보》에 발표한 장문의 연극론 「연극과 사회」는 과거 10년간의 신파극에 대한 반성이었다. 그런데 윤백남의 논문에 고든 크레이그의 유명한 저서 『연극의 미』가 인용된 것은 매우 주목된다. 왜냐하면 크레이그는 그 책에서 근대극마저 부정하고 현대극으로 나아갈 것을 주장했기 때문이다. 그리고 이 시기에 서구 근대극의 수용은 대체로 입센의 리얼리즘과 아일랜드의 문예부흥운동 정신에 바탕을 두었다. 따라서 현철이 쓴 「연극과 오인(吾人)의 관계」라든가 김우진이 쓴 「소위 근대극에 대하야」 등에 나타나 있는 것처럼 초점이 연극의 사회적 기능에 맞춰져 있고 그것은 곧 사회 개혁에 의미를 부여한 점이라 하겠다.[7] 그에 따라 나타난 희곡들에 사회의식이 강한 것은 두말할 나위 없다. 그런 표본적인 작품이 바로 조명희의 「김영일의 사」와 「파사(婆娑)」라 하겠다. 이 시기에 발표된 작품들의 공통점은 신파극의 영향을 받지 않고 철저한 리얼리즘 기법을 실험한 점이라 볼 수 있다.

---

7) 유민영, 『개화기연극사회사』, 새문사, 1987, 139쪽.

인도주의와 사회주의가 육화되지는 않았지만 그런대로 균형을 유지하는 관점에서 씌어진 「김영일의 사」는 가난한 동경 유학생이 주인공으로 설정된 데서부터 의도성이 드러난다. 왜냐하면 그 시기에 있어서 우리 사회의 가장 큰 문제는 식민지 수탈 정책에 따른 빈궁이었기 때문이다. 실제로 고학생 주인공은 돈에 얽힌 다툼으로 경찰서에 구금되고 거기서 옥사한다. 여기서 작가가 노린 것은 식민 통치에 따른 수탈과 자유를 박탈당한 민족의 고난이었다. 이러한 작가의 분노는 다음 작품 「파사」에서 폭발한다. 즉, 고대 은나라의 마지막 왕 주가 애첩 달기를 총애하여 주색을 일삼고 폭정을 폄으로써 민심을 잃고 주(周) 무왕에게 멸망당한 고사를 토대로 하면서도 조명희는 그것을 민중혁명의 관점으로 재해석한 것이다. 이처럼 그는 이미 1920년대 초의 작품에 사회주의 사상까지를 투사한 것이다.

물론 희곡작품에서의 사회주의 경향은 3·1 운동이 일어나고서도 3~4년이 지난 뒤에 표면화되지만 그 싹은 1920년에 나온 희곡에서도 보인다. 「김영일의 사」는 그런 예에 속할 것이다. 물론 최승만의 「황혼」이라든가 김환의 「참회」 등에서 보이는 것처럼 대부분의 작품은 이광수가 주제로 내걸었던 인습 타파와 자유연애, 신식 결혼 등을 문제로 삼았다. 가령 김환의 희곡은 주인공이 자기를 한 번 배신했다가 되돌아온 신식 여성과 결혼해서 행복하게 산다는 내용이다. 이것은 가부장적 사회에서는 상당한 파격이라 아니할 수 없다. 1920년에 발표된 희곡의 공통적 주제는 3·1 운동 전에 나온 작품에 비해서 주인공들의 도덕적 자각이 눈에 띄게 진전되었으며 개인적 자각으로부터 사회적 자각으로 그 초점이 옮겨가고 있음을 여실히 보여준다고 하겠다. 그 분기점이 바로 1919년 3·1 운동이다. 그만큼 3·1 운동은 전근대희곡에서 근대희곡으로 넘어갈 수 있도록 만든 정신적 충격이었다고 하겠다.

대표적 비평가와 비평 세계

송명희

한국문학사에서 1910년대는 비평의 관점에서 본다면 근대적 비평이 시작되는 초창기라고 할 수 있다.

이 시기에 일본 유학을 경험한 이광수, 김동인, 염상섭, 김억, 황석우, 백대진, 현철, 김유방 등의 비평가들이 나와 근대적 문학관을 형성하고 비평의 기초 이론을 수립하고 실제비평의 초보적 형태를 보여주기 시작한다.

또한 외국의 상징주의 시론이 소개되고, 자유시에 대한 개념이 정립되어 가며, 소설과 희곡에 대한 기초 이론의 모색이 있었던 시기가 바로 1910년대라고 할 수 있다.

비평, 시, 소설, 희곡에 대한 기초 이론의 수립이 이 시기에 이루어졌기에 1920년대의 활발하고 다양한 형태의 비평적 활동이 전개될 수 있었다고 본다.

1. 이광수의 선구적 비평

한국문학사에서 근대비평의 시발자로서 이광수[1]는 1910년대를 전후하여 「국문과 한문의 과도시대」(1908), 「문학의 가치」(1910), 「문학이란 하(何)오」(1916), 「현상소설고선여언(懸賞小說考選餘言)」(1918) 등의 평론을 통하여 문학비평에 대한 인식조차 희박하던 당시의 문학비평에 대해 선구적 인식을 보이고 있다.

그는 서양의 'literature'의 개념에서 문학을 '정(情)의 분자(分子)를 포함한 문장'으로 규정짓고,[2] 문학이란 "특정한 형식하에서 인(人)의 사상과 감정을 발표하는 것으로, 인(人)으로 하여금 쾌감과 미감을 발하게 하는 것이며, 인(人)의 정(情)을 만족시키는 것"이라고 정의하고 있다.[3]

그는 종래의 문학관을 부정하며, 문학은 지적, 도덕적, 종교적 보조물이나 부속물이 아니라 독립적이고 자율적이며 대등한 위치를 지니는 것이라고 주장한다.

> 情이 知와 意의 노예가 아니요, 독립한 정신작용의 一이며, 從하여 情에
> 기초를 有한 문학도 역시 정치 · 도덕 · 과학의 노예가 아니라, 차등과 並肩
> 할만한, 도리어 일층 吾人에게 밀접한 관계가 有한 독립한 一現象이다.[4]

따라서 그는 종래의 문학이 유교 도덕의 도구가 되어 권선징악적 의미만을 추구하던 교훈성에서 탈피하여 인생의 사상과 생활을 자유롭고 여실

---

1) 조연현, 「한국근대비평문학개요」, 《예술원보》, 예술원, 1961.
2) 이광수, 「문학의 가치」, 《대한흥학보》, 1910. 3.
3) 이광수, 「문학이란 何오」, 《매일신보》, 1916. 11. 10~23.
4) 이광수, 위의 글.

하게 묘사하여야 할 것을 역설한다. 이광수는 문학이 인간의 유희적 충동에 의해서 발생된 것이라는 것을 인정하였지만 근본적으로 문학을 효용론자의 관점에서 인식한다. 즉, 그는 근대인의 이상인 지·정·의가 조화되고, 진·선·미가 균형 잡힌 인간을 만드는 인생에 대한 효용과 근대사상을 선전하여 신문화·신문명을 건설한다는 사회적 효용을 강조한다. 그는 문예의 정서적 감동이야말로 가장 효과적으로 신사상과 신이상을 선전하고 주입시키는 도구가 되리라는 것을 믿어 의심치 않았다. 감정을 존중하고 문학의 사회적 효용을 강조하는 문학관은 톨스토이로부터 영향을 받은 것으로 인식되는바,[5] 1910년대의 논설을 통하여 표출된 이광수의 근대지향적 신념이 문학관에도 작용된 것이라고 할 수 있다.

「금일아한 청년과 정육」(1910), 「조선가정의 개혁」(1916), 「혼인론」(1917), 「자녀중심론」(1918), 「신생활론」(1918) 등에서 집중적으로 표현된 그의 근대화에 대한 이상은 기존의 전통 질서와 문화를 부정하고 파괴하는 입장을 취하면서 서구의 선진문화를 도입하여 근대화, 즉 발전을 이루자는 논리로 귀결된다. 이와 같은 신념은 비단 이광수만이 아니고 해외유학을 통하여 근대문화를 접하고, 근대적 학문을 익혔던 일군의 지식인 청년들에게서 공통적으로 나타난 현상이라고 할 수 있다. 최남선의 「예술과 근면」(1917), 「풍기혁신론」(1917), 전영택의 「구습의 파괴와 신도덕의 건설」(1917)에서도 옛것을 파괴하고 새로운 문화를 건설하여야 할 시대적 필연성을 강력하게 제시한 바 있다.

그런데 이광수는 1920년대에 접어들자 신문화 건설이란 문학 최대의 역할을 강조하는 대신에 인생을 위한 예술, 예술의 도덕화와 같은 명제를 통하여 인생에 대한 효용을 보다 더 강조하기 시작한다. 「문사와 수양」(1921), 「예술과 인생」(1922), 「중용과 철저」(1926), 「우리 문예의 방향」

5) 신동욱, 『한국현대비평사』, 한국일보사, 1975, 11~19쪽 참조.

(1925) 등에서 그는 1920년대 전반기의 문학이 휩쓸린 퇴폐적 경향에 대하여 비판적 입장을 취하며 문학과 예술의 도덕화와 인생을 위한 예술의 필요성을 역설한다.

또한 1920년대 중반 이후에 대두된 계급문학에 대해서도 중용의 정신에 입각하여 그들 문학이 가진 급격한 혁명성과 투쟁성을 비판하며 인생의 보편성과 영원성, 평범성을 문학이 추구하여야 한다고 주장한다. 그는 「문학의 부르와 프로」(1925), 「역사적 지리적이 같고 철학주의적이 다르다」(1929), 「여(余)의 작가적 태도」(1931) 등에서 민족의 혈통과 언어의 동질성을 강조하는 종족민족주의(ethnonationalism)에 의거하여 민족 단일체 사상을 파괴시키는 계급문학을 반대하고, 작가의 상상력이나 독자의 심리적 반응을 중시하는 표현론자의 견해를 빌어 계급문학의 정치화와 도구화에 제동을 걸었다.

그렇지만 그는 민족보다는 인류라는 보편 개념에, 현실성보다는 초월적이고 영원한 것에, 시대나 장소에 따라 변화하는 도덕률보다는 인간의 보편적인 선성(善性)에 보다 더 관심을 가짐으로써 현실정치의 복잡성을 떠난 '인생을 위한 예술'의 관념적 세계로 빠져들어 갔다.

그러다가 1930년대 중반 이후부터는 「전쟁기의 작가적 태도」(1938), 「예술의 금일·명일」(1940), 「신체제하의 예술의 방향」(1941) 등에서 전쟁에 동조하고 전쟁의 호전성을 고취시키는 문학을 역설했는가 하면 예술은 국가에 예속되어 국가의 현실적 목적을 달성하기 위한 도구로 사용되어야 하며, 예술가 개인의 예술적 양심도 국가적 목표에 배치되지 않는 한에서만 가치가 있을 것이라는 비평정신의 파탄을 보여준다. 그는 근대 초기에 그토록 신념하던 자유주의를 거부하고, 예술가의 자유로운 양심과 표현의 자유를 부정하고, 국가적 목적에 봉사하는 신체제 예술을 역설하는 친일적 비평을 서슴지 않는 민족적 훼절을 비평에서도 동일하게 반복

하고 있다.[6]

2. 상징주의의 소개와 자유시의 개념 형성
— 김억 · 백대진 · 황석우

근대 초기에 최초로 상징주의 시와 시론을 소개하고 자유시에 대한 개념을 정립한 선구적 역할은 김억, 백대진, 황석우에 의하여 1910년대 후반에 이루어진다.[7]

1914년경부터 《학지광》 등을 통하여 시와 비평을 발표해오던 김억은 서양의 유명 작품과 예술 전망을 대가에 의해 원문에서 직접 번역한다는 취지에서 발간된 《태서문예신보》를 중심으로 프랑스의 상징주의 시와 시론을 소개하고 그 자신의 창작적 시론을 편다. 특히 김억 자신의 독창적 시론이라고 할 수 있는 「시형의 음률과 호흡」(1919)은 자유시에 대한 최초의 이론적 성찰이라는 점에서 주목된다 하겠다. 그는 이 글에서 정신과 육체가 조화를 이룬 예술관을 피력하며, 시란 "찰나의 생명을 찰나에 느끼게 하는 예술"이라고 정의한다. 예술의 개인성과 작가마다 갖고 있는 주관과 시인마다 갖고 있는 자유율의 절대 가치를 강조하는 그의 시론은 결국 시인의 호흡과 고동에 육화된 시의 음률만이 시인의 정신과 심령의 산물인 절대 가치의 시가 된다는 자유시론으로 요약된다.

백대진은 1916년경부터 비평을 발표하기 시작했는데, 「최근의 태서문단」(1918)에서 영국과 프랑스 문단의 최근 동향을 소개하는 한편, 프랑스 상징주의 시론을 김억보다 앞서 소개하여 우리 시의 근대화 과정에서 중

---

6) 「이광수의 선구적 비평」은 송명희의 「이광수의 문학비평연구-민족주의 문학사상을 중심으로」(고려대학교대학원 박사학위논문, 1985)에서 자세히 논의된 바 있다.

7) 정한모, 『한국현대시문학사』, 일지사, 1974, 285~92쪽 참조.

요한 역할을 담당했다.[8] 그는 상징주의의 형식 파괴를 자유시 개념에서 이해하여 자유시에 대한 상당한 수준의 이해를 보여준다.[9]

황석우 역시 프랑스의 상징파 시론을 소개하고 자유시의 개념 형성에 기여하고 있다. 「시화」(1919), 「조선시단의 발족점과 자유시」(1919), 「일본 시단의 2대 경향」(1920) 등을 통하여 황석우는 프랑스의 상징주의 시론과 일본의 상징주의 경향을 소개하며 자유시에 대한 개념을 보여주고 있다. 그는 신체시가 조선 시의 새 시형으로는 합당치 않음을 역설하며 자유시를 새로운 시형으로 주창한다. 그는 일상어인 '인어(人語)'와는 대립적인 시어에 해당되는 개념인 '영어(靈語)'라는 독창적 용어와 자유시의 내재율에 해당되는 '영률(靈律)'이란 개념, 또한 시의 회화성에 대한 인식 등을 통하여 다분히 신비주의적 입장에서 자유시에 대한 개념을 설정하고 있다.

3. 소설가로서의 비평
― 김동인의 형식주의 비평

《창조》를 통하여 순문예운동을 전개한 김동인은 「약한 자의 슬픔」을 발표한 것과 같은 해인 1919년부터 평론을 발표하기 시작한다. 그는 「소설에 대한 조선사람의 사상을」(1919)이란 평론에서 이미 순예술적 소설의 가치를 중시하며, 예술의 자율성에 대한 인식을 보여주고 있다. 그는 이 글에서 조선 사람의 흥미 위주의 통속소설에 대한 저급한 취향을 비판하며, 통속소설은 예술적 독창성이 없을 뿐만 아니라 사상 면에서도 건전성 대신에 비열한 아첨의 사상만을 독자에게 주입시켜 결코 대중에게 유익하지 못하였다는 비평적 태도를 보여준다.

---

8) 강남주, 『수용의 시론』, 현대문학사, 1986, 84~87쪽 참조.
9) 홍신선, 「근대시론의 전개양상」, 《현대문학》, 1988. 6, 382쪽 참조.

또한 이 글에서 도학주의적 소설관에 대한 비판을 보이며, 예술의 자율성 내지는 독자성을 강조하고, 예술성 높은 순예술적 소설의 기준을 제시하여 형식주의 비평의 단초를 보이고 있다.

> 소설의 생명, 소설의 예술적 가치, 소설의 내용의 미, 소설의 조화된 정
> 도, 작자의 사상, 작자의 정신, 작자의 요구, 작자의 독창, 작중인물의 각 개
> 성의 발휘에 대한 묘사와 심리와 동작과 언어에 대한 묘사, 작중인물의 사회
> 에 대한 분투와 활동 등[10]

우리나라 최초의 형식주의 비평가[11]로서 「한국근대소설고」(1929)와 「춘원연구」(1938~1939)와 같은 실제비평의 중대한 업적을 남겼음에도 불구하고 김동인은 자신을 본격적인 비평가로서 인식하지는 않았다. 그는 소설가로서의 자존심을 중히 여기며 어디까지나 소설가의 입장에서 본 소설비평에 그의 비평을 국한시킨 것이 아닌가 생각된다.

「문학에 있어서의 비평의 기능과 역할」, 「제월씨의 평자적 가치」, 「제월씨에게 대답함」, 「비평에 대하여」 등 1920년을 중심으로 《동아일보》, 《창조》, 《개벽》 등에 전개된 염상섭과의 비평에 관한 일련의 논쟁은 그의 비평관을 뚜렷이 드러내어 준다. 그는 작가에 대한 비평의 지도적 역할을 부인하고, 독자에 대한 해설의 기능을 강조하며, 작가로부터 분리된 작품의 예술적 가치에 대한 엄정한 비판이 이상적인 비평의 태도라고 역설한다.

소설비평으로 일관하고 있는 김동인의 비평은 기교 연구에 집착하나 오류 탐색의 쇄말주의로 전락했으며, 시대적·사회적 맥락이 완전히 제거되

---

10) 김동인, 「소설에 대한 조선사람의 사상을」, 《학지광》, 1919. 1.
11) 신동욱, 「김동인의 형식주의 비평」, 『김동인연구』 II, 새문사, 1982, 82쪽 참조.

었다는 점에서 비판을 받으면서도[12] 한 작가에 대한 최초의 본격적인 작가론[13]으로 평가되는 「춘원연구」와 신문학사상의 주요 작가에 대한 연구인 「한국근대소설고」의 두 업적으로 집대성된다고 하겠다. 그는 이 두 개의 비평에서 작품 해설과 작품의 형식미를 집중적으로 추구하여 앞서 밝혔던 그의 비평관을 견지해간다. 그런데 「춘원연구」와 「한국근대소설고」에서 보여준 작품의 형식미 분석에 대한 이론적 근거는 1925년에 발표한 「소설작법」에 기초하고 있다. 이 글은 일종의 소설창작론이면서 동시에 소설비평의 이론적 지표를 보여주는 좋은 자료가 된다. 독창적인 소설이론이라고는 할 수 없겠지만 김동인은 이 글에서 소설 구상의 3요소와 문체(시점)에 관한 상당한 수준의 이론적 이해와 그 적용을 보여주고 있다. 당시로서는 최고의 수준이라고 할 수 있는 이 글은 김동인의 단편소설이 보여주고 있는 완벽한 형식미가 단순한 기교의 구사가 아니라 바로 이와 같은 이론적 기초 위에서 확고히 성립된 것이라는 것을 확인시켜준다.

김동인은 《창조》에서 리얼리즘에 대한 선구적 인식을 보여주었음에도 불구하고 인생의 총체로서의 사회와 역사에 대한 만족할 만한 소설적 표현을 하지 못한 편협한 리얼리즘 세계를 보이고 있다. 이것은 비평에서도 반복되어, 사회와 역사에 대한 관심을 배제시킨 형식미에 대한 집중적 추구의 비평으로 나타난다. 춘원의 계몽주의에 대한 의도적 반발은 김동인으로 하여금 예술의 자율성을 존중하고, 작품의 형식미를 가치 판단의 기준으로 삼은 형식주의 비평의 새로운 지평을 열게 한 활력소가 된 것이다. 그는 이광수의 선구적 비평이 보여주지 못한 새로운 비평의 세계를 추구하여 문학사의 발전에 한 단계 기여를 하고 있다.

---

12) 김윤식, 『한국근대작가논고』, 일지사, 1974, 32쪽.
13) 조연현, 『한국현대문학사』, 성문각, 1977, 555쪽.

4. 현실과 개성의 조화
— 염상섭의 비평 세계

염상섭은 그의 문학적 출발을 비평에서 시작하고 있으며, 100여 편이나 되는 평론을 발표하여 중후한 소설가로서만이 아니라 비평가로서의 위치 또한 중요시하지 않을 수 없다.

그는 최초의 평론인 「상아탑 형께—「정사(丁己)의 작(作)」과 「이상적 결혼」을 보고」(1919)에서 문학은 능필·달필의 미문만으로는 이루어질 수 없고, 생활과 교섭하는 문학, 사회의 진상과 인생의 기미를 포괄하고 있는 문학이어야 한다는 리얼리즘에 입각한 문학관을 보이며 그의 비평 방향을 잡아가기 시작한다.

《동아일보》등 여러 신문사에서의 기자 생활은 그로 하여금 사회 현실과 정면으로 맞부딪히며 사회의 여러 실상과 인생의 다양한 국면에 대한 체험을 확대시켰을 것이며, 이를 토대로 한 리얼리즘 문학관 형성에도 영향을 미쳤을 것으로 짐작된다.

그는 "현실 위에 성립되는 생활에는 시대의식, 사회의식, 민족의식이 포함되며, 문예는 바로 이러한 생활의 표백이요, 기록이요, 흔적이요, 주장이다. 고로 문예에서 생활을 제거하면 시대의식, 사회의식, 민족의식이 제거되며, 그 가치를 생각키 어렵다"[14]라고 리얼리즘에 대한 철저한 인식을 보이고 있다. 그런데 그의 리얼리즘은 단순히 현실 생활의 기록이 아니라 주관적 인식, 즉 개성과의 조화와 융합을 통하여 이루어진 리얼리즘이라는 데 그 특징이 있다. 「문학상의 집단의식과 개인의식」(1929)에서 말하고 있는 객관과 주관이 융합된 문학, 즉 현실과 개성이 조화를 이룬 문

---

14) 염상섭, 「문예와 생활」, 《조선문단》, 1927. 2.

학은 그의 리얼리즘 이해의 탁월성을 보여주는 바라고 하겠다.

사실주의—과학의 세례를 받은 우리의 도달한 표현수단이 이것이다. 장래
의 일은 모른다. 그러나 문예사조의 어떠한 유파를 막론하고 우리는 '리얼리
즘'을 놓고는 다시 수단이 없다. 생활의 '진(眞)'을 가리움 없이 속임 없이 표
현하는 것이 문예도의 영원한 철칙이라 할진대 우리는 여기에 '리얼리즘'의
굳건한 토대를 가질 것이다. 그러나 '진'은 작가의 눈을 통해 본 '진'이다. 작
가의 눈이란 작가의 주관이다. 사실주의는 주관주의가 아니다. 그러나 순전
한 객관주의도 아니다. 주와 객을 분열적으로 보는 것이 아니라 객을 주에
걸쳐서 보는 것이다.15)

바로 이러한 리얼리즘의 관점에서 볼 때 계급문학의 집단의식, 목적의
식, 투쟁욕이란 것도 어디까지나 개인의식, 개인성, 자기 영혼의 솔직한
요구를 살리는 가운데서만 표현될 수 있으리라는 것이다. 개개인의 개성
과 민족적 개성을 인정하지 않고, 집단적 계급의식만을 고취시키며 민족
적 전통을 파괴시키는 계급문학16)을 그는 결코 지지할 수 없었던 것이다.
따라서 계급문학에 관한 시비가 벌어졌을 때, 그는 이광수, 김동인, 나도
향 등과 함께 민족문학 측에서 계급문학을 반박했던 것이다.

그는 계급문학이 시대사조에 의하여 또는 어느 개인에 의하여 자연스럽
게 형성되고 표출되는 것은 인정하지만 집단적이며 적극적인 운동으로 무
리하게 형성시키려는 태도에 대해서는 결코 찬성할 수 없다는 입장을 분
명히 하며, 예술의 자율성을 강조하고 나선다.17) 또한 「계급문학을 논하

---

15) 염상섭, 「문학상의 집단의식과 개인의식」, 《문예공론》, 1929. 5.

16) 염상섭, 「민족 · 사회운동의 유심적 일 고찰」, 《조선일보》, 1927. 1. 4~15.

17) 염상섭, 「계급문학시비론-작가로서는 무의미한 말」, 《개벽》, 1925. 5.

야 소위 신경향파에 여(與)함」(1926)에서는 문예란 1) 내재적 가치＝예술
적 가치＝영원성, 2) 표현미＝형식·수법·관찰, 3) 내용＝사상·감정·
제재라는 세 가지 요소의 결합에 의하여 구성되어야 할 것을 역설하며, 사
상과 감정이 아무리 중요하다고 하더라도 그것을 담은 표현 수단인 형식
과 수법을 무시하고서는 예술적 가치를 논할 수 없으며, 예술품으로서의
존재 의의를 상실한다는 입장을 재차 분명히 하고 있다.

　그러면 그의 비평론의 핵심적 요체를 이루는 개성론이란 어떠한 내용인
가? 「개성과 예술」(1922), 「지상선을 위하여」(1922)에서 집중적으로 논의
된 개성론은 자아주의와 개성주의라는 근대적 정신을 근거로 한 예술론이
라고 말할 수 있다. 염상섭은 근대문명의 정신적 수확물 가운데에 가장 본
질적인 것은 자아의 각성이라고 전제한다. 그는 권위 부인과 우상 타파라
는 점에서 볼 때 자연주의와 개인주의는 일맥상통한다는 것이다. 자아 각
성과 자기 발견의 문제를 문예의 영역으로 심화시킨 개성론[18]은 「이중 해
방」(1920), 「자기학대에서 자기해방」(1920) 등에서 자아 각성과 인습으로
부터의 개인의 해방을 촉구했던 근대적 이념의 문제를 예술적 문제로 연
결시키고 확충시킨 예술론이라고 할 수 있다.

　그는 근대인의 자아 발견은 인간성의 자각인 동시에 개성의 발견이요,
주장이라고 파악한다. 그리고 예술미란 작가의 개성, 즉 작가의 독이(獨
異)한 생명을 통하여 투시한 창조적 직관의 세계요, 그것을 투영한 것이
예술적 표현이라고 말하고 있다. 또한 개성의 표현과 개성의 약동에 미적
가치가 있으며, 모든 예술은 생명의 유로요, 생명의 활약이 된다는 것이
그의 개성론의 요지이다.

　개성론이 빠지기 쉬운 주관주의를 리얼리즘을 토대로 한 폭넓은 현실적

---

18) 권영민, 「염상섭의 문학론과 리얼리즘의 인식」, 『염상섭 연구』 III, 새문사, 1982, 19쪽.

관심과 조화시켜나간 염상섭의 비평은 치밀하고 논리정연한 문장으로 한국 비평사의 한 획을 긋고 있다.

5. 그 밖의 비평가들

1920년을 중심으로 활발한 민중극운동을 전개한 현철은 연극운동만이 아니라, 「비평을 알고 비평을 하라」, 「소설개요」, 「희곡개요」(1920)에서 비평·소설·희곡에 대한 기초 이론을 수립하는 비평 활동도 활발히 하였다. 또한 그는 표현주의운동과 같은 문예사조 소개에도 일익을 담당하며, 한국에서는 최초로 투르게네프와 셰익스피어의 작품을 번역·소개하는 선구적 역할을 하였다.[19]

김유방은 김동인과 염상섭의 비평에 관한 논쟁에 중재자로 개입하여 비평은 소개와 해설에만 그치는 것이 아니라 비평가 자신의 감정 고백이며, 반드시 예술적 가치가 있는 수단이어야 한다는 견해를 피력하여 예술적 비평, 창작적 비평을 주장하였다. 「작품에 대한 평자적 가치」(1921)는 김동인과 염상섭의 오류를 지적하여 둘을 중재하는 역할을 했을 뿐만 아니라 비평에 관한 다양한 논의를 통하여 비평의 이론적 발전에도 중요한 기여를 하였다고 할 수 있다.

---

19) 김학동, 『한국문학의 비교문학적 연구』, 일조각, 1971, 262~97쪽.

1920년대

근대시 전개의 세 흐름

감태준

1.

3·1 운동을 분기점으로 하여 일제 무단통치에 대한 우리 민족의 저항 운동은 여러 갈래로 전개되었다. 안창호의 준비론류의 온건론은 우선 민족역량의 배양을 절실한 과제로 인식하여 갖가지 활동을 펼쳤다. 그 하나는 민립대학설립운동으로 대표되는 각급 교육기관의 설치와 국민 대다수의 교육을 실시하려는 움직임이었다. 다른 하나는 각종 단체의 결성, 잡지나 일간지의 발행을 통하여 민족의식을 고취하려는 활동이었다. 비록 3·1 운동은 가시적으로는 실패한 운동이었으나 이를 계기로 응집되어 분출하기 시작한 민족적 역량과 저항운동은 정치, 사회, 경제, 문화 등 다방면에 걸친 광범위하고도 깊이 있는 것이었다. 특히 문화적 저항운동은 앞서 말한 준비론을 바탕으로 하여 일정한 민족 역량의 축적을 목표로 하

고 있었다. 이 가운데《조선일보》,《동아일보》두 일간지의 발행과《개벽》
등의 잡지 발간은 1920년대 우리 문학의 전개와 발전에 직접적인 기여를
하게 되었다.

　백철, 조연현이 한결같이 지적한 바와 같이, 3·1 운동 이후 우리 문학
은 순문학운동으로 전환하면서 동인지의 속출과 작가층의 확대를 가져왔
다. 곧 이광수류의 계몽주의를 거부하고 문학엔 문학 자체의 목적이 있음
을 선언하면서《창조》,《백조》,《폐허》등을 중심으로 젊은 시인들이 등장
하였던 것이다. 시의 경우 1915년 이후 활발하게 나타난 신시운동을 통
하여 자유시 형식이 꾸준히 모색되었고 1920년 이후에는 완전한 정착을
보기에 이르렀다. 이것은 1919년 이전까지 다양한 형태로 나타나고 있던
한시, 가사, 시조, 국문풍월, 창가, 신체시 등의 갈래가 서서히 재정리되
면서 자유시 하나로 남게 된 사실을 뜻하는 것이었다. 특히 3·1 운동 이
후 등장한 신문·잡지는 현저히 시에 대한 경사, 그것도 자유시에 대한 경
사를 보여준다. 김용직은 이 같은 시의 경사를 당시 소설의 상대적 미숙,
전통적인 시 선호 경향, 신문·잡지 편집인들의 시적 취향, 당국의 사상
통제에 의한 검열 통과의 용이함 등으로 그 원인을 설명하고 있다.[1] 당시
의 이러한 시 경사는 위와 같은 원인 이외에도 시라는 갈래가 속성으로 지
니고 있는 파편성과 도구성 등을 암묵적으로 인식한 소치일 것이다.

　3·1 운동 이후 시의 활발한 생산과 수용은 앞서 말한 바와 같이 첫째,
자유시로의 갈래 정착, 둘째, 신문, 잡지, 동인지 등을 통한 발표 양식의
변화, 셋째, 담당 층의 확산 등으로 설명할 수 있을 것이다. 먼저 자유시
로의 갈래 정착은 3·1 운동 직전까지 있었던 다양한 형태의 시가들이 서
서히 시의 범주 밖으로 밀려나고 자유시만이 중심적인 형식으로 남게 된
현상을 말한다. 이는 앞선 시기에 있었던 중세적인 시관의 해체와 궤를 같

---

1) 김용직, 『한국근대시사』 제1부, 새문사, 1983, 142~145쪽.

이하는 것이다. 말하자면 근대로의 전환에 따라 새로운 삶의 양식이나 생각을 표현하기 위한 시가 형식이 모색되면서 종래의 시 형태들이 활기를 잃게 된 것이다. 또 그 모색 과정에서 종래 시가의 여러 형식이 나름의 변모를 추구했으나 결국은 실패로 끝나고 새로운 역사적 갈래로서 자유시만이 남게 된 것이다. 두 번째, 발표 양식의 변모는 신문, 잡지, 동인지 등을 중심으로 한 시의 발표로 바뀐 사실을 의미한다. 이는 인쇄 매체의 발달에 따라 작품은 인쇄된 형태로 발표되어야 한다는 생각이 굳어진 결과이다.[2] 아울러 저작권 개념이 시인들에게 생겨나 종래 가명, 필명, 호 등으로 잡다하게 기명되던 현상이 불식되고 자기 이름을 반드시 밝히는 일이 보편화되었다. 요컨대 발표 지면의 확대는 물론 저작권 개념이 성립되어 시인의 이름 내지는 개성이 중시되게 된 것이다. 이는 조연현이 전문적 시인의 출현으로 설명한 사실이기도 하다. 셋째, 담당 층의 확산은 시의 생산과 수용이 모두 근대적 학교에서 교육받은 사람들에 의해 이루어진 사실을 지적하는 것이다. 애국계몽기로부터 1910년대에 걸쳐 시의 담당 층은 전통적인 유학자에서부터 근대적 학교 교육을 받은 이들에게까지 폭넓게 걸쳐 있었으나, 이제는 후자에 속하는 시인과 독자들이 주를 이루게 되었다. 특히《창조》,《백조》,《폐허》등의 동인들이 모두 국내와 일본에서 근대적인 학교 교육을 받은 사실은 이를 단적으로 증명한다.

2.

1920년대 우리 시의 위상과 흐름은 크게 세 갈래로 나누어 살펴볼 수 있다. 첫째는 흔히 낭만주의 시로 일컬어진 초기의 위상이며, 두 번째는 현실 수용과 그 비판의 사회시, 세 번째는 민요시의 위상이 그것이다. 이

---

2) 조동일, 『한국문학통사』, 지식산업사, 1988, 182쪽.

세 위상과 흐름에서 특히 그 시적 성취와 관련하여 주목할 수 있는 것은 김소월, 한용운 등의 '님' 지향의 시적 흐름이라 할 수 있을 것이다.

1920년대 초 동인지를 통하여 대거 등장한 시인들의 시를 낭만주의 시로 묶는 데에는 다소 무리가 없는 것은 아니다. 이미 우리의 근대문학을 서구식 사조 개념으로 이해하고 정리하는 데 따른 무리와 한계는 많은 논자에 의하여 지적된 바와 같다. 여기서 이 논의를 되풀이할 필요는 없겠으나, 대체로 이 시기의 시들이 미적 거리 조정의 실패에 따른 과도한 감정 분출과 현실도피적 성향을 보인다는 점을 고려한다면 낭만적 성향의 시들로 묶는 데 큰 무리는 없을 것이다. 이는 낭만적이라는 용어를 굳이 서구식 사조에 국한된 개념으로 보지 않고 보편적 개념으로 이해할 때 더욱 그러하다. 그런데 이 낭만적 성향은 주요한, 홍사용, 박종화, 이상화 등에게서 두드러지게 나타나고 있다. 이들은 주로 대상의 감각적인 해석과 시어의 확충, 시의 장형화, 감정의 과도한 표출과 현실도피적인 경향을 주도하였다. 당시의 시에 있어 대상의 감각적인 해석은 앞선 시기의 시에 비하여 매우 주목할 만한 발전이었다. 곧 애국계몽기의 시들이 짙게 간직한 이념 일변도의 성격을 염두에 둘 때 이 같은 사실은 획기적이라고 하여도 지나치지 않을 것이다. 시가가 그 국민의 기를 진작하는 중요한 수단이라든가, 시인 곧 세계를 도주(陶鑄)하는 자라는 등[3] 전 시대의 인식이 이 시기에 이르러 크게 전환하였던 것이다. 이는 시가 타율적 기능에만 의지하지 않고 그 독자적인 원리나 목표를 지니고 있다는 시관의 변모와 무관하지 않을 것이다. 결국 시관의 이러한 변모는 시인으로 하여금 대상(사물)을 독자적인 존재로 이해하게 하거나 해석하게 한다. 시에서 대상을 감각적으로 해석하는 일은 외재적인 도덕률이나 이념에 의한 일방적 풀이를 거부하는 일이 된다.

---

3) 신채호, 「천희당시화」,《대한매일신보》, 1909. 12. 4.

그다음 지적되는 시어의 확충은 1920년대 시에 두드러지게 많이 사용된 말들, 즉 꿈, 님, 영원, 명일, 정열, 눈물, 미(美)와 같은 언어의 출현을 뜻하는 말이다. 이들 시어는 흔히 번역시에서부터 비롯된 것으로, 1921년 출간된 김억의 『오뇌의 무도』는 이 경우의 현저한 예가 된다. 시어를 일상어와 다른 영어(靈語)로 치부한 예4)는 차치하더라도, 종래와는 다른 언어를 사용하고 아어화(雅語化)하려는 노력은 당시 보편적인 현상으로 보아도 무방할 것이다. 외국시의 번역은 이미 1918년부터 간행된 《태서문예신보》를 통하여 집중적으로 이루어진 바 있다. 이 신보에는 36편의 외국시가 번역되어 있으며 해몽(海夢)과 김억 등이 그 역자였다.5) 김억은 이 신보에 번역하였던 외국시를 다시 손질하여 『오뇌의 무도』란 번역시집을 내놓은 것이다. 이 시집은 이광수의 증언 그대로 『오뇌의 무도』가 발행된 뒤로 새로 나오는 청년의 시풍을 오뇌의 무도화6)시키는 절대적인 영향력을 행사하였다. 이 같은 영향력 아래에서 전 시대에서 볼 수 없었던 시어들이 대거 등장하였던 것이다. 당시 뚜렷한 의식하에 이 같은 시어의 확장이 이루어진 것은 아니나 시, 곧 내재적 감정의 현시(representation)라는 생각의 일단을 엿볼 수 있다.

그러나 1920년대의 낭만시에서 무엇보다도 두드러진 현상은 감정의 과도한 표출과 현실도피적 성향일 것이다. 특히 《백조》 동인들은 영탄적 어법을 많이 구사하였다. 또한 이와 아울러 시의 주요 이미지로서 밀실, 동굴, 죽음 등을 주로 사용하여 현실도피적인 성향을 노골화하였다. 밀실이나 동굴은 모두 지금 이곳에 있는 공간이 아니라 '외나무다리 건너' 저쪽 어느 곳에 있다. 이와 같이 몸담고 있는 현실보다 현실 저쪽에 더 많은 관

---

4) 황석우, 「시화(詩話)」《매일신보》, 1919. 9. 22.
5) 정한모, 『한국현대시문학사』, 일지사, 1982, 267~275쪽.
6) 이광수, 『이광수전집』 제10권, 우신사, 1979, 415쪽.

심을 표명하는 일은 현실의 철저한 부정에 기인한다. 3·1 운동 실패에 따른 좌절과 정신적 정체는 당시 시인들로 하여금 현실보다는 과거, 삶보다는 죽음에 더 관심을 기울이게 하였다. 이는 독일 낭만주의의 "낭만주의는 이 지상의 고뇌에 뿌리를 두고 있다. 한 국민의 상황이 불행하면 불행할수록 그 국민은 한층 더 낭만적이고 애수적이다"[7]라는 사실과 대비된다. 시인이 현실 속에 내던져져 있으며, 그 압도적 현실 속에서 자신이 아무런 능력도 발휘할 수 없다는 생각은 역설적으로 현실을 경멸하고 또 그로부터 벗어나려는 표박이나 유랑을 하지 않을 수 없게 만든다. 김억의 「표박」, 「유랑의 노래」 등은 이러한 표박의 전형적인 예를 이룬다. 여기서 한 가지 더 지적할 사실은 감정의 절제 없는 토로로 나타난 미적 거리 조정의 실패에 관한 것이다. 이 거리 조정의 실패는 결국 당시의 낭만시가 감정의 극화에 실패하고 있다는 사실의 반영이다. 말하자면, 감정을 제어하거나 절제하여 적절한 극화를 이룩하지 못하고 직접적으로 표출하고 있는 것은 당시 낭만시가 아직도 나름대로 시적 견고성을 지닐 수 없었음을 증명하고 있는 것이다. 우리 시의 이 약점은 1930년대에 이르러 정지용, 김기림 등을 만나서야 작품과 이론 양면에서 극복되고 있다. 1933년 김기림은 《조선일보》 지상의 연평에서 정지용 시의 이 같은 면을 매우 높게 평가하고 있다.

1920년대 낭만시의 또 다른 특징으로 들 수 있는 것은 시 형식의 장형화 현상이다. 이는 서정시가 압축의 원리를 바탕으로 하여 대개 단형이라는 사실과 비교해볼 때 의외의 감이 없지 않은 것은 사실이다.[8] 아마도 당시 시인들이 표현하고자 한 감정을 있는 그대로 전부 작품에 표현한 결과일 것이다. 앞서 말한 감정의 절제가 이루어졌다면 충분히 피할 수 있는

---

7) Arnold Ruge, Die Wahre Romantik, Gesammelte Schriften Ⅲ, 134쪽.
8) 김용직의 조사에 의하면 당시 시의 행수는 40~50행으로 확인되어 있다.

현상이 아닐 수 없다. 이 시 형식의 장형화는 1920년대 후반에 이르러 서사 구조의 도입과 어우러져 나름대로 정착을 보고 있다. 즉, 김동환의 「국경의 밤」으로 대표되는 서사시형이나 임화의 「네 거리 순이」, 「우리 옵바와 화로」, 「우산밧은 요꼬하마의 부두」와 같은 프로 서사시 형식이 그것이다.

3.

1920년대 시에는 상기한 낭만시와는 다른 한편에서 식민지적 현실에 대한 적극적인 관심을 표명하고 그것을 시화하는 흐름이 있었다. 이 흐름은 다시 세 갈래로 나누어 살필 수 있다. 하나는 기존의 낭만시에 대한 한계 인식과 그 탐미적 성향에 대한 혐오에서 비롯된 것이며 다른 하나는 신경향파 내지 카프 계열의 시의식에 바탕을 둔 것이다. 그리고 마지막 하나는 해외 망명지에서 생산된 작품들로 집약되는 흐름이 그것이다.

첫 번째, 기존의 낭만시에 대한 한계의 인식은 실제 낭만시에 깊이 관여했던 시인들의 반성적인 자세에서 비롯된 것이다. 박종화는 이 같은 자세를 다음과 같이 언명하고 있다. "앞으로 우리가 가져야 할 예술은 역(力)의 예술이다. 가장 강하고 쓰거웁고 매운 힘 있는 예술이라야 할 것이다. 헐가(歇價)의 연애문학, 미온적인 사실문학 그것만으로는 우리의 오뇌(懊惱)를 건질 수 없으며 시대적 불안을 위로할 수 없다."[9] 박종화의 이 같은 언명은 기존의 낭만시로는 시대적 모순과 고뇌를 드러낼 수 없다는 철저한 반성을 그 바탕에 깐 것이었다. 자기 시에 대한 반성적 태도 위에서 현실 인식을 추구한 대표적인 예로 주요한, 양주동, 이상화 등을 들 수 있다. 이 가운데 이상화는 《백조》 동인으로 참가하여 현실에서의 절망과 탈출을 추구해왔지만 곧이어 '파스큘라' 등에 가담하면서 이 같은 태도를 버

9) 박종화, 「문단의 1년을 추억하야」, 《개벽》, 1923. 1, 4쪽.

린다. 작품 「조소」, 「선구자의 노래」, 「빼앗긴 들에도 봄은 오는가」 등은 이 상화의 이 같은 변모를 잘 보여주는 것들이다. 결국 이상화는 밀실이나 동 굴 등을 통하여 보인 현실에 대한 불신이나 소극적 저항을 적극적인 저항 이나 수용으로 변모시켰던 것이다.

식민지적 궁핍상이나 무산대중에 대한 뚜렷하고 분명한 관심은 1920년 2월 김광제, 이내의 등의 노동대회 조직을 시발로 같은 해 6월 조선청년 연합회 결성으로 이어진다. 또 이와 같은 관심은 1922년 9월 '무산계급해 방을 위하여 문화를 가지고 싸운다'는 슬로건 아래 염군사(焰群社) 조직을 불러오고, 이듬해에는 인생을 위한 예술 건설을 목표로 한 파스큘라를 조 직케 한다. 이 파스큘라는 일제 식민지 시대 프로문학 제1기를 담당하여 교도적 계몽으로 프로문학을 소개하는 정도에 머무르고 있다.[10] 염군사와 파스큘라는 사회적 관심과 문화적 교양 사이의 상대적 우열 문제로 '미묘 한 불화' 관계를 지속하다가 1925년 8월 카프로 해체 · 통합되기에 이른 다. 이후 카프는 1, 2차의 방향 전환과 1935년 해산계 제출 때까지 활발 한 활동을 전개했다. 이 카프 계열에서 활동한 시인으로는 임화, 김형원, 박세영, 박팔양, 김창술 등을 들 수 있으나, 1920년대에 두드러지게 활동 을 한 시인은 임화, 김형원 등에 국한해야 할 것이다. 카프의 이론분자들 은, 부르주아 문예가 기교의 아름다움이나 인종을 강요하는 데 비하여, 프로 문예는 적극적인 현실 변혁과 사회 정의 등을 주장한다고 하였다. 1928년에 전개된 대중화 논의에서 김기진은 프로 시가의 대중화 방법으 로 소재를 사건적 · 소설적인 데서 취할 것, 시어는 세련된 것을 피하고 소 박하고 생경한 '된 그대로의 말'을 사용할 것, 노동자들의 낭독에 편한 리 듬을 창조할 것을 제시하고 있다.[11] 또 이 같은 시를 단편 서사시로 명명

---

10) 김시태, 『한국프로문학비평연구』, 아세아문화사, 1978, 19~21쪽.
11) 김기진, 「단편서사시의 길로」, 《조선문예》, 1929. 5, 47~48쪽.

하고 임화의 「우리 옵바와 화로」를 전형적인 작품으로 들었다. 임화의 시는 긴 형식을 주로 하면서 서사 구조를 적절히 가미하고 있다. 또한 노동 현실이나 계급적 분노, 미래에 대한 기약 등을 주로 직설적인 어조로 설명한다. 그리고 심한 반복에 의해 리듬을 형성하며 하고자 하는 이야기를 적절히 극화하지 않은 채로 털어놓는다. 이 같은 특징으로 임화의 시는 결국 감성적 계급주의로 흐르게 되고 자기류의 정신적 방황을 드러내는 결과를 초래하였다. 김형원은 1920년대의 주된 흐름이었던 낭만시에서 비켜서서, 생활과 당대 현실 수용을 주장하였다. 이는 문학이 언어유희를 벗어나 광범위한 독자의 공감을 얻기 위해 필요한 일이라고 하였다. 더 나아가 지난날의 문학이 귀족 취향에 영합하고 외면적인 수사의 치레로 흐른 것을 비판하였다. 김형원은 이 같은 주장을 작품으로 실천하였으며 특히 평등과 진보의 이념을 시에서 강조하였다. 따라서 그의 시는 기존의 시어와 형식을 부정하고 자신의 이념에 합당한 새로움을 추구하였다. 그러나 이 새로움은 높은 시적 성취를 이룩하지 못한 채 그 한계를 드러내 보였다. 다만 낭만시들이 보인 현실 유리의 자세, 언어의 상투화 등을 비판·극복하고 새로운 시의 방향을 설정하였다는 데에서 그 의의를 인정할 수 있을 것이다. 이 밖에 박세영, 박팔양, 김창술 등은 1930년대에 이르러 시인적인 면모를 가다듬어 달리 언급되어야 할 것이다.

끝으로, 해외 망명지에서 생산된 시가들은 몇몇 경우를 제외하고는 작자 이름이 밝혀져 있지 않다. 이들 시가는 일제의 검열에서 벗어나 구체적인 체험을 바탕으로 당시 식민지 현실을 비판하고 투쟁의식을 형상화하였다. 특히 신채호의 「새벽의 별」, 「너의 것」 등의 작품은 새벽별로 상징되는 조국의 미래에 대한 활달한 상상을 보여주고 있어 주목할 필요가 있다. 그러나 이들 시가는 시로서의 높은 미학적 성취나 견고함 등에서는 한계가 있다 해야 할 것이다.

현실을 적극적으로 수용하고 그에 따른 미래의 향방을 제시한 시들은 일찍이 애국계몽기의 이념 지향적인 시들이 발전적으로 계승된 것이라고 해도 좋을 것이다. 물론 자유시로서 형식적인 준거를 새로이 한 뒤의 미학적 깊이와 부피를 마련하는 데에는 많이 미흡하나 우리 시의 한 방향을 제시한 점에서는 그 의의를 평가해야 할 것이다.

4.

　1920년대 우리 시의 또 다른 커다란 흐름 중 하나는 민요시라는 흐름이다. 이 민요시에 대한 관심은 기존의 시 형식에 대한 회의와 불신으로부터 시작되었다. 기존의 시 형식들은 모두 외래의 시 형식에 많이 빚진 것이란 생각이 이 불신에는 전제된다. 이는 근대의 새로운 시 형식으로 자유시를 마련하고 나서 생긴 불신과 회의라는 점에서 주목할 필요가 있다. 민요시를 주장하고 실제 작품을 창작했던 주요한, 김억, 홍사용, 김동환 등은 정도의 차이는 있으나 모두 기존의 시 형식에 회의를 나타냈다. 이는 우리 시에서 전통적인 것이 무엇인가를 생각하면서 만나게 된 의심이다.

　이들은 모두 올바른 조선 시형의 확립은 민요의 검토에서 가능하다고 주장했다. 말하자면 민요에 조선의 예술적 독창성이 내재되어 있기에 그렇다는 것이다. 민요는, 당시의 논의에 의하면 민중들의 소산이며 생활의 보편 소박한 경험을 다루고, 단순한 율조로 되어 있으며, 조선 민족의 정신이 담긴 노래였다.[12] 이와 같은 민요에 대한 관심은 이미 마련된 자유시에 대한 회의에 따라 새롭게 방향을 모색해보고자 한 노력의 일환이다. 민요는 구연으로 존재함으로써 역동성과 현장성을 가진다. 또한 기억을 돕기 위한 반복과 열거의 형식을 즐겨 취한다. 뿐만 아니라 비속한 말을

12) 오세영, 『한국낭만주의 시연구』, 일지사, 1980, 102~103쪽.

사용하여 생활 경험에 밀착되나, 인간의 깊은 내면세계를 드러내는 데에는 한계를 지니게 마련이다. 하지만 익살과 해학을 통하여 세태를 풍자하고 현실의 모순을 고발한다. 이 같은 민요에서 근대시의 새로운 방향을 찾고자 한 사실은 기존의 시만으로는 드러내기 어려운 삶이나 현실에 대한 이해가 있었기 때문이다. 여기서 기존의 시만으로는 드러내기 어려운 삶이나 현실에 대한 이해란 우리의 기층문화에 담긴 '조선심'이나 '민족의 얼'이며 세태풍자를 통한 일제에 대한 저항 의지, 그것이었다. 그러나 일제에 대한 저항 의지는 민요시에서 적극적으로 다루어지지 못하고 막연하고 추상적인 '조선심'만이 많이 다루어졌다. 그것도 민중들의 원형적 생활 감정이란 이름 아래 실패한 사랑의 좌절과 체념이나 애수, 막연한 동경 등이 즐겨 다루어졌다.

> 저녁째 浦口까에
> 들니는 노래는
> 모도다 설기만 하구료
>
> 「별도 하나, 나 하나」
> 아모리 헤여도
> 그 사람은 들을 길 업고
>
> 생각에 생각사록
> 설접은 이 心思
> 안우랴 안울 수 업구료
>
> — 김억, 「별」 전문[13]

---

13) 김억, 『안서시집』, 한성도서주식회사, 1928, 39~40쪽.

김억의 이러한 민요시는 사랑에 실패한 이의 비애를 단순 소박하게 드러내 준다. 이는 구연으로 존재하는 민요의 피상적 관찰에서 결과한 것이다. 자수율에 지나치게 집착하면서 깊은 내면세계의 형상화를 일부러 회피한 듯하기 때문이다. 이 점은 당시 민요시의 한계라고 지적할 수 있을 것이다. 또한 당시 민요에 대한 이해가 피상적 단계에 머물렀던 사실을 입증하는 것이기도 하다. 즉, 민요가 집단 창작의 결과물이며 이 경우 민요의 내용 역시 집단의 도식적 사고에 의한 것임을 깨닫지 못하였던 것이다. 삶의 실제 경험을 표현하되, 개인 창작물의 독창성이나 다양성과는 근본적으로 다를 수밖에 없는 점을 간과한 것이다. 이 같은 차이점을 간과한 결과 대부분의 민요시는 정서를 단순화하는 데로 잘못 들어서고 말았다.

결과적으로 1920년대의 민요시는 시의 제재를 단순 자연물이나 자연현상만에서 취하게 되었으며, 더 나아가 현실에 대한 관심을 은폐하는 오류를 가져왔다. 현실에 대한 관심을 은폐하는 대신 전통적인 정서나 향토적 정취란 이름의 퇴영적 세계로 함몰하고 만 것이다. 이는 민요의 율격을 가장 높은 수준에서 근대시로 성취해낸 김소월에게도 발견되는 현상이다. 그의 일부 시들이 보인 과거 지향의 퇴영적 정조가 곧 그것이다.

민요시는 그 밖에도 표현 어법에 있어 재래 민요의 관습적 어사나 표현을 상당 부분 답습하고 있다. 오세영에 의하면 이 같은 민요시의 표현 어법은 공식적 언어 표현, 관습적 표현, 공중 상징의 사용 등으로 검토될 수 있다고 한다.[14] 이 같은 사실은 민요시를 주장하는 시인들의 의도와는 달리 실제 민요시 작품이 구전 민요의 추수로 전락하는 결과를 빚은 것이다. 근대시의 한 방향을 모색하기 위한 민요시라면 재래 민요의 답습이 아닌 새로운 재창조 내지는 쇄신이 있어야 마땅할 것이다.

아무튼 민요시는 그 표현 어법에 있어 한자어나 외래어를 적극 배격하

---

14) 오세영, 앞의 책, 89~90쪽.

면서 우리말을 모양 있게 다듬는 노력을 하였다. 이 노력은 특히 우리말의 조사와 활용어미를 압축·생략하는 방면에서 이루어졌다. 예컨대 주요한의 작품 「봄달잡이」의 '~고요'와 같은 어미의 사용, 조사의 생략법 등이 모두 그것이다. 이와 더불어 방언이나 활음조 효과를 겨냥한 조어 등도 민요시에서 많이 발견되는 특징 중 하나이다.

5.

이상에서 살펴본 1920년대 우리 시의 위상과 흐름 가운데서도 가장 두드러진 사실은 '임' 지향의 시들이 갖는 의의이다. 주지하다시피 임은 고대시가로부터 끊임없이 시인들의 상상력을 자극해온 존재였다. 때로는 그리움의 대상으로, 때로는 자기 존재의 변이를 만드는 존재 등으로 실로 다양하게 불리고 이야기되어온 것이다. 1920년대의 시에서 이러한 '임'을 탁월하게 노래한 시인은 김소월과 한용운이다. 두 사람은 시인으로서 각기 다른 길을 걸었으나, '임'을 통하여 한결같이 높은 시적 성취를 이루었다.

김소월은 스승 김억의 영향으로 민요시로서 출발하였으나, 당시 여타의 민요시와는 다른 성과를 이룩하였다. 재래 민요나 민담에서 제재를 취하면서도 시어를 잘 다듬고 압축하여 시의 구조적 긴장감을 낳게 하였다. 또한 율조에 있어서도 민요의 율조를 변형하여 독특한 시 형식을 이룩하였다. 특히 집 없고 길 없는 설움과 고향 상실에 따른 비애를 잘 형상화하여 식민지 시대의 정서를 압축하였다. 이 같은 '없음' 내지 '결핍'에 따른 정서는 체념과 애수로 달리 부를 수 있는 것이었다. 이 정서는 그동안 많은 논자에 의하여 전통적인 '한'으로 불리었다. 김소월은 식민지 시대 결핍의 정서를 노래하면서, 그 결핍의 해결을 주로 과거에서 모색하였다. 흔히 그의 시적 태도가 수세(守勢)적 태도 또는 과거 지향적 태도로 간주되는 까닭이 이것이다. 김소월이 문제의 해결책을 과거에서 구하고자 한 노력은 유년 시절과 자연, 꿈이나 상상세계로 도피하고자 한 것이며, 결국 자신의 기억만을 의지하려 한 것이다. 이 기억은 현실에 있어 고통이 되기도 하며 이런 경우 해결책은 '먼 후일'에 잊는 망각이 된다. 특히 김소월에게 있어 임은 과거에만 존재하였다. 그러기에 현실이나 미래에서 임을 재회할 가능성은 차단되어 있으며 오직 할 수 있는 유일한 길은 초혼을 하는 일뿐이다. 여기서 임 상실의 절망은 절대적인 것이 되어버린다.

이와 달리 한편으로 김소월은 당대 현실을 형상화한 작품을 보여주기도 한다. 「바라건대 우리에게 우리의 보섭대일 쌍이 잇섯더면」, 「나무리벌」 등의 작품이 그것이다. 이들 작품을 통하여 옷과 밥과 자유를 빼앗긴 당시 현실을 감싸 안는 성숙을 보이나 이 성숙은 시의 성숙으로 연결되지 못하는 아쉬움을 남기고 있다.[15] 아마도 이 성숙이 지속되었다면, 김소월의 임 역시 한용운의 임처럼 '떠나보내지 아니한' 존재로 현실과 미래 속에 살고 있었을 것이다.

한용운 역시 김소월과 마찬가지로 전통을 기반으로 삼고 시를 썼다. 불교를 자신의 세계관으로 삼되, 이를 스스로 혁신하여 시를 쓴 것이다. 그의 시는 시집 『님의 침묵』의 시 88편으로 대표된다. 이 시집의 시들은 충청도 사투리를 쓰는 여인을 이야기꾼으로 하여 실패한 사랑의 좌절과 그 극복을 들려준다. 특히 그는 '긔룬 것은 다 님이다'라고 하여 임에 대한 다양한 해석의 길을 열어놓았다. 현실에서는 성애적인 대상으로, 미래나 이념 속에는 조국이나 깨달음으로 해석할 수 있게 한 것이다.[16] 한용운의 임이 보다 중요한 의미를 띠는 것은 이 같은 복합적 해석의 가능성 때문이

---

15) 유종호, 『동시대의 시와 진실』, 민음사, 1982, 62~63쪽.
16) 김재홍, 『한용운문학 연구』, 일지사, 1982, 88~89쪽.

아니라, 그 존재 양식 때문이다. 그의 임은 화자의 곁을 떠난 임이면서 떠나지 않은 역설적인 임이다. 말하자면 현실의 부재를 통하여서 자신의 존재를 드러내고 또 만날 기약에 가득 찬 존재이다. 이별의 절망적 심사를 극복하여 희망에 찬 기다림으로 바꿔놓은 데에 이 시의 위대성이 있다. 시집 『님의 침묵』의 서시격인 시 「님의 침묵」은 한 편의 시 속에서 이 모든 사정을 극적으로 잘 압축하여 형상화시키고 있다. 전편 10행의 이 작품은 이별의 절망으로부터 희망으로 전환하는 화자의 심리 흐름을 형식과의 완벽한 일치 속에 그려낸다.

한용운의 시는 대체로 산문 형식으로 되어 있으면서 어눌한 어조를 보인다. 그 어조의 어눌성은 사투리가 심한 여인의 어조를 차용한 데에서 비롯한 것이다. 산문 형식으로 펼쳐지는 이 어눌한 어조는 1920년대 우리 시의 방향을 암묵적으로 암시하고 있다. 근대시의 형식을 자유시 형식으로 정하고 펼쳐진 당시 시의 흐름에서 한용운의 이 같은 시 형식은 독창적인 것이 아닐 수 없다. 또한 당시 새롭게 시도된 시 형식을 외국 것의 모방으로 매도하고 민요시에서 시 형식을 구하려 하였던 흐름에서도 이 평가는 잘못된 것이 아닐 것이다.

김소월과 한용운은 다 같이 임의 상실로 자기 시대를 바라보고 있으나, 그 문제 해결에 있어서는 각기 다른 모습을 보였다. 즉, 김소월이 과거로의 도피나 망각으로 해결하려 했다면 한용운은 미래 속에다 희망의 기약을 내걸었다. 이 두 가지 길은 당시 우리 시가 짚어낼 수 있었던 두 극점이다. 그리고 이들이 모두 여성을 화자로 삼아 임 상실의 사태를 더욱 극적이고 효과적으로 이야기시킨 점도 주목해야 할 것이다. 정론적 이념성만을 높은 어조에 담았던 당시 사회시들이나 격한 감정을 감상적 어조로 제어 없이 토로한 낭만시들이 이 두 시인의 시가 차지한 자리에 왜 못 미치는가 하는 문제에 우리는 지금도 부딪히기 때문이다.

근대소설의 정착과 인식 지평의 분화기

전문수

    소설은 인간의 삶에 대해 알고 싶은 욕구를 충족하기 위하여 발생된 문화 양식의 하나이다. 그러므로 작가는 인간이 세계와의 대면에서 세계를 인식하는 여러 현상과 방식들을 제공하게 된다. 바꾸어 말하면 세계에 대한 작가의 인식 방식을 드러내는 셈인데, 그 세계란 인간과 인간의 관계 구조 속에서의 인간과, 인간과 사회(제도)와의 관계 구조 속에서의 사회(제도)인 두 세계이다. 따라서 한 편의 소설은 소설 속의 삶이 주로 인간 성정이 문제가 되어 야기되는 삶이거나 사회 제도가 문제가 되어 야기되는 삶 두 측면을 가진다. 이는 곧 인식의 두 측면인데, 이런 기본 입론에 입각하면 이 두 측면은 다시 각각 두 갈래로 분류할 수 있게 된다. 즉, 소설에서 주인공의 삶이 인간 성정에 의해 문제가 되더라도 타인의 성정—이는 대개 윤리·도덕적 품성의 문제가 된다—으로 인한 것과 세계에 대한 주인공 자기 자신의 성정—이는 개인적 절대 자유 사유의 문제가 된다

—으로 인한 것 두 가지이고, 주인공의 삶이 사회 제도에 의해 야기되는 문제이더라도 지나간 과거의 제도로 문제가 발생하느냐, 당대의 현 제도로 해서 발생하느냐 두 가지로 갈라 볼 수 있다. 그러므로 소설 양식은 이런 인식의 기본 갈래가 항상 병행되면서 각기 시대적 인식 변화를 겪는다. 가령 우리의 고전소설도 인간 성정이 문제가 된 소설과 사회 제도가 문제가 되어 형성된 소설로 구분된다. 처첩 간의 갈등이나 애욕의 갈등은 대개 선인에 대한 악인의 성정이 문제가 된다. 그러나 이는 타인의 성정이 문제가 됨으로써 권선징악적 윤리소설이 되고 만다. 사회 제도가 문제가 되더라도 지나간 어느 옛날 왕조 때의 제도가 문제가 되어 현재의 제도 문제를 피한다. 신소설의 경우도 구제도에 대한 문제로 시각을 바꿈으로써 신제도에 대한 문제를 피했다. 물론 사회 제도 문제더라도 소설 속에서는 제도적 인물로 형상화된다.

그런데 근대소설, 즉 1920년대에 오면 이 큰 두 가닥의 성격이 변화한다. 하나는 인간 성정이 문제가 되더라도 주인공 자신의 성정, 즉 개인주의적 절대 자유 사유에 의한 세계 인식으로 되고, 또 다른 하나는 사회 제도더라도 당대의 현 제도에 대한 문제를 바로 다룬다. 기존 제도의 바른 수행이 아니라 개조에 목적을 갖는 것이다. 역사의 피동체가 아니라 능동적 주체로 된다. 1921년에서 1930년 사이의 소설을 이런 시각에서 보면 하나는 개인주의적 소설군(개인의 절대 자유 사유에 의한 낭만주의, 유미·예술지상주의, 정도 차이는 있어도 소시민적 사실주의, 자연주의)과 사회주의적 소설군(비판적 사실주의, 사회주의적 사실주의, 혁명적 낭만주의 등)으로 구분되는 인식의 지평을 보게 된다. 1920년까지의 문단에서 이광수와 김동인은 이런 대조적인 두 갈래의 한 가닥씩을 안고 교차되는 이인극을 이뤘는데, 1921년의 인식 지평에서 볼 때 김동인은 한 가닥의 성격이 뚜렷하지만 이광수는 그 노선이 애매함을 알게 된다. 차라리 동시대의 신채호 소설이 노선 면에서 뚜렷하여 이광수의 어물쩡한 위치를 비켜 넘은 것으로 보인다. 1921년에서 1930년 사이는 소설의 이런 두 인식 지평이 열리면서 각각은 다시 분화를 일으켜 다음 시기의 여러 현대소설적 남상(濫觴)을 만든다. 따라서 1921년부터의 소설사 재점검은 인식 변화의 명확한 구획을 가른다는 점에서 의의가 크다고 본다.

1. 개인적 삶과 사회적 삶의 두 지평
― 염상섭과 현진건

김동인의 상당수 소설은 '있을 수 없는' 세계를 다룬다. 그의 자연주의 작품이라는 「감자」조차도 복녀는 인형처럼 무대 위에서 조종되고 있는 것이다. 복녀가 그렇게 벙어리인 점은 이를 입증하는 것이다. 그는 소설을 작가 마음대로 조작할 수 있다는 생각을 한 것이다. 마치 인생을 작가가 요리한다고 착각을 한 것이다.

염상섭은 그 반대로 소설은 '있는 세계'를 사실대로 그리는 것이라고 생각했다. 작가는 인생을 이리저리 요리할 수 없는 것이고 더구나 삶의 이것저것에 관여하여 비평하는 것은 월권이라고 생각한 것이다. 주어지는 대로의 삶의 이모저모를 자기 개성에 맞게 찾아서 실감 나게 묘사해주는 것, 기록해가는 것이 작가의 한계라는 생각이다. 그의 「표본실의 청개구리」(《개벽》, 1921. 8~10), 「암야」(《개벽》, 1922. 1), 「제야」(《개벽》, 1922. 2~6) 등의 초기작도 위의 지적과 같은 입장에서 출발한다. 염상섭의 초기작이 의식 과잉, 주관 과잉이라고들 하지만 그리된 원인이 바로 앞에서 지적한 그의 입장에서 온 것이라고 본다. 심리묘사 역시 있는 대로 다 묘사해야 한다는 입장이면 그리될 수밖에 없다. 그는 「죽음과 그 그림자」(《동명》, 1923. 1), 「해바라기」(《동아일보》, 1923), 「전화」(《조선문단》,

1925. 2)에 이르면서 객관적 묘사 과잉으로 급회전했는데, 실은 초기의 의식 과잉이란 것이 묘사 과잉이었던 것에 다름 아니다. 그는 자기 개성에 맞는 소설적 현상을 찾아 사진 찍듯 전달하는 한계를 벗어나지 않는다. 주제 빈곤이라는 지적은 안일한 소시민적 의식에서 온 것이라 본다. 객관 세계와는 관계없이 단편적인 개인적 삶에만 관심을 둔 것이다. 그의 소설 대부분은 세계 속에서 자기와 자기 가족만이 사는 개인주의적 삶에 사진기를 갖다 댄 것이다. 평범한 일상성에 대한 취급은 각각의 개인주의적 삶인 것이다. 그의 개성주의란 개인주의적인 것의 표리에 지나지 않는다. 「만세전」(《시대일보》, 1924)이나 『삼대』(《조선일보》, 1931) 역시 높은 평가에도 불구하고 개방된 삶이 아니라 갇힌 삶이라는 데 한계가 있다. 결국 김동인과 대척적인 자리에 있는 것 같으나 실은 사회적 삶을 외면한 객관인식의 결여라는 면에서 같은 계보가 되고 만다. '있을 수 없는 세계'나 '있는 세계'는 소설이 설 자리가 아닌 점에서는 같은 것이다.

현진건은 염상섭과는 그야말로 대척적인 자리에 놓인다. 그의 소설은 「빈처」(《개벽》, 1921. 1), 「술 권하는 사회」(《개벽》, 1921. 11)부터 개인의 사회적 삶에 관심을 둔다. 홀로 사는 삶이 아니라 함께 사는 삶을 아파하는 것이다. 나의 삶에 고민하기보다 타인의 삶에 관심을 가진다. 지식인의 고민이 자기 출세에 있지 않고 잘못된 사회에 있다. 그러므로 그는 「운수 좋은 날」과 같은 역작을 낳을 수 있었던 것이다. 식민지 치하의 고통은 지식인도 김 첨지 같은 고통을 동일하게 겪는 것이다. 초토가 된 조선의 고통을 마치 혼자 안은 것처럼 괴로워하는 것이다. 그러면서도 현진건의 작품에는 미래가 부정되지 않는다. 「운수 좋은 날」에서와 같은 노동자들은 고난에도 불구하고 서로는 애정을 잃지 않는다. 참고 견디면 내일의 밝음이 온다는 희망을 품게 하는 것이다. 한편 그는 정직한 작가였다고 하겠다. 작품과 작가 사이가 밀착되어 신뢰 되는 특징이 있다. 그의 소설에서 때로는 흠결로 지적되는 극단화 현상이 그 예이다. 하지만 이것은 흠결이 아니라 작가의 솔직성 때문이라고 판단된다. 세련된 겸손과 위선보다는 정직하고 솔직한 원시성이 진실성을 확보하며 또 그를 통해 애정과 연민이 역설화 되기도 하는 것이다. 신문 연재소설인 『적도』(《동아일보》, 1933)나 역사소설인 『무영탑』(《동아일보》, 1938) 같은 장편이 통속소설로 떨어지지 않는 것은 그의 작가정신 때문이라고 하겠다.

1921년 초의 염상섭과 현진건은 근대소설의 두 인식 지평을 대척적인 자리에서 우람하게 열고 있는 것이다.

2. 세계인식의 두 대립과 분화
─ 주요섭 · 최서해 · 이익상 · 나도향

식민지하에서의 빈곤에 대한 인식이 구체화되는 단계에 접어든다. 식민지 착취하에서의 가난과 고통은 조선인 누구나의 공유물이라는 미분화된 인식에서 분화를 일으켜 하층민의 빈곤에 관심의 초점이 놓인다. 주요섭의 「추운 밤」(《개벽》, 1921. 4)은 이런 가난의 분리 현상을 예증한다. 어머니는 굶어 죽는데 아버지는 술로 방탕한다. 가난의 피해자는 가족 모두가 아니라 어머니인 것이다. 「인력거꾼」(《개벽》, 1925. 4)에서는 노동자의 참상이 치밀하게 해부 되는데 이들은 인력거를 타고 다니는 있는 자와 극단적 대립을 보인다. 식민지하의 고통이 공유되지 않고 분리되는 것이다. 「살인」(《개벽》, 1925. 6) 역시 창녀의 비참상을 제시한다. 여기서는 살인까지 동반한다.

최서해는 소외된 계층의 실제 체험을 작품화한다는 데서 기존 관념을 완전히 깨고 있다. 일인칭 고백체의 서술을 통해 생생한 가난의 체험을 호소한다. 「누구의 편지」(《신생명》, 1923. 9), 「토혈」(《동아일보》, 1924), 「고국」(《조선문단》, 1924. 10), 「탈출기」(《조선문단》, 1925. 3) 등에서 이러한 모습이 보인다. 체험적 수기들은 세련된 소설 장치가 아니라 의식화된 민중의 항의인 것이다. 따라서 민중들의 반항이 행동화되어 잘못된 세계를 개조하고자 한다. 즉, 가난의 적이 '있는 자'라는 쪽으로 예각화된다. 그래서 사회적 계급의식으로 발전해가는 것이다. 「큰물 진 뒤」(《개벽》, 1925. 12), 「홍염」(《조선문단》, 1927. 1) 등으로 이어지면서 의식화된 노동자·농민의 집단성까지 보이는데 이는 1925년 카프의 결성과 함께 주창되던 사회주의 사상과 무관하지 않다. 그러나 최서해의 초기 소설은 자생적이라는 데에 의의를 두어야 할 것이다. 소설을 보는 시각 변동이 사회 현상의 변화에 따라 생긴다는 것은 자연스러운 것이다. 소설은 삶에 대한 인식 방식을 보여주는 것이기 때문이다. 어쨌든 최서해를 통해 소설적 인식 지평이 다른 차원에서 열리고 있다는 것이 소설사적 의의가 아닌가 한다.

이익상은 파스큘라의 초기 회원으로서 프로작가로 활동했다. 「광란」(《개벽》, 1925. 3), 「쫓기어 가는 이들」(《개벽》, 1926. 1)을 통해서 도시 노동자의 가난과 농촌 농민의 이농을 문제 삼았다. 「광란」에서는 있는 자의 돈을 훔친 도둑이 정당화된다. 「쫓기어 가는 이들」에서는 빚에 쪼들린 농민의 도피가 정당화된다. 최서해보다는 계급적 의식이 도식화되고 있다.

주요섭, 최서해, 이익상의 소설을 볼 때 이 시기는 사회적 삶에 대한 고통이 구체화된다는 특징이 있다. 그러면서 소설이 현실 문제에 깊숙이 관여하는 현상이 나타난 것이다. 한편 경제적 불평등이 소설적 윤리를 변화시키는 새로운 단계로 전환하는 것이다. 소설사적으로 보면 세계에 대한 인식 지평이 그만큼 확대되기에 장르의 분화가 일어났다고 할 것이다.

나도향은 「젊은이의 시절」(《백조》, 1922. 1)로 등단하여 「벙어리 삼룡이」(《여명》, 1925. 7), 「물레방아」(《조선문단》, 1925. 9) 등의 문제작을 낸다. 역시 하층민의 고통을 문제 삼았지만 앞의 소설가들과는 매우 다르다.

그것은 소위 계층적 장치(상전과 하인)라는 것이 이미 지난 제도의 것이었다. 신계급 의식이 아니고 구계급 의식인 것이다. 물론 나도향 당대에는 이런 실상이 잔존했다. 그러나 이것은 이미 몰락 직전에 있었다. 식민지적 자본주의가 만들어내는 신계급 구성이 재편성되는 현실을 꿰뚫어보지 못한 것이다. 「물레방아」에서 이방원은 억울하게 감옥까지 갔다 오면서도 일제와 결탁한 지주의 부에 대한 성격을 알지 못한 것이다. 자살은 인식의 한계로 인한 필연적 결말이었다. 그리고 그의 작품 도처에 따라다니는 성적 굶주림들은 외계 변화에 대한 망각을 예증하는 것이기도 하였다. 비정상적인 애정의 양상에 대해서는 비판적 사실주의라는 외형을 뚫고 깊이 추구될 만하다고 본다.

3. 교조적 마르크시즘 대 통속소설
— 박영희 · 김기진 · 최승일 · 방인근 · 최상덕 · 박종화

1925년 카프의 결성과 함께 파스큘라 회원 중심의 사회주의 사상이 소설 문단을 휩쓴다. 박영희와 김기진은 앞장서서 이론을 제공하고 평론과 소설을 쓴다. 1926년을 계기로 프로문학 제2기의 목적기에 접어들면서 있는 자는 악인, 없는 자는 선인이라는 도식이 적용된 것이다. 가령 「사냥개」(《개벽》, 1925. 4)와 같은 박영희의 작품을 보면 수전노인 주인을 밤중에 사냥개가 물어 죽인다. 도둑을 지키기 위해 애써 기른 사냥개가 주인을 사냥하는 것이다. 사회주의적 관념으로 소설을 조작한 것이다. 김기진의 「붉은 쥐」(《개벽》, 1924. 11)에서는 없는 자가 쥐처럼 네거리에서 피를 흘리며 죽는다. 붉은 피의 선동성이 확연하다. 신경향기의 최서해와 같은 민중적 실제 체험이 진식(進食)하고 이제는 정론(政論)에 입각한 관념적 조작이 이 단계에서 극단화된 것이다. 문학이 선전 도구로 전락한 것이다. 최승일 역시 김영필, 송영과 함께 '염군사'라는 사회주의 단체를 조직했던 사람으로 1926년을 중심으로 상당수의 작품을 발표하는데, 「바둑이」(《개벽》, 1926. 2)를 보면 박영희의 「사냥개」를 모방한 것처럼 개가 주인을 물어 죽이고 개 역시 죽는다. 당시의 노동자나 하층민을 개로 비유하여 그들의 삶을 극단화하고 복수심을 조장한다. 이런 이념의 도식적 적용은 프롤레타리아 투쟁을 선전하는 도구로 소설을 전락시켰다. 그래서 정작 민중과는 문학이 더 멀어진 결과가 되었다.

한편 이런 극단의 세계인식이 문단을 휩쓰는 현상과 대조적으로 통속소설이 독자를 지배했다.

최상덕(최독견, 필명)은 『승방비곡』(《조선일보》, 1927)으로 독자의 인기를 얻었다. 두 남녀의 기구한 운명을 다루어 사랑에 울고 죽는 파란만장한 인생을 다루었다. 방인근 역시 통속소설로 초기의 지조를 꺾었다. 박종화는 「목매이는 여자」(《백조》, 1923. 9)에서 일찍이 역사소설에 관심을 두고 그 후 계속 역사소설만 집중적으로 썼다. 통속적인 역사소설은 이미 이광수, 김동인, 염상섭 등을 통해 독자를 튼튼히 확보하였는데, 대개 신문 연재소설이었다. 소설의 통속성은 일찍이 신문의 상업성과 결탁하여 그 성격이 다져졌다. 작가정신보다는 검열과 돈에 결탁한 이런 현상은 문단의 이원화를 가져와서 초기의 문학 발전에 많은 문제점을 던져주었다. 초기 문학사에 이런 이원화 현상을 가져오게 한 일제 식민지 문화 정책과의 관계는 앞으로 깊이 다루어져야 할 것이다. 그리고, 이와 관련한 역사소설의 성격 문제도 논의되어야 할 것이다. 역사적 사실에 대한 과거화는 통속으로 떨어지고 만다. 역사적 사실을 소재로 하더라도 현재화된 해석 없이는 그것에서 작가정신을 찾을 수 없기 때문이다.

4. 농촌 현실에 대한 두 시각
─ 이기영·조명희·이무영·심훈

이기영은 「농부정도룡」(《개벽》, 1926. 1~2)으로 농촌소설을 쓰기 시작했다. 농민들의 소작쟁의를 다룬 소설이다. 소작인이 지주에게 복수하는 이야기로 구성되어 있다. 이기영은 「가난한 사람들」(《개벽》, 1925. 5), 「쥐 이야기」(《문예운동》, 1926. 1), 「홍수」(《조선일보》, 1930) 등 많은 작품에서 소작인이 벌이는 지주와의 투쟁을 다루었다. 그는 프로작가를 대표하는 입장이었기에 농민의 착취 문제를 의도적으로 다루었다고 보인다. 『농민소설집』을 낼 정도로 농민을 계급의식화하는 데 집중했다. 그러나 농민의 참상이 그렇더라도 계획적인 집단 투쟁을 유도하려는 작가의식이 지나치게 노출되어 역시 문학으로서의 문제점을 가져왔다. 「서화」(《조선일보》, 1933)가 성공한 것은 그가 의도적인 계급의식을 거두어들임으로써 사실성을 얻었기 때문이다. 그러나 농민 문제를 다룰 만한 당대적 진실성은 당연히 확보되었고 그 농민의 참상이라는 것이 일제의 수탈 때문이었다면 소설사적 지평에서뿐 아니라 항일문학이라는 측면에서 평가되어야 할 것이다.

조명희는 「땅 속으로」(《개벽》, 1925. 2~3)로 등단하여 「농촌 사람들」(《현대평론》, 1927. 1), 「낙동강」(《조선지광》, 1927. 7) 등의 농촌소설을 썼다. 1928년에 낸 단편집 『낙동강』은 거의 농촌소설들만을 모은 것이었다. 김기진은 당시 조명희의 「낙동강」을 두고 프로소설의 완성품에 가깝다고까지 높이 평가하였다. 「낙동강」의 종말이나 중간중간에 피압박계급이 어떻게 행동해야 할 것인지 방향을 제시했다는 것이다. 그러나 농촌의 참상을 구체적으로 그리는 데는 소홀하고 분노와 규탄만 일삼아 전투성만 암시하였다. 여타 작품에 비해 반일 사상을 행간에서 많이 읽을 수 있는 점도 평가될 만하다고 하겠다. 일제 수탈의 구체적 현장이 농촌이었고 이로 인하여 토지를 잃고 만주 등지로 이주하는 민족 이동 현상이 실제로 일어난 점을 보면 이들 작가의 시선은 일단 정확했던 것이라 본다.

이무영은 「달순의 출가」(《조선문단》, 1926. 6)라는 작품으로 등단하여 도시에서 작품 활동을 하다가 농촌으로 돌아가 그곳에 관심을 집중한 대표적 작가이다. 「흙을 그리는 마음」(《신동아》, 1932. 9)을 필두로 농촌소설에 전념했다. 그러나 농촌이 마치 이상향으로 묘사된 점이나 허위에 감염되지 않은 질박한 농민의 모습이 그려지고 있다는 점에서 작가적 주관과 현실적 객관 사이의 시각차를 보인다. 심훈도 「탈춤」(《동아일보》, 1926), 「오월비상」(《조선일보》, 1929) 등으로 활동하다가 『상록수』가 《동아일보》에 당선되어 농촌소설가로 알려졌다. 『상록수』는 한마디로 농촌계몽소설이다. 그러나 농촌의 아픔과 고통을 함께 나누지 않는 지도자로서의 자세는 현장과 유리되어 있다. 농촌을 소재로 했으나 진정한 농민소설에 이르지 못했다는 숙제를 남긴다.

5. 동반과 순수의 비화해
― 이효석 · 이태준 · 유진오 · 채만식

순수 서정소설을 쓴 작가라고 취급되는 이효석이나 이태준의 작품들은 당시의 일제 탄압에 의해 도피처를 찾아 위장되어 있다는 증거들을 찾을 수 있어 그리 단순하지 않다. 이효석의 여러 작품에서 보이는 이원 구조, 즉 낮과 밤의 대립 구성들은 작가의식의 분열을 보이기도 한다. 그의 전작품에서 오히려 덧난 「메밀꽃 필 무렵」은 어쩌면 행운이 아닌가 한다. 초기에 발표한 「도시와 유령」(《조선지광》, 1928. 7), 「행진곡」(《조선문예》, 1929. 6), 「북국사신」(《신소설》, 1930. 9) 등에서 보인 동반성이 1930년대의 일제 탄압으로 전환을 해 이후 작품마다 그 꼬리를 보인 것이다.

이태준은 오히려 이효석과 반대가 되는 것 같다. 초기의 「오몽녀」(《시대일보》, 1925), 「모던 껄의 만찬」(《조선일보》, 1929) 등 그는 순수의 기수로서 출발했다. 그러나 이태준은 하층민에 대한 관심을 줄곧 보여왔다. 특히 「꽃나무는 심어 놓고」(《신동아》, 1933. 3)나 「농군」(《문장》, 1939. 7) 등은 농민의 고난을 다루면서 희망을 잃지 않게 하는 등 당시의 시대적 갈등을 행간에서 읽게 하였다.

순수소설이라고는 하지만 순수 서정소설을 본격적으로 다루기 어려운 만큼의 불편한 시대고가 이들에게 순수의 한계를 안겨주었다. 유진오 역시 위장 도피의 인텔리로 지칭되는 작가이다. 이효석과 같이 초기의 동반성을 청산하고 주로 도시 하층민에 대한 관심과 함께 지식인의 소시민적 비애를 다루었다. 그러나 늘 주제 빈곤이라는 평을 받았다. 세태소설이라는 낙인이 찍힌 것도 사상의 정체가 드러나지 않았기 때문이다. 「김강사와 T교수」(《신동아》, 1935. 1), 「스리」(《사해공론》, 1937. 3) 등 다수의 소설을 발표했다. 채만식은 「세길로」(《조선문단》, 1924. 12), 「불효자식」(《조선문단》, 1925. 7), 「산적」(《별건곤》, 1929. 12) 등 초기의 동반시대를 벗어난 후, 1936년부터 작가적 위치를 찾아 독특한 유머와 풍자, 아이러니로 가득 찬 소설 문체를 보였다. 『탁류』(《조선일보》, 1937), 「치숙」(《동아일보》, 1938), 『태평천하』(1938) 등은 당대에 대한 채만식의 날카로운 비판정신을 잘 드러내는 작품이다.

간단히 말해 위의 작가들은 억압된 시대 앞에서 세계와 자아가 화해되지 않은 수난을 대표적으로 당한 것이 아닌가 한다. 그래서 이들 작품에 불구자들이 많이 등장하는 것 같다.

1921년에서 1930년 사이의 우리 소설은 근대소설로서의 성격이 확립되면서 소설적 인식의 분화를 통해 다양해졌다. 그리하여 장르별 전문성이 제고되어 작품의 질적 깊이에 이르렀다. 역사소설가, 농촌소설가, 세태소설가(도시소설가), 통속소설가 등으로 분화되는 현상이 나타난 것이다.

한편 일제의 식민지 문화 정책에 대해 충분히 자각하지 못한 결과(특히 평단이 문제였음) 문단과 비문단이 이원화되는 현상이 고착화되었다. 문예물과 통속물이 문단의 여과를 받지 못했던 것이다. 대중적 흡인력에 있어서는 비문단적 통속문학이 문단적 정통 문예를 훨씬 능가하여 독자층도 이원화시켰다. 이런 구조적 모순은 오늘까지도 계속되고 있다. 앞으로 이 시기의 통속소설에 대한 문제는 반드시 연구되어야 할 것이다. 소위 제도권 문학이니 민중문학이니 하는 그 뿌리가 여기에 있다고 보기 때문이다.

대표적 극작가의 작품 세계

차범석

1.

우리나라 신연극사는 공교롭게도 신문학의 탄생과 그 때를 같이한다. 육당 최남선이 「해에게서 소년에게」라는 신체시를 썼던 1908년 11월이 국초 이인직이 이른바 신소설연극이라고 일컬었던 「은세계」를 각색하여 원각사에서 상연했다는 기록이 바로 그것을 입증한다. 물론 연극학자 사이에는 공연 사실을 두고 이론을 제기하는 사람도 있겠으나 그것의 상연 여부는 차치하고 일단 「은세계」가 상연을 전제로 한 희곡임에는 틀림이 없다. 그러나 희곡이 명실공히 무대 상연을 전제로 하는 문학이라는 논거를 두고 말한다면 1911년 11월 임성구가 창단한 극단 혁신단(革新團)에 의하여 공연된 바 있는 「불효천벌」을 첫손으로 꼽아야 할 것이다. 그로부터 약 10년간 이 땅의 연극은 이른바 신파극의 발아기이자 개화기였다. 따라서 그 대부분의 작품이란 일본의 신파극을 번역·번안하였거나 일본소설을 각색하는 데 급급하였을 뿐, 진정한 의미로서의 창작희곡은 찾아볼 길이 없었다. 앞서 밝힌 바 있는 최초의 연극인이라는 임성구 자신이 1911년부터 1920년까지 공연한 작품만 두고 보더라도 52편의 작품 가운데 극작가가 쓴 창작희곡은 불과 다섯 편일 뿐, 나머지는 모두가 일본 신파극의 번안 아니면 각색 작품들이었다는 한 가지 사실만으로도 그 실태를 짐작할 수가 있다. 따라서 이 시기에 활동한 조일제, 이해조, 이상협, 윤백남 그리고 이인직 등의 작품 중에서 순수한 창작희곡을 찾아보기가 힘들었다. 다시 말해서 연극 행위는 있었을지 몰라도 희곡문학의 발아기로는 아직 그 시기를 얻지 못했다고 봐야 옳을 것이다. 일본의 초기 자연주의 소설로서 정평이 있었던 오자키 고요(尾崎紅葉)의 「곤지키야샤(金色夜叉)」가 「장한몽」으로, 도쿠토미 로카(德富蘆花)의 대표작 「호토토기스(不如歸)」가 「쌍옥루」로 개제되어 장안의 화제가 되었던 것도 바로 이 시기였다. 그러나 1907년 1월 월간지인 《학지광》을 통하여 춘원 이광수가 단막희곡 「규한」을, 윤백남이 1918년 12월 《태서문예신보》에 「국경」을 발표했다는 사실은 이 땅의 희곡이 문학으로서 처음으로 선을 보인 사례라 할 수 있다. 그러므로 우리나라 신문학사상 희곡이 문학으로 자리를 굳혔을 뿐만 아니라 신연극의 발판이 되었던 시기가 바로 1920년대에 들어서면서부터였음은 의심의 여지가 없을 것이다.

2.

제1차 세계대전을 계기로 자유민주주의 사상이 전 세계를 뒤덮었을 때 강대국에서는 개인주의가, 약소국에서는 민족자결주의가 싹트게 되었다. 그것은 1919년 이 땅에서 3·1 운동의 봉화가 타오르게 된 계기가 되었거니와 이때부터 우리의 문학사조사에도 커다란 변화를 가져오게 되었음은 널리 알려진 사실이다. 그러므로 평론가 백철은,

> 우리나라 신문학사는 1923년을 전후하여 근대적 문학과 현대적 문학이 서로 교체된 것으로 본다. 즉, 이때까지 근대적 자연주의까지 그 과정을 끝내고 뒤이어서 '신경향파문학'이라는 것이 나타나게 되었는데 여기서부터는 현대적 문학사의 과정으로 본다.

라고 그의 저서인 『신문학사조사』에서 밝힌 바 있다. 이와 같은 시대적 배경을 두고 희곡문학이 하나의 변모를 가져왔다는 것은 명백한 사실이다. 바꾸어 말해서 종래 신파연극의 바탕이 되었던 계몽주의와 전근대적인 비극에서 벗어나 이른바 서구 근대문학이 추구하는 인간의 자각과 개인의 권리를 주장하는 작품들이 고개를 들기 시작하였다. 여권 신장, 자유연애와 결혼, 어두운 사회상의 묘사와 폭로 등 서양 근대극이 즐겨 다루었던 소재가 우리들 앞에 몸을 드러내기 시작한 것이 바로 1920년대의 희곡문학의 특징이라 할 수 있을 것이다. 물론 그 형식과 내용의 완숙도에 있어서는 아직도 미숙함을 벗어나지 못하였다고 하겠으나 적어도 1910년대의 그것과 비교했을 때 그 주제의식이 적극적이며, 사회성까지 띠게 됨으로써 작가정신의 고양을 느낄 수가 있었다는 점은 괄목할 만한 진전이라고 하겠다. 다만 문제는 이 시기의 희곡이나 연극이 일본을 통한 이른바 서구 근대극의 굴절수입 현상을 벗어나지 못했다는 점이다.

그럼 이 시기에 활발하게 창작 활동을 한 극작가와 그 작품들에 대해서 살펴보기로 하겠다.

1) 이광수

춘원 이광수는 앞서 말한 바와 같이 이미 1917년에 「규한」이라는 단막극을 발표한 바 있지만 1920년에 들어서면서 「순교자」를, 그리고 톨스토이의 「어둠의 힘」(중앙서림, 1923. 9), 셰익스피어의 「줄리어스 시이저」(《동아일보》, 1926. 1)를 번역하기도 하여 소설가뿐만 아니라 극작가로서의 역량도 과시하였다.

「순교자」는 대원군 집권 아래서 있었던 천주교 박해를 소재로 한 희곡이다. 천주교 교인인 아들 돌이와 그의 어머니 백과귀와 누이 순이 사이의 갈등을 그린 이 작품에 관하여 평론가 서연호는 『한국근대희곡사연구』에서 다음과 같이 언급한 바 있다. "「순교자」는 완고한 어머니와 순결한 딸의 갈등, 탐욕스런 송 씨와 순이의 대결, 어머니에 대한 효성과 동생을 보호하려는 돌이의 심리적인 고뇌, 나아가서는 자기의 이웃을 구제해야 한다는 사명감에 불타는 종교적인 기원 등이 조화 있게 전개되었으나, 결말 부분에서 드러난 마 신부의 성격적 파탄으로 인하여 전체적인 통일에는 실패하고 말았다." 이것은 「순교자」가 이광수의 전작인 「규한」과 더불어 관념적이며 계몽주의적인 경향으로 흘렀음을 말해준다.

2) 윤백남

윤백남은 본명이 교중(敎重)으로 임성구에 이어 이기세와 함께 이미 1910년대에 연극 활동을 해온 초창기 연극계의 대표적인 인물이다. 그는 극작가라기보다는 극단 경영인으로서 그 실력을 과시하였으며 이미 1918년에 「국경」이라는 희곡을 발표한 바 있다. 뿐만 아니라 그는 연극 이론가로서도 활약이 컸으니 1920년 5월 16일 《동아일보》 지면을 통하여 「연극과 사회」라는 평론을 발표함으로써 나름의 연극론을 주장한 엘리트임에 틀림이 없다.

그의 대표작 「운명」은 1921년에 공연되었으며 3년 후인 1924년 12월에 신구서림에서 출간되었다. 그리고 후일 1930년 10월 창문사에서 재출간되었으니 1923년에 조명희가 우리나라 최초의 희곡집 『김영일의 사』를 출간한 데 뒤이은 기념비적인 작품이라 하겠다.

윤백남은 민중극단을 조직하여 연극 현장에 몸담았을 뿐만 아니라 후일 연극 전용극장인 중앙극장을 설립하는 데도 크게 힘을 쓴 연극계의 선구자이기도 하다.

그의 대표작 「운명」은 1막 2장으로 구성된 작품으로서 하와이 이민사에 나타났던 '사진결혼'을 소재로 한 비극이다. 그의 초기작인 「국경」이 신혼부부의 실태를 희극적으로 묘사한 데 비하여 「운명」은 사랑을 전제로 하지 않은 사진결혼이나 배외사상에서 오는 비극성을 진중하게 다루었다는 점에서는 이광수의 조혼을 다룬 희곡 「규한」보다는 진일보한 작품이라 하겠다.

윤백남은 이외에도 후일 「암귀」(1928), 「야화」(1934)를 발표했으며, 「등대직」, 「기연」, 「환희」, 「제야의 종소리」, 「진시황」, 「희무정」, 「영겁의 처」, 「대위의 딸」, 「사랑의 싹」 등 수많은 번역극과 번안 글도 발표하였다. 1931년 7월 8일 그는 유치진, 서항석 등과 함께 극예술연구회의 창립 동인으로 참여함으로써 예술적인 연극운동에도 일익을 담당하였다.

3) 김우진

김우진은 1920년에 일본 와세다 대학 영문과 재학 중에 이미 연극 동인제 단체로서 극예술협회를 조직했고, 이듬해인 1921년 7월 여름방학을 이용하여 고국에 돌아가 전국 순회공연을 성공적으로 마친 바 있다.

전라남도 장성에서 태어나서 목포로 이주하였고, 부유한 가정환경에서 자라났다. 그러나 그가 그 과정에서 얻은 것은 새로운 극문학에의 눈이요, 잃은 것은 서른 살의 나이로 윤심덕과 현해탄의 수혼이 된 점이다.

그는 영문학을 전공했다는 이점을 토대로 외국문학과 쉽게 접할 수 있었고, 부유한 환경에 놓여 있음으로 해서 재정적인 궁핍을 모르고 자유롭게 연극운동에 정진할 수가 있었다. 그러나 그의 사생활은 불행했다. 그의 대표작인 「산돼지」에서도 엿볼 수 있지만 엄격한 보수적 가정에서 자란 그가 조혼으로 인한 갈등과 뒤늦게 눈뜬 진실한 사랑의 번민 끝에 정사로 그 삶의 막을 내린 자체가 어쩌면 더 연극적이라 하겠다.

김우진은 우리에게 다섯 편의 희곡을 남겨놓았다. 「이영녀」(1925. 9), 「두더기 시인의 환멸」(1925. 12), 「난파」(1926. 5), 「산돼지」(1926. 7), 그리고 창작 연대를 알 수 없는 「정오」가 그것이다. 그의 작품 세계에서 찾아볼 수 있는 특색은 대충 다음과 같이 집약시킬 수가 있다.

즉, 기성 가치관이나 윤리관에 대한 비판과 항거, 외국문학 특히 영국의 버나드 쇼의 작품에서 받은 문학적 영향 그리고 독일의 표현주의적 수법을 도입시킨 실험성이 바로 그것이다. 1920년이라는 시대적 배경과 신파 연극의 뿌리가 폭넓게 뻗어 있는 현실 속에서 김우진은 문자 그대로 시대를 앞서가는 선각자이자 현대희곡의 파종을 의미하는 획기적인 존재라 하겠다. 특히 그의 대표작이자 마지막 작품이기도 한 「산돼지」는 3막으로 구성된 자전적인 희곡이다. 주인공인 원봉은 그 당시 조선 지식 청년의 삶과 사상과 고뇌를 대변하고 있으며 그것은 작가 자신의 자화상으로 봐도 그다지 틀림은 없을 것이다. 봉건적인 여인 영순과 이지적이며 현대적인 정숙과의 사이에서 일어나는 갈등과 자기 분열의 심리적 상황을 그린 작품이다. 이 작품에 대하여 작가 자신은 친구이자 극작가인 조명희에게 보낸 편지 가운데서,

이것의 연출은 지금의 조선 무대에서는 불가능하겠습니다. 첫째로 연출

자, 둘째로 무대, 그러나 이것은 내 행진곡이요, 일후(日後)의 어떤 극을 쓰든지 이곳에서 출발한 자연주의극, 상징극, 표현주의극 어느 것이 되든지 간에 주의해둘 것이오……

라고 밝히고 있다. 즉, 그의 작품에서는 인물의 성격 묘사를 위하여 사실주의와 상징주의 그리고 표현주의 수법까지도 구사하고 있음을 말해주고 있다. 다만 그의 다른 작품인 「난파」나 「정오」도 그러하듯이 그 인물의 내면세계를 그리는 데에는 표현주의적 수법이 두드러지게 구사되었으되, 작가가 추구하고자 했던 방향이 모호했다는 결점을 들지 않을 수 없다. 특히 희곡 「난파」는 작가 자신이 그 표지에다가 '3막으로 된 표현주의극(Ein Expressionistisches Spiel in drei Akten)'이라고 밝힌 점으로 미루어 그가 이미 1920년 당시에 표현주의적 희곡을 썼다는 사실 하나만으로도 김우진의 작품 세계는 높게 평가받을 만하다.

4) 조명희

조명희는 호를 포석(抱石)이라고 했다. 그는 1920년 초성(焦星) 김우진과 가까운 벗이자 연극적 동지의 한 사람이었다. 1920년 동경에서 결성된 극예술협회 회원으로 있으면서 그의 첫 희곡 「김영일의 사(死)」를 동우회순회극단에서 공연한 바 있다. 그리고 1923년 2월 5일 희곡집 『김영일의 사』를 출간하였으니 이것은 1922년 김영보의 희곡집 『황야에서』에 이은 우리나라 두 번째 창작희곡집이라는 데 그 의의를 둘 수가 있다.

희곡 「김영일의 사」는 3막으로 구성된 비극이다. 동경 유학생인 김영일은 니체의 초인철학을 신봉하면서도 반면에 독실한 기독교 신자였다. 그는 어느 겨울날, 우연히 대부호의 아들인 김석원의 그림을 습득한 게 계기가 되어 그와 충돌하게 된다. 한편 고향에 계신 어머니가 급환임을 알게 된 김영일의 친구 박대연과 이춘희는 그를 돕기 위하여 김석원을 찾아가 도움을 청한다. 그러나 김영일은 사상적·감정적 대립과 거부 끝에 마침내 일본 경찰에 구금되며, 병마와 빈곤과 싸우다가 죽임을 당하게 된다.

조명희의 작품 세계에서 쉽게 느낄 수 있는 점은 계급의식이다. 지식청년의 사회적 각성이나 사상적 갈등과 함께 빈부의 차등에서 오는 심각한 대립의식을 엿볼 수가 있다. 그러나 그것이 희곡으로서 지녀야 할 극적 효과로서는 아직도 산만하고, 성격 묘사에서도 모호한 점을 발견할 수가 있다. 다만 작가 자신이 그의 희곡집 서문에서 밝힌 바 있듯이 당시 일본 관헌의 검열 때문에 뜻대로 표현을 못 했다는 현실적인 환경도 우리는 고려해야 할 것이다.

조명희는 1923년《개벽》11월과 12월에 희곡 「사바」를 발표하였다. 이 작품은 중국의 은나라를 시대 배경으로 달기와 주왕을 주역으로 한 역사극이다. 폭군 아래서 신음해야 하는 민중의 아픔과 고뇌를 궁중 사회의 호화로움과 대비시켜 나가면서 1920년대의 식민지 상황을 빗대어 표현한 작품이다. 그러므로 작가의 역사의식이나 민족의식에 바탕을 둔 작품임을 알 수 있다. 그러면서도 그것이 단순히 시적 언어의 나열에서 벗어나지 못한 채 인물과 사건의 구체적 형상화와는 거리가 멀다는 점을 지적하지 않을 수 없다. 특히 희곡에 있어서의 중핵이라고 할 수 있는 '드라마트루기'의 허약성과 정신 면에서의 관념성이 이 작품의 결정적인 실패 요인임을 알 수가 있다. 바꾸어 말해서 구호나 논리보다 행동이 중요시되지 못했다는 뜻으로 풀이될 수가 있을 것이다.

5) 김정진

김정진의 호는 운정(雲汀)으로 그는 일찍이 동경상업학교를 졸업한 뒤 1917년부터 1920년까지 일본 근대극의 거목이었던 시마무라 호게쓰(島

村抱月)의 문하생으로 입문하여 극작 수업을 받은 바 있다. 그 후 신문기자 생활을 시작하였으며, 1933년부터는 조선방송협회 제2과장으로 근무한 경력을 가진 바 있으며, 1936년 12월에 쉰 살로 세상을 떠났다. 그의 경력에서 쉽게 알 수 있는 바와 같이 극작가로서의 정상적인 수업을 거쳤고 신문기자와 방송인으로서 국내외의 광범한 지식을 섭렵한 그는 한때 윤백남과 함께 민중극단의 핵심 멤버로 활동한 바 있다.

운정 김정진은 1920년 6월 7일부터 15일까지 《동아일보》 지면을 통하여 희곡 「사인의 심리」를 발표하였다. 이 작품은 제1차 세계대전 직후 프랑스, 영국, 이태리, 미국 4대국의 거물급 정치가가 모여 국제연맹을 결성하였던 사실에 바탕을 둔 일종의 시사극이라 할 수 있다. 그가 노린 것은 세계평화와 인류의 행복에 대한 갈구였겠지만 그것은 어디까지나 그가 신문 기자 생활에서 얻은 체험과 직업적인 시각에서 비롯된 작품이라 하겠다. 그 후 그는 계속하여 희곡을 발표하였으니, 「십오분간」(《개벽》, 1924. 1), 「기적 불 때」(《폐허이후》, 1924. 1), 「전변」(《생장》, 1925. 1), 「잔설」(《조선지광》, 1927. 4), 「그 사람들」(《현대평론》, 1927. 4) 그리고 잠시 간격을 두었다가 1934년에 「찬우슴」(《개벽》, 1934. 12)과 「약수풍경」(『현대조선문학전집』, 1938)을 발표하였다.

그의 작품 세계는 신문기자 생활에서 얻은 체험을 살리되 비교적 사실적이며 서민적인 현실 묘사를 특징으로 하고 있다. 그리고 극성에 있어서는 멜로드라마적인 경향이 깔려 있음을 알 수가 있다. 그러나 그의 여러 작품 가운데서도 초기작인 「십오분간」은 일종의 소극(笑劇) 스타일로 쓰인 희곡으로 현실의 암담함을 직시하는 시선보다는 사시적으로 들여다보았다는 데 그 특징을 엿볼 수 있다. "인물의 개성적 추구, 분명한 작품 의도, 연극적인 기교 등에 있어 운정의 어느 다른 작품보다 뚜렷하고, 특히 사람들의 일상적인 삶 속에 깃들어 있는 허위의식을 보편성 있게 고발해주고 있는 점에서 당대로서는 보기 드문 성공작"이라고 평론가 서연호는 언급한 바 있다. 그런가 하면 희곡 「기적 불 때」는 계급 간의 위화감과 빈민층의 참혹상을 「십오분간」과는 다른 각도에서 접근을 시도한 점에서 주목할 만하다. 따라서 이 작품이 1920년대의 경향파 희곡의 일면을 보여준다는 점에서는 후일의 카프문학이나 연극과 그 맥을 같이하고 있다고 볼 수 있다. 그러나 김정진은 그토록 꾸준히 희곡을 썼지만 연극계나 문단에서는 별다른 인정을 받지 못한 채 사라지고 말았다. 그러나 그가 남긴 연극론이나 연극비평은 오늘의 우리에게도 많은 교훈을 남기고 있다.

6) 김영보

김영보는 1922년 11월 13일 조선도서주식회사에서 우리나라 최초의 창작 희곡집 『황야에서』를 간행했다는 점에서 특기할 만하다. 다시 말해서 김영보의 희곡집 『황야에서』가 출판되자 그 뒤를 이어 조명희의 『김영일의 사』, 윤백남의 『운명』이 출판되었기 때문이다. 희곡집 『황야에서』에 수록된 작품은 모두 다섯 편으로 「시인의 가정」, 「정치삼매(情痴三昧)」, 「연(戀)의 물결」, 「구리십자가」 그리고 「나의 세계로」이다.

이 가운데 외국 작품을 번안했거나 거기서 결정적인 힌트를 얻었던 작품이 있다. 예컨대 「정치삼매」는 슈니츨러의 「연애삼매」를 번안한 작품이며 「시인의 가정」은 프랑스의 자유극장에서 상연했던 「예술가의 가정」을 모작한 작품이다. 여기 실린 다섯 편의 희곡 가운데서 「시인의 가정」, 「정치삼매」, 「연의 물결」은 각각 무대예술연구회와 예술협회에서 공연되었다. 그의 작품 경향은 한마디로 말해서 주제는 계몽주의적이며 형식은 상업주의적인 신파극에 속한다고 볼 수 있다. 그러나 그의 활동 기록을 살펴볼 때 1926년 이후부터는 그의 이름을 찾아볼 수 없는 점으로 보아 그의 작가적 수명은 매우 단명했음을 알 수가 있다.

7) 박승희

우리나라 신연극사를 살펴볼 때 가장 화려하게 등단한 최초의 극단은 토월회(土月會)가 아닌가 싶다. 여기서 '가장 화려하다'라고 표현한 것은 토월회의 창단 멤버나, 그들이 내세운 예술적인 기치나, 그리고 집단을 이끌어나갔던 박승희 덕분일지도 모를 일이다.

박승희는 구한말 초대 주미공사와 학부대신을 지낸 박정양(朴定陽)의 셋째아들로 태어나 연극을 위하여 유산 3백 석을 다 날렸다는 일화 하나만으로도 그 생애를 충분히 설명할 수 있을 것이다. 바꾸어 말해서 그는 상류계급에서 태어났으면서도 천대받게 마련인 연극계에 뛰어들었던 이단자였기 때문이다. 그는 일찍이 중앙고보를 졸업하자 일본 유학길에 올라 메이지 대학 영문과로 진학했다. 그러나 그의 꿈은 연극에 있었으니 1922년 토월회라는 동인제 서클을 조직하여 문학예술감상회를 하다가 이듬해인 1923년 7월 여름방학을 이용하여 토월회 창립공연을 함으로써 그의 파란 많은 삶은 시작되었다. 김기진, 김복진, 이서구, 이제창, 김을한 등 당시의 지식 청년이 규합하여 연극을 한다고 하니 일반 시민과 언론계는 비상한 관심을 끌게 되었다. 그러나 토월회의 출범은 풍랑이 심했다. 동인들은 뿔뿔이 헤어지고 박승희 혼자서 토월회를 지켜야만 했다. 토월회가 상연했던 작품들은 창작극보다는 일본에서 보았던 외국 번역극 아니면 번안극이었고 그것은 당시 관객의 기호나 수준과는 맞지 않았다. 뿐만 아니라 며칠마다 상연작을 바꾸어야만 했던 게 연극계의 실정이라 창작극을 쓰기란 결코 쉬운 일이 아니었다. 그러기에 후일 박승희는 자신의 창작생활을 회고하는 글 가운데서 "정확히는 말할 수 없으나 약 2백 편의 희곡을 썼다"고 밝힌 바 있다. 이 사실은 박승희의 초인적 노력을 자랑하기 위해서가 아니라 그 당시의 연극계와 일반 시민의 문화적 수준을 뒷받침해주는 말이라고 봐야 옳을 것이다. 그는 창작, 번역, 번안, 모작 등 가리지 않고 썼으며 그것이 곧 토월회를 살리는 길이라고 믿었다. 그러므로 그가 썼다는 2백 편의 희곡 중에서 오늘날 남아 있는 작품을 찾아내기란 힘들 뿐만 아니라 신파극과 싸우려다가 종국에 가서는 신파극단으로 전락하게 된 토월회의 운명에서 우리는 하나의 아이러니와 허무를 실감하게 된다.

우리가 기억할 만한 박승희의 희곡을 들자면 「길식」, 「고향」, 「이 대감 망할 대감」, 「아리랑고개」, 「혈육」 등에 불과하다. 그리고 그것들이 감상주의적 초기 자연주의의 패배와 자조와 그리고 복고적인 면을 통해 관객의 눈물을 짜내게 했던 신파극의 한 전형이었다는 점도 우리는 눈여겨볼 필요가 있을 것이다. 즉, 혹독한 일경의 억압과 검열 아래서 관객을 끄는 일이 무엇인가를 모색했을 박승희의 작품이 있었기에 토월회가 있었고, 먼 훗날 해방 후 다시 토월회 재건공연까지 하였다가 좌절당한 박승희는 연극계의 역사를 몸으로 보여준 인물로도 역사에 길이 남을 것이다.

3.

이상 1920년대의 희곡문학의 변천 과정과 대표적인 극작가의 작품 세계를 살펴보았지만 우리는 하나의 결론을 얻을 수가 있다. 그것은 제1차 세계대전과 3·1 운동을 겪었던 1920년대는 근대적 자각과 자아의식을 토대로 하여 반봉건주의를 제창함으로써 인간의 자유와 평등을 의식적으로 작품 속에 심으려 했던 작가의식의 퇴적이다. 낡은 것과 새로운 것의 대립, 강자와 약자의 역학 관계, 진실과 부정과의 갈등이 인간의 영원한 과제이자 항상 새로운 문제로 대두되는 인류 역사 속에서 희곡문학만이 그것을 쉽게 해결 지을 수도 책임질 수도 없을 것이다. 더구나 사회적·경제적·정치적 후진성을 면치 못했던 1920년대 이 땅의 현실을 극작가들은 어떻게 보았고 어떻게 싸우다가 사라졌는지를 살펴보았을 뿐이다. 아니 그 과제는 1930년대, 1950년대, 1970년대에도 그대로 이어지는 영원한 숙제이고 보면 한국 희곡문학 또한 그것을 이어나가고 이겨나가야 할 책임을 느껴야 할 것이다.

1920년대 비평문학

김우종

1. 초기의 작품평과 논쟁

1) 황석우 대 현철의 논쟁

1910년대의 비평은 문학에 대한 계몽적인 설명과 소개라는 초보적인 형태에 그치고 있었다. 이와 달리 1920년대의 비평은 창작에 대한 직접적인 평가 작업으로 나타났으며 이것은 곧 논쟁을 일으켰다. 현진건이 상해에서 돌아와 첫 작품으로 「희생화」를 《개벽》에 발표하고 나서 황석우의 무자비한 몽둥이를 맞은 것이다.

「희생화」는 물론 소설은 아니다(작자는 무슨 예정으로 썼는지 모르나).

이 같은 극단적인 혹평이 있자 현철은 「비평을 알고 비평을 써라」(《개벽》, 1920. 12)로 반론을 제기한 것이다. 그러자 황석우는 「주문치 아니한 시 정의를 알려주겠다는 현철군에게」라는 제목으로 반론에 대한 반론을 다시 제기했다.

현군, 《개벽》 문예부장의 현철군! ……군에게 시의 정의를 일러달라고 주
문한 일도 없었고, 또는 군에게로부터 그러한 주정꾼의 허튼 맹세와 같은 모
욕을 받을 만한 막된 글을 쓴 기억도 없소.[1]

1920년대에 들어서서 벽두부터 시작된 이 같은 말다툼에 나타난 비평
의 형태는 다음과 같은 특징을 지닌다.

첫째로, 비평을 자기의 고유한 활동 장르로 의식한 사람, 다시 말해서
비평가가 따로 없었다는 사실이다. 황석우는 우선 시인으로 활동하기 시
작한 인물이다. 그런데 시인과 소설가에 의해서 작품들이 발표되면 평가
작업도 뒤따라야 하기 때문에 황석우는 시를 쓰는 한편으로 비평도 맡은
것이다. 그만큼 비평가로서의 장르 의식을 자기 몫으로 가진 사람이 아니
었으며 이와는 다른 비평가가 있지도 않았던 것이다.

둘째로, 그는 『희생화』와 「신시」를 읽고'라고 했듯이 시와 소설을 함께
맡았었다. 그만큼 비평 작업 자체가 장르별로 분화되기 이전의 미숙한 상
태를 보여주고 있다.

셋째로, 비평 작업에 있어서의 질서도 확립되지 않았고 비평 용어가 원
색적인 것이 특징이다. 우선 필자들의 원고를 실어주는 편집책임자(문예
부장)의 입장에서는 황석우가 시의 정의도 모르고 시평을 쓰고 있다면 구
두로 교육을 시켜주든지 아니면 원고를 싣지 않는 것이 원칙이다. 그런데
황석우의 월평을 받아서 실어주던 그가 월평자에게 '비평을 알고 비평을
하라' 한 것이다.

이것은 편집자와 기고자의 엄연한 구별도 없던 시대에 나타난 비평의

---

1) 황석우, 「주문치 아니한 시 정의를 알려주겠다는 현철군에게」, 《개벽》, 1921. 1.

무질서 형태를 나타낸 것이다. 그리고 '주정꾼의 허튼 맹세' 등 냉정한 논리 이전의 원색적인 감정 표현을 그대로 드러낸 황석우의 것도 너무나 미숙한 비평 수준에 머무르고 있었음을 입증하는 것이었다.

2) 박종화 대 김억의 논쟁

이 같은 논쟁은 다시 박종화와 김억 사이에서 일어났다. 박종화는 김억의 시 「대동강」 등 여섯 편에 대하여 「문단의 1년을 추억하야-현상과 작품을 개평하노라」에서 김억의 자존심을 자극한 것이다.

> 서정의 노래이었으나 사람으로 하여금 아찔한 법열 속에 취하게 할 만한 무드가 없으며, 또한 그의 즐겨하는 베로렌(Verlaine)의 마음썩는 고뇌의 심볼도 없다. 예의 그 '여라', '서라', '러라'가 공연히 독자를 괴롭게 할 뿐이다.[2]

김억 역시 우리 문학사에서 시인으로 기록되고 있지만 그는 이미 박종화보다 앞서서 서구의 문예이론을 소개했던 사람이다. 그런 면에서 그는 이미 창작만이 아닌 초기 단계에 비평의 역할도 해나갔으며 시에서도 박종화보다 앞서고 있었다. 이 같은 김억은 「무책임한 비평-〈문단의 1년을 회고하야〉의 평자에게 항의」를 다음 달 《개벽》에 발표함으로써 박종화에 대하여 자신감 있는 태도로 문학이론을 펼쳐나가며 타이른 것이다. 그러나 다시 박종화의 「항의 같지 않은 항의자에게」가 따르고 그 후 양주동이 「김억 대 월탄 논쟁을 보고」(《개벽》, 1926. 6)에서 "정 싸움을 하여 볼 터이면 당자 양인 간 사사로 할 일이지 공중이 보는 잡지의 페이지를 낭비함은 도의상으로 안 될 말이다" 하며 중재에 나섰다.

---

2) 박종화, 「문단의 1년을 추억하야-현상과 작품을 개평하노라」, 《개벽》, 1923. 1.

황석우 대 현철의 논쟁과 달리 이 같은 박종화 대 김억의 논쟁은 초기 비평 단계에서 한걸음의 진전을 의미한다.

첫째로, 이들의 논쟁을 통해서 한국 근대문예비평사에는 처음으로 주관적 비평과 객관적 비평의 문제가 제기된다. 그리고 여러 비평의 형태가 소개되며 비평의 다양성과 본질에 대한 의견이 교환된 것이다. 원색적인 용어의 난무 대신 이 같은 비평이론에 대한 의견이 교환된 것은 매우 고무적이었다고 볼 수 있을 것이다.

둘째로, 여기에는 당시의 문인들에 의하여 저질러지고 있던 외래어의 남용에 대한 비판도 제기되고 있다. 김억은 '인간 · 미련 · 와권(渦卷) · 통찰(洞察)' 등이 모두 일본어라는 것이었다. 이것은 박종화가 사용했던 것이 아니기 때문에 '내가 대답할 책임이 없는 것이다'라고 하면서도 그는 이에 대하여 반론을 제기했다. 그러나 시비의 결과야 여하튼 한국문학의 주체성 찾기는 매우 중요한 과제이므로 이에 대한 관심이 나타난 것은 이 두 사람의 논쟁이 그만큼 비평의 중요한 기능을 보여준 것이라고 하겠다.

2. 프로문학 10년과 비평의 역할

1923년경부터 1930년대의 카프 해체기까지 약 10년간은 프롤레타리아의 해방을 위한 사회주의 문학이 우리 문단을 주도해나가던 시기에 해당한다. 이것은 물론 러시아의 10월 혁명이 몰고 온 바람이지만 우리 문학사에서 약 10년간 프로문학이 온 문단에 가장 강력한 영향력을 미치고 문예사조의 주류를 이끌어가게 된 것은 무엇보다도 비평가의 역할 때문이었다. 특히 창작 활동에 앞서서 비평이 사회주의 문학이론을 소개하고 그 필요성을 한국의 실정에 맞춰가며 강조함으로써 창작이 그 뒤를 따르게 했다는 것은 비평문학의 커다란 발전일 수밖에 없다. 비평가란 '쇠꼬리에

붙어 다니는 파리새끼'처럼 남의 작품이나 따라다니며 입을 놀려서 먹고 사는 사람이라는 빈정거림과는 달리 여기서는 비평가들이 창작 방법을 제시하고 작가들을 선도해나간 것이다.

1) 김기진의 「클라르테 운동의 세계화」

무산계급의 해방을 위한 사회주의 문학을 소개하고 그 뒤로 계속해서 이 문학운동의 발표지로서 큰 역할을 해나간 잡지는 《개벽》이었다.

당시 동경 유학생이었던 신식은 「오인(吾人)의 생활과 예술」(《개벽》, 1921. 12)에서 "예술을 사회의 한구석이나 인생의 한 특권계급에다가 편치(偏置) 또는 전입치 말고……" 하면서 예술의 민중화를 주장하고 있다. 또 이광수는 「예술과 인생」(《개벽》, 1922. 1)에서 크로포트킨의 주장대로 "예술은 양반적, 신사적이어서는 못씁니다. 자본주의적이어서도 못쓰고, 도회적이어서도 못씁니다. 그것은 우리 민중 전체가 향락할 만한……"이라고 하면서 역시 예술의 민중화를 강조하고 있다. 그는 비록 프로문학은 거부했지만 'Art for life's sake'냐 'Art for art's sake'냐 하는 물음에서 전자를 택하고 프로문학과는 목적과 방법에 있어서 유사성을 지니게 되었다.

또 이 무렵에 김억은 로맹 롤랑의 「민중예술론」(《개벽》, 1922. 8~11)을 소개하고 있다.

이 같은 발표가 계속되는 한편, 이를 주장하고 동조하는 예술인들이 집단적 조직을 갖게 되었다. 1922년에 이적효, 이호, 최승일, 김두수, 심대섭, 김영팔, 송영 등이 조직한 염군사, 또는 1923년에 김기진, 박영희, 김복진, 안석영, 이익상, 김형원, 연학년 등이 조직한 파스큘라 등이 그것이다. 이들은 나중에 함께 카프를 형성하게 된다.

그런데 사회주의 문학은 맨 처음 초보적인 소개 형태로 나타날 때부터 반발을 일으키기 시작했다.

사회주의는 전인류를 노동화함으로써 (중략) 그러면 권력적 사회주의가
예술의 분야를 제한하여 따라서 인간의 영적 방향을 무시함은 얼마나 유치
한 정책인가 (중략) 아아 권력적 사회주의를 박멸하자.[3]

이것은 사회주의 국가가 창작 활동까지도 정부권력의 통제 하에 의무적
노동 형태로 강요함으로써 예술을 망친다는 우려에서 나온 반론이었다.

이에 대해서 다음과 같은 반론이 나온다. 즉, "○○○ 씨에게 다시 묻고
저 한다. 사회주의자의 준봉함은 모든 것이 물질적인 고로 여자에게 대하
여는 성욕밖에 없으며……" 운운한 말이 무슨 뜻이었는지 알고자 한다고
반문하며 사회주의 사회에 있어서의 예술에 대한 바른 이해를 촉구하는
것이다.[4]

이것은 사회주의 예술이 등장하는 초기 단계의 어설픈 티격태격이었다.
그렇지만 곧이어서 다음 달 9월호에는 김기진의 「클라르테 운동의 세계
화」가 발표되고 다시 「빠르뷰스 대 로오맨 롤랑간의 논쟁」, 「또다시, 클라
르테에 대해서」가 10월과 11월에 연재되어 사회주의 문학은 본격적인 출
발의 신호를 올리게 된다.

문학청년(조선에 있어서 문사), 그들의 (전부라고는 말하지 않는다) 말솜
씨가 어떠하냐 하면 그네들은 "우리는 문학가다, 예술가다, 그러므로 우리
는 사회사상이니, 무슨 주의니, 무슨 운동이니 하는 떠드는 소리에는 귀를
안 기울인다. 우리는 극히 자유를 사랑하며, 우리의 할 '일', 즉, 미래를 창조
함에만 노력할 뿐이다" 하고는 멀끔한 얼굴을 뭇 사람의 눈앞에 드러내어 놓
는 것이다. 그러면 그네들이 사랑한다는 자유는 어떠한 것이며, 미라는 것은

---

3) 임노월, 「사회주의와 예술-신개인주의의 건설을 창함」, 《개벽》, 1923. 7.
4) 이종규, 「사회주의와 예술을 말하신 임노월씨에게 묻고저……」, 《개벽》, 1923. 8.

무엇을 말하는 것이냐. 조선에 있어서 더구나 그날그날의 '끼니'에 쫓기어 헤메이는 사람들(!)의 생활에 무슨 자유가 있으며 무슨 미의 창조의 '심적 여유와 여지'가 있겠느냐.[5]

이 인용문에서 볼 수 있듯이 김기진은 자신이 소속해 있던 백조파는 물론이요, 창조파, 폐허파 등의 문학에 대하여 맹공을 가하고 있다. 예술의 본질인 미에 대한 새로운 이론을 제시하면서 가난한 민중들의 현실을 외면한 문학 형태에 대한 반성을 촉구하고 "어느 계급을 위한 문학을 선택할 것인가" 하는 물음에서 사회주의를 선택하도록 촉구하고 있는 것이다.

「클라르테 운동의 세계화」를 비롯한 세 편의 연재 평론에 나타나고 있는 것은 전체적으로 다음과 같이 요약될 수 있다.

① 프롤레타리아 계급의 자유를 위한 문학, 프롤레타리아 계급의 미의식을 위한 문학을 할 것.

② 프롤레타리아 계급을 위하여 그들의 이해 수준에 맞는 문학을 할 것(그러기 위해서 농촌 벽지의 문맹자를 위한 국문 깨치기의 긴급한 과제를 강조하고 있다).

③ 문학은 프롤레타리아 계급의 해방을 위한 적극적인 수단이 되어야 할 것(앙리 바르뷔스의 소설 『클라르테[光明]』의 소개와 함께, 그와 로맹 롤랑 사이의 논쟁을 크게 다루고 바르뷔스를 강력히 지지한 것이 그렇다).

④ 일본문학에 대한 맹목적 추종에서 벗어나 우리의 현실에 맞는 주체적인 문학을 정립해나갈 것("일본의 문학사를 그대로 밟으려고 하는 조선의 젊은 사람들은 눈을 더 한번 둥그렇게 뜰 필요가 있는 것이다" 운운).

이와 같이 그는 이광수, 김억, 박종호, 황석우 또는 '활동사진의 변사 노릇' 운운으로 비평가의 기능에 관한 언쟁을 벌였던 김동인이나 염상섭의

---

5) 김기진, 「클라르테 운동의 세계화」, 《개벽》, 1923. 9.

경우처럼 한 가지 장르의 활동에만 머무르지는 않았다. 그 역시 몇 편의 소설을 썼으며 사상적 전향 이후에는 활동 장르도 소설 쪽으로 굳혀나갔다. 그렇지만 초기 단계의 그의 소설은 너무 미숙한 것인데 반하여 「클라르테 운동의 세계화」에서 보여준 그의 비평적 역량은 매우 발전적인 것이었다. 그동안 누구도 한국문학을 그만큼 앞장서서 자신이 의도하는 새로운 방향으로 역전시키며 종전의 문학 흐름에 제동을 걸 만한 평론을 발표한 사람은 없었다. 비록 사회주의적 계급투쟁으로서의 문학이론이 그의 독창적인 것이 아니라고 하더라도 그만큼 자기 것으로 소화하고 한국 문단의 실정에 적용시켜가면서 이론을 전개해나갔다는 것은, 이때야 비로소 한국 문단에는 평론이란 장르에 분명히 자리 잡은 한 사람의 평론가가 등장한 것이라고 봐도 좋을 것이다.

2) 카프의 등장과 계급문학 시비

김기진의 프로문학은 먼저 그가 속해 있던 백조파에서 받아들여지기 시작했다. 첫 반응은 박종호의 「역(力)의 예술」로 나타났고 박영희는 김기진과 함께 쌍벽을 이루는 프로문학 이론가가 되었으며 나도향, 이상화 등도 프로문학으로 기울기 시작했다. 그러나 창조파나 폐허파는 반응이 좀 달랐다. 이것은 문예사조로서의 문학관 선택에 있어서 자기 주관보다는 어느 정도 패거리의 친분 관계가 작용했었던 듯한 의문까지 생기는 것이지만 어쨌든 사회주의 계급투쟁의 문학은 한 사람이 아니라 여러 사람의 합창으로 서서히 번져나가기 시작한 것이다. 그리하여 조선프롤레타리아예술동맹(KAPF)이 1925년 8월에 조직되고 전술한 염군사, 파스큘라 전 회원 외에 조명희, 이기영, 박팔양 등이 추가되었다. 그런데 종전의 흐름을 막아버리고 다른 방향으로 물길을 돌리려고 하는 이상 시비가 일어난 것은 당연하다. 《개벽》(1925. 2)지가 '계급문학 시비론' 특집을 꾸민 것은 당시의 상황을 반영한 것이겠다.

여기에는 김기진의 「피투성이 된 푸로혼의 표백」, 김석송의 「계급을 위함이냐」, 김동인의 「예술가 자신의 막지 못할 예술욕에서」, 박종화의 「인생생활에 필연적 발생의 계급문학」, 박영희의 「문학상 공리적 가치여하」, 염상섭의 「작가로서는 무의미한 일」, 나도향의 「뿌르니 프로니 할 수는 없지만」, 이광수의 「계급을 초월한 예술이라야」 등이 실려 있다. 여기서 김석송은 아직 어느 쪽인지 선택을 망설이고 있고, 김동인은 "계급공기이며 계급음료수라는 것이 존재할 가능성이 없는 것과 마찬가지로 계급문학이라는 것도 존재치 못할 것이겠지요" 하며 계급문학을 분명히 반대하고 있다. 다만 이 특집은 설문 형식으로 꾸며진 것이기 때문에 논쟁의 경우처럼 적극적인 자기 주장의 이론화가 거의 보이지 않고 있으며 다만 염상섭의 반대 입장이 어느 정도 이론적 설득력을 지니고 있었다.

그러나 이런 하찮은 설문 형태도 문제를 새로 제기하는 자극제가 되기 때문에 그 후로 염상섭이 말한바 선전물로 전락한 문학에 대한 비판과 예술의 독립성 문제는 프로문학의 약점을 드러내 주면서 자주 프로문학파와 논쟁을 일으키게 된 것이다.

이 같은 계급문학 시비가 벌어지고 한편으로 다른 예술 분야까지 합세해서 카프가 조직되던 1925년에 박영희는 김기진 못지않게 열렬한 사회주의 문학운동의 선도자가 된다. 「고민문학의 필연성」(《개벽》, 1925. 7)은 '문제에 대한 발단만을 말함'이라는 부제가 붙었지만 일제의 수탈에 의한 민중 경제의 몰락과 함께 '특권계급에 다 수탈당한' 민중의 참담한 실상을 말하고 동시에 식민지로 전락한 정치적 파멸까지 지적함으로써 그가 주장하는 사회주의 문학운동에 대하여 꽤 설득력 있는 이론을 전개하고 있다. 그리고 같은 해 12월에는 「신경향파의 문학과 그 문단적 지위」(《개벽》, 1925. 12)에서 김기진의 「붉은 쥐」, 조명희의 「땅 속으로」, 이익상의 「광란」, 이기영의 「가난한 사람들」, 주요섭의 「살인」, 최학송의 「기아와 살륙」, 이상화의 시 「가상(街相)」, 박영희 자신의 「전투」, 기타 몇 사람의 것을 묶어서 창작계의 새로운 변화에 주목하고 있다. 박영희는 그것이 모두 무산계급문학으로서 완성품은 아니지만 종전의 부르주아 문학에서 벗어나서 '새로운 경향'을 보인 것이라고 평하고 있다. 이때 그가 말한 '새로운 경향' 또는 제목으로 붙인 '신경향파의 문학'은 그 후 무산계급문학, 프로문학, 사회주의 문학 등의 또 다른 이름으로 널리 쓰이기 시작한다.

3) 목적의식과 예술성과 아나키즘 논쟁

카프가 조직된 지 약 2년 후인 1927년 9월이 되자 그들은 문학운동 이론을 재정비하기 시작했다. 이미 카프가 조직되던 초기부터 그들은 문학을 통한 계급투쟁을 선포했었지만 그들 속에는 민족주의 학자나 아나키스트도 포함되어 있어서 소위 '볼셰비키적 의식'만을 순수하게 지닌 사람들끼리만으로서의 조직 정비가 필요했다. 그리하여 중앙집행위원으로 박영희, 김복진, 한설야, 조명희, 이상화 등 10여 명이 선출되고 서무부 · 조사부 등의 임원이 다시 선출되었다.

이 같은 정비는 아나키스트인 김화산이 「계급예술론의 신전개」(《조선문단》, 1927. 3) 등을 통해서 프로문학을 비판하기 시작했기 때문일 것이다. 그것은 마르크시스트들이 '종교신자와 같은 심리—미망'에 빠져 있다는 비판과 함께 '예술의 독립성'을 강력히 주장했기 때문이다.

이렇게 되자 조중곤, 윤기정 등이 이를 반박하기 시작했고 다시 한설야의 「무산문예가 입장에서-김화산군의 허구문예론, 관념적 당위론을 박함」(《동아일보》, 1927. 4. 15~27)이 발표되었다. 그 후 다시 김화산의 반론에 윤기정, 조중곤의 반론이 《조선일보》, 《중외일보》 등에 발표되고 소장파 임화가 「창작적 문예이론」(《조선일보》, 1927. 9. 4)을 발표하며 나서게 된다.

이 같은 논쟁은 프로문학이 예술의 독립성보다는 사회운동을 위한 목적의식을 더욱 분명히 하는 쪽으로 이론을 정비해나간 계기가 된 것이다. 그런데 이 같은 예술성과 목적의식 문제는 같은 마르크시스트 내부에서도 발생했다.

4) 예술의 독자성과 김기진 대 박영희의 논쟁

김억은 이렇게 말한 일이 있다.

> 이러한 의미에서 '프롤레타리아' 예술은 예술을 이용한 통속적 저급문학이라고 할 수 있습니다. 이것은 그 생명이 다음 시대에는 곧 쓰러지고 말 것인 까닭입니다.[6]

김억이나 염상섭 등이 프로문학에 대하여 몇 차례 비판을 제기한 핵심은 예술을 사회주의를 위한 수단으로 예속시킴으로써 예술의 독자성을 상실케 하고 예술성 자체를 훼손하고 있다는 점이다. 문학이 그처럼 공리적 목적을 위해서만 동원된다면 그것을 필요로 하는 사회문제가 해결된 뒤에는 그 문학은 생명이 다하여 쓰러진다는 것이 김억의 논리이다. 그리고 이 주장은 충분히 타당성을 지닌 것이며 아나키스트 김화산의 논리도 공통적인 것이었다.

그런데 이 같은 반대파의 주장을 프로문학 측이 처음부터 굳이 부인하고자 했던 것은 아니다. 영원한 예술보다는 당장 신음하는 무산계급을 구하는 것이 작가가 선택해야 할 우선적인 역할이며 도덕적 책임이 아니겠느냐

---

6) 김억, 「프로문학에 대한 항의」, 《동아일보》, 1926. 2. 5~6.

는 것이다. 김기진이 앙리 바르뷔스와 로맹 롤랑의 논쟁을 소개하고 바르뷔스 편을 들었을 때부터 이미 프로문학은 그 같은 영원한 예술성은 선반 위에 올려놓고 훗날 좋은 세상이 될 때 찾아보기로 약속해두었던 것이다.

그러나 이 같은 창작법은 그것을 제기한 김기진 자신이 깨뜨리는 것처럼 비판을 받게 되었다. 「문예시평」에서 김기진이 딴 작품들과 함께 박영희의 단편 「철야」, 「지옥 순례」 등에 대하여 바른말을 한 것이 문제의 발단이 되었다.

이 일편은 소설이 아니오 계급의식, 계급투쟁의 개념에 대한 추상적 설명에 시종하고 말았다. 일언일구가 이것을 설명하기 위하여서만 사용되었다. 소설이란 한 개의 건축이다. 기둥도 없이 석가래도 없이 붉은 지붕만 입히어 놓은 건축이 있는가.[7]

김기진의 비평은 결국 예술성의 문제에 귀착된다. 사회주의라는 관념만 나열해놓고 이를 형상화시키지 못한 데서 작품이 완전히 실패한 것을 지적한 것이다. 이것은 물론 박영희가 비평적 재능에는 남달리 뛰어났어도 소설가를 겸할 능력은 없는 데서 빚어진 것이지만 박영희는 이를 솔직하게 받아들이지 않고 반론을 제기했다. 사회주의 계급투쟁 단계에서는 예술성은 유보 사항이라는 논리로 김기진의 건축론을 반박한 것이다.

그러나 나는 이곳에서 말한다. 프롤레타리아 작품은 군의 말과 같이 독립된 건축물을 만들려는 것이 아니다. 상론한 ××× 말과 같이 큰 기계의 한 齒輪인 것을 또다시 말한다.[8]

---

7) 김기진, 「문예시평」, 《조선지광》, 1926. 12.
8) 박영희, 「투쟁기에 있는 문예비평가의 태도-동무 김기진군의 평론을 읽고」, 《조선지광》, 1927. 1.

박영희는 이렇게 말하면서 문학의 독립성과 독자성을 부정하고 그것은 계급투쟁을 위한 문화의 전체성 속에서 하나의 "석가래도 될 수 있으며 기둥도 될 수 있으며 개와짱도 될 수" 있다고 주장한 것이다. 김기진의 '클라르테'론이 아무리 투쟁 수단으로서의 문학을 주장한 것이라 하더라도 박영희의 것처럼 유치한 선동적 문학으로서조차 제대로 역할을 못 할 만한 것마저 감싸자는 것은 아니었다. 그런데 박영희의 반박으로 그는 자신이 처음으로 펼쳐나간 프로문학 이론을 스스로 깨뜨린 결과가 되었다. 계급투쟁 시기에 잠시 유보해두기로 스스로 약속한 예술성 문제를 선반에서 새삼스레 끌어내린 사람이 되었으며 바르뷔스 편을 들던 그가 로맹 롤랑 편을 드는 사람으로 몰리게 된 것이다. 이 논쟁은 공교롭게도 아나키스트에 대한 공격으로 소동이 일고 있을 때와 거의 동시에 이루어졌다. 그러므로 김기진은 카프 내에서 매우 불리한 입장이었다. 결국 이 논쟁은 카프의 중앙집행위원회에서 토의 끝에 박영희 쪽 지지로 결론이 나고 김기진은 카프를 탈퇴하지 않는 한 자기주장을 꺾어야 하게 되었다. 결국 프로 문단에 있어서 이론가로서의 주도권은 우선 박영희에게 돌아가고 김기진은 쓴 잔을 마시게 된 것이다.

5) 투쟁 목표의 강화와 임화 등

아나키스트와의 논쟁, 또는 김기진 대 박영희의 논쟁은 프로문학의 투쟁 이론을 정비하고 강화해나간 것이다. 그것은 정치적 목적의식을 위한 문학의 예속성, 독자성의 부정을 의미했다.

그런데 임화, 김남천, 안막 등은 1920년대 말기에 카프의 조직 개편에 관여하며 투쟁의식을 더욱 강화해나갔다.

우리들은 이 문제화된 사실주의를 사회적 사실주의(social realism)라고 이름붙인다. (중략) 이 사회적 사실주의의 명칭은 러시아의 '아흐루'(미술가 동맹의 약칭)에서 명명한 것으로서 (중략) 그것은 같은 마르크스철학의 방법이 말하는 각 역사적 순간에 在한 계급의 제관계나 그 구체적 특수성의 가장 정확하고 객관적인 분석을 프롤레타리아 전위의 눈으로 보는 것이다.[9]

　임화가 여기서 말한 '사회적 사실주의'는 김기진의 '변증적 사실주의' 설명 뒤에 수정을 가하면서 소개된 비평이론이다. 그리고 안막은 이것을 '프롤레타리아 리얼리즘'으로 부르고 있다. 이것은 자본주의 사회의 모든 현상을 사실적이고 객관적인 태도로 섭취하되 그것을 마르크스주의의 전체성 속에서 파악하고 프롤레타리아 전위의 눈으로 파악해야 된다는 것이다. 이것은 결국 사회주의적 리얼리즘이며 임화는 좀 더 마르크스주의적 철학으로 정리되고 적극적 투쟁의식이 반영된 이론을 일본에서 받아들이고 소개하려 했던 것이다.

　그런데 임화나 안막 등이 적극성을 띠기 시작한 것은 1930년 당시의 신문지상에 소개된 기록 등으로 보아서 조선공산당 재건운동과도 무관하지 않은 듯하며 카프의 투쟁 목표는 더욱 구체화되고 강화되고 있다. 즉, '반파쇼 · 반제국주의의 투쟁을 내용으로 하는 것', '조선 프롤레타리아트와 일본 프롤레타리아트의 연대적 관계를 명확히 하는 작품' 등 10개의 항목으로 투쟁 목표는 훨씬 강화되고 구체화되었다.

　그런데 임화 등 소장파가 등장하여 더욱 강화된 1930년대 초의 프로문학운동은 거의 동시에 붕괴 과정으로 들어서게 되었다. 한국 문단의 주류를 이루고 막강한 영향력을 미쳐온 지 7~8년 만에 타율적인 상황의 변화 속에서 엄청난 장벽에 부닥치게 된 것이다.

---

9) 임화, 「탁류에 항(抗)하여」, 《조선지광》, 1929. 8.

6) 카프의 해산과 박영희의 전향

일제는 만주사변을 일으키고 대륙 침략에 광분하기 시작하면서 일본과 한국에서 거의 동시에 자유주의자는 물론 사회주의자 체포에 나서고 일본의 나프(NAPF)와 한국의 카프의 목을 조였다. 일본에서는 작가의 고문치사 사건까지 터지지만 한국에선 그 정도의 사건은 안 터졌어도 1931년과 1934년 두 차례에 걸쳐서 카프파 문인 대다수가 체포되었다. 그리고 서기장 임화는 이듬해 5월에 카프의 해산계를 제출했다.

그런데 카프의 해체 위기에서 가장 먼저 허약성을 드러낸 것은 박영희였다. 소위 금지 도서 『무산자』의 국내 도입을 핑계 삼아 주동자 임화, 안막, 김삼규 등을 비롯하여 박영희, 김기진, 김남천 등 회원 70여 명을 구속시킨 일제는 이들 대다수를 기소유예로 풀어주었다. 그러나 1934년 제2차 카프 회원 집단 구속이 있기 얼마 전에 신간회 사건으로 다시 일경에 구속되었다가 풀려나온 박영희는 아마도 육체적·정신적 고통 끝에 전향론을 쓰고 만 것이다. '얻은 것은 이데올로기요 잃은 것은 예술'[10]이라고 한 말에서 볼 수 있듯이 그는 그동안의 활동에서 예술은 잃어버리고 정치적 사상만 선전하는 우스운 꼴이 되었다고 결론을 내렸다.

이것은 물론 프로문학에 대한 반대파들에게는 축하의 메시지였지만 카프 회원 대다수에게는 추악한 배신 행위로 받아들여졌다. 왜냐하면 김기진과 그토록 예술성을 문제로 다툰 그가 별안간 프로문학의 예술적 기교의 치졸성을 비난했을 뿐만 아니라, 정치와 예술의 기계론적 야합 또는 지도부의 독단 등 누구보다도 자신이 먼저 책임져야 할 카프에 대하여 돌변한 태도로 비난을 퍼붓고 그것을 카프 탈퇴 이유 및 프로문학으로부터의 전향 이유로 삼은 것은 정직하지 못한 처사였기 때문이다. 그리고 이에 대하여 맹렬한 비난을 가한 것은 특히 김기진이었다.

---

10) 박영희, 「최근 문예이론의 신전개와 그 경향」, 《동아일보》, 1934. 1. 2~11.

프로문학 이론가로 쌍벽을 이룬 이 두 사람과 임화 등 소장파 평론가들은 그 후 모두 변절 또는 좌절로 전쟁 시기를 겪고 해방을 맞이했다. 그 후 임화, 김남천, 안막, 한설야, 이원조, 김동석은 월북하고 6 · 25의 적 치하에서 김기진은 인민재판을 받고 기적적으로 살아났으며 박영희는 납북되었다. 그리고 서울에 다시 와서 실력을 발휘했던 임화는 1952년에 박헌영 일파로서 '미제의 스파이'로 몰려 처형되고 이원조, 김남천도 동시에 투옥되고 한설야도 그 후에 투옥되어 사라져버렸다.

1930~1945년

서정, 실험, 제 목소리 담기

— 1930년대 한국시의 전개

김용직

1. 얼마간의 전제

전체 한국문학사에서 근대문학이 차지하는 비중은 매우 크다. 근대에 접어들면서 한국문학은 비로소 민족문학의 본론화 과정에 접어든다. 세계 문학사에 한 물줄기를 이룬 작품을 산출하기 시작한 것도 이 무렵부터다. 그런데 한국근대문학사에서 1930년대의 시가 차지하는 좌표는 매우 결정 적이다. 그 이전까지 한국의 시와 시단은 좋은 의미에서 근대의 차원에 머물러 있었다. 뿐만 아니라 거기에는 다분히 소박한 단면 또는 풋기 같은 것도 섞여 있었던 것이다. 1930년대에 이르면서 한국의 시와 시단은 이런 미숙성을 그 나름대로 극복해낸다. 그리고 그에 대체해서 현대적인 국면을 타개해간 것이다. 물론 1930년대의 한국시가 완벽한 상태로 형 성 · 전개되었다는 것은 아니다. 그 가운데는 시행착오 현상이 있고 상당한 부작용도 개재해 있다. 그러나 총체적으로 보면 이 연대의 시는 성공적인 경우다. 우선 이 연대에는 유달리 많은 시인이 배출되었다. 그리고 그들이 제작해낸 작품 가운데는 한국 현대시사에서 양질, 가작으로 손꼽힐 작품들이 포함되어 있다. 오늘 우리 주변의 시 가운데는 상당수의 작품이 그들의 영향권에 속해 있다. 이런 이유에서 우리는 1930년대의 한국시에 대해 각별한 관심을 갖게 되는 것이다.

2. 순수와 기법 인식
― 시문학파의 시

1930년대의 한국시는 한 무리의 전위적인 시인들에 의해 그 막이 열린다. 그들이 곧 시문학파다. 널리 알려진 바와 같이 이 유파의 명칭은 1930년 3월에 창간된 시 전문지 《시문학》에서 연유한다. 시문학파의 중요 구성원은 박용철, 정지용, 김영랑, 신석정, 이하윤 등이다. 이들이 《시문학》 발간에 참여한 경위라든가 사정은 물론 똑같지 않다. 그 가운데는 정지용이나 이하윤처럼 이미 한국 문단에서 상당한 활동 경력을 가진 이들이 있다. 그런가 하면 박용철과 김영랑처럼 《시문학》을 통해 비로소 문단에 등장한 시인도 있다. 그러나 그런 사정에도 불구하고 시문학파가 형성되자 그들의 작품에는 일종의 공통 특질 같은 것이 형성되었다. 그 하나는 반 이데올로기 순수 서정을 추구하는 경향이었다. 그리고 다른 하나는 작품의 표현 매체인 언어에 기울인 각별한 애정 또는 관심이다. 우선 시문학파가 간직한 표현 매체에 대한 관심은 그 창간호의 편집후기를 통해서도 나타난다.

한 민족의 언어가 발달의 어느 정도에 이르면 구어로서의 존재에 만족하

지 아니하고 문학의 형태를 요구한다. 그리고 그 문학의 성립은 그 민족의
언어를 완성시키는 것이다.

여기서 구어란 물론 단순하게 문어의 상대어로 그치는 개념이 아니다.
그보다는 한 언어사회에서 자연발생적으로 쓰인 말을 가리킨다고 보아야
할 것이다. 그리고 이때 박용철이 말한 문학이란 곧 시 그 자체다. 이 말
이 나오기 전에 박용철은 "우리의 시를 살로 새기고 피로 쓰듯 쓰고야 만
다. 우리의 시는 살과 피의 맺힘이다"라고 적었다. 이런 어세로 보아서 그
에게 문학이란 시 이외의 그 무엇일 수도 없는 것이다. 그런데 그 문학이
민족어를 완성시키는 용광로 또는 풀무와 동격이 된다. 이것으로 미루어
보면 시의 표현 매체에 대해 박용철은 각별하게 신경을 쓴 셈이다. 이 경
우에 문제 되는 '언어의 완성'이 어떻게 이루어지는지도 궁금한 일이다.
시문학파의 작품들을 보면 그것이 말들을 아끼고 부려서 갈고 다듬어 쓰
는 일이었음을 알 수 있다.

> 내 마음의 어딘듯 한편에 끝없는 강물이 흐르네
> 도쳐 오르는 아침 날빛이 뻔질한 은결을 도도네
> 가슴엔듯 눈엔듯 또 핏줄엔듯
> 마음이 도른도른 숨어 있는 곳
> 내 마음의 어딘듯 한편에 끝없는 강물이 흐르네
> — 김영랑, 「동백닢에 빛나는 마음」 전문

이 작품은 《시문학》 창간호 허두에 놓인 것이다. 이런 작품을 통해서 우
리는 그들의 작품 경향을 단적으로 파악할 수 있다. 얼핏 보아도 나타나는
바와 같이 이 작품의 제재에 해당하는 것은 마음이다. 그 마음은 시의 화

자가 제 나름대로 가지게 된 매우 사적인 것이기도 하다. 그것을 효과적으로 제시하고 노래하기 위해서 이 작품의 제작자는 거의 신경과민이라고 할 정도로 말들을 골라 썼으며 또한 갈고 다듬은 듯 보인다. 우선 이 시 첫머리에는 화자의 잔조로운 마음을 나타내기 위해 모든 소리를 유성음화시키고 있다. 그런가 하면 첫 행과 둘째 행, 셋째 행과 넷째 행 등 짝이 지는 행의 끝자리에는 같은 소리가 사용되었다. 이것으로 이 작품은 아주 명쾌한 운율의 틀을 갖추고 있는 것이다. 이런 단면은 정지용의 경우에 더 가속화된 상태로 나타난다. 그리고 다른 시문학파의 경우에도 정도의 차이가 있을 뿐 모두가 다소간은 이런 단면을 내포하고 있다.

한편 시문학파에 의해 추구된 반 이데올로기 순수 서정시 지향성 역시 앞의 경우와 거의 같다. 이런 경우 우리에게 좋은 보기가 되는 것이 《시문학》에 실린 작품들이다. 참고로 밝히면 《시문학》 창간호에는 김영랑의 「동백닢에 빛나는 마음」, 「언덕에 바로 누어」 이하 14편의 작품이 실려 있다. 그리고 정지용의 「이른 봄 아침」, 「따리아」, 「교토 가모가와(京都鴨川)」, 「선취(船醉)」, 이하윤의 「물레방아」, 「노구(老狗)의 회상곡」, 박용철의 「떠나가는 배」, 「이대로 가랴마는」, 「싸늘한 이마」, 「비나리는 밤」, 「밤기차에 그대를 보내고」 등이 거기 실린 창작시 전부이다. 그런데 이 가운데서 제재를 공적인 쪽에서 택했다든가 사상이나 관념을 생생하게 드러낸 작품은 한 편도 없다. 그리고 이런 작품 경향은 《시문학》 세 권이 나오는 동안 미동도 없이 유지된다.

1
얼골 하나야
손바닥 둘로
폭 가리지만,

보고 싶은 맘

호수만 하니

눈 감을 밖에

2

오리 목아지는

호수를 감는다

오리 목아지는

작고 간지러워

— 정지용, 「호수」 전문

이 작품의 의식 경향 역시 김영랑의 경우와 거의 일치한다. 김영랑이 그
의 작품에서 노래한 것은 아주 사적인 자신의 마음이었다. 「호수 1」 역시
그에 준하는 제작 동기를 가진 것으로 파악된다. 다음 「호수 2」에 이르면
아예 그런 것까지 배제되어 있다. 여기서 시인이 다룬 대상은 그저 호수에
노니는 오리의 모양에 그치는 것이다. 본래 시에 순수와 비순수가 처음부
터 결정되어 있는 것은 아니다. 그것을 판가름하게 해주는 것은 얼마나 작
품이 정서의 노래가 되어 있는가 하는 점이다. 섣불리 거창한 세계관, 사
상, 이념을 작품의 주제로 택할 때 대개 기법이 그를 제대로 소화해내지
못한다. 그런데 시문학파가 제작해낸 이들 작품은 전혀 그 반대다. 여기
서는 거창한 주제가 가능한 한 배제되어 있다. 그 대신 소화해내기 쉽다고
생각되는 내용과 제재가 택해지고 그것들이 또한 제작들의 교묘한 말솜씨
를 통해서 충분하게 정서적으로 자양화되어 있는 것이다. 이런 의미에서
시문학파의 시는 순수 서정의 테두리에 속한다.

지금 돌이켜보면 시문학파의 작품 제작 태도는 그 자체로도 정당한 논리에 의거한 것이다. 그러나 그보다 더욱 돋보이는 것이 그 문학사적 의의다. 새삼스레 밝힐 것도 없이 시문학파가 나오기 전 우리 시단은 카프에 의해서 좌우되었다. 그리고 그들이 특정 이데올로기, 곧 유물변증법적 세계관에 의해 문학을 투쟁의 도구로 해석한 사실은 널리 알려진 대로다. 카프에 의해 빚어진 이데올로기 편향주의는 시를 단순한 계급투쟁의 도구로 전락시켰다. 그 결과 그들의 일부 시는 예술적 의장을 돌보지 않은 채 특정 이데올로기를 외치는 선전전단화했던 것이다. 물론 당시 우리 주변에서 카프의 이런 이데올로기 편향주의에 맞서고자 한 세력이 나타나기는 했다. 그것이 국민문학파로 일컬어진 일군의 반 카프 세력이다. 국민문학파는 카프의 문학 이데올로기 시녀화에 맞서 그들 나름대로 민족을 내세웠다. 또한 그들은 카프에 의해 저질러진 시의 파괴에 대해서도 제 나름대로는 대항 태세를 취했다. 그러나 그들에게는 워낙 카프에 대한 적대감이 앞서 있었던 듯 보인다. 그리하여 그들은 한 가지 사실에 맹목이 되어버렸다. 카프를 지양 · 극복하는 지름길은 무엇보다도 시의 질적인 차원 확보를 통해서 시도되어야 했다. 그러나 국민문학파는 이에 대한 인식이 철저하지 못했다. 그 결과 그들은 카프의 계급에 대해 민족을 내세우는가 하면 조선정신을 외치고 시조 부흥을 시도했던 것이다. 시문학파는 국민문학파의 이런 결손 부분을 극복하기 시작한 최초의 그리고 가장 유능한 우파 세력이었다. 그들은 카프의 이데올로기 독주에 대해 이데올로기로 맞서지 않았다. 그저 잡담 제하는 태도로 좋은 시, 새롭고 창조적인 언어의 세계를 개발해내는 데 힘썼을 뿐이다. 그러나 결과적으로 그것은 카프와 함께 국민문학파의 차원까지를 훌륭하게 지양시키는 성과를 올렸다. 이런 의미에서 시문학파가 우리 문학사에서 확보한 위치는 자못 특이한 것이다.

3. 실험주의의 시
— 모더니즘의 갈래

시문학파는 워낙 훌륭한 한국 시사상의 역군들이었다. 이들의 출현으로 한국 근대시는 비로소 거대한 순수 서정시의 산맥을 가진다. 그 골짜기의 들판에는 양이 풍부하고 빛깔도 푸른 감성의 물줄기가 넘쳐 흘렀다. 그러나 이런 긍정적인 면과 함께 거기에는 지양이 요구되는 일면도 있었다. 시문학파에게도 그들이 기도한바 시의 새 지평 타개를 위한 표준이 존재했다. 그런데 그것은 대체로 중국의 고전이 아니면 영·미·독·프 쪽의 근대시였다. 이런 경우의 우리에게 좋은 증빙자료가 되는 것이 《시문학》이다. 구체적으로 《시문학》 창간호에는 중국의 고전시 「목란시(木蘭詩)」를 비롯해 실러, P. 폴의 작품이 실려 있다. 그리고 2호에는 굴원의 「구가소사령(九歌少司令)」과 함께, 윌리엄 블레이크, W. B. 예이츠, 알베르, 사맹, 하인리히 하이네 등의 작품이 번역되어 실려 있는 것이다. 어느 때고 좋은 시를 위해서는 전통에 대한 의식과 함께 첨단적이며 전위성이 강한 외국문학의 충격이 요구된다. 그런데 시문학파에는 그런 쪽에 대해 손길을 뻗친 자취가 잘 나타나지 않는다.

시문학파가 어느 정도 제 테두리를 굳히기 시작한 것은 1930년대 초반 무렵이다. 그러자 한국 시단에는 그들의 한계를 극복하고자 하는 움직임이 고개를 쳐들고 나타난다. 그것을 담당한 것이 모더니스트의 갈래에 드는 일군의 시인들이다. 모더니즘 또는 모더니스트라는 말에는 물론 몇 개의 외연이 있다. 유럽에서 이 어사는 중세의 권위만을 내세운 제도 우선주의에 대한 상대개념으로 쓰였다. 거기서는 인간 중심의 종교운동을 벌인 상황이 이런 이름으로 불리었던 것이다. 그러나 시와 예술에서 1930년대 한국 시단에 뿌리를 내린 모더니즘은 크게 두 개의 갈래로 나타났다.

그 하나는 영미계 쪽에 그 원천을 둔 이미지즘―주지주의계의 온건한 모더니즘이다. 그리고 다른 하나가 격렬하게 부정ㆍ파괴의 단면을 띠고 나타난 초현실주의계의 모더니즘이다.

먼저 앞선 계보에 속하는 모더니즘운동은 김기림에 의해서 주도되었다. 그가 우리 시단에 등장한 것은 1930년대 초두부터다. 그러나 처음부터 그가 이미지즘―주지주의계의 작품을 쓴 것은 아니다. 처음 얼마 동안 그는 암중모색의 상태에서 서구의 현대시에 영향을 받은 듯한 시를 발표했다. 그러다가 1933년도에 그는 「시작에 있어서 주지적 태도」라는 시론을 발표한다. 여기서 김기림은 그 이전 그가 가진 미래파, 초현실주의, T. S. 엘리엇, T. E. 흄의 혼거 상태를 지양ㆍ극복한다. 그러고는 좋은 시 또는 현대시의 길이 작품 제작에 지성을 도입하는 것이 가능하다고 못 박은 것이다. 이후 그는 끈질기게 그 나름의 모더니즘운동을 편다. 우선 그는 창작의 실제에서 강력하게 한국 모더니즘 시의 가늠자 구실을 하는 작품들을 쓴다. 그의 처녀시집의 장편시 「기상도」에는 이런 단면이 그 허두에서부터 나타난다.

비눌/돋힌/海峽은
배암의 잔등
처럼 살아났고
아롱진 '아라비아'의 衣裳을 둘른
젊은 山脈들
바람은 바닷가 '사라센'의 비단 幅처럼 미끄러웁고
傲慢한 風景은 바로 午前七時의 絶頂에 가로 누었다.
헐덕이는 들 우에
늙은 香水를 뿌리는

教堂의 녹쓰른 鐘소리

송아지들은 들로 가려므나

아가씨는 바다에 밀려가는 輪船을 오늘도 바래 보냈다.

　　　　　　　— 김기림, 「氣象圖」 제1부 '세계의 아침' 일부

　이 작품에서 우리가 놓칠 수 없는 것이 여러 제재가 선명한 심상으로 제시된 점이다. 가령 해협은 일상적인 차원에서 보면 그저 평범한 바다의 한 부분이다. 그것을 김기림은 파도가 일어나는 때를 포착해서 '비눌 돋힌' 또는 '배암의 잔등' 등으로 전이시켜놓았다. 그렇게 함으로써 일부 영미계 이미지스트의 시가 그런 것처럼 선명한 시각적 심상이 제시된 것이다. 창작시를 통한 이런 기도와 함께 김기림은 시론을 통해서도 한국 모더니즘의 강력한 구심점이 되었다. 그는 자신의 모더니즘에 대한 생각이 어느 정도 굳혀지자 곧 정지용, 신석정 등을 같은 유파의 이름으로 묶었다. 그리고 이어 그 주변에 김광균, 장만영 등을 끌어들였던 것이다. 본래 김기림의 명명이 있기 이전, 정지용이나 신석정은 그저 단순한 서정시인이며 시문학파의 일원인 데 그쳤다. 그것이 그의 명명을 통해서 하나의 각명한 사조 경향을 지닌 시인으로 새롭게 부각되었던 것이다. 김광균이나 장만영의 경우에도 비슷한 이야기가 성립된다. 김기림이 모더니스트로 부르면서 고무, 격려하기 이전 이들의 시는 그저 하나의 가능태였을 뿐이었다. 그것이 시론을 통해서 거듭 추거하자, 단연 이들의 시는 우리 시단의 주목거리가 되었다. 그리고 김광균이 『와사등』을 내고 장만영이 『양』, 『축제』 등을 내자 이들의 시는 현대적 감각에 의해 씌어진 작품들의 대명사가 된다.

　1930년대 한국 시단에서 초현실주의의 갈래에 드는 작품을 들고 나온 시인들은 이상과 《삼사문학》 동인들이다. 본래 시 해석에서 이미지즘—주지주의계의 시와 초현실주의의 갈래에 드는 것 사이에는 상당한 차이가 있다. 주지주의계 모더니즘에도 전위적인 실험은 시도되었다. 그러나 그 것은 어디까지나 이성이나 이지의 밑받침을 받으면서 이루어진 것이다. 그런데 초현실주의는 그와 180도 다른 각도에서 시를 해석했다. 이 경우 이성이나 이지는 기성관념의 굴레를 뜻하는 속박을 의미한다. 초현실주의 는 그 전면 배제로 가능한 자유만이 시라고 생각한 것이다. 이런 각도에서 초현실주의자들은 그 말을 백일몽이나 잠꼬대의 차원에서 쓴다. 그것이 곧 자동기술법의 이론이다. 이상은 그 출발에서부터 이런 모양의 작품을 제작해낸 사람이다. 그의 대표작으로는 손꼽히는 「꽃나무」는 다음과 같다.

> 벌판한복판에꽃나무하나가있오.近處에는꽃나무가하나도없오.꽃나무는
> 제가생각하는꽃나무를熱心으로생각하는것처럼熱心으로꽃을피워가지고
> 섰오.
> 꽃나무는제가생각하는꽃나무에게갈수없오.나는막달아났오.한꽃나무를
> 爲하여그러는것처럼나는참그런이상스러운숭내를내었오.
>
> — 이상, 「꽃나무」 전문

얼핏 보아도 여기에는 정상적인 의식의 차원에서는 이해가 가지 않는 부분이 나타난다. 본래 꽃나무는 식물의 한 하위개념일 뿐이다. 따라서 그것이 고등동물에게나 가능한 지각 작용을 할 리가 없다. 그럼에도 이 작 품에서는 아무런 중간 과정을 거치지 않고 꽃나무가 '제가 생각하는 꽃나 무'에게 갈 수 없다고 이야기되어 있다. 이것은 이 작품에 헛소리나 잠꼬 대를 도입한 초현실주의 기법이 쓰였음을 뜻한다. 이런 이상의 시는 발표 당시 독자의 격렬한 비난과 공격을 받았다. 「오감도」가 《조선중앙일보》에 연재되기 시작했을 때는 신문사에 항의 전화가 빗발쳤다. 그 내용은 대개

가 '무슨 개수작이냐, 미친놈의 잠꼬대냐' 등이었다. 이런 상황 속에서 이상의 시를 실어주느라고 당시의 《중앙일보》 문화부장 이태준이 사표를 호주머니에 준비하고 다니기까지 했다. 그러나 정작 시단에서는 이런 기법이 상당히 매력 있는 것으로 생각된 듯하다. 그 단적인 증거가 되는 것이 《삼사문학》 동인들의 초현실파를 향한 경사다. 본래 《삼사문학》이란 그 발간 연대를 따서 붙인 이름이다. 즉, 이 책 창간호가 1934년에 나왔다. 그 연도를 따라 잡지 이름이 붙여진 것이다. 이 동인지는 시 전문지가 아니라 소설과 비평도 함께 싣는 종합문예지였다. 그리고 그 참가자도 이시우, 한천, 조풍형, 신백수 등 신인들이 많았다. 그러나 이들의 시는 강하게 초현실주의의 단면을 드러낸다. "아아 나의 영원은 나의 조을님속에 李箱같이 숨었는도다. / 아아 나의 a poriori는 소나무처럼 작고만 成長을 하는도다"(이시우, 「제1인칭시」 전문). 이 작품에는 그 중간 과정이 일체 생략된 채 a poriori가 소나무로 둔갑해버린다. '영원'도 실체가 애매한 '조을님'과 일체가 되어 있는 것이다. 다만 이들 《삼사문학》 동인의 시는 그 후 충분하게 확충, 성장하지 못했다. 그리하여 이들의 초현실주의적 경향은 이상 다음에 나타난 부록 현상으로 끝나버린 것이다.

4. 생의 본바탕 탐구
─ 서정주 · 오장환 · 유치환

1930년대 중반에 접어들면서 한국 시단에는 또 다른 문제가 제기되었다. 그 무렵까지 우리 시는 현대시의 본격적인 모습을 갖추기에 온 정력을 다 기울였다. 그와 동시에 서구에서 개발한 전위시 기법을 수용하는 일에도 상당한 공력을 쏟아넣었다. 그러나 이런 일에 급급한 나머지 우리 시에는 하나의 빈터가 생기게 되었다. 그것은 우리 자신의 생 자체에 대해 치열하게 파고드는 시가 나타나지 못한 점이다. 이때 문제 되는 생이란 물론 카프식 물질로만 규정이 가능한 그런 것이 아니다. 국민문학파가 생각한 것처럼 피상적인 민족과 역사에 직결될 그런 성격의 것일 수도 없다. 어차피 우리에게 문제 되는 생이란 영혼과 육체의 치열한 갈등을 수반한 우리 자신의 것이다. 이런 생의 탐구 시도는 시문학파나 모더니스트들에 의해 거의 시도되지 못했다. 그런데 1930년대 중반에 접어들면서 우리 주변에는 이런 정신 자세에 입각해서 시를 쓴 일군의 시인이 나타났다. 그들이 곧 《시인부락》 동인 출신인 서정주, 오장환 등이었고 『청마시초』의 시인 유치환이다.

먼저 서정주와 오장환은 다 같이 《시인부락》 이전에도 시를 발표한 경험이 있다. 구체적으로 오장환은 1939년 11월호 《조선문학》에 「목욕간」을 발표했다. 그리고 《시인부락》 이전에도 《낭만》의 동인으로 참여했던 것이다. 서정주 역시 1934년경부터 일간지 투고란을 통해서 작품을 발표했다. 또한 1936년에는 《동아일보》 신춘문예에 작품 「벽」을 당선시킨 경력의 소유자다. 그러나 그 무렵에 쓰였던 이들 작품은 아직 습작의 테두리를 시원스럽게 벗지 못한 것이었다. 그게 극복된 것이 《시인부락》을 통해서였다.

먼저 서정주는 《시인부락》 창간호를 통해 「문둥이」, 「옥야(獄野)」, 「대낮」 등 세 편의 작품을 선보였다. 그 가운데 「문둥이」는 천형의 병을 앓는 문둥이를 다룬 것이다. 그리고 「옥야」는 종신형을 사는 죄수가 겪는 감옥의 밤을, 「대낮」은 '흐르는 코피를 두 손으로 받으며' 님을 쫓는 화자의 들끓는 마음을 노래한 작품이다. 「문둥이」의 전문은 다음과 같다.

해와 하늘 빛이
문둥이는 서러워
보리밭에 달 뜨면

애기 하나 먹고……

꽃처럼 붉은 우름을
밤새 울었다.

— 서정주, 「문둥이」 전문

서정주의 시가 그 출발 초부터 다분히 실험적인 입장에서 씌어진 것임에 반해서 오장환의 것들은 약간 다른 단면을 띠고 있다. 《시인부락》창간호에 그는 「성벽」, 「온천지」, 「우기」, 「모촌(暮村)」, 「경(鯨)」, 「어육」, 「정문(旌門)」 등 모두 일곱 편의 작품을 발표했다. 그런데 이들 작품은 그 제목으로도 짐작되는 바와 같이 여러 분야에 걸쳐서 그 제재가 택해졌다. 이것은 한 시인이 지닌 관심의 폭을 말해준다. 그러나 그들이 파상적으로 다루어지고 독특한 체험으로 재조직·집약되지 못한다면 그것은 좋은 의미의 시가 아니다. 그런데 오장환의 경우에는 이에 대항·대응하는 태세의 단면이 잘 나타나지 않는다. 오장환은 1937년에 사화집 『성벽』을 내고 1939년에 『헌사』를 선보였다. 그 가운데서 좀 격이 갖추어진 작품이 수록된 것은 후자 쪽이다.

저무는 驛頭에서 너를 보냈다.
悲哀야!

開札口에는
못쓰는 車表와 함께 찍힌 靑春의 조각이 흩어져 있고
病든 歷史가 貨物車에 실리어 간다.
待合室에 남은 사람은

아직도
누굴 기둘러

나는 이곳에서 카인을 만나면
목놓아 울리라

— 오장환, 「The Last Train」 일부

실험의식을 곁들인 점에서 보면 유치환은 서정주나 오장환보다 한걸음 물러서 있다. 그는 질박한 목소리로 대상을 다룬 점에서 정지용이나 신석정과 좋은 대조를 이룬 시인이다. 그와 동시에 이상이나 서정주처럼 의도적으로 설정된 충격적인 각도에서 쓰지도 않았다. 초기 작품에서부터 그는 대상을 심의화(心意化) 시키는 동시에 그것을 온건한 각도에서 정서적인 것이 되도록 전이시켰다. 이런 경우의 우리에게 좋은 보기가 되는 것이 1936년 1월호 《조선문단》을 통해서 발표된 「깃발」이다. 이 작품에서 깃발은 먼저 '소리 없는 아우성' 또는 '노스탈쟈'의 손수건이다. 그리고 이어 그것은 정서의 폭이 넓어지면서 한바탕 감성의 녹색 풍경을 펼치는 것이다.

純情은 물결같이 바람에 나부끼고
오로지 맑고 곧은 理念의 標ㅅ대끝에
哀愁는 白鷺처럼 날개를 펴다
아아 누구던가.
이렇게 슬프고도 애달픈 마음을
맨 처음 공중에 달 줄을 안 그는

— 유치환, 「깃발」 일부

여기 나타나는 바와 같이 유치환은 그 시발기부터 물리시의 차원을 벗어난 작품을 썼다. 그리하여 그 목소리는 김소월이나 정지용, 김기림류의 해맑고 곱지만 좁고 따분한 느낌을 주는 경우와 구별되는 것이다. 그리고 더욱 중요한 것은 그의 시가 그 후 이루어낸 내면세계의 확충이다. 「깃발」로 대표되는 초기의 유치환 시가 당시 우리 주변의 감성에 새로운 풍경이 된 것은 사실이다. 그러나 거기 수용된 인간과 그 생에 대한 감정은 치열한 대결 의식에서 빚어진 것이 아니었다. 서정시의 마음 바탕은 물론 여린 감정을 노래하는 것으로도 표출이 가능하다. 그러나 그런 일이 되풀이되면 그것은 흔히 있는 목가조의 작품 또는 향수의 노래에 머물 것이다. 그런데 1930년대 후반에 접어들면서 유치환은 이런 상태를 지양시킨다.

> 나의 知識이 毒한 懷疑를 救하지 못하고
> 내 또한 삶의 愛憎을 다 짐지지 못하여
> 病든 나무처럼 生命이 부대낄 때
> 저 머나먼 亞剌比亞의 沙漠으로 나는 가자.
>
> 거기는 한 번 뜬 白日이 不死神 같이 灼熱하고
> 一切가 모래 속에 死滅한 永劫의 虛寂에
> 오직 알라―의 神만이
> 밤마다 苦悶하고 彷徨하는 熱沙의 끝.
>
> 그 烈烈한 孤獨 가운데
> 옷자락을 나부끼고 호올로 서면
> 運命처럼 반드시 '나'와 對面케 될지니.
> 하여 '나'란 나의 生命이란

그 原始의 本然한 姿態를 다시 배우지 못하거든

차라리 나는 어느 沙丘에 悔恨없는 白骨을 쪼이리라.

— 유치환, 「生命의 書」 전문

얼핏 보아도 나타나는 바와 같이 이 작품의 배경이 된 것은 아라비아의 사막이다. 유치환은 그곳을 일체의 가식과 비본질적인 것이 개입할 여지가 없는 공간이 되게 한다. 거기서 그가 노리는 것은 양자택일이다. 먼저 그는 그 절대 고독의 환경 속에서 자신이 지닌 본연의 모습과 대면하기를 기원한다. 그리고 그게 이루어지지 않을 양이면 차라리 백골이 되어도 무방하다고 단언한다. 물론 유치환 이전에도 우리 주변에서 자아 탐구의 시가 씌어지지 않은 바는 아니다. 그러나 이 작품에서처럼 그것이 극한 상태에서 이루어진 예는 일찍이 없었다. 본래 시는 인간과 그 생을 효과적으로 수용할 필요가 있다. 그리고 이때 문제 되는 인간과 생에 대한 탐구는 그 농도가 짙으면 짙을수록 좋다. 그를 통해서 우리는 인간과 생에 대해서 좀 더 철저한 체험을 할 수 있을 것이기 때문이다. 그런데 유치환의 작품에는 그런 단면이 그것도 짙게 검출된다. 이런 의미에서 그의 시는 우리 문학사에서 아주 듬직할 정도로 유의성을 지닌다.

5. 제 뿌리에 새 호흡 담기의 시들

일찍부터 우리는 시와 예술을 구성하는 한 요소로 독자를 생각해왔다. 모든 작품은 만들어진 다음 청중 또는 독자에게 받아들여져야 한다. 그리고 그 반응이 우리 자신에게 새로운 체험이나 세계의 문을 여는 구실을 기능적으로 수행하는 경우 그 작품이 훌륭하다는 평가가 가능해진다. 그런데 이런 일이 제대로 이루어지기 위해서는 작품에 두 가지 감각이 동시에 작용해야 한다. 그 하나는 자신의 생각, 감정을 청중 또는 독자가 널리 받아들일 수 있도록 만드는 공감대의 형성이다. 이것을 우리는 시와 문학의 일반성 또는 보편성이라고 한다. 이런 측면과 함께 문학작품은 개성, 특수성도 튼튼하게 확보할 필요가 있다. 본래 시와 예술의 바탕이 되는 것은 그 제작자가 뿌리를 내리고 살아온 터전이며 사회다. 그리하여 그의 생각, 감정, 말과 문체가 모두 거기서 출발하는 것이다. 따라서 이런 것을 배려하지 못한 시와 문학이란 존재하지 않는다. 다만 이것은 어디까지나 시와 예술의 한 단면이다. 작품 제작자에게 그것은 한밑천이 된다. 그리고 그의 다른 손길이 보편성, 일반적인 감각을 확보하는 쪽으로 움직여야 한다. 그때 우리는 좋은 시가 지니는 형태, 구조상의 동력학을 확보해낼 수 있다.

한편 제 뿌리를 지닌 가운데 보편성도 확보한 시가 되기 위해서는 현대성이 문제 될 수밖에 없다. 1930년대뿐만 아니라 어떤 시기의 작품도 새로워야 한다. 그런데 새로움이란 동시대와 그를 뛰어넘는 연대의 감각 없이는 제대로 확보할 수가 없다. 이렇게 보면 1930년대의 우리 시에는 또 하나 개척의 손길을 뻗쳐야 할 서부가 있었던 셈이다. 그것이 현대적인 문체와 의장을 갖춘 가운데 그 뿌리의 한쪽이 우리 쪽에 닿아 있는 작품의 제작, 발표였다. 1930년대 후반기에는 이에 대해서도 기능적으로 대처한 시들이 나타났다. 그 제작자들이 곧 신석초 등의 일부 《시학》 동인들이며 백석, 이용악 등이다.

먼저 신석초는 1920년대 말 도쿄 유학생 출신으로 문단에 등장했다. 그런데 그 무렵 그는 카프의 맹원이었으며 그 활동 분야도 시가 아닌 비평이었다. 그러나 1930년대에 접어들어서자 그는 카프의 경직된 이데올로기 지상주의에 반기를 들게 된다. 그리고 한동안 붓을 쉬고 있다가 1930년대 중반 이후 시로 그 방향을 바꾸었다. 그는 이육사, 윤곤강 등과 함께

1930년대 후반기에 나온 《시학》에 참여했다. 그리고 그의 작품 세계는 크게 바뀌었다. 현실에 대해 직접적으로 대응하는 차원이 극복된 것이다. 그 대신 그 마음자리는 우리 자신의 습속과 전통에 관심의 끈이 닿은 쪽으로 이동했다. 「검무랑」, 「바라춤」 등은 그 좋은 보기가 되는 작품이다.

다음 백석 역시 그의 작품에 우리 주변의 토속적인 것을 수용한 점에서는 신석초와 같다. 그러나 그 토속성 자체에는 상당한 차이가 난다. 신석초가 우리 주변의 전통적인 것에서 제재를 택했을 때 그것은 대개가 상층 지배계층의 목소리로 노래되었다. 그러나 백석은 그와 달라서 철저하게 서민의 입장이 취해졌다. 그의 시집으로 100부 한정판인 『사슴』을 보면 거기에는 「주막」, 「여우난골족」, 「가즈랑집」, 「하답(夏畓)」, 「오금덩이라는 곳」 등의 제목을 붙인 시가 나온다. 그리고 거기 나타나는 소재들도 '앞니가 뻐드러진 나와 동갑'이 아니면 '하루에 베 한 필'을 짜는 '신리고무'라든가 '멧도야지와 이웃사촌을 지나는 집' 등이다. 이들을 노래한 백석의 솜씨도 매우 주목된다. 먼저 그는 그 이전 우리 주변의 서정시에서 통념이 된 간추려진 문장을 쓰지 않았다. 그 대신 그는 번잡하게 여러 말을 주워섬기는 사설조를 그의 작품에 끌어들였다. 그리하여 그의 작품은 제재만이 토속적인 데서 택해진 게 아니라 그 구문에서 빚어지는 가락까지가 서민적인 게 되었다. 그러면서도 그의 시는 안이하다거나 퇴영적으로 생각되는 게 아니라 때로는 신선한 느낌을 선사한다.

> 山뽕잎에 빗방울이 친다
> 멧비둘기가 난다
> 나무등걸에서 자벌기가 고개를 들었다
> 멧비둘기 켠을 본다.
>
> — 백석, 「山비」 전문

여기서 '산비'란 물론 산에 내린 비를 가리킨다. 그 빗방울이 반드시 산뽕잎에만 내리지는 않는다. 다른 나뭇가지와 풀잎이나 바위에 고루 내릴 것이다. 그것을 백석은 하필이면 산뽕잎에 내린다고 표현했다. 이것은 그가 산에 인간의 입김, 특히 서민의 생활감정을 곁들이고자 한 의도의 결과로 보인다. 그리고 다음 자리에서 그는 멧비둘기에 자벌레를 연관시킨다. 자벌레는 그 움직이는 버릇이 바로 상체를 꺾는 것이다. 멧비둘기가 날기 때문에 고개를 드는 것은 아니다. 그러나 이런 관계 설정을 통해서 우리에게는 비가 내리는 어느 산자락의 풍경이 아주 선명한 심상으로 제기된다. 이것은 백석의 시가 그 소재나 말씨만을 토속적으로 쓴 게 아님을 뜻한다. 적어도 그에게는 신선한 심상을 제시할 줄 아는 언어 구사 능력이 있었다. 그를 통해 서민적인 세계를 다루고 있는 것이 그의 작품이다. 이런 의미에서 그의 시는 1930년대 한국 시단의 아주 특이한 정경이 된다.

이용악은 백석과 비슷한 무렵에 등장한 시인이다. 그가 출생하여 성장한 곳도 백석과 비슷하게 한반도 북부지방이다. 그러나 다 같이 뿌리에 대한 감각을 지녔으면서도 그의 시는 백석과 다른 풍모를 띠고 나타난다. 백석이 다룬 서민 생활에는 거기에 굳이 빈궁 의식 같은 것이 개입되지 않았다. 그러나 이용악의 시에는 그와 동시대를 사는 사람들의 궁핍한 모습이 강하게 담겨 있다. 그의 첫 시집인 『분수령』을 보면 그 허두에 「북쪽」이라는 작품이 실려 있다.

> 북쪽은 고향
> 그 북쪽은 女人이 팔려간 나라
> 머언 山脈에 바람이 얼어 붙었을 때
> 다시 풀릴 때
> 시름 많은 북쪽 하늘에

마음은 눈감을 줄 모른다.

— 이용악, 「북쪽」 전문

여기서 고향은 시인의 마음이 치닫는 곳으로 어느 의미에서 우리 강토 자체일 수 있다. 그 북쪽은 산맥에 바람이 얼어붙고 풀리는 각박한 현실이 있는 곳이다. 그리고 그곳은 더 북쪽으로 여인이 팔려간 곳이기도 하다. 이런 이용악의 궁핍의 감정은 물론 그 끝이 일제 식민지 체제의 현실을 인식하는 쪽에 닿아 있다. 그리하여 그는 여느 시인들처럼 이웃이 빠져든 가난한 생활을 그저 피상적으로 노래하는 데 그치지 않았다. 그의 작품에는 그것이 아주 절실하게 수용되었다. 가령 그의 제2시집에 수록된 한 작품은 이제 폐옥이 되어 아무도 돌보려 하지 않는 한 흉가를 무대로 한다. 그 집의 주인은 털보네였다. 그리고 털보의 셋째아들은 어릴 때의 '내' 둘도 없는 친구다. 그들은 찢어지도록 가난했다. 그리하여 어느 날 밤 몰래 도망을 가버린다.

그가 아홉 살 되던 해
사냥개 꿩을 쫓아다니는 겨울
이 집에 살던 일곱 식솔이
어데론지 사라지고 이튿날 아침
북쪽을 향한 발자욱만 눈우에 떨고 있었다.

더러는 오랑캐령 쪽으로 갔으리라고
더러는 아라사로 갔으리라고
이웃 늙은이들은
모두 무서운 곳을 짚었다.

지금은 아무도 살지 않는 집

마을서 흉집이라고 꺼리는 낡은 집

제철마다 먹음직한 열매

탐스럽게 열던 살구

살구나무도 글거리만 남았길래

꽃피는 철이 와도 가도 뒤울안에

꿀벌 하나 날아들지 않는다.

— 이용악, 「낡은 집」 일부

이런 작품으로 짐작되는 바와 같이 이용악은 그의 작품에 상당히 강하게 당시 우리 서민들이 겪는 식민지적 궁핍상을 곁들였다. 이것은 그의 시가 적지 않게 프로문학과 맥이 통하고 있음을 뜻한다. 그러나 이런 의식을 가진 이용악이었지만 막상 실제 활동에서는 그는 카프와 관계를 맺지 못했다. 이용악이 위와 같은 작품을 쓰고 있었을 무렵 카프는 이미 해산된 뒤였다. 뿐만 아니라 당시 일제는 중국을 침략 중이었고 태평양에도 전단을 펼 준비에 여념이 없었다. 그들은 침략 전쟁을 차질 없이 수행하기 위해서 한반도를 병참기지화했다. 그리고 그것은 우리 주변에서 어떤 반체제, 저항적 움직임도 용인되지 않는 사태를 뜻했다. 그런 서슬 속에서 어떤 행태로든 프로문학을 위한 조직이 1930년대 후반기에 남아 있을 여지가 없었다. 그러니까 이용악이 표현한 빈궁의 감정은 고립된 상태에서 이루어진 프로 의식의 표출이다. 한편 이 무렵 이용악 시에서 또 하나 주목되는 것이 있다. 그것은 그의 작품에 나타나는 언어 구사 능력이다. 이에 해당하는 것으로 우리에게 좋은 보기가 되는 것이 「두메산골」과 「오랑캐꽃」 등이다.

―긴 세월을 오랑캐와의 싸홈에 살았다는 우리의 머언 조상들이 너를 불러 '오랑캐꽃'이라 했으니 어찌 보면 너의 뒷모양이 머리태를 드리인 오랑캐의 뒷머리와도 같은 까닭이라 전한다―

　　아낙도 우두머리도 돌볼 새 없이 갔단다
　　도래샘도 및집도 버리고 강건너로 쫓겨갔단다
　　고려 장군님 무지 무지 쳐들어와
　　오랑캐는 가랑잎처럼 굴러갔단다

　　구름이 모여 골짝 골짝을 구름이 흘러
　　백년이 몇백년이 뒤를 이어 흘러갔나

　　너는 오랑캐의 피 한 방울 받지 않았건만
　　오랑캐꽃
　　너는 돌가마도 털메투리도 모르는 오랑캐꽃
　　두 팔로 햇빛을 막아줄께
　　울어보렴 목놓아 울어나 보렴 오랑캐꽃

　　　　　　　　　　　　　　　　　― 이용악, 「오랑캐꽃」 전문

　　본래 오랑캐꽃은 봄철에 피어나는 들꽃에 지나지 않는다. 그것을 평면적인 각도에서 노래 부르면 고작 그 작품은 물리시로 그쳐버릴 것이다. 그런데 이용악은 이 작품에서 그것을 지양시켰다. 여기서는 오랑캐꽃이 한때 한만 국경지대를 차지하고 산 야인들, 곧 오랑캐와 복합 심상을 거느리고 나타난다. 그러니까 이 작품 허두는 그들의 핍박받는 삶, 곧 부대끼고 쫓기는 모습을 담으면서 시작된 셈이다. 그런데 여기서 주목되는 것이 이 작품의 기법이다. 전투가 벌어지고 토벌과 살육이 일어나는 모습이 여기서는 일종의 주워섬기기와 그에 곁들여진 부정적 동사들, 즉 '돌볼 새 없이' 또는 '버리고' 등으로 처리되었다. 이것은 경황없이 쫓겨간 오랑캐들의 모습을 제시하는 데 상당히 효과적인 기법으로 생각된다. 그러면서 이런 문맥 처리는 그다음으로 이어진다. 즉, 오랑캐가 살던 땅에 피어 있는 것이 오랑캐꽃이다. 그것을 바라보면서 화자는 과거를 회상한다. 그것을 이용악은 두 줄로 집약해서 노래했다. "구름이 모여 골짝 골짝을 구름이 흘러 / 백년이 몇백년이 뒤를 이어 흘러갔나" 이것으로 전반부의 숨 가쁜 호흡은 가시고 회상의 경우에 알맞다고 생각되는 좀 느린 가운데 느긋한 가락이 빚어진다. 또한 후반부 3행이 모두 오랑캐꽃으로 끝난 것도 주목할 필요가 있다. 이 작품의 1연과 2연에서는 지난날의 끔찍한 사실이 노래되고 회상의 감정이 그 뒤를 따랐다. 이것으로 자칫하면 이 작품의 윤곽이 흐려질 가능성이 개재하게 된다. 그것을 이용악은 나름의 기법으로 대처하고 있다. 즉, 오랑캐꽃은 구체적 심상을 지닌 풀꽃인 동시에 그 외연이 뚜렷한 명사다. 그것으로 마지막 연 3행을 모두 충당함으로써 오랑캐꽃의 심상은 아주 각명해진다. 결국 이용악은 1930년대 시인 가운데서도 좋은 작품을 쓸 얼마간의 자질을 지닌 시인이었다.

그러나 여기서 우리는 한 가지 사실에 유의해야 한다. 1930년대의 이용악이 지닌 이상과 같은 자질은 그 자체로는 아직도 가능태였을 뿐이라는 사실이다. 아쉽게도 그는 그것을 그 후의 작품을 통해 계속 신장, 확충시키지 못했다. 구체적으로 이 작품에 이은 다음 차원이 개척되어야 했을 때 일제는 우리말 사용을 금지시켰다. 우리 시인과 민족 전체에게 재갈이 채워진 셈이다. 그리고 이어 닥쳐온 8·15 광복은 이용악을 이데올로기의 소용돌이 속으로 몰아넣었다. 구체적으로 그는 해방 후 임화, 김남천 등이 주동한 문학가동맹에 가입했다. 거기서 그가 맡은 역할은 대중 선동이었고 그를 통한 인민전선의 형성이었다. 그런 서슬 속에서 이용악이 그 나름대로 포착한 서민의 생활감정을 적절한 형태와 구조로 노래할 겨를을 얻어낼 리가 없었다. 그리하여 1930년대의 한국 시단이 갖게 된 한 시인의 가능성은 영원히 미제 상태로 그쳐버린 것이다.

6. 1930년대 한국시의 그림자
— 끝자리의 말

1930년대가 저물면서 한국시를 에워싼 상황과 여건은 악화일로로 치닫기 시작했다. 이미 일제는 이 무렵 문인보국회를 만들어 우리 시인과 작가들을 그들이 바라는 침략 전쟁의 앞잡이가 되도록 강요했다. 모든 작품 내용은 국책문학 쪽으로 통제되어 갔다. 그리고 끝내는 일체의 작품을 일본말로 쓰도록 강요했다. 그러나 이런 상황 속에서도 우리 시단에는 얼마간의 햇빛들이 배출되었다. 본래 이 무렵에는 《동아일보》, 《조선일보》, 《조선중앙일보》 등 여러 민간지가 다투어가면서 신춘문예 제도를 가동시켰다. 그리하여 그를 통해서 상당수의 시인이 우리 문단에 배출된 것이다. 또한 이 무렵에는 격조 높은 순문예지 《문장》과 《인문평론》이 발간되었다. 그리고 이 가운데서 《문장》은 발간과 함께 추천제를 시행했다. 그것은 시와 시조에서 세 번 선고를 거치게 되면 그 시인을 기성으로 대우하는 제도였다. 이 선고는 한동안 매우 성공적으로 운영되었다. 그리하여 이를 통해서 박목월, 박두진, 조지훈, 이한직, 김종한, 김상옥, 이호우 등 여러 유능한 시인들이 우리 시단에 배출된 것이다.

이상 우리는 매우 거칠게 1930년대의 한국시를 살펴보았다. 그리고 대체로 이야기의 각도가 밝은 면만을 다룬 편이다. 그러나 어떤 경우에도 햇볕을 받은 부분이 있으면 그늘진 면도 있는 법이다. 이 평범한 원리는

1930년대의 한국시에도 그대로 통용된다. 이미 살펴본 바와 같이 1930년대의 한국시에서 주류가 된 것은 순수 서정시다. 또한 근간이 된 것은 단형 소곡들이다. 1930년대의 한국시가 현대적 차원 확보에 어느 정도 기능적이었음은 이미 살핀 바와 같다. 이것은 이 무렵의 시가 우리 주변의 보람과 꿈을 집약, 작품화시킬 능력을 갖춘 상태였음을 뜻한다. 그런데 이를 위해서는 단형 소곡과 함께 대작, 거편들이 생산되어야 했다. 특히 서사적인 양식의 원용은 우리 사회의 꿈을 집약시켜 노래하는 데 새 국면을 타개케 했을 것이다. 그러나 이 현안의 과제를 1930년대의 우리 시인들은 제대로 수행하지 않았다.

또한 그 의식세계를 문제 삼는 경우에도 한계점을 지닌 듯 보이는 것이 1930년대의 한국시다. 우리는 모든 시가 역사와 사회를 다루어야 한다고 생각지 않는다. 오히려 참으로 훌륭한 시와 좋은 시는 그 테두리를 벗어나 독자적인 존재 의의와 가치 체계를 가지는 법이다. 그러나 역사와 사회적 차원을 지양한다는 것과 그것을 애써 외면하는 일이 동의어일 수는 없다. 후자와 같은 단면이 드러날 때 그 시는 아무리 좋게 보아도 온실 속의 화초처럼 나약하게 되어버릴 것이다.

그런데 1930년대의 한국시 가운데 많은 것들은 이런 각도에서도 난점을 드러낸다. 거기에는 당시 우리 사회가 지닌 갈등과 고민, 식민지적 질곡에 허덕이는 사람들의 생활상이 기능적으로 수용·처리된 게 아주 드물다. 어느 때에도 시와 시인은 문화의 장식품으로 그칠 수 없는 존재다. 그럼에도 1930년대의 한국시에는 이 명제에 대해 효과적으로 대처한 단면이 잘 나타나지 않는다. 이 역시 이 연대의 시가 지닌 한계일 것이다.

소설 경향의 몇 가지 흐름

장양수

　1930년대에서 1945년 해방이 되기 전까지의 한국 문단은 여러 가지 색채와 음성이 뒤섞인, 주조(主潮)를 잡을 수 없는 성격의 것이었다.

　1920년대 초에는 낭만과 퇴폐적인 경향이 풍미했고 그 중반 이후에는 프로문학과 국민문학이 첨예하게 맞섰던 사실과 견주어보면, 문단을 주도하는 어떠한 흐름도 없었다는 것이 이 시기의 특성이라면 특성이라고 할 수 있을 것이다.

　1933년에 결성된 구인회가 있었으나 이는 하나로 모아진 강한 주장을 내세우는 그전의 문인들의 모임과는 성격이 달라 색채와 경향이 뚜렷하지 않은 일종의 친목단체 비슷한 것이었다.

　1930년대 초반 잠깐 유진오, 이효석으로 대표되는 동반자작가들이 상당히 경향성이 짙은 작품들을 발표했으나 1931년 카프 맹원에 대한 제1차 검거 선풍이 분 뒤부터 그러한 작품도 볼 수 없게 되었다.

일본이 1931년 만주사변, 1937년 지나사변을 도발하면서부터 문화 전반에 걸친 탄압을 강화하자 작가들은 이러한 현실에 제 나름으로 대응해 나갔다. 따라서 이 시대에는 다양한 색채의 소설들이 발표되었다.

한민족이 일본이란 이민족의 기반에 매여 고통 속에 살아간 현실을 어떻게 인식하고 작품 속에 어떻게 수용했는가에 주목하며 작가적 태도, 작품 경향에서 몇 갈래의 흐름을 정리할 수 있었다.

1. 제한된 현실에서의 비판적 리얼리즘의 실현

이 시기의 작가들은 조선총독부의 무자비한 검열, 그로 인한 삭제, 복자, 게재 금지에 시달렸다. 그러나 그러한 극한적인 상황에도 불구하고 문학은 인간의 현세적 삶을 외면하고는 존재할 수 없다는 완고함을 보여 최소한의 허용된 여건 아래에서 현실참여적인 작품을 발표한 작가들이 있었다.

물론 이 시기의 문학이 전대의 그것에 비해 민족주의적이고 자유주의적인 경향이 악화·후퇴한 것은 부인할 수 없는 사실이지만, 그렇다고 이 기간의 문학 전체를 뭉뚱그려 현실도피적인 역사 부재의 문학이라고 비난할 수는 없다.

1) 이태준—고통스런 삶의 미적 승화

이태준(1904~?)은 1925년 단편 「오몽녀」가 《시대일보》에 게재됨으로써 문단에 나와 거의 이론의 여지 없이 1930년대 한국 순수문학의 대표로 불릴 만큼 많은 수작을 발표한 작가다. 그가 1946년 월북함으로써 해금이 될 때까지 그에 대한 연구나 언급이 금기로 되어 있었다.

그는 구인회의 일원으로 카프로 대표되는 비문학적 정치주의에 반대,

예술성을 중시하여 순수문학의 기수가 되었다.

그의 소설을 가리켜 역사 부재 · 사회 부재의 문학, 또는 상고적(尙古
的) · 감상적 · 패배주의적인 문학이라고 하는 주장이 현재까지 학계의 중
론처럼 되어 있지만 이제 이러한 피상적이고 사실과 유리된 논의는 재검
토되고 수정되어야 할 것 같다. 그의 작품에는 물론 「영월영감」, 「불우선
생」과 같은 과거에 사는 낙백한 인간의 이야기가 있다. 그리고 결핵을 앓
는 한 젊은 여성이 까마귀 울음소리를 들을 때마다 죽음이 자신에게 다가
오고 있음을 느끼는 「가마귀」 같은 소설은 귀기마저 감도는 유미주의적인
색채를 띠고 있어 현실을 떠나 있는 느낌을 준다.

그러나 이러한 면은 이태준 소설의 본령이 아니다. 그는 다양한 소재와
제재에서 결코 어떤 획일적인 틀에 맞추어 단언할 수 없는 다양한 주제의
작품을 창작하고 있다. 그러므로 그의 작품집을 대하면 찬연한 예술품 전
시를 보는 것 같은 감이 들게 된다.

그는 일제 치하 한국인의 고통스러운 삶을 작품화하고 있다. 「실낙원 이
야기」는 아름다운 시골 P 촌의 신명의숙에서 조선말로 학생들을 가르치면
서 그 생활을 낙원으로 생각하고 있는 한 한국인 청년에 관한 내용이다.
그러나 그는 순사 되기를 거부했다는 등의 이유로 주재소 소장의 핍박을
받아 그곳에서 쫓겨나고 만다.

화전을 파고 숯을 굽고 덫과 함정으로 짐승을 잡아 생활하고 있던 「촌뜨
기」의 주인공은 주변의 산이 삼정회사 소유가 됨으로써 그 생활마저 못 하
게 되자 아내를 친정으로 보내버리고 자신도 정처없는 유랑길에 오른다.
여기에서의 '삼정'회사가 일본 재벌 '미쓰이(三井)'를 가리킴은 쉬 알 수 있
을 것이다. 「꽃나무는 심어 놓고」의 주인공 방 서방은 소작하던 논의 주인
이 일본 사람으로 바뀌고 나서부터 빚만 쌓이게 되어 아내와 두 돌 난 딸
을 데리고 고향을 등지지만 딸은 죽고 아내와도 헤어지게 된다. 일본인의

착취로 고향을, 집을 등지는 사람이 늘어가자 군청은 고향 마을에 마음을 붙이고 살게 할 대책으로 사쿠라 나무를 심어 꽃이 피게 하나 마을은 폐동이 되어간다. 이태준은 이 작품으로 일본의 한국에 대한 식민지 통치의 실상을 폭로하고 있는 것이다. 「밤길」은 가난에 지쳐 아내가 도망가버리고, 그래서 젖을 먹이지 못해 병이 났으나 치료를 해주지 못해 죽은 갓난 딸을 비가 쏟아지는 밤에 묻고 있는 이야기로 그 시대 한민족의 절망적인 삶을 상징적으로 그리고 있다.

다른 작가들의 이 시대 작품에도 물론 삶의 고달픔이 있다. 그러나 그러한 작품의 경우 그 가난과 고통은 괴질을 앓고 있는 것처럼 그것이 어디서 오는 것인지 원인이 밝혀져 있지 않은 데 반해 이태준은 그에 대해 언급을 하고 있다는 점에서 그를 결코 가벼이 평가해서는 안 될 일일 것이다.

그의 또 다른 소설 「토끼 이야기」, 「농군」 같은 작품은 강한 삶에의 의지 및 생존을 위한 처절한 투쟁의 현장을 보여주고 있어 그를 단순히 패배주의 · 회의주의 작가라고 폄훼하는 것은 옳은 평가가 될 수 없다 할 것이다.

흔히 그의 대표작으로 불리는 「복덕방」, 「돌다리」도 현대화 과정에서 잃어버리고 있는 인간성, 옛것 중에서도 소중한 것에 대해 이야기하고 있을 뿐, 결코 감상적 · 상고적인 것이라고만 하며 부정적으로만 보아서는 안 될 것이다.

또 한 가지 중요한 점은 그의 소설들이 아름다운 문장과 치밀하면서도 자연스러운 구성으로 미적 승화를 이룩하고 있다는 사실이다. 「촌띠기」 같은 작품은 식민지 피지배층의 참담한 삶을 그리고 있으면서도 못난 아내지만 버리려니 차마 끊기 어려운 끈적끈적한 인간의 정 때문에 가슴 아파하는 심정을 간결하고 윤기 있는 문장으로 서술하고 있어 고도의 서정성을 획득해, 오래도록 슬프고도 아름다운 영상이 머릿속에 남아 있게 한다.

이태준의 소설은 이러한 면에서 항일적인 발언을 하고 있으면서도 그러한 문학이 흔히 빠지기 쉬운 단선적 모습과 경직성을 극복하고 있다. 이러한 면에서 이태준은 1930년대 한국 문단의 정상의 자리를 차지한 작가이며 그의 작품은 한국 단편문학을 1920년대의 수준에서 한 단계 더 끌어올려놓는 공적을 이룩했다 할 수 있다.

2) 채만식—식민지 현실에 대한 우회 공격

1930년대 이후 한반도의 식민지 현실에 대해 정확한 역사의식을 가지고 그 반역사성을 인식하고 작품을 통해 이를 우회 공격하고 있는 작가가 채만식이다. 1924년 단편 「세길로」로 문단에 나온 그는 1920년대에 들어와서 비로소 민족의 아픔을 자신의 아픔으로 감각하기 시작, 「화물자동차」, 「농민의 회계보고」 등의 단편에서 일본에 착취당하는 궁핍한 농민들의 고달픈 삶을 그리고 있다. 그러나 그의 1930년대 초의 이러한 작품들은 그 의욕에 비해 사실성이나 서정성을 획득하지 못해 습작 수준을 벗어나지 못하고 있다.

그가 본격적으로 작가로서의 역량을 발휘하기 시작한 것은 1936년 이후라고 보아야 할 것이다. 일제의 문인들에 대한 탄압이 심해지자 잠정적으로(1934~1936) 붓을 꺾고 있던 그는 1936년 중반 이후 문단에 다시 나와 일련의 풍자소설을 발표했다. 이미 1934년 「레디메이드 인생」으로 풍자소설을 쓸 수 있는 작가적 역량을 보인 그는 1937년부터 그의 대표작이라 할 만한 수작들을 발표했다. 그는 「명일」에서 당시 일제가 한국인을 상대로 펴고 있던 교육이 우민을 만드는 것임을 통렬히 풍자하고 있다. 그는 이 작품을 통해 엄청난 노력과 돈을 들여 고등교육을 받고도 일자리를 얻지 못해 무위무능한 인간이 되고 마는 당시 한국 지식인의 고뇌를 반어적으로 그렸다.

또 「치숙」에서는 어떤 '운동'에 관계했다가 감옥살이를 하고 나와 그 아내에게 엎혀살고 있는 한국 지식인을 일본인에 아부하여 민족혼을 상실한, 노예적 삶을 살고 있는 한 한국 소년의 눈을 통해 그리고 있다. 채만식은 이 작품을 통해 가치 전도된 당시의 사회 현실을 비판하고 있는 것이다. 이러한 경향의 풍자소설로는 또 「소망(少妄)」이 있다. 이 작품의 주인공은 한여름에 겨울 양복 차림으로 장안을 활보함으로써 식민 통치 하의 당시 현실이 역사에 역행하는 것임을 역설적으로 그리고 있다. 그는 1938년 장편 『천하태평춘』(후에 『태평천하』로 개제)을 발표, 당시의 그릇된 삶, 잘못된 세계를 꼬집고 있다. 소작과 고리대금업으로 재산을 모은 이 소설의 주인공 윤두섭은 일제에 아첨하여 일신의 안녕과 더불어 부의 축적에 성공한다. 돈으로 향교 직원 자리를 사고 족보에 도금을 하는 한편, 자식들을 양반 가문과 통혼케 함으로써 세속적 욕망을 달성한 그는 일본의 수탈로 한민족 대다수가 아사 직전에 처해 있는 참담한 현실을 태평천하로 알고 있다. 그가 경찰서장이 되어 가문을 중흥할 것으로 기대한, 동경에 유학 중이던 손자 종학이 어떤 '운동'에 연루되어 경찰에 검거됨으로써 윤두섭의 꿈은 배반당하고 만다. 이 소설은 소아(小我)에 집착하고 현실과 역사에 맹목인 한 인간의 모습을 보여준다. 이 작품은 그 밖에도 조선 말의 부패한 관료 세계, 일본의 한국에 대한 식민지 통치의 반역사성을 공격하고 있어 밀도 높은 풍자문학으로 높은 문예적 가치를 얻고 있다.

채만식은 또 이 무렵 장편 『탁류』를 통해 미두라는 쌀을 매개로 한 투기로 일본이 한국의 미곡을 교묘히 수탈하고 있음을 고발하고 있다. 이 작품의 주인공 정초봉은 그 아버지가 미두로 재산을 다 날려버리는 바람에 가족의 생계를 위해 마음에도 없는 결혼을 한 끝에 파멸하고 만다.

채만식은 특별히 민족의식이 투철한 작가로 그의 작품들은 한민족의 독자성과 주체성을 자각하고 민족정기를 지키려 한 민족주의 문학이라 할 만한 것이다.

3) 박영준 · 이무영—농민에의 관심

1934년《조선일보》신춘문예를 통해 문단에 나온 박영준은 대표작「모범경작생」,「목화씨 뿌릴 때」등의 작품을 통해 가난과 기근에 찌든 1930년대 한국 농촌의 피폐한 모습을 비판적인 눈으로 그리고 있다.

「모범경작생」은 일제의 앞잡이 노릇을 한 대가로 특혜를 받아 모범경작생이 되어 잘난 체하는 주인공이 그 본색이 드러나게 되어 흉작과 심한 소작료 때문에 극한의 가난에 신음하는 마을 사람들로부터 외면을 당하게 되는 이야기를 다루고 있다. 이 작품을 통해 박영준은 일제의 식민지 한국에 대한 식량 증산 정책의 가면을 벗김으로써 그 거짓된 실체를 폭로하고 있는 것이다.

이러한 의미에서 이 시대 상당수 다른 작가들의 농촌을 배경으로 한 소설들이 농촌과 농민을 등장시키고 있으면서도 정작 착취당하는 농촌, 가난에 시달리는 농민은 없어 진정한 의미에서 농민문학이 될 수 없었음에 비해 그의 문학은 1930년대의 몇 안 되는 본격 농민문학이라 할 수 있을 것이다.

이무영은 참다운 삶은 병든 도시에 있는 것이 아니고 농촌에서 농민으로서의 삶에 있다 함을 작품을 통해 주장한 작가다. 그의 단편「제일과 제일장」은 한 지식 청년의 귀농을 제재로 삼고 있다. 대학 전문부를 졸업하고 신문사에서 기자로 일하고 있던 수택은 한때 흙투성이의 아버지에 치욕을 느낀 적도 있었지만 기자 생활에 염증을 느껴 신문사를 사직하고 흙이 그리워 고향으로 내려온다. 일종의 허영심 같은 것을 가지고 농촌으로 내려온 주인공은 농촌 생활의 고달픔에 고통을 겪지만 끝내 벼포기, 배춧잎 하나에 강한 애정을 느끼게 된다. 그의 또 다른 작품「흙의 노예」는 흙에서 태어나 흙에서 살다 흙으로 돌아간 인간상을 문명 세계에 길든 아들과 대조시켜 그리고 있다. 고등교육을 받고 신문기자로 일하고 있는 아들은 결국 흙 속에서 겸허하고 성실하게 살다 간 머슴 출신의 그의 아버지의 '무지'가 자신의 학문보다 훨씬 값진 것이었음을 깨닫는다. 그 자신이 신문기자 경력을 가진 이무영은 1939년 봉직하고 있던 동아일보사를 사직하고 경기도의 궁촌(宮村)이라는 시골로 내려가 농민소설 창작에 몰두했다. 그런 까닭도 있겠지만, 그의 작품에는 현장성이 있어 그의 소설에서는 흔히 성실성이 부족한, 무슨 구호를 듣는 것 같은 다른 작가의 농촌 배경 소설과는 다른 흙냄새를 맡을 수 있다.

한편 1930년대 중반에는 농촌을 배경으로 한 소설로 이광수의 『흙』, 심훈의 『상록수』와 같은 계몽성이 강한 장편들도 모습을 보였다.

2. 괴로운 현실에서의 도피·외면

1930년대 초 한국의 문화 전반에 대한 일본의 탄압은 그 종반과 1940년대로 접어들면서 갈수록 가열되었다. 세상이 이와 같이 암담해져 가자 특별한 몇몇 경우를 제외한 대부분의 문인들은 현실에서 얼굴을 돌리거나 멀리 도피해버렸다. 소설가 중에는 전원에 머물며 순수란 이름으로 미문을 남기기에 몰두하는 사람이 많았다. 그리하여 에로스적인 것에 관심을 기울이는 작가도 있었고 자기의 신변에서 떠나지 않거나 자신의 의식 분석에 몰두하는 사람도 있었다.

도시를 배경으로 삼고 있는 경우도 일본의 한국에 대한 식민지 통치에서 오는 삶의 고통스러움, 사회의 불균형성을 문제 삼는 작품보다는 사소한 일상 주변에 머물면서 흥미로운 이야기를 제공해주는 데 그치는 것이 대부분이었다.

1) 이효석—성애에의 탐닉

이효석은 1928년 「도시와 유령」이 《조선지광》에 게재됨으로써 본격적으로 소설을 쓰기 시작했다. 이후 그는 「깨뜨려지는 홍등」을 발표, 위의 작품과 함께 프로문학에 보조를 같이하는 작품을 보여 유진오와 더불어 한국현대문학사에서 가장 성격이 뚜렷한 동반자작가의 한 사람이 되었다. 그러나 프로문학에 대한 일제의 탄압이 차츰 강화되자 유약한 서생의 면모가 특히 현저했던 그는 작가적 태도를 바꾸어버렸다. 그는 돼지가 교미하는 모습을 보고 이웃 소녀 분이 생각을 하는 십대 소년 식이의 이야기 「돈(豚)」(1933)을 출발로, 원시적인 성의 세계로 빠져들어 갔다. 「들」에서는 각종 식물이 서로 화분을 섞어 정받이를 하고 새들이 알을 품고 있는 들에서 한 쌍의 개가 교접을 하고 그것을 함께 목격한 '나'와 '옥분이'는 아무 약속도 하지 않았는데 그날 밤 끌리듯이 서로를 찾아 정을 통한다. 그의 대표작으로 꼽히는 「메밀꽃 필 무렵」에서도 장돌뱅이 허 생원은 젊은 시절 물레방앗간에서 우연히 만난 처녀와 정사를 벌여 그녀로 하여금 아기를 가지게 한다. 허 생원이 그랬듯 피륙 짐을 지고 허 생원과 함께 장을 돌고 있는 그의 당나귀도 장바닥에서 '강릉집 피마'를 보고 발정을 해 날뛴다. 이와 같이 그의 소설에서 인간은 '하늘을 겁내지 않고 들을 부끄러워하지 않고' 암컷과 수컷이 서로 어울리는 짐승들과 다름없이 그들의 성을 즐긴다. 그의 소설에서는 원시적 생명력이 넘쳐 흘러 어떤 신비감마저 자아낸다. 「돈」이후 이효석의 소설은 그 특유의 시적 분위기를 자아내는 문장에 의해 청신한 분위기를 이루고 있다. 세련된 언어 감각에 의해 서술, 묘사된 효석의 작품들은 뛰어난 형식적 아름다움을 보여주고 있어 '조선 언어예술이 도달할 수 있는 한 정점'으로까지 상찬되기도 한다. 그러나 그의 작품에 나타나는 죄의식 없는 분방한 자웅의 교섭은 동물적 쾌락 이상의 의미를 보여주지 못하고 있다. 단편 「분녀」, 장편 『화분』 등에는 등장인물들이 벌이는 혼음, 난교에서 동물적 쾌락만이 낭자하게 드러나 있을 뿐 그 성의 결합에 창조적, 재생산적 의미가 결여되어 있다는 것은 그의 소설이 현실에 발을 딛고 있지 않다는 것과 함께 이효석 문학에서의 문제로 지적되고 있다.

2) 김유정—1930년대 한국 농촌의 풍속도

1935년 「소낙비」가 《조선일보》 신춘문예에 당선되어 작가로 데뷔한 김유정은 2년 남짓한 짧은 작가 생활에 30여 편의 뛰어난 단편을 남겼다. 그는 어리석고 착한 시골 사람들의 삶을 유머러스하게 그리는 특유의 소설 세계를 보여준다. 주인집 데릴사위가 될 꿈을 가지고 3년 동안이나 열심히 일하나 신부 될 처녀가 아직 키가 덜 컸다는 이유로 성례를 시켜주지 않자 총각이 장인 될 사람과 멱살잡이를 벌이는 이야기 「봄봄」, 염문을 일으키면 소작 논을 떼일 위험이 있으니 마름집 처녀를 가까이 가지 말라는 부모의 명 때문에 그 처녀가 와서 수작을 걸자 어쩔 줄 몰라 하는 총각의 이야기 「동백꽃」에서 독자는 1930년대 산촌 농민의 소박한 삶의 풍속도를 엿볼 수 있다. 흔히 그의 대표작으로 지목되는 이들 작품을 독자는 당시의 현실과 관련지어 심각성을 가지고 읽을 수 없다. 왜냐하면 이들 작품에서 식민지가 된 나라의 현실의 어두운 그림자나 농민에 대한 제도적 착취 같은 것은 감지할 수 없기 때문이다. 그래서 간혹 그는 현실을 근시안적 눈으로 보았다거나 호의의 색안경을 끼고 보았다는 비난을 받기도 했다. 확실히 그의 작품들은 잘못된 현실을 정면에서 해부하고 이를 문제 삼고 있지는 않다. 이런 면에서 그는 당시의 일제 식민지 통치라는 현실에서 한걸음 물러서 있었던 것이 사실이다. 그렇다고 해서 그의 작품 세계를 현실도피라고까지 매도한다는 것은 부당하다. 그의 작품이 불러일으키는 웃음은 즐겁기만 한 웃음도, 속이 빈 사람의 어이없는 웃음도 아니다. 그 웃음

다음에는 짙은 페이소스가 따르게 하는 것이 유정의 작품이다. 어디에서도 살아갈 출구를 발견할 수 없는 남편이 노름할 돈을 얻어오라고 아내의 머리와 신발을 모양내어 외간 사내에게 보내는 「소낙비」, 굶주림에 견디다 못해 아내를 가죽처럼 소장수에게 파는 사내의 이야기 「가을」 같은 작품은 독자가 읽을 때 웃을 수는 있으나 다음 순간 그 밑바닥에서 전해오는 찌르르한 아픔을 느끼지 않을 수 없다. 도지, 장리, 농채 등으로 농사지은 것을 다 주어도 모자라게 되어 자기 논의 벼를 거두어들이지 않고 자기가 자기 논의 벼를 도둑질하는 농민의 이야기 「만무방」에서는 극도로 궁핍한 농민들의 참담한 삶을 읽을 수 있다. 이러한 면에서 유정의 작품은 다 같이 농촌과 농민의 삶을 소재로 하고 있으면서도 이효석의 작품 세계와는 다른 가치를 발견할 수 있다 할 것이다. 다만 그 궁핍의 원인까지를 말하라고 한다는 것은 당시의 극심한 검열이란 현실을 감안할 때 그에게 무리한 요구라 해야 할 것이다.

3) 유진오—신변, 과거로의 은거

유진오는 1932년까지 대표적인 동반자작가의 모습을 보여주었다. 여공 옥순이 자신의 처녀성을 빼앗고 직장 동료를 배신하게 한 전중 감독을 상대로 직공들을 규합해 투쟁을 벌이는 「여직공」, 동맹파업 중 사장과 내통하는 배신자와 처절한 싸움을 벌이는 남자 공원의 이야기 「밤중에 거닌 자」 등은 그의 동반자적 작품인 동시에 한국 동반자적 작품의 대표격이다. 그러나 그는 카프에 대한 2차에 걸친 검거 선풍 이후 작가로서의 모습을 바꾸어버렸다.

그의 새로운 면모를 보인 작품 중 하나가 「김강사와 T교수」로 이 소설은 지식인을 주인공으로 한 소시민적 리얼리즘의 세계를 보여주고 있다. 학창 시절 좌익운동에 관계한 일이 있는 김만필은 S 전문학교에 강사로 나간다. 그러나 그는 T 교수가 권하는 대로 교장에게 선물을 하지 않아 강사 자리를 잃고 만다는 것이 이 작품의 간략한 줄거리다. 유진오는 투명한 의식을 가지고 있으면서도 현실과 타협하지 않을 수 없는, 그러나 비리가 횡행하는 현실에 적응하지도 못하는 인물을 통해 당시 지식인의 고뇌를 그리고 있다. 그는 이후 1930년대 초반의 사회 참여적인 작품에서 더욱 후퇴하여 과거로 도피하고 만다. 「창랑정기」 같은 작품은 주인공이 창랑정에서 놀던 어린 시절에 대한 강한 그리움을 보여주는 회고담 이상의 큰 의미를 지니고 있지 않다. 그 뒤 그는 그 이상의 문학적 진경을 보여주지 못하고 문단에서 은퇴하고 말았다.

4) 이상—도착적 성의 세계

자신의 의식을 투시 · 분석한 끝에 당시로서는 놀랄 만한 현대적 언어 감각으로 말재간을 피우고 있는 것이 이상의 소설 세계이다. 그의 소설에서는 진지한 인간의 삶의 모습은 찾아보기 힘들고, 살아간다는 일의 고통스러움에 대해 심각하게 생각하고 있는 등장인물도 발견할 수 없다. 1930년대에 철저하게 현실이, 역사가 없는 소설 세계가 있었다면 이상의 작품들이 그 전형이 될 수 있을 것이다.

이상의 소설은 도착적 성희의 세계라 해도 심한 말이 아닐 것이다. 그의 소설에 등장하는 남녀는 정상적인 애정을 바탕으로 한 육체의 결합을 하고 있지 않다. 등장인물들은 가학 또는 피학대에서 쾌감을 느끼는 병적인 심리를 보여주고 있다. 남편을 두고도 윤락 행위를 하는 「날개」의 여주인공은 그 남편이 자신의 부정한 행위를 목격했다 하여 물고 때리는 광태를 보여 사디스트의 모습을 드러낸다. 「봉별기」에서는 작가 자신이 이상(李箱)이란 필명으로, 그와 실제로 동거한 일이 있는 금홍이란 여성을 실명으로 등장시켜 비정상적인 남녀관계를 즐겁기만 한 어법과 어조로 서술하고 있다. 이 작품에서 남자 주인공은 그의 아내가 집을 나가 무슨 짓인가를 저지르고 다니다 돌아오고 다시 나갔다 돌아오고 해도 그것에 격렬한 질투와 분노를 느끼기는커녕 이를 '왕복엽서'라고 표현해 오히려 그러한 사실에 쾌감을 느끼고 있는 것처럼 보인다. 그뿐 아니라 그는 자기 아내가 외간남자와 간음을 하도록 애써 주선을 하기까지 한다.

이와 같은 병적이고 도착적인 성관계는 그의 소설을 당시 문단에서 화제의 중심에 올려놓기는 했지만 아무래도 정통 심리주의 소설의 경지라고 일컫기는 어려울 것이다. 인간의 성이 철저하게 비정상적인 유희로 시종할 수는 없는 것이고 그러한 이야기가 예술의 본령이 되기도 어려울 것이기 때문이다.

5) 박태원 · 김남천―소시민의 세태적 삶의 관찰

북으로 간 작가 박태원은 「소설가 구보씨의 일일」과 『천변풍경』이 대표작으로 꼽힌다. 「소설가 구보씨의 일일」은 무료와 권태 속에서 서울의 이곳저곳을 기웃거리고 다니는 한 작가의 하루를 서술한 것으로 식민지 치하 지식인의 빈혈적 삶을 그리고 있으나 그 시대와 연결되는 구절은 이 작품 어디에서도 찾아볼 수 없다. 『천변풍경』은 서울 서민 생활의 풍속화를 보는 것 같은 작품이다. 이 소설에는 청계천 변에 사는 신전, 이발관, 포목전, 한약국, 양약국 사람들과 부의회 의원, 카페 여급 등 각양각색의 인간이 등장하여 명예와 쾌락에 매달리고 인신매매와 같은 비인간적 행위를 벌이는 등 여러 가지 사건을 빚는다. 그런 중에도 가난하고 불행한 사람들이 그들끼리 연민과 동정을 주고받는 장면도 등장하여 일장의 파노라마를 펼쳐 보인다. 이 작품은 단순히 인간들의 삶의 복사란 의미를 넘어 서울이란 도시 한쪽에서 벌어지고 있는 사회의 명암을 들추어내고 있다는 점에서 '리얼리즘의 확대 · 심화'(최재서의 말)란 추킴을 받기도 했다. 그러나

이 소설은 천변 밖 외부세계와 차단되어 있어 그 시대, 그 사회 전체와 단절되어 있다는 세태적인 이야기란 한계를 극복하지 못하고 있다.

또 한 사람의 세태소설 작가로 김남천이 있다. 그의 대표 장편소설 『대하』는 외래 문물과 개화사상을 수용하는 과정에서 보이는 서도 서민들의 생활상을 그리고 있는데, 대중 취향이 짙고 거기다 제1부로 미완인 채 끝나고 있어 큰 논의거리가 못 된다.

그 밖에 1920년대에 문단에 나온 계용묵도 역작 「백치 아다다」를 이 시기에 발표했다.

3. 역량 있는 신인들의 등장과 그들의 그 후

1930년대에는 《동아일보》, 《조선일보》, 《조선중앙일보》 등 신문과 《조선문단》, 《문장》 등 문예지를 통해 많은 신인이 등장했다. 이는 1910년대 말 근대문학이 싹튼 이래 십수 년 사이에 독자와 함께 작가의 저변도 확대된 데서 온 결과였다. 십대의 나이로 「표본실의 청개구리」, 「감자」를 읽은 문학소년들이 이때에는 이미 이십대가 되어 작가적 역량을 발휘하는 사람이 나타나기 시작한 것이다.

그중에서 김동리는 1935년에 「화랑의 후예」가 《조선중앙일보》, 1936년에는 「산화」가 《동아일보》 신춘문예에 각각 당선되어 1930년대 신인 시대의 선두주자가 됐다. 「산화」에서 유산계급의 착취에 굶주림과 질병의 지옥으로 변하고 있는 무산 궁민의 삶을 그려 주목을 받은 김동리는 「바위」(1936) 이후 토속신앙의 세계로 관심을 돌렸다. 그의 대표작 「무녀도」에서 그는 모화란 무녀를 등장시켜 기독교란 서역 귀신이 들려 돌아온 아들 욱이를 죽이게 된다. 그녀는 그 후 반 미친 상태에서, 물에 빠져 죽은 여인의 혼을 건져내는 굿을 하다가 신열에 들뜬 채 물속에 들어가 죽고 만다. 최근에는 이러한 면에 주목. 이 작품이 신화문학에서 이야기하는 이른바 영원회귀를 그리고 있다는 해석도 나오고 있다. 그는 또 「황토기」에서 무의미한 싸움으로 장사의 주체할 수 없이 넘쳐나는 힘을 허무하게 소진하고 있는 작품을 통해 일제하의 삶의 허망함을 상징적으로 그리고 있다. 김동리는 해방 후에도 역작을 계속 발표, 「등신불」에서는 도덕적 퇴폐를 소신공양으로 정화시키는 인물을 등장시켜 불자의 아름답게 승화된 영적 세계를 보여주어 독자에게 충격과 감동을 불러일으켰다.

김정한은 1936년 단편 「사하촌」으로 《조선일보》 신춘문예를 통해 문단에 나왔다. 「사하촌」은 한말, 일제의 비인간적 식민 통치, 관료를 등에 업은 사찰의 가혹한 착취란 삼중고에 시달리다 못한 농민들이 생의 막다른 골목에까지 몰리자 폭력으로 이 비리와 모순에 맞서는 이야기로 휴머니즘과 진실에 입각한 참여문학의 진수를 보여주고 있다. 그 후 「옥심이」, 「추산당과 곁 사람들」 등 무게 있는 작품을 발표한 그는 일제의 조선어 말살 정책이 더욱 심해지자 붓을 꺾어버렸다. 그는 1966년 「모래톱 이야기」로 문단에 다시 나와 「축생도」, 「수라도」, 「인간단지」 등 낙동강 연안 서민의 애환을 사실적으로 그려 그의 치열한 작가정신이 조금도 식지 않았음을 보여주었다.

1935년 단편 「적십자병원장」으로 《조선문단》을 통해 데뷔한 안수길은 그 후 만주 용정으로 건너가 거기서 「벼」, 「목축기」 등을 발표했다. 그의 대표작은 1959~1967년 사이에 발표한 5부작 『북간도』이다. 그는 이 작품을 통해 간도로 옮겨간 한국인들의 고달픈 이민 생활을 그리고 있다.

황순원은 1936년 시로 문단에 나왔으나 1940년 단편집 『늪』을 출간하면서 소설 창작에 전념하기 시작했다. 그의 단편 「별」 같은 작품은 세상을 떠난 어머니의 아름다운 영상을 간직하고 있는 소년의 정신세계를 잘 다듬어진 문장으로 그리고 있다. 그는 이후 왕성한 창작 의욕을 보여 『카인의 후예』, 『나무들 비탈에 서다』 등의 장편을 발표, 전란에 휘말린 젊은이들의 고뇌를 그려 보였다.

4. 그 밖의 작가와 작품

1930년에서 해방 직전까지 한국 문단에는 이상에서 언급한 사람 외에도 많은 작가가 다양한 작품을 남기고 있다. 그중에서 해방 이후 북으로 가는바람에 그 이름과 작품이 오늘날까지 묻혀 있는 경우가 있는데 안회남, 최명익, 현덕 등이 여기에 속한다.

안회남은 1933년 이후 주로 작품 활동을 왕성하게 했는데 「악마」로 대표되는 신변소설을 많이 썼다. 그의 작품 세계는 아버지, 어머니, 아들이 등장하는 가정사나 친구와의 사귐 등 주변에 머물고 있다.

최명익은 심리주의적인 작품 경향을 보인 작가로 「장삼이사」가 대표적이다. 이 소설은 인간성을 상실한 인육 장수와 비인간적인 학대에 익숙해 체념하고 있는, 도망쳤다 붙들려 되끌려가곤 하는 윤락녀, 그리고 무심한 구경꾼의 심리적 반응을 작품화하고 있다.

현덕은 가난한 시민의 고통스러운 삶을 즐겨 그리고 있는데 「남생이」 같은 소설은 부두에서 노동을 하다 병을 얻어 누운 끝에 그 아내에게서마저 버림을 받고 죽어가는 아버지의 참담한 모습을 소년의 눈을 통해 보여주고 있다.

1930년대는 몇몇 여류작가의 활약이 눈에 띄는 시대였다. 그중에서도 「하수도공사」의 박화성, 『어머니와 딸』의 강경애, 「여자의 마음」의 장덕조가 특히 두드러진다. 그 밖에도 백신애, 이선희, 임옥인 등도 이 시기 또는 해방 후까지 작품 활동을 한 여류작가들이다.

1930년대의 한국 문단에는 또 주로 신문 연재를 통한 대중소설이 많이 쏟아져 나왔다는 사실이 특기할 만하다.

『마도(魔都)의 향불』로 이름을 드날린 방인근, 처음에는 「성황당」, 「제신제」 같은 수준 높은 소설을 발표했다가 그 후 대중소설 쪽으로 전향해 6 · 25 전쟁 당시 『자유부인』 등을 써 인기를 얻은 정비석과 박계주, 김래성, 윤백남 등이 이러한 부류의 소설가에 들어간다.

근대희곡의 기초 확립기

유민영

희곡은 무대 위에 올려질 때 비로소 완성되는 문학 형식이기 때문에 극장의 활성화 여부에 절대적으로 좌우된다. 즉, 극장 공연이 활발하면 극작가들이 요청과 자극을 받아서 작품을 많이 쓰게 되고 그와 반대일 경우에는 극작가들도 정체할 수밖에 없다. 그만큼 희곡은 공연을 전제로 해서 씌어지는 문학 장르라는 특성을 지니고 있다. 그렇게 볼 때, 1930년대는 신극 20년이라는 축적도 있었지만 그에 못지않게 극단들의 활발한 공연으로 해서 희곡이 생산되고 또 질적으로 향상된 시기였다고 하겠다. 우선 20여 년 동안 일본 신파극을 답습해온 대중 연극계가 자체적으로 극작가를 길러내기 시작하면서 동양극장이라는 최초의 전용 공연장을 가지게 되고 상업극의 번성을 가져왔다는 것을 일차적으로 꼽을 수 있을 것이다. 이 계열의 극작가들로는 임서방, 이운방, 왕평, 이서구, 임선규, 김건, 최독견, 김춘광 등이 있었다. 다음으로는 3·1 운동 이후 실험적 차원에 머물

러 있던 서구 사실주의극이 극예술연구회(1931년 발족)의 본격적 근대극
운동 전개에 따라 자리를 잡으면서 유능한 극작가 탄생을 가져온 사실이
다. 소위 리얼리즘을 기조로 하는 극작가들로서 유치진, 함세덕, 김영수, 이
광래, 김진수 등이 이 계열에 속한다. 세 번째로는 이러한 연극의 활성화에
자극받아서 소설가들이 희곡에 관심을 두고 작품을 많이 쓴 것도 1930년대
의 특이한 현상이었다. 가령 채만식을 위시하여 이무영, 김송, 유진오 등이
그런 부류의 작가들이다. 네 번째로는 일제에 의해 카프가 탄압받으면서
프롤레타리아 극작가들이 상업성을 띠는 대중적 희곡을 많이 쓴 경우를 꼽
을 수 있다. 송영을 비롯해 박영호, 김태진, 김승구 등이 이 계열의 극작가
들이다. 이상과 같은 네 종류의 극작가들 외에도 1930년대에는 남우훈, 이
석훈, 이서향, 신불출, 박서민 등 무명작가들도 적지 않았다.

따라서 1930년대는 한국희곡 사상 가장 많은 극작가가 탄생하였고 질
과 양 면에서도 전무후무한 기록을 남긴 시기라 볼 수 있다. 왜냐하면 단
몇 년 사이에 30여 명의 극작가가 등장하여 수백 편의 희곡 작품을 써냈
기 때문이다. 가히 희곡문학의 토착기라 할 만한 시기였다고 하겠다. 그
런데 이러한 네 계열 작가들의 작품 성향을 볼 때, 표현 기교상 차이는 있
지만 대체로 신파적 대중극 형태와 사실주의극 형식으로 대별되고, 주제
에 있어서도 신파적 멜로드라마와 사회학적 현실 묘사 등 두 유형으로 나
누어진다고 하겠다. 애초 신파극은 그 기본 틀이 멜로드라마와 깊은 연관
이 있기 때문에 서양연극사에서 놓고 볼 때, 리얼리즘보다는 웰메이드 플
레이에 가깝다. 따라서 다 같이 식민지 시대의 질곡을 주제로 삼으면서도
신파극은 정통적 리얼리즘처럼 저항적 몸부림이 아니고, 압제와 빈곤에서
벗어나고 싶은 소박한 꿈을 묘사하면서도 감상과 체념의 심정적 차원에
머물러 있었다. 가령 이서구의 「동백꽃」이라든가 임선규의 「동학난」 같은
작품을 놓고 볼 때, 전자는 가난으로 인해서 농촌 처녀가 도시의 청루로

인신매매되어 가는 현상을 감상적으로 묘사한 것이고, 후자는 전봉준의 참담한 패배담으로 되어 있다. 이별과 좌절을 통해서 관중을 울리자는 것이다.

대체로 신파와 같은 멜로드라마의 구조는 선인과 악한, 좋은 놈과 나쁜 놈의 쟁투[1]로 되어 있고 비극처럼 재앙의 연극이지만, 비극이 주인공의 내면적 갈등, 특히 성격에서 오는 자기모순에 의해서 파국을 맞는 데 반해서 멜로드라마는 외적 힘에 의해서 파국을 맞는다. 신파 시대의 한 유행으로서 기생들의 가엾은 사랑과 결혼의 불행을 묘사한 임선규의 「사랑에 속고 돈에 울고」라든가 이서구의 「어머니의 힘」 등은 그러한 본보기라 할 수 있다. 즉, 기생이라는 신분 때문에 정상적인 결혼 생활을 못 하고 인간적 파멸에 이르는 이들 작품에서 여주인공을 비극으로 빠뜨리는 것은 두말할 것도 없이 가난과 구 도덕이었다. 사실 1930년대만 하더라도 개화기 연장선상에 놓여 있던 시기였다. 그렇기 때문에 서양에서 유입된 새로운 윤리의식이 인습과 부딪쳐 갈등을 야기했다. 이서구의 「어머니의 힘」만 하더라도 신구 도덕의 충돌 속에서 새 모럴을 찾으려는 사람들의 고통과 좌절, 그리고 그것을 극복해나가는 이야기다. 당대의 대중은 그러한 이야기를 좋아했고 그러한 이야기에서 자신들의 응어리를 풀어보려 한 것이다. 마치 16세기 말 서구에서 종교문화가 무너지고 사회적 신념 체제가 약화되면서 인간들에게 몰려오는 고독의 공포와 중압을 신파극이 달래준 것과 같다고 볼 수 있다.[2] 분명히 식민지 시대는 봉건체제가 무너지고 그 자리에 일제의 무자비한 전체주의 체제가 들어앉은 시대였으므로 대중은 깊은 좌절과 체념, 불안 속에 살 수밖에 없었다. 일제의 철권통치에 따른 공포,

---

1) Heilman, Rober Bechtold, Tragedy and Melodrama, Seattle: University of Washington Press, 1968, P 79
2) 유민영, 『한국현대희곡사』, 홍성사, 1982, 95쪽.

불안, 빈궁 속에서 대중은 잠시나마 정신적 도피처를 구했고 그 도피처 구실을 해준 것이 신파극이었다. 일찍이 몽테뉴도 인간이 정신적 불안과 사회적 환경에 따라 저급 오락물을 추구하게 되는 것과, 도덕적인 극복보다 환경에 적응하여 현실도피를 하게 되는 것을 필연으로 보았다. 이 같은 사회적인 불안 위기에서는 대중오락이 범람하게 되는데, 몽테뉴는 이 같은 도피적 오락물이 인간을 정신적 고통으로부터 해방시켜주는 기능을 한다고 보았다. 그러한 시대 배경 속에서 형성된 감상적인 신파 미학은 18세기 독일 교양소설에서도 보이는 것으로, 당시 정치적 한계성에 봉착해 있던 조선의 역사적 상황에서 체념과 현실도피가 최대의 정신적 고향으로 여겨졌던 것은 필연적 귀결이 아니었던가 싶다. 물론 1930년대부터 해방에 이르기까지의 신파극이 근심 해소의 위안물만 되었던 것은 결코 아니다. 김춘광의 「검사와 여선생」에서 보이는 바와 같이 자수성가한 인물을 통해 청소년의 교육을 말하기도 했고, 서항석의 「마을의 비가」에서 볼 수 있는 것처럼 고부간의 관계를 긍정적으로 묘사함으로써 계몽성을 띠기도 했다. 그러나 감상과 눈물이 무대를 지배한 것은 숨길 수 없는 사실이었다. 특히 신파극이 전통적 한과 연결되어서 더욱 기세를 올렸다. 이러한 신파극의 좌절, 체념, 눈물 그리고 현실도피의 자세는 대중의 의식을 끊임없이 잠재웠다. 그러니까 압제와 가난 속에서 대중들은 신파극 작가들이 창조해놓은 주인공의 좌절과 절망과 슬픔을 자신들의 것으로 착각하고 극작가들이 제시하는 결론에 따라 울고 웃고 비관하고 즐거워도 했던 것이다. 일종의 감정 환치요, 자학 심리라 하겠다. 그렇기 때문에 1940년대 들어서 일본 군국주의가 강압적으로 시행한 소위 국민연극 시대에는 신파가 친일어용의 앞장을 서기에 이르른 것이다.

이상과 같은 신파극을 저질 상업극으로 몰아치면서 서구적 리얼리즘 희곡을 추구한 인텔리 극작가들은 식민 통치하의 민족적 질곡을 폭로하고 비판하는 작품을 쓰기 시작했다. 우선 소설가로서 희곡으로도 확고한 위치를 차지한 채만식은 "반드시 희곡을 쓰고 싶었다느니보다는, 제재가 마침 소설로는 불편한 점이 있기로 전험(前驗)에 따라 역시 이 형식을 취했다"[3]면서 1927년에 「가죽버선」을 시발로 해서 30여 편의 희곡을 썼다. 그런데 그는 연극계와 관련을 맺지 않은 데다가 무대 형상화가 적합지 못한 작품들을 썼기 때문에 그의 작품은 단 한 편도 공연된 바는 없다. 그렇지만 양적으로는 희곡사를 풍부하게 할 만큼 많은 작품을 남겼으며 주제도 '식민지 교육의 모순과 고리대금업, 도박과 같은 비정상적 자본 이동의 현상'[4]이라는 소설 테마와 궤를 같이하는 것이었다. 즉, 그는 「간도행」, 「인테리와 빈대떡」, 「부촌」, 「행랑들창에서 들리는 소리」, 「당랑의 전설」 등에 나타나 있는 것처럼 식민지 시대의 민족의 궁핍화 과정을 주된 주제로 삼았다. 다음으로는 인텔리의 나약성과 현실에 대한 시니시즘을 바탕으로 하여 사회주의 이데올로기를 은연중에 내세웠다는 사실이 눈길을 끈다.

가령 「가죽버선」을 비롯해 「제향날」 등에서 투명하게 보여주듯이 그는 인텔리층의 나약함을 사회주의로 극복해보겠다는 의지를 지녔던 것 같다. 이처럼 채만식은 리얼리즘을 기조로 한 풍속적인 극작가였다. 이러한 채만식과는 달리 연극에 관심을 두고 극예술연구회에 참여도 하며 연극 활동을 벌이기까지 했던 이무영은 1932년에 「모는 자 쫓기는 자」라는 촌극을 발표한 이후 10편 이상의 희곡을 썼는데, 그중에는 무대 위에 올려진 작품도 있다. 이무영은 문학 수업기에 가토 다케오(加藤武雄)와 톨스토이의 무정부주의적 허무주의에 영향을 받았기 때문에 그러한 사상을 작품에 투영한 것이 특징이다. 따라서 그의 희곡 세계는 청년 시대의 사상 편력과

---

3) 채만식, 「당랑의 전설」, 《인문평론》, 1940. 10.
4) 김윤식 · 김현, 『한국문학사』, 민음사, 1987, 185쪽.

방황하는 모습을 세 가지 면에서 표출하고 있다. 그 첫째가 「펼쳐진 날개」 등에서 보이는 바와 같은 반 도시적 농촌 동경이다. 그는 서구 취향의 도시문명을 부정하고 농촌과 노동을 예찬한 것이다. 두 번째로는 「어버이와 아들」에서 보여주는 바와 같이 일제의 식민지 수탈과 그에 대한 항거를 주제로 삼았고, 세 번째로는 「톨스토이」라는 작품에서 극명하게 보여주듯이 톨스토이의 무정부주의적 사회사상을 다루었다. 그는 사회에 대처하는 적극적 행동을 부르짖고 그 실천장으로서 농촌을 꼽았다. 그는 청년기에 아나키즘과 사회주의에 심취했던 대로 희곡을 통해서 자본주의의 허구성을 비판했고 물질만능사상을 증오했다. 「무료치병술」이라는 작품이 바로 그것이다.

한편 대중소설가 김송은 두 권의 희곡집을 낼 만큼 많은 양의 작품을 썼지만 실제로 무대에 올려진 작품은 없다. 청년 시절 연극에 심취하여 1930년 「지옥」이라는 희곡으로 데뷔하여 소설과 희곡을 함께 발표했다. 김송의 희곡 세계도 동시대 작가들과 마찬가지로 구습 타파와 식민지 수탈의 고발에 닿아 있다. 한편 자신의 취향이라 할 방향과 연정을 복선으로 깖으로써 낭만적 색채가 짙은 것이 특징이다. 더욱이 전반기 작품일수록 사희곡적(私戱曲的) 색채가 강한데 그 이유는 자기의 생생한 체험을 작품화한 데서 비롯하였다고 하겠다. 그러나 자기가 처한 시대를 지나치게 감성적으로만 받아들였기 때문에 그의 작품은 센티멘털리즘과 허무주의가 기저를 이루며, 따라서 작품은 자연히 멜로드라마 구조를 지닐 수밖에 없었다. 그가 비록 멜로드라마 작가라 할지라도 자기가 산 고난의 시대를 충실하게 묘사해보려 노력한 작가였다는 것은 아무도 부인하지 못할 것이다. 특히 식민지 시대 좌절의 한 표본이었던 룸펜 인텔리겐치아를 많이 그렸다든가 「앵무」 등에서 보이는 바와 같이 동물 복선의 상징 기법은 유니크한 것으로 볼 수 있다.

그러나 뭐니뭐니해도 1930년대 희곡의 주류는 초기적인 사실주의 실험과 정착이라 하겠다. 루카치가 말하는 모순의 현실과 그 극복의 비전이라는 변증법에까지는 이르지 못했지만 모순의 현실을 부단히 지적하려 했던 것만은 확실했다. 가령 군소 극작가들이라 할 남우훈이라든가 신불출, 남궁만, 이서향 등의 경우만 보더라도 그렇다. 즉, 남우훈은 「그들의 하루」 등 대여섯 작품을 통해서 식민지 수탈에 따른 농민의 몰락을 사실적으로 묘사했다. 금융조합의 빚에 견디다 못해 파산하고 극한상황에서 자기의 토막집을 불살라버리는 이야기 「그들은 어찌 되나」가 그 표본적인 작품이다. 일제는 1920년대의 경제 불황을 메꾸어보려고 동양척식주식회사 등을 통한 수탈을 극심하게 했었다. 그래서 한국 농민들은 피폐의 극에 놓여 있었다. 대체로 5할의 소작료라고는 하나 흉년 때의 미납분이 부채로 밀려오고 또 비료대 등의 농사 비용 등을 합치면 7~8할의 실질 소작료를 지불해야 했다. 때문에 동척 농장이면 어디나 매한가지였지만 소작농은 회사 조직을 통한 강한 통제로 농사의 타작 마당에서 얻을 수 있는 찌꺼기조차 못 얻어 메말라가고 있었던 것이다.[5]

「양산도」라는 희곡을 쓴 신불출의 세계도 빈곤이라는 점에서는 공통적이다. 다만 그는 남우훈과 달리 도시 저임금 노동자들이 극한상황 속에서 저항하는 모습을 그렸다는 점에서 차이가 있을 뿐이다. 그러나 같은 도시 빈민 노동자의 참상을 묘사했어도 남궁만의 「청춘」은 저항 아닌 절망으로 끝맺은 점이 다르다. 이 작품에서 주인공이 실직한 이유는 파업을 주동한 때문이고, 그 주동 이유는 공장의 안전사고로 다리 하나를 잃었음에도 불구하고 보상 한푼 없었기 때문이다. 그래서 이 집의 호구는 열세 살 딸의 구걸과 아내가 정부(情夫)에게서 몇 푼 받는 것으로 지탱된다. 장애로 인한 가장의 실직에 따른 한 가정의 파탄, 이 원인이 전적으로 일제의 식민

---

5) 조동걸, 『일제하한국농민운동사』, 한길사, 1978, 138쪽.

통치에 있었음은 두말할 나위 없는 것이다. 하우프트만의 환경극을 연상시키는 남궁만의 작품은 동시대 극작가들의 주요 관심사였는데, 이는 아무래도 일본 쓰키지 소극장(築地小劇場)의 영향을 받은 것과도 무관하지 않을 것이다. 박서민 작 「봄의 서곡」이라든가 주영섭의 「나루」 등도 핍박과 수탈 속의 상실된 삶을 묘사하기는 마찬가지이다.

한편 한국 리얼리즘 희곡의 기초를 다진 유치진과 함세덕 등 기타 작가들의 작품 세계는 드라마투르기에서의 진보를 제외하고는 다른 극작가들과 궤를 같이했다. 즉, 1932년에 「토막」으로 데뷔한 유치진은 「버드나무선 동리의 풍경」, 「빈민가」, 「소」 등을 연달아 발표하여 식민 통치하의 피폐상을 폭로했다. 그가 전 생애에 걸쳐 쓴 40여 편의 희곡 가운데 대표작에 드는 초기 네 작품 중 세 편이 농촌이 무대이고 한 편이 도시 빈민촌이다. 그런데 이들 네 작품이 한결같이 가난한 이들의 밑바닥 삶을 그리고 있으며, 시대도 1920~1930년대에 걸쳐 있다. 이처럼 유치진이 묘사하려던 것은 당시의 가난한 삶이고 그런 삶 뒤에 도사리고 있는 구조적 모순을 드러내고 고발하는 데 있었다. 그가 농촌을 무대로 삼고 빈농을 묘사하려한 것은 농촌이야말로 일제의 수탈 정책이 가장 첨예하게 나타난 곳이고 그 반응도 예민했기 때문이다. 실제로 식민 통치로 인해서 제일 먼저 농촌이 붕괴되고 농민이 몰락했다. 처녀작 「토막」만 하더라도 두 농가의 비극적 몰락 과정을 그린 작품이다. 즉 소작농으로 근근이 지내다가 땅마저 빼앗기고 장리쌀을 못 갚아 토막마저 차압당해 유랑 걸식과 행상으로 끼니를 이으면서 고향을 등진다는 이야기이다. 일제의 토지조사사업과 미곡증산, 동척이 한국인들을 얼마나 큰 불행 속으로 몰아갔는지를 단적으로 보여주는 작품들이 바로 유치진의 초기 희곡 세계이다. 따라서 「토막」만 하더라도 그 주제가 식민지 시대 삶의 질곡이고 일제에 대한 항거와 패배인 것이다. 또한 일제에 의한 수탈과 상실이며, 그 상실 뒤에 오는 허무이다. 이처럼 그의 초기 작품 주인공들이 모두 처음부터 빼앗김으로부터 출발하여 빼앗김으로 끝난다.[6] 열악한 노동 현실을 묘사한 「빈민가」도 당시의 삶이 얼마나 험난하고 고달팠던가를 사실적으로 보여준다. 남궁만의 「청춘」과 유사한 형태의 환경극 류에 들어간다고 볼 수 있다.

그러나 「소」를 끝으로 그의 작품은 변해갔는데, 그 계기가 바로 행복한 결혼과 경찰로부터의 경고였다. 그리하여 그는 사회적 모순을 폭로하던 예봉을 슬그머니 꺾고 '리얼리즘에 입각한 로맨티시즘'[7]이라는 자기 합리화를 내걸고 애정과 역사의 숲으로 은신케 된다. 「당나귀」, 「제사」, 「자매」, 「마의 태자」 등이 그러한 입장에서 씌어진 작품들이다. 그런데 이는 단순히 유치진 개인의 방향 전환이라기보다는 한국희곡이 사조적으로 역행한 경우였다. 그의 방향 전환으로 인해서 이 땅에 리얼리즘 희곡이 뿌리를 내리지 못한 채 부유하게 된 것이다. 그는 결국 센티멘털리즘에 빠져들기 시작했고 다른 작가들도 비슷한 궤적을 밟았다. 결국 유치진은 1940년대의 국민연극 시대에 접어들어서는 「흑룡강」이라든가 「북진대」 같은 친일어용극을 쓰기에 이르렀다. 이처럼 그들의 역사의식은 육화되지 못하고 단순한 지식 청년들의 장식품으로서 머리와 가슴에서 겉돌다가 사라졌다는 이야기밖에 되지 않는다. 그가 숀 오케이시의 영향을 절대적으로 받았다는 것도 결국 피상적인 것에 지나지 않았다는 이야기가 된다. 그렇게 볼 때 "1930년대 이후 리얼리즘의 세례를 받았으면서도 자기의 것으로 소화된, 토착적 바탕에 근거를 둔 방법을 창조해내지 못했다는 사실은, 리얼리즘을 최초로 실천한 이 뛰어난 극작가를 위해서뿐만 아니라 신극 전체의 알찬 발전을 위해서도 큰 불행이 아닐 수 없다"[8]고 한 여석기의 지적은 정곡을 찌른 것이다.

---

6) 한상철, 「유치진의 〈토막〉」,《우리무대》, 1974.

7) 유치진, 「낭만성 무시한 작품은 기름기 없는 기계」,《동아일보》, 1937. 6. 10.

8) 여석기, 『한국연극의 현실』, 동화출판공사, 1974, 50쪽.

존 밀링턴 싱의 영향을 받았던 함세덕은 더욱 흥미로운 변신을 거듭했다. 스승인 유치진처럼 어촌을 무대로 식민지하의 민족적 질곡을 묘사했던 그는 낭만주의로 갔다가 친일국필극(親日國筆劇), 그리고 해방과 함께 사회주의 리얼리즘으로 변신을 거듭한 것이다. 즉, 1936년 「산허구리」로 데뷔한 그는 「동승」, 「해연」, 「추석」, 「감자와 쪽제비와 여교원」을 쓸 때까지만 해도 리얼리즘과 로맨티시즘을 넘나들면서 독특한 서정 세계를 펼쳤다. 그러나 곧 친일어용극을 썼고 해방과 함께 좌경한 것이다. 함세덕과 비슷한 시기에 데뷔한 이광래, 김영수, 김진수 등은 조금씩 차이점이 있다. 즉, 1935년에 「촌선생」이라는 장막극으로 데뷔한 이광래도 유치진처럼 산협궁촌을 배경으로 하여 농민의 몰락을 묘사했다. 그런데 이광래는 다음 작품인 「석류나무집」을 통해서는 구세대의 몰락과 신흥세력의 등장을 묘사함으로써 개화기의 사회 변화를 예리하게 분석하기도 했다. 그러니까 이광래는 희곡사의 두 흐름이라 할 압제로부터의 해방과 인습으로부터의 해방을 나름대로 구현하려 노력한 극작가라 하겠다.

한편 소설 「소복」과 희곡 「동맥」으로 1934년에 데뷔한 김영수도 「단층」, 「총」 등을 통해서 역시 도시 변두리 하층민의 곤궁한 삶을 묘파했는데, 그야말로 하우프트만의 환경극을 이 땅에서 실현해보려 노력한 극작가라 할 수 있다. 따라서 그의 작품 무대는 언제나 도시 변두리의 빈민굴이고 등장인물은 뿌리 뽑힌 부랑민이다. 그것은 해방 직후까지 계속되었는데 「혈맥」이 그 표본적 작품이다. 그러나 그는 상업주의극으로 방향을 돌렸고, 다시 방송 드라마 작가로 전신하여 생을 마쳤다.

1937년에 장막극 「길」로 등단한 김진수도 동시대 극작가들과 궤를 같이했다. 가령 「길」만 하더라도 고리대금업에 의한 서민의 궁핍화와 몰락 과정을 그리고 있다. 김진수 자신은 자기 작품에 대하여 "세상을 어떤 단면으로 보고 기형적인 어떤 가정을 가상하여 거기에서 고민하고 있는 시대의 아들들의 행장기"[9]라 했지만 식민지 시대 인텔리겐치아의 고민과 좌절 못지않게 일제의 경제 침략을 매도하고 있다. 그는 식민지 핍박의 시대 분위기에다가 완고한 가부장적 폐습을 접합시켜 궁지에 몰린 당대 젊은 지식인들의 비극적 실상을 묘사했다. 이처럼 김진수 역시 식민지 질곡으로부터의 해방과 봉건적 인습의 질곡으로부터의 해방을 주 테마로 삼았다. 그러나 그 역시 해방 이후에는 많이 달라졌다.

반면에 프롤레타리아 작가군에 속한다고 볼 수 있는 송영, 박영호 등도 시대의 아픔을 작품 주제로 삼았다는 점에서는 별 차이가 없지만, 언제나 사회주의적인 이념을 작품에 투영하려 애썼다는 점에서는 차이가 난다. 1923년에 단편소설 「느러가는 무리」로 데뷔한 송영은 「백양화」, 「모기가 없어지는 까닭」, 「일체 면회를 거절하라」, 「산상민」 등의 희곡을 연달아 발표했고 1930년대에 들어서도 많은 희곡을 썼다. 그의 초기 희곡에 대하여 한효는 "근로인민의 억센 싸움과 착취자에 대한 참을 수 없는 미움이 있었다"[10]고 극히 좌경적 해석을 가했지만, 실제로 그의 작품을 분석해보면 궁핍한 현실 폭로와 그 풍자를 크게 넘어서지 못하고 있다. 그와 같은 사실은 그의 작품들이 대부분 희극인 것만 보아도 알 수 있다. 가령 가난한 아편 중독자가 딸을 팔아먹는 내용의 「아편쟁이」를 위시해서 여공들의 파업 이야기 「호신술」 등의 경우 일제 수탈에 따른 농민 몰락, 빈궁, 인간 박대 등 극한 상황을 묘사하면서도 그것을 비극이 아닌 희극 기법으로 처리한 점에서도 확인되는 것이다. 다음 작품인 「황금산」이라든가 「가사장(假社長)」, 「윤씨일가」 등도 유사한 기법의 희곡들이다. 이들 작품은 빈궁 시대에 있어 인성보다는 돈을 더욱 중시하는 해방과 함께 끝난다. 송영도

---

9) 김진수, 「〈길〉의 작자로서-극연좌 18회 공연을 앞두고」, 《동아일보》, 1938. 5. 26.

10) 한효, 「조선희곡의 현상과 금후방향」, 『건설기의 조선문학』, 조선문학가동맹중앙집행위원회서기국편, 1946, 77쪽.

카프 계열 작가의 본색을 드러내어 급격하게 사회주의 리얼리즘으로 표변한 것이다. 이러한 경우는 박영호도 같다. 그도 1930년대 프로극단인 이동식 소형극장과 관련을 맺고 「십년전야」, 「출옥하던 날 밤」, 「인간일번지」, 「흘러가는 무리들」, 「등잔불」 등을 쓸 때까지는 로컬리티가 강한 밑바닥 삶을 사실적으로 묘사했다. 특히 만주지방에 흩어져 사는 뿌리 뽑힌 무국적자들의 인간군상을 묘파한 「등잔불」은 그의 작품 세계를 잘 보여준다. 그러나 그는 국민연극 시대에 들어서는 친일어용극에 앞장섰다. 해방을 맞자 그는 다시 좌경으로 돌아서 「님」, 「번지없는 부락」 등을 쓰고 월북했지만 그와 함께 연극 활동을 했던 이해랑은 박영호가 "한결같이 환경극만을 썼다"[11]고 주장하여 이채롭다.

　물론 이상에서 언급한 극작가들 외에도 많은 군소 작가가 있었다. 그러나 대부분이 소설이나 시와 같은 다른 문학 장르에서 활동하면서 한두 편의 희곡을 남겼거나 아니면 연극 활동을 하는 동안에 간간이 작품을 쓴 경우였다. 그리고 작품 세계도 이상에서 서술한 큰 흐름으로부터 벗어난 것이 아니었다. 여하튼 1930년대가 우리 근대희곡의 기초를 다진 시기였다는 점에서 매우 중요한 문학사의 획이라 하겠다.

---

11) 이해랑, 「조선극작론」, 《조선예술》, 1980.

우리 비평의 근대적 성격

김윤식

1. 근대성과 비평

근대사회의 성립을 전제로 하지 않으면 근대사를 논의하는 일이 무의미해지듯, 근대문학을 떠나서는 근대비평을 논의할 수 없다. 이 가장 원칙적인 자리를 몰각하거나 소홀히 할 경우 근대비평사는 그 독자성을 갖지 못한다. 그러니까 문학의 근대적 성격을 가운데 두고, 근대사와 비평사를 겨냥하는 일은 불가피한 일이 아닐 수 없는데, 불행하게도 우리 근대문학사의 논의에서는 이 점에 대한 인식이 조금 모자랐던 것은 아니었을까 하고 생각해본다. 내가 자주 문학사와 관련된 발언을 하는 자리에서, 매천, 소월, 육사, 만해의 시를 두고 우리 문학의 주류라든가 최고 수준이라 말할 수는 있을지 모르나 이것들을 막바로 우리 근대문학이라 말함에는 동의하기 어렵다고 지적해온 것도 이와 관련이 있다. 조금 도식적이고 추상적일지는 모르나, 세계사적 시각에서 보면 근대라 할 때 그 앞에는 전근대가, 그 뒤에는 근대 이후(포스트모던)가 있겠고, 또 다르게는 자본주의 전 단계, 자본주의 단계, 사회주의 단계 등 발달단계설을 설정할 수 있을 것이다. 근대성을 어떤 한 가지 기준으로 설명할 수는 없겠지만, 적어도 그 중심부에 무엇이 놓여 있는지는 비교적 손쉽게 지적할 수가 있는데, 나는 그것을 자본주의(산업화)라고 생각해오고 있다. 곧 근대성이라는 것은 일종의 특정 이데올로기인데, 이것은 물을 것도 없이 특정한 토대(basis) 구조 위에서 나타난 것이며, 그 토대 구조를 두고 자본주의라 한다면, 이 토대의 성격 분석을 떠나거나 이와 관련 없는 것은 아무리 대단한 것일지라도 근대성과 거리가 먼 것이라 할 것이다. 마르크스, 프로이트, 소쉬르 등의 사상적 기반이 근대성과 밀접히 관련된 것이라 말해질 때, 그들 사상을 공유하는 장소가 자본주의적 체제임은 의심의 여지가 없다. 자본주의 체제를 긍정하든 비판하든 또는 부정하든 그 어떤 논의도 그 중심부에 자본주의의 속성이 심연처럼 가로놓여 있는 것이며, 이 마법권에서 벗어날 수 없다는 전제를 항상 머릿속에 두지 않는 어떤 논의도 근대성과는 직접적인 관련이 없다고 할 것이다. 그렇다면 자본주의의 본질이 무엇인가를 새삼 묻지 않을 수 없는데, 이에 관해서는 이미 많은 논의가 진행되었던 만큼 적어도 초기 자본주의 및 중기의 그것은 상당한 수준에서 이해될 수 있다. 어떤 학자의 주장에 따르면 서구 자본주의 역사는 세 시기로 구분할 수 있는데, 그 처음은 1910년까지의 시기로서 자유주의적 자본주의라 하고 그 특징을 총체성(전체적 조화의 사상)이 조금씩 사라지고 개인주의가 득세함에다 두었고, 경험주의와 합리주의라는 두 개의 철학으로 개괄할 수가 있으며, 무엇보다도 소설에서의 문제적 개인의 출현으로 대표시킬 수 있다. 다음으로 1910년에서 제2차 세계대전 이후까지를 자본주의의 제2단계로 보고 이를 특히 제국주의 시기라 부르고 있다. 경제적 측면에서 보면 이 시기는 자유주의적 경제에 필수불가결한 조절 메커니즘이 독점과 트러스트의 발전으로 말미암아 방해를 받았으며, 철학상으로는 개인주의에 기반을 두면서도 그러한 요소들이 더 이상 이성이나 인식 작용에 집중되지 아니하고 그 대신 개인의 한계(죽음)에 집중된 실존주의로 개괄되며, 불안이라는 것이 문학상의 중심부를 이루었다. 마지막으로 오늘날의 사회를 두고 제3기라 할 때 이 시기의 자본주의를 두고 소비사회, 산업관리사회, 기술사회 등등이라 부르며, 그 특징을 '의식적인 자기 조절 기구의 등장'이라 규정하고 있다.[1] 곧, 마르크스주의자들이 예견했던 자본주의 붕괴라는 것(사회의 전체적 조화와 생산의 전체적 조화가 제대로 이루어지지 못할 것이라는 사상)이 실제 일어나지 않았는데, 그것은 자본주의 내부에서 의식적인 자기 조절 기구를 만들어내었기 때문이다. 그리고 그러한 기구 중 하나는 놀랍게도 사회의 의사 결정권이 비교적 소수에 해당되는 그룹에 집중되었는데, 이를 골드먼은 테크노크라트라 하고 무식한 전문가를 이론화한 일차원적 인간론을 편 마르쿠제에 찬동하고 있다. 브레히트를 비롯, 벤야민, 아도르노 등 마르크스주의를 깊이 이해하고 또 그쪽 노선에 섰던 사상가들도 일단 자본주의를 승인하고 그 바탕 위에서 비판적인 논의를 펼쳤던 것인데, 이러한 자본주의 체제의 자기 조절 능력과 아울러 사회주의 체제와 사상도 정밀하고 과학적인 체계를 여러 단계에 거쳐 이루어져 왔음은 두루 아는 사실이다.

내가 이러한 사례를 드는 것은 다름이 아니라 근대적 성격에 대한 논의가 우리 문학 및 사상사에서 자주 묵살되거나, 이에 대한 자의식이 거의 없음에 대한 주의 환기 때문이다. 그런데 서구의 경우는 이러한 연구가 상당히 보편화되어 준거랄까 어떤 측도가 제시되어 있지만 우리의 경우는

---

1) 골드먼, 『선진문명사회에 있어서의 예술과 문학의 반항』, 1968.

그러한 측도가 별로 연구되어 있지 않다는 점 때문에, 우리의 처지에서 우리 사회의 근대적 성격 논의는 장차 불가피하리라 생각된다. 우리에 있어 근대사는 언제부터이며, 어떤 시기 구분을 가능케 하며, 그 각 시기의 특징은 무엇인가, 우리에 있어 자생적인 근대성은 무엇이며, 또 이식된 근대성은 무엇인가 등등의 과제를 우리가 안고 있을진대, 이에 대한 어떤 비교근거(준거)가 불가피해질 것이다. 골드먼의 위의 견해도 그러한 준거랄까 참고사항의 하나로 볼 수도 있을 것이다.

나는 우리 근대사 및 근대문학사는 계급문학 등장에서 비롯한다고 생각했고 지금도 이 생각에 큰 변화는 없다. 내가 『한국근대문예비평사연구』(1973)를 출간했을 때, 그 첫 장을 신경향파 문학론으로 삼았고, 이어 막바로 계급문학(카프문학)의 이론과 그 논쟁을 분석했는데(그것의 정확성 여부라든가 기타의 문제는 비판의 여지가 얼마든지 있겠으나), 이는 프롤레타리아 문학과 근대성을 연결시키고자 했기 때문이었다. 그렇지만, 그러한 연결이 다분히 도식적이고 추상적이었음은 사실인데, 그것은 웬 까닭이었을까. 이 의문은 우리 근대문학 자체, 그러니까 계급문학 자체가 자생적인 것이 아니고 이식문학이라는 사실에 모든 논의가 돌아가게 된다. 이 점에서 최초로 우리 근대문학사를 썼던 임화가 옳았다고 나는 생각한다. 우리의 근대가 제도적인 측면에서 이식되었다는 사실, 가령 행정제도, 법률 제도, 군사 제도, 철도 제도, 우편 제도, 교육 제도 등등 거의 모든 제도가 일본을 통해 들어왔고, 문학이라는 것도 하나의 제도적인 것으로 도입되었던 만큼, 그것을 논하는 기본항이 이식문학(학)론임은 새삼 말할 것도 없었다. 임화의 문학사는 마르크스주의 이론과는 거의 관련이 없었다. 그는 일본을 통해 들어온 개화기 제도사(制度史)의 해명에 전력을 기울였을 따름이다.[2] 계급주의 문학도 이 범주에서 크게 벗어나지 않는

---

2) 김윤식, 「신문학사론비판」,《문학사상》, 1988. 8.

다. 1920년대 중반에 만들어진 카프도 그러하였고, 방향 전환(1927. 9) 이후에도 그러하였지만, 계급주의 문학론 자체가 이식문학의 성격을 가진 것이며, 따라서 그것을 논의하는 일도 다분히 도식적이자 추상적인 것에 떨어지기 십상이었다. 「지옥순례」(박영희, 1926)라든가 「사냥개」(박영희, 1925), 심지어 「홍염」(최서해, 1927)조차 그러하였고, 이들 작품을 가운데 두고 벌어진 내용·형식 논쟁이라든가 창작 방법론은 급조된 위의 소설들이 추상적·도식적이듯 같은 운명에 떨어지지 않으면 안 되었다. 그러나 1930년대에 접어들면 사정이 썩 달라지는데, 그것은 「농부정도룡」(이기영, 1926)을 비롯한 상당한 자생적인 바탕 위에 나온 창작이 가능했음에서 말미암았다. 창작 방법론이 도식적, 추상적인 레벨에서 벗어나 어느 정도 과학의 수준으로 올라간 점이야말로 1930년대 비평의 근대적 성격을 결정하는 요인이라 할 수 있는데, 이른바 '물논쟁'에서 그 실마리를 찾을 수 있겠다.

2. '물논쟁'의 사상

1930년대 비평계의 중요한 과제를 선정하는 기준은 앞장에 이미 제시되어 있는 셈인데, 이를 반복하면 근대적 성격으로서의 계급문학 사상과 그것에 관련된 실천으로 요약된다. 그 첫 번째 단계는 유명한 '물논쟁'을 들 수 있다.

물논쟁이란 무엇인가. 김남천의 단편 「물!」이 발표되었을 때 카프의 서기장 임화는 「6월중의 창작」(《조선일보》, 1933. 7. 13~19)에서 이 작품이 계급적 당파성을 결여한 작품이며 따라서 계급문학의 기본 태도를 몰각한 것이라 혹평함에서 비롯된다. 창작 「물!」은 발표 당시 감탄부까지 달아놓은 것이며, 편집자의 주석인 듯이 보이는 다음과 같은 서두까지 곁들여 있어 인상적이다.

> 물은 사람에게 하로라도 없어서는 안이될 중요한 물건의 하나인 듯싶다. 그런 의미에서가 아니라 물은 우리들과 특별히 떼일 수 없는 인연이 있는 듯 싶다. 물! 여기에 다음과 같은 이야기가 있다.

이러한 서두를 가진 「물!」은 일인칭 작중인물 '나'의 긴 옥중 생활 체험중의 물과 관련된 사건 한 토막을 그린 것이다. 이 작중인물이 작품의 앞부분에서 이렇게 말해놓은 점을 우리는 놓칠 수 없는데, 곧 옥중 생활이라는 것의 의미가 작가 김남천의 자존심, 곧 이 작품을 쓰게 된 보이지 않는 동기임을 엿보이게 하는 것이기 때문이다.

> 나는 두평칠합(二坪七合)의 네모난 면적 우에 벌써 날수로 일곱달이나 살아온 것이다. 두평칠합을 전몸뚱이를 가지고 느껴지는 것은 그 덕택이었다. 내가 이 두평칠합에 살기 전에 석달동안 두평칠합을 절반 가른 조그만 방안에서 생활한 적이 있었다.

이로 미루어보면 작품 「물!」의 주인공 '나'가 옥중 생활 10개월 만에 겪은 사건을 다룬 것임을 알아차릴 수 있거니와, 그 사건이란 두평칠합의 공간에 13명의 죄수가 한여름을 겪으며, 가장 절실한 괴로움이 갈증에 있었음을 드러낸 것이다. '두평칠합'과 '구십도'와 '열세사람' 속에서 물에 대한 갈망이 어떤 지혜를 짜내었으며, 그를 마시고 설사를 하게 된 사건을 다룬 이 짤막한 단편 결말에는 또한 작자의 말이라 하여 "백도의 여름이 다시 오련다. 이 한 편을 여름을 맞는 여러 동무들에게 올린다"고 적고, 창작 연도를 1933년 5월 20일이라 밝히고 있다. 이만하면 작가 김남천이 이 작품에 상당한 자부심을 갖고 있음이 드러난다. 그런데 그 자부심은 작품 속에서가 아니라 작품 밖에 있음도 명백한 사실이다. 작가의 메시지가 작품 속에서 흡수되어 잠복되지 못한 증거가, 이 작품의 앞과 뒤에 단 작가의 군말이라 할 것이다. 이 작품 속에는 다음과 같은 대목이 포함되어 있는데, 이러한 작가의 경험적 사실은 논쟁을 유발할 만한 충분한 틈을 던지고 있음도 사실이다.

> 사실 나는 벌써 몇시간전부터 물을 그리워하고 있었다. 그러나 저녁을 먹을 때가 아니면 아모리 죽는다 하여도 물이 들어올 수 없다는 것을 나는 벌써 팔구개월이나 경험한 것이었다. 그래서 아모리 가슴이 답답하고 목구멍이 말라도 물생각을 하여서는 안 된다는 습관이 나에게는 꽉 박혀 있었다. 나는 책을 드려다 본다. 모든 정신을 책에다 집중하자! 더움과 안타까움 그리고 물을 그리워하는 마음—이 모든 것으로부터 나의 전신을 꽉 갈나서 책에다 정신을 넣어보자! /사실 오래동안의 경험은 나에게 어느 정도까지 이것을 가능케 하였다. 나의 눈은 명백히 활자의 하나하나를 세었다. 꼬박꼬박. 활자를 줍듯이 나의 정신은 그것에 집중하였다. '미, 네, 루, 바, 의, 올, 뱀, 이, 는, 닥, 처, 오, 는, 황, 혼, 을, 기, 대, 려, 서, 비, 로, 소, 비, 상, 하, 기, 시, 작, 한, 다.' 그러나 십분도 못 계속하여 나는 내가 글을 읽고 있는 것이 아니라 활자를 읽고 있는 것을 깨닫는다. 나는 활자가 무엇을 말하고 있는지를 모르고 읽고 있는 것이다.

관념(회색의 세계)의 꼭짓점에 서 있는 헤겔의 『법철학서문』을 인용해놓은 것은, 이론 중의 이론을 가리킴이 아니겠는가. 임화의 반론에서 김남천이 주장한 대로, "소위 ××(검열)의 눈을 피하여 나오는 작품이라는 선입견 없이 작가가 이것을 썼다고 보는 것은 아모러한 정당한 이해도 아닐 것이다. 나는 이 작품을 '대중'에 꼭 발표되도록 썼다"[3]라는 점을 인정한다면, 위의 헤겔 인용은 아마도 마르크스의 인용으로 되었을지도 모른다. 요컨대, 갈증(생리적인 것) 앞에서는 관념으로서의 헤겔이나 마르크스도 머리를 내밀 수 없다는 것으로 읽힐 수 있을 것이다.

이로써 물논쟁의 쟁점이 부각된 셈인데, 곧 임화는 경험주의적이며, 심각한 생물학적 심리주의라고 비판할 수 있었다. 이 경우 경험주의란 작가 김남천의 체험을 그대로 드러낸 것에 지나지 않는다는 뜻이며, 생물학적 심리주의란 어떤 관념보다 갈증이 앞선다는 것에 대한 비판이다. 임화는 이 작품을 가운데 두고, 카프 진영 내의 우익적 편향성 전반의 비판으로 이끌어갔다는 데 이 논쟁의 중요성이 있다. 곧 카프 중 가장 강도 높은 「공우회」, 「공장신문」의 작가 김남천의 후퇴는 임화에겐 충격적이었던 것이다.

> 이러한 경향은 우리들의 문학의 최대의 위험인 우익적 일화견주의(기회주의─인용자)─그것은 정치적으로 문화주의의 형태로 나타나는─의 명백한 현현의 하나이다. 이 문제는 타일 이러한 창작상의 편향을 낳은 일련의 창작 이론과 함께 체계적으로 비판받아야 하고 끊임없는 투쟁의 포화가 이곳에로 집중되어야 한다.[4]

임화의 논법을 따르면 작가는 어느 곳, 어떤 시기에도 당파성을 고수해야 하고, 그 당파성의 기치를 검열이라든가 또는 전술적 · 전략적 수준에서 위장하거나 후퇴할 수 없다는 사실, 곧 일원론 원칙이 카프의 기본 노선이라는 것이다. 말하자면 문학운동이란 문화운동의 일환이며, 따라서

---

3) 김남천, 「임화에게 주는 나의 항의 (3)」, 《조선일보》, 1933. 8. 2.4)
4) 임화, 「6월중의 창작」, 《조선일보》, 1933. 7. 18.

그것은 정치운동이나 경제운동과는 다르다는 것으로 보는 이원론을 배격한다. 그러한 분리 현상이 있는 것이 아니고, 카프 기본 노선은 정치운동 그 자체 속의 한 가지 요소로 문학운동을 본다는 것으로 해석된다. 임화의 이러한 입장은 카프문학운동을 규정함에 아주 중요한 준거라 할 것인데, 그것은 카프가 문학 단체이냐 정치 단체이냐를 결정하는 기준이 그 속에 있다는 뜻이 아니라, 당파성이 무엇이냐에 관련된 것이기 때문이다. 적어도 임화가 카프의 서기장이 되어 카프를 장악한 1931년 이후 카프의 기본 노선은 '전위의 눈으로 세계를 본다'는 표어를 내걸었으며, 볼셰비키화 노선을 천명했거니와, 이러한 노선은 무엇보다도 일원론 원칙 위에 서 있음을 표명한 것으로 볼 것이다. 레닌이 제시한 「당조직과 문학」(1905)에서 제시된 세 가지 원칙 중 제일 머리에 오는 사항이 문학예술을 당조직의 톱니바퀴와 나사못의 하나로 규정한 것이었다. 정치 투쟁, 경제 투쟁, 문화 투쟁 등이 따로따로 있는 것이 아니고, 모든 것은 정치 투쟁 속에 포섭되는 것이며, 정치 투쟁이라는 일원론 원칙을 떠나면 당파성을 떠나는 것으로 파악되었는데, 임화가 카프의 기본 노선을 이것으로 내세운 것은 그 자신의 정통성 확보에 관련된 것이라 할 수 있다. 그러니까 카프를 두고 정치 단체냐 문학 단체냐를 가르는 것 자체가 이원론자들의 짓이며, 정작 카프 진영 쪽에서 보면 그러한 논법 자체가 성립되지 않는다. 이 점에서 볼 때, 물논쟁에서 제시한 임화의 주장은 정당한 것이다. 김남천이 "여기서 작품 「물!」이 한 개의 예술문학이 아니며 진실한 프롤레타리아 작품이 아니며 그것은 가장 위험한 경향에 합류하여 있다는 임군의 비평을 조금도 부인하고저 하는 것이 아니다"[5]라고 말한 것은 이를 입증하는 것이다. 그렇지만 김남천은 임화의 주장에 전적으로 수긍하지 않고 장황하고도 집요한 자기방어를 하고 있는데, 이러한 자기주장에서 우리는 김남천이 레닌

---

5) 김남천, 앞의 글.

의 기본 노선의 하나로 되어 있는 이론과 실천의 과제를 철저히 파악하지 못한 증거로 삼을 수 있겠다. 따라서 김남천이 레닌의 일원론 원칙도 확실히 파악한 것이라 보기도 어려운 터이다.

김남천이 임화의 비판에 반박을 가한 근거는 이론과 실천에 관한 것이었다. 김남천이 말하는 실천 개념이란 무엇인가. 이것은 레닌이 말하는 그것과는 썩 다른 것이어서 주목된다.

> 작품을 결정하는 것은 작가이며, 작가를 결정하는 것은 어떤 혹자의 이론보다도 그 당자의 실천이다. 그러므로 작품을 논평하는 기준은 그의 실천에 두어야 하는 것이다. 이것에 대하여 무이해한 비평가는 그가 변증법적 유물론을 백만번 운운하여도 진실한 맑스주의 평가는 될 수 없는 것이다.[6]

김남천이 말하는 실천 개념이란 작가의 '개인적 사정'에 관련된 것이라 할 수 있다. 그 작가의 개인적 사정이 지금 어떤 형편에 놓여 있는가를 파악하고, 그 바탕 위에서 작품 평가를 하지 않는 비평은 결코 마르크스주의 비평이 될 수 없다는 논법은 순전히 김남천 개인이 만들어낸 실천 개념이라 할 것이다. '작품을 논평하는 기준은 그의 실천에 두어야 한다'는 명제가 틀렸다는 것이 아니라, 작가를 결정하는 것이 '혹자의 이론보다 당자의 실천'이라는 주장이야말로 김남천의 개인적 소신에 지나지 않아 설득력을 가지지 못한다. 김남천이 말하는 작가의 실천이란 구체적으로는 자기 자신의 감옥 체험을 가리킴이다. 1931년 10월 6일 조선공산주의자협의회 사건으로 기소된 것은 고경흠과 김남천 등이고, 임화를 포함한 나머지는 기소유예로 풀려 나왔으며, 김남천이 출소한 것은 1933년이었으며, 작품 「물!」은 김남천이 출감하여 쓴 세 번째 작품인데 1932년 여름 옥중에서

6) 김남천, 「임화에게 주는 나의 항의 (2)」,《조선일보》, 1933. 8. 1.

체험한 것을 그대로 쓴 것이다. 김남천의 자존심의 근거가 여기에서 말미암은 것이거니와, 이러한 것을 두고 그는 작가의 실천이라 불렀다. 한재덕과 더불어 평양 고무공장 직공 동맹파업을 선동한 죄목으로, 남들이 못하는 긴 감옥 체험을 한 김남천이라는 작가를 이해하지 못하거나 고의적으로 덮어둔 채, 작품만을 달랑 떼어내어 경험주의적이라느니 생리적 심리주의라느니 요컨대 '우익적 편향'이라고 할 수 있는가, 그러한 평가는 작가의 실천 문제를 도외시한 것이어서, 진실한 마르크스주의 평론 축에 들 수 없다고 한 김남천의 주장이 제일 잘 나타난 곳은 다음 대목이다.

> 김남천의 우익적 경향에 대한 원인의 해명은 김남천이 장구한 시일간의 옥중생활에 의하야 실제적인 실천과 창작생활로부터 유리되어 있다는 사실과 및 김남천의 과거의 단시일간의 조직적 훈련 때문에 그의 세계관이 불확고하다는 사실과 또한 출옥 후에도 노력대중과 하등의 관련없는 생활을 영위하고 있다는 등등의 실천상의 일체를 문제하지 않고는 불완전한 성과에 도달할 것이다.[7]

이 대목에서 잘 드러나 있듯, 김남천이 말하는 실천 개념이란 한 개인의 경력상의 문제로 치닫고 있다. 바로 실천 개념을 개인의 경력상의 문제로 설정하는 그 순간, 1930년대 우리 문학사 및 비평사에는 일원론과 이원론의 거대한 대립적 구성이 성립되는 것이다. 임화의 일원론과 김남천의 이원론의 분기점은 실천 개념의 차이에서 온 것이며, 그 시금석은 바로 레닌주의 노선에 있었다. 레닌주의에서 보면 실천이란, 과학적 사회주의 사상(이론)과 사회주의적 프롤레타리아의 실천을 연결시키는 것에 문학을 놓았던 만큼 사회주의적 프롤레타리아의 실천을 가리킴이다. 또 다르게는

---

7) 김남천, 앞의 글.

과거의 제경험(공산주의)과 현재의 제경험(실천 투쟁)의 상호작용을 가리킴이다. 이러한 시각과는 달리, 실천 개념을 작가로서의 개인의 경력상의 문제로 제기한다면 그 개인의 양심 또는 모럴의 과제로 나아가지 않을 수 없게 된다. 임화가 이론과 실천의 최우수작으로 이기영의 「서화」(1933)를 꼽았을 때, 김남천의 반박은 당연히도 도박꾼이나 투전판을 그린 「서화」의 주인공이 어째서 긍정적인 인물이겠느냐로 향했던 것이다. 김남천의 실천 개념이 얼마나 개인의 모럴, 인격으로 치닫고 있는가를 이처럼 잘 보여주는 사례는 흔치 않다.

3. 일원론과 신이원론

계급문학 내부에서 벌어진 일원론 대 이원론의 대립을 축으로 하여 1930년대 비평계를 밝히는 일은 비평사의 기본 골격을 해명하는 것이라 할 수 있다. 1930년대 비평계의 두 가지 큰 주제가 한결같이 이 문제와 관련되어 있기 때문이다.

신문학사 연구가 그 하나인데, 이는 임화에 의해 제기되고 또 씌어진 것이다. 임화는 「조선신문학사론서설」(1935), 「개설조선신문학사」(1939~1940)를 썼는데, 그가 이것들을 쓰게 된 동기는 다름 아닌 일원론 확인에서 왔다. 「조선신문학사론서설」(《조선중앙일보》, 1935. 10. 9~11. 13)은 '이인직으로부터 최서해까지'라는 부제를 단 것이며, 그 집필 동기는 신남철의 「최근 조선문학사조의 변천」(《신동아》, 1935. 9)을 비판하기 위함에 놓여 있다. 신남철은 위의 논문에서 신경향파 문학이 "비상히도 유치한 수법, 졸렬한 취재, 미숙한 문장, 초보적 자각의식을 가지고 시를 쓰고 소설을 지었음에도 불구하고 이광수 등의 개인적, 상인적 문학작품보다 낫다는 것은 그 수법, 그 문장, 그 취재에서가 아니라 사회적인 소위 목적의식적 개조운동과의 관련에 있어 우위를 가졌다"[8]라고 했는데, 임화는 이러한 견해를 '신이원론'이라 보고, 신남철이 비판한 바 있는 박영희, 김기진, 이형림 등의 구식 이원론자와 구분하고 있다.[9] 임화가 신남철을 두고 신이원론자로 규정하는 근거는, 세계관적 과정과 예술적 과정의 내적 관련성을 설명하지 않고 문학적 발전상에 있어서 사상과 예술성을 철저히 분리하고자 함에서 찾고, '초보적 자각의식'과 '목적의식적 개조운동'과의 관련이라는, 전일적 내용의 개념을 두 개의 상이한 것으로 취급한 역사 이해의 방법에서 그 오류가 말미암았다고 지적하였다. 임화의 일원론적 역사 이해에 따르면 이광수와 신경향파 문학 사이에 매개항으로 박영희적 관념론과 최서해적 체험론이 작용하는 것이다. 이러한 일원론에 대한 확신과 실천이 신문학사를 쓰게 된 기본 동기인데, 이러한 실천 개념이 과연 그의 신문학사에 얼마나 달성되었느냐에 관한 논의는 이와는 별개로 탐구 · 비판되어야 할 성질의 것이라 할 것이다.

1930년대 비평계의 최대의 과제가 이른바 창작 방법론이라 함에는 아무도 이의를 달지 못할 것이다. 창작 방법론이란 폭넓은 과제이어서 일면적으로 고찰될 수는 없으나, 로만 개조론을 가운데 둔 이 논의의 핵심에 이론과 실천 문제가 완강히 자리를 차지하고 있음은 의심의 여지가 없다. 그 이론과 실천이란 것이 일원론 원칙이냐 신이원론이냐에 관련된 것임도 의심의 여지가 없다. 그리고 이 속에는 카프 해산에서 오는 주체성 재건이라는 과제가 완강히 버티고 있음도 의심의 여지가 없다. 이론과 실천, 일원론과 신이원론, 주체성 재건 등이 창작 방법론을 규정하고 있는 만큼 1930년대 창작 방법론은 그 나름의 역사적 성격으로 파악할 수밖에 없으며, 이를 분석하는 일은 소설사 · 비평사의 공동의 과제여서, 어느 한쪽만

---

8) 신남철, 「최근 조선문학사조의 변천」, 《신동아》, 1935. 9, 7쪽.
9) 김윤식, 「신문학사론비판」, 《문학사상》, 1988. 8.

편들기 식의 기술은 무의미할 것이다.

먼저, 카프의 해산(1935. 5. 21)을 가운데 두고 이 문제를 생각해보기로 한다. 임화와 상의한 뒤 김남천이 경기도 경찰부에 카프 해산계를 제출한 것은 객관적 정세에 말미암은 일이어서 공적인 활동은 이로써 정지된 것으로 볼 수밖에 없다. 이른바 전주사건(1934~1935. 6. 28)이 전원 집행유예로 석방되었으며, 그것은 카프 탈퇴를 미리 선언한 이형림, 신유인, 박영희, 백철 등 구 이원론자들은 말할 것도 없고 나머지 카프 맹원도 이른바 전향 선언을 암시적이든 명시적이든 하지 않으면 안 되었다. 전원 집행유예로 석방된 사실이 이를 입증하는 것이다. 이 집행유예 방식은 공산주의자의 처벌을 위해 일본 사법성이 고안해낸 사상범보호관찰법에 의거한 법 체계에 이어진 것이며, 이 범주 속에서 벌어진 일련의 사건을 보통 '전향'이라 부른다.[10] 이 전향 과정에서 어떻게 그 법 체계와 맞설 것인가를 두고 벌어진 사상의 내면적 드라마가 은밀히 드러난 것이 1930년대 문학 및 비평이며, 이를 창작 방법론이라 불렀다. 현실(법 체계)의 폭력 앞에 여지없이 패배하여 전향 선언을 외치고, 사상범보호관찰법에 모두가 얽매였지만 이 속에서도 주체를 재건할 방도는 과연 없는 것일까. 이 물음에서 임화 노선과 김남천 노선이 갈라지게 되는데, 그것은 새로운 실천 개념의 정립에서 말미암는다. 임화는 시종일관 일원론에 입각한 만큼 작가는 창작을 통해 프롤레타리아 노선을 지키는 것을 '주인공-성격-사상'의 노선으로 밀고 나가고자 정식화한 것이며, 이를 두고 세계관과 창작 방법론의 합일이라 불렀다. 세계관이란 과학적 사회주의적 사상이며, 창작 방법이란 그 사상을 주인공의 성격을 통해 사회주의적 프롤레타리아의 실천으로 만드는 것인데, 이것을 일원론으로 파악함이란 주인공이 문제적 개인일 수밖에 없다. 문제적 개인(헤겔의 세계사적 개인에 해당하는 것)이란

---

10) 미첼, Thought Control in Prewar Japan. 김윤식 역, 『일제의 사상통제』, 일지사, 1982.

무엇인가. 루카치의 개념으로는 초기 자본주의 단계에서의 소설 주인공의 성격을 가리킴인데, 임화가 이 개념을 알았다고 짐작해볼 근거는 거의 없다. 차라리 임화에 있어서 그것은 헤겔적인 의미로서의 세계사적 개인 (Welthistorische Individuum)에 해당될 것인데, 이 개인은 단순히 말해지는 저 낭만주의에서의 영웅 숭배적인 주인공을 가리킴과는 구분된다. 헤겔은 이렇게 규정하고 있다.

> 그것은 아직도 지하에 있어서 외계로 나오려고 지표의 껍데기에 부딪쳐 걸려 있는 내적 정신이 이 껍데기의 핵과는 다른 핵인 내적 정신의 덕택으로 튀어나오게 된다고 말할 수 있다. 그러므로 또 그들은 그들의 목적과 사명을 단지 자기 자신으로부터 이끌어낸 것처럼 보이기도 하고, 그들의 행위가 그를 자신의 일로서밖에 보이지 않게도 된다. 그래서 이들 개인은 이와 같은 그들의 목적 안에 이념 일반에 관한 의식을 가지고 있지는 아니하였다. 그들은 실천가이고 정치가였다.[11]

이 대목은 세계사적 개인이 터무니없는 낭만주의적 영웅소설의 주인공과 얼마나 다른지를 잘 보여주고 있어 인상적이거니와, 이 사실을 가운데 두고 볼 때, 임화가 말하는 '주인공─성격─사상'이란 어느 위치에 놓이는지를 가늠하는 일은 우리 비평사가 맡은 몫이다. 만일 임화가 말하는 '주인공'이 낭만주의적인 영웅, 곧 영웅소설형의 그것이라면 임화의 실천 개념은 허상일 터이며, 만일 그것이 전지전능한 영웅이 아니고 역사의 이성(정신)이 지하에 있어 외계로 나오려 하나 아직 지표의 껍데기에 부딪쳐 있을 때, 그것과는 다른 핵인 내적 정신의 충격으로 그것이 지표를 뚫고 나올 수 있게끔 하는 매개 개념(인물)을 가리킴이라면 임화의 실천 개념은

---

11) 헤겔, 『역사철학』, 제2장, (3) (가) (D), 배종호 역, 사상문고, 89쪽.

단연 세계사적 개인에 해당되는 것으로 평가될 수 있다. 임화가 어느 쪽인지를 묻는 일은 아주 손쉽다. 그것은 이기영의 「서화」, 「돌쇠」 등에 나오는 주인공의 매개적 성격을 분석해보면 금방 해답이 나온다.[12] 실상 「서화」의 주인공 돌쇠는 도박이나 일삼는 농촌의 건달에 지나지 않는다. 이마에 대추씨만한 흉터를 가진 돌쇠는, 열기 있는 눈과 건장한 체격과 기품을 가진 사나이로서, 도박과 간통을 일삼지만 그 사회의 가장 강력한 기존 이데올로기를 비판할 힘을 가졌으며, 그 힘은 어디까지나 개인적인(私事) 것이지만 새로운 시대를 열 수 있는 '내적 정신'(역사의 이성화 작용)의 지표상의 출현을 가능케 하는 것이었다.

이에 비할 때 신이원론자인 김남천은 어떠한가. '물논쟁'에서 김남천은 임화가 고평한 바 있는 「서화」를 두고, "농민의 복잡성을 '도박'과 '간통'의 긍정에서 묘사하는 것은 과연 레닌적 파악이며, 원칙적으로 정당한 예술적 방법인가?"라고 묻고 또한 "「서화」는 대중을 도박과 간통으로밖에 지시할 길을 얻지 못할 것이다"고도 말하고 있다. 그렇다면 김남천은 어떤 실천 개념을 내세우는가. 이 물음은 좀 자세히 살펴야 할 과제임에 틀림없다.

두루 아는 바와 같이 '무산자' 조직에서 배운 김남천이 귀국하여 활동한 것은 평양의 노동운동이었고, 그 체험을 바탕으로 하여 씌어진 작품은 「공장신문」(1931), 「공우회」(1932), 「조정안」(1932) 등이며, 이들 작품은 영웅적 투사에 관한 탐구로 일관되어 있다. 평화고무공장 신문을 발간하기까지의 공장노조와 어용노조의 갈등과 조직 투쟁의 승리를 망설임도 없이 주장하는 「공장신문」 계열의 김남천 초기 작품군은 임화에 못지않은 강경 투쟁노선의 견지라 할 수 있다. 그러나 긴 감옥살이를 하고 나온 김남천은 「물!」을 씀으로써 그러한 과제에서 썩 물러나, 단지 인간의 생리적 · 경험

---

12) 김윤식, 「문제적 인물의 설정과 그 매개적 의미」, 『한국근대문학사상비판』, 일지사, 1978.

주의적 자리에서 작품을 썼다고 임화의 혹평을 받았다. 이때 김남천은 작가의 실천 개념을 내세워 자신을 변호했는데, 이 실천 개념은 곧바로 작가의 모럴 감각으로 치달아 유다적인 자기 고발(양심)의 과제로 이끌어갔다. 그것을 도식화한 것이 유명한 '풍속—사실—생활'이다. 그가 말하는 풍속(중풍속 · 경풍속을 포함)이란 확대 개념이어서 복잡한 것이며, 따라서 「남매」(1937)를 비롯한 「소년행」 계보라든가 장편 『대하』(1938) 같은 것에까지 연결되는 것이지만, 결국 그것은 '풍속—사실—생활' 도식이 잘 말해주듯 관찰문학으로서 발자크적인 세계의 추구이며 소설 육체를 얻는 행위의 일종이어서 소설 장르를 선택한 김남천의 운명이기도 하였다. 그는 소설 육체를 얻기 위해 이데올로기를 버렸는데, 그것은 곧 세계관을 버리고 창작 방법론만을 추구한 탓이었다.

세계관과 창작 방법론의 분리 현상(관념에 대한 생활 우위의 사상)을 두고 나는 지금껏 '신이원론'이라고 주장해온 셈이 되었거니와, 김남천의 '탈세계관'의 창작 방법론이 얼마나 1930년대 우리 소설사를 살찌우게 했는가 아니면 비쩍 마르게 했는가를 묻는 일이야말로 비평사가 맡은 몫이라 할 것이다. 다른 말로 하면, 1930년대 우리 문학에 솟아 있는 장편 『대하』, 『사랑의 수족관』(1940), 중편 「경영」, 「속요」(1940), 「맥」, 「낭비」(1941), 그리고 단편 「소년행」(1937)을 비롯한 많은 창작들이 이론과 실천의 레닌적 일원론 원칙에서 볼 때 한갓 수척한 상갓집 개에 지나지 않는가, 아니면 '신이원론'에 입각한 부잣집 잔칫상이냐를 묻지 않을 수 없다는 것이다. 이러한 물음의 해답을 나는 쉽사리 내릴 수도 없지만 그럴 필요도 없다고 생각해오고 있다. 그렇지만 나는 꼭 이 말을 해두고 싶은 것이다. 곧 8 · 15 광복이 되었을 때, 유명한 봉황각 좌담(1945년 12월, 중국집 봉황각에서 이태준, 임화, 김남천, 김사량, 이원조, 한효, 이기영, 한설야 등이 참석. 전문은 《중성》 창간호, 1946년 2월호에 실려 있음)에서는 임화와 김남천의 입장이 어떤 점에서 역전되었다는 사실. 임화는 여기서 양심(모럴)을 내세웠으며, 김남천은 세계관을 창작 방법론과 결부시켜야 한다고 주장하고 있다는 점. 김남천은 문학가동맹 제2회 서기장을 맡았고, 진보적 리얼리즘을 창작 방법론으로 내세우면서 세계관을 강조하였으며, 레닌의 「당조직과 문학」을 해제하기를 마지않았다. 그렇다면 김남천은 「공장신문」 계열을 제한 자기의 창작은 모두 부인하는 것일까, 아니면 그 상황에서는 어쩔 수 없는 것으로 규정하고 긍정하는 것인가. 이 물음의 끝에 그의 운명이 관여되었던 것은 아니었을까(1953년 8월 3일에서 6일까지에 걸쳐 북한에서 남로당 숙청재판이 진행되고 임화가 처형되었는데, 같이 기소된 김남천의 그 후의 재판 기록이 보이지 않는 것은 이해하기 어렵다. 혹 고문 도중 죽은 것일까?).

1945~1950년

개관과 시
민족문학 수립의 모색기 | 신용협

소설
해방 공간의 소설 | 김상태

희곡
변혁 · 전환기의 희곡문학 | 차범석

비평
해방 문단의 비평사 | 장사선

민족문학 수립의 모색기

신용협

1. 해방의 문학사적 의미와 과제

해방은 우리 민족에게 기쁨만을 선물한 것은 아니었다. 우리 민족의 의사와는 다르게 주어진 분단이라는 비극의 현실 앞에 슬픔을 억누를 길 없었다. 또한 분단적 상황은 문인들에게도 분열과 투쟁으로 나타났다. 해방의 문학사적 의미는 이러한 혼란기에 민족문학 수립이라는 진로 모색 단계에 있었다고 할 것이다.

제2차 세계대전에서 연합군의 승리로 얻어진 해방은 그러나 완전한 독립이 되지 못하고 남북이 미·소 양대 진영에 의해 나누어진 채 아무런 준비 없이 맞이하게 되었다. 1948년 남한만의 정부가 수립되기 이전에는 38선을 경계로 하여 남북으로 갈라진 상태에서 정치적 혼란기를 맞을 수밖에 없었으며, 36년간의 일제 수탈에서 벗어나긴 했으나 경기는 파탄

지경에 이르렀다. 민주주의와 공산주의의 이데올로기 대립과 경제적 파탄은 사회의 혼란을 가중시켰으며, 이러한 가운데 문학인은 해방을 맞은 기쁨보다 앞으로의 자세와 진로 모색이 급선무였다.

첫째로 문인들은 과거 일제 시대에 잃었던 문학을 되찾고 식민지 시대의 문학적 유산을 청산해야 했다. 과거 친일문학의 잔재를 버리고 민족문학을 수립하는 일이 무엇보다도 시급한 문제였다. 그리하여 일제 말기에 끊어졌던 문학사의 공백을 메우고 새로운 문학사를 정립하는 일이 중요한 과제였다.

둘째로 잃었던 우리말과 우리글을 되찾는 일이었다. 일제 말기 언론 탄압으로 잃어버린 국어를 되찾는 국어 순화의 길이 문인들에게는 매우 절실한 문제가 아닐 수 없었다.

셋째로는 남북 분단 상황에서 제기되는 이데올로기의 대립을 극복하는 문제였다. 해방과 더불어 1920년대 후반기에 극심한 대립을 보였던 프로문학 대 국민문학의 재판이 벌어진 듯하였다. 사회주의 문학을 옹호하는 문인들은 해방이 되자마자 제일 먼저 조선문학건설본부라는 간판을 서울 한복판에 내걸었다. 그것은 임화, 이태준, 김남천, 이원조 등에 의해 이루어진 일이었다.

이러한 상황에서는 우리의 문학에서 정치적 이념을 몰아내고 순수문학을 지향하는 것이 크나큰 과제였다. 조지훈은 1946년 4월 4일 청년문학가협회 창립대회에서 발표한 「해방시단의 과제」에서 "해방 후 시단은 사이비 시의 범람기"라고 단정, 사상의 예술화를 주장하는 한편 "민족시의 세계시에 공헌할 역사적 사명을 완수하기 위하여는 우리의 전통을 바르게 이해하지 않으면 안 될 것"이라고 주장하였다.[1]

권영민은 「해방의 문단」이라는 글에서 "해방 직후의 문단에 부여된 가장

---

1) 조지훈, 『조지훈 전집 3-문학론』, 일지사, 1973, 208~210쪽.

중요한 과제는 식민지 시대의 정신적 상처를 극복하기 위해, 일제 말기 민족문학의 정통성을 훼손시킨 친일적 문학 행위를 청산하고 새로운 민족문화의 방향을 정립해나아갈 수 있도록 문단을 정비하는 일"이라고 하였다.[2]

그러나 해방 직후의 문단은 이데올로기의 대립으로 매우 심각한 양상을 띠고 있었다. 그것은 우선 문학 단체의 결성에서부터 드러났다.

2. 해방 직후 문단의 좌우 대립

해방 전 5년 동안은 우리 문학의 공백기나 다름없다고 하겠다. 1939년부터 문화 말살 정책으로 일제의 탄압이 시작되어 1940년에는 《조선일보》와 《동아일보》가 강제 폐간되었고, 그 이듬해에는 《문장》이 폐간되더니 《인문평론》은 《국민문학》으로 개제, 친일문학의 온상으로 둔갑함으로써 사실상 폐간된 것이나 다름없었다. 이와 같은 언론 탄압으로 문인들은 문학 활동을 중지하지 않을 수 없는 형편이었다. 당시의 문인들에게 가장 치명적인 것은 우리말과 글의 사용을 금지당하고 친일문학만 허용되었던 일이다. 그리고 1939년에 결성된 조선문인협회는 군국주의적인 일본에 협력하게 하려고 1943년에는 조선문인보국회로 이름까지 개칭하였으며, 언론 탄압으로 1942년 10월에는 한글학회사건도 일어났다.

이러한 가운데 극히 제한된 속에서도 몇 권의 시집이 나왔음을 문학사는 기록해야 할 것이다. 그것은 1946년 김달진의 『청시』, 1941년 서정주의 『화사집』과 정지용의 『백록담』, 1945년 노천명의 『창변』 등이다. 그러나 이 시기에 우리 문학사에서 빛나는 몇 명의 시인을 잃었다는 것은 크나큰 손실이다. 1941년에는 이상화를, 그리고 1944년에는 한용운과 이육사를,

---

2) 권영민, 『해방 직후의 민족문학운동 연구』, 서울대학교출판부, 1986, 7쪽.

1945년에는 윤동주를 각각 잃었다.

1945년 8월 15일, 해방되자 그 다음 날로 조선문인보국회의 간판은 내려지고 바로 그 자리인 서울 종로 한청빌딩에는 조선문학건설본부라는 새로운 간판이 내걸렸다. 좌익 계열의 임화, 이태준, 김남천, 이원조 등이 주동이 되어 어떤 회합도 하지 않고 우선 간판부터 내건 것이었다. 이어서 조선문학건설본부와 함께 조선음악건설본부, 조선미술건설본부, 조선영화건설본부 등의 간판이 나란히 걸리게 되면서 이들이 연합하여 조선문화건설중앙협의회(1945. 8. 18)가 발족하였다. 이러한 모든 조직의 지휘는 임화에 의해서 이루어졌다. 따라서 임화는 조선문화건설중앙협의회의 서기장에 취임하였다. 이들 배후에는 공산당의 세력이 있었고, 1935년 일제의 강요에 의해서 해산되었던 당시의 카프 조직이 배경이 되었다.

조선문화건설중앙협의회가 결성되자 이들과 대결하려는 일파가 있었다. 말할 것도 없이 그들은 카프와 대결했던 민족문학파와 해외문학파의 변영로, 오상순, 박종화, 김영랑, 이하윤, 김광섭, 오종식, 김진섭, 이헌구 등이다. 이들은 1945년 9월 8일 조선문화협회를 결성하고 좌익 계열 문인들과 맞섰다. 조선문화협회는 바로 중앙문화협회로 이름이 바뀌었고, 새로운 사람으로 양주동, 서항석, 김환기, 안석주, 허영호, 유치진, 이선근, 조희순 등이 가담하였다. 회지도 내고 전 문단을 망라하는 『해방기념시집』(1945. 12)을 간행하기도 했다. 『해방기념시집』은 이헌구의 서문을 비롯하여 정인보, 홍명희, 안재홍, 이극로, 김기림, 김광균, 김광섭, 김달진, 양주동, 여상현, 이병기, 이희승, 이용악, 이헌구, 이흡, 임화, 박종화, 오시영, 오장환, 윤곤강, 이하윤, 정지용, 조벽암, 조지훈 등의 시를 실었다.

카프 해산 당시 해산을 반대했던 이기영, 한효, 송영, 윤정기 등은 이동규, 박세영, 홍구, 홍효민 등과 함께 야소빌딩에 모여 1945년 9월 17일 조선프롤레타리아문학동맹이라는 새로운 조직을 발족시켰다. 결국은 좌익 계열의 두 단체와 우익 계열의 한 단체가 탄생된 셈이다. 이리하여 좌익 계열은 서로 싸우기 시작하였으니, 조선프롤레타리아예술동맹이 발간하는 《예술운동》이라는 기관지와 조선문화건설중앙협의회의 《문화건설》은 치열한 이념 투쟁을 하게 되었다. 그러다가 조선공산당의 지령에 의하여 조선프롤레타리아예술동맹은 조선문화건설중앙협의회에 합류할 수밖에 없었으니, 이리하여 1945년 12월 13일 조선문학동맹이라는 이름으로 통합하게 되었다. 조선문학동맹은 조직위원회를 두고 문학인의 규합을 펼쳐나갔다. 조직위원이 된 사람은 김태준, 권환, 이원조, 한효, 박세영, 이태준, 임화, 김남천, 안회남, 김기림, 김영건, 박찬모 등이다. 그들은 1946년 2월 8일 종로 기독교청년회관에서 조선문학자대회를 개최하였다. 여기서 조선문학동맹은 조선문학가동맹으로 개칭하고, 위원장에 홍명희, 부위원장에 이병기와 이태준, 서기장에 김남천 그리고 간부로는 홍구, 배호, 현덕, 양주동, 설정식, 김기림, 김광균, 안회남, 이서향, 정지용 등이 선정되었다. 여기 선정된 이름 중에는 본인의 의사와는 관계없이 간부로 지명된 문인도 있었다.

이러한 조선문학가동맹의 움직임에 맞서기 위하여 민족진영의 중앙문화협회는 1946년 3월 13일 전조선문필가협회를 결성했다. 그 준비위원에는 김정설, 이선근, 박종화, 양주동, 김진섭, 이병기, 설의식, 이시목, 임병철, 안재홍, 장도빈, 이병도, 정인보, 이관구, 윤백남, 이종영, 이봉구, 김동인, 정지용, 함상훈, 오상순, 홍양명, 변영로, 김용준, 손진태, 이희승, 양재하, 송석하, 김계숙, 김준연, 고재욱, 채동선, 이하윤, 안종화, 박경호, 오종식, 조윤제, 안호상, 이양하, 황신덕, 장덕조, 박승호, 김광섭, 이헌구 등이며, 그 외로는 김동리, 최태응, 곽종원, 조연현, 조지훈 등이 함께하였다. 이 결성대회에는 김구가 참관하였으며, 김규식, 조소앙, 안재홍 등이 명예회원으로 추대되었다. 회장에 정인보, 부회장에 박종화,

채동선, 설의식, 이병도, 함상훈 등이며, 기타 간부로는 이선근, 안호상, 양주동 외 9명이다. 이 결성대회에서 채택한 4개 항의 강령은, ①진정한 민족국가 건설에 공헌하자, ②민족자결과 국제공약에 준거하여 즉시 자주독립을 촉성하자, ③세계문화와 인류평화 이념을 구명하여 이의 일환으로 조선문화를 발전시키자, ④인류의 복지와 국제평화를 빙자하여 세계제패를 꾀하는 모든 비인도적 경향을 격쇄하자는 것이었다.

이화 함께 순수 문화 단체 결성을 주장하는 정태용, 조연현, 김동리, 서정주, 조지훈, 곽하신, 최태응, 곽종원, 김광주 등을 중심으로 1946년 4월 4일 조선청년문학가협회가 결성되었다. 명예회장에 박종화, 회장에는 김동리, 부회장에는 유치진, 김달진 그리고 각 부원으로는 박두진, 조지훈, 서정주, 박목월을 비롯하여 수십 명에 이르렀다. 이러한 대립은 1948년 정부 수립 전후로 정비되기 시작하였다.

조선프롤레타리아예술동맹의 한설야와 이기영은 조선문학가동맹과는 관계없이 평양에서 활동하기 시작하였고, 1947년부터 월북하기 시작하였다. 이동규, 한효, 홍구, 윤정기, 박세영, 박아지 등이 월북하였고, 홍명희도 그 이전에 월북하였다. 조선문학가동맹의 중심인물인 임화가 월북하고 나서 이태준, 김남천, 이원조, 오장환 등이 월북했다. 1948년경에는 안회남, 허준, 김동석, 임학수, 김영석, 박찬모, 조영출, 조남영, 김오성, 박서민, 윤규사, 이서향, 박팔양, 송영, 신고송, 이갑기, 조벽암, 함세덕, 이근영, 박영호, 윤세중, 지봉문, 이병철, 엄흥섭, 김상훈, 조운, 김상민 등이 월북함으로써 조선문학가동맹은 붕괴되고 말았다. 설정식, 이용악, 박태원, 현덕, 양운간 등은 6·25 전쟁 중에 월북하였고, 유진오와 이흡은 지리산에서 사살되었다.

조선문학가동맹의 일원이었던 김기림과 정지용은 정부 수립 후 전향을 시도했으나 6·25 때 납북 당하였다. 이 중에 전향한 문인은 박영준, 이

무영, 이봉구, 임학수, 정지용, 김기림, 김용호, 정인택, 설정식 등이다. 전향한 사람 중 임학수와 설정식은 6·25 때 끝내 월북하고 말았다. 6·25를 전후하여 월남한 문인도 많이 있다. 김동명, 안수길, 김진수, 임옥인, 황순원, 구상, 최태응, 오영진, 유정, 김이석, 박남수, 장수철, 박경종, 김영삼, 이인석, 양명문, 전봉건 등이 월남 문인이다. 이외에도 많이 있다. 이리하여 남한에서의 좌익 문학 단체는 완전히 없어졌고, 다시 새로운 문학 단체인 한국문학가협회가 1949년 12월 7일에 결성되었다.

한 가지 덧붙일 사건은 원산에서 있었던 응향사건이다. 『응향』이란 1946년 12월 원산에서 당시 문예동맹 원산지부의 위원장을 맡고 있던 박경수가 구상, 강홍운 등의 문인과 그 밖의 몇몇 사람들의 작품을 모아 발간한 합동시집이다. 강홍운은 세기말적 퇴폐성·주관적 감상성을, 박경수는 현실도피적·반인민적 경향을 보여주는 시를 실었다. 이리하여 이 시집에 수록된 시들이 조선의 현실에 비추어서 퇴폐적·도피적·절망적 경향임을 비판하고, 1947년 1월 「시집 『응향』에 관한 결정서」를 북조선문학예술총동맹 중앙상임위원회의 이름으로 발표한 사건이다.

3. 해방 직후 시단의 두 경향

해방 직후 문단은 계급문학으로서의 민족문학과 순수문학으로서의 민족문학이라는 두 경향으로 대립하고 있었다. 시단의 경우에도 마찬가지여서, 계급문학으로서의 민족시를 주장하는 시인과 순수문학으로서의 민족시를 주장하는 시인이 있었다. 전자의 경우가 김기림과 정지용 등이라면, 후자의 경우가 조지훈과 서정주 등이다.

김기림은 허버트 리드, I. A. 리처즈, T. S. 엘리엇 등의 이론을 통하여 한국에 모더니즘을 소개한 시론가이자 「기상도」, 「태양의 풍속」 등의 장시를 발표한 시인이다. 그가 1930년대 모더니스트의 기수였을 때에는 순수시를 주장하였으나 해방 이후 갑자기 태도를 바꾸어 계급문학을 옹호하는 주장을 폈다. 우리는 그의 그러한 주장을 1946년 2월 8일 전국문학자대회에서 행한 「우리 시의 방향」[3]이라는 강연에서 들을 수 있다. 그는 이 강연에서 '8·15와 건설의 신기운'을 주장하고 정치를 시에 끌어들였다. 그리고 '전진하는 시정신'을 주장하였다. 그는 "시는 새로운 문학의 건설의 한 날개로서 처참한 폐허에서 불사조와 같이 떨치고 일어났을 때 그것은 틀림없이 이 새나라의 것이었으며 그중에도 새로운 나라의 등불이며 별이고저 하였다"라고 말한다. 이러한 말은 결코 시를 순수 안에 가두려는 것이 아니다. "일찍이 우리 시는 될 수 있는 대로 정치를 기피한 적이 있었다. (중략) 그러나 오늘은 벌써 사정이 달라졌다"고 그는 말한다. 이처럼 김기림은 과거의 시와는 다른 이론을 제기하고 있는 것이다.

그리고 정지용은 「조선시의 반성」(《문장》, 1948. 10)에서 순수시와는 거리가 먼 주장을 한다.

> 정치성 없는 예술이란 말하자면 생활과 사상성이 박약한 예술인 것이므로 정신적 국면타개에도 방책이 없었던 것이다.[4]

이러한 정지용의 주장은 1930년대 《시문학》 시절의 순수문학과는 다른 주장이다. 그의 주장에서 친 경향적 성격을 읽을 수 있기 때문이다.

이러한 계급문학에 대항하여 순수문학을 주장한 조지훈은 그의 「순수시의 지향」에서 다음과 같이 주장했다.

---

3) 김기림, 『시론』, 백양당, 1947, 193~205쪽.
4) 정지용, 『정지용전집 2-산문』, 민음사, 1988, 83쪽.

순수한 시정신을 지키는 이만이 시로서 설 것이요 진실한 민족정신을 지키는 이만이 민족시를 이룰 것이니 시를 정치에 파는 경향시와 민족의 해체를 목표로 하는 양두구육의 민족시인 계급시의 결탁은 도리어 시 및 민족시의 한 이단이 아닐 수 없다.[5]

조지훈은 이처럼 시에서 정치를 분리하여 순수시와 민족시 방향으로 역설하였다.

서정주는 자신의 시 경향도 순수이지만 「영랑의 서정시」[6]라는 논문을 발표하였다. 여기서 그는 순수 서정시의 가치를 높이 평가하였다.

이외에도 임화의 계급문학 옹호와 김동리의 순수문학 옹호와 같은 논쟁이 있었다.

4. 해방 직후의 시집

다음으로 해방 직후에 나온 시집을 살펴보겠다. 1946년에는 조선문학가동맹 시부에서 『3·1기념시집』을 내놓았다. 그리고 박종화의 『청자부』가 나왔다. 이육사의 유고 시집인 『육사시집』이 발간되었다. 무엇보다도 문학사적 의의가 큰 것은 박목월, 조지훈, 박두진의 공저로 나온 『청록집』이다. 『청록집』에 수록된 세 시인의 시들은 자연의 발견이라는 점에서 공통점을 가지고 있다. 이 자연은 시사적으로 볼 때 1930년대의 시문학파나 모더니즘 그리고 생명파가 지향하는 여러 갈래를 정리해주었다는 데 의미가 있다.

신응식의 『석초시집』과 정지용의 『백록담』(재판)은 모두 수준 높은 시집

---

5) 조지훈, 「순수시의 지향」, 《백민》, 1947. 3.
6) 서정주, 「영랑의 서정시」, 《문예》, 1950. 3.

들이다.

월북 또는 납북된 시인들의 시집으로는 김기림의『바다와 나비』, 오장환의『에세닌 시집』,『병든 서울』, 박아지의『심화』, 정지용의『지용시선』, 권용득의『요람』, 박세영의『햇불』(해방기념시집) 등이 발간되었다.

1947년에는 유치환의『생명의 서』, 김광균의『기항지』, 안서의『먼동이 틀제』, 한하운의『한하운시초』, 신석정의『슬픈 목가』등이 간행되었다. 유치환은『생명의 서』에서 북만주 체험을 통한 반인간주의와 의지의 세계를 탐구하였고, 신석정은『슬픈 목가』에서 일제 시대의 민족적 현실을 노래하였다. 역시집으로는 김안서의『금잔디』가 있고, 시조집으로는 김상옥의『초적』, 이병기의『가람시조집』이 출간되었다. 이들 두 시조집의 문학사적 의의는 현대시조의 전통적 계승이라는 의미를 부여할 수 있다.

월북 또는 납북된 시인들의 시집으로는 오장환의『성벽』,『나 사는 곳』, 임화의『찬가』, 설정식의『종』, 이용악의『오랑캐꽃』, 임화의『회상시집』, 여상현의『칠면조』등이 있고, 시조집으로는 조운의『조운시조집』이 있다. 시론집으로는 김기림의『시론』이 나왔다.

이 시기에 또다시 우리 문단은 홍사용을 잃었다.

1948년에는 윤동주의 유고 시집『하늘과 바람과 별과 시』가 발간됨으로써 우리 시사에 빛나는 업적의 하나로 기억되었다. 시집으로는 유치환의『울릉도』, 김억의『안서민요시집』, 윤곤강의『피리』,『살어리』, 김춘수의『구름과 장미』, 김동명의『하늘』, 신동집의『대낮』, 서정주의『귀촉도』등이 출간되었다. 시조집으로는 정인보의『담원시조집』이 있고, 역시집으로는 이하윤의『불란서시선』이 있다.

그리고 납·월북 시인으로는 설정식의『도포』,『제신의 분노』, 임학수의『필부의 노래』,『초생달』,『팔도풍물시집』, 김기림의『기상도』,『새노래』, 김상민의『옥문이 열리든 날』등이 간행되었다. 이 가운데 김기림의『기상도』는 장시로서 주지주의 계열의 시다.

1949년에는 김상옥의 『고원의 곡』, 『이단의 시』, 유치환의 『청령일기』, 김광섭의 『마음』, 심훈의 『그날이 오면』, 박두진의 『해』, 조병화의 『버리고 싶은 유산』이 있고, 역시집에 안서의 『옥잠화』가 있다. 박두진의 『해』는 『청록집』 이후로는 그의 첫 시집이다. 이 시집에서는 에덴적 자연이 그려져 있다.

납·월북 시인의 시집으로는 김철수의 『추풍령』, 김종욱의 『흑인시집』, 『강한 사람들』, 이범혁의 『표정』, 윤복구의 『게시판』 등이 있다.

이 시기에 우리 문학사는 또 윤곤강을 잃었다.

『현대시인전집』 1권은 이용악집으로, 2권은 노천명집으로 각각 출간되었다.

1950년에는 김억에 의해 『소월시초』가 나왔고, 서정주 편의 『현대조선명시선』과 『작고시인선』, 또 『현대시집』 등이 나왔다. 김상용의 『망향』, 김춘수의 『늪』, 조병화의 『하루만의 위안』 등의 시집과 김기림의 시론집 『시의 이해』가 나왔다.

6·25 전쟁이 발발하여 유치환 등은 부산에서 문총구국대를 조직, 종군하기도 하였으며, 또 이 시기에 전란 속에서 김영랑을 잃었음은 시단의 큰 손실이었다.

5. 경향시와 시조

경향시와 시조는 주로 8·15 이후 조선문학가동맹을 중심으로 활동하다가 월북한 시인들의 작품을 말한다. 그들의 작품은 사실상 예술성보다는 사상성 또는 정치적 구호로 전락할 가능성이 짙다. 그들의 시에서 구호를 빼면 예술 작품다운 작품은 극히 드물다는 느낌이다. 여기서는 1945년 이후 1950년까지 각 문예지나 시집에 발표된 작품들을 대상으로 살펴보려 한다. 많은 시인 중에서 그 당시에 작품 발표가 이루어진 시인을 선택하여 시의 면모를 점검하는 것이 순서일 것이다.

조벽암은 「환희의 날」(1945. 8. 16), 「가사(家史)」(1945. 12. 25), 「초석」(1945. 12), 「고토(故土)」(1945. 11), 「기러기」(1946. 12), 「족사(族史)의 단장」(1946. 3), 「피는 엉키여 때는 익도다」(1946. 1. 20), 「어둠」(1946. 6. 10), 「눈 나리는 밤」(1947. 12. 3) 등의 작품을 발표했다.[7]

「환희의 날」(『햇불』, 1946. 1)은 해방의 기쁨을 노래한 작품이다. 그러나 「가사」(『햇불』, 1946. 4)는 노동자 또는 가난한 계층을 노래한 경향시이다. "아베는 두더지 닮아 / 어느 때는 금전판 / 어느 때는 절간 / 어느 때는 일터로 / 어느 때는 감옥 / 두루두루 돌아다닌다는 소문 // 집안은 파뿌리같이 문드러저 / 일가붙이 하나 돌보지 않고 / 어메는 적수공권 / 어느 때는 바느질품 / 어느 때는 바비아치 / 어느 때는 박물장사 / 두루두루 천덕구니 / 소박득이라 비웃는 소리" 이것은 「가사」의 앞부분인데, 이것만 보아도 계급문학이라는 것을 즉시 알 수 있다.

권환은 「고향」(1946. 4), 「노들강」(1945. 11), 「고궁에 보내는 글」(1946. 7), 「사자 같은 양」, 「조학병(弔學兵)」(1946. 3), 「악마의 철학」(1946. 11) 등의 글을 발표하고 있다.

그중 「어서 가거라」(『햇불』, 1946. 4)는 '민족반역자 친일분자들에게'라는 부제가 붙어 있다. "얼사 안고 정사하여라, 순사하여라 / 눈을 감은 제국주의와 함께 / 풍덩 빠져라 / 태평양 푸른 물결속에 / 일본제국주의의 애첩들아 / 일본제국주의의 충복들아"라고 노래한다. 시의 일부만 보더라도 시로 형상화한 것이 아니라 일종의 주장이요, 친일분자들에 대한 질타

---

7) 조벽암을 비롯하여 월북시인들의 주요 시는 『해방공간의 문학』(김승환 · 신범순 엮음, 돌베개, 1988)을 참조하였음.

라는 것을 알 수 있다.

박세영은 「순아」, 「8월 15일」(1945. 12)을 비롯하여 「봉기」, 「너이들은 가거라」(1946. 3), 「위원회에 가는 길」, 「날러라 붉은 기」, 「산천에 묻노라」 (1945. 10), 「민족반역자」(1945. 11), 「아—여기들 모였구나」(1945. 4), 「너이들도 조선사람이드냐」(1946. 2) 등을 발표하였다.

「8월 15일」(《예술운동》, 1945. 12)에서는 해방의 기쁨과 슬픔을 동시에 노래한다. "일직이 맛보지 못하든 오늘의 이 환희! / 1910년 9월 어느날 일한합병의 축하행렬이 지나갈 제 / 어린 내 눈에도 눈물이 흘렀드니라 / 가슴에 멍이 든지도 어느새 36년 / 자나 깨나 내 어찌 조국을 니젓으랴" 이렇게 그는 환희와 눈물로 해방을 맞이했다.

임화는 「9월 20일」, 「학병 도라가다」(1945), 「길」, 「발자욱」, 「헌시」 (1945. 11), 「초혼」(1946. 1), 「3월 1일이 온다」(1946. 2), 「나의 눈은 핏발이 서서 감을 수가 없다」, 「손을 들자」, 「깃발을 내리자」(1946. 5) 이외에도 여러 편의 작품을 발표하였다. 모든 작품이 이데올로기를 시의 형식을 빌어서 쓰고 있다.

「깃발을 내리자」(『찬가』, 1947. 2)는 정치적 이념을 나타내고 있다. "살인의 자유와 / 약탈의 신성이 / 주야로 방송되는 / 남부조선 / 더러운 하늘에 / 무슨 깃발이 / 날리고 있느냐 / 동포여 / 일제이 / 깃발을 내리자" 자본주의와 민족주의를 배격하고 혁명적 공산주의 이념을 심으려는 이데올로기 시이다.

이용악은 「시굴사람의 노래」(1945. 12), 「오월에의 노래」, 「노한 눈들」, 「우리의 거리」, 「하나씩의 별」, 「그리움」(1945), 「하늘만 곱구나」, 「거리에서」, 「흙」(1946. 2), 「나라에 슬픔이 있을 때」(1945. 12), 「월계는 피어」 (1946), 「기관구에서」(1947. 2), 「빗발 속에서」(1947. 7), 「유정에게」 (1947. 12) 등을 발표하였다. 이용악의 시는 월북 시인 중에서 가장 한자

어휘를 적게 쓰고 시적 표현을 잘한 편이다.

「시골사람의 노래」(『해방기념시집』, 1945. 12)는 소박한 시골 사람을 찬양하는 뜻으로 노래한 시이다. "귀마춰 접은 방석을 베고 / 젖가슴 헤친채로 젖가슴 헤친채로 / 잠든 에미네며 딸년이랑 / 모두들 실상 이쁜데" 이렇게 애정 어린 눈으로 시골 사람을 바라본다. 여기엔 정치적 목적이나 구호 같은 느낌은 들지 않는다. 그러나 그의 「기관구에서」라는 시는 '남조선 철도 파업단에 드리는 노래'라는 부제를 달고 있다. 그의 시에도 경향적 색채가 없는 것은 아니다.

오장환은 「다시금 여가를」(1946. 2), 「붉은산」(1945. 12), 「큰 물이 갈 때에」(1946. 8), 「어머니의 품에서」(1946. 11), 「봄에서」(1947. 8), 「한술의 밥을 위하여」(1946. 9), 「8월 15일의 노래」(1945. 8. 16), 「연합군 입성 환영의 노래」(1945. 8), 「깽」(1945. 11), 「이름도 모르는 누이에게」, 「병든 서울」(1945. 9) 이외에도 여러 편의 작품을 발표하였다.

"8월 15일 밤에 나는 병원에서 울었다 / 너희들은 다 같은 기쁨에 / 내가 운 줄 알지만 그것은 새빨간 거짓말이다 / 일본 천황의 방송도 / 기쁨에 넘치는 소문도 / 내게는 고지가 들리지 않았다 / 나는 그저 병든 탕아로 / 홀어머니 앞에서 죽는 것이 부끄럽고 원통하였다" 그의 「병든 서울」은 이렇게 시작된다. "나라 없이 자라난 서른해 / 나는 고향까지 없었다" 고 그는 말한다. 해방 뒤의 허탈감과 절망감을 노래하고 있다.

박아지는 「심화」, 「청년」, 「농민가」(1945. 12), 「들으시나니까」(1945. 11), 「피」, 「노들강」, 「해방의 첫해를 보내며」, 「그들의 데모」, 「봄」, 「고향」 (1946. 3) 등을 발표하였다.

"벗아! 그대의 맑은 눈에 / 이슬이 맺혀 방울방울 / 그 무슨 시름인가야 // 그대의 고운 눈섭 / 수심이 어리어 깊고 깊어 / 그 무슨 시름인가야" 이것이 「심화」(《예술》, 1945. 12)의 첫 두 연이다. 우선 관념적인 한자어가

안 쓰여서 좋다. 그리고 심미적 안목에서 언어를 선택하려 하고 있다. 경향성이 없는 것은 아니나 비교적 적은 셈이다.

여상현은 『해방기념시집』에 「봄날」을 발표하였고, 그의 시집 『칠면조』에 「분수」, 「맹서」, 「푸른 하늘」, 「지도」, 「복덕방」, 「영산강」, 「칠면조」, 「커브」, 「보리씨를 뿌리며」, 「초춘재가수기(初春在家手記)」, 「모일(某日)소식」, 「석탄공」, 「전별」 등의 작품을 발표했다. 여상현의 시도 대부분 경향시이다.

설정식은 「우화」, 「권력은 아모에게도 아니」, 「피수레」, 「종」(1946), 「태양 없는 땅」, 「지도자들이여」(1947. 4), 「제신의 분노」(1948. 7) 외에도 여러 작품을 발표하였다.

「제신의 분노」는 잔악무도한 무리들에 대한 분노를 노래하고 있다. "동생의 목에 칼을 대는 '가자'의 무리들 / 배고파 견디다 못하야 쓸어진 / 가난한 사람들의 허리를 밟고 지나가는 / '다마쓰커쓰'의 무리들아 / 네가 어질고 착한 인민의 밀과 보리를 빼아서 / 대리석 기둥을 세울지라도 / 너는 거기 삼대를 누리지 못할지니" 여러 신들이 분노할 가공할 동족상잔과 같은 무도한 일이 있었음을 이 시는 보여준다.

이외에도 전위 시인들로 불리는 시인들이 있다. 김상훈, 유진오, 이병철, 박상운, 김광현 등이다. 이들의 시가 함께 실려 있는 시집 이름은 『전위시인집』(1946)으로 되어 있다.

시조에는 조선문학가동맹에 가담하여 활동하다가 월북한 조운이 있다. 그는 1947년 『조운시조집』을 출간했다.

6. 순수시와 시조

순수시를 주장한 시인들은 민족주의 계열의 시인들이다. 그들은 정치적 목적이나 이데올로기를 배제한 순수시로 민족시를 수립하려 했다. 조선문학가동맹과 대결하기 위하여 전조선문필가협회나 조선청년문학가협회를 결성하기는 했지만 문학만은 정치로부터 순수해야 한다고 생각한 시인들이다.

1930년대에 모더니즘 계열의 시를 썼던 김현승은 해방이 되자 다시 시를 쓰기 시작했다. 「눈물」(《시문학》, 1930. 3)은 6·25 직후에 발표된 시다. "더러는 / 옥토에 떨어지는 작은 생명이고저……" 그의 눈물은 생명과도 같은 귀한 것이며 자신의 전부이기도 하다. 눈물은 가장 값진 것이며 따라서 최상·최후의 존재라고 한다. 이처럼 순수한 절대 가치를 그는 추구한다.

김광섭은 「나의 사랑하는 나라」(《협동》, 1946. 8)에서 "남북으로 분단되고 사상으로 분열된 나라일망정 / 나는 종처럼 이 무서운 나라를 끌고 신성한 곳으로 가리니"라고 노래한다. 그의 조국은 오직 하나뿐이며 오직 하나뿐인 분단 조국을 위하여 종이 될 것도 마다하지 않는다.

서정주는 「견우의 노래」(《신문학》, 1946. 6)에서 "우리들의 사랑을 위하여서는 / 이별이, 이별이 있어야 하네"라고 노래한다. 견우와 직녀의 뜨거운 만남과 사랑을 노래한 순수시다. 「밀어」(《백민》, 1947. 2)나 「아지랑이」(《문예》, 1950. 5) 등도 순수한 세계를 노래한 시들이다.

유치환의 「돌아오지 않는 비행기」(《신천지》, 1950. 4), 「울릉도」(시집 『울릉도』에 수록) 등의 작품이 이 시기의 시다. 「울릉도」는 자신의 조국애의 마음을 울릉도에 비유, 조국인 육지를 향한 안타까운 마음을 형상화한 순수시다. 「돌아오지 않는 비행기」 역시 인생의 고독과 허무를 노래한 순수시임에 틀림없다.

김광균의 「은수저」(《문학》, 1946. 7)는 이미지가 잘 표현된 순수시다. 은수저는 있는데 주인공이 없다. 은수저 끝에 눈물이 고인다. 애기는 먼

들길을 가고 있다. 이런 상상의 세계를 그려가고 있는 시다. 김광균은 《신천지》 1947년 10월호에 「시를 쓴다는 것이 이미 부질없고나」라는 시를 쓰고 붓을 놓는다. 결국 그는 그 이후 오래 침묵을 해왔다. 근년에 와서 다시 작품을 발표하긴 했지만.

김용호는 「산」(《우리문학》, 1946. 2)을 발표하였다. 역시 순수시로 산의 늠연한 자세를 보여준 시다.

이 시기에 가장 활발한 활동을 한 시인들은 청록파 세 시인이다. 박두진의 「해」(《상아탑》, 1946. 5), 「청산도」(1947), 「햇볕살 따실 때에」(《학풍》, 1949. 2), 「하늘」, 「오월에」, 「산아」 등은 이 시기에 씌어진 시들이다.

「해」는 태양처럼 밝고 큰 것에 대한 사랑을 노래하고 있다. 조연현은 이 작품에 대해 다음과 같이 평했다. "박두진은 이 시를 통해 한국 서정시가 이룰 수 있는 한 절정을 노래했다."

> 해야 솟아라, 해야 솟아라, 말갛게 씻은 얼굴 고운 해야 솟아라, 산 너머
> 산 너머서 어둠을 살라 먹고, 산 너머서 밤새도록 어둠을 살라 먹고, 이글 이
> 글 애띤 얼굴 고운 해야 솟아라.
>
> — 박두진, 「해」 일부

이 시에는 박두진의 시정신이 거침없이 펼쳐진다. 박진감 있는 내재율의 리듬과 함께 태양처럼 솟아오르는 감격이 있다. 어둡고 춥던 일제 36년간의 억압된 감정이 밝고 뜨거운 용암처럼 철철 흘러넘친다. 그칠 줄 모르는 시정신의 분출은 그의 대표작 「청산도」, 「햇볕살 따실 때에」 등으로 이어진다.

박목월은 「나그네」(《상아탑》, 1946. 4), 「윤사월」(《상아탑》, 1946. 8), 「봄비」(《상아탑》, 1946. 5) 등의 작품을 발표했다. 그의 「나그네」는 한국

리리시즘의 정상을 점하는 작품이다. "강나루 건너서 / 밀밭 길을 // 구름에 달 가듯이 / 가는 나그네 // 길은 외줄기 / 남도 삼백리 // 술 익는 마을마다 / 타는 저녁놀 // 구름에 달 가듯이 / 가는 나그네" 이 작품은 일제시대 설움에 겹던 한국인의 얼을 노래한 작품이다.

조지훈은 「완화삼」, 「낙화」(《상아탑》, 1946. 4), 「풀밭에서」(《문예》, 1948. 8), 「아침」(《학풍》, 1949. 2) 등의 수작들을 발표하였을 뿐 아니라 순수시를 지향하는 평론을 발표하였다. "꽃이 지기로소니 / 바람을 탓하랴 // 주렴 밖에 성긴 별이 / 하나 둘 스러지고 // 귀촉도 우름 뒤에 / 머언 산이 닥아서다 // 촛불을 꺼야하리 / 꽃이 지는 데 // 꽃지는 그림자 / 뜰에 어리어 // 하이얀 미닫이가 / 우련 붉어라 // 묻혀서 사는 이의 / 고운 마음을 // 아는 이 있을까 / 저허 하노니 / 꽃이 지는 아침은 // 울고 싶어라" 이 「낙화」는 동양적 은둔사상과 불교의 선적 경지를 느끼게 하는 작품이다.

박남수도 《문장》으로 데뷔하여 이 시기에 활동한 시인으로 기록되어야 할 시인이다.

해방 후 문단에 등단하여 문학사를 빛낼 시인들이 쏟아져 나왔다.

정한모는 《백맥》을 통하여 해방 직후부터 문단에 나왔고, 김수영 역시 해방 직후 《예술부락》에 처음 작품을 발표하기 시작하여 1949년에는 김경린 등과 함께 『새로운 도시와 시민들의 합창』이라는 시집으로 후기 모더니즘운동을 전개했다.

박인환은 《신천지》(1946)에, 구상은 시집 『응향』(1946)에, 김종길은 《경향신문》 신춘문예(1947)로, 김춘수는 개인시집 『구름과 장미』(1948)로, 김규동은 《예술조선》(1948)으로, 조병화는 개인시집 『버리고 싶은 유산』(1949)으로, 이형기와 전봉건은 《문예》(1950)에 각각 작품을 발표하며 등단했다.

시조 시단에서는 해방의 기쁨을 노래한 작품들이 나왔다. 양주동의「님을 뵈옵고」는 양상경의「인경이 울던 날」이나 정인보의「십이애」, 이병기의「해방전~살풍경~」과 함께 이 시기의 대표적인 시들이라 하겠다. 그리고 이 시기에 이호우와 김상옥을 기억해야 할 것이다. 김상옥은 《문장》에「달밤」으로 데뷔한 이후 이 무렵『초적』(1947)이라는 시조집을 내고『고원의 곡』, 『이단의 시』라는 두 시집을 1949년에 낸 바 있다. 시조「백자부」는『초적』에 실려 있는 작품으로 전통 정서를 현대어로 살린 수작이다.

지금까지 해방 직후의 시와 시조에 관해 살펴보았다. 이 시기의 특징을 지적한다면 해방으로 말미암아 일제 때 잃었던 모국어를 되찾고 모국어를 시어로 아름답게 가꿀 수 있었던 점이라고 하겠다. 다음으로는 순수시를 근간으로 하는 민족시의 정립이다. 계급문학과 순수문학의 대립은 불행한 역사적 교훈이 되었던바, 역시 우리 문학의 맥은 순수문학으로서의 민족문학에서 찾아야 한다는 것을 분명하게 하였다. 해방과 함께 맞이한 혼란기이지만 그동안 억압되었던 감정이 일시에 터져나와 많은 작품과 많은 시집이 나왔던 것도 기억되어야 할 것이다.

해방 공간의 소설

김상태

1.

해방된 조국에 문학인이 해결해야 할 당면한 과제는 식민지 문화의 잔재를 청산하는 일과 민족문학의 재정립이라고 할 수 있다. 그러나 그들이 실제로 맞부딪친 것은 이념적인 갈등이었다. 소위 계급문학과 순수문학과의 갈등이다. 이 갈등의 뿌리는 1920년대 중반으로까지 거슬러 올라갈 수 있겠지만 해방된 조국에서는 문단의 주도권 때문에, 혹은 정치 세력과의 동조 또는 결탁 때문에 작품보다는 작품 외적인 곳에서 더 치열하게 접전하고 있었던 셈이다.

먼저 주도권을 쥔 쪽은 계급문학 쪽이다. 문학의 질보다는 양을, 문학의 예술성보다는 문학의 도구성을 더 중요시하는 계급문학 쪽은 해방 다음 날에 벌써 '문인보국회' 간판을 떼어내고, '조선문학건설본부'라는 간판을 내걸었던 것이다. 임화, 김남천, 이원조, 이태준 등의 주동으로 이루어진 일이다. 이들과 이념을 같이한 문인들은 물론이지만 아직도 태도를 확고하게 정하지 못한 문인조차 이들의 깃발 아래 모여들었다. 확실히 그들의 문단적 주도는 효과를 본 셈이다.

그러나 이들의 행적을 잘 알고 있는 여타의 문인들은(대체로 민족주의 진영) 이들의 섣부른 선취적 행동에 대해 불만을 가졌다. 박종화, 오상순, 변영로, 김영랑, 김진섭, 이헌구, 이하윤, 김광섭 등이 그들이다. 이들은 그 대응 세력으로 '조선문화협회'(後에 중앙문화협회로 개칭)를 발족시켰다. 얼마 후에 이 양대 세력 속에 각각 강·온 세력이 나누어져, 마찰이 없었던 것은 아니지만 문단은 이 양대 세력으로 그 이념이 대립하여 해방 공간의 우리 문학을 전개해왔던 것이다. 특히 계급주의 문학은 그 배후에 정치 세력(조선공산당)이 개재해 있음으로 해서 단순한 문학인들만의 문제도 아니었다.

이 양대 문단 세력의 대변인 격이라고 할 수 있는 임화와 김동리를 통하여 양 진영의 논리를 들어보기로 하자. 먼저 임화는 「조선민족문학건설의 기본 과제에 관한 일반보고」라는 글 속에서 다음과 같이 말하고 있다.

조선문학의 발전과 성장의 가장 큰 장애물이었던 일본제국주의가 붕괴된 오늘, 우리 문학의 이로부터의 발전을 방해하는 이러한 잔재의 소탕이 이번에 조선문학의 온갖 발전의 전제조건이 되는 것이다. 그러므로 이것의 제거 없이는 어떠한 문학도 발생할 수도 없고 성장할 수도 없는 현실이다. 그러면 이러한 장애물을 제거하는 투쟁을 통하여 건설될 문학은 어떠한 문학이냐 하면 그것은 완전히 근대적인 의미의 민족문학 이외에 있을 수가 없다. 이러한 민족문학이야말로 보다 높은 다른 문학의 생성·발전의 유일한 기초일 수 있는 것이다.

일견 민족문학의 건설을 위하여 일제의 잔재를 소탕하는 것이 급선무인 것처럼 들린다. 그러나 이 배제의 논리는 결코 일제의 잔재에만 해당하는 것은 아니다. 그의 다른 글 「민족문학의 이념과 문학운동의 사상적 통일을 위하여」에서는 다음과 같이 말하고 있다.

> 현대의 민족문학은 분명히 노동 계급의 이념에 기초해 있고, 노동 계급은 자기의 이념이 인민의 이념으로 될 것을 주장하고, 인민의 이념이 또 민족의 이념이기를 요청한다.

따라서 민족문학은 결코 우리 민족 전체가 유구한 역사를 통하여 창출한 문학이 아니라는 결론이 나온다. 노동자·농민 계급, 즉, 프롤레타리아의 이념에 기초해 있지 않으면 근대적 의미의 민족문학이 될 수 없다는 배제의 논리가 도사리고 있는 것이다. 인간 다음에 계급이 존재한다는 사실, 문학이 인간을 보지 않고 계급만 보고 있으면 알맹이를 놓친 껍질만의 문학이 될 위험이 있다는 사실을 간과하고 있는 것이다.

한편 김동리는 「순수문학의 진의─민족문학의 당면과제로서」라는 글 속에서 다음과 같이 말하고 있다.

> 순수문학이란 한마디로 말하면 문학정신의 본령정계이다. 문학정신의 본령이란 물론 인간성 옹호에 있으며 인간성 옹호가 요청되는 것은 개성 향유를 전제한 인간성의 창조 의식이 신장되는 때이니만큼 순수문학의 본질을 언제나 휴매니즘이 기조가 되는 것이다.
>
> (중략)
>
> 우리는 민족적으로 과거 반세기 동안 이민족의 억압과 모멸 속에 허덕이다가 오랜 역사에서 배양된 호매한 민족정신이 그 해방을 초래하여 오늘날

의 민족정신 신장의 역사적 실현을 보게 되었거니와 이것은 곧 데모크라시
로서 표방되는 세계사적 휴매니즘의 연쇄적 필연성에서 오는 민족단위의 휴
매니즘으로 규정할 수 있는 것이다. 이와 같이 민족정신을 민족단위의 휴매
니즘으로 볼 때, 휴매니즘을 그 기본내용으로 하는 순수문학의 관계란 벌써
본질적으로 별개의 것일 수 없다는 것을 알 수 있다. 우리가 목적하는 민족
문학이 세계문학의 일환으로서의 민족문학인 것처럼, 우리 민족정신이라는
것도 세계사적 휴매니즘의 일환인 민족단위의 휴매니즘으로 규정될 것이며,
이러한 민족단위의 휴매니즘을 세계사적 각도에서 내포하고 있는 것이 오늘
날 순수문학인 것이다.

김동리는 이 글에서 순수문학이 곧 민족문학이 될 수 있음을 천명하고
있다. 왜냐하면 양자 다 휴머니즘에 기초하고 있기 때문이라는 것이다.
이 이념의 갈등은 그대로 작품에 표현되고 있다. 그러나 계급문학인 경
우는 그 사상적 체계가 분명하지만, 소위 순수문학인 경우는 사상적 체계
가 없다고 보아야 할 것이다.
다시 말하면 전자는 문학 바깥에 있는 사상적 체계에 복종하고 있지만,
후자의 경우는 휴머니즘을 옹호하는 한 작가의 창조 정신에 의거되어 있
다는 의미인 것이다. 그러나 순수문학 쪽 역시 당시의 민족적 현실의 일면
을 외면하고 있었다는 비난을 면할 수 없다. 그것은 지주와 소작인과의 관
계이다.
이제 해방 후 3~4년 사이에 발표된 작품들을 구체적으로 살펴보면서
해방 공간에 펼쳐진 소설의 양상을 개관해보기로 하자.

2.

해방 직후에 나타난 소설집들을 추려보면 대충 다음과 같다. 이광수의 『유랑』, 이태준의 『이념의 월야』, 한설야의 『이념』, 이태준의 『세동무』, 조명희의 『낙동강』, 정비석의 『파도』, 계용묵의 『백치 아다다』, 이무영의 『흙의 노예』, 정비석의 『고원』, 박영준의 『목화씨 뿌릴 때』, 이기영의 『인간수업』, 허준의 『잔등』, 안회남의 『전원』, 김동인의 『김연실전』, 『태형』, 채만식의 『제향날』, 안회남의 『불』, 이태준의 『해방전후』, 김남천의 『대하』, 김동인의 『광화사』, 김동리의 『무녀도』, 이태준의 『복덕방』, 현덕의 『남생이』, 이광수의 『꿈』, 박노갑의 『사십년』, 박종화의 『민족』, 김남천의 『삼일운동』, 이석훈의 『황혼의 노래』, 함대훈의 『청춘보』, 이무영의 『향가』, 김남천의 『맥』, 염상섭의 『삼대』, 『삼팔선』, 함대훈의 『희망의 계절』, 박화성의 『고향 없는 사람들』, 정비석의 『성황당』, 박태원의 『성탄제』, 최정희의 『천맥』, 염상섭의 『신혼기』, 이석훈의 『심야의 음모』, 엄흥섭의 『흘러간 마음』, 심훈의 『상록수』, 홍명희의 『임꺽정』, 이태준의 『제2의 운명』, 김영석의 『지하로 뚫린 길』, 박계주의 『처녀지』, 윤백남의 『흑두건』, 김래성의 『마인』, 정비석의 『제신제』, 홍효민의 『세종대왕』, 김동인의 『운현궁의 봄』, 이태준의 『영원의 미소』 등이다.

이들 작품집은 해방 이전에 이미 발표한 것을 모아 다시 발간한 것도 있고, 해방 전의 것과 해방 후의 것을 모아 발간한 것도 있고, 해방 후의 것만 모아 발간한 것도 있다.

권영민의 조사에 따르면 해방 이후 1949년까지 발표된 작품 수는 370여 편에 이른다.[1] 이 중에서 당시에 주목을 받았던 작품 혹은 주목받을 만한

---

1) 권영민, 『해방 직후의 민족문학운동 연구』, 서울대학교출판부, 1986, 부록 참조

가치가 있다고 인정되는 작품은 대략 다음과 같은 작품들이다. 1946년에 발표된 작품으로 김영수의 「혈맥」, 채만식의 「맹순사」, 안회남의 「소」, 이기영의 「해방」, 김동리의 「윤회설」, 김남천의 「동맥」, 이태준의 「해방전후」, 채만식의 「역사」, 박종화의 「논개」, 김영석의 「폭풍」, 박태원의 「춘보」, 정비석의 「귀향」, 김동인의 「반역자」, 최태응의 「사탕」, 염상섭의 「첫걸음」, 계용묵의 「별을 헨다」, 이무영의 「굉장소전」 등이고, 1947년에 발표된 작품으로 황순원의 「술 이야기」, 「담배 한대 피울 동안」, 김동리의 「혈거부족」, 「개를 위하여」, 김동인의 「망국인기」, 김영수의 「행렬」, 최태응의 「사과」, 엄흥섭의 「집 없는 사람들」, 1948년에 발표된 작품으로 염상섭의 「이합」, 김동리의 「역마」, 최태응의 「혈담」, 「월경자」, 허윤석의 「수국의 생리」, 채만식의 「민족의 죄인」 등이고, 1949년에 발표된 작품으로 황순원의 「목넘이마을의 개」, 「맹산할머니」, 염상섭의 「임종」, 「두 파산」, 「일대의 유업」, 안수길의 「풍속」, 오영수의 「남이와 엿장수」 등이다.

해방 직후 발표된 소설들을 일별해볼 때 그 예술적 성취에 있어서 해방 이전보다 진전했다고 말하기는 매우 어려울 것 같다. 그것은 예상되는 당연한 결과로서, 첫째, 해방 직후의 정치·사회상이 소설보다 더 극적으로 전개되고 있었다는 점, 둘째, 소재에 대하여 객관적 거리를 유지하기 어려웠던 점, 셋째, 수시로 변하는 정치적·사회적 현실 때문에 가치관을 확립하기가 어려웠던 점, 넷째, 작가 자신이 차분히 앉아 소설적인 형상화에 투자할 여유가 없었다는 점 등을 들 수 있을 것이다.

이런 연유로 적지 않은 작품이 발표되었음에도 불구하고 작품다운 작품을 고르라면 상당히 어려움을 겪게 된다. 실제로 개별 작가 연구를 할 경우에 이때에 발표되었던 작품이 문제작이 되는 경우는 그리 많지 않으리라고 생각된다. 일제의 가혹한 검열을 겪어야 했던 해방 이전보다 분명히 소재의 선택이나 그 처리에 있어 자유를 누릴 수 있었음에도 불구하고, 그렇게 된 이유는 이상 열거한 이유 외에도 또 다른 이유가 있다. 그것은 일제 식민지하에서 겪었던 지난날의 상처가 알게 모르게 그들의 창작에 관여하고 있었기 때문이다. 그 상처는 여러 가지 의미에서의 상처다. 재갈을 물고 있지 않으면 모국어를 버리고 일본어로 글을 써야 했던 일, 조선문인보국회니 조선문인협의회니 하면서 자의든 타의든 일본에 협력해야 했던 일, 더러는 창씨개명까지 하면서 황민화된 시늉을 하고 있었던 일, 어쩌면 일본이 이길지도 모른다는 착각까지 하고 있었던 일 등이 바로 그것이다.

3.

이 시기의 소설들을 우리는 대체로 다음과 같이 나눌 수 있다. 첫째, 해방 전후의 조국 현실을 사실적으로 묘사함으로써 그 실상을 보여주려는 소설, 둘째, 일제 식민지 체험을 회오하고 속죄하는 관점에서 쓴 소설, 셋째, 해방된 조국에서 벌어지고 있는 사람들을 사시적(斜視的) 관점에서 쓴 소설, 넷째, 순수문학을 지향하는 소설, 다섯째, 계급의식을 고취함으로써 프롤레타리아 혁명을 선동하려는 소설 등이다.

먼저 해방 전후의 조국 현실을 사실적으로 그리고 있는 김영수의 「혈맥」(《대조》, 1946. 1)을 보기로 하자. 이 소설은 해방 직후 좌우익의 갈등이 첨예할 때 부자(父子)가 겪는 갈등을 다룬 작품이다. 이념이 다른 단체에 각각 가담해 있음으로 해서 부자간은 종래의 윤리로서는 도저히 있을 수 없는 갈등 관계에 돌입한다. 의학박사 이필호는 우익 정당의 요직에 있는 인물이다. 이에 반하여, 그 아들 기호는 의전 학생 대표로서 좌익 세력의 선봉이 되어 있다. '신탁통치 절대 반대'와 '삼상회의 절대 지지'라는 당시 우익과 좌익 단체들의 주장이 그대로 이 부자간 갈등의 이유가 되고 있다.

부자는 동조하고 있는 진영이 거리에서 부딪칠 때 각기 그 단체의 일원으로서 충돌한다. 그 충돌은 집안으로까지 들어온다. 정치적 이념이 단란한 가정까지 파괴하기 시작하는 것이다.

"아버지 직업이 무엇입니까?"

"뭐라니?"

벌써 첫마디가 귀에 거슬린다. 이박사의 어조도 자연 거칠어졌다.

"아니 그게 별안간 무슨 소리냐, 응?"

하고, 이박사는 이번에는 좀 눈을 크게 뜨고 아버지의 위엄을 갖추려 하였다.

그러나 기호는 역시 부동의 자세로

"의사면 의사노릇만 하세요!"

하고, 더 굵게 힘을 주어서 배앝듯 단숨에 토했다. 이것은 분명 명령에 가까운 말투였다. 여태 한번도 아버지의 앞에서 이런 노기 띠운 말투를 해본 적이 없는 아들이었다. 이런 괘씸한 소리를 여지껏 아들의 입에서 한번도 들어본 적이 없는 아버지였다.

"괘씸한 놈!"

이박사는 주먹과 무릎이 한꺼번에 부르르 떨리었다.

"그게 무슨 말버릇이냐."

옆에서 듣고 있던 안씨부인이 두 사람의 사이로 나서려 했지마는, 기호는 얼른 한 팔로 어머니를 막으며

"아버지가 요즘 정당에 드나드는 것은 탈선예요."

하였다.

"탈선?"

"탈선입니다."

"아니, 이놈아, 네가 이를테면 애비한테 훈계를 허는 셈이냐."

억지로 분을 참자니 말이 자꾸 탁 탁 막힌다. 이박사는 다만 무릎을 들먹거릴 뿐, 초조할 대로 초조해졌다.

"선량한 인민에게 해독을 끼치는 행동을 아버지가 취허실 땐, 자식으로서도 가만있을 수는 없어요."

주의할 것은 오랫동안 그토록 존중되어 왔던 부자의 윤리가 위기에 봉착하고 있다는 사실이다. 이념 때문에 부자간이 한순간에 적이 될 수 있다는 것은 한국의 전통적 윤리관을 뿌리째 흔들어놓고 있는 것이다. 몇백 년을 지탱해온 유교적 가치관이 해방과 더불어 급격히 무너지고 있다는 사실이다. 이 소설은 물론 이념의 갈등에도 불구하고 결국에는 혈육의 정은 어쩔 수 없는 것이 아니냐는 저자의 의도를 담은 것처럼 보인다. 그러나 가치관의 기반이 흔들리고 있는 점을 간과할 수 없는 것이다.

이태준의 「해방전후」(《문학》, 1946. 8)는 현이라는 소설가가 해방을 전후하여 겪었던 체험을 담담한 필치로 쓴 소설이다. 일제의 위협으로 문인보국회에는 가입하고 있었으나 실제로는 붓을 꺾고 있었던 주인공이 서울서는 더 지탱할 수 없어 낙향하고 만다. 그러나 좁은 시골 역시 버티기가 그리 만만치 않았다. 그곳에서 그는 조선 선비의 꼿꼿함을 그대로 간직하고 있는 향교의 윤직원을 만나게 된다. 해방이 되자 서울로 올라온 그는 곧 좌익 문학 단체에 가담하여 활동한다. 일제 때는 서울 발걸음도 아니했다는 윤직원이 올라와 현에게 좌익 문학 단체에서 활동하지 말기를 간곡히 충고한다. 그러나 일제 때의 소극적인 자세를 버리고 적극적으로 살 것을 결심한 현은 윤직원과 결별할 수밖에 없게 된다.

좌익 문학 단체에서는 이 소설에서의 윤직원을 '봉건적 의식 때문에 국수주의로 전락한 일노인(一老人)'이라고 단정하고, '현대 조선의 애국심의 진실과 허위를 전형적으로 표현'하고 있는 작품이기 때문에 상을 주었다고 밝히고 있지만, 조선 유학자적인 강직함을 지닌 윤직원의 당당한 태도와 논리에 저자 자신으로 표상되고 있는 현의 태도가 어딘가 꿀리는 인상을 준다. 정치적 이념의 선전보다는 아직도 소설적 리얼리티에 연연하고 있는 이태준 본래의 일면을 이 소설은 드러내 주고 있다.

김동리의 「혈거부족」(《백민》, 1947. 3)은 만주에서 귀국한 여인의 비참한 생활을 그린 소설이다. 순녀는 병든 남편을 이끌고 천신만고 끝에 조국 땅에 발을 들여놓았으나 고향엔 가지 못하고, 삼선교 근처의 방공호에서 거지와 다름없는 생활을 한다.

> "이보 날 어짜던가 고향까지만 데려다 주."
> 해방이 되었다고 왼 이웃이 발칵 뒤집히다시피 떠들던 날, 남편은 조용히 바람벽에 등을 기대고 앉은 채 순녀를 보고 이렇게 탄원했던 것이다. …… 지금까지는 성공이나 하면 돌아가려던 고향의 땅이었다. 그러나 이제 해방된 고국에 가는 데야 무슨 성공과 실패가 따로 있으랴. 그저 몸이나 성해 돌아가면 장하지…… 하지만 움쑥 들어간 두 눈, 움푹 패인 두 볼, 시시로 요강에 뱉어내는 혈담…… 그리하여 희망이란 것이 다만 고향에 가 묻히기나 하고 싶다는 남편이 아닌가.

해방 직후 도처에서 볼 수 있었던 귀환 동포들의 비참한 생활이다. 그러나 이 소설은 단지 그것에 그치지 않고, 순녀의 애달픈 사연을 통하여 인간의 의식 심연에 있는 고향의 의미를 일깨워준다. 절박한 현실을 다루면서도 그가 말하는 소위 순수문학의 가능성을 엿보게 하는 작품이다.

이 시기에 발표되었던 염상섭의 작품들 역시 당시의 시대상을 담담하게 그려내고 있는 그의 장기를 발휘하고 있다. 「그 초기」, 「이합」, 「재회」,

「삼팔선」 등이 그러한 작품이다. 해방이 되면서 소련의 세력을 등에 업고 판을 치고 있는 이북의 현실을 그린 소설들이다. 독립된 단편이면서 일관된 줄거리를 가지고 있다. 이들 소설은 염상섭이 《만선일보》의 주필로 가 있다가 해방이 되자 서울로 돌아오는 과정에서 겪은 체험을 소설화한 것이다. 「삼팔선」은 이 과정의 마지막 단계를 보여주는 작품인데, 사리원에서 개성으로 들어오는 연변의 상황이 세밀하게 묘사되고 있다. 해방이 되었다고는 하나 오히려 불법·무법이 판을 치고 있으며, 곳곳에서 분출되고 있는 사회적 모순과 혼란은 극에 달해 있다. 염상섭은 이러한 해방 공간의 시대 상황을 이념에 편향함 없이 세세하게 묘사함으로써 그의 소시민적 리얼리즘 문학을 재확인시켜주고 있는 것이다.

둘째, 일제 식민지 치하의 생활이나 체험을 회오의 심정이나 속죄의 관점에서 쓴 소설들은 자의든 타의든 오욕을 빨리 청산하고 싶은 심정에서 쓴 소설일 것이다. 이러한 계열의 작품을 쓴 작가로서 문단의 대선배 격인 이광수와 김동인을 들지 않을 수 없다.

이광수는 해방 후 친일파 작가로서 규탄을 받아 한동안 집필 활동을 중단하고 은거하고 있다가 『도산 안창호』(1947)를 집필하면서 서서히 문필 생활을 다시 시작했다. 『도산 안창호』를 집필하게 된 것도 그의 일제 치하에서의 행적을 회오하는 마음에서일 것이다. 이미 써두었던 『꿈』(1939)을 그때 다시 간행한 것이라든지, 『그의 자서전』에서 이미 썼던 어린 시절을 『나』로 재집필한 것 등은 그의 태도나 표현에 있어서 문제가 없는 것은 아니지만 지난날을 용서해달라는 뜻이다.

이광수는 자서전을 쓰게 된 동기를 "세상에 빛을 주고 향기를 보내자는 것이 아니"고, "더러운 자신을 살라버리기 위해"라고 말하고 있다. 그의 말을 액면 그대로 받아들일 수는 없지만 어쨌든 회오의 뜻이 담겨 있는 것은 충분히 알아차릴 수 있다. '반민법' 제정이 한창 논의되던 시절에 씌어진 『나의 고백』 역시 같은 맥락에서 읽을 수 있다. 『나의 고백』은 ①민족의 식이 싹트던 때, ②민족운동의 첫 실천, ③망명한 사람들, ④기미년과 나, ⑤나의 훼절, ⑥민족보존, ⑦해방과 나 등의 7장으로 되어 있다. 전편은 대체로 그의 행적을 민족 문제와 결부시켜 서술한 것이고, 후반은 그가 친일하게 된 어쩔 수 없는 사정을 구구하게 변명하고 있다. 『나의 고백』이야말로 진정한 그의 참회록 형태로 나타났어야 하지 않았을까 하는 것이 후배 문인들의 아쉬움이기는 하지만, 그 방법이야 어떻든 일제하의 그의 행적을 그 자신도 결코 떳떳하게 생각하지 않고 있음은 틀림없다.

김동인의 「반역자」(《백민》, 1946. 10)는 일제하를 살았던 한 지식인의 몰락 과정을 묘사하고 있는 작품이다. 이광수를 우회적으로 비판한 소설로도 볼 수 있다. 민족에 대한 역사적 안목의 부족으로 결국에는 파멸에 이르게 된다는 것이 그 줄거리다. 김동인은 이듬해 다시 「망국인기」를 씀으로써 일제 치하를 살아온 자기 자신의 이야기를 쓰고 있다. 이 소설에서 그는 일제하를 지나면서 매우 부끄럽게 생각되는 몇 가지 행적도 소개하고 있다. 그러나 한국문학을 위하여 30년의 세월을 보낸 자신의 업적을 자랑하기도 했다. 물론 이 소설은 그렇게 해서 차지한 적산가옥을 도로 뺏기게 된 데 대한 한탄에 역점이 가 있으나 항상 자존에 차 있던 그가 식민지하의 생활을 회오로 뒤돌아보고 있다는 것은 눈여겨볼 만하다.

채만식의 「민족의 죄인」(《백민》, 1948. 10~1949. 1)은 나와 김 그리고 윤이라는 세 인물이 등장함으로써 일제 치하에서 지식인이 겪은 세 가지 삶의 다른 방식에 대하여 물음을 던지고 있다. 작가인 나는 일제의 강압이 몸 가까이 다가오자, 붓을 꺾고 낙향해버린다. 그러나 일제는 그를 그냥 놔두지 않는다. 시골에까지 쫓아와서 일제에 협력하도록 강권한다. 어쩔수 없이 문인보국회에 나가 협력하게 된다. 한편, 김은 식구들의 생계 때문에 신문사를 그만두지 못하고, 일제의 지시에 따라 친일적인 신문 제작에 협력한다. 이 양인의 삶의 방식과는 달리 윤은 신문사를 사직했을 뿐 아니라, 낙향하여 일체의 문필 활동을 중지하고 은둔 생활을 한다. 해방이 되자 세 사람은 다시 만나게 된다. 나와 김은 당연히 윤의 신랄한 비판을 받게 된다. 치사하게 산 자신들의 삶의 방식에 대해서 심한 혐오감을 가진다. 그러나 여기서 비단 양인에게만이 아니라, 일제 치하에서 목숨을 부지한 모든 사람에게 던져야 하는 질문이 있다. 친일의 한계를 어디서 그어야 하느냐 하는 기준 문제이다. 문인들이 스스로에게 이런 질문을 던져 보는 것은 아픈 상처를 치료하고 싶은 속죄의 심정에서였을 것이다.

셋째, 해방된 조국의 현실에서 벌어지고 있는 희극과 혼란을 풍자적으로 묘사하고 있는 소설로서 채만식의 「맹순사」(《백민》, 1946. 3), 「논 이야기」(『해방문학선집』, 1946. 4), 이무영의 「굉장소전」(《백민》, 1946. 12), 염상섭의 「양과자갑」(『해방문학선집』, 1946. 3) 등을 들지 않을 수 없을 것이다.

「맹순사」는 일제하에서 순사질을 하다 그만둔 한 평범한 소시민이 해방 직후 다시 순경이 되었을 때 겪는 희극적 상황을 쓴 소설이다. 반드시 청렴해서만이 아니라, 용한 성격 때문에 가난하게 살 수밖에 없는 맹순사는 젊은 아내의 등쌀에 못 이겨 그만둔 순사질을 다시 시작한다. 그런데 같은 파출소에 행랑 아들 노마가 순사로 들어와 있다. "근처의 3년짜리 학원을 1년에 작파하고서, 저무나 새나 우미관 앞에서 놀다가, 깃대도 받아주고 삐라나 뿌려주"곤 하던 노마였다. 그러나 이건 약과였다. '살인강도, 무기징역수 강봉세'가 순사가 되어 그의 앞에 나타난 것이다. 해방 후의 혼란상이 희화적으로 묘사되고 있다.

「논 이야기」는 일인에게 논을 팔아먹는 위인이 해방이 되면 다시 자기 논이 되는 줄 알았는데 결코 그렇게 되지 않아 망연자실해 한다는 이야기다. 관리의 가렴주구라든지 일인들의 행패 등이 묘사되고 있으나, 한생원의 게으름과 어리석음이 부각되어 있어 실상을 정면에서 바라본 작품은 아니다. 한생원의 어리석음을 웃으면서도 피해당한 농민들의 아픔이 그 속에 담겨 있어, 웃음 뒤에 서글픔이 있다. 그것이 이 소설의 풍자적 장치다.

「꽹장소전」의 꽹장댁은 뻐기고 싶은 성격에 항시 '꽹장하다'는 말을 듣기 좋아해서 붙여진 별명, '꽹장한' 집을 어울리지도 않게 짓고, 일본 관리와 친해지고 싶어 '꽹장한' 돈을 들였으나, 해방이 되자 재빨리 조선독립 만세를 힘차게 외쳐댄다. 이왕 전하의 환국을 위해 돈을 내놓는가 하면 임시정부 요인과도 친해지려 하고 인민위원회 청년에게도 관심을 나타낸다. 시세에 유리한 쪽으로 항상 붙어서 행세하는 부류들을 풍자한 것이다.

「양과자갑」은 미국인 장교와 친하게 살아가고 있는 여인의 집에 세를 얻어서 살고 있는 대학 영문과 강사의 이야기를 쓴 소설이다. 여인은 미국인과 친해서 온갖 귀한 것을 얻어오고 있었지만 영어는 해독할 수 없어 매번 여고생 보배의 신세를 지고 있는 것이다. 영어만 잘하면 출세한다는 세상인데 미국 유학까지 갔다 온 남편이 돈이 없어 셋방에서 쫓겨날 신세인 것은 아내로 볼 때는 딱하기만 하다. 영어를 이용해서는 절대로 생활 수단을 벌지 않겠다는 영수와 영어를 알기만 하면 당장 수가 생길 것 같은 주인집 딸 간의 아이러니한 대조가 이 소설의 핵심일 것이다. 그러나 미군이 보낸 편지에서 주인집 딸 이름 앞에 '디어'라는 말이 붙었다고 해서 기겁을 하는 대학 영문과 강사를 보았을 때 우리는 염상섭의 의도와 달리 소설 바깥에서 웃음을 짓지 않을 수 없다. 유교적 윤리관에서 크게 벗어나지 못하고 있던 당시의 사정으로서는 미국인과의 교류는 확실히 많은 희극을 만들고 있었을 것이다.

넷째, 소위 순수문학을 추구한 일련의 소설들이다. 이러한 소설들은 시대적 상황과 별로 무관한 소재와 주제를 선택하고 있다. 때로는 해방 공간이 배경으로 나타나는 수도 있다. 그러나 그것은 단지 시간적 배경일 뿐 그 주제를 표현함에 있어서 특별한 의미를 띄지는 않는다. 이 부류에 속하는 소설들은 그 예술성을 가장 존중한다. 문학의 보편성과 영원성을 믿으며, 변하는 시대 상황보다는 변하지 아니하는 인간의 본성에 기초한 문학을 꿈꾸는 것이다. 물론 이들이 창작한 소설들이 그 이상을 수행하고 있는지 없는지는 별개의 문제이다. 김동리, 황순원, 최태응 등의 작품 중에서 이 부류의 소설들을 발견하게 된다.

김동리의 「역마」(《백민》, 1948. 1)는 역마살이라는 당사주의 점괘가 가리킨 운명에 매여 살아가고 있는 한 젊은이의 삶을 그린 소설이다. 화개장터 근처에 주막집을 하는 옥화라는 여인과 그 아들 성기가 살고 있었다. 그러나 성기는 역마살을 타고났기 때문에 집을 벗어나서 객지를 떠돌아다니지 않으면 안 되었다. 중노릇도 하고 책 장사도 하면서 이따금 집에 들르는 것이다. 그때 체 장수가 옥화네 주막에 묵고 가면서 계연이라는 나이 찬 딸을 맡겨놓고 간다. 가까이 있는 사이 성기는 어느새 계연을 사랑하게 된다. 그러나 계연과의 사랑은 이룰 수 없는 사랑이었다. 왜냐하면 계연은 성기에게 배다른 이모가 되기 때문이다. 체 장수는 옥화의 아버지였던 것이다. 성기는 큰 상처를 입지만 곧 마음을 가다듬고 엿 목판을 메고 집을 떠난다는 이야기다. 현대인은 역마살 따위야 미신에 불과하다고 치부하여 웃어버릴지 모른다. 그러나 만약 미신이 지배하는 공간 속에 살고 있는 사람이라면 느낌이 전혀 다를 것이다. 그것은 벗어날 수 없는 운명과 같은 것이 될지 모른다. 실제로 이런 문화 공간 속에 우리 조상들은 살았던 것이다. 이런 문화 공간 속에 살 때는 그 운명은 거역할 수 없는 것으로 느껴진다. 사실 우리가 살고 있는 문화 공간도 같은 운명을 맞을지 어떻게 알 것인가? 매우 합리적이고 과학적이라고 우리는 생각하고 있지만, 몇백 년 아니 몇천 년 후도 같은 평가를 받을 수 있다고 장담할 수 있을까? 그의 소설 「윤회설」(1946), 「달」(1947), 「개를 위하여」 등이 모두 이 계열에 속한다.

황순원의 「목넘이마을의 개」(《개벽》, 1948. 3)는 어느 날 목넘이마을로 흘러들어온 신둥이라는 개에 관한 이야기다. 목넘이마을은 우리 동포들이 살길을 찾아 북으로 떠나가는 길목에 있는 마을이다. 어느 날 이 마을에 그 사람들이 필시 버렸을 것으로 짐작되는 굶주린 개 한 마리가 들어온다. 그 개를 동네에서는 미친개로 단정하고 몽둥이로 때려죽이기로 모의한다. 그러나 신둥이는 동네 사람들의 눈을 피해 생명을 부지한다. 뿐만 아니라, 새끼까지 낳아서 간난이 할아버지를 통해 동네에 퍼뜨리게 한다는 이야기다. 때로는 인간이 개만도 못할 때가 있다. 개는 개를 알아보고 평화롭게 살아가지만 사람들은 스스로의 생각에 도취하여 타를 오해하고 적의를 가지며 심지어 살해까지도 서슴없이 저지르는 것이다. 개를 통하여 인간의 어리석음을 뒤돌아보게 하고 인간의 본성이 무엇인지를 생각도록 하는 소설이다.

허윤석의 「수국의 생리」(《백민》, 1948. 3), 「문화사대계」(《민성》, 1949. 3)와 최태응의 「사과」(《백민》, 1947. 3), 「산의 여인」(《백민》, 1947. 11), 「혈담」(《백민》, 1948. 3) 등은 모두 이 계열의 소설들이다.

마지막으로, 계급의식을 고취시키거나 프롤레타리아 혁명을 선동할 목적으로 씌어진 작품들을 들 수 있다. 대부분 좌익 작가에 의하여 씌어진 소설들이다. 그 좌익 작가들이란 이태준, 김남천, 안회남, 이기영, 김학철, 김영철, 전홍준 등을 가리킨다.

그중에서 이태준의 장편 『농토』(1947. 6)는 여러 가지 의미에서 흥미를 던져주는 작품이다. 이 소설의 시간적 배경은 일제 치하 중엽에서부터 해방 직후로 되어 있고, 공간적 배경은 개성과 개성 근처의 가재울이라는 농촌이다. 소설은 윤판서네의 하인 억쇠 아버지의 처 팔월이가 죽어가고 있는 데서부터 시작한다. 팔월이가 죽어가고 있는 바로 그 순간에 주인 며느리의 출산은 시작되고 있다. 억쇠와 억쇠 아비는 울 자유조차 허락받지 못한다. 억쇠 어머니가 죽자 그들은 곧 주인집 농토가 있는 가재울로 옮겨오게 된다. 그러나 그 생활도 얼마 있지 않아 끝난다. 왜냐하면 주인집 아들의 심한 낭비벽으로 전장(田莊)을 전부 빚으로 넘기지 않으면 안 되었기 때문이다. 억쇠 부자는 이제 윤판서네를 영원히 떠나지 않으면 안 되었다. 그동안의 대가로 노마님으로부터 얼마간의 돈을 받는다. 그것으로 하루갈이 농토를 사려고 했다. 그러나 동네에는 친일 앞잡이 달근이가 있었다. 그의 농간으로 결국 농토 구입에 실패하고, 소작농이 되고 만다. 소작인의 생활은 여간 고달픈 것이 아니었다. 지주들의 착취는 혹독한 것이었다. 일년내 피땀 흘려 농사를 짓지만 입에 풀칠조차 하기 어려운 실정이었다. 한국인 지주의 착취에 견디다 못해 일인들의 동척(東拓) 땅을 얻어 부쳐보았다. 일인들의 간교한 착취는 한국인 지주보다 더했다. 드디어 해방을 맞는다. 곧 이북 지역의 토지개혁이 시작된다. 지주들의 땅이 몰수되고 모든 지주는 그가 살던 곳에서 이유 여하를 막론하고 축출된다. 그 틈을 타서 억쇠는 오래전부터 탐을 내던 하루갈이 옥답을 차지해버린다. 인민위원회의 승인도 받게 된다. 사랑하는 분이와도 결혼한다. 억쇠에게는 행복한 미래가 기다릴 뿐이다.

저자는 이 소설에서 종의 아들로 태어나 괴로운 소작인 생활을 거쳐서 훌륭한 농민이 된 억쇠의 이야기를 들려주려고 한 것 같다. 공산주의 사상을 가진 성필의 도움으로 각성된 농민이 되고, 토지개혁으로 당당한 자작농이 되는 과정을 그리려 한 것 같다. 각성된 농민이 되는 것은 곧 적과 우군이 누구라는 것을 아는 농민, 즉, 철저한 계급의식을 갖고 있는 농민이 되는 것이다. 이북지방의 토지개혁이 실행될 무렵 비록 후덕한 지주조차도 소작인으로부터 무자비한 축출을 당하곤 했는데, 우리는 그것을 무법적인 사회로 혹은 붉은 회오리의 난장판으로 매도했다. 황순원의 「카인의 후예」가 바로 그런 상황의 설정이다. 하지만 좌익들의 견해는 이와 전

혀 다르다. 억쇠가 성인학교를 세울 일을 걱정하자 아들 덕분에 공산주의
적 사고에 계몽된 최초시의 말은 이렇다.

"지주들의 집을 뺏는 것이 아니라 지주는 살던 동네를 떠나야 한다는 걸
세. 그러니까 집이 전부 비는 거지."

"왜 동네까지 떠나야 합니까?"

"떠나야만 토지개혁을 하는 보람이 있겠네. 들어보게. 내 다녀왔다는 평
산 친구가 큰 지준 아니나 지준 지주지. 그 사람은 법령 나기도 전일세, 아주
자진해 땅을 작인들한테 노나주었어요. 그래 첨에는 그래 잘하는 일이구 토
지개혁두 그런 식으로 나가는 게 옳은 줄 아는 사람도 있었지만 그런 일은
원측이 틀리는 거라구 지금은 문제가 된다네만. 원측에 틀릴 법두 한게 지주
가 옆에 그저 살고 있으면 땅으로 해 생겼던 폐단이 여간해 안 없어지겠네.
땅을 그저 줬다고 해서 작인들이 참기름이니 찹쌀되니 뻔질낳게 들구 오구
인전 돈두 군색할 게라고 일거리가 있기 바쁘게 저희 점심들을 싸가지구 와
서 그저 해주구 간다네그려."

"그게 인정 아닙니까? 그게 그런 훌륭한 사람한테 마땅히 할일 아닙니
까?"

"아닐세! 그런 생각으룬 미풍양속이지. 그러나 그건 작인들이 그런 지주
를 오늘 와선 지주 이상 신분으로 섬기려 드는걸 그래? 그게 폐단이란 걸
세."

남의 집 하인의 자식으로 있어본 억쇠는 '신분' 소리에 선뜩 찔리는 데가
있다.

"주종관계를 끊자구 한 노릇이 그게 더 심해지니 되겠나? 그런 걸 미풍양
속이라 쳐주던 건 인전 다 지나가버린 君臣德義일세 그려―무엇보다 인전
작인들이 아니라 남인데 남들의 폐만 끼치게 되니 땅을 내놓는 근본정신에

틀리는 거구. 토지개혁은 무슨 시주가 있어가지고 자선사업으로 하는게 아
닐세. (중략) 그래서 주종관계가 전혀 없어진 자유 평등 천지에서 어서 새 미
풍양속이 서야 할 걸세."

요컨대, 지주계급이 아무리 선해도 소용없다는 것이다. 그리고 그 계급
의 적은 철저한 적의를 가지고 투쟁해야 한다는 것이다. 인간 심리 속에
있는 악마(정신분석학에서 말하는 무의식적 음영)를 부추겨야지, 천사(무
의식의 초자아)를 불러들이면 안 된다는 것이다. 악마들의 적의가 모여 있
으면 어떤 사회가 되리라는 것이 훤하게 보이는 듯하다. 이태준의 이 소설
은 뒷부분의 사상성 때문에 초반의 서정적인 아름다움이 파괴되고 있다.
아마도 그 전반부는 그의 본래적 자아에 의하여 씌어진 것이지만 후반부
는 사상으로 무장한 자아에 의한 것이 아닌가 하는 생각이 든다.
안회남의 「농민의 비애」(《문학》, 1948. 4) 역시 정치성이 짙게 깔려 있
는 소설이다. 그러나 그 정치성은 작품의 구조 속에 용해되어 있지 못하고
겉돌고 있는 것을 볼 수 있다. 소설은 농촌(차라리 산촌이라는 것이 옳다)
에서도 외따로 떨어져 오두막에 살고 있는 서대웅이라는 노인의 이야기
다. 일제의 징용에 자식을 잃고, 며느리는 살기 위해 개가하고 손녀와 외
롭게 산다. 어느 날 개가한 며느리가 손녀를 데리고 가버리자 목매어 죽어
버린다.
생계 수단이 없으니까 당연히 입에 풀칠하기조차 어려운 노인이 될 수
밖에 없는데 그것을 '농민의 비애'로 표상하려는 것은 아무래도 무리일 수
밖에 없다. 더구나 농민의 비애와는 구조적으로 아무 상관도 없는 해방 후
의 국제 정세가 화자의 입을 통해 유치한 장광설로 나온다. 그것도 당시
좌익 계열에서 지지하던 정치 노선 선전을. 정치적 선전을 목적으로 한 당
시 좌익 계열의 작품들은 대체로 이와 비슷했다.

4.

우리 문학을 이야기할 때는 대체로 십 년을 단위로 하여 말하는 것이 보통이었다. 그러나 1940년대만은 그렇게 말할 수 없다. 1940년대는 너무나 큰 사건을 두 번씩이나 경험하고 있기 때문이다. 1945년의 해방과 1948년의 정부 수립이 그것이다. 아무리 사회 현실과 문학과의 독립성을 주장하는 사람이 있다 하더라도 이 두 큰 사건을 도외시하고 우리 문학사를 논하기는 어려울 것이다. 그러나 1948년의 정부 수립은 1945년과 시간적으로 너무나 근거리에 있기 때문에 대체로 1945년의 해방에 묶어서 말한다. 그리고 곧이어서 6 · 25 전쟁이라는 엄청난 사건을 맞게 됨으로써 1950년대는 자동적으로 시대의 분획이 뚜렷하게 나타나는 것이다. 때문에 유독 1940년대만은 10년 단위로 말할 수 없는 예외가 된다. 불과 5년이라는 짧은 기간이지만 문학사에서 절대로 건너뛸 수 없는 중요성을 가지고 있다.

해방 공간의 소설을 1945년에서 1948년의 정부 수립까지로 보는 사람들도 있고 6 · 25 이전까지로 잡는 사람도 있다. 남한만의 단독정부이기는 하지만 독립국가를 갖게 된다는 엄청난 의의에도 불구하고 불과 2년 사이를 두고 분획한다는 것은 무리이기 때문이다. 그러나 정부 수립을 기점으로 하여 그 이전과는 확실히 다른 양상을 드러내고 있는 것은 사실이다. 우선 겉으로 드러난 것만 해도 공산당이 불법화됨으로써 좌익 작가도 좌익적 경향도 일체 우리 문학에서 사라져버린 것을 들 수 있을 것이다.

해방 공간의 문학을 다룰 때 우리는 언제나 그 절반만을 다루어왔다. 그간의 반공법 때문에 좌익 작가를 다룰 수 없었기 때문이다. 수년 전부터 어느 정도는 묵인되는 형편이었다가 올해부터는 공인되었다. 그러나 좌익 작가나 그 작품을 다루는 데 완전히 자유로워진 것은 아니다. 공산주의를 찬양하거나 동조하는 견해에서 다룰 수는 없기 때문이다. 분단국가로서는 어쩔 수 없는 상황일 것이다. 그러나 문학을 문학 그 자체로서 보지 않고 정치의 도구나 투쟁의 도구로 보고 있는 한 예술적인 보편성도 영원성도 지닐 수 없다는 것은 자명한 일이다. 그런 의미에서 해방 공간에 있어서 좌익 작가들의 작품이 제외되었다고 하더라도 문학사를 크게 수정해야 할 일은 생기지 않으리라고 생각된다. 왜냐하면 그들은 작품 안에서보다는 작품의 바깥에서 언제나 떠들썩했기 때문이다.

변혁 · 전환기의 희곡문학

차범석

1.

1945년 8월 15일의 조국 광복은 우리 민족에게 하나의 감격이자 흥분 그것이었다. 1876년의 강화조약 체결 이후, 1910년의 치욕적 국권침탈로 이어지면서 일제의 노예적 지배하에서 빼앗긴 주권과 자유를 다시 찾게 되었으니 그것은 단순한 회복이나 탈환이 아닌 실로 하나의 부활이자 소생의 경지였다. 36년간 일제의 혹독한 문화 정책은 우리의 말과 얼과 사상을 말살하기에 이르렀고, 전통과 문화의 단절은 일찍이 볼 수 없었던 문화적 암흑기를 강요하였으니 조국 광복이 우리에게 무슨 의미를 지녔던 가에 대한 답은 너무도 당연하고 명백한 역사적 현실의 한 모습이기도 했다. 자유와 독립이라는 정치적인 해방과 민주주의에 바탕을 둔 문화적 개방사회를 향한 기대와 갈망은 문자 그대로 거족적인 열망이요, 희구였다.

그러나 현실적으로 우리 눈앞에서 전개되는 사회 전반 현상은 한마디로 혼란과 충돌과 그리고 무질서가 뒤엉킨 흥분이었다. 냉철한 이성적 판단보다는 도당적(徒黨的) 집단의 고함이 더 컸고, 진취적이며 미래지향적인 적극성보다는 과거의 감상적 피해의식과 보복이 헝클어진 감정적 대립이 지배적이었다. 건국준비위원회, 신탁통치안, 찬탁, 반탁, 남북 협상, 좌우합작, 단독정부 수립, 미소공동위원회 등 하루가 다르게 불어닥치는 정치계의 판도는 궁극적으로 국민 생활에 활력소가 되기는커녕 도리어 예각화된 대립의식과 증오와 배리의 생리가 몰고 온 쟁투의 장으로 변했다. 이런 과정에서 예술계 역시 그 연쇄적 파문과 추종의 진통을 겪어야만 했으니 희곡문학계도 결코 예외일 수는 없었다. 그렇다면 그와 같은 혼란과 혼미의 진원은 무엇인지부터 살펴보기로 하자.

지난날 일본 제국주의가 강요했던 조선연극문화협회 산하에서 자의건 타의건 그들에게 협력했던 극작가들은 과민한 자기 변모를 꾀하고 나섰다. 정치적 색채가 세상을 두 가지로 갈라놓은 와중에서 극작가들은 저마다 그 둘 가운데 하나를 택할 수밖에 없었다. 그런데 그들 대부분은 해방되던 그 날까지도 일제에 협력하는 작품을 썼거나 황국신민화 내지는 대동아공영권 형성을 위하여 일익을 담당하는 데서 하나의 보람을 느끼는 축에 끼어 있었다. 국어말살운동, 일본군국주의찬양운동, 징병출정독려운동, 만주개척이민권장운동, 내선일체론계몽운동, 국방헌금독려운동, 영미격멸운동 등 온갖 연극에 극작가들은 적극적으로 참여했다. 송영, 함세덕, 임선규, 신고송, 김승구, 김춘광, 김건, 박노아, 박영호, 유치진, 조영출, 김태진, 이서구, 이운방, 태우촌 등이 바로 그들이었다. 그리고 이들이 발표 무대로 삼았던 극단은 '호화선', '청춘좌', '성군', '황금좌', '고협', '아랑', '예술좌', '현대극장' 등으로 대부분이 신파연극을 장기로 삼았던 면면들이었다.

그러나 해방의 소식이 전해지자 가장 재빨리 변모를 가져온 게 바로 이들 극작가를 포함한 연극인들이었다. 즉, 1945년 8월 18일에 조선문학건설본부가 결성되고 그 산하에 연극건설본부가 들어섰다. 위원장에 송영, 서기장에 연출가 안영일을 앉히고 김태진, 이서향, 함세덕, 박영호, 김승구, 나웅, 신고송, 강호, 김욱 등이 중심 세력권을 장악하고 나섰다. 그러나 이 과정에서 공산 진영에 가담하기를 꺼리는 유치진, 이서구 등은 배척을 당하였으니 연극계는 극히 자연스럽게 좌익과 우익 진영으로 갈라서게 되었고, 좌익 진영에서도 극렬분자에 속했던 나웅, 강호, 신고송, 김승구, 김욱 등은 여기서 탈퇴하여 별도로 프롤레타리아연극동맹을 결성하였으니 연극계는 세 갈래로 분열상을 나타내게 되었다. 그리하여 1945년 12월 말까지 수많은 극단이 종전의 친일 극단으로서의 과오와 속죄 의식에서 극단 명칭부터 변신을 기하였으니 극단 '청포도', '자유극장', '낙랑극회', '조선예술극장', '혁명극장', '서울예술극장', '인민극장', '동지' 등이 창단되면서 그들은 전적으로 좌익 진영을 대변하는 연극을 행하게 되었다. 따라서 이 시기에 이른바 우익 진영으로 꼽히는 극단은 극작가 이광래가 중심이 되었던 '민족예술무대'(약칭 民藝)와 지난날 동경학생예술좌의 동지들이 모인 극단 '전선' 정도였다. 그렇다면 이 시기에 발표되었던 희곡의 일반적 경향은 어떠한 성격을 지니고 있었는지에 대하여 살펴보기로 하겠다.

2.

8 · 15 광복이 전해지자 다음 날인 16일에는 조선학술원이 결성되고 18일에는 조선문학건설본부를 위시하여, 연극 · 영화 · 무용 · 음악 등도 앞을 다투어 조직되었고 같은 날 밤 이 조직들이 모인 협의 기관으로서 조선

문화건설중앙협의회가 부랴부랴 결성되었다. 이처럼 예술계가 민감한 반응을 보이며 즉각적인 행동을 취하게 된 것은 연합군이 이삼일 안으로 서울에 진주하리라는 소문에 대응하여 그 환영 준비를 위해서도 화급한 사태로 인식했기 때문이다. 이와 같은 심리적인 조급성은 바로 그 당시 예술가들(물론 극작가도 포함해서)의 생태를 엿볼 수 있는 좋은 본보기라고 할수가 있을 것이다. 다시 말해서 8·15 이전 일제 치하에서 나름대로 친일을 했건 반일을 했건 간에 재빨리 변신을 도모함으로써 자신의 죄과를 씻어보려는 계산과, 남보다 앞질러 전면에 나섬으로써 자신의 존재를 알리려는 영웅 심리가 작용했기 때문이다. 그리고 지금까지 신파연극으로 연명해 나오면서 천대를 받아왔던 연극인들이나 극작가들은 그러한 억압과 멸시에 대한 반동을 꾀함으로써 지금까지 자신들의 정체를 과시하려는 의도도 없지 않았다. 따라서 이 시기에 작품을 발표한 극작가를 세 가지 형태로 구분할 수가 있다. 그 첫째는 일본 제국주의의 압정을 의식적으로 폭로하며 민족적 울분을 발산시키려는 적극적인 울분파와, 둘째는 자신의 친일적 작가 경력에 대한 죄의식을 참회하기 위하여 보다 적극적으로 가담하려는 편승파와, 셋째로 지금까지의 무명 시대에서 일대 도약하여 새로운 실권자가 되기 위한 영웅주의자가 바로 그것이다. 따라서 해방 직후부터 일이 년 사이의 전반기 희곡은 그 대부분이 일본 제국주의의 죄악상을 폭로하거나 지하독립운동의 이면사를 그리는 데서 웅변처럼 절규하는 작품이 아니면 회고적이거나 감상주의적 민족주의에 바탕을 둔 역사극이 태반이었다. 따라서 이른바 리얼리즘에 입각한 냉철한 희곡을 만나보기란 드문 일이었다. 해방의 기쁨과 감격 그 자체에서 헤어나지도 못했을 뿐만 아니라 역사적 현실에 입각한 진정한 민족적 역사의식을 자각한 작품은 볼 수가 없었다. 다만 그러한 혼돈과 흥분과 무질서 가운데서 문예파 산하의 문학가동맹과 연극동맹이 주도권 쟁탈을 위하여 혈안이 되었을 뿐만

아니라 신탁통치 문제와 좌우 양 진영의 대립과 1948년 유엔에서의 대한
민국 승인 등 일련의 정치 문제가 휘몰아치면서 연극계도 완전히 두 세력
의 대립으로 치닫게 되었다. 이 시기에 어떠한 작품들이 발표되었는지 살
펴보면 다음과 같다.

작 가	작 품 명	공연단체	일 시
김춘광	동방의 길	청춘극장	1945년 10월 11일
	촌색시		1945년 10월 11일
	3·1 운동과 김상옥사건		1945년 11월 30일
황병각	초원의 제전	청포도	1945년 10월 27일
박영호	북위38도	혁명극장	1945년 11월 27일
태우촌	두뇌수술	자유극장	1945년 10월 21일
이기영	고향(각색)	조선예술극장	1945년 10월 25일
함세덕	군도(번안)	낙랑극회	1945년 10월 20일
김사량	호접	전선	1945년 12월 31일
	복돌이의 군복	전선·낙랑극회	1945년 9월 4일
김춘광	안중근사기	청춘극장	1945년 12월 5일
박영호	님	혁명극장	1946년 2월
태우촌	보검	청탑	1946년 1월 26일
박노아	무지개	자유극장	1946년 2월 4일
김 건	단종애사	일오극장	1946년 2월 8일
박영호	번지없는 부락	혁명극장	1946년 2월 16일
오영진	향연(김태진 각색)	조선예술극장	1946년 2월 1일
조영출	독립군	서울예술극장	1946년 2월 26일
김남천	3·1 운동	조선예술극장	1946년 3월 1일
김 건	꽃과 3·1 운동	해방극장	1946년 3월 13일

이상은 8·15 광복부터 약 6개월간 발표된 창작극 가운데서 이른바 기
성 극작가의 작품을 발췌한 것들이다. 여기에서 특기할 사실은 해방 후 처

음 맞는 3·1절을 대대적으로 기념하기 위하여 '연극동맹' 산하 극단이 3·1 운동을 소재로 한 작품을 대거 공연하였다는 점이다. 그리고 위에 기록한 작품 이외에도 「활민당」, 「아느냐! 우리들의 피를」, 「옥문이 열리는 날」, 「민중전」, 「단종애사」, 「충무공 이순신」, 「임진왜란」, 「젊은 지사(志士)」, 「춘향전」 등 그 제목만 봐도 작품 내용을 직감할 수 있는 사극 아니면 시대극이 태반임을 알 수가 있다.

이 밖에 문학지나 종합지를 통하여 발표된 희곡도 눈에 띄었으니 「결실」(신고송, 《신건설》), 「황씨의 마을」(김이식, 《인민》), 「초야」(황벽각, 《인민》), 「철소는 끊어졌다」(신고송, 《예술》), 「황혼」(박경창, 《예술운동》), 「정객열차」(박경창, 《예술문화》), 「단결」(박경창, 《예술타임즈》), 「새날」(소무팔, 《무궁화》), 「서울 가신 아버지」(신고송, 《우리문학》), 「여인」(방기환, 《무궁화》), 「닭싸움」(이기영, 《우리문학》), 「겨레」(박영호, 《신세대》), 「우악소리」(박경창, 《예술문화》), 「눈 날리는 밤」(신고송, 《여성공론》), 「집놀이」(김희창, 《신천지》), 「푸른 언덕」(김영수, 《영화시대》), 「만주독립군」(이춘택, 《신생》), 「정열지대」(김영수, 《영화시대》), 「복류」(윤세중, 《문학비평》), 「눈물의 삼팔선」(김건, 《영화시대》), 「아버님 무덤에」(이춘풍, 《영화시대》), 「고목」(함세덕, 《문학》) 등을 들 수가 있다.

우리는 이와 같은 작품 경향이 앞서 지적한 바와 같이 단세포적인 감격과 흥분의 반사적인 감정의 분출 아니면 일제에 대한 복수 감정이나 회고적이며 감상적인 피해의식을 되도록 미화하고 그것으로 자기만족을 이룩하려 했던 당시 극작가들의 속성을 어느 정도 엿볼 수가 있다.

그러나 여기에 연극계에 하나의 조직화된 우익 세력의 탄생과 함께 그들이 발표한 작품들의 색채에 눈을 돌릴 수가 있을 것이다. 그것은 해방 후 줄곧 침묵을 지켜왔던 유치진이 해방 전부터의 인맥과 유대감으로 재규합한 '극예술협회'(약칭 극협)의 탄생이다.

유치진은 해방 전 극단 '현대극장'을 주도해오면서, 본의건 본의가 아니건 결과적으로 친일적인 작품을 발표하였다. 「대추나무」, 「북진대」, 「흑룡강」 등은 일본의 황국주의와 제국주의적 침략 전쟁을 긍정적으로 받아들인 작품이었으니만큼 그는 그 죄책감으로도 침묵을 지킬 수밖에 없었다. 그러나 주변의 사태와 정치적 판도에서 미루어 볼 때 민족진영 연극 진용 확보의 필요성을 절감하게 되자 이해랑, 김동원, 박상익, 윤방일 등과 대열을 정리함으로써 그 당시의 '연극동맹' 세력과 정면으로 대결하기에 이르렀다. 그러나 '연극동맹' 측에서는 일제히 가시 돋친 비판과 매도로 응수했으며 특히 그의 제자이기도 했던 함세덕은 스승의 작품 「자명고」를 향하여 맹공격을 가하기까지 했다. 그러나 유치진은 「조국」, 「은하수」, 「별」, 「대춘향전」 등 일련의 역사극을 발표하면서 이른바 낭만주의적 리얼리즘을 주장하며, 민족주의의 개안을 촉구하는 계몽주의까지도 서슴지 않고 적용하였다. 그것은 일제 치하에서 자신이 저지른 과오를 청산하고 작가로서의 변신을 꾀하고자 한 데도 그 원인은 있었을 것이다.

이와 같은 와중에 대한민국이 합법적인 정부로 인정을 받게 되고 따라서 남로당 등 좌익정당이 불법화되자 그 산하의 예술가·작가들은 월북하거나 지하운동으로 전환하게 되었다. 8·15 광복에서 6·25까지 불과 5년 남짓한 세월 속에서 예술계의 숨 가쁜 포복과 혼란은 정치계와 그 맥을 같이하였다. 따라서 극작가의 면모도 자연히 그 세력 분포가 달라질 수밖에 없었으니 종전에 주도적 역할을 했던 송영, 함세덕, 박영호, 신고송, 조영출, 박노아 등은 자취를 감추게 되었고 그 대신 유치진, 이광래, 김영수, 김진수, 오영진 등이 주도권을 쥐게 되고 김춘광, 조건, 이백수 등 종래의 신파작가는 그대로 남게 되었다.

3.

해방 이후 연극계의 판도가 바뀜에 따라 극작가의 활동 상황도 그 모습을 달리하였다. 그 가운데 직업적인 극작가로는 유치진, 김영수, 김춘광, 조건 등이 활발하게 움직임을 보였고 뒤늦게 이북에서 내려온 오영진이 신예 극작가로서 두각을 나타내기 시작했다. 따라서 이 5년간의 후반기를 대표하는 극작계는 불과 몇 사람의 손에 의하여 지탱하게 되었으니 앞서 말한 유치진 다음으로는 김영수를 들 수가 있다. 그는 원래 단편소설 「소복」을 가지고 《조선일보》 신춘문예를 통해 등단하였으나 소설보다는 「단층」, 「총」 등 희곡을 발표하면서 극작가로 변모했다.

이 시기에 그가 발표한 희곡은 대부분 극단 '신청년'에 의하여 공연되었으니 「민중전」(1946, 자유극장), 「불」, 「황야」, 「꽃피는 언덕」은 극단 '문화극장'에서 그리고 「오남매」, 「사랑의 가족」, 「상해야화」, 「여사장」, 「혈맥」, 「사육신」, 「가로등」, 「폭풍의 역사」는 모두 '신청년'의 고정 레퍼토리였다.

그의 작품은 이른바 멜로드라마로서의 재미와 풍속도로서의 시사성을 아기자기하게 꾸며내는 능숙한 극작술을 장기로 했다. 그가 후일 방송 작가로서도 크게 필봉을 휘둘렀던 소지도 바로 이 시기에 다져진 실력이라고 봐도 크게 빗나가지는 않을 것이다. 다만 작가의식이 사회성까지 깊게 꿰뚫지 못한 피상적인 흥미주의가 그의 재능을 잘못 인식시키는 요인이되기도 했다.

여기에 비하면 뒤늦게 등장한 오영진의 작품 세계는 나름의 특징과 개성을 지녔다는 점에서 독자적이라 하겠다. 원래가 영화 지망생이었고 그래서 시나리오를 문화의 경지까지 올리려고 고군분투하였거니와 오늘날우리에게 남겨진 대부분의 희곡도 본래는 시나리오로 썼던 것을 후일 각색한 것들이다. 그의 대표작인 「맹진사댁 경사」, 「배뱅이굿」, 「한네의 승천」, 「풍운」이 바로 그런 축에 든다. 특히 「맹진사댁 경사」는 1943년 8월 그 당시 황국주의에 앞장섰던 문학지 《국민문학》에 일본어로 창작했던 시나리오였다. 그가 무슨 까닭으로 일본어로 시나리오를 써서 《국민문학》에 게재케 하였는지 그 진의를 짚을 길은 없으나 그 작품이 지니는 희극 정신의 투명성과 우리의 민족정신 정취나 한국적 해학성을 성공적으로 구축한 점은 높게 평가할 만하다. 그 시나리오가 희곡으로 각색되어 무대에 올려진 첫 번째 기록은 1946년이다. 이북으로 간 극작가 김태진이 「향연」이라는 제목으로 각색하여 '조선예술좌'에 의하여 공연되었다고 이진순은 그의 『한국연극사』에서 기술하였다. 따라서 오늘날 우리가 알고 있는 희곡이 오영진 자신에 의한 각색 작품인지 아니면 김태진의 「향연」인지는 보다 신중한 연구가 필요한 과제로 남아 있다. 아무튼 오영진은 우리 희곡문학에 결핍증으로 거론되는 풍자와 해학을 독자적인 수법에 의하여 정착시키는 데 크게 공헌한 극작가임은 틀림없다. 「살아 있는 이중생 각하」, 「정직한 사기한」(1949) 등은 그의 독자성을 엿볼 수 있는 대표작이자 이 시기에 쓰인 작품 중에서도 수작으로 알려져 있다.

이 밖에도 김진수는 단막극으로 「코스모스」, 「유원지」를 《백민》에 발표하였고, 이광래는 「홍길동과 홍도」, 「백일홍 피는 집」(1948), 「정열의 사랑」(1949), 「최후의 밤」(1950)을 발표하였다.

이 밖에 이 시기에 우리가 특기해야 할 이른바 신파연극을 대표하는 작가로 김춘광을 들 수가 있다. 그는 이미 1930년대 '삼천가극단'에 작품을 발표한 이래 지속적으로 왕성한 필력을 보인 작가이다. 그는 해방이 된 이후에도 여전히 그가 주도해온 극단 '청춘극장'을 통하여 수십 편의 작품을 발표하였고 '연극동맹'이 주도하던 시대에도 여전히 신파연극을 고수해왔다. 극계에서 신파연극은 저질이요 반문화적이라고 지탄받았을 때도 그는 여전히 신파를 고수했으며 또 그의 작품은 관객들의 호응을 지속적으로 받아왔던 기록을 남긴 작가이다.

이른바 신극이라 불리는 연극에 관객들이 등을 돌리던 시기에 김춘광의 작품에만은 관객이 몰렸다는 사실은 그 작품의 문학성과는 별도로 눈길을 쏟을 만한 여지가 있었다는 사실을 말해준다. 김춘광이 해방 후부터 6·25까지 발표한 작품 수는 극작가 중에서도 으뜸으로, 그 대표적인 작품을 들자면 앞에서 밝힌 것 말고도 다음과 같다.

「대원군」, 「사랑과 인생」(1946), 「미륵왕자」, 「그 여자를 누가 죽였나」, 「인생춘추」, 「만고열녀와 바보영웅」, 「눈물의 진주탑」, 「평양공주와 버들애기」, 「소년 대통령」(1947), 「왕자탄생」, 「사명당」, 「봄맞이」, 「사랑은 눈물인가」, 「왕자님」, 「임 그려」(1948), 「억울할손 이 설움」 등으로 일찍이 「검사와 여선생」, 「촌색시」 등 신파극의 표본을 창작한 그의 발자취는 다른 각도에서 시선을 쏟을 필요가 있을 것이다.

지금까지 1945년 해방부터 약 5년간의 희곡 창작의 실상을 작가별로 살펴봤으나 우리 극문학뿐만 아니라 연극계의 가장 특기할 만한 사건은 1950년 4월 30일 중앙국립극장의 개관이라 할 것이다. 그리고 그 개관 기념공연으로 초대 국립극장장이기도 한 유치진의 역작 「원술랑」이 화려하게 선을 보임으로써 사실상 공연 예술계에는 하나의 르네상스가 왔다는 소리도 높았다. 유능한 연출가·극작가·배우·무대미술가가 총망라되어 신생 국립극장의 장도를 축하했고 희곡 「원술랑」은 이른바 로맨티시즘에 바탕을 둔 유치진의 사극 중에서도 대표작으로 꼽을 수 있을 것이다. 그러나 희곡문학계는 물론 우리의 앞날에 하나의 희망을 안게 한 이 쾌사도 3개월 후에 불어닥친 6·25로 인하여 다시 잿더미가 되고 말았다. 국립극장 개관 56일 만에 불어온 처절한 동족 상쟁의 불길 속에 다시 묻어버려야 할 비운을 맛보게 된 셈이다.

이 5년간 발표된 작품들에 대한 개별적인 평가라기보다는 종합적 평가라는 시선으로 보았을 때 어떤 결과가 내려질 수 있겠는가 하는 것은 다음과 같이 정리해볼 수 있을 것이다.

첫째는 해방이 가져다준 기쁨이나 흥분을 여과시킬 여유도 없이 즉흥적인 발상이나 미정리 상태의 감정 분출로 흘렀고, 둘째, 피압박 약소민족이라는 우리 자신의 정치적·문화적 취약점을 오히려 미화시키거나 당연시함으로써 자기 합리화를 꾀하였고, 셋째 비참·암담·복수 등 일차원적인 비극성을 소화시키지 못한 채 승화되지 않은 소재의 나열에 머물렀고, 넷째, 40년 만에 처음 실감하는 자유와 해방, 민주주의와 주인 의식을 관념적인 유희나 남용으로 상식화해버렸고, 다섯째, 사실주의적 희곡이나 연극의 실상이 무엇이며 그 미학적·철학적 패턴의 접근도 찾지 못한 채 전근대적인 초기 자연주의적 표현에 급급한 나머지 새로운 역사의식에의 자각이나 각성에 미치지 못하였고, 여섯째, 역사의식과 사회의식에 눈을 뜬 극작가가 나오지 않은 상태에서 구태의연한 연극 대본을 작성하는 데 자족을 한 데서 한걸음도 나오지 못했다는 점을 인지하게 된다.

희곡이 시나 소설과 다른 점으로서 바로 동시대의 관객과 만나야 한다는 운명론에 좀 더 투철했었던들 우리는 그 거창하고도 진솔한 민족적 목소리를 극작가를 통해서 크게 들을 수도 있었을 것이다. 희곡이 극장에서 관객을 만나는 데 그 의미가 있다는 점에서 관객이란 누구인가를 생각했었더라면 더 훌륭한 희곡이 생산되었을 것이다. 함께 살아가는 동시대의 관객과 호흡을 같이하는 극작가가 별로 없었던 아쉬움이 바로 해방 후의 희곡문학계를 단적으로 대변해준다고 보아도 결코 경솔이라 탓하지는 않을 것이다.

그러나 이와 같은 역사의 변혁과 전환기에도 극작가는 다시 태어나고 그 실꾸리는 끊기지 않으리라는 점에서 우리는 한 가닥의 희망을 안은 채 피난길을 떠났을지도 모른다.

해방 문단의 비평사

장사선

1. 해방 1기-좌익 전횡기(1945. 8~1947. 2)

일제 치하 문예비평사의 근간은 양적으로나 질적으로나 카프를 중심으로 한 좌우익의 논쟁과 대립에 있었다. 그런데 이러한 논쟁과 대립이 소멸된 것은 자율적인 한계 의식에 의한 것이라기보다는 보다 더 타율적인 것이었고, 문학 내의 원인에 의한 것이라기보다는 보다 더 정치적인 요인에 의한 것이었다. 결국 미해결의 미진함이 남아 있다고 생각했고, 그들은 항시 청산의 기회를 엿보고 있었다. 해방으로 급전된 정국의 문단은 우선 지난날의 미해결점으로 그 출발점을 삼을 수밖에 없었다.

8·15 광복 바로 다음 날인 8월 16일 임화는 김남천, 이원조 등과 더불어 재빠르게 '조선문학건설본부'라는 간판을 내걸고 좌익 문인들을 중심으로 많은 문인을 규합하여 문단의 주도권을 선취하고자 단체를 결성하였고

이어 기관지 《문화전선》을 발행했다. 임화는 원래 박헌영 지지파로서 문화계에서의 박헌영과 같은 존재가 되어 전 문화계를 장악하려 했다(이헌구에 의하면 그는 인민공화국의 문부대신을 노렸을 것이라고 한다). 그러나 1930년대 카프의 해소에 반대하며 강경 노선을 유지했던 인사들은 이에 불만을 품고 9월 17일에 이기영 등을 중심으로 '조선프롤레타리아문학동맹'을 조직하고 이어 '조선프롤레타리아예술동맹'을 조직한 후 기관지 《예술운동》을 간행하게 된다.

'문건'과 '예맹'은 서로 공산당의 승인을 획득하기 위해 암투를 계속했다. 그러던 중 장안파 공산당이 박헌영파에 흡수되는 것을 전후하여 임화 일파는 공산당의 재가를 얻어 프로예맹파를 흡수하면서 '문학가동맹'을 결성(1945. 12. 13)함으로써 일단은 좌익 문단의 통합을 이루기에 이른다. 그리고 이를 바탕으로 1946년 2월 8일과 9일 양일 동안 '전국문학자대회'를 개최하여 그들의 기본 노선을 천명하면서 위용을 과시한다. 이후 얼마 동안 문단은 '문맹' 일색의 독무대가 된다. 이들은 《문학》, 《문학전선》, 《신문학》, 《예술신문》, 《상아탑》 등을 직접 지휘하고 있었을 뿐 아니라 《민성》, 《신천지》, 《신세대》 등도 자신들의 영향권 내에 두었다. 모든 문학 기관의 90퍼센트 이상을 그들이 총괄적으로 장악하였다고 한다. 이태준, 김동석, 정지용, 양주동, 이병기 등 좌익에 반대하던 문인들이 일제히 '문맹'에 적극 가담하기 시작한 것도 이 무렵이다. 1946년 3월 해방 후 처음 맞는 3·1절에 이들은 기관지 《문학》을 발행하면서 대대적인 종합예술제전을 개최하기도 했다. 한편 3월 25일에 이기영, 한설야 등은 월북하여 '북조선예술총동맹'을 결성했다.

우익은 좌익의 '문맹'이 결성되며 전 문단이 그리로 쏠리던 무렵에는 큰 불안과 고립감을 느꼈으나 이에 굴하지 않고 '문맹'에 대항할 단체를 만들고자 했다. 그것이 처음으로 표면화된 것이 박종화, 오상순, 이헌구 등의

'전국문필가협회'(1946. 3. 13)였다. 그러나 이 단체는 젊은 문학인들의 의지를 담을 만한 본격적 문학 단체가 못 되었다. 이 무렵 생활문화사에는 '문맹'에 가담하지 않은 인사들이 '토요회'라는 문학적 회합을 몇 차례 갖고 있었는데(정태용, 조연현, 김동리, 서정주, 조지훈 등), 이들이 중심이 되어 '청년문학가협회'를 결성(1946. 4. 4)하였다. 이들 우익 두 단체는 힘을 합하여 《민주일보》를 창간하기도 하고 각종 문학 집회를 열기도 하는 등 역량을 집결시켜보았으나 문단의 대세는 좌익의 것이었다. 우익은 그 위세 앞에 압도만 당하고 있었을 뿐 아무런 적극적인 활동도 못 한 채 침 잠해 있었다.

해방 1기 평론의 주된 관심 테마는 해방 문단의 당면 문제를 규정하고 미래를 전망하는 것이었다. 구체적으로는 제1회 조선문학자대회 석상에서 '결정서'로도 천명된 바와 같이 인민 위주의 국가 건설과 이에 바탕을 둔 민족문학의 수립, 일본 제국주의 잔재와 봉건주의 청산, 국수주의 및 이들의 비호하에 재생을 기도하는 세력의 제거, 민중과의 연결 실현 및 대중화, 과학적인 국어 정책의 수립, 아동문학 및 농민문학의 육성 등이었다.

이 무렵 주요 평론으로는 '문건'의 기관지 《문화전선》 창간호(1945. 11)에 실린 임화의 「현하의 정세와 문화운동의 당면임무」, 김남천의 「문학의 교육적 임무」 등과 《중앙신문》의 「건국과 문화제언」이라는 특집(1945. 11) 및 「해방후의 문화동향」이라는 특집(1945. 12)에 실린 김남천, 이원조 등의 평론들, 그리고 조선프롤레타리아 예술동맹의 기관지인 《예술운동》 창간호(1945. 12)에 실린 한효의 「예술운동의 전망」, 권환의 「현정세와 예술운동」 등이다. 물론 여기에 제1회 조선문학자대회 '회의록'으로 출판된 『건설기의 조선문학』이 포함되어야만 한다.

임화는 「현하의 정세와 문화운동의 당면임무」에서 문화통일전선이 결성되어야 함을 주장하면서 일본 제국주의 문화의 잔재 청산, 봉건유제의 청산, 부패한 시민문학의 삼제(芟除) 등을 당면과제로 제시했고, 김남천은 「해방과 문화건설」 및 「문학의 교육적 임무」에서 대중적인 신문화 육성을 강조하면서 아주 구체적으로 인민 층의 지식욕 배양, 고전의 연구 및 발굴, 역사소설의 생산 등을 거론했다. 한효는 「예술운동의 전망-당면문제와 기본방침」(《예술운동》, 1945. 12)에서 우선 식민지적 굴레의 분쇄와 봉건적 잔재의 소탕을 역설하면서 특히 "진정한 맑스주의 예술이론을 확립하여야 할 당위성과 일체의 예술활동을 조직적으로 또는 조직적 체계에 있어 확대하고 강화"하여야 할 필요성을 들고 나왔다. 백철은 「과도기와 문학건설의 방향」(《개벽》, 1946. 1)에서 해방 문단이 감당해야 할 과제로, 첫째는 진보적 세력과의 연대 관계(순수문학의 배격, 세계관의 확립 등 포함), 둘째는 민중과 문학과의 관계 정립, 셋째는 일본적 문학 형식의 청산 등을 내놓았다.

계급주의에 입각한 민족문학의 수립을 논한 글로는 당시 문단을 '최우익적 부르주아 예술, 국수주의 예술, 이데올로기 무시 예술' 등으로 구분하면서 정치운동으로서의 예술운동을 논의한 권환의 「현정세와 예술운동」(《예술운동》, 1945. 12), '공산주의를 반대하는 자는 조선민중의 적'이라고까지 극언한 무유(無由)의 「현단계의 정치문화와 혁명문예」(《예술문화》, 1946. 1) 등과 박치우가 민족문화건설전국회의에서 발표한 「민족문화 건설과 세계관」 등이 문제시된다.

대중화 문제도 이 무렵 빈번하게 등장하는데 1930년대에 전개되었던 대중화론에서 크게 달라진 것은 없다. 정철의 「계몽운동과 작가적 임무」(《예술문화》, 1946. 1)에서는 각 공장에다 '계몽판'을 설치해두고 벽신문·벽소설 등을 첨부하자는 의견과 작가들이 난삽한 숙어를 피해야 할 것이라는 의견이 개진되기도 했다. 김영석은 「문학자의 새로운 임무」

《백제》, 1947. 2)에서 문학의 대중화를 외치면서, 그 구체적 방안으로 모든 문학자가 문화 공작자로서 인민 대중의 생활 속으로 들어가야 함을 역설하기도 했다. 당시 '문맹'은 문학대중화운동위원회라는 단체를 조직하기도 했다. 이들이 목표로 하였던 것은 대중들의 인간적 자각, 계급적 자각, 민주 의식의 함양 등이었다.

해방 1기의 이렇듯 다양한 주장들이 하나의 채널로 통일되어 조직적 · 집단적으로 나타난 것이 바로 전국문학자대회에서의 보고 및 토론들이다. 1945년 12월 13일 '문건'과 '예맹'을 '문맹'으로 통합한 바 있는 좌익은 1946년 2월 8~9일 양일간 제1회 조선문학자대회를 열어 국내외적으로 조직의 강화를 과시하는가 하면 비평, 소설, 시, 희곡 등 각 문학 장르에 대한 보고를 통하여 방향 설정을 시도하기도 하고 민족문학, 농민문학, 아동문학, 창작 방법, 계몽운동 등 당면 문제의 토론을 통해 과거 문학의 결산도 시도한다. 이 자리에서 보고연설을 한 사람은 임화, 이원조, 김기림, 한효, 권환, 박세영, 김영건, 김태준, 김남천, 이태준, 김오성, 박치우, 신남철이다. 요컨대 좌익의 대표적 문인들은 빠짐없이 총망라된 셈이다(이들은 이해 6월 이 자리에서 발표된 논문들을 모아 『건설기의 조선문학』이라는 책을 '문맹'의 이름으로 발간하기도 했다).

임화는 「조선민족문학건설의 기본과제에 대한 일반보고」를 통해 이제 해방을 맞아 민족문학 건설의 근본적 해결을 시도할 수 있는 계단으로 들어서고 있다고 전제한 후 민주주의적 개혁을 전제로 한 민족문화의 완성을 주장했다. 물론 그의 민족문학론은 일제 잔재와 봉건문화의 소탕을 기본으로 하는 것이어야 했다. 그는 「조선소설에 관한 보고」에서도 새로운 현실의 타개와 통일전선에의 구심점 형성을 강조했다. 이원조도 「조선문학비평에 관한 보고」에서 신문학 이래 일제 말기까지의 비평사를 정리했고, 이를 바탕으로 반일적 · 반봉건적 민족문학이 건설되어야 할 필연성을 논했다. 그는 특히 과거 프로문학 비평의 과학성, 본격성, 대중성 등을 논의했다.

그 외에 김기림은 계몽운동에 관한 보고를 통해 문맹 퇴치와 대중화를, 한효는 희곡에 대한 보고를 통해 '인민과 함께 나아가고 외치고 싸우는 민족문화의 건설'을 각각 강조했다. 권환은 농민문학에 관해 보고하면서 농민문학은 농민 출신 작가나 농민 생활 경험을 거쳐 이루어져야 할 것을, 김태준은 문학 유산의 계승 문제를 보고하면서 고전의 이해를 통해 대중적 형식을 이끌어내고 그것을 계급적 내용과 결합시킬 것을 각각 주장했다. 김남천은 창작 방법에 관한 보고에서 진보적 리얼리즘과 혁명적 로맨티시즘이 결합되어야 한다는, 그가 1930년대 말에 줄기차게 그리고 독보적으로 제시해온 바 있는 창작 방법론을 다시 꺼냈다.

전국문학자대회의 의의는 세 가지 정도로 요약될 수 있을 것이다. 첫째, 민족문학 건설의 중요성을 제기한 점이다. 이것은 일본 제국주의 잔재의 소탕과 봉건주의적 유물의 제거로 요약된다. 둘째는 국수주의의 파시즘화 위기를 지적한 점이다. 파시즘이란 대체로 테러에 의한 독재라는 공통성을 지니면서 시민적 자유를 말살하며 군국주의나 국수주의 사상을 선전한다는 점을 상정할 때, 당시 일본의 잔재 청산과는 별도로 이것이 강조되었던 것은 그만큼 이 문제의 심각성을 반영한 증좌로 볼 수 있다. 셋째로는 이 밖에도 국어 문제, 계몽운동 문제, 대중화 문제, 창작 방법론 문제, 아동문학 문제, 농민문학 문제 등 당시의 주요 현안들을 해결하려는 시도를 보였다는 점을 들 수 있다.

이러한 여러 가지 문제점을 하나의 초점으로 모아 파시즘의 배격이라는 과제로 집약시킨 사람으로 한효를 빼놓을 수 없다. 그는 「문학운동의 새로운 방향―팟시즘에의 항쟁」(《신세대》, 1946. 3)에서 문학동맹 결성 시 행동 강령으로 제출된 세 가지―즉, 일본 제국주의 잔재의 소탕, 봉건주의 잔재의 청산, 국수주의의 배격—가 서로 따로 떨어진 별개의 문제가 아니라 파시즘에의 항쟁이라는 하나의 초점으로 모아질 수 있는 문제라며, 이를 모든 문화인이 당면한 최대의 과제로 인식하면서 추진하지 않으면 안 된다고 강력히 주장한다. 그에 따르면 국수주의는 그 본래의 성격상 복고주의로 갈 수밖에 없는데, 일부 문인들은 해방의 감격 속에 조선적인 것을 그릇 강조해 파시즘으로 치닫고 있다는 것이다.

2. 해방 2기—좌우익 논쟁기(1947. 2~1948. 8)

전술한 바와 같이 '문맹'의 구성원 중 구 '문건'파가 득세함에 따라 구 '예맹'파는 전자의 노선에 불만을 품게 되었고, 이들 예맹파의 이기영, 한설야, 한효, 윤기정 등은 이미 월북하여 1946년 3월 북조선예술총동맹을 결성하였으며, 이어 여타 '문건'계의 이태준, 이원조, 임화, 오장환마저 월북하면서 좌익 진영은 현저히 약화되었다. 이때부터 좌익 문단은 위기를 느끼고 이를 만회하기 위해 안회남, 김동석, 김병규, 설정식 등이 새로운 중심이 되어 우익 측에 맹렬한 공격을 감행하며 안간힘을 써본다. 좌익은 아직 《조선중앙》, 《신민일보》, 《중앙》, 《한성》 등의 신문과 《민성》, 《신천지》, 《신세대》, 《문학》 등의 잡지를 그들의 영향권 속에 두고 있었다. 그러나 남한만의 단독정부 수립이 기정사실화되면서 '문맹'에 가담했던 문인들(이무영, 정지용, 김기림 등)마저 전향 성명을 발표하기 시작하는 등 혼란된 모습이 되어간다.

그런 반면, 우익은 상대적으로 강세로 돌아서면서, 앞에서 서술한 문필가협회와 청년문학가협회를 모아 1947년 2월 12일 민족진영 문화인의 총결속을 위해 '전국문화단체총연합회'를 결성하는가 하면, 다음 날인 2월 13일 문화옹호남조선문화예술가 총궐기대회를 열면서 결속을 강화해갔다. 이헌구, 김동리, 최태응, 조연현 등이 주축이 되었다. 《민주일보》를 중심으로 모였던 이들은 《동아일보》, 《민중일보》, 《경향신문》, 《평화일보》 등의 신문과 《백민》, 《문화》, 《해동공론》 등의 잡지를 발판으로 좌익과의 사투를 본격화해나갔다. 이들이 이러한 공격을 할 수 있었던 것도 김동리가 《경향신문》의 문화부장이 되고 오광식이 그 주필을, 김광주가 《예술조선》의 편집책임을, 김광섭이 과정 공보국장을 맡게 된 것을 발판으로 삼았기 때문이다.

좌우익의 논쟁은 갈수록 치열해져 가고 그 양상 또한 얽히고설킨 모습을 보였는데 이들을 개인적인 논쟁과 집단적인 논쟁으로 나누어볼 수 있다. 개인적인 차원에서 일어난 것이 소위 '순수논쟁'이다. 순수논쟁은 2차에 걸쳐 일어나면서 집단적인 이론 논쟁과 밀접하게 연결되어 전개된다. 순수논쟁의 기원은 멀리는 1930년대 말의 유진오와 김동리의 순수문학논쟁 등으로, 가까이는 1946년 4월 2일 《청년신문》의 특집호 등으로 소급될 수 있으나 직접적인 1차전의 발단은 김남천에게서 찾아볼 수 있을 것이다. 김남천은 「순수문학의 제태」(《서울신문》, 1946. 6. 30)에서 '일부 문인들'의 순수문학론을 비판했고, 이 글에 대해 김동리가 「순수문학의 정의」(《민주일보》, 1946. 7. 11~12) 및 「순수문학의 진의」(《서울신문》, 1946. 9. 14) 등으로 직접 김남천을 반박했다. 여기에 대해서는 김병규가 김남천의 바통을 이어받아 「순수문제와 휴머니즘」(《신천지》, 1947. 1) 및 「순수문학과 정치」(《신조선》, 1947. 2) 등에서 공격하였다. 한참 후에 김동리는 「순수문학과 제3세계관−김병규 씨에 답함」(《대조》, 1947. 8)을 썼다.

순수논쟁 2차전은 1947년 말 김동석의 선제공격으로 시작된다. 즉, 그는 「순수의 정체−김동리론」(《신천지》, 1947. 11~12 합병호)을 썼고, 여기에 대한 응수는 조연현의 「무식의 폭로−김동석의 〈김동리론〉을 박함」(《구국》, 1948. 1) 및 김동리 자신의 「생활과 문학의 핵심−김동석 군의 본질에 대하여」(《신천지》, 1948. 1)에서 이루어졌다. 이들의 이론을 좀 더 구체적으로 살펴보기로 한다.

김남천은 「순수문학의 제태」에서 해방 뒤 일부 문인들이 구체적인 역사 내용도 모른 채 문학과 정치의 관계를 외면하면서 순수문학을 들고 나오는 일은 슬픈 현상이라고 보지 않을 수 없다고 일침을 놓았다. 김동리가 「순수문학의 정의」에서 김남천을 반박한 것은 두 가지 내용으로 요약된다. 첫째는 김남천이 순수문학에 대하여 소아병적인 인식 착오를 지니고 있다는 것이고, 둘째는 순수문학이란 실질적으로 민족문학이라는 점을 엄폐 · 중상하고 있다는 점이다. 김동리의 「순수문학의 진의」는 문단의 일부 인사들이 순수문학을 오해하고 있다면서 순수문학의 진의를 '민족 단위의 휴머니즘'으로 파악하였다. 즉, 문학정신의 본령은 인간성 옹호에 있고 민족 단위의 휴머니즘이 곧 민족문학이기 때문에 민족문학은 순수문학이어야 한다는 것이다. 그런데도 불구하고 문학동맹 산하의 대다수 문인들은 공시론적 유물사관 체계에서 못 벗어나 세계사적 문화 창조에 방해가 되고 있다는 것이 그의 항변의 요지이다.

「순수의 정체」를 통해 2차 논쟁의 포문을 열면서 김동석은 김동리의 「혼구」라는 작품의 문제점에서 공격의 실마리를 찾아내면서 김동리가 '변증법적으로 발전하는 역사를 표상할 세계관'을 갖지 않았다고 말한다. 그리고 문학에 있어서 순수라는 것은 일제 시대에 있어서는 순수에 대한 박해가 가장 적었으므로 일제에 반항하기 위하여 순수는 존재 이유가 있었으나 해방된 오늘 순수란 있을 수 없다고 설명한다.

김동리와 김동석의 논전에 다시 조연현이 김동리를 옹호하며 등장하게 되는데, 조연현은 「무식의 폭로─김동석의 〈김동리론〉을 박함」에서 두 가지로 논의를 요약했다. 즉, 김동리의 제3노선이라는 것을 김동석이 좌도 우도 아닌 제3의 방향으로 해석했지만 이것은 유물사관이나 합리주의 같은 것만으로는 해결될 수 없는 인간을 구제할 수 있는 새로운 세계를 향한 모색으로 평가할 수 있는 것이라는 것과 김동석은 김동리가 해방된 후 순수 속에 움츠러들었다고 하지만 사실은 김동리가 순수 속에서 꽃을 피어나가는 중이라는 것이다.

한편 김동리는 그 나름대로 공격의 포문을 유지하는데, 「생활과 문학의 핵심」에서는 김동석을, 「창조와 자유의 적」에서는 일반적인 좌익 문인들 전체를 그 대상으로 삼는다. 어떤 정책이나 목적에서 강요된 문화는 획일성과 공식성을 결코 벗어날 수 없다는 것을 논하며 좌익 문인들을 정치 문인으로 몰아세웠다.

좌우익의 집단적인 논쟁에서 좌익의 논리를 가장 잘 나타내고 있는 것으로는 김영석, 박찬모 등의 평론과 《문학평론》 3호(1947. 4) '문화옹호 남조선문화예술가 총궐기대회 특집'에 실린 김남천, 임화, 오장환의 글이 있다.

김영석은 「민족문학론」(《문학평론》, 1947. 4)에서 대다수 문인들은 문학의 기본 방향을 민주주의적 민족주의로 삼고 있는데도 불구하고 일부 '특권적 금융자본적인 민족주의문학자'들(우파 민족주의자들을 가리키는 듯함)은 미신적 전통을 끄집어내어 이를 바탕으로 민족정신을 신비화하고 이를 통하여 히틀러와 같은 파시스트들이 해온바 비민주적·비인민적 문학을 형성해 나가려 한다고 지적한다. 그는 민족 개념이란 자본주의가 독재자들과 함께 자신들의 영역을 확대하고 시민계급을 그럴듯하게 착취해 나가기 위해 신비화시킨 것에 불과한 것이고, 전통 개념도 구세력의 존속을 꾀하려는 속셈에서 나온 것에 지나지 않음을 증명했다. 이러한 민족이나 전통의 강조는 결국 현실이란 끊임없이 혁신되고 개혁되어야 한다는 생각을 둔화시키는 결과밖에 가져오지 못한다는 것이다.

박찬모의 「인민의 생활과 문학의 과제—리얼리즘의 확립을 위하야」(《문학평론》, 1947. 4)는 좌익문학 이론들의 보편적 모습이라 할 노동인민의 민주주의를 위한 문학을 천명한 것인데, 주목되는 것은 남북한의 당시 문단을 비교해놓은 것이다.

'문화옹호 남조선문화예술가 총궐기대회 특집'에 실린 세 사람의 글은 1947년 2월 13일 개최된 문화옹호 남조선문화예술가 총궐기대회에서 강연한 원문을 그대로 실은 것이다.

김남천은 「남조선의 현정세와 문화예술의 위기」에서 근래에 들어 문단은 전혀 뜻하지 않았던 국면을 맞아 위기에 처해 있다며 그 위기의 구체적 내용으로, 첫째, 외래금융 독점자본 및 반동적 세력의 발호와 이들이 또 다른 억압 세력으로 일제를 대신할 위기, 둘째, 이들 세력이 전근대적 봉건적인 유물을 조장하는 위기, 셋째, 저속한 오락이나 야비한 문화를 권장해 민족문화 발전을 방해하는 위기, 넷째, 신세력들이 언론·출판·결사·집회의 자유를 박탈하는 위기 등을 열거했다.

임화의 「북조선의 민주건설과 문화예술의 위대한 발전」은 북조선의 문화운동이 '모범적'으로 진행되고 있음을 이야기하면서 남조선까지를 북조선과 같이 만들기 위해 계속 투쟁해야 한다는 것을 천명한 글이다. 그는 북쪽에서는 이미 토지개혁, 농지현물세 실시, 8시간 노동, 여성해방, 주요 산업기관의 국유화 등이 이루어졌음을 알렸다. 오장환도 이 특집을 통해 지금은 일제 시대보다 더 억압의 시기임을 항의하여야 한다고 열변을 토했다. 이들은 주로 당시 시인 유진오와 여배우 문예봉의 구속을 문제시하려 했다. 위의 궐기대회에서 그들은 「남조선의 현정세와 문화예술의 위기에 관한 일반보고에 대한 결정서」를 채택하기도 했다.

좌우익의 집단적인 논쟁에서 우익의 논리를 가장 잘 드러낸 것이 김동리의 「문학운동의 2대 방향」(《대조》, 1947. 5)과 조지훈의 「정치주의문학의 정체—그 허망에 대하여」(《백민》, 1948. 4)였다. 김동리의 글은 좌익 측의 문학 강령인 ①봉건 잔재의 청산, ②일제 잔재의 소탕, ③국수주의의

배격 3개 사항을 거부하면서 우익 측의 강령이라 할 3개 항목을 제시·천
명한 글이다.

> 봉건 잔재의 미명하에 조국 광복을 교란하고 일제 잔재의 배격이란 구호
> 아래서 민족해체를 선동하고 국수주의의 배격이란 선호로서 열강(미·소·
> 영·중)의 속국이 되기를 자원하지 않았던가?[1]

> 우리의 동지들은 이내 저항하기로 결정하였다.
> ① 민족정신의 확립
> ② 문학정신의 옹호
> ③ 자주독립의 실현
> 이 3개조의 긍정원칙이 곧 그것이다. 그들이 파괴원칙 3개조를 제시한 데
> 대하여 우리는 건설원칙 3개조를 결정하였던 것이다.[2]

이 무렵 김동리는 「문학과 자유의 옹호―시집 『응향』에 관한 결정서를 반
박함」(《백민》, 1947. 6), 조연현은 「논리와 생리―유물사관의 생리적 부적
응성」(《백민》, 1947. 9)에서 각각 '문맹' 기관지 3호에 실린 러시아에서의
잡지 《별》과 《레닌그라드》에 관한 결정서와 우리나라에서의 시집 『응향』
에 관한 결정서를 예로 들며 좌익문학이 이렇게 비자주적으로 나가고
있다고 비난했다.

조지훈의 「정치주의문학의 정체―그 허망에 대하여」는 김동리나 조연현
의 이론보다 정곡을 짚은 것이라고 할 수 있다. 그는 우선 좌익문학이 인
민에의 복무, 정치에의 복무 등을 외치고 있는 것은 아무래도 노예근성에

---

1) 김동리, 「문학운동의 2대 방향」, 《대조》, 1947. 5, 7쪽.
2) 위의 글, 9쪽.

서 유래하는 타율적 사고방식이며, 정치주의 문학의 연원인 세계관 자체도 변혁을 위한 공구에 불과하다는 것이다. 그리하여 그는 다음과 같은 좌익문학의 자체 모순을 지적해낸다. 즉, 개성을 무시한 협동의 강요는 봉건성의 본질이요, 침략적 군국주의는 일제의 본질이라는 것이다.

한편 이러한 좌우익의 논쟁 속에서 중도적 입장을 취한 글들도 적지 않았으니, 홍효민 「신세대의 문학─조선문학의 나갈 길」(《백민》, 1947. 11), 백철 「신윤리문학의 제창─건국과정의 문학정신」(《백민》, 1948. 3), 홍효민 「순수문학 비판」(《백민》, 1948. 4), 홍효민 「문학의 역사적 실천─조선적 리얼리즘의 제창」(《백민》, 1948. 7) 등이 그것들이라 할 수 있다.

3. 해방 3기─우익 정착기(1948. 8~1950. 6)

이제 남한만의 단독정부 수립, 좌익들의 월북, 몇몇 좌익의 전향 등으로 좌익은 현저히 약화되었으며 상대적으로 우익은 강화될 수밖에 없는 상황이 되었다. 1948년 12월 27~28일 양일간 우익 문화인들은 '민족정신앙양 전국문화인 총궐기대회'를 개최하여 정부의 미온적인 좌익 견제에 항의를 표시한다. 이 대회가 열리게 된 원인은 그해 10월에 있었던 여순반란사건으로 거슬러 올라간다. 정부가 수립된 후에도 수그러들 줄 모르며 활동하는 좌익에 대한 집단적 경고 대회였다. 이들은 이 대회를 통해 '결정서'를 채택했다. 이에는 유엔에 의한 통일 정책을 환영한다는 것과 문화진영의 궐기가 필요하다는 것, 그리고 좌익의 반통일적·비민족적 언론출판 기념을 규제하여야 한다는 것 등이 들어 있다. 이후 점차 남한의 문단은 '문맹' 중심에서 벗어나 확실하게 '문총' 중심으로 옮겨갔다.

세계관과 문학관을 위해서 활발했던 해방 이후의 우리 문단의 비평 활동은 이 무렵부터 논쟁의 열기를 잃고 초보적인 문제로 되돌아가게 된다.

새로 진주한 외세 또한 이데올로기에 대한 거부 반응을 강압적으로 행사하기 시작했다. 문학이 '현재', '여기'의 문제를 외부적 제약으로 인해 다룰 수 없을 때, 자연히 문학은 현재 대신 과거로 거슬러 올라가게 되거나 '여기' 대신 밖으로 향하게 될 수밖에 없다. 과거로 거슬러 올라감으로써 '현재'를 유보해두려는 노력으로 나타난 것이 바로 개인의 문단 회고록들이거나 문단사 또는 문학사들이다. 그리고 '여기'의 문제를 외면하게 된 것이 외국문학에의 경도이다. 모든 것을 떠나 초월적 자세를 견지하려는 태도는 문학원론·문학개론·창작법 등의 서술로 나타났다. 1949년 8월 창간된 《문예》와 1949년 12월 한국문학가협회의 결성은 새로운 시대의 시작을 알리는 팡파르였다. 우익에 의한 민족정신 앙양의 깃발이 펄럭이고 반공문학의 기치가 비로소 드높여지기 시작한다. 우익은 이제 이론적 근거 모색을 위해 총력을 경주하게 된다.

김동리의 민족문학론 재론과 이헌구의 반공문학 제창은 이 시기의 새로운 가치 정립의 도정에 있는 것들이다. 김동리는 ①민족성 ②세계성 ③영구성 세 가지로 민족문학을 정의한다. 이헌구는 「문화 정책의 당면문제」(《신천지》, 1949. 9) 및 「반공자유세계문화인대회를 제창한다」(《신천지》, 1950. 1)를 통해 문화적 최우선 과제를 공산주의 박멸에 두고 그 구체적 방안으로 선전 계몽 정책의 수립, 조직의 간소화, 법령의 정비 등을 제시했다. 조연현은 「민족문학의 당면과제」(《국도신문》, 1950. 2. 8~12)에서 전향작가의 처리 문제와 문학상품설을 개진하였다. 조지훈은 고전과 전통에서 이론적 근거를 모색해보려 꾸준히 노력했다.

이러한 우익의 논리 속에서 다음과 같은 소수 의견도 제기되고 있었다. 즉, 김병덕은 「현단계 문화발전의 역사적 특질」(《문장》, 1948. 10)에서 8·15 이후의 문화운동을 역사적·총체적 안목에서 정리하고 현하 문화운동이 항구적 분단과 새로운 식민화의 위기에 처해 있음을 논증·설파하

면서 외국 통치의 노예화 정책에 반대하여 총궐기해야 한다고 강조 · 천명
했다.

1950년대

1950년대의 시적 흐름과 정신사적 의의

최동호

1.

1950년대는 6 · 25 전쟁으로부터 시작되어 1960년 4 · 19 혁명으로 이어지는 다사다난한 연대였다. 전쟁에 의한 참혹한 피해와 이의 복구는 1950년대를 관통하는 시대사적 명제였다고 할 것이다.

특히 이데올로기를 전면에 내세운 6 · 25 전쟁은 민족상잔이라는 비극을 낳았으며, 이로 인해 분단 체제는 고착화되었다. 그 결과 안보의 논리는 그 어떤 통일론에도 우선하는 절대 불가침의 신성화를 초래하였다. 민족 해방의 논리이건 절대 안보의 논리이건 간에 모두가 6 · 25 전쟁을 발판으로 하고 있다는 사실은 1950년대의 시대사를 개관하는 중요한 관점이 된다. 이 비극적인 전쟁을 통해 민족 분단은 돌이킬 수 없을 만큼 고착화되었고, 이를 빌미로 두 쪽으로 갈린 정치 체제는 권위주의적이며 독재적 권력의 아성을 확고히 구축할 수 있었던 것이다. 이런 양극화 현상은 전쟁을 유발한 북쪽이나 유엔군의 도움을 얻어 겨우 원상회복을 한 남쪽이나 양측 모두에게 적용될 것이다. 어쩌면 6·25 전쟁은 일제로부터 해방된 조국이 38선을 경계로 남쪽에 미군이, 북쪽엔 소련군이 분할 점령하였다는 사실에 원천적으로 기인하고 있던 것이었는지도 모른다. 한반도가 제2차 세계대전 이후의 냉전체제에서 강대국들의 세력 쟁탈전의 대상이 되었다고도 볼 수 있을 것이다. 대다수 국민이 공산주의나 민주주의가 무엇인지도 제대로 모르고 있는 상황에서 전쟁의 와중에 휩쓸려 들어갔으며, 이 전쟁으로 인해 희생된 수백만의 죽음을 과연 이데올로기 그 자체 명분만으로 설명할 수 있을 것인가 하는 의문이 들기 때문이다.

1950년대를 둘로 나누어보자면, 1950년대 전반은 전쟁의 소용돌이 속에서 생존 그 자체의 문제가 급선무였던 시기이며, 1950년대 후반은 전후의 복구와 앞으로의 민족적 지향성을 확립하는 것이 과제였던 시기라고 하겠다.

여기에는 6·25 전쟁 이전과 이후를 명백히 다르게 규정하지 않으면 안된다는 가정이 포함될 수밖에 없다. 민족이 해방되고, 1948년 각각 남북한의 단독정부가 수립되기는 하였지만, 아직도 당대인들의 마음속에는 통일에 대한 희망이 담겨 있었을 터이며, 분단이 무엇이고 체제가 무엇이며 이데올로기가 무엇인가에 대한 확연한 구분도 없었을 터이다. 그들의 마음속에 남아 있던 민족공동체적 이상이 6·25 전쟁으로 인해 여지없이 해체되었던 것이다. 수백만 명이 희생되었고, 민족의 대이동 과정에서 일천만의 이산가족이 생겼지만, 이제 엄청난 분단의 벽을 현실적으로 인정하고, 이를 받아들일 수밖에 없게 되었다는 점이다.

이 고착화는 당대로서는 언제, 어떻게 해결될 것인지를 전망할 수 없는 민족사 최대의 쟁점으로 등장하였을 뿐만 아니라, 전후 40여 년의 세월이 지난 오늘날 아직도 미해결의 난제로 남아 있다는 사실을 떠올리지 않을 수 없다. 더욱 역설적인 것은 분단이 기정사실로 고착화되자 권력 담당 층은 이를 빌미로 독재권력을 정당화시켰으며, 1950년대 후반 독재권력의 타락은 1960년 4·19에 이르러 붕괴되기에 이르렀다는 사실이다. 이 전 과정을 조감해보자면, 1950년대는 민족적인 신성한 것을 찾기 위한 몸부림이었으며, 밖으로부터의 충격에 대응하여 안으로부터 폭발하는 역사적 추진력의 자기 발견 시대였다고 할 수 있을 것이다. 전쟁으로 인한 죽음의 공포와 굶주림 속에서도 생존을 위한 한국인들의 처절한 자기 극복의 몸부림은 식민지 시대 이후 한민족이 겪어야 했던 온갖 수모를 떨쳐버리겠다는 시대사적 명제였는지 모른다. 폐허가 된 산업시설과 민족상잔의 정신적 불모성 속에서 시련이 가중될수록 이의 극복 의지로 강화된다는 참담한 교훈을 1950년대는 묵시적으로 드러내고 있는 것이 아니었던가 생각된다.

2.

1950년대 전반을 압도하는 시는 전쟁 현장의 시였다. 6·25 전쟁이 발발하자 많은 문인은 이에 대응하여 격시를 쓰고, 피난길에서 '문총구국대'를 편성하여 활약하였다. 그러나, 이들이 체계적으로 조직된 것은 1·4 후퇴를 전후한 시기이며, 육군에는 구상, 박인환, 유치환, 양명문, 장만영, 조영암 등, 공군에는 김윤성, 박두진, 박목월, 이상노, 이한직, 조지훈 등이 참가하였다. 9·28 수복이 되자 이광수, 김동환, 김억, 정지용, 김기림 등은 납북되었고, 설정식, 이용악 등 좌익계 시인들은 월북하였으며, 김동오, 구상(해방 직후), 박남수, 이인석, 김영삼, 양명문(1·4 후퇴 시) 등은 월남하였다. 이로 인해 문단은 재편성되었으며, 이후 분단 시대의 문학이라는 비극적 상황이 어쩔 수 없이 주어졌다고 하겠다.

전쟁 현장을 직접 노래한 시집으로 이영순의 『연희고지』(1951), 장호강의 『총검부』(1952), 김순기의 『용사의 무덤』(1953) 등이 있다. 조영암의 『시산(屍山)을 넘고 혈해(血海)를 건너』(1951), 유치환의 『보병과 더불어』(1951), 조지훈의 『역사 앞에서』(1959) 등의 시집도 종군 체험을 소재로 한 전쟁시들로, 민족적 비극의 현장을 고통스럽게 형상화하였다.

여기 茫茫한 東海에 다다른
후미진 한 적은 갯마을

지나 새나 푸른 波濤의 근심과
외로운 세월에 씻기고 바래져

그 어느 세상부터
생긴 대로 살아온 이 서러운 삶들 위에

어제는 人共旗 오늘은 太極旗
關焉할 바 없는 기폭이 나부껴 있다.

— 유치환, 「旗의 意味」 전문

생긴 대로 자연 그대로 살아온 사람들에게 과연 인공기니 태극기니 하는 것은 무슨 의미가 있을 것인가. 이데올로기로 인한 애증과 살육이란 그들과는 전혀 무관한 것임에도 전란의 소용돌이에 휘말려 들었을 것이며, 그들의 어촌에 이데올로기의 상징인 기가 휘날리고 있는 것을 보았을 때 차라리 시인은 이 가증스러운 현실을 떨쳐버리고 싶었을지도 모른다. "지

축을 뒤흔들 사투를 노리어 / 시방 최전선은 악몽같이 찍소리없다"(「최전
선」)와 같은 극한적 대치 상황과 대비시켜 망망한 바다가 보이는 후미진
갯마을에서도 살육하고 갈등하는 인간들의 표징인 깃발을 본다는 것은 종
군시인 이전에 인간으로서 절대적인 절망감 같은 것을 느끼지 않을 수 없
었을 것이다. 조지훈의 「다부원에서」는 대구 탈환을 위해 한 달 동안 아군
과 적군의 엄청난 포화와 혈투가 끝난 다부원을 돌아보고 쓴 시로서 처참
한 살육의 현장이 적나라하게 표현되어 있다.

> 사람들아 묻지를 말아라
> 이 荒廢한 風景이
> 무엇 때문의 犧牲인가를……
>
> 고개 들어 하늘에 외치던 그 姿態대로
> 머리만 남아 있는 軍馬의 屍體
>
> 스스로의 뉘우침에 흐느껴 우는 듯
> 길 옆에 쓰러진 傀儡軍 戰士
>
> 일찍이 한 하늘 아래 목숨 받아
> 움직이던 生靈들이 이제
>
> 싸늘한 가을 바람에 오히려
> 간고등어 냄새로 썩고 있는 多富院
>
> 진실로 運命의 말미암음이 없고

그것을 또한 잊을 수가 없다면

이 가련한 주검에 무슨 安息이 있느냐.

― 조지훈, 「다부원에서」 일부

한 달간 피아의 포화가 울부짖던 전쟁터에서 시인 조지훈이 보았던 것은 무엇일까. 쓰러진 괴뢰군 전사의 시신에서 그는 이 모든 희생이 과연 무엇을 위한 것이었으며, 삶과 죽음이란 도대체 무엇인지를 생각지 않을 수 없었을 것이다. 더욱이 한하늘 아래 목숨을 받아 움직이던 생령이었으니 어찌 동포로서 인간으로서 연민을 느끼지 않을 수 있었을 것인가. 이 시의 효과는 이와 같은 감정적 격양을 자제하고 담담한 어조로 참혹한 장면을 말하고, 어느 쪽에도 치우치지 않는 시각에서 운명과 안식과 죽음을 말하고 있기 때문일 것이다. 싸늘한 가을바람에 군마의 사체들이 간고등어 냄새로 썩고 있는 현장에서 우리는 이데올로기나 세속적 애증을 넘어서는 삶의 진실을 확인할 수 있을 것이다. 해방 직후 원산에서 『응향』 필화 사건으로 월남한 구상이 「초토의 시」에서,

오호 여기 줄지어 누웠는 넋들은

눈도 감지 못하였겠고나.

어제까지 너희의 목숨을 겨눠

방아쇠를 당기던 우리의 그 손으로

썩어 문들어진 살덩이와 뼈를 추려

그래도 양지바른 드메를 골라

고히 파묻어 떼마저 입혔거니

죽음은 이렇듯 미움보다도 사랑보다도

더 너그러운 것이로다.

— 구상, 「초토의 시 8」 일부

라고 노래한 것은 우연이 아닐 것이다. 결국 죽고 죽이는 전쟁의 가열함 속에서도 인간성을 회복하고 이를 지키고자 하는 실존적 몸부림이 전쟁 체험의 시들에 공통으로 나타나고 있다는 사실을 지적하지 않을 수 없다.

1953년 7월 27일 판문점에서 휴전협정이 공식적으로 이루어졌다. 통일을 염원하는 많은 이들이 휴전을 반대하고 격렬한 시위를 벌였지만 휴전협정은 체결되고 이제 전후의 폐허 속에서 생존을 위한 재기의 첫발을 내딛지 않을 수 없었다. "저기 모두 세기의 백정들, 도마 위에 오른 고기 모양 너를 난도질하려는데 하늘은 왜 이다지도 무심만 하더냐"(구상, 「초토의 시 10」)와 같은 민족적 절망의 탄식도 아랑곳하지 않고 남북의 대결과 분단의 고착화는 풀 길 없는 세기적 과제가 되고 말았던 것이다.

전쟁의 상처가 어느 정도 회복되기 시작하던 시기에 서정주는 헐벗고 가난한 시대의 삶을 다음과 같이 시화하였다.

> 가난이야 한낱 襤褸에 지나지 않는다.
> 저 눈부신 햇빛 속에 갈매빛의 등성이를 드러내고 서 있는
> 여름 山 같은
> 우리들의 타고난 살결, 타고난 마음씨까지야 어찌 다 가릴 수 있으랴.

— 서정주, 「무등을 보며」 일부

가시덤불 쑥구렁 속에 놓일지라도 어려운 시대의 삶을 "청산이 그 무릎 아래 지란(芝蘭)을 기르듯" 살아야겠다는 마음가짐을 다지는 위의 시는 당대 순수 서정시파의 한 흐름을 대변하고 있다 하겠다. 물론 이와 같은

시적 삶의 자세가 현실을 외면한 도피적인 것이라고 비판할 수도 있다. 그러나 시의 본령이 순수 서정이라는 점에서 볼 때 1950년대의 시의 주류적 흐름은 김윤성, 정한모, 조병화, 이원섭, 이동주, 박재삼, 이형기, 한성기, 박성룡, 박용래 등의 전통적 서정시와 송욱, 전영경, 김춘수, 김구용, 신동집, 전봉건, 김종삼, 민재식 등의 풍자적이며 주지적인 서정시였다고 볼 수 있을 것이다.

> 풀밭에 호올로 눈을 감으면
> 아무래도 누구를
> 기다리는 것 같다.
>
> 연못에 구름이 스쳐가듯이
> 언젠가 내 가슴을 고이 스쳐간
> 서러운 그림자가 있었나보다.
>
> ― 이형기, 「초상정사」 일부

와 같은 이형기의 「초상정사」가 전통적 서정을 바탕으로 하였다면,

> 지껄여도 따져도 結論없는 이야기
> 문서는 미결함 속에 차복 쌓여 있고
> 잘난 나라의 잘난 백성들끼리
> 우리의 結論을 홍정하고 있다.
>
> 자랑 많은 나라에 태어났어도
> 우리가 이룩한 자랑은 무엇이냐

가슴은 熱帶인데 結論이 없고

아아 화제가 다해버린 날의 슬픈 청년들.

祖國은 개평거리냐

우리는 贖罪羊이냐.

窓을 젖치고

모두 다 바라보는 하늘 가에는

훨훨 날아가는 구름이 한폭

제 무게도 없는 구름이 한폭만 떠 있다.

— 민재식, 「속죄양 · 1」 일부

와 같은 민재식의 「속죄양 · 1」은 주지적 비판과 자학이 가미된 풍자적인 서정시라고 할 수 있을 것이다. 여기에는 물론 전후에 쏟아져 들어온 서구 문예사조의 영향이 엿보이는데, 송욱이나 김춘수의 시에 짙게 배어 있는 풍자나 실존적 자의식은 이를 반영한 것이라고 할 수 있다.

　1930년대 모더니즘의 감각과 기법을 보다 직접적으로 받아들인 것은 박인환, 조향, 김경린, 이봉래, 김차영, 김규동 등이 주축이 되어 1951년 피난지 부산에서 조직된 '후반기' 동인들이었다. 아마도 이들이 '후반기'라고 내세운 이름 자체가 은연중에 1930년대를 의식한 것이라고도 볼 수 있을 것이다. 김기림의 제자이기도 했던 김규동은 1950년대 모더니즘 시운동의 이론적 근거와 방향을 다음과 같이 설파한 바 있다.

　이와 같이 오늘날 한국 시단의 신진적 주류를 형성하여 나가고 있는 계층을 새로운 시인 즉, 모더니스트들의 활약이라고 본다면 이와 정반대로 현실의 암흑을 피하여 지나간 과거의 전통 속에서 쇄잔한 회상의 울타리 안으로

만 움츠러들려는 유파들이 또 하나는 다른 흐름을 형성하고 있다는 사실은 한 국 시단만이 가지는 슬픈 숙명인 동시에 참을 수 없는 비극이 아닐 수 없다.

'청록파'를 중심으로 한 시인들의 소위 순수시운동이 바로 그것이다.[1]

「현대시와 메카니즘」, 「현대시의 실험」, 「초현실주의와 현대시」 등으로 이어지는 김규동의 모더니즘 시론은 청록파류의 보수적이며 정태적인 서정시에 대한 정면비판으로 시사적 의의를 가진다. 물론 이들의 이론적 비판이나 실제 작품을 통한 시운동이 당대에 크게 받아들여지지는 않았지만 그 나름의 논리적 설득력은 인정되어야 할 것이다. 그러나 그들의 시가 새로운 영역을 개척했다기보다는 논리와 자가당착적인 면을 보였다는 것은 또한 그 자체가 지닌 커다란 한계라고 지적하지 않을 수 없다.

현기증나는 활주로
최후의 절정에서 흰 나비는
돌진의 방향을 잊어버리고
피묻은 육체의 파편을 굽어본다.

(중략)

신도 기적도 이미
승천하여 버린 지 오랜 유역
그 어느 마지막 종점을 향하여 흰 나비는
또 한 번 스스로의 신화와 더불어
대결하여 본다.

1) 김규동, 『새로운 시론』, 산호장, 1960, 151쪽.

— 김규동, 「나비와 廣場」 일부

위의 시에서 우리는 스스로와 대결하려는 절박한 자의식을 엿볼 수는 있지만, 거기에서 시적 공감보다는 메커니즘화된 관념의 지적 조작을 느낄 수 있다는 점에서 1950년대의 모더니즘운동은 논리적 차원에서 이루어지거나 아니면 실험적 의식을 크게 벗어나지 못했다고 말할 수 있을 것이다.

낡은 필름에서처럼 해쓱해진 祖先들의 群像
휘영거리는 靈柩車의 行列
輓歌는 처량한 '비오롱'이다.

느닷없이 앞으로만 자빠져 있는 길이 보인다.
後半紀의 황홀한 版畵 위에
바람처럼 호탕히 쓰러지는 나의 그림자!

內臟外科와 少女와 遠洋航路와……
모든 아름다운 計算과 휘파람과……

'아마리리스'도 없는 祭壇 위에
散亂하는 아 아 나의 '에스쁘리'여!

— 조향, 「1950年代의 斜面」 일부

조향의 위의 시에서 우리는 현란하고 장식적인 이미지들을 볼 수는 있다. 그러나 그것은 나열된 소재적 새로움이지, 새로운 시적 논리의 개척이나 시적 방법의 제시는 아니다. 그런 점에서 이와 같은 시도를 실험적이라고 부를 수 있을 것이며, 여기에 어떤 1950년대적 정신의 들뜬 경사면 같은 것이 담겨 있는 것이라고 생각해볼 수 있다.

센티멘털리즘과 허무적 감각이 뒤섞여 있기는 하지만 보다 독자들의 호응을 얻은 경우는 박인환에게서 찾을 수 있다.

아무 雜音도 없이 逃亡하는
都市의 그림자
無數한 印象과
轉換하는 年代의 그늘에서
아 永遠히 흘러가는 것
新聞紙의 傾斜에 얽혀진
그러한 不安의 格鬪.

　　　(중략)

아 永遠히 듣기 싫은 것
쉬어 빠진 鎭魂歌
오늘의 廢墟에서
우리는 또 다시 만날 수 있을까
一九五〇年의 使節團.

　　　　　　　　　　　　　　　　　　　　— 박인환, 「最後의 會話」 일부

시 「목마와 숙녀」로 성가를 드높인 바 있는 박인환의 위의 시 「최후의 회화」에서 드러나는 것은 삶의 허망함과 존재의 불안감이다. 전쟁의 폐허 속에서 그들이 찾을 수 있었던 것은 무엇이었을까. 1950년대가 길게 드리운 죽음과 폐허의 그늘에서 삶의 허망감이나마 새로운 감각으로 포착해내려는 것이 박인환의 시적 시도였다고 말해버린다면 그의 인간적 고뇌를 지나치게 단순화시켜버린 것인지도 모른다.

그러나 분명한 것은 전통적 답습보다는 새로운 세계를 호흡하고 새로운 기법을 구사하여 1950년대적 고뇌에 시적 형식을 부여해보려 했다는 것이 '후반기' 동인들이 시도한 모더니즘운동의 긍정적 의의였다고 할 것이다. 그들의 시도가 다분히 실험적이고 관념적일 수밖에 없었다는 것은 그들의 고뇌 그 자체가 당대의 현실에 밀착된 것이 아니라 박래품적 성격을 지니고 있었다는 점에서 어쩔 수 없이 그들의 한계를 결정지을 수밖에 없었다는 것이다.

예를 들어 1949년 박인환, 김경린과 더불어 동인시집 『새로운 도시와 시민들의 합성』을 간행한 김수영이 1960년대에 이르러 1950년대의 모더니즘적 한계를 넘어서서 대표적인 참여시인으로 성장할 수 있었다는 사실은 거꾸로 1950년대 모더니즘 시운동의 양상을 반추해보는 근거가 될 것이다.

박인환과 김수영의 중간지대를 개척한 1950년대의 일상인의 도시적 서정을 노래한 것은 첫 시집 『버리고 싶은 유산』(1949)을 간행한 조병화였다. 『하루 만의 위안』(1950), 『패각의 침실』(1952), 『인간고독』(1954), 『사랑이 가기 전에』(1955) 등의 시집을 잇달아 간행하여 자신의 시적 위치를 구축한 그는 평이한 진술로 상실된 삶의 서정을 시화하여 많은 독자의 공감을 얻었다.

잊어버려야만 한다
진정 잊어버려야만 한다
오고 가는 먼 길가에서
인사 없이 헤어진 지금은 누구던가

그 사람으로 잊어버려야만 한다
온 생명은 모다 흘러가는데 있고
흘러가는 한 줄기 속에
나도 또하나 작은
비둘기 가슴을 비벼대며 밀려가야만 한다

　　　　　　　　　　— 조병화, 「하루 만의 위안」 일부

　흘러가는 세월 속에서 인간의 삶이 얻을 수 있는 것은 무엇인가. 잊어버림으로써 얻을 수 있는 위안을 노래한 위의 시는 만남과 헤어짐, 삶의 기쁨과 허망함 등을 위로하는 시적 전언을 담고 있다. "나는 먼저 쓸쓸하여서 시를 읽었다. 나는 먼저 고독하여서 시를 읽었다. 그리고 그 쓸쓸한 나를 지키고, 그 고독한 나를 응시하기 위하여 시를 읽었다. 나는 이러한 어둠 속에 둥둥 떠 있는 나를 위안시키기 위하여 그 위안이 되는 말을 찾아서 시의 세계를 방향도 없이 방황했던 것이다"라는 그의 진술처럼 그의 시에는 1950년대의 고독한 군중들의 음울한 목소리가 담겨 있다.
　'후반기' 동인을 위시한 모더니즘 계열의 시인들에 의해 '청록파'를 중심으로 한 서정시가 비판받았다고 하더라도 대다수 시인들이 그리고 대다수 작품들이 견지하고 있었던 것은 전통적이며 서정적인 시들이었다.

남향 양창을 열고
볕을 쪼이고 앉다.

오직 하나인 나의 視野엔
온 終日을
푸른 熱로 내뿜는 生命의 噴水.

356

— 앞뜰에 서 있는 두어 그루 나무뿐.

그러나
그 神秘로운 가장귀의 線들은
보다 큰 다른 視野 속에서
南風에 바르르 떨기도 한다.

— 김윤성, 「신록」 일부

김윤성의 위의 시에서 읽을 수 있는 것은 '어떤 전체의 시야 속에서 생장한다'는 짙푸른 생명감이다. 그 시적 사고의 중심은 안정되어 있다. 이와 같은 확고한 삶의 자세가 전통적 서정시의 핵심에 자리한 것이라고 본다. 박인환의 「최후의 회화」나 김규동의 「나비와 광장」 그리고 조향의 「1950년대의 사면」과는 삶의 인식이 근원적으로 다르다. 시류에 휩쓸리지 않을 수 있는 보수적 전통성에 근거한 시법의 비밀이 바로 여기에 있다고 할 것이다. 전쟁의 폐허와 사회적 혼돈의 와중에서 흔들리지 않는 인생관과 시 세계를 지킬 수 있다는 것은 하나의 미덕일 수도 있을 것이다.

김윤성, 구경서 등과 《백맥》(1946) 동인으로 출발한 정한모도 휴머니즘에 입각하여 혼돈된 사회적 상황 속에서도 맑고 순수한 서정을 전통적 정신으로 시화하였다.

바람은 산모퉁이 우물 속 잔잔한 水面에 서린 아침 안개를 걷어 올리면서
일어났을 것이다.
대숲에 깃드는 마지막 한 마리 참새의 깃을 따라 잠들고 새벽 이슬잠 포근
한 아가의 가는 숨결 위에 첫마디 입을 여는 참새소리 같은 청청한 것으로
하여 깨어났을 것이다.

(중략)

바람이여

　새벽 이슬잠 포근한 아가의 고운 숨결 위에 첫마디 입을 여는 참새소리 같
은 청청한 것으로 하여 깨어나고 대숲에 깃드는 마지막 한 마리 참새의 깃을
따라 잠드는 그런 있음으로만 너를 있게 하라

　산모퉁이 우물 속 잔잔한 水面에 서린 안개를 걷으며 일어나는 그런 바람
속에서만 너는 있어라

— 정한모, 「바람 속에서」 일부

시집 『카오스의 사족』(1958)에 수록된 위의 시에서 화자는 비장하게 절
규하다 발기발기 찢어진 기폭 같은 바람에 새로이 건강하게 소생하는 시
적 서정을 부여하여 전후의 혼란과 패배적 허무주의를 극복하려는 의지를
보여주고 있다.

그러나 1950년대와 같이 그리고 그 이후 30여 년 동안을 그야말로 광
적인 격동의 시대를 살아온 한국인들에게 그러한 삶의 자세는 현실도피나
자기 위안에 그칠 뿐이라고 비판받을 여지가 있는 것 또한 사실이다. 아마
도 이는 한국 현대사 전체에 그리고 한국현대시사에서 지사주의가 높이
평가되어 왔다는 사실과 깊이 관련된 정신사적 명제일 것이다. 변하는 시
류에 따라 재빨리 변신하는 것이거나 아니면 극단적인 영웅적 지사주의로
나아가는 두 가지 길이 열려 있다는 것은 우리 근대사의 비극적 과정을 고
통스럽게 회상케 하는 것이다.

3.

전통적인 서정시가 노래한 정서 중에 슬픔이나 한을 떠올릴 때 우리는 1950년대 시인으로 박재삼을 생각하게 된다. 그는 「피리」에서 "눈감기듯 내 목숨에 / 닿아나 줬으면 / 풀리겠네 한 풀리겠네"라고 노래하면서 한국 인들의 가슴속에 응어리진 서러운 한을 노래한 바 있으며, 여기서 나아가 「울음이 타는 가을강」에서 그는 '사랑끝에 생긴 울음까지 녹아나'는 서러운 정서를 특유의 가락으로 시화하였다.

> 마음도 한자리 못 앉아 있는 마음일 때,
> 친구의 서러운 사랑 이야기를
> 가을햇볕으로나 동무삼아 따라가면,
> 어느새 등성이에 이르러 눈물나고나.
> 제삿날 큰집에 모이는 불빛도 불빛이지만
> 해질녘 울음이 타는 가을江을 보겻네.
>
> — 박재삼, 「울음이 타는 가을강」 일부

이와 같은 '울음'의 정서는 억눌린 삶의 서러움으로부터 촉발되는 것이 다. 그런데 박재삼의 특성은 1920년대의 김소월이나 1930년대 김영랑 그리고 서정주나 박목월과도 다른 독특한 한의 발성법에 있다.

특히 주목할 것은 그가 《문예》에 시조 「강물에서」(1953. 11)로 문단에 첫발을 내디뎠다는 점이다. 시조의 완결성 속에 담을 수 있는 시적 정서는 무엇이며, 그것의 해체와 새로운 정서의 수용이 무엇인가 하는 문제가 제 기되기 때문이다.

이 문제가 한결 첨예하게 제기되는 것은 다음과 같은 이호우의 시조에 서이다.

旗빨! 너는 힘이었다. 一切를 밀고 앞장을 섰다
오직 勝利의 믿음에 항시 넌 높이만 날렸다
이날도 너는 싸우는 자랑앞에 지구는 떨고 있다

온 몸에 햇볕을 받고 旗빨은 부르짖고 있다
보라, 얼마나 눈부신 절대의 表白인가
우러러 감은 눈에도 불꽃인양 뜨거워라

어느 새벽이더뇨 밝혀 둔 횃불 위에
때묻지 않은 목숨들이 비로소 받들은 旗빨은
星霜도 犯하지 못한 아아 다함없는 젊음이여

— 이호우, 「旗빨」 전문

　　다소의 파격을 머금고 있는 이 연작시조에서 일체를 밀고 앞으로 나아
가는 '기빨'의 힘에는 가열하고 신성한 절대 정신이 파동치고 있다. 이 전
진적 추진력은 현대시조가 나아갈 수 있었던 정신적 극점이었을 뿐만 아
니라 현대시가 나아갈 수 있던 최첨단의 지점이기도 하였다.
　　해방 직후 좌우익의 갈등 그리고 6 · 25 전쟁의 와중에서 이호우가 체득
한 선비적 지사정신의 극화가 이 시조에 응집되었다고 할 수 있을 것이다.
이는 1930년대 이육사의 시가 머금고 있던 행동 의지가 응축된 절사의 정
신을 이호우의 시조에서 다시 목도할 수 있다는 사실을 떠올린다. 혼란된
시대일수록 완결된 시형은 흔들리기 쉽다고 판단할 때 이호우의 가열한
시정신 속에서 우리는 슬픔의 정서와 지사정신이 혼류한 현대시조의 가능
성과 한계를 함께 엿볼 수 있을 것이다. 시적 형식이란 삶에 형식을 부여
하는 행위라고 규정할 때 그것은 현대시사에서 1920년대에 있었던 최남

선의 「시조부흥론」 이후 현대시조의 기틀을 마련한 가람 이병기를 거쳐 전개되어온 시조의 형식과 내용이 고전과 현대라는 상황 속에서 상극하는 과정을 드러낸 것이라고 말하지 않을 수 없다.

돌이켜보면 1950년대 시조는 커다란 위기에 직면했었다. 김동욱의 「시조부흥에 대한 고찰」(《경향신문》, 1955. 4. 27), 정병욱의 「시조부흥비판」(《신태양》, 1956. 6) 그리고 김춘수의 「시조형태고」(《국제신문》, 1958. 7. 20~22) 등으로 이어지는 부정적 비판에서 시적 존립을 위한 비판적 자기 극복이 문제 되기 때문이다. 아마도 여기에는 자유시 대 시조만의 논란은 물론 모더니즘과 전통 지향이라는 문학의 방법론적 논쟁이 포함되며, 여기서 나아가 새로운 시대를 호흡하고 이를 수용하는 문학적 자기 갱신의 갈등이 담겨 있을 터이며, 크게 보아서 이는 단순히 문학만의 문제가 아니라 격동하는 1950년대에 있어서 주체적 자기 확립을 위한 정신사적 테제가 담겨 있다고 보아야 할 것이다.

이 지점에서 우리는 시란 무엇인가를 다시 떠올리면서 1950년대의 시를 돌이켜보아야 할 것이며, 또한 그 점에서 1950년대 중반에 발표된 김현승의 「옹호자의 노래」를 생각하지 않을 수 없다.

> 말할 수 없는 모든 언어가
> 노래할 수 있는 모든 선택된 詞藻가
> 소통할 수 있는 모든 침묵들이
> 고갈하는 날,
> 나는 노래하련다!
>
> (중략)

날마다 날마다 아름다운 항거의 고요한 흐름 속에서

모든 약동하는 것들의 선율처럼

모든 전진하는 것들의 수레바퀴처럼

나와 같이 노래할 옹호자들이여,

나의 동지여, 오오, 나의 진실한 친구여!

— 김현승, 「擁護者의 노래」 일부

'싸늘한 증류수의 시대'에 인간적인 것을 옹호하겠다는 김현승의 열정적 외침은 모든 것이 부정되고 고갈되는 날 이에 항거하고 전진하는 수레바 퀴처럼 동지와 친구들과 함께 약동하는 삶을 노래하겠다는 의지의 표현이 다. 김현승이 가진 확고한 휴머니즘은 그가 앞으로 나아갈 역사의 방향을 노래했다는 점에서 주목된다. 전통적인 서정시와 피상적인 모더니즘에 대 한 반발 등이 복합되어 하나의 일치점으로 모색되는 지점을 여기에서 생 각해보아야 할 것이다. 「인생파와 모더니즘」(《현대문학》, 1956. 2)과 「우리 말의 특질과 현대시」(《현대문학》, 1956. 11) 등의 평론을 통해 모더니즘의 피상성을 비판하고 나선 김현승이 그 나름으로 우리 시의 나아갈 길을 모 색하고 있었음을 우리는 확인해볼 수 있다. 바꾸어 말하면 1950년대 후반 에 들어서며 모더니즘의 경박성도 아니고 청록파류의 정태적 서정시도 아 닌 새로운 시가 모색되어야 하는 단계에 들어섰음을 감지할 수 있을 것이 다. 물론 위의 시도 관념적이고 모호한 점이 있다. 그러나 전후의 불안과 공포 그리고 전통적 서정시의 보수적 퇴영성에서 벗어나 인간적인 것을 확신하고 전진하는 역사의 수레바퀴와 함께 나아갈 옹호자들을 '나의 동지 여, 오오, 나의 진실한 친구여!'라고 부르는 것은 시사의 전개 과정에서 쉽 게 간과할 수 없는 부분이다. 그가 '약동하는 것들의 선율'에서 변하는 시 대와 역사의 추진력을 인식했다는 것은 현실도피나 피상적 새로움을 넘어서서 그 나름으로 한 시대의 전개 방향을 통찰한 결과라고 보아야 한다.

4.

1950년대 중반을 전후하여 있었던 중요한 정치적 사건들을 보면, 사사오입 개헌(1954), 《대구매일신문》 피습사건(1955), 장면 부통령 저격사건(1956), 보안법 파동(1958), 《경향신문》 폐간(1959), 그리고 3 · 15 부정선거(1960) 등으로 이어진다. 이는 독재정권을 유지하기 위한 일련의 사건들로서 급기야는 4 · 19 혁명을 촉발시키는 계기가 된다.

이렇게 본다면 전쟁의 불안이나 공포 그리고 전후의 굶주림 속에서 과연 1950년대가 지향했던 정신사적 명제가 무엇이었을까 하는 의문을 던져볼 필요가 있다. 아마도 최우선적인 것은 전후의 복구였을 것이며, 생존권의 확보에 있었을 것이다. 그러나 더욱더 근본적인 것은 정당한 인간적 삶의 실현일 것이며, 주체적인 민족적 정통성의 회복이었을 것이다. 4 · 19 혁명으로 분출된 민족적 의지는 바로 이 정통성의 확립을 위한 신성한 힘의 시현이었다. 1919년의 3 · 1 운동이 식민지하의 민족 해방이라는 시대사적 명제의 표출이었다면 40여 년이 지난 후의 4 · 19 혁명은 시민사회를 정착시키고, 부당한 권력의 종말을 선언하는 역사적 전환의 순간이었다고 하겠다. 이 극적인 상황이 다음과 같이 신화적인 모습으로 포착되었다는 것은 결코 우연한 일이 아니다.

서울도
해 솟는 곳
동쪽에서부터
이어서 서남북

지리지리 길마다
손아귀에
돌, 벽돌알 부릅쥔 채
떼지어 나온 젊은 대열
아― 신화같이
나타난 다비데群들

　　　　　　　　　― 신동문, 「아! 神話같은 다비데群들」 일부

　『성서』에 나오는 '다윗'과 '골리앗'의 이야기를 배경으로 삼은 이 시는 부정
선거로 일당독재를 연장하려던 자유당 정권의 음모를 분쇄하는 혁명 대열
을 신화적 인간군으로 부조하고 있다. 그들의 모습이 영웅적이며 신화적으
로 그려지는 것은 그들의 의거야말로 민족사의 전진을 가로막는 부당한 독
재권력을 무너뜨리는 역사적 동력이었기 때문이다. 화자는 민족정신의 신
성한 힘의 발현을 그들에게서 보았던 것이며, 이 시가 공감력을 지닌 것은
그것이 현실적으로 민족사의 정통성 회복을 전진시킨 일대 사건이었기 때
문이다. 죽음을 무릅쓰고 '공동의 희망을 태양처럼 불태우는' 그들이 나아가
고자 했던 목표는 무엇이었을까. 박두진은 이를 다음과 같이 포착하였다.

불길이여! 우리들의 대열이여!
그 피에 젖은 주검을 밟고 넘는
불의 노도, 불의 태풍, 혁명에의 전진이여!
우리들은 아직도
스스로를 못막는
우리들의 피 대열을 흩을 수가 없다.
혁명에의 전진을 멈출 수가 없다.

(중략)

아름다운 강산에 아름다운 나라를,

아름다운 나라에, 아름다운 겨레를

아름다운 겨레에, 아름다운 삶을

위해,

우리들이 이루려는 민주공화국

절대공화국

— 박두진, 「우리는 아직 깃발을 내린 것이 아니다」 일부

그렇다. 민주정체, 사상의 자유, 경제 균등, 인권 평등 등이 철저히 이루어진 민주공화국에의 열망이야말로 아름다운 강산에 아름다운 삶을 성취하려는 우리 겨레 모두의 소망일 것이며, 4·19 혁명을 가능케 한 역사적 원동력이었을 것이다. 1950년대의 시적 흐름과 문학사적 전개에서 추출할 수 있는 가장 황금 부분이 바로 이 민족사적 염원의 실현을 구체화시키는 일이었다고 말하지 않을 수 없다.

6·25 전쟁에 의한 처참한 동족상잔, 폐허의 잿더미에서 허무와 불안을 씻고 굶주리면서도 1950년대의 음울한 경사면을 헤쳐나오며 부딪쳐야 했던 최대의 쟁점은 민족사적 정통성을 확립하는 일이었으며, 우리는 4·19 혁명에서 그 극적인 순간이 휘황하게 타오르는 민족적 에너지의 신성한 빛을 보았던 것이다. 이 신성한 빛의 발현이 1945년의 해방과 1960년의 4·19 혁명 사이에 자리한 1950년대의 시사에서 찾을 수 있는 최대의 정신사적 광맥이며 앞으로 민족 통일의 그 날까지 줄기차게 이어나갈 민족적 에너지의 원천이라 할 수 있을 것이다.

전쟁 체험과 1950년대 소설

이재선

1. 마르스의 시대와 재난의 상상력

1950년대의 소설사적 성격을 구명할 때, 이와 불가분의 상관관계를 갖고 있는 것은 전쟁이다. 그만큼 1950년대는 한마디로 지적해서 인위적인 재난인 전쟁의 시대인 동시에 전쟁 체험과 전후의 분위기가 편재화하는 수난의 시대였던 것이다. 따라서 문학이 그 시대의 갈등과 고뇌를 반영한다는 보편적인 현상을 굳이 감안하지 않는다 할지라도, 1950년 이래 한국 현대소설의 제반 내용과 구조는 6 · 25의 체험과 영향의 삼투적 성격과 기능을 배제해놓고는 생각할 수 없을 만큼 6 · 25는 현대소설사에서 간과할 수 없는 발생론적 배경이다. 6 · 25는 비단 1950년대의 소설 성격을 규정짓는 데 있어서 뿐만이 아니라 그 이후 문학의 성격을 형성하는 데도 직간접적 요인이 되기도 한다.

한국의 1950년대는 전 방면이 전쟁에 의해서 전개된다. 이 전쟁이란 바로 1950년 6월 25일에 북한의 남침으로 발발하여 1953년 7월 27일에 이르기까지 계속된 전쟁—흔히 '한국전쟁(Korean War)' 또는 '6 · 25 전쟁'이라고 일컬을—을 뜻하는 것이다. 이 한국전쟁은 전쟁으로서의 일반성은 물론, 이념의 전쟁이면서 동족살상과 형제살해(fratricide)의 전쟁인 동시에 참전국이 다원화 · 국제화한 전쟁이란 특수성이 함께 복합화된 전쟁으로서, 아직도 역사적인 사실로서 완결된 것이 아니라 현재적 상황의 발단으로 연계되어 있는 것이다. 이런 전쟁과 그에 대한 온갖 체험이 우리의 정신사나 문학적인 상상력에 절대적인 영향력을 미친다는 것은 너무나 당연한 현상이다. 아니 1950년대 소설이 전쟁 체험이나 전후의식과 깊이 관련된 것은 불가피한 사실이다. 그만큼 1950년대는 파괴와 폭력이 편재하는 전쟁의 군신 마르스의 시대였으며, 소설의 상상력 역시 이런 전쟁의 두려운 인위적 재난으로서의 파괴성에 의한 피해를 묘사하거나 결여된 인간적인 따사로움의 휴머니티와 평화주의를 고양하는 두 개의 큰 측면을 두드러지게 드러내게 되었던 것이다.

2. 서사적인 단층 구조

1950년대의 소설이 제대로 틀을 잡아나가게 된 것은 그 중엽에서 비롯된다. 물론 그 이전에 해당하는 초반으로서의 전시에도 정훈적인 성격을 띠고 있는 이른바 '전선소설'이라든가 '전쟁소설' 단계가 없었던 것은 아니다. 그러나 이와 같은 형태의 소설들은 전시체제 하에서의 국민적인 에너지를 결집시키는 기능을 수행하는 데 있어서는 필연적인 공리성을 갖고 있었던 것도 사실이지만, 이들은 예술적인 창조의 에토스 측면에서는 분명한 한계를 가지고 있는 것도 또한 사실이다. 그것은 이들 작품이 지니고 있는 강한 목적성의 원리에 의해서 자유로움이나 심미적인 가치가 그만큼 양도될 수 있기 때문이다. 그러고 보면 1950년대 소설의 발생론적인 기반은 수복과 휴전에 이어 폐허로부터 사회적 수습 단계에 들면서 《문예》, 《문학과 예술(문학예술)》, 《현대문학》, 《자유문학》 등의 문예지 및 《신천지》, 《신태양》, 《사상계》, 《새벽》 등과 같은 종합지 등의 문화 매체가 등장함으로써 마침내 본격적으로 생성될 수 있었음은 자명해지는 것이다.

이들 문화 매체를 통해서 발표된 1950년대 소설의 상당수는 전쟁이 매트릭스가 되어 있다. 다시 말하자면, 전쟁 체험으로 인해 받게 되는 피해의 비극적인 현장성과 그로 인한 내성화된 후유증의 환기 및 전후 상황과 의식 내용이 그 중요 성격이 되어 있을 뿐만 아니라, 전쟁이 또한 소설의 시공적인 배경이 되어 있는 것이다.

그래서 1950년대 소설을 비롯한 현대소설의 서사적 이야기 형식 내지는 구성법의 상당 부분이 전쟁을 서사의 시간적인 분기점으로 삼고 있다. 말하자면 전쟁이나 그 전쟁을 표상하는 소리 상징인 '포성', '총성'과 같은 이미지를 원점이나 축으로 하여 그 전과 후가 변화나 서사적인 구간의 분기점이나 전환점의 한 문법적인 정식을 이루는 경우가 허다해진다. 따라서 이야기의 계기적인 전개가 이를 전후로 해서 분절화됨은 물론 '전'과 '후'의 관계는 기호론적인 체계에 있어서 단절과 이접(離接)의 양극으로서 대립하거나 혹은 변화의 단층화 현상을 보이게 되는 것이다. 그렇기 때문에 6·25가 분기와 단층의 서사적인 사건으로 관여하는 1950년대 이후의 작품들은 대개가 그 구조에 있어서 네 개의 공통적인 유형성을 가지고 있다. 그 첫째 유형이 전후의 상황이 분단 대립 또는 단계 대립으로서 이루어지거나, 전후의 상황·성격·의식·행동이 현저하게 변화를 일으키는 단층형이다. 그 둘째 유형은 변화가 다시 제변화를 가져옴으로써 원 상황이 다시 회복되는 수복형이다. 1950년대에 형성되었던 이 같은 서사 구조의 유형은 그 뒤를 따르는 소설에서 이세들로 확장되어 단층의 진행적 지속형과 갈등의 완결적 해소형으로 다시 분화되기도 한다. 뿐만 아니라 전쟁은 1950년대와 그 이후 소설의 구조에서 기억의 시공적인 내용으로서, 현재 속에 잠복되어 있는 상처의 근원으로서, 한 인물의 숨겨진 과거의 비밀 저장고로서 그리고 분단과 이산의 근거로서 계속 연계되고 있는 것이 사실이다.

이와 같이 소설의 서사 구조의 축선에 중요한 영향력을 미치게 되는 전쟁은 정신사에 있어서도 현저한 변화를 일으키게 된다. 그것은 6·25라는 전쟁 체험을 거치면서 체제나 의식에 있어서나 반공이데올로기의 정신적인 층화(層化)를 증대시키게 되었을 뿐 아니라 전쟁의 폭력성을 거부하면서 휴머니즘의 농도를 편재화시키는 시기이기도 했다는 사실이다. 이러한 현상은 긍정적이든 혹은 부정적이든 간에 당대 문학의 내용과는 불가분의 밀접한 상관성을 가지며, 또 이 시기에 있어서의 창작의 자유로움을 제한시키는 요인이 되기도 했던 것이다. 그러기 때문에 1950년대의 소설에서 전쟁과 전쟁 체험은 개개의 인간에 대한 교착 상태를 몰고 오는 가치의 파괴자로서, 양극화된 이념의 갈등 및 정의/부정의 이념적인 구조의 함축 원리를 갖게 하기도 하였던 점이 적지 않았던 것이다. 그러나 어쨌든 1950년대의 소설은 설사 삶의 의미 탐구에 대한 문학적인 진지성에 있어서 다소의 한계점을 드러냈다고는 할지라도 유례없는 전쟁 상황에서의 삶과 참혹한 현실에 대한 증언적 성격을 지닌다는 점에서 중요한 의의를 가지고 있다.

그렇다면, 이 같은 잔혹한 전쟁 체험이 생성해내고 있는 1950년대의 소설의 특성 또는 지배적인 주제는 어떠한 양상을 지니고 있는가. 로렌스 렌저는 그의 『대학살과 문학상상력』(1975)에서 전쟁이 '태초의 침묵', '밤과의 친숙', '죽음의 지배', '어린아이들 고통받기', '인간의 수성화(獸性化)', '축복되는 정신이상자', '시간과 잔학' 등의 문학적 상상력과 연계된다고 지적한다. 그리고 피터 존스는 그의 『전쟁과 소설가』(1976)에서 전시 체험은 작가로 하여금 형성소설로서의 전쟁소설, 군대 지휘관에 대한 태도, 성(性)과 전쟁 폭력과의 상관성, 전사(戰士)의 심리 촉진 등 네 가지 테마를 강조케 한다고 분석하고 있다.

1950년대 한국소설의 성격 역시 이와 같은 현상과 상관성을 가지고 있다. 이 시기 소설에 대한 대표적인 기존의 논의는 '생존에의 위기의식, 실존, 존재론적 불구의식, 윤리적 파탄과 역사적 수난의식'으로서, 또는 '한갓 비극적 순간을 포착하거나 플라톤 철학(우화적 성격)에 떨어지고 말거나 아니면 설익은 반공물이라든가 하나마나한 휴머니즘(전쟁 고발)'에 떨어지거나 '서사적 형식의 자리매김'이 뚜렷해진 것으로 평가한다.

그러나 이 글은 1950년대가 대상이므로 이 같은 전이의 과정을 다루기보다는 1950년대 소설에 제시되어 있는 전쟁에 대한 문학적 대응이나 전쟁 경험과 의식에 대한 문학적인 분광 현상을 밝혀보려는 것이 주안점이다.

3. 가치의 분해와 손상된 삶에의 인지

앞에서 6·25는 1950년대 이후의 소설로 하여금 사회적인 단층의 상상력을 편재화시키는 의미가 있다고 지적한 바 있다. 그래서 반역과 희생의 인간상이 많이 제시됨은 물론 전쟁은 기존의 가치를 교란·분해시키고 파손시킨다는 상상력이나 인식이 두드러진다. 먼저 정한숙의 「고가」와 곽학송의 「바윗골」 등은 전쟁을 계기로 해서 신분과 계급의 변화가 일어나는 과정을 그리고 있는 대표적인 작품들이다. 말하자면 가족 체계와 신분 구조의 변화의 수직 이동을 통해서 가치 체계에 미치는 전쟁의 충격을 제시한 것이다. 「고가」는 비록 단편이긴 하지만, 일종의 가족사나 가족사 연대기 성격을 지니고 있는 작품이다. 현대의 가족사 소설의 성격이 그러하듯, 이 작품 역시 한 가족의 특수한 변천사 속에 근대에서 현대로 이르는 이 땅의 정치사와 사회가 축약되어 있다. 즉, 한말, 일제 시대 그리고 해방과 6 · 25로 이어지는 역사의 변천 속에서 봉건적인 토지 소유의 지배층 장동 (壯東) 김씨 가문이 겪는 권위와 결속의 분해 및 도전받는 과정을 그린 것이다. 이러한 몰락 내지는 분해의 결정적인 계기는 바로 6 · 25이다.

'이전'과 '이후'의 서술적인 균형에 있어서 전자에 더 역점을 두고 있는 이 작품은 전쟁 이전에도 분해나 변화의 단서와 요인이 잠재되어 왔었던 것이 사실이다. 종가 제도를 끝내 유지하려는 보수적인 조부에 대항해서 일가의 종손으로 하여금 머리를 깎고 신학문을 배우게 하려는 진보적인 숙부의 반역이 그것이다. 그리고 김씨 집안에 상존하고 있는 적서(嫡庶)와 노비의 신분 제도가 만든 내재적 갈등 역시 그 요인이 되고 있는 것도 사실이다.

이러한 잠재적 요인들이 6 · 25로 인해 마을을 인민군이 점령함으로써 이제까지의 신분계층의 수직적인 이동이 급격하게 이루어질 뿐 아니라 가치 체계의 전환이 뚜렷하게 나타나게 된다. 즉, 김씨 가문에 대해서 고갯짓도 하지 못하던 재 너머 이씨 마을 사람들이 반기를 들고, 장동 김씨의 핏줄을 타고났으면서 '종년의 자식'으로 늘 박대받던 이단자 태식이가 인공 치하에서 벼슬을 하여 우쭐거리며 그를 박대한 할머니가 기거하는 사랑채에 불을 지른다. 그리고 지순한 종이었던 길녀 또한 부락의 여성동맹원으로 활약하는 등 모두가 놀라운 변화를 일으킨다. 이런 놀라운 변화와 함께 거듭된 죽음과 화재로 인해서 종가로 표상되는 전통적인 가족의 권위와 가치는 쇠퇴와 소멸의 운명에 빠져들고 만다. 그런 점에서 1950년 이래의 소설에서 6 · 25는 이데올로기의 전쟁인 동시에 고전적인 신분 전쟁 성격을 지니기도 한다. 가치의 분해는 안수길의 「제삼인간형」에서처럼 삶의 양식을 허물거나 변화시키기도 한다.

한편, 1950년대의 소설은 전쟁으로 인해서 신체적인 훼손을 입거나 정신적인 피해와 상처를 입은 사람들을 대표적인 주인공으로서 입상화한다. 이런 손상된 삶에 대한 현저한 인지는 단순히 그것이 피해의식의 반영이라기보다는 전쟁으로 파손된 삶의 가장 현실적이고 직접적인 핵심으로서 받아들인 결과인 것이다. 즉, 불구화된 신체나 정신은 전쟁에 침해받은 현실의 가장 구체적인 희생자로서의 표상인 것이다. 손창섭의 「혈서」, 「비오는 날」 등 일련의 작품, 오상원의 『백지의 기록』, 서기원의 「암사지도」, 「이 성숙한 밤의 포옹」, 하근찬의 「수난이대」, 이호철의 「파열」 등에 나타나는 인물들은 모두 전쟁 상황에서 신체적으로 또는 정신적으로 깊은 손상과 재화를 입고 있는 사람들이다. 이들 가운데서 『백지의 기록』은 전장으로부터 돌아온 두 사람의 형제를 주인공으로 하고 있다. 형제인 중섭과 중서는 둘 다 전선에서 불구의 상태로 귀환한다. 군의관인 중섭은 부하를 구하려다 오른손이 보기 흉하게 몽둥아리가 되고 다리 하나가 절단된다. 그리고 동생인 중서는 비록 외양으로는 온전한 몸으로 돌아오긴 했으나 그 대신 정신의 상처가 깊이 파여진 허무주의적 상태이다. 이들은 전쟁 이전에는 전혀 불구 상태에 있지 않았지만, 전쟁은 그들의 삶의 잠재력을 와해시켜버린 것이다. 그래서 이 작품은 '그때'와 '이때'란 시간부사에 의해서 상황이 현저하게 대립 구조를 이루는 것이다.

손창섭의 「혈서」, 「비오는 날」 등으로 대리되는 불구화와 불건강성이 함축된 세계 역시 1950년대 소설의 독자성을 이야기함에 있어서 중요한 비중을 가진다. 병자와 불구자와 의욕상실자가 거의 집단적으로 서식하고 있는 그의 그로테스크한 세계는 정신적인 가치의 지표가 유실되어버린 전쟁 직후의 실존적인 삶의 상황을 병자의 세계를 끌어들여 독특하게 데포

르마솔하고 있는 것이다. 하근찬의 「수난이대」는 아들의 귀향을 맞이하는 아버지의 심리적인 명암, 성냥불로 연상되는 과거의 기억, 주인공의 일정한 버릇, 외나무다리의 포치에 의해서 치밀하게 짜여진 구성 속에 부자 이대가 역사로부터 받는 신체적인 불구화 현상을 제시함으로써, 전쟁이 인간에게 가하는 물리적인 폭력의 실체와 삶의 재수습 과정을 드러내 준다. 이와는 달리 제대군인, 도망병 그리고 상이군인이 등장하는 서기원의 「암사지도」, 「이 성숙한 밤의 포옹」은 비록 신체적인 불구화는 아니더라도, 전쟁으로 인해 기존의 윤리와 가치가 벽지도처럼 진공 상태가 되어버린 데서 기인한 실존적 불안의 상황 속에서 꿈과 의욕과 주체를 잃어버리고 폐허가 되어버린 집에서 나태와 패덕한 쾌락 속에 빠져드는 젊은이들의 정신적으로 파손된 삶을 제시한다.

또한 1950년대의 전후문학은 전쟁을 겁탈이나 기아와 등가화하는 경향을 두드러지게 한다. 이 문제와 가장 밀접화되어 있는 것이 바로 여인들이 입는 강간의 잠재적인 위협이며, 생활의 결핍 상태이다. 그래서 전후소설의 여성들은 흔히 전쟁의 폭력과 파괴력 앞에서 겁탈당하거나 결핍 상태에 의해서 '양공주' 등으로서 성을 상품화하는 매춘의 전락한 삶으로 빠져들게 된다. 그 결과로서 1960년대와 1970년대의 소설에서 혼혈의 변종적인 삶이 산출되기도 한다. 김동리의 『자유의 역사』, 장용학의 『원형의 전설』, 이범선의 「오발탄」, 오상원의 「황선지대」, 서기원의 「이 성숙한 밤의 포옹」, 송병수의 「쑈리 킴」, 정연희의 「파류상」 등은 모두 부분적이거나 또는 전체적으로 여인들의 손상 상태나 전락한 삶의 단면들을 제시하고 있는 작품들이다.

사변적인 에세이가 가미되고 있는 장용학의 『원형의 전설』은 순환되는 근친상간과 사생아 등의 성적인 일탈 행위와 잠재적인 갈등의 틀을 통해서 6·25가 지닌 특수한 성격을 암묵적으로 우의화하고 있다. 순혈의 계통성이 위장된 이장의 사생아로서의 존재가 반도덕적인 욕망과 폭력의 피조물이듯이, 전쟁은 형매(兄妹)의 근친상간적인 겁탈의 대응물인 것이다. 한국은 결국 두 이데올로기의 사생아라는 발상을 처음부터 근거로 하고 있는 이 작품은 그런 점에서 전쟁과 겁탈을 등가화하고 있다. 정연희의 「파류상」의 수녀 마들레느 역시 폭력 앞에 유린당한다. 전쟁의 본성은 원천적으로 여성의 자궁에 대한 난행적인 폭력과 유사한 것이다. 「쑈리 킴」, 「오발탄」, 「황선지대」는 모두 전쟁으로 인해 초토화된 삶의 상황에서 살아가기 위해서 양공주로 또는 창녀로 전락한 여인들의 파손된 삶을 제시한 작품들이다. 전쟁이 일으키는 이 같은 여성의 순결에 대한 파손화의 의식은 전쟁의 유린 행위를 드러내 준다는 의의를 가지는 동시에 이질적인 피의 섞임에 의해서 민족적 순수성이 결손됨을 암시하는 의의를 가지기도 하는 것이다.

4. 고통과 세계 인지의 문학 양식

전쟁은 1950년대 이래로 한국소설로 하여금 성장소설로서의 전쟁소설의 형태를 편만화시킨다. "전쟁에서 남자의 운명은 죽는 것이고 여자의 운명은 한탄하는 것이라면, 아이들의 운명은 사는 것이며 젊음과 순진성이 지속되는 한 그 젊음과 순진성을 즐기는 것이다. 그리고 마음은 이 '정상적'인 경향을 뒤집는 어떤 상황에 적응해가는 데 있어서 특별한 난관을 느끼는 것이다." 이는 렌저의 지적이다. 전쟁은 전투를 수행하는 전투 요원인 남자들만을 죽이거나 불구화시키는 폭력 현상이 아니다. 재난의 절정이라고 할 수 있는 전쟁은 여인들을 탄식케 하고 가정의 평안함을 파괴함으로써 아이들로 하여금 고아가 되거나 굶주림의 고통을 경험하게 하고, 또 순진과 무지의 상태로부터 세계와 현실의 음험함과 무서움을 일깨우고 인지케 하는 교화적인 경험의 모형이 되기도 하는 것이다. 하근찬의 「흰종이 수염」, 송병수의 「쑈리 킴」, 백인빈의 「조용한 강」은 모두 어린이 의 시각으로 전쟁에서 파생된 삶과 현실에 대한 비극적인 인지와 깨달음 의 각성 과정을 다룬 것으로서, 이른바 '이니시에이션(성장)' 소설 또는 성 장적 형성소설(Bildungsroman)로서의 잠재적인 기반을 이룬 작품들이 다. 이런 단서적인 기반은 1960년대 이후의 김승옥의 「건」, 김원일의 「어 둠의 혼」, 이동하의 「굶주린 혼」, 이청준의 「침몰선」, 윤흥길의 「장마」 등의 성장소설을 난만하게 꽃피우게 된다.

성장소설이란 어린이나 젊은이를 주인공으로 하여 시련을 겪어가면서 세계와 현실에 대한 변화와 성숙화의 과정을 보여주는 소설 형태다. 따라 서 특별한 성장이념에 근거하여 내적 결정의 자기 발전 과정을 보여주는 것으로서, 초점이 맞춰진 한 중심인물은 배우고 성장하며, 사회와 현실은 이에 대한 안타고니스트요 삶과 경험의 장소가 되는 것이다. 이런 소년기 에 있어서의 성장의 경험이 특히 전쟁의 경험과 관련되는 것이 성장소설 로서의 전쟁소설 또는 전쟁 경험의 성장소설인 것이다. 따라서 이는 성이 나 죽음 또는 사랑과 악의 발견과 깊이 관련되어 있는 일반적인 성장소설 과는 달리 전쟁과 거기에 수반된 여러 문제에 밀착되어 있다는 점에서 보 다 특수 형태에 해당한다.

하근찬의 「흰종이 수염」은 전상으로 한쪽 팔을 잃은—하근찬의 문학에 서 불구 상태는 주요 모티프다—불구의 아버지가 살기 위해서 우스꽝스러 운 극장 광고의 선전원이 되어 희극의 대상이 되어버린 데 대한 소년 동길 이의 반응을 드러내 준다. 그 가운데 원상회복이 전혀 불가능한 전쟁의 파 괴성과 그로 인한 피해를 환기시키고 있다. 불구자로서 희극화된 아버지 를 조롱하는 친구들을 용납하지 않고 이를 응징하는 동길이의 행위는 조 롱 그 자체에 대한 단순한 반발적인 대응 행위 그것만이 아니고 아버지의

불구 상태와 가족의 삶의 악화로 대리되는 전쟁의 파괴력에 대한 인지요,
반발로서의 의미를 지니는 것이다.

　송병수의 「쑈리 킴」은 전방 미군 부대 주변에 부랑하는 고아 소년과 양
공주의 전시의 삶을 제시함으로써, 이방의 외국 군대가 얽혀든 한국전쟁
의 성격은 물론 전시에 있어서의 병사들의 상태 및 여인들의 생존 방법과
미군에 대한 한국 사람들의 감정 구조의 이중성 등이 반사되고 있는 작품
이다.

> 이젠 이곳 양키부대도 싫다. 아니 무섭다. 생각해 보면 양키들도 무섭다.
> 부르도크같은 놈은 왕초보다도 더 무섭고, 엠피는 교통순경보다 더 미웁다.
> 빨리 이곳을 떠나 우선 서울에 가서 따링 누나를 찾아야겠다. 그 마음 착한
> 따링 누나를 다시 만날 수 있다면야 까짓 딸라뭉치 따위 그리고 야광시계도
> 나이롱 잠바도 짬방모자도 그따윈 영 없어도 좋다. 그저 따링 누나를 만나
> 왈칵 끌어안고 싫컨, 싫컨 울어나보고, 다음에 아무데고 가서 오래 자리잡고
> '저 산너머 햇님'을 부르며 마음놓고 살아봤으면…… 짤뚝이가 죽지 않고 살
> 아날까봐 걱정이다. 그놈이 살아나기만 하면 아무데를 가도 아무 때고 그놈
> 의 손에 성해내진 못할 것이다. 쑈리는 왜 놈의 대갈통을 으스려버리지 못했
> 는지 모르겠다.

「쑈리 킴」의 마지막 단락이다. 여기에 등장하는 이름이 없는 주인공 소
년은 이미 전쟁 이전의 순진한 상태의 소년이 아니다. '쑈리 킴'이란 명칭
이 지시하듯이 전쟁에 부모를 잃고 이름을 잃고 미군 부대 주변을 부랑하
는 고아요, 인생과 사회의 치부를 알 대로 알아버린, 동심이 훼손된 아이
다. 즉, 그는 부모의 죽음으로 거리의 부랑아로 떠돌았고 현재는 양공주
인 '따링누나'와 동숙하면서 미군 캠프를 드나들며 뚜쟁이 노릇을 할 뿐

376

아니라 금단의 담배를 피우기도 하는 아이로서, 외국 군대의 이상한 성 문화와 성의 상품화 또는 생활 수단 현상을 너무도 일찍이 알아버린 아이다. 그리고 쫄뚝이로 대리되는 인간의 수성과 폭력 및 공포와 악을 알아버린 아이다. 전쟁은 결과적으로 아이의 삶을 강제적으로 최악의 상태로 변화시켜버린 것이다. 그러나 소년은 '저 산 너머 햇님'을 그리워하는 순진성을 잃지 않고 있으며 '오래 자리잡음'의 원망 공간을 생각하고, 또 따링누나도 그런 가운데서도 끝까지 인간다움의 따뜻한 품성을 잃지 않고 있다. 이런 두 사람의 인간으로서의 사랑의 연대성이 건재한다는 것은 전쟁으로 인해서 타락화한 사회에서도 인간은 진정한 가치를 향한 탐색을 끝내 버리지 않음을 뜻하는 동시에 세계 인지와 자기 조정의 성숙성을 뜻하기도 한다. 그러나 1950년대의 이와 같은 소설 형태는 시련과 고통에의 입사로서의 성격을 가지고 있으면서도 이야기하는 자아와 이야기된 자아와의 단층과 반어성이나 발전 과정이 명료화하지 않기 때문에 성장소설로서는 분명한 한계가 있다. 1960년대와 1970년대에 이르러서야 성장소설의 형태가 마침내 확립되게 되는데, 그것은 소설사의 전개로 보아 당연히 그럴 수밖에 없는 현상이다.

5. 죽음의 편재화와 전사(戰士)의 상황 심리 · 형태

1950년대의 소설은 한국문학사에 있어서 보기 드물게 죽음에 대한 강한 인지를 보인다. 그것은 전쟁의 폭력 앞에서 생명의 존엄성이 가차 없이 유린당하는 상황적인 경험과 밀접하게 연관되어 있다. 클라우제비츠의 『전쟁론』을 굳이 인용하지 않는다 할지라도 전쟁은 대량의 인명을 살상하는 폭력이며 최대의 파괴 행위 그 자체인 것이다. 그래서 1950년대 소설은 무방비한 죽음과 자살과 잔혹한 인간 살상의 장면을 묘사하는 경우가 허다하다. 예컨대 김동리의 「밀다원시대」, 장용학의 「요한시집」이나 「현대의 야(野)」가 그것이다.

> 그것은 타 죽은 시체의 산이었다. 지붕을 했던 양철이라든지 가마니 따위로 대강은 가리어 놓았지만, 백 구에 가까운 시체가 차곡차곡 쌓여 있었다…… 도살장 생각이 났지만, 이 나라에 저렇게 한번에 대량으로 도살해내는 도살장이 있는지 없는지 그는 모른다. 모독이다. 사람이 사람을 이렇게 모독해서 좋은가. 차라리 그냥 내버려두어서 구더기의 밥이 되게 하는 것이 인간적이다.
> 그런데 거기에는 시체에서 팔다리를 뜯어내고, 눈을 뽑고, 귀·코를 도려냈다. 아니면 바위를 쳐서 으깨어 버렸다. 그리고 그것을 들어서 변소에다 갖다 쳐넣었다. 사상의 이름으로, 계급의 이름으로, 인민의 이름으로……

한편, 전쟁 체험은 1950년대의 소설로 하여금 군인을 그 주인공으로 등장시키는 현상을 두드러지게 한다. 전쟁의 주역이 군대이기 때문이다. 이런 군인을 주인공으로 한 소설들은 그들의 희생과 의무, 용기, 애국심은 물론 죽음의 공포 앞에서의 불안한 심리 상태, 개인과 집단 간에 내재하는 유대와 갈등—전우와의 관계, 상관과 부하, 이편과 적군—및 죄책감과 탈출 충동, 인간애 등의 문제를 함축하고 있기가 보통이다. 황순원의 「너와 나만의 시간」, 곽학송의 「독목교」, 송병수의 「탈주병」, 「인간신뢰」, 선우휘의 「단독강화」 등이 그 예증의 대상이 된다. 「너와 나만의 시간」은 극한상황에 처한 세 사람의 패주의 병사가 연일 기갈에 시달리며 남으로 향하는 탈주의 과정에서 겪는 심리적인 갈등과 인간애의 음영을 다룬 것이다. 곽학송의 「독목교」는 서로 다른 두 지휘관의 유형을 제시하면서 조직과 명령의 절대 원리와 개인의 인도적인 양심의 명령과 갈등을 보여준다. 「단독강화」나 「인간신뢰」는 적과 적 사이에 있어서도 증오가 개입하는 것이 아니라 같은 인간으로서의 운명의 연대성 내지는 화해가 작용하고 있다. 이처럼 1950년대의 소설에 있어서는 군인의 등장이 필연적이다. 그러나 소설속의 군인 역시도 전쟁의 반인간성과 딜레마를 고발하는 윤리성 측면에서 있는 것으로 입상화되는 경우가 현저한 것이다.

6. 이데올로기의 힘과 휴머니즘의 힘

전쟁 경험과 밀접하게 관련되어 있는 1950년대의 소설은 이데올로기의 배타성에 대한 휴머니즘의 고양화로서 그 주요 성격이 규정된다. 그것은 궁극적으로 한국전쟁의 특수성이 이데올로기가 파생시킨 대립된 분극화에 의해서 비롯되었고, 또 이에 의해서 남북의 갈등이 더욱 심화되었다는 사실과 깊이 연관된다. 그 대표적인 세계관, 가치의 집괴 현상으로서의 이데올로기는 이른바 혁명적인 사회주의-공산주의 계급이데올로기로서, 이 이데올로기는 '착취 없고 계급 없는 사회의 건설', '원수(반동)', '해방', '혁명'이라는 몇 개의 이디엄(관용어)을 만들어 전쟁의 필연성과 정당성을 옹호하려 했던 것이다.

이런 이데올로기와 정치주의에 대응하여 인간적인 것, 인간성의 따사로움의 정신을 지키려는 것이 바로 휴머니즘이다. 그래서 당대 소설은 이데올로기의 고발 및 인간성을 옹호하려는 휴머니즘을 증대시켰던 것이다. 그러나 이는 탈이데올로기적인 경향이라기보다는 다분히 반공이데올로기적 성향을 띠지 않을 수가 없었던 것이다. 황순원의 「학」, 선우휘의 「불꽃」, 「단독강화」, 박연희의 「증인」, 오상원의 「모반」, 송병수의 「인간신뢰」 등이 그 대표적인 작품들이다.

「학」은 남북의 이념적인 분극화와 전쟁의 파괴력 앞에서도 이를 무화시키는 인간성의 건재를 알리는 작품이다. 침략과 반격이 교차되는 한 접경 지대를 배경으로 현재와 과거를 상호 교호시킨 가운데, 결코 적대 관계일 수 없는 성삼이와 덕재가 등장한다. 단짝 친구였던 그들은 6·25가 발발하면서 기구한 운명의 상봉을 한다. 서로는 '이쪽'과 '저쪽'의 적대 관계가 되어 한쪽은 포로가 되고 한쪽은 호송을 해야만 하는 직책을 부여받는 만남이다. 그러나 천진스러운 동심으로 돌아간 호송자는 덕재를 동여매었던 포승줄을 끝내 풀어준다. 이렇게 포승을 푼다는 것은 경화된 이념의 속박된 상황과 조직 체계로부터 인간애로의 귀환임에 다름이 아닌 것이다.

「단독강화」는 이데올로기와 전쟁의 모순 현상을 고발하면서 이를 초극하는 가치가 결국은 선한 인간 본성과 그런 인간적인 상호관계의 회복에 있음을 시사한다. 눈 덮인 산 속에서 낙오병으로서 조우한 나이 어린 인민군과 국군은 처음에는 철저한 적대감을 느끼고 서로를 용납하기를 거부하지만, 둘 사이에 적대감이 끼어들어야 할 어떤 필요성도 없다는 사실을 확인함으로써, 적대의 호칭에서 형제의 호칭으로 바뀜과 동시에 우정의 단독강화를 수행하게 되는 것이다. 같은 작가의 「불꽃」은 두 인물 중 연오로 대리되는 이념형 인간과 고현으로 대리되는 인간주의자를 대비시킨 가운데 이데올로기의 자기 절대성에 맞서서 휴머니즘의 불꽃을 떠받치려는 한 인간의 의지와 행동 양식을 제시하고 있다. 물론 「불꽃」의 휴머니즘은 한계점이 있는 것이 사실이다. 상황의 필연성에서 연유하기는 하지만 반공 이데올로기로서의 또 하나의 이데올로기 편에 서지 않을 수 없었던 것이 그것이다. 이런 점에서 보면 1960년 4·19 혁명과 함께 등장한 최인훈의 『광장』이 거두고 있는 성과는 실로 놀라운 현상이 아닐 수 없다. 이로 인해서 하나의 선택만이 허용될 수밖에 없는 사고의 상황으로부터의 전면적인 이탈이 고지되고 있을 뿐만 아니라, '밀실만 있고 광장이 없는 사회'인 남이든 '광장만 있고 밀실이 없는 사회'인 북이든, 그 어느 측도 다 같이

동일한 것이며 모두가 진정한 선택의 외역에 있음을 시사하고 있기 때문이다. 이로써 탈이데올로기로서의 문학적 관심의 이항이 마침내 비롯되는 것이다.

7. 향수소설의 시발점

전쟁은 모든 사람들의 삶을 특정의 장소로부터 흩트려 놓는 역할을 한다. 전시에서의 사람들의 삶은 피난을 위한 대단위적인 장소 이동과 실향과 집 없음의 상태에 빠져들게 했던 것이다. 그래서 1950년대의 소설 세계에 있어서는 이 같은 피난 체험과 이향의 문제가 적지 않은 비중을 차지했다. 여기서 실향과 이산문학을 포함하는 향수소설의 형성을 위한 사회적 기반이 이루어지게 된다. 더구나 휴전으로 인한 남북 분단이 고착화되고 체재 공간과 지향의 원망 공간과의 막힘과 단절이 더욱 심화됨에 따라서 당대 이후의 문학에 있어서는 분단과 이산의 자물쇠 상황이 주는 고통과 향수의 한 또한 훨씬 농도를 짙게 한다. 바로 이런 분단과 가족 이산으로 인한 향수소설의 근거와 단초는 이미 1950년대 소설에서 비롯되었던 것이다. 김동리의 「흥남철수」와 이범선의 「오발탄」은 전쟁으로 인한 가족이산과 향수에 반응하는 초기 작품에 해당한다. 표제 그대로 흥남철수작전을 그 배경으로 한 「흥남철수」는 흥남부두에서 이루어진 대대적인 철수의 아비규환 속에서 윤노인 일가가 이산하게 되는 장면을 그 말미에 제시함으로써 이산의 비극적인 발단을 그렸다. 그리고 「오발탄」에서 주인공의 병든 노모가 거듭 절규하는 '가자!' 소리는 그것이 단순한 늙은이의 노망이라기보다는 분단으로 인해서 고향을 잃어버린 많은 실향민의 비극적인 향수를 대리적으로 표상하는 의미를 지니고 있는 것이다. 이와 같은 향수는 그저 먼 곳에 떨어져 있는 장소애의 대상인 고향에 대한 낭만적인 그리움 그것이 아니다. 기약 없는 무기한의 막힘의 너비와 깊이 속에 교착된 민족적인 귀향 불가의 상황에서 연유하는 비극적인 회향병으로서이다. 그것은 또 통일에의 염원이 잠재된 의식이다.

앞에서 지적한 바와 같이 1950년대의 한국소설은 전쟁과 전쟁 체험 그리고 전후의식 등 일련의 전쟁 상황과 밀접화되거나 강박화되어 있다. 이것이 바로 1950년대가 지니고 있는 소설사적인 성격이다. 그렇다고는 할지라도 염상섭, 김동리, 황순원, 안수길의 건재와 함께 다음 시대를 예비하는 전후 세대의 소설이 동시에 생성되고 있었다는 사실은 결코 간과할 수 없는 의의를 지니고 있다.

전란이 남긴 희곡

이미원

1. 서언
— 6 · 25와 극계 동향

1950년대의 연극은 오랜 숙원이던 국립극장의 개관과 함께 시작되었다. 미군정 당시부터 말이 있어 오던 국립극장 설립 문제가 우여곡절 끝에 드디어 결실을 보아서 유치진이 초대 국립극장장으로 취임하고 "1950년 4월 30일부터 1주간 유치진 작, 허석 · 이화삼 공동연출, 국립극장 무대 과장이 된 김정환 미술로 「원술랑」을 상연"[1]하였다. 이 공연은 대성공이었으며 한국 연극계의 새로운 출범을 알리는 역사적 공연이라고 하겠다. 공연 프로그램에서도 "무대의 다채, 의상의 찬란, 배우의 명성으로 영리를 취하려는 것은 아니고 우리들에게 부하된 사명을 충실히 이행하여 민족예술

---

1) 이진순, 「한국연극사 2(제3기 1945~70년)」, 《한국연극》, 1978. 2, 47~48쪽.

을 창조하려는 그야말로 민족예술의 형상적 존재"라고 국립극장의 취지를 밝혔듯이 민족예술 중흥에 대한 염원의 결실이라고 하겠다. 운영에 있어서, 오늘날 국립극장과 같이 전속배우를 두지 않고 전속극단 계약제로 하여, '신협(新協)'과 '극협(劇協)'을 두어 관료화를 제지하고 선의의 경쟁을 도모하고자 하였다. 또한 연극뿐만 아니라 교향악단, 창극단, 가극단, 합창단, 무용단들도 공연 계약을 맺어 명실공히 문화 전반을 주도하고자 하였다.

이러한 의욕적인 출범은 그해 6·25로 좌절되었으며 미처 피난 못 한 연극인들은 공작대로 들어온 북쪽 연극인들이 내건 연극동맹에 동원되는 수난을 겪기도 했다. 일제 시대와 8·15 이후 혼란기에 좌익으로 기울었던 연극인들(송영, 한설야, 함세덕, 박노아, 박영호, 임선규, 조영출 등)은 대한민국 정부 수립을 전후로 이미 거의 월북을 한 상태여서, 새로이 월북한 주목할 만한 인사는 없었으나 납북된 경우가 있으니 이화삼을 들겠다. 그는 국립극장 개관공연 「원술랑」의 연출가로, 당대의 명배우요 연출가로 개성이 뚜렷한 중립적 연극인이었다고 한다. 9·28 수복 이후 정부의 특별한 배려로 '신협' 단원 중심으로 구성된 문예 중대가 군대 내에 설치되어 정부의 비호를 받았다. 이 문예 중대는 반공극을 위시하여 셰익스피어와 사르트르 등의 고전을 공연하였으니, 대구에서 행했던 「햄릿」 공연의 성공은 오늘날에도 회자되고 있다.

국립극장 재건에 관한 건의는 1951년부터 꾸준히 계속되었는데 별 진행이 없자 유치진은 국립극장장 직을 사임하였다. 1953년에야 대구에서 국립극장이 재건되고 서항석이 극장장으로 취임하여 윤백남의 「야화」로 개관공연을 했다. 그러나 이때쯤에는 많은 극단이 이미 서울로 돌아와서 공연 활동을 하고 있었으며, 특히 극단 '신협'은 대부분 서울에서 공연하였으며 유치진이 주도하였다. 기억할 만한 신작으로는 유치진의 「나도 인간이 되련다」와 처음 등장한 신인 오상원의 「녹스른 파편」을 꼽겠으니 이들은 벌써 6·25를 그 소재로 다루었다. 특히 새로 등단한 오상원에게 거는 기대는 당시 그의 평문들을 미루어보건대 대단하였다. 한편 '신협'에 대항할 만한 극단 '극협'은 유치진의 신작 「통곡」으로 재건 공연을 했다. 그러나 전란의 폐허는 다시금 쾌락 위주의 흥행물을 범람시켰으니, 많은 악극단과 여성창극단의 공연들이 성행했다. 또한 '신협'의 의욕적인 활동은 전란 중에도 각별히 베풀어진 정부의 배려에 큰 힘을 입었다고 하겠으나, 막상 전란의 종결 이후에는 극계가 침체되는 느낌이었다.

이러한 침체기에 기념할 만한 공연과 행사로는, 1954년 국방부가 주최했던 6·25 기념공연 김진수의 「불더미 속에서」와 같은 해 행해졌던 문교부 주최의 제2회 연극경연대회와 한국연극학회[2] 주최인 제3회 전국대학 경연대회를 들 수 있다. 또한 1955년에 역시 한국연극학회 주최로 전국 남녀 중고등학교 연극경연대회가 개최되어 연극계에 활력을 불어넣고자 하였으나 큰 성과를 거두지는 못했다.

한편 국립극장은 '신협'과의 반목으로 침체되었다. 국립극장 창립 당시 하나의 전속 극단으로 발족하였던 '신협'은 극장장이 유치진에서 서항석으로 바뀜에 따라서, 대구에서 국립극장 재건 당시 재계약을 맺지 못했을 때부터 반목이 시작되었는데 국립극장 환도 개관에서 일단은 다행스럽게 화합되었다. 그러나 1957년 '왜 싸워?' 사건으로 다시 반목이 감정 대립으로까지 악화되었다.

'왜 싸워?' 사건은 유치진의 희곡 「왜 싸워?」가 일제 총독부 하에서 상을 탄 「대추나무」란 작품의 개작이란 것이 문제 되어 이 작품에 대한 시시비비로 발단되었다. 이렇듯이 국립극장과 '신협'의 마찰로 사실상 기존 극계

---

2) 한국연극학회는 1949년 6월에 창립되어 좌익에 맞서서 참된 민중연극을 표방하고 전국대학 연극경연대회 등을 주최하였다.

가 양분되어서 연극 발전에 큰 저해가 되었으니 이러한 일은 앞으로 연극사에서는 지양되어야 하겠다.

　이러한 침체를 뚫고 새롭게 연극을 중흥하고자 나타난 연구 극단이 있으니, 이는 '제작극회'로 대부분 대학연극제경연대회 출신의 대학극 주도 신인들이었다. 이들은 창립공연으로 "1956년 7월 24일부터 사흘 동안 미국의 홀워시 홀 외 1인 합작의 「사형수(The Valiant)」를 차범석이 번역하고 전권영과 공동연출로 상연"[3]하였다. 이들은 선언서 성명을 통하여 현대극을 지향하는 '제작극회'의 입장을 명백히 밝혔다. 선언서 일부를 인용하면 다음과 같다.

　　극장예술이란 시대생활의 종합적 관조로써 창조되는 문화형식이므로 시대의 극은 현대인의 諸屬性을 조건으로 제작되어야 할 것을 재확인한다. (중략) 형상화하는 樣式이 사실적이건 상징적이건 간에 高度하게 세련된 현대인의 생활뉘앙스에 용해해 들어가고 그들의 예리한 생활감각에 감촉되는 舞臺美를 제작하는 것만이 필요하다. (중략) 현대의 행동적 휴머니즘과 개성의 존중의식으로써 결합하는 우리의 결속은 인간정신의 자유로운 창의에 입각하여 현대극양식을 제작하려는 우리의 이념과 아울러 우리의 표현행동을 보장해주리라고 믿는다.[4]

　이렇듯이 사실적이건 상징적이건 간에 '현대극 양식'을 표방하고 나선 제작극회는 일찍이 1930년대 극예술연구회가 확립한 근대극의 본격적인 극복 시도요 현대극을 향한 기념비적 새 전기를 마련했다고 하겠다. 많은 소극장운동이 그러했듯이 제작극회도 공연을 주로 대학 강당 등을 빌려서

---

3) 김경옥, 「연극계 비화 2」, 《한국연극》, 1985. 6, 51쪽.
4) 〈제작극회 선언문〉, 위의 글에서 재인용. 방점 필자.

했다. 제작극회의 의의는 무엇보다도 많은 신진들을 배출하였다는 것에 있겠는데 극작가로 차범석, 김자림, 박현숙, 연출가로 오사량, 김경옥, 허규, 최창봉, 연극학자로 이두현 등등의 인물들을 배출하여 연극계에 새로운 전기를 마련했다.

한편 이들 이외에도 국립극장 희곡 현상, 신춘문예, 《현대문학》 등을 통하여 하유상, 이용찬, 임희재를 위시하여 오학영, 김상민 등의 극작가가 등단했으며, 1958년에는 국제극예술협회(ITI)의 한국본부가 창립되어 국제적인 연극 교류의 길을 텄다. 연극 교육기관으로는 1953년 10월 최초로 서라벌예술학교가 정규적으로 연극을 가르치기 시작했으며, 1959년에는 중앙대학교에 연극영화과가, 1960년에는 동국대학 연극영화과가 문을 열어서 연극인 양성의 길을 확고히 하였다.

1960년대에는 이미 1950년대를 매듭짓는 전환의 움직임이 보였으니, '반연극'을 표방하는 '실험극장'이 창립되었으며, 이근삼이 반사실적 작품 「원고지」, 「대왕은 죽기를 거부했다」 등을 발표하며 등단, 1960년대의 새로운 출발을 알렸다.

2. 대표적인 극작가와 희곡

해방 정국의 소용돌이가 대한민국 정부 수립으로 안정되는 듯싶더니, 다시 곧 6·25가 발발하여 동족상잔이라는 비극 속에 휘말린다. 그러므로 당연히 6·25는 1950년대 희곡의 가장 보편적이고도 절실한 소재였으나, 그것을 바라보는 시각은 즉각적이며 흑백논리를 크게 벗어나지 못했다. 이러한 시각은 작가 자신이 6·25의 직접적인 피해자였다는 점이나 혼란기에 요구되는 단일한 애국심의 고취 등에 기인했다고 하겠으나, 성숙한 희곡을 이루기에는 저해도 되었다. 이 글에서는 1950년대 대표

극작가를 크게 당시 기존 극작가와 새로이 등단한 신진작가로 나누어서 그 작품 경향을 살펴보겠다.

1) 기성작가의 희곡—흑백논리를 통해 본 6·25

(1) 유치진

1950년대에 발표된 유치진의 희곡은 크게 세 가지로 대별되는데, 하나가 「원술랑」(1950)이나 「장벽」(1959) 같이 민족 주체성과 통일국가를 염원하는 작품군이요, 둘째가 6·25를 다룬 전쟁물이요, 셋째가 민속적 소재를 다룬 비정치적 작품이다. 이 중에서 둘째 군이 가장 대표적이라고 하겠는데, 「통곡」, 「나도 인간이 되련다」, 「푸른 성인」, 「청춘은 조국과 더불어」, 「한강은 흐른다」 등을 들 수 있다. 이들은 6·25의 현장을 다룬 작품과 상처를 그린 작품으로 양분되는데, 여기서는 「푸른 성인」과 「한강은 흐른다」를 각각의 대표로 살펴보겠다.

「푸른 성인」은 그 시기를 6·25 전쟁 발발 전후 한 달 동안을 잡아서, 못난이로 불릴 정도로 착한 순동이와 군인 나간 오빠를 둔 예쁜 덕이와 욕심쟁이 곰이의 삼각관계를 배경으로, 괴뢰군이 침입하자 곰이가 공산당이 되어서 덕이에 대한 사욕을 채우기 위해 무고한 순동이를 죽이려 하다 자신의 수류탄에 목숨을 잃는다는 이야기이다. 여기에는 민주주의 사람은 착하고 공산당은 곧 악당이라는 등식이 전제되어 있으니, 곰이는 공산당이 되기 전부터도 마을의 나쁜 놈이었으며 자신의 가혹 행위에 대하여 하등의 인간적인 주저함도 없다. 따라서 반공물적 의도가 드러남에도 불구하고, 이데올로기 문제보다 극적 사건 진행에 흥미가 맞추어졌다. 이러한 선악의 흑백논리와 우연성을 동반한 잦은 극적 전환은 작품이 진지하고 전면적인 인생의 재현이라기보다 멜로드라마틱하다는 느낌이 들게 한다.

「한강은 흐른다」는 한 여인이 6 · 25 전쟁 전선에서 맞은 파편으로 가슴을 잃고 여자로서의 수치감 때문에 천신만고 끝에 만난 약혼자 철을 끝끝내 거절하고 자살한다는 이야기이다. 이러한 순애보는 약혼자 철의 배신 (철은 약혼녀 희숙의 오빠이자 은사인 안 화백의 거처를 인민군에게 발설하고 희숙마저 인민전선에 끌려가도록 방치함)을 배경으로 하기에 더욱 애절하다. 이 작품에서도 공산주의가 아닌 사람들의 절대 선이 강조되었으니, 희숙의 경우 마음에 애증 없이 시종일관 철에 대한 희생적 사랑으로 가득 차서 센티멘털한 여주인공 상을 벗어나지 못하고 올케 정애는 자신의 남편을 납북시킨 철이와 희숙의 결혼을 승낙한다. 그러나 「한강은 흐른다」에서는 단순한 외부적 상황 전개를 넘어서 심리적 요인이 극적 발전에 기여한다. 희숙의 철과의 결혼 문제는 오빠에 대한 죄책감과 여자로서의 불구에 대한 번뇌로 점철되며, 정애는 철에 대한 증오에도 불구하고 결국 휴머니즘에 바탕을 두어 결혼을 승낙한다. 사건을 움직이는 요인들의 내면화 작업이 분명히 눈에 띄며 여기서 감동이 오기에, 전란을 간접적으로 묘사하면서도 더 큰 전란의 피해를 느끼게 한다. 유치진 자신도 이 작품의 새로운 방향을 느꼈던지 작품 후기에 "내가 1956년부터 1957년까지의 1년 유여에 걸쳐서 세계 연극 시찰자로 미국을 위시한 구라파 및 동남아 각국을 역방(歷訪)한 후, 귀국 첫 작품으로서 발표된 것으로 종래 내가 시도해오던 구심적인 삼일치식 고전극 형태의 작법을 지양하고 각 장면을 풀어헤친 원심적 수법을 써본 첫 솜씨"[5]라고 밝혔다.

그러나 기성세대의 기수였던 유치진은 일원적인 기존의 흑백논리를 벗어날 수 없었을 뿐만 아니라 6 · 25를 깊이 내면화할 시간적인 여유도 없었다 하겠다.

---

5) 유치진, 『유치진희곡선집』, 성문각, 1959, 297쪽.

(2) 기타 작가—김진수 · 김영수 · 오영진 외

기존 작가 중에 유치진을 제외하면 1950년대에 활발히 활동한 사람은 드물었다. 연극계 원로 윤백남은 연재소설에 더 주력한 느낌이며 국립극장 재개관 공연에 자신의 역사소설 『야화(野火)』를 극화하여 공연하였을 정도이고, 1948년 「살아 있는 이중생 각하」 원고만을 가지고 남하했던 오영진도 「종이 울리는 새벽」, 「하늘은 나의 지붕」 등 시나리오에 주력하여 영화계에 끼친 공로가 더 컸다.

양적으로 본다면 김진수와 김영수가 비교적 활발했으나 1930년대 등단 시의 예봉이 꺾인 듯 문제작은 드물었다. 이들의 작품들은 6 · 25나 애국심 고취 사상 및 서양 만능 사조에 대한 비판 등을 다루었으며 이를 제외하면 멜로물들이다. 6 · 25 기념공연이었던 「불더미 속에서」는 교수 학근과 아들이 인민군을 피해 사는 우여곡절과 끝내 딸이 인민군의 겁탈에 반항하다가 사살되고 수복을 맞는 이야기로, 유치진과 같이 흑백논리로 일관한 반공극으로 6 · 25를 외면적으로 묘사했다. 「아들들」은 전직 교장선생이었던 강직한 한 대서소 주인의 두 아들의 취직 문제를 부각시키면서 전란 후의 궁핍한 삶을 묘사한다. 인텔리 형은 아버지의 대서소에, 제대 군인 아우는 전쟁 후퇴 때 도와준 집에 취직하는데, 여기서 6 · 25는 막연한 배경으로만 존재하며 상흔이기보다 훈장으로 나타나서 현실감이 적다.

이와 같이 1950년대의 기성 극작가는 전란의 소용돌이 속에서 기성세대답게 시국이 요구했던 보수적인 시각, 즉, 공산주의=절대 악이란 등식으로 6 · 25를 바라보며 반공극의 기치를 올렸다. 그러나 너무나 일차원적인 흑백논리의 시각과 내적 갈등의 결여로 인해 단순한 인도주의로 일관되어 감동보다는 교훈극 냄새가 짙다. 전란을 다루지 않은 작품들에서도 심리적 내면 추구는 별로 심화되지 못했으며, 일원적인 시각 역시 벗어나고 있지 못하고 단순한 휴머니즘만을 주장하여 멜로드라마틱한 느낌마저 드는 것이 일반적 수준이었다.

2) 신인의 등단—전란의 상처와 빈궁 고발

(1) 차범석

《조선일보》에 「밀주」(1955)로 정식 등단한 차범석은 명실공히 유치진을 잇는 희곡계의 기둥으로 오늘날까지 꾸준히 극작 활동을 하는 1950년대가 낳은 가장 대표적 극작가라고 할 수 있다. 그의 당시 희곡들은 1950년대 희곡 경향을 섭렵하고 또 그 장단점을 대표한다고 하겠다. 6 · 25를 다룬 작품(「나는 살아야 한다」 등)을 비롯하여, 로컬리티를 살린 빈궁의 고발(「밀주」, 「사등차」 등)과 새로운 물질주의 과학문명과 서구화에 의한 구세대의 몰락을 예견하고(「불모지」, 「계산기」 등), 애욕의 갈등을 통해 윤리적 부패와 위선을 고발하기도 했으며(「공상도시」, 「귀향」 등), 인간에 대한 짙은 애정에서 비롯한 휴머니즘을 표방하기도 했다(「성난 기계」 등). 그러나 이러한 경향들은 독립적이기보다 두세 개씩 서로 얽혀 있는 경우가 대부분이며 6 · 25의 상처는 종종 그 배경으로 등장한다. 앞에서 살핀 기성 작가들의 시각과는 달리 차범석의 6 · 25는 전란 그 자체나 이데올로기의 문제보다는 그것이 우리 삶에 남긴 상흔에 대처하는 모습으로 나타난다.

「나는 살아야 한다」는 상이군인 한규의 귀향을 그리고 있는데, 아버지와 동생 그리고 연인 은순의 격려로 실의를 극복하는 이야기이다. 기쁨에 차 기다리던 아들이 제시간에 안 돌아오면서 극적 불안감이 조성되고 종국에는 그 아들이 상이군인으로 나타남으로써 큰 극 중 사건 없이도 극적 긴장감이 잘 유지되고 있는 구성도 높이 살 만하다. 한편 「불모지」에서는 전후의 전반적인 사회를 묘사하고 있다. 구 혼례상을 하고 있는 최 노인의 집안은 궁핍하다. 이는 구 혼례상이 시대에 맞지 않을뿐더러 전란과 당시 전후 사회의 모순 때문이기도 하다. 최 노인과 아들·딸과의 집 문제에 대한 대립은 신·구세대의 갈등을 나타내며 초라한 한식 고옥은 양식 문화 주택에 밀린 전통문화의 몰락을 의미한다. 제대군인인 큰아들 경수는 실업자로 취직운동자금을 마련하기 위해 강도질을 하며, 영화배우 지망생인 큰딸 경애는 사기를 당해 몸까지 버리고 결국 자살한다. 다만 식자공으로 일하는 둘째 딸 경운에게서 어떤 희망을 느낄 수 있다. 여기서 과도기의 가치전도와 전통과 서구문화의 대립 및 신·구세대의 갈등이 드러나니, 단적으로 경수나 경애는 목적을 위해 수단을 가리지 않다가 파멸했다. 이렇듯이 전후 사회의 모습을 적나라하게 묘사하여 '사회와 현실의 소리를', '보다 절실하게 리얼리즘을 신봉'하여 '재현시켜서 돌려줘야겠다'는 작가 신조를 그대로 반영하고 있다.[6]

(2) 임희재

1955년 신춘문예에 「기류지」로 등단한 임희재는 「복날」, 「무허가 하숙집」, 「꽃잎을 먹고 사는 기관차」, 「고래」, 「종전차」 등의 작품을 발표했다. 그 역시 전후에 전란의 상처를 안고 빈궁하게 살아가는 사람들의 삶을 그렸는데, 그러면서도 애정을 담은 따뜻한 시각을 버리지 않았다.

대표작인 「꽃잎을 먹고 사는 기관차」(1956)는 전후의 한 하숙집에서 벌어지는 이야기를 그렸다. 하숙집 여주인 영애의 오랫동안 소식이 없었던 이복동생 영자가 등장함으로써 작품이 전개된다. 후처의 몸으로 하숙인 기관차 운전수 한창선을 좋아하던 영애와, 영자에게 호의를 보이는 한창선과 그에게 끌리는 영자 사이의 삼각관계가 빚어내는 긴장감과, 신문에 난 김 영자를 찾는 현상금 광고와, 돈이 필요하자 도덕을 앞세워 처제를 고발하

---

6) 차범석, 「무엇을 어떻게 쓸 것인가」, 『현대한국문학전집』 9, 신구문화사, 1966, 497쪽.

는 영애의 남편, 그리고 영자를 자신의 아내라고 주장하다 자살하는 눈먼 상이군인이 얽혀서 엮어내는 이야기는 영자가 신문에 현상금이 걸린 그 영자가 아니라는 데에서 끝이 난다. 영자의 정체에 대한 의심을 야기하여 점차 고조시켜서 높여가던 극적 긴장감을 전혀 뜻밖으로 반전시키는 극적 구성도 주목할 만하며, 또 그 반전에서 오히려 삶에 대한 긍정과 희망을 느끼게 된다. 「고래」에서도 이러한 긍정적 인간상이 추구되는데, 빨갱이를 피해 이북에서 넘어온 유민들이 생활고에 시달리며 철거민을 위한 택지를 가지고 우악스러운 싸움 끝에 결국 화해하게 되는 인간미를 그렸다.

(3) 하유상

하유상은 6·25 문제보다는 유독 신·구세대 간의 갈등, 특히 결혼관으로 비롯되는 갈등을 추구했다. 그의 대표작 「딸들 자유연애 구가하다」에서 스스로 밝힌 작의는 그의 희곡의 기본 방향을 말해준다.

> 부모의 대와 자식의 대의 충돌은 언제나 존재한다. 서로 자기입장에서만의 일방적인 해석은 의견차이를 가져온다. 자식은 부모의 생각이 낡았다고 원망하고, 부모는 또한 자식의 생각이 지나치다고 비난한다. 그러나 부모도 과거에는 자식이었고 자식도 미래에는 부모가 되는 것이다. 그럼에도 그 두 대(代)는 접근할 수 없는 평행선일까?
> 나는 이 문제를 연애와 결혼을 통하여 생각해보기로 했다.[7]

그의 대표작 「딸들 자유연애 구가하다」와 「젊은 세대의 백서」는 모두 결혼을 그 주제로 삼아서 기성세대와 젊은이 상을 보여준다. 「딸들 자유연애 구가하다」에서는 비교적 이해심 많고 온건한 부부가 세 딸을 결혼시키며

---

7) 하유상, 『미풍-하유상희곡집』, 대영출판사, 1961, 204쪽.

겪는 갈등을, 「젊은 세대의 백서」에서는 출세욕과 야심에 찬 아버지에 의해서 희생되어가는 아들을 그렸다. 작가의 진취적인 사고에도 불구하고 그 구성에 있어서는 역시 내면화와 깊이가 얕은 외부적인 묘사로 그친 점이 아쉽다.

(4) 이용찬

「가족」(1958)으로 등단한 이용찬은 1950년대에 「모자」(1958)와 「기로」(1958)를 발표했다. 다작은 아니었으나 다양한 흥미를 보여준다. 「모자」는 역시 6·25의 상처를 그렸으니 남편이 행방불명된 혜원이 하숙인 기영의 청혼을 받고 흔들리다 거절하는 이야기이고, 「기로」는 아내의 병으로 알게 된 정신과 여의사와의 사랑을 그리고 있는데, 이 작품에서는 특히 화자를 등장시켜, 드라마투르기상의 변화라는 점에서 특기할 만하다.

그의 데뷔작이자 대표작인 「가족」은 해방과 6·25 등의 사회적 격동기 속에서 국회의원 출마로 가산을 탕진한 기철과 과보호를 받으며 자라난 아들 종달이 겪는 사회적 갈등과 부자간의 갈등을 그렸는데, 우연한 기회에 종달은 아버지의 채무자를 층계에서 밀어 살해한다. 이를 안 기철은 뇌출혈로 죽고 종달은 아버지에게 씌워진 살인죄라는 누명으로 고민한다. 가족 간의 대립에도 불구하고 종국에는 죽음을 넘어선 사랑이 나타나는데, 이 점에서 아서 밀러의 「세일즈맨의 죽음」을 연상시킨다. 1950년대 희곡 주제의 진폭을 넓혔고 또 부자(父子) 양쪽의 입장이 드러나니, 시각의 다원성을 부여했다는 점에서 기억할 만한 작품이다.

(5) 여류작가의 등장

여류작가의 등단으로는 김자림과 박현숙을 들겠다. 여성 부재의 희곡계를 새롭게 넓힌 개척자들이기도 하다. 자연히 이들은 여성 특유의 시각으로 주로 여성을 등장시켜 그리고 있으며 사랑을 가장 주요한 테마로 삼고 있다.

김자림의 데뷔작 「돌개바람」은 삼 과부집에서 미망인 딸 기숙이 과감히 내과의와의 사랑을 찾아가는 이야기로, 전통적 여성 모럴에 정면으로 도전하고 있다. 박현숙의 「사랑을 찾아서」는 간첩으로 기소된 한 여인이 단지 연인을 따라 남북을 오간 평범하고 착한 여자였을 뿐이었다는 사실을 밝히고 있어 남북 분단의 비극을 부각시켰다. 특히 이 작품에서 간첩 누명을 쓴 주인공과 인간적인 공산당원 영식을 등장시켜, 공산당을 일원시하던 종래의 흑백논리에서 벗어나는 조짐이 보인다.

(6) 기타 작가—오상원·주평·김상민·김경옥·오학영 외

이상에서 논의한 극작가 외에도 많은 작가들이 있었는데, 그중에서도 오상원, 주평, 김상민, 김경옥, 오학영 등이 주목된다. 오상원은 「녹스른 파편」(1953)으로 데뷔한 이후, 알다시피 소설 장르에 주력한 작가로 희곡의 양은 적다. 소설에서와 마찬가지로 희곡에서도 6·25는 가장 중요한 소재이니, 전쟁과 이를 안고 살아야 하는 비참한 삶을 인간적인 분노로 그리고 있다. 대표작으로 「잔상」(1956) 등을 꼽겠다.

주평은 아동극에 주력했으나 「한풍지대」 같은 주목할 만한 전후 작품을 남겼다. 위선자 강창수의 애욕과 한때 강창수의 제자였으며 실명 상이용사의 아내이자 양공주의 경력을 지닌 옥란의 쾌락 추구적 삶 곁에서, 자살하는 상이용사와, 번뇌하며 이복남매인 줄 모르고 사랑하는 강창수의 아들과 딸, 속앓이를 하는 부인의 모습, 이들을 둘러싼 사기극들이 얽혀서 전후 사회의 일반적 모럴의 타락과 빈궁을 고발하고 있다.

한편 김상민은 대중적 취향을 띤 작가로 가족 내에 얽힌 미묘한 관계를 주로 다루었다. 데뷔작 「비오는 성좌」(1957)는 죽은 남편의 제자를 놓고 성희와 은미 두 모녀간이 연적 관계에 놓이며, 죽은 남편의 아들 철은 계모가 데리고 들어온 딸 은미를 사랑한다. 또 「향연의 밤」에서는 아버지가 돌아가신 후의 의붓엄마와 의붓동생 및 본처 아들의 관계를 그렸으며, 「벼랑에 선 집」에서는 가정부를 두고 부자가 연적 관계로 만난다. 가족 관계를 추구했다는 점에서는 독특하나 극적인 가족 관계의 무리한 설정의 남용은 신파적으로도 느껴진다.

'제작극회'를 주도했던 김경옥은 극작보다는 연출에 주력했던 느낌을 주는데 「잔해」, 「슬픈 종말」, 「제물」, 「배리」 등의 작품을 남겼다. 대표작으로 꼽을 수 있는 「배리」에서는 강직하나 가난한 공무원이 자식들의 불화의 원인을 가난으로 보고 돈을 위해 부정을 저지른다. 향락주의자인 큰딸과 광신도인 작은딸, 문학소년인 아들은 전후의 빈궁하면서도 물질 만능의 사회 속에서 쉽게 나타날 수 있는 도피처의 양상을 보여줬다는 점에서 주목된다.

1950년대 말 등단한 오학영은 사회적 관심보다 인간의 욕망과 사랑에 더 큰 흥미를 표명했다. 데뷔작 「꽃과 십자가」(1954)에서는 사형수의 심리를 분열된 자아로 각기 인물화하여 표현했다는 점에서 새로운 기법이 눈에 띄고, 「생명은 합창처럼」(1958)은 한 화가가 우발적인 살인 후에야 생명의 참가치를 깨달으며, 「심연의 다리」(1959)는 형과 형수와 동생의 삼각관계를 그렸다. 이들 중 가장 주목되는 것은 「항의」(1959)로 문둥이가 된 동생이 누나를 살인하게 되는 심리묘사가 뛰어나다.

이러한 군소 작가들은 1950년대 희곡의 저변을 넓혔다는 것과 주제의 다양성을 부여했다는 점에서 긍정적으로 평가된다.

이상으로 1950년대에 등단한 작가들의 작품 역시 6 · 25는 가장 중요한 작품 소재였으며 6 · 25를 바라보는 일원적인 이데올로기에도 변함이 없다. 그러나 6 · 25 전쟁 그 자체보다 그것이 남긴 상처와 빈궁의 문제에 기존 작가들보다 더 깊은 관심을 표명했다.

3. 맺음말
— 1950년대 희곡의 평가

1950년대 희곡은 한마디로 1930년대에 정착된 근대극의 연장선상에서 발전했으나 이를 극복하지는 못했다고 할 수 있다. 해방 전에 등단했던 기성 작가들이 원로로 극계를 주도했고 또 이들로부터 직접적인 영향을 받은 신인들이 등단했기 때문이기도 했으나, 해방과 전란의 사회적 혼란으로 새로운 문학적인 수련을 쌓을 시간적·경제적인 여유가 없었던 것도 원인이다.

1950년대 희곡은 당대의 가장 절실한 문제였던 6·25 전쟁을 중심으로 전란과 그 상처를 집요하게 다루었다. 그러나 막상 이데올로기의 문제에 있어서는, 민주주의는 절대 선이요 공산주의는 절대 악이라는 1950년대식의 경직된 흑백논리에서 벗어나지 못해서 계몽적 반공극으로 멈추고 있으니, 이는 당시 사회적·정치적 상황에도 요인이 크다. 6·25 이외에도 신·구세대의 갈등, 전통사회(가치)의 몰락과 서구화 및 물질 만능적인 사회를 비롯하여 애욕과 짙은 행동적 휴머니즘의 추구 등은 1950년대 희곡의 주요한 과제였다. 그러나 이러한 소재들을 다루는 시각은 일원적인 논리를 벗어나지 못했고 극형식에서도 사실주의 일변도였다. 극적 행동이나 사건이 그 내면적 인과율을 앞섰기에, 극적 깊이를 이루지 못했고 때로는 멜로드라마적인 인상마저 주었다.

단적으로, 1950년대 희곡은 근대극의 성숙기로 사실주의극의 실험장이요 축적기였다. 이러한 성숙을 바탕으로 1960년대에 가서야 비로소 다양한 시각과 새로운 기법으로, 현대극으로 도약하는 전기를 맞게 된다.

문학비평의 충격적 휴지기

정현기

1. 1950년대의 비평적 토양

1950년대의 문학비평은 한국문학비평사의 중대한 한 휴지기에 해당한다. 민족 동질성 확보를 위한 나라 만들기가 일단 두 동강이 난 형태로 이루어짐으로써 남한과 북한이 서로 적대 관계가 된 마당에서의 정신 활동이란 으레 절름발이 걸음을 걸을 수밖에 없다. 1948년 8월 15일에 남한에서는 대한민국 정부가, 같은 해 9월 9일 북한에서는 조선인민공화국 정부가 세워졌다. 숨길 수 없는 이 역사적 사건에 관한 사실 인식 속에는 미국과 소련을 축으로 하는 세력 판도와 그들이 각기 내세우는 이데올로기의 상충된(?) 이해관계가 커다란 몫으로 자리하고 있을 수밖에 없다.

이윽고 미소(美蘇)가 38선에 국경 아닌 철막을 드리우게 되자 양 진영은

398

점차로 조선의 점령정책에서뿐 아니라 세계적 규모의 대립을 노골화하여 마침내 다시 전쟁이냐 평화냐의 인류사상 최후적 비극의 암운(暗雲)이 지구 위의 전면을 덮기에 이르기까지 조선은 남북이 미소의 두 세계의 상극면(相剋面)을 최고도로 압축 표현한 것이 저간의 정치적 혼란이요, 또 민족적 분열의 비극이요, 오늘에 이르러 남북에 두 개의 세계관을 달리하는 정부가 출현케 된 것이니……

1948년 8월 15일자 《조선일보》 논설의 한 구절이다. 이와 같이 세계사의 양극단의 대립을 압축 형태로 우리 민족이 걸머진 채 이미 문단에서도 두 이데올로기에 걸맞은 문학 단체를 조직하고 강령을 채택하였음은 이 시기에 발행된 《민족문화》(1949. 10), 《문예》(1949. 8), 《백민》을 개제하여 당시 경무대 경무비서관으로 있던 김광섭의 도움으로 만든 《문학》(1950. 4), 《신천지》 등의 문예잡지를 통해 잘 알 수 있다.[1] 이데올로기를 달리하는 양극단 세력이 38선을 중심으로 해서 완벽하게 대치됨으로써 우리가 확인할 수 있는 것은 남북 어느 쪽에 사는 사람에게든 상대방이 믿고 있는 이데올로기가 서로 간의 적으로 고착되었다는 점과, 이로 인해 자기 정신 활동을 스스로 검열하고 조절하지 않으면 안 되는 음험한 내면의 짐을 짊어진 숙명에 놓인 민족이 되었다는 점이다. 1950년대 우리의 문학 비평이 절름발이 걸음으로 걸으며 정신 활동의 지평을 스스로 제한할 수밖에 없었던 사정은 남북한이 각기 단독정부를 수립한 지 불과 1년 10개월여 만에 시작된 민족전쟁으로 해서 더욱 극명한 모습으로 폭발되었다. 1950년 6월 25일 시작하여 1953년 7월 27일 휴전협정 조인이 있기까지 꽉 찬 3년 1개월여에 걸친 민족전쟁을 통해, 당시에 잃은 목숨과 재산, 그

---

1) 이 시기의 문단사적 운동과 강령들에 관한 참고문헌으로는 김윤식의 『한국현대문학사-1945~75』(일지사, 1976)와 권영민의 『한국민족문학론연구』(민음사, 1988)가 있다.

리고 무엇보다도 동족의 죽음과 죽은 영혼의 찢김이라는 형이상학적 문제가 1950년대 우리 문학비평의 구체적 토양이라는 점을 명시할 필요가 있을 것이다. 1953년 7월 종전 이후 1960년도까지는 잿더미가 된 삶의 터전 위에서 맛볼 수 있는 갖가지 아픔, 질병, 굶주림, 외로움, 분노, 원한, 고뇌, 절망 등의 정서가 문학작품 전편에 넘쳐흘러 격전의 흥분이 미처 가시지 않은 상태의 정신 상황이 문학비평이라는 지적 활동을 지배하는 정직한 토양이었음을 또한 밝힐 필요가 있다. 따라서 김윤식이 지적한바, 6·25 전쟁으로 해서 생겨난 민족 대이동의 결과인 민족언어 재편성 현상[2]과 한민족 전체의 결핍 상태가 불러일으킨 총체적인 욕구와 갈망이 동족이면서도 더욱 미워해야 할 적으로 굳어진 이율배반적 양가가치(ambivalence)와 겹치면서 어떤 비극적 현상의 결과가 나타날 수 있는지 1950년대 문학비평의 실상을 검토하면서 살펴볼 필요가 있다.

2. 전후비평의 이념적 형태

6·25 전쟁을 정점으로 한 앞시기인 미군정 치하와 이승만 초대 대통령이 이끄는 건국 초기는 실상 외세로부터의 완전한 '해방을 위한 준전쟁 시기였고', 뒷시기 3년간은 서로 간에 213만 명 이상을 죽고 죽이는 처참한 살육 전쟁기였으므로, 1950년대의 문학적 성격 규명은 불가피하게 1953년 이후 7년여에 걸친 전후적 상황으로 이어져 있을 수밖에 없다. 오로지 '괴뢰군 격멸에 총궐기하자'고 외치며 전투 의식을 고취하는 시와 소설들을 쓰기 위해 육본 종군작가단 주도하에 《전선문학》(1952. 4)이 발행되었고 1951년 5월에 조직된 육군종군작가단에 소설가 최상덕을 위시하여

---

2) 김윤식, 『한국현대문학비평사』, 서울대학교출판부, 1982, 269~270쪽.

김팔봉, 박영준, 최태응, 김송, 정비석, 박인환, 김이석 등이 참여하였다. 해군과 공군 본부에서도 종군작가단을 조직하여 해군에서는 현역입대한 윤백남, 염상섭, 이무영을 위시하여 박계주, 안수길, 이종환, 박연희 등이 모여 《해군》 편집에 참여하였고, 마해송을 단장으로 하는 대구 중심의 공군작가단은 '창공구락부'를 조직하여 조지훈, 최인욱, 최정희, 박두진, 박목월, 황순원, 김동리, 김윤성, 이상노 등이 관계하면서 《창공》, 《코메트》 등의 잡지 편집에 참여하였다.[3] 전쟁 시기인 3년 동안 활동하면서 뚜렷한 흔적들을 남겼던 염상섭, 박영준, 황순원, 이무영, 정비석, 박용구, 김송, 최태응, 유주현, 최정희, 손소희, 한무숙, 강신재 등의 작품들이 전투 의식 고취 및 애국적 국가관 확보라는 목적문학이라는 전제하에서 '가치함량이 아주 낮은' 작품으로 도외시되는 비운을 맞게 된 사실을 적시하면서 조남현은 이 방면에 관한 새로운 해석을 시도하고 있어 눈길을 끈다.[4]

> 첫째로 일선 전투상황을 취재로 한 것과 둘째로 적(赤)치하에서 겪은 기록
> 과 셋째로 일선과 후방이 연계적으로 취재되어 있는 것과 마지막으로 피난
> 생활의 실태를 묘사한 것[5]

1953년 5월호 《신천지》에서 평론가 곽종원이 정리한 「6 · 25동란 이후의 작단(作壇)개관」의 요약 부분에서 볼 수 있는 바와 같이 당시 작품의 소재는 전쟁 그 자체인 데다, 적과 대치한 상태에서의 이른바 조연현이 주장했던 '정치이데올로기 극복'(《문예》, 1952. 5, 대담)은 순박한 이상론에 그칠 수밖에 없는 형편이었다. 숨 막히는 전쟁 상태에서의 이데올로기란 먼

---

3) 김윤식, 『한국현대문학사』, 일지사, 1976, 46~47쪽.
4) 조남현, 「우리 소설의 넓이와 깊이-1 · 2, 전시소설의 재해석」, 《문학정신》, 1988. 10~11.
5) 위의 글, 《문학정신》, 1988. 10, 256쪽.

뒤쪽에 자리하고 있는 듯싶지만 막상 하나의 이데올로기로 무장한 전쟁터에서의 실전은 그 이데올로기의 빛깔(靑 · 赤) 하나로 목숨이 걸려 있는 무지막지한 상황 속에 놓이지 않을 수 없게 되어 있다. 더더구나 이 전쟁이 원자탄이나 수소탄을 제외한 최신병기들이 모두 동원된 세계전쟁 양상을 띤 전쟁이었다는 점 때문에 이 시기에 양차 대전을 겪은 세계(주로 우리가 접한 부분은 자유 우방국들로 한정되지만)의 지성인들에게 가해온 인간조건에 대한 자기 질문이 우리 1950년대 문학계에 접합된 사정은 퍽 자연스러운 귀결이었다. 그러므로 이 시기에 우세하게 자리 잡은 지적 분위기와 함께 전후비평의 이념적 형태는 대체로 세 가지 유형으로 크게 나누어 볼 수 있다. 첫째는 휴머니즘 및 그의 구체적인 철학적 현상인 실존주의 사상이고, 둘째 문학작품의 내적 분석(intrinsic analysis)을 지향하는 형식주의의 이론과 그 사상, 셋째 우리 전통과 그에 대응되어 밀려 들어오는 외래 사조와의 관계 정립을 위한 보수주의적 전통론이 그것이다.

1) 인간 존재에 대한 자문과 실존주의 사상

6 · 25 전쟁을 통해서 수백만 명에 이르는 민족 대이동이 일어났으며 그로 해서 지방말들이 뒤섞여 민족 언어가 재편성되었고, 절박한 시대 상황을 반영하는 군대 용어 및 주둔 외국 군대의 영향을 받은 외래어가 폭주하여 민족 언어가 뒤섞였다는 외연적인 현상 말고도, 이제까지 추상적으로만 생각해오던 외래 사조를 생의 체험 속에서 구체적으로 깨우치게 되었다는 점도 1950년대의 시대적인 성격이었다. 당대에 활동한 작가들 가운데 가장 진보적이며 근대성 및 현대성에 가까운 작품을 썼다고 평가하면서 손창섭, 장용학, 김성한, 오상원, 선우휘 등의 작품들을 집중적으로 분석해 보인 김상선의 1950년대 진단은, 루카치가 표현주의의 극단적인 형태로 보아 '자본주의 사회의 말기 현상의 철학'[6]인 반리얼리즘적 모더니

즘으로 몰아버린 실존주의적 사상을 해명하는 데 있어, 또 한국 비평사에 있어서의 1950년대적 성격을 파악할 좋은 다리를 놓고 있다.

> 6 · 25 동란은 역사적인 관점으로나 문학적인 위치로 보아 특징적인 역사적
> 비약에의 원천적 계기가 되었을 뿐만 아니라, 8 · 15 해방 이후의 혼란된 자아
> 의 정신적 양상을 통일시킬 커다란 매듭이 되었던 것이다. 따라서 1950년 이
> 후의 한국의 젊은 작가들은 불안과 절망과 같은 절박한 정황을 극복하기에
> 힘썼고, 그렇기 때문에 과거의 작가들처럼 안이한 감상적인 세계를 추구하는
> 것이 아니고, 보다 강인한 지성에 의하여 당위적인 문학 세계를 모색하려는
> 행동성이 앞섰던 것이다.[7]

이런 논거는 유럽의 현대문학이 세계 양차 대전의 결과로 생긴 인간 이성에 대한 불신과, 물질문명(근대화 및 현대화)이 가져온 가공할 만한 파괴력에 대한 불안 · 공포 · 절망의 극복 노력으로 새롭게 수립되었노라는 확인으로부터 세워지고 있다.

이러한 논거를 통해서 그는 1950년대 문학을 '구세대문학'과 '신세대문학'으로 나누고는 신세대문학에서도 근대적 신세대와 현대적 준신세대문학과 현대적 신세대문학으로 분류하고 있다. '손창섭의 병 의식 세계, 장용학의 인간적 결단, 김성한의 풍자적 자세, 오상원의 절망적 자아, 선우휘의 넓은 광장에의 시점' 등을 현대적 준신세대문학의 감각이라고 묶은 논리의 타당성 여부는 그 따짐을 뒤로 미룬다 하더라도 손창섭, 장용학, 김성한 등 1950년대 작가들이 잔혹한 전쟁의 무자비성을 직접 체험함으로써 '없음(Nichts) 앞에 선' 자의 불안을 그려 보였고, 신도 삶의 지표도

---

6) 김윤식, 『한국현대문학비평사』, 서울대학교출판부, 1982, 275쪽.
7) 김상미, 『신세대작가론』, 일신사, 1964, 26~27쪽.

잃어버린 정신적 폐허 위에 서서 오직 자신의 책임하에 힘겨운 선택만을 강요받던 삶을 그려 보였으며 그것이 바로 당대 구라파를 풍미하던 실존주의 철학의 내용과 깊은 연관이 있다는 점은 부인할 길이 없다. 정태용이 「실존주의와 불안—불안의 심리적 형상과 극복」(《현대문학》, 1958. 9)을, 원형갑이 「실존과 문학의 형이상학」(《현대문학》, 1959. 8〜9) 등의 글에서 어설프게 실존주의와 문학에 대한 사족을 붙이고 있지만, 이미 1950년대 중반 이후부터 하이데거, 야스퍼스, 사르트르, 카뮈, 볼노프 등의 실존주의 철학자 및 문학자와 니체, 쇼펜하우어, 키르케고르, 베르그송, 딜타이 등 생철학자의 사상이 소개되어 물질적으로도 정신적으로도 황폐해진 우리의 1950년대 지적 풍토를 풍미했었음은 사족이 필요 없는 사실이다. 앙리 시몽(『현대작가의 사상과 문학』, 신양사, 1960), 알베레스(『20세기의 지적 모험』, 을유문화사, 1959; 『20세기 문학의 결산』, 신양사, 1960) 등 등이 풀이하고 있는바, 서유럽 작가들이 보여준 절망과 고뇌, 비탄의 모습은 '신은 죽었노라'고 외친 니체(『짜라투스트라는 이렇게 말했다』, 박영사, 1960) 이래 멀쩡하게 잠에서 깨어보니 한 마리 벌레로 변해버린 실존적 고뇌의 흔적(카프카의 「변신」)과 함께, 1950년대 한국의 한 비평적 이데올로기는 이성에 의해 발전되는 것으로 믿어온 역사를 부정하고 보편적 인간성을 부정하며 삶의 우연성과 부조리를 꿰뚫어보는 실존적 사상과 깊게 이어져 있었다. 본질 철학에 반대하는 실존주의 사상을 '나'의 존재 자체의 문제로부터 본질을 만들어가는 힘겨운 선택의 연속으로 보며, 역사의 총체성 따위를 거부한 것은 일면 헤겔 사상이나 마르크스 사상에 대한 정면 도전이었다고 볼 때, 1950년대 비평이념이 근대적 성격과 관련되어 있다는 사정과 함께 뜻있게 받아들여질 하나의 사상임이 자명하다. 사회주의 이데올로기와 정면으로 대결한 사회적 배경이 1950년대 우리의 생생한 삶의 현장이었기에 말이다.

여기는 풀 한 포기 없는 황량한 전야다. 누렇게 그스른 황토흙—노을처럼 타고 있는 포화와 초연의 파문—그들은 단지 이러한 풍경만을 바라볼 뿐이다. 그리하여 뻘건 유혈 속에서 그들은 노래할 것이다. 상처 입은 포효, 신음과 규환, 그들의 노래와 시는 처절한 생명 그대로의 울음이다. 보루 속에는 햇볕도 들지 않는다. 겨우 몸 하나 의지할 공동(空洞)에는 습기에 찬 우울 뿐이다. 거치른 흙덩이와 청태 낀 편석의 낭자한 퇴적, 그 곳에서는 이야기할 전우도 또한 명령할 상관도 없다.

그들은 자기와 자기의 그림자만을 응시한다. 그리고 이렇게 외친다. '모든 것은 나에게 있어 무(無)다.' 그러나 그들은 비굴한 탈주병이 되기를 원하지 않는다. 탈주는 영혼의 패배며 생명의 치욕이며 더 큰 허무다.[8]

1950년대 들어 가장 날카롭고 독특한 음색으로 한국 문단을 흔들어놓고 있던 비평가 이어령의 과장된 문체가 잘 드러나는 글이다. 1956년 1월호 《문학예술》에 발표한 난해한 비평관 내세움의 일단인 이 비평문은 온통 서양 작가들의 작품 내용과 특히 프랑스 비평가들의 호들갑스러운 장광설, 현학 취미가 엿보이는 징후가 짙지만 그의 기본 발상이 서구 실존주의자들의 으스스한 '무(無) 앞에 선 불안의 고뇌'의 한국적 변용이라는 점에서 한국 비평계에 싱싱한 새바람을 일으켰다. 전쟁의 뒷마당으로 우리가 화전민 지대에 사는 화전민임을 자인하면서 비록 그런 절박하고도 절망적인 풍토하에 놓여 있을지라도 스스로의 본질을 찾아 부단히 선택하는 참여를 게을리해서는 안 된다는 경종과 함께 1960년대 비평단을 여는 실존주의적 비평(?)의 한 발자취를 이어령은 남겼다. 그의 김동리, 정태용, 정명환 등과의 문학적 논전은 1960년대 비평의 활성화를 위한 활력소가 되었던바, 그 이론적 근거가 실존주의 문학자 사르트르의 앙가주망론에

8) 이어령, 「시비평방법서설」, 『저항의 문학』, 정음사, 1959, 157~158쪽.

기울고 있었음은 주지의 사실이다. 기타 서양 비평의 여러 형태를 각기 체득하여 한국 문학작품을 비평한 당시의 비평가들은 김상선이 구세대 작가라 지적한 동세대 비평가들을 제외하고도 많은 수에 이르고 있다. 홍사중, 김우진, 유종호, 정창범, 김종후, 윤병노, 김상일, 천이두, 최일수, 이철범, 김양수, 원형갑, 김운학 등이 《사상계》, 《문학예술》, 《현대문학》, 《자유문학》 그리고 일간지 문예란을 통해 활발한 작품 비평 등을 실천하였다.

2) 뉴크리티시즘—분석주의 비평

잃어버린 세대, 반소설, 태양족 등의 구호로 표현되던 지적 풍토하에서 문학비평 방법이 일정한 이론적 틀을 갖춘 모습으로 소개되거나 정리되기에는 1950년대는 그야말로 과도기에 속하는 시기였다. 확실하고도 뚜렷한 문학적 해석의 자를 갖기에는 백화제방의 상대주의적 주의·주장이 난무하던 시기였기 때문에 뉴크리티시즘이라고 일컫던 미국의 분석비평 방법도 그런 여러 비평 방법의 하나로 사용·소개된 것에 지나지 않는다. 1930년대 이념비평이 융성하던 시기에 이미 1926년경 소비에트의 마르크스 문학비평(트로츠키·루나차르스키 등)으로부터 공격을 받아 변신을 꾀하거나 체코 등지로 망명을 떠난 이론가들의(시클롭스키·야콥슨) 형식주의적 비평 방법은 크든 작든 한국의 1950년대 비평가들이 적용하는 비평방법의 하나였다. '인상비평은 그 현저한 문학성에 의하여 독자적인 매력을 가지고 있다'는 점을 지적하면서 이른바 과학적 비평(여러 사회과학의 학문적 성과를 빌려, 그것을 기준으로 하여 예술 작품을 분석·고찰하는 비평의 여러 형태)의 장점과 그에 못지않은 결점과 동시에 분석비평을 비판한 비평문 「비평의 반성」(《현대문학》, 1958. 4~5)을 쓴 유종호의 논지 가운데 유독 분석비평 방법 적용의 치밀성 여부를 놓고 반박한 김우종의 「비평의 자유」(《현대문학》, 1958. 10) 및 그 응답 비평문인 유종호의

「비평의 제문제」(《현대문학》, 1958. 10) 등은 마르크스 비평 방법 적용이 불가능하던 시기에 볼 수 있었던 문학 해석상의 한 중대한 비평이념이었음이 틀림없다. 이 분석비평 방법에 관한 이론적 토대가 백철에 의해 정식으로 소개되었다는 백철 자신의 술회에서 그가 언급한 뉴크리티시즘에 관한 비평 방법 내용은 다음과 같다.

> 그럼 내쳐서 그들이(뉴-크리틱―필자) 말하는 내부조건이란 뭣인가. 단적으로 말하면 우선 그것은 작품에 사용되는 언어의 조건이다. 문학작품이란 뭣이냐. 그것을 대할 때에 결과로 나타나서 비평가의 눈앞에 닥치는 것은 언어밖에 없다. 더 구체적으론 일정한 문자로써 적힌 언어밖에 남을 것이 없다고 말하고 있는 듯하다.[9]

I. A 리차즈, T. S.엘리엇, 윌리엄 엠프슨, 이볼 윈터즈, 존 크로 랜섬, 알렌 테이트, 클리언스 브룩스, 르네 웰렉, 오스틴 워런 등의 비평적 저술들을 통해 넓게 풍미하던 이 미국의 형식주의 비평 방법도 1950년대 말에 이르면 힘을 많이 잃은 비평 방법이긴 하지만 우리 비평계가 문학작품을 문학 외적인 조건(사회학, 심리학, 비교문학 등)과 연결시켜 지나치게 견강부회식 해석에 골몰해선 곤란하다는 학술적 비평 원리가 1950년대에 소개된 것은 뜻깊게 보인다. 1960년대 후반에 들어서면서 이상섭, 이명섭 등 영미 문학자들에 의해 이 비평 방법이 제대로 소개된 것은 강단비평 확립의 기틀인 대학 교육의 정상화와도 깊은 관련이 있지만 1950년대의 한 비평이념으로서 형식주의 비평 방법을 꼽은 이유는 그것이 분단된 국가에서의 근대화 논리의 실상을 드러내는 좋은 예로 보이기 때문이기도

---

9) 백철, 「뉴크리티시즘의 제문제」, 《사상계》, 1958. 11, 403쪽.

하다.[10]

3. 전통론 문제
― 맺는말

우리 근대문학사에서 이른바 개화기 문학 초기부터 우리 민족 전통에 대한 논의는 꾸준히 있어 왔고, 서구 사상을 받아들여 국권 확장을 해야 한다는 조건으로 유교 이데올로기적 전통으로부터 하루빨리 벗어나야 한다는 논의가 드높았었음은 개화기 소설 작품들을 통해 충분히 알려져 온 바와 같다. 일제 36년의 피통치를 통해 이미 민족의 전통적 가치가 전무한 것으로 우리 스스로 자인하게 된 것 또한 자명한 사실이었다. 1950년대에 우리가 겪은 전쟁과 또 그 전쟁을 통해 밀려든 외래 사상은 당시의 인텔리 누구든 자기 부정의 전제조건으로 전통 부재를 내세우게 하는 풍조를 낳았다. '전통의 빈곤이라고 하는 것은 이 땅에 태어난 문학자일 것 같으면 누구나 한 번씩은 표백해보는 공통적 탄성이지만, 비평 부문에 있어서의 이에 대한 탄식은 가장 절실한 것이 아닌가 한다'[11]고 탄식한 비평가 유종호는 전통의 확립을 위해서 '처녀지 개간의 기초 작업을 수행하는'[12] 마음의 자세를 가져야 한다고 주장함으로써 쇄국적 · 보수적인 자기 움츠림으로부터 적극적 · 진보적으로 외래적인 정신을 수용하고 자기화해야 함을 논증하고 있다. 개화사상의 1950년대적 발상으로 민족 분단이 더는 피해 볼 수 없는 동족상잔의 결과로 치달았으며, 공산주의 이데올로기와도 역시 한 하늘 아래 살 수밖에 없는 적대 관계로 떨어진 상태에서의

---

10) 이 부분에 관한 논리적 틀은 김윤식의 『한국현대문학비평사』(서울대학교 출판부, 1982) 277~278쪽 참조.

11) 유종호, 「비평의 반성」,《현대문학》, 1958. 4, 246쪽.

12) 유종호, 「전통의 확립을 위하여」, 『비순수의 선언』, 신구문화사, 1973, 239쪽.

문학적 표현의 자유란 주어진 길(자유 우방으로 친숙해진 자본주의 국가들)을 따르는 범위로 한정될 수밖에 없는 운명을 맞았다. 그래서 이 시기에 전통과 민족문학을 얘기하게 될 때면 으레 T. S. 엘리엇의 「전통과 개인적 재능」을 인용하면서 우리의 전통이 무엇인지는 실상 추상어로 얼버무릴 수밖에 없는 형편에 놓이게 되었다.[13] 민족의 전통은 이미 서구 정신에 의해 유린당한 지 오랜 시간이 지났고 한쪽은 사회주의 및 공산주의 이데올로기를 내세운 소비에트 연방공화국의 조정 · 지원을 받는 38선 이북의 조선인민공화국으로 자리를 잡기 시작하였으며, 또 한쪽은 자본주의 이데올로기를 앞세워 미국을 위시한 자유 우방국들과 손잡은 민주공화국으로 자리를 잡기 시작함으로써 가뜩이나 전통적인 정신 내용의 가치 있는 민족 동일성을 유지 · 보존하기가 어려운 지적 풍토가 더욱 절망적인 국면으로 고착되었다. 엄격하게 말해서 한 나라의 문화사나 문학사란 끊임없이 주고받는 외래문화로부터 독자적인 민족 고유의 정신 내용을 찾아내는 지적 노력의 하나라고 풀이할 수 있다. 그런데 우리의 1950년대는 그런 노력이 원칙적으로 분절될 수밖에 없는 민족 분단을 기정사실화하는 시기였다. 국토가 반으로 나뉘어 민족이 서로 오갈 수 없으며 서로가 서로를 원수처럼 여긴다는 외연적인 비극 말고도 그것이 한민족의 정신 영역에 끼치는 악영향의 내포적 의미망은 엄청난 것이라는 점을 상기할 필요가 있다. 삼면이 바다로 둘러싸여 있고 대륙과 연결된 이북 쪽이 막혀버린 우리는 갈 데 없는 섬사람 형국에 처해졌다. 그리하여 우리의 비평계는

13) 이 시기에 씌어진 전통론 가운데 문덕수의 「전통과 자아」(《현대문학》, 1959. 6)도 김양수의 「민족문학 확립의 과제」(《현대문학》, 1957. 12)도 엘리엇의 논문을 인용하고 있다. 서구의 문예사조적 전통이 그들의 필연적인 역사 발전에 맞추어 발생된 것이라면 한국의 문화를 설명하는 자리에서 그들의 이론을 상세하게 개진하는 일은 별로 의미가 없고, 부정적인 측면이 긍정적 측면보다 많다고 나는 생각하는데, 이런 글들은 이 글을 쓴 비평가들의 능력이나 시대감각과는 별개로 이 당시의 지적 풍토를 반영하는 한 징후 읽기의 50년대적 자료로 인식된다.

1960년대로 이어지면서 외국 문학비평의 가장 정확한 소개와 그 적용이 급선무처럼 되어 스스로 닫힌 정신 풍토에 숨통을 트려는 노력이 있었지만 여전히 반쪽 지성으로 만족할 수밖에 없는 여건이 계속되어온 것이다. 우리의 정신적 유산 가운데 옛것을 되살려 우리들 체질에 맞게 재창조하려는 노력이 크게 집중되어야 한다는 필요성과 민족 통일의 실현으로 조각난 영혼이 합쳐지는 정신적 풍토에 대한 갈구로 충만했던 1950년대 한국 비평은 자기 영혼의 반쪽을 잃은 충격적인 휴지기에 들어섰던 것으로 파악된다.

1960년대

순수 · 참여와 다극화 시대

김준오

1. 1960년대의 의미 단락

한국 현대시사에서 1960년대는 중대한 하나의 의미 단락이 되고 있다. 무엇보다 우리는 1960년대의 첫인상으로 치열했던 참여문학 논쟁을 기억하지 않을 수 없다. 4 · 19 혁명과 5 · 16 쿠데타로 시작되는 1960년대에 참여시의 당위성을 인정하면서도 현실과의 관계에서 문학의 본질과 기능을 재검토해보려는 문학관의 정립이 문제가 된 게 이 논쟁의 정체였다. 이것은 물론 비평사적 문맥에서 보다 커다란 의의를 띠지만 한국 현대시를 순수 · 참여시의 2분법으로 '편 가르기'하는 경직된 사고를 낳게 했다.

둘째로, 1960년대 시의 또 하나 주된 초상으로 난해성을 들지 않을 수 없다. 사실 현대시의 난해성이 비로소, 그리고 본격적으로 문제가 된 것이 1960년대였다. 흔히 모더니즘 시로 명명되는 1960년대 일부 순수시는 현대시가 필연적이면서 본질적으로 난해시라는 명제를 뚜렷이 표방하고 나섰다. '현대시' 동인들에 의해 주도된 난해성은 《문학사상》 1973년 2월호의 앙케이트 특집에서 단적으로 드러났듯이 1970년대 시가 극복해야 할 큰 과제가 되었다. 난해성이 현대시를 특징짓는 미학임에도 불구하고 1960년대 난해시는 서구의 현대시를 흉내 낸 '가짜'의 애매모호함, '가짜시' 또는 시인의 부정직성으로까지 매도되기도 했다.[1]

이런 난해성과 연관되어 셋째로, 1960년대 시가 갖가지 실험을 시도한 사실을 시사적 의의로 지목할 수 있다. 일반적으로 이것은 언어 실험 또는 형식 실험을 가리키지만 한 평자가 서정주의 예를 들어 '특이한 실험'이라고 적절히 지적했듯이[2] 시의 소재가 되는 새로운 경험의 추구도 함축된다. 이 실험은 1970년대에 나타난 전통 서정 양식의 해제 징후만큼 두드러진 것도 급진적인 것도 아니었다. 그러나 이 온건한 실험은 1950년대 시와 확연히 구별 짓게 하면서 1970년대 시에 심화·확대되는 씨앗이 되는 1960년대 시의 변화의 몫이었다.

넷째로, 1960년대는 시조문학의 전성기를 맞이한 점에서도 시사적 의의를 부여할 수 있다. 주지하다시피 시조는 조선조 주류적 시가 장르이고 현대시는 자유시 형태가 그 대표가 된다. 그럼에도 불구하고 시조는 신문학 초창기 최남선, 이병기, 정인보 등에 의해 부활하여 끈질긴 생명력을 보이면서 1960년대에는 자유시와 더불어 서정 양식의 한 독립된 영역을 차지하게 된 것이다. 시조의 이런 격상은 여러 가지 형식 실험에 의한 자유시의 지나친 자기 방종과 산문화 경향에 대한 반성과 그 맥을 같이한다는 점에서 시사하는 바가 크다.

---

1) 정한모, 「'현대시' 동인들의 시」, 『현대시론』, 민중서관, 1973, 281쪽; 김현, 「시와 정직함」, 《월간문학》, 1969. 5; 홍기삼, 「시적 관심의 다양성」, 《월간문학》, 1970. 1; 김재홍, 「60년 시와 시인 개관」, 『현대시』 2호, 세계문학사, 1985.
2) 김종길, 「실험과 재능」, 《문학춘추》, 1964. 6.

그러나 1960년대 시에서 가장 주목해야 할 사항은 이제 더 이상 한국 현대시사가 몇몇 예외적인 시인들에 의해서 주도되지도 않고 따라서 우리가 쉽게 분류해서 자리매김할 수 없을 정도로 다양하게 전개되기 시작한 점이다.

　이것은 좌우 이데올로기의 격심한 대립으로 극도의 혼란을 빚었던 해방 공간과 6·25의 비극적 체험을 겪고 난 뒤, 사회·역사적 현실을 정신사적으로, 문화적으로 다양하고 심도 있게 극복해가는 자리에 1960년대 시가 놓여 있었음을 의미한다.

　1960년대 시의 이런 특징들은 시사적 의의를 띠면서 동시에 극복되어야 할 과제들을 남겨놓았다.

2. 참여시 또는 민중시의 전개

　4·19 혁명은 1960년대 시의 한 주류인 참여시를 탄생시킨 충격이었다. 이상노가 엮은 사화집 『피어린 사월의 증언』, 한국시협 편 『뿌린 피는 영원히』는 이 4·19 혁명의 집약적 산물이다.

　신동문은 「아 신화같이 다비데군들」에서 자유·민주의 정치적 이념이 바로 당대 삶의 이념으로 성취되는 벅찬 감정을 매우 격앙된 어조로 노래했고, 박두진은 「우리는 아직 깃발을 내린 것이 아니다」에서 이런 4·19의 혁명이 완성이 아니라 우리가 계속 실천해가야 할 미완의 미래지향적 혁명임을 역시 파토스적 높은 톤으로 노래했다. 그러나 혁명의 충격에 사로잡힌 만큼 이들 4·19 참여시는 시 이전의 함성으로 그친 수사적 찬탄의 현장시들임을 부인할 수 없다.

　시인은 당대의 사회·역사적 상황을 외면할 수 없다. 참여론은 1960년에 간헐적으로 나타나서 1964년 극렬한 논쟁으로 발전하고 재연되면서

1970년대까지 그 여운을 길게 남겼다. 그러나 참여란 1920년대의 카프 시처럼 단도직입적인 주의·주장이나 사회·역사적 상황의 단순한 재현이 아니라 상황의 '변화'를 겨냥하고 문학의 간접적 사회 기능이 전제될 때 미학의 범주 안으로 들어온다.

1950년대 모더니즘을 표방했던 김수영은 참여의 이런 진정한 의미를 자각한 기수로 등장한다. 그는 미성숙한 우리 사회를 직시하는 것을 시인의 정직성과 책임으로 인식한다. 여기서 미성숙은 정치적 자유의 결여다. 그에게 자유의 결여는 근본적으로 우리의 사고가 이데올로기로 고착화하는 것, 곧 문화를 '단 하나'의 이데올로기와 동일시하는 획일주의다.[3] 남북 분단은 이 획일주의의 상징이다. 그래서 그는 미성숙한 우리 사회를 정신사적으로, 그러니까 문화적으로 극복하려는 혁명의 의미로 4·19를 본다.

어째서 自由에는
피의 냄새가 섞여 있는가를
革命은
왜 고독한 것인가를

革命은
왜 고독해야 하는 것인가를

— 김수영, 「푸른 하늘을」 일부

그에게 자유는 주어지는 것이 아니라 쟁취해야 하는 것이다. 그만큼 그는 우리 사회의 미성숙을 절감하고 변화를 겨냥한다. 그러나 그는 「어느날 고궁을 나오면서」, 「이 한국문학사」 등에서 소시민을 야유하는 자기 풍자

---

3) 김수영, 「실험적인 문학과 정치적 자유」, 《조선일보》, 1968. 2. 27.

적 세계를 보였다. 이것은 한 평자의 지적처럼 혁명의 좌절 이후 소시민을 좌절의 주범으로 파악했기 때문이다.[4]

자유는 그의 삶의 원리이면서 동시에 시의 형성 원리다. 그의 유명한 '반시(反詩)' 선언은 하위 모방의 선언이다. 온갖 비속어, 악담, 야유, 요설, 선언, 비시적 일상 언어 등을 자유롭게 구사한 그의 해사체는 현대시사에서 주목되는 시문체의 변화다. 그의 비속어와 산문적 진술은 조선조 양반 시조의 반 장르인 평민 시조의 사설체와 등가를 이룬다. 그는 비속어와 요설이 현대시사에서 공식 문체가 되게 한 장본인이다. 그의 참여시에는 세계와 사물을 융해하는 전통의 서정적 부드러움도 고도의 조직성과 압축성을 생명으로 한 통사체도 찾아볼 수 없다. 산문의 시대에 그는 과감하게 산문정신을 시에 도입했다. 이것이 시(예술성)와 산문(현실성)을 결합한 그의 '온몸'의 시학이다.

만년의 작품 「풀」은 그러나 가장 그답지 않은 작품이다. 왜냐하면 조롱·욕설·악담의 자학적 어조가 가셔졌을 뿐만 아니라 감춤의 상징적 수법을 채용했기 때문이다. 그는 철저하게 벗기려 하는 시인, 심지어 벗기려는 사실마저 벗기려 하는 시인이다.[5] 민중의 끈질긴 생명력을 노래한 「풀」은 그래서 그의 대표작으로 손꼽힌다.

신동엽의 「껍데기는 가라」도 참여시의 한 전형이다. 명령조로 일관된 이 청자 지향적 시는 역사의 허구성과 폭력을 배격하고 민중·민족·민주의 정치이념을 절규한다.

---

4) 성민엽, 「4·19의 문학적 의미」, 『해방 40년-민족지성의 회고와 전망』, 문학과지성사, 1985. 평자는 이것을 4·19 혁명의 담당 계층의 부재, 곧 정당한 민중적 혁명 주체가 형성되지 못한 미성숙의 반영으로 해석한다.
5) 김현, 「김춘수를 찾아서」, 『시인을 찾아서』, 민음사, 1975, 22쪽.

껍데기는 가라

四月도 알맹이만 남고

껍데기는 가라

껍데기는 가라

東學年 곰나루의, 그 아우성만 살고

껍데기는 가라

— 신동엽, 「껍데기는 가라」 일부

그러나 이 지극히 단순하고 쉬운 시는 선동과 구호라는 참여시의 한계
를 완전히 벗어나지 못하고 있다. 뿐만 아니라 '알맹이/껍데기', '흙가슴/
쇠붙이'로 대표되는 대립 구조는 이 시대의 시정신인 비판정신이란 좀처
럼 화해할 수 없는 세계의 인식에 지나지 않는다는 이분법 사고의 경직성
을 시사한다.

역시 동학란을 소재로 한 그의 장시 「금강」(1967)은 1920년대 파인의
「국경의 밤」과 함께 현대에 있어 서사시의 가능성을 진단해보게 하는 문제
적 참여시다. 허구적 서술자가 있고 그에 의해 사건이 서술된다는 점에서
「금강」은 일단 서사시적 성격을 띠고 있다. 당대적 삶의 의미를 역사적 안
목과 민중적 시각에서 구현하고자 한 점에서 긍정적 의의를 띤다. 그러나
김주연이 지적한 것처럼 참여시란 묘사, 곧 대상을 향한 집중이어야 함에
도 불구하고[6] 이 작품은 사건의 객관적 제시보다 연민과 분노라는 시인의
감정에 윤색된 주관적 제시가 우세한 점에서 참여시로서는 실패했다. 뿐
만 아니라 거리 확보라는 서사적 비전을 상실했기 때문에 장르적 불투명
성도 지니고 있다. 그래서 이것이 이론상 이미 소멸해버린 서사시 갈래에

6) 김주연, 「시에 있어서의 참여문제」, 『상황과 인간』, 민음사, 1969, 43쪽.

속하는지, 서정시 갈래에 속하는지 하는 장르 귀속 문제를 제기한 것은[7] 지극히 당연하다. 그러나 장르 귀속 문제를 어떻게 처리하든 이 작품은 김구용의 「삼곡」과 「육곡」, 성춘복의 「공원파고다」, 전봉건의 「춘향연가」, 김종문의 「서울」 등의 장시들과 더불어 현대시의 장시화라는 문학적 변모를 보이고 이로 인한 우리의 비좁은 시의식을 변화·개방시킨 점에서 의의를 지닌다.

1960년대 중반 이후 근대적 산업사회로 접어들기 시작하면서 시인의 시각에 변화가 왔다. 그것은 소외계층에 대한 눈뜸이다. 김광섭의 「성북동 비둘기」는 그런 근대화 과정에서 필연적으로 빚어지는 자연성과 인간성의 상실, 그리고 물질적 풍부의 뒤안길에 놓여 있는 서민의 삶을 극명하게 나타낸다.

이성부, 조태일, 최하림, 문병란, 김준태, 김광협 등은 이런 민중의 삶과 계층적 갈등의 문제를 심도 있게 다룬다.

이성부는 1960년대 초 「이빨」, 「벼」에서 이미 현실비판과 함께 민중의 의지와 민중의 자기 긍정 세계를 노래했다. 그의 연작시 「전라도」는 피해받고 굶주린 전라도인을 한국 전체의 소외계층으로 확대시킨, 예외적인 참여시로 주목된다. 여기서 예외적이란 이 작품이 비분강개의 어조나 공소한 관념적 주장을 억제하고 민중의 고통스러운 삶을 압축적으로 형상화한 언어의 진지한 천착을 보인 점이다. 그래서 이 작품은 진정한, 아니 새로운 참여시의 대표작으로 지목되고 있다.

---

7) 김우창, 「'금강'에 대하여」,《창작과비평》, 1968년 봄호; 김주연, 앞의 책; 김종길, 「한국에서의 장시의 가능성」,《문화비평》, 1969년 여름호; 염무웅, 「서사시의 가능성과 문제점」, 『한국문학의 현단계』 1, 창작과비평사, 1982; 김재홍, 「한국근대서사시와 역사적 대응력」, 《문예중앙》, 1985년 가을호.

너그러운 밤은 놀라 물러가고
너는 얌전히 맞아들였다
더벅머리 선머슴을 껴안고
너 양갓집 계집은 밤새 흐느꼈다

집에 돌아오니
창백한 아침이
식구들과 더불어 굶주리고 있었다

— 이성부, 「전라도 4」 일부

참여시라는 인식 자체를 잊게 하는 이 서정적 감동의 작품은 연작시와
서사성의 도입에서 주목되기도 한다. 현대시조의 존재 조건이기도 한 연
작시는 이 시대의 두드러진 한 특징이다. 연작 형태는 장르 변화 요인의
하나인 '집합' 현상이다.[8] 연작소설이 장편화의 잠재적 가능성이듯이 연작
시는 장시화라는 현대시의 변화 요인으로 작용한다. 이것은 시인의 시각
이 그만큼 넓어지고 다양해진 사실을 시사한다.

「금강」처럼 사건의 도입은 삶에 대한 시인의 적극적 개입을 의미하며 삶
의 현장을 생동감 있게 그려내는 리얼리티 확보에 기여한다. 이런 서술시
로서의 서정시는 서사적 흥미라는 시적 감수성의 변화와 함께 1970년대
한국 현대시의 주류적 형태가 되게 한 점에서 여간 주목되지 않는다.
1970년대 「농무」 계열의 농민시를 예고한 신경림의 「겨울밤」, 「시골 큰집」
등은 이제 민중시가 이미지에 의존하지 않고 민중 생활의 행위와 사건의
서술로 시적 긴장을 획득하는 새로운 국면을 보여주고 있다. 1967년 참
여시와 시론을 보급하는 데 기여한 계간지 《창작과비평》 창간은 1960년

---

8) Alastair Fowler, Kinds of Literature(Oxford: Clarendon Press, 1982), p 170.

대 중대한 문단적 사건이다.

그러나 현대시의 변화를 가져온 갖가지 실험은 참여시와 대극의 위치에
놓이는 순수시에서 수행된다.

3. 언어 실험과 순수시

순수시는 소재 선택보다 소재 처리의 기법이 우선 문제가 된다. 그리하
여 순수시는 언어와 형식의 실험을 통하여 1960년대 시의 미학을 다양하
게 개화시킨다. 전봉건의 구문 해체, 성찬경의 「화형둔주곡」에서 볼 수 있
는 것처럼 언어 골계로 구체화된 희극적 태도에서 능동적으로 언어를 실
험한 것, 그리고 한 행을 단위로 풍자적 잠언을 담은 박희진의 1행시 등은
모두 주목되는 실험들이다.

김구용의 「삼곡」(1964)은 총 829행의 보기 드문 장시로 신동엽의 「금강」
과는 달리 의식의 흐름 수법을 구사하여 의식의 심층을 파헤친, 그리고 문
명비판적 문제작으로 지목된다. 김구용은 여기서 사건의 논리적 · 시간적
서술보다 이미지들의 자유연상적 결합, 서술자의 기이한 체험들, 대담한
성적 묘사 등으로 장시를 실험했다. 그의 이런 장시 실험은 당대 순수시의
지배적 경향인 '의식의 내면화'를 전형적으로 보여준 점과 함께 시사적 의
의를 띤다.

그러나 보다 근본적인 현대시의 해체 작업은 김춘수에 의해서 수행된
다. 그는 연작시 「타령조」에서 전통 장타령의 사설조를 도입하여 리듬 해
체 작업과 더불어 의미 해체 작업을 시도한다. 그의 실험은 바로 이런 무
의미시로 집약된다. 의미는 산문에 보다 어울리지만 무의미는 시의 형식
에'만' 알맞다는 근거에서 무의미는 산문으로부터 완전히 독립되는 서정
양식 고유의 영역임을 주장한다. 이것은 '의미의 시'에 익숙했던 우리의

전통 시관에 정면 도전이 된다.

그는 일제 말기의 영어(囹圄) 생활과 6 · 25 전쟁의 비극적 체험에서 역사는 이데올로기고 이데올로기는 허구이며 폭력이라는 명제를 인식한다. 이런 경험적 구조 인식에서 그는 역사와 현실을 시에서 철저히 배제시켜 무의미로 시적 '완전주의'를 보인다. 그리하여 그는 참여시와 첨예하게 대립되는 순수시의 기수가 된다.

사물에 대한 일체의 판단(선입관)을 중지하는 현상학을 시의 방법으로 채용한 것은 의미 해체 작업에 필연적인 것이었다. 흥미로운 것은 그의 무의미 작업이 고대 설화적 인물인 처용의 탐구와 병행되고 있다는 점이다. 다시 말하면 무의미시는 처용의 탐구에서 그 시상이 촉발되고 또 형상화되고 있는 것이다. 그의 개인 시사에서 1960년대는 이렇게 처용의 탐구, 그러니까 무의미의 탐구 시기다. 그는 「처용」, 「처용삼장」을 거쳐 1969년 《현대시학》 창간호부터 연작시 「처용단장」 1부를 발표하기 시작한다.

> 바다가 없는 해안선을
> 한 사나이가 이리로 오고 있었다
> 한쪽 손에 죽은 바다를 들고 있었다
>
> — 김춘수, 「처용단장」 1부 Ⅳ 일부

무의미시에서 이미지는 외부의 대상을 갖지 않는 절대적 심상이다. 이것은 이미지들의 비논리적 결합으로 구체화되어 현실과는 무관한 '즉자적인' 시가 된다. 실상 그의 무의미시의 이미지들은 내면세계를 표현한 개인적 상징들이다. 따라서 무의미시는 우리의 접근을 허락하지 않는 은밀한 것이다. 이것은 김춘수 모더니즘의 이데올로기인 '혼자 있음'의 태도에 근거한다.

1962년 범 시단적 성격으로 출발했지만 3집부터 재정비한 '현대시' 동
인들은 김춘수를 전범으로 한다. 허만하, 주문돈, 김규태, 마종기, 김영
태, 이승훈, 박의상, 이수익, 오세영 등은 때로 수수께끼, 가짜의 모호성,
부정직함이라는 비난과 좌시를 받으면서 1970년대에 극복의 주된 대상이
되었다. 그러나 언어에 대한 성실한 천착과 개성적 실험으로 시의 방법 의
식을 심화·확대시키고 순수시를 1960년대의 주류가 되게 한 점에서 그
활동은 시사적으로 매우 주목된다. 그들의 시는 감미로운 서정이나 파토
스가 아니라 인식이었고 그만큼 지적이었다. 그들의 시는 내면의 시, 내
면의식의 시로 기술될 만큼 내면의 탐구였고 언어와 형식 실험은 그 시적
상관물이었다.

김춘수의 무의미시는 이승훈에게 '비대상시'로 계승된다. 이승훈의 관습
화된 일상적 삶에 대해 한국시가 한 번도 제대로 '인식론적 회의'를 제기
하지 못한 것과 노래가 시라는 자동화된 시 인식을 문제 삼는다. 그래서
그의 비대상시는 일체의 관습적인 것에 대한 회의에서 촉발된다.

비대상시란 실상 대상이 없는 것이 아니라 내면세계를 대상으로 한 것
이다. 곧 외부세계를 희석화한 세계 상실의 시다. 따라서 그의 비대상시
는 '자기 증명'의 시일 수밖에 없다. 그러나 이 내면세계란 좀처럼 포착되
지도 언어로 표현할 수도 없는 잠재의식이다.

그는
意識의 가장 어두운 헛간에
부는 바람이다

당나귀가 돌아오는
호밀밭에선

한 되 가량의 달빛이 익는다

— 이승훈, 「어휘 1」 일부

　그의 언어는 잠재의식 자체이므로 일상어의 관습과 문법을 벗어난다. 장면의 연결이 비논리적이고 환상적이다. 그래서 그의 시는 난해시의 전형적 표본이 된다. 그는 「사물A」, 「흔들리는 커튼을」 등 시 도처에서 포착하기 힘든 어둡고 캄캄한 내면세계를 천착한다. 그러나 그의 이런 집요하고 일관된 내면의 탐구와 편집광적 이미지 결합의 방법은 그의 시작태도인 인식론적 회의를 오히려 상투적이게 하는 역설을 느끼게 한다.

　김영태도 「첼로」, 「자정」을 비롯한 일련의 작품에서 사물들을 자기중심적으로 재구성하여 보다 환상적인 세계를 연출한다. 특히 「첼로」는 그의 상상력이 그림과 음악의 심미적 체험들을 교묘하게 동시적으로 융해시킨 언어 감각의 극치를 보인다. 「첼로」는 예술가 시로서 순수시의 중요한 한 양상이다.

　내면의 탐구가 외부세계를 희석화하는 작업이듯이 오세영은 「질그릇」, 「밀회」, 「불면」 등의 작품에서 사물·시간·공간의 파괴로써 내면세계를 창출한다. 해체된 파편들의 경이로운 만남이 그의 무의미시의 주된 초상이다.

　1971년 26집을 내기까지 '현대시' 동인들은 내면 탐구와 형식 실험을 통해 김수영류의 개방체와는 달리 언어의 가능성의 영역을 확대시켜 나감으로써 현대시사에서 괄목할 만한 깊은 자국을 남겨놓았다.

　'현대시'에 가담하지는 않았지만 1965년 『육십년대사화집』과 1966년 『사계』(황동규, 박이도, 김화영, 김주연, 김현)에 동인으로 가담했던 정현종도 전형적인 언어파 시인이다. '현대시' 동인에게 언어가 흔히 사물화되어 있지만 그의 경우 언어는 1970년에 발표한 연작시 「말의 형량」에서

"한알의 말이 썩는 아픔, 한덩어리의 말의 불이 타는 아픔, 말씀이 살이 된 살이 타는 무두질의 아픔"이라고 노래한 것처럼 하나의 생명이었다. 그만큼 그의 언어 탐구는 진지하고 외경스럽기까지 하다. 그의 언어는 매우 섬세하며 「그대는 별인가」에서처럼 두드러지게 동의 반복의 중언법을 구사한다. 사물에의 내면적 접근, 삶과 죽음의 철학적 사유가 쾌락주의적 경지로까지 변용되는 것은 그의 이런 생명적 언어관에 기인하는 것이다. 그는 소위 한글세대로서 1960년대의 대표적 언어파 시인이다.

1950년대 시인으로서 1965년에 세 번째 시집 『오전의 투망』을 낸 '모음' 동인 김광림과 1969년 첫 시집 『십이음계』를 출간한 김종삼, 그리고 1970년대 아이러니·패러디 등의 풍자적 수법으로 김수영류의 개방체를 지향하는 시인으로 변모한 오규원의 1960년대 작품들도 내면세계 탐구와 언어 실험이 병행되는 작업의 소산들이었다.

외부세계 지향과 내면세계 지향은 1960년대 시의 대표적 두 얼굴이다. 그러나 이것은 결코 전체상이 아니다. 사실 1960년대 시는 분류가 곤란할 만큼 다양하다.

4. 전통시·기타

문학사에서 만약 한 시인이 시대의 지배적인 경향이나 두드러지게 미래 지향적 경향보다 영속적인 것에 참여한다면 그는 전통 시인이다. 서정주는 1960년에 『신라초』, 1968년에 『동천』 두 시집을 상재했다. 여기서 그는 윤회라는 전통 불교적 삶의 의미를 추구한다. 주목되는 것은 이 인연 사상의 형이상학이 순수시의 언어 실험과는 다른 차원에서 이미지와 장면들을 비논리적으로 결합하는 시적 기교를 탄생시킨 점이다. 그가 말한 '불교에서 배운 특수한 은유법'이 그것이다.

나는

그의 베갯모에

하이얗게 繡놓여 날으는

한 마리의 鶴이다

— 서정주, 「님은 주무시고」 일부

　　동양적 형이상학이 이미지 결합의 시적 기교로 변용되는 것은 박제천의
연작시 「장자시」의 현란한 이미지들의 박물관 속에서도 두드러지게 나타
나고 있다. 원초적 삶에 대한 따스한 애정이 시정으로 승화되어 있지만 서
정주의 불교적 삶의 세계는 이성과 현실감각이 결여된 지나친 신비주의라
는 비난을 면할 수 있다.

　　『난·기타』부터 시적 변모를 보여준 박목월은 1964년에 출간된 『청담』
에서 인간과 가족에 대한 훈훈한 애정을 시정으로 한 일상적 삶의 세계를
그려내고 있다. 그의 시는 상상력보다 오히려 기억에 의존할 만큼 일상적
사물을 있는 그대로 관찰하여 표현하는 생활 소묘이며 현실적 감정을 물
씬 풍긴다. 그래서 정서적 긴장이 없는 소박한 모사로 비난받기도 한다.[9]
1968년에 간행된 『경상도의 가랑잎』에서 목월은 일상적 사람의 세계와 더
불어 또 하나의 표정인 전통의 토속적 삶을 경상도 방언과 민요·무가조
를 구사하여 그려냈다.

　　이동주, 이원섭, 신석초, 박재삼, 이형기, 박성룡, 박용래, 이수복 등 전
대의 시인들도 이 시기에 전통적 세계와 자연을 소재로 한 서정파로서 활
동을 계속했다.

　　유치환, 고은, 김현승, 김남조 등은 사색적 깊이와 신앙적 서정의 세계
로 1960년대 시단을 장식한다. 1964년 시집 『미류나무와 남풍』을 간행한

---

9) 김현, 『상상력과 인간』, 일지사, 1973, 222쪽.

유치환은 여전히 문어체의 남성적 어조로 무한한 우주의 시공을 통찰하고 사색한다. 그의 허무가 인간사와 무관한 것이고 이것이 신앙적 차원으로 승화되었을 때 그의 독특한 비인격 신이 탄생한다. 그의 후기시는 이 비인격 신을 신앙하는 잠언적 특징을 지나치게 띠고 있다.

고은의 1969년도 작 「문의마을에 가서」는 삶과 죽음을 연속선상에서 관찰하는 동양적 사색의 깊이를 아름다운 서정으로 육화시킨 가작이다. 그는 불교의 인연의 고리를 사색하는 형이상학적 연습을 집요하게 해왔다.

청마와 고은과는 달리 1968년 『견고한 고독』의 김현승과 김남조는 기독교적 신앙의 정서와 종교적 사유의 깊이로 우리 현대시사에서 드문 종교시의 산맥을 형성하고 있다. '사계'의 동인이었던 박이도도 기독교 신앙을 바탕으로 「회상의 숲」에서 볼 수 있는 것처럼 따스한 인간애와 긍정적 세계를 노래했다. 그의 낙관주의적 태도는 김현에 의해 현대시사에서 '희귀한 예외'로 지목되기도 했다.

1958년에 등장한 황동규는 4·19세대 또는 한글세대로서 1960년대 시단에서 중요한 몫을 했다. 그는 「기항지」 1·2에서처럼 일종의 여로시 형태로 정신적 방황의 내면적 고뇌를 형상화하는 비관주의 서정을 노래했다. 그러나 1960년대 그의 시에서 주목해야 하는 것은 「전봉준」, 「삼남에 내리는 눈」, 「허균」처럼 역사적 인물이나 고전을 당대 삶의 의미로 재해석하여 1980년대 유행적 시 방법의 한 전범이 되고 있는 점이다. 따라서 그의 시각은 때로는 존재론적이면서도 민족사적이고 문화사적인 폭넓은 안목을 지니고 있다. 그는 1950년대 송욱, 전영경처럼 풍자적 지성미를 갖추고 있으면서도 쉽사리 어느 유파에도 속하지 않는 개성적이고 다양한 면모를 지니고 있다.

이 밖의 시론을 겸하면서 문명비판적 휴머니즘의 서정 세계를 그린 김종길과 정한모, 그리고 진한 성묘사의 관능적 정서를 4행시로 표현한 강우식, 1960년대 말에 등장하여 인간실존의 허무를 강렬한 서정으로 노래한 강은교 등도 1960년대 시의 중요한 추억들이 된다.

1960년대 시는 앞에서 기술한 것처럼 여간 다양하지 않다. 현대시조도 이 시기에 와서 다양한 형식 실험을 통해 크게 발돋움했다.

5. 시조와 형식 실험의 한계

시조는 조선조의 역사적 장르다. 그러나 시조는 다른 역사적 장르처럼 역사적으로 고정되지 않는 끈질긴 생명력을 지니고 있다. 이것에 대해 논자들은 자유시와는 달리[10] 우리의 성정을 표현하는 데 가장 적합한 양식으로서 '자연발생적', 그러니까 자생적 장르에 기인한다고 입을 모은다.

1960년대 시조문학이 전에 없이 활발하게 전개된 것은 우선 1960년 이태극이 중심이 된 시조 전문지《시조문학》의 창간과 1964년 한국시조작가협회가 결성되고 1965년 그 기관지《정형시》가 나온 것, 그리고 1950년대 중반부터 지속되어온 일간지 신춘문예의 신인 발굴 제도와 시조백일장 등 문학 외적 여건에 그 원인을 돌릴 수 있다.

그러나 1960년대 시조문학의 부흥은 자유시에 대한 깊은 반성과 자유시와의 관계 정립에 대한 강렬한 욕구에 보다 근원적으로 기인한다. 따라서 1960년대 시조문학은 당대의 자유시가 자기 절제를 잃어가는 현상, 언어 실험의 순수시에 나타난 난해성, 일부 참여시의 구호성, 그리고 지나친 지적 태도에 의해 자유시에 서정성이 약화되는 경향 등에 대한 반동에서 그 시사적 의의를 찾을 수 있다.

이 시기에 이호우, 김상옥과 1950년대에 등장한 장순하, 이태극, 박재

10) 정한모는 한국의 자유시가 전통 정형시와의 진통 끝에 나온 것이 아니라 외국시의 번역 형태

삼, 박병순, 최성연, 정소파, 박경용, 최승범, 1960년대에 등장한 이근배, 정완영, 김제현, 이상범, 서벌, 김월준, 윤금초, 이은방 등이 시조시인으로서 또는 자유시를 겸한 시인으로서 활약했다. 특히 박병순, 서정봉, 하한주, 정훈, 변학규, 서벌, 김준, 김제현, 이상범, 장순하, 박경용 등의 시조집 간행은 1960년대 시조 시단을 자유시 못지않게 풍성하게 했다.

1960년대 시조는 자유시의 난해성과 구호성, 그리고 지적 편중에 반동했던 만큼 정완영의 작품에서 전형적으로 보게 되듯이 필연적으로 전통적 서정 세계를 주조로 한다. 그러나 이 시기에 와서 시조는 대담하고 다양한 형식 실험에도 불구하고 시조 고유의 정형성에 대한 형식적 갈등을 드러낸다. 이 갈등은 시조 고유의 리듬을 파괴하고 지나치게 행을 나누어 자유시와 구분되지 않았을 때 극명하게 나타난다.

　　나의 오랜 步行을
　　허공에 한 발
　　지상에 한 발
　　생애의 體積은
　　바람에 날리고
　　無持로 바닥이 닿는 발은
　　허공에 떠 있다.

— 김제현, 「보행」 일부

이미지 결합 방법부터 실험적 자유시다운 김제현의 이 「보행」에서 4음보의 정형을 느낀다는 것은 거의 절망적이다. 구수와 자수가 제한 없이 늘어나는 사설시조를 현대시조로 부활시킬 수 없는 이유도 시조의 정형성과 자유시를 구분할 수 없는 데 있다.

《현대문학》1968년 2월호 시조 특집란에 발표된 김상옥의 「근작삼행시초」 3편도 문단의 시선을 끌었다. 평시조 연 형태인 이 시편들은 초 · 중 · 종장과 종장 첫 구의 3자 고정 법칙, 4음보 등 시조 고유의 정형성을 그대로 유지하고 있다. 그럼에도 불구하고 현대시조가 고시조처럼 창으로 불리는 대신 읽히는 제시 형식으로도 시적 감동을 자아낼 수 있다는 의도를 다분히 드러내고 있다. 이것이 그가 '삼행시(三行詩)'라는 양식적 냄새의 명칭을 부여한 이유다.

1960년대 시조는 자유시를 곁눈질하면서 시조 고유의 미감을 잃지 않은 채 새로운 서정의 개발과 형식적 갈등의 극복을 모색했고, 또한 이것을 과제로 남겨놓았다.

6. 현대시의 복수화

순수 · 참여문학 논쟁으로 문단이 가열되었던 시기가 1960년대였다. 4 · 19 혁명은 자유 · 민주의 정치적 이념이 바로 우리 삶의 이념 이외 아무것도 아니라는 각성을 일깨웠다. 그리고 무엇보다 민중의 힘을 발견하고 민중적 시각의 가치를 깨닫게 해준 것이 4 · 19의 의의였다. 이것은 1960년대 후반 근대산업사회를 맞이하면서 소외계층에 대한 연민과 애정의 공동체 의식으로 변형 · 심화되어갔다. 이런 문학 외적 조건은 참여시 또는 민중시의 발생론적 구조가 되었다. 그러나 김춘수와 '현대시' 동인들을 중심으로 한 형식 실험이 그 난해성의 필연적 부작용에도 불구하고 언어의 시적 가능성이 영역을 확대하고 1960년대가 시의 실험기라는 인상을 띨 만큼 현대시의 변모를 가져온 것은 여간 주목되지 않는다.

지적 풍토는 간과될 수 없는 이 시대 또 하나의 특징이었다. 지성은 시의 형상화 원리가 되었고 많은 시인이 풍자적 · 유희적 태도를 취한 것은 여기에 기인한다.

　뜨겁게 달아올랐던 순수·참여 시비에도 불구하고 사실상 1960년대는 본격적으로 복수의 문단 시대, 그러니까 문학의 다양화가 전개된 시기였다. 이것은 전에 없이 많은 동인지가 출현하고 여류 문단이 풍성해지며 4·19세대 또는 한글세대의 새롭고 다양한 시적 개성들을 목도했을 때 극명하게 드러난다. 1960년대는 1970년대에 실천·전개된 문학의 여러 현상을 낳는, 현대시의 실험·모색기였다.

새 세대의 충격과 1960년대 소설

윤병로

1.

1960년에 들어서서 가장 중요한 문학적 변모는 1950년대의 순수문학적 경향에 대한 반성과 함께 대두한 사회에 대한 새로운 인식에서 야기된 창작계의 변모라 할 수 있다.

이러한 문학적 변모는 한마디로 문학인들 자신이 발을 딛고 있는 현실의 변화라 풀이된다. 즉 6 · 25의 상흔으로부터 어느 정도 시간적 거리를 갖게 되고 또한 자유당 정권의 부패에 따른 저항의식 등이 휴머니즘을 기저로 하여 싹터 나오는 등 그동안 순수문학이 견지해온 문학의 독자성 · 순수성을 유지하면서 좌우 대립으로 경색되고 상실되었던 사회적 공리성이 되살아나는 형태였다. 물론 이외에도 서구문학에 대한 관심과 신인들의 기존 문단에 대한 비판도 거기에 한몫을 한 셈이다.

그런데 여기서 하나 지적해두어야 할 점은 이러한 전반적인 특징이 모든 작가에게 전체적으로 균형 있게 형성되지는 않았다는 점이다. 말하자면 각기 작가들에게는 이러한 특징 중 특정 측면들이 부분적으로 강조되면서 1960년대 전체를 조망할 때 여러 특징이 복합적으로 나타나고 있는 것이다. 그리고 1960년 이후 10년간 창작계는 1950년대의 문학과 불가분의 관계를 갖고 계승·발전해왔다는 사실을 변화 속에서도 간과해서는 안 될 것이다. 그 이전부터 우수한 작품을 써온 작가들이 지속적으로 작품 활동을 해왔고, 또한 1960년대에 등단한 신인들도 1950년대 경향의 흔적(특히 손창섭, 장용학)으로부터 자유로울 수는 없었기 때문이다.

그러면서도 1960년대 문학은 1950년대 문학과 질적으로 구별되고, 그러한 비교는 특히 1960년대 중반부터 두드러지게 나타난다. 이는 4·19와 5·16이라는 사회 변혁의 소용돌이가 비교적 잠잠해지면서 그에 대한 문학인들의 고민과 대응이 본격적으로 행해진 것과 관련 있다 할 것이다.

그 하나의 예로 이른바 1960년대 중반 이후 등장하는 신인들의 작품 세계는 크게 다음의 두 가지로 분류해볼 수 있다. 즉 김승옥, 이청준, 최인호 등 내성적·실험적 창작 기법을 과감하게 도입한 모더니즘적 경향에 서 있는 부류와 다른 한편으로 신상웅, 이문구, 방영웅, 정을병 등 정통적인 사실적 수법을 지향하지만 전대와는 다른 새로운 시대의식을 보이고 있는 부류가 그것이다. 그런 점에서 1960년대 문학의 새로운 흐름은 내성적 기교주의 문학(혹은 모더니즘적 경향)과 시민적 리얼리즘의 문학이라 할 수 있고, 그 이전부터 창작 활동을 해온 작가들의 경향까지 포함하면 전통적 서정주의 문학(혹은 민족주의적 경향)을 또 하나의 부류로 추가할 수 있을 것이다.

2.

　새로운 세대의 문학과 관련하여 문단이 낳은 가장 충격적인 작품으로 뭐니뭐니해도 최인훈의 『광장』을 들지 않을 수 없다. 그래서 어떤 평자는 "정치사적인 측면에서 보자면 1960년은 학생들의 해였지만 소설사적인 측면에서 보자면 그것은 『광장』의 해였다고 할 수 있다"고까지 했다. 1960년대 벽두 4·19 혁명으로 탈바꿈한 사회가 변화의 몸살을 앓던 시기에 1960년 11월부터 《새벽》에 발표된 『광장』은 다른 무엇보다도 1948년 이후 감히 엄두도 낼 수 없었던 소재를 정면에서 다룬 점에서 주목되는데, 분단과 전쟁과 후진국이라는 비참한 역사 앞에 선 한 지식인의 오뇌가 깊이 담겨 있는 작품이다.

　남북 분단에 의한 이데올로기의 대립과 선택의 강요라는 상황, 즉, '밀실만 충만하고 광장은 죽어버린' 남한에 구토를 느끼고 또한 '끝없이 복창만 강요하는' 잿빛 지옥 북한 어느 곳에서도 안식처를 발견하지 못한 이명준이라는 지식인의 삶의 궤적에서 그의 도피가 보여주는 것은 바로 민족의 비극 그 자체였다. 이러한 문제의식은 당시 4·19 열풍 후 젊은 층에 대두한 새로운 문제의식을 표면화시킨 것으로 작품에 짙게 배어 관념성마저도 탈출구를 분명하게 발견하지 못한 시대의식의 반영이었다. 주인공은 객관적 현실 상황을 중시하지 못하고 개인적 관념의 세계에 갇혀 있는 인물이지만 당시의 상황으로는 불과 10여 년 전에 조성된 민족 비극의 산물이었기에 그것은 고스란히 현실 자체의 문제로 되돌아왔다. 그런 점에서 관념적 세계, 산뜻한 감성의 세계, 세련된 언어 구사 등을 중시하여 내성적 기교주의라 볼 수도 있지만, 문제 자체의 충격파가 갖는 시대적 의미를 중시하면 사실주의적 작품으로 규정해도 무방하다. 어쨌든 최인훈의 『광장』이 갖는 이러한 이중적 측면은 1960년대 소설의 주요한 면모를 보여주는 전형적인 예라 할 수 있다.

실상 이러한 날카로운 지성의 발흥은 자유당 정권의 독재와 부정에 항거한 4·19 혁명의 정신적 반영이었다. 그 뒤 곧바로 5·16 쿠데타가 터지기는 했지만 1960년대 작가정신에는 의연히 4·19정신이 한 뿌리로 자리하고 있었다. 이러한 힘은 과거의 작가에게는 문학적 변모의 한 변수로, 그리고 새로운 세대에게는 첫 출발의 계기로 자리 잡힌다. 이를테면 김정한, 이호철, 전광용, 하근찬 등이 전자에 해당된다면, 후자의 경우는 정을병, 유현종, 이문구, 방영웅, 신상웅, 남정현 등을 들 수 있다.

그중에서 김정한은 1930년대에 등단해서 활동하다가 절필한 후 1960년대 중반부터 다시 활동을 재개한 작가이다. 「모래톱 이야기」(1946), 「인간단지」(1970)에서 그는 조마이섬과 나환자촌을 배경으로 하여 부당한 권력에 침해받는 서민층의 생존에 대한 투쟁을 사실적으로 묘사하고 있다. 이후 그는 계속해서 서민층의 편에 서서 비인간적인 현실 상황에 대한 강렬한 저항을 자기 문학의 본령으로 삼았다.

1960년대에 있어서 이러한 현실비판 문학의 최정점은 남정현에게서 이루어진다. 1965년 3월에 《현대문학》에 발표한 「분지」로 이른바 반공법 위반의 '분지파동'을 일으킨 남정현은 「부주전상서」(1964. 6)에서 미국의 문제를 정면으로 제기하고 있을 뿐 아니라 정치권력, 사회 부조리에 대한 비판을 과감하게 행하고 있다. 특히 「분지」는 최근까지도 금기시되었던 외세 문제를 표면화시킨 작품으로 당시의 시대적 분위기를 감안하면 매우 예외적인 작품이라 할 수 있다. 직설적인 서술을 피하고 우의적인 수법으로 접근해 들어간 이 작품에서 남정현은 미군 주둔에 의해 파괴된 한 가족의 삶을 통해 외세 문제를 민족 전체의 문제로 끌어올리려 시도했다.

한편 군대 생활을 기반으로 이데올로기에 접근해 들어간 홍성원은 「빙

점지대」(1964), 『D데이의 병촌』(1964)에서 이데올로기 대립이 가져다준 비극을 보여주고 있다. 『D데이의 병촌』은 월북한 북한군 장교가 두고 간 아내와 마을 가까이 주둔하고 있는 국군 부대 장교와의 사랑을 통해 이데올로기 문제를 추적해 들어간 것이다.

3.

1960년대에 특기할 것은 현실적인 문제들에 대한 접근에서 도시 소시민의 삶과의 관련성이 거의 모든 작품에서 주요한 특징으로 나타난다는 점이다. 4 · 19와 직접 연관되는 사회집단으로서 성장한 소시민의 형성과 그 의식의 좌절, 변모는 6 · 25라는 비극적 사태와 자유당 정권의 권력 밑에서 소시민의 삶을 살았던 대부분의 작가들 작품에서 많은 정신적 갈등으로 표출될 수밖에 없었다.

그 대표 작가로 이호철은 「판문점」(1961. 3), 『서울은 만원이다』(1967), 『소시민』(1964. 7~1965. 8) 등에서 전쟁으로 인한 남북 이산 그리고 서구문명의 충격이 준 소외 문제와 역사적 격동기에 뚜렷한 목표 없이 생존 문제에 시달리면서 소시민화되어 가는 삶을 그리고 있다. 장편 『소시민』의 경우는 작가 자신의 자전적 소설이기도 한데 바로 월남민을 주인공으로 하여 전쟁이 남긴 여러 가지 문제를 파헤치고 있다. 또한 『서울은 만원이다』에서 작가는 한국사회의 한 축도로 서울을 문제 삼고 있다. 부조리 · 허위 그리고 금전의 노예가 되어가는 산업화의 부작용을 사실적으로 비판 · 풍자하고 있다.

이호철이 대사회적인 관점에서 사회를 문제 삼았던 반면, 그것을 개인의 내면 문제로 돌려 분석해 들어간 작가로 이미 1950년대부터 독특한 경지를 보인 손창섭을 들 수 있다. 1960년대에 《동아일보》에 연재한 『부부』

는 무엇이 옳고 그른지 전혀 분간할 수도 없는 퇴폐적이고도 복잡한 현대 사회의 남녀관계를 독특한 시니시즘으로 묘사해놓고 있다.

전광용은 「충매화」(1960. 8)에서 현대 여성의 미묘한 심리를 전통적인 관념과 연결시켜 그려내고 있다. 나이 든 연상의 남편과는 임신이 불가능한 여성 환자가 의사에게 인공수정을 요구하고 나중에는 의사를 유혹하기까지 한다. 이러한 여성상의 변화 속에서 후사에 대한 전통적 관습의 견고함을 포착할 수 있고, 동시에 유혹의 장면에서 현대 여성의 미묘한 애정 심리를 반추해볼 수 있다. 한편 그의 대표작이라 할 수 있는 「꺼삐딴 리」(1962. 7)에서 근대사의 수난기에 오히려 거기에 편승하여 개인의 안일을 꾀하는 인물을 통해 민족사의 비극을 역으로 풍자하고 있다. 일제 치하로부터 해방·분단·군정 시대 그리고 6·25 격동기를 거치면서 의사 이인국의 시세 변동에 따른 무주견의 처세술을 풍자함으로써 우리 역사의 수난과 지식인의 비애를 선명하게 보여주고 있다.

신상웅은 중편 「히포크라테스의 흉상」(1968)에서 한 병사가 야전병원으로부터 후송병원, 육군병원 등으로 후송되는 과정을 통해 조직 속에서 인간이 어떻게 죽어가게 되는가, 즉, 현대사회 메커니즘의 폭력 속에서 어떻게 인간이 유린당하고 압살되는지를 농축시켜 보여주었다. 또한 정을병 역시 『개새끼들』, 『유의촌』, 「선민의 거리」 등에서 사회 부조리, 즉, 5·16의 부산물인 국토건설대와 의료계 등을 통해 당시 사회의 모순들을 풍자적으로 비판하고 있고, 유현종 역시 「거인」(1966) 등에서 사회 부조리를 건강한 시선으로 비판하고 있다.

이 시기 주요한 사회집단 문제 중 하나가 농민 문제였다. 특히 경제개발계획이 시작되면서 이 농민 문제가 사회적 문제로 대두되고, 또한 산업화로 인한 인간성 말살에 대한 대응책의 일환으로 농민들의 세계가 작가의 관심을 끌었다. 1960년대에 등장하여 1970년대 이후 왕성한 활동을 전개한 이문구는 『장한몽』에서 하층민의 삶을 따스한 애정으로 감싸면서 이들의 삶은 비인간화를 촉진하는 산업화에도 찌들지 않는 싱싱한 삶이라는 것을 강조하고 있다. 바로 12명의 공사장 인부들이 아무렇게나 내뱉는 속어·비어 등은 작가가 평소 즐겨 쓰는 투박하고 소박한 서민의 애환에 다름 아니었다. 이 작품은 1970~1971년에 발표되었지만 그가 1966년에 실제로 공동묘지 이장 공사장에서 일하며 겪은 실제 체험을 토대로 창작한 것이므로 1960년대 작품이라 하여도 별 무리가 없을 것이다. 오히려 농민소설이 1970년대 이후 본격화되었다는 점에서 그 징검다리 구실을 한 작품이라 할 수 있다.

그런 관점에서 보면 1960년대 농민소설에서 방영웅의 『분례기』(1967) 또한 제외될 수 없는 작품이다. 독자의 큰 관심을 끌었던 『분례기』는 방영웅의 데뷔작이자 대표작으로도 간주되는데, 여기서 작가는 토착어와 속담·민요 등을 활용하여 우리 민족의 질긴 삶을 농민들의 세계를 통하여 반추하고 있다. 말하자면 이 작품에 등장하는 인물들은 우리의 농촌 어디에서나 손쉽게 마주칠 수 있는 인물들이며 거기에 형성되어 있는 환경 역시 어디에서나 만날 수 있는 곳이다. 그 외에도 박경수의 『동토』(1969) 역시 농민소설로서 주목해야 할 작품이다.

그러나 1960년대 농민소설은 전반적으로 당시 변모해가는 농촌의 파괴를 도외시하고 순박한 인간성에 대한 애정에 집착함으로써 일정한 한계를 드러낸 셈이었다. 이러한 모습은 1970년대에 들어서서 이문구, 송기숙, 김춘복 등에 의해 현실적인 문제를 다룬 소설로 전환하게 된다.

이 밖에도 현실적인 문제를 다룬 소설로 박연희의 「침묵」, 박경수의 「애국자」, 선우휘의 「아버지」, 유주현의 「6인 공화국」, 유현종의 『불만의 도시』 등 혼란한 사회와 그에 기생하는 부당한 인간들의 모상이나 피해받은 인간들의 초상화를 그린 작품들이 있다.

4.

이상의 작품이 현실을 보다 중시하면서 그로부터 파생된 문제를 추구해 들어간 것으로서, 내성적 기교주의라 칭해지는 새로운 세대의 작품들은 보다 형식적인 면에 우위를 두면서 그 형식에 대한 실험 자체가 전후 세대의 새로운 의식과 결합되어 나타나고 있다는 점에서 주목된다. 물론 많은 작가들이 소재나 주제 설정에 있어 각기 다른 취향을 보여주고 있지만 1950년대 작품과는 다른 새로운 문학 형식과 감성의 세계가 나타났다.

신세대의 선두주자로 칭해지는 김승옥은 그의 작품에서 새로운 모습을 보여주는데, 대상을 바라보는 예민한 감성의 반응과 이국적이며 애상적인 문체가 돋보인다. 「생명연습」, 「무진기행」, 「서울, 1964년 겨울」, 「60년대 식」에서 작가는 새로운 세대의 감성을 유감없이 토로하고 있다. 이들 작품의 인물들은 불안하고 답답한 분위기 속에서도 무책임하고 다른 한편으로 비굴한 행동을 제멋대로 행하고 있다.

이를테면 「생명연습」(1962)의 경우는 전쟁의 악몽, 도덕·사회·현실이니 하는 모든 개념에서 벗어나 개인의 삶은 철저히 개인의 것이라는 강한 주관주의적 인식을 보여주고 있다. 「무진기행」(《사상계》, 1964. 10)의 경우에서도 축축한 바람과 자욱한 안개가 낀 소읍에 내려온 도시 청년이 여선생과 무책임한 정사를 벌이기까지의 과정을 통해 새 세대의 의식과 감성, 즉, 무질서, 몽롱한 추억, 센티멘털리즘이 날카로운 감각으로 채색되어 있다. 고향에 돌아와서 내뱉는 "안개를, 외롭게 미쳐가는 것을, 유행가를, 술집 여자의 자살을, 배반을, 무책임을 긍정하기로 하자"는 독백은 바로 그러한 면을 단적으로 보여준다.

박태순 역시 감각을 기초로 하여 도시의 풍속을 채색하고 있다. 이를테면 「연애」에서 작가는 아주 현실적으로 포착되는 미세한 단편들, 즉, 유행가 가수의 이름, 거리의 간판 등을 사용하여 소시민적 쾌락주의의 면모를 부각하고 있다.

그 반면, 지성을 강조하는 이청준은 「퇴원」(1965), 「병신과 머저리」 등에서 방향감각을 상실한 젊은이의 소외된 의식과 그 모럴을 서구적 지성으로 포용하고 있다. 난해한 논설체의 장문도 과감하게 사용하면서 심리주의적 기법, 혹은 정신분석학적 기법을 사용하여 한 개인의 삶을 억압하는 요인들, 가령 소년 시절의 질환, 병적 공포 심리, 과도한 죄의식, 증오심의 요인을 분석하여 현대인의 정신세계를 진단하고 있다. 이청준의 작품에서 곧잘 나타나는 관념적 꼭두각시의 조형과 그것의 무기력함의 제시는 바로 이 시기 모더니즘적 경향의 작가들이 그러하듯이 소시민 의식의 표현이기도 하다.

말하자면 김승옥이 본능적인 것으로서의 성 문제를 긍정적으로 수용하고 일체의 엄숙주의를 뿌리째 흔들어버린 점이나, 박태순이 일상적 생활인이 지닌 속물성을 주저 없이 수락하는 것이나, 서정인이 무지와 편견으로 충만한 사회에서 상상을 꿈꾸는 현대인의 파멸과 착종을 그리고 있는 것은 모두 같은 시대의 의식의 편린이 보여주는 예라 할 수 있다.

이처럼 이들 신세대 모더니즘적 경향의 작가들은 한 개인의 의식이 개입되지 않은 세계와 사물에 대한 고정관념을 거부하고 있다. 그런 점에서 이들의 문학적 태도는 감성을 출발점으로 하여 그것을 철저하게 구현함으로써 이성적 인식에 도달하는 것이라 할 수 있다.

이러한 내성적 기교주의 혹은 모더니즘적 경향의 작품으로 그 밖에 최인호의 「견습환자」, 홍성원의 「종합병원」, 서정인의 「후송」 등을 들 수 있다.

5.

앞에서 언급한 작품들 중 전광용의 「꺼삐딴 리」는 수난의 역사를 다룬 작품이라고 지적했다. 어느 시기에나 그 이전의 역사는 작가의 주된 관심 대상이기도 하다. 이 시기 작가들이 주로 관심을 보인 과거는 일제하 그리고 6·25라 할 수 있을 것이다. 물론 이 시기에 대부분의 작가들은 비록 유년기에 불과했지만 자신이 살았던 시대이기에 더욱 주요한 창작 대상이기도 하였다.

이와 관련된 주요 작품으로 우리는 일제 시대를 다룬 안수길의 『북간도』, 김정한의 「수라도」, 하근찬의 「족제비」, 유주현의 『조선총독부』, 그리고 6·25를 다룬 황순원의 『나무들 비탈에 서다』, 오상원의 「황선지대」, 서기원의 「이 성숙한 밤의 포옹」, 강용준의 「철조망」, 오유권의 『방앗골 혁명』, 박경리의 『시장과 전장』 등을 들 수 있다.

안수길은 『북간도』(《사상계》, 1961. 1~1963. 1)에서 19세기 말부터 20세기 초까지 민족의 역사를 일제에 대한 저항의 기점인 북간도를 중심으로 적극적으로 묘파해나갔다. 이창윤 일가 4대가 당한 수난을 통하여 그 비운의 역사와 거기에 대항하는 민족의 삶을 정확한 고증과 자신의 경험을 통해 사실적으로 그려놓음으로써 이 시기 역사소설의 역작으로 평가되고 있다. 김정한의 「수라도」(1969) 역시 일제 식민지 시대부터 해방 후에 이르는 시기의 수난사를 가야 부인 가족의 삶을 통해 증언하고 있다. 또한 대하장편소설 『조선총독부』(《신동아》, 1964. 9~1967. 6)를 쓴 유주현 역시 일제 식민지 시대의 역사를 방대한 역사 자료를 밑받침으로 하여 실록의 형식으로 재현하고 있다. 근 2천여 명의 실존 인물을 동원하여 우리의 최근세사를 복원한 이 작품은 그 스케일에서 압권이었다.

하근찬은 침략자 일본을 상징적으로 묘사한 「족제비」에서 일제의 경제적 수탈과 정치권력의 폭력을 풍자적으로 폭로하면서 그러한 부당한 힘에 대해 예리한 비판을 가하고 있다.

한편 6 · 25는 지금도 그렇지만 1960년대 작가에게는 지울 수 없는 상처로 남아 있었다. 따라서 이와 관련된 창작은 세대의 구별 없이 모든 작가들이 운명을 어루만지듯 이루어진 셈이다. 그 가운데서도 황순원을 비롯하여 오상원, 서기원, 강용준 등을 대표적 작가로 들 수 있다.

황순원은 『나무들 비탈에 서다』(《사상계》, 1960. 1~7)에서 전쟁이라는 비인간적 폭력 속에 상처 입고 굴절되어 가는 젊은이들의 감각과 의식을 치밀하게 묘파했다. 작중인물로 동호, 현태, 선우상사, 장숙 등은 한결같이 전쟁의 희생자들이다. 그 희생은 오히려 외부적이라기보다는 내면적이고 정신적인 면에서 더 컸다. 소심한 동호는 현태와 관계되는 숙과의 정신적 연대에 얽혀 심한 열등의식과 죄책감을 느끼게 되고, 거기에서 오는 자의식 때문에 결국 애인을 총으로 쏘아 죽이고 자신도 유리병으로 자살하고 만다. 선우상사 또한 살인에 대한 죄책감 때문에 발광케 되고, 인정 많은 현태 역시 절망하여 방탕한 생활을 하다 형무소로 가게 된다.

이처럼 이 작품은 '상처받은 세대', '전후 세대의 니힐리즘'으로 젊은이들을 규정하면서 그 의식의 변모를 예리하게 지적해내고 있다. 마찬가지로 그 의식의 피해를 적나라하게 보여주는 「황선지대」(《사상계》, 1960. 4)에서 오상원은 미군 주둔지라는 특수 지대에서 독버섯처럼 살아가고 있는 인간군의 삶을 전쟁과 연관시켜 폭로하고 있다.

죄악감 · 윤리감마저 말살하는 전쟁이 남긴 비정의 인간세계를 날카롭게 분석하고 원시적 본능만이 남아 있는 전후 세대의 정신적 불구성을 묘파한 작품은 독자로 하여금 전쟁의 잔혹성을 선명하게 느끼게 해준다. 서기원 역시 「이 성숙한 밤의 포옹」에서 전후 사회적 혼란을 젊은 주인공의 시각을 통해 예리하게 그려내고 있다.

그 반면, 강용준은 실제 자신의 체험을 통해서 포로수용소의 생활에서 나타나는 극한상황, 거기서 맞부딪히는 숙명적 저항감, 부조리 등을 「철조망」(《사상계》, 1960. 7), 『밤으로의 긴 여로』 등에서 보여주고 있다.

오유권의 『방앗골 혁명』(1962)은 농촌소설이라고도 할 수 있지만 현재의 농촌을 문제 삼은 것이 아니라 농촌을 무대로 하여 6·25의 비극적 현실을 추적해 들어간 것이 특징이다. 오유권은 이 작품에서 6·25를 뜻밖에 일어난 돌발적인 사건으로 보지 않고 한 마을의 '상촌(上村)과 하촌(下村)'의 오랜 대립에서 찾고 있다. 그리고 산사람, 토벌군, 인민군, 국군 등 좌우의 첨예한 대립이 교대로 마을에 나타나 한 마을에서 일어난 처참한 살육을 객관적으로 보여주고 있다. "오직 살기 위해서 인민공화국 만세를 불렀을 뿐, 오직 살길을 찾아서 대한민국에 충성을 하였을 뿐, 우리에게는 죄가 없다. 원통타, 원통타"라는 외침은 그것을 단적으로 말해 준다.

여류작가 박경리는 『시장과 전장』(1964)에서 전장과 시장의 대비를 통해, 즉, 죽음과 부정 속에서도 삶과 긍정을 추구하여 전쟁이 지닌 문제와 그 상처를 여성 특유의 필치로 그려내고 있다. 6·25 전에 결혼하여 아이들까지 있는 지영은 서울로 떠나 혼자 38선 가까운 곳의 중학교 교사로 취직한다. 남로당원이었던 남편 기훈은 거리에 쓰러진 가화라는 여인을 만난다. 전쟁이 터지자 지영의 남편은 납북되어 다시 인민군으로 내려온다. 평범한 에고이스트로 전쟁의 상처를 뼈저리게 느끼는 지영, 강인한 공산주의자이지만 회의에 빠지는 기훈, 아무런 대가나 저항 없이 남을 사랑할 줄 아는 가화, 이들 등장인물들을 통해 작가는 전쟁의 비극을 폭로하고 있다.

6.

실상 하나의 연속적인 시기를 10년 단위로 묶는다는 것은 세대의 개념에서는 타당한 측면을 가지고 있지만 실제 작품 경향과 그대로 대응될 수는 없는 일이다. 그런 점에서 10년 단위의 문학사에서 가장 빠뜨리기 쉬운 것이 그 이전 세대 작가들에 대한 분석이다. 1960년대만 해도 그 이전에 활동해왔던 김동리, 오영수, 박영준 등은 더욱더 정열적인 활동을 했다.

김동리는 「등신불」, 「늪」, 「윤사월」 등에서 과거 「황토기」, 「무녀도」에서 보여주었던 토속적인 종교 색채가 진하게 배어 있는 전통적 서정 세계를 지속적으로 보여주었다. 중국 고사(古寺)의 불상에 얽힌 이야기를 토대로 하여 자기 몸을 스스로 태워 성불하는 만적 대사의 경지를 비장미로 형상화한 「등신불」(1963)이나 원시적이고도 토속적인 한국 고유의 전통적 미에 집념하는 서정주의가 물씬 배어 있는 「늪」, 「윤사월」 등 현재적 상황과 분리된 인간의 내면적 세계가 바로 김동리의 문학 세계였다.

오영수의 문학 세계는 김동리와는 다소 차이를 가지고 있으면서도 마찬가지로 따뜻한 인정미가 짙게 깔려 있는 서정주의에 기반을 두고 있다. 「은냇골 이야기」(《현대문학》, 1961. 4), 「고개」에서 오영수는 세상과 벽을 쌓고 사는 선의의 사람들의 세계를 아름다운 정담으로 엮어놓고 있다.

한편 이 시기에는 여류작가들의 활동 또한 외면할 수 없는데, 대표적 여류작가로 임옥인, 박경리, 강신재, 손장순, 박순녀 등을 들 수 있다. 이들 여류작가는 여성 특유의 체험과 섬세한 정감의 세계를 유감없이 발휘하며 자기 세계를 형성하고 있다. 이들은 기본적으로 현실에 초점을 맞추고 있지만 그 세계를 바라보는 시각은 대부분 애잔한 서정적 세계이다.

강신재는 가장 여성스러운 필치와 감각으로 『파도』(《현대문학》, 1963. 6~ 1964. 2)에서 항구의 모습을 소녀의 눈을 통해 아름답게 채색하고 있으며 장편 『임진강의 민들레』(1962)에서는 전쟁에 의해 붕괴되어가는 가족과 인간을 서정시로 그려놓고 있다. 손소희는 『남풍』에서 일제 말기부터 6·25 때까지를 다루면서 주로 여성의 수난과 고통을 전통적 윤리관으로 조명하고 있다. 그리고 손장순은 장편 『한국인』(1966)에서 여류작가로서는 드물게 관념적 표현을 많이 구사하면서 현대 지식인의 정신적 파탄을 냉철한 지성의 시각으로 그려냄으로써 여성이 범하기 쉬운 감상주의를 극복하고 있으며, 박순녀는 「어떤 파리」에서 남북 분단의 폐쇄성이 낳은 인간의 비극을 애잔한 눈으로 조명했다.

7.

전통적 문학 세계를 제외한 1960년대 문학의 일반적 특징을 말하자면 먼저 새로운 관념의 형성을 지적하지 않을 수 없다. 비록 그 경향이 사실주의 경향의 소산이거나 혹은 모더니즘적 경향의 소산인 측면이 있다 하더라도 그 관념은 이 새로운 세대의 특성을 일반적으로 지칭하는 새 세대 의식이라 말할 수 있다.

앞에서 필자는 1960년대 벽두를 강타한 최인훈의 『광장』이 두 경향을 동시에 가지고 있다고 했다. 이것은 어느 한 곳으로 명쾌하게 정리되지 않는 현실을 새롭게 조명해보려는 작가들의 개인적 노력과 그에 대한 반응이 마치 불탄 자리에서 여기저기 부분적으로 다시 돋아나오는 그러한 형상이었다. 다만 대부분의 작가는 기존 현실에 대한 부정적 관념에 뿌리를 내리고 있었다는 것이 특징적이다.

흔히 이 시기의 작품을 전체적으로 소시민적 혹은 관념적이라고 칭하는 것도 바로 그 때문이다. 6·25 전쟁, 폐허, 거기에 새로이 형성되는 권력층, 그로부터 소외되는 인간 집단, 그리고 산업화로 더욱 가중되는 소외

문제 등 제반 갈등이 누적되는 상황에서 작가들은 자기 나름의 다양한 치유책을 제기했다. 그러나 사회 전체의 혼돈은 명확한 흐름으로 통일되는 의식을 보여줄 수 없었고 대신 파편화된 상태에서 작가 개인의 시각을 먼저 요구했던 것이다. 그러나 다양한 흐름이 서로 착종되면서 1960년대 전체는 그때까지 살아남은 문학사적 연속성, 즉, 전통적 서정주의 그리고 현실의 모순을 전체적인 입장에서 객관적으로 조명해보려는 사실주의적 지향, 그리고 파괴된 인간의 심성에 대한 감각적 반응으로서 모더니즘적 경향으로 크게 대립하였던 것이다. 그리고 이것은 1970년대에 들어서면서 보다 분명한 상으로 자기 영역을 구축해갔다.

이렇게 보면 남북 분단과 1950년대 한국전쟁의 와중에 휩쓸려 들어갔던 행선지 없는 문학의 흐름은 1960년대에 와서 다시 새로운 자태로 모습을 드러내기 시작했고, 1970년대에 확고히 나타나는 여러 방향에 대한 출발점의 자리에 1960년대 문학이 서 있다고 평가할 수 있을 것이다.

희곡문학의 다양성

유민영

한국희곡문학사 또는 연극사에서 1960년대는 3 · 1 운동 직후인 1920년대만큼이나 여러 면에서 변화가 컸던 시기였다. 우선 문학 외적인 주변 환경만 보더라도 전쟁의 후유증을 정치 · 경제, 특히 정신적으로 거의 공황이라 할 만큼 심하게 겪어야 할 시기였던 데다가 4 · 19 혁명과 5 · 16 쿠데타로 이어진 정치 변혁이 전쟁을 겪으며 등장한 작가들을 한층 더 당혹스럽게 만들었다고 볼 수 있다. 즉, 전쟁과 혁명을 겪으면서 재래의 가치관이 송두리째 붕괴되고 전쟁으로 파괴된 사회를 복구하는 과정 에서 작가들은 명상의 공간에 조용히 머무를 수 없었던 것이다. 그만큼 작가들로 하여금 현실과 함께 뛰도록 만드는 상황이었다는 의미이다. 대체로 이러한 변혁기에는 작가의 등 · 퇴장과 창작 활동이 활발해져 많은 작가들이 등장하여 다양한 목소리를 내게 된다. 가령 종전과 함께 차범석, 하유상, 이용찬, 노능걸, 오상원, 임희재, 이근삼, 김자림, 박현숙, 오학영 등과 같은 극작가들이 1950년대 말에 한꺼번에 등장한 것도 우연한 일이 아니었고 동족 간의 이데올로기 전쟁이라는 시대 배경과도 무관하지 않다. 이러한 흐름은 1960년대로 이어져서 전무후무하리만큼 많은 극작가들이 출현한다. 가령 오태석을 비롯하여 신명순, 김의경, 박조열, 이재현, 오재호, 윤대성, 노경식, 전진호, 조성현, 김용락, 김기팔, 정하연, 천승세, 고동률, 서진성, 황유철, 윤조병, 이만택, 전옥주, 오혜령, 김숙현, 하경자, 강성희 등 20여 명이 단 몇 년 사이에 등단한 것이다. 따라서 1950년대 후반에 등장한 극작가 10여 명과 1960년대에 출현한 신진작가 20여 명 등 모두 30여 명이 각양각색의 목소리를 낸 것이 바로 1960년대의 희곡문학계였다. 시·소설 등과 함께 문학의 3대 장르 중 질과 양면에서 가장 빈약했던 희곡 분야가 1960년대에 비로소 제구실을 할 만큼 우선 외형적으로는 비교적 풍성했던 것도 하나의 특징적인 현상이었다.

이러한 극작가의 대거 등장은 전쟁과 혁명이라는 정치·역사적 배경 못지않게 연극계의 움직임과도 밀접한 관계를 지니고 있다고 볼 수 있다. 즉, 6·25 전쟁 중 신파극이라든가 악극·창극 등 식민지적인 연극 양식이 급속히 퇴조하면서 '신협(新協)'이라는 근대적 극단이 연극사의 명맥을 이었는데, 이것마저 신진세력, 즉, 대학극 출신의 참신한 젊은이들에 의해 밀리기 시작했던 것이다. 극단 '제작극회'를 시발로 한 실험극운동이 연극계를 자극하여 1960년대 들어서 동인제 극단 시대를 연 것이야말로 정체되었던 연극계를 회생케 한 계기였다 할 수 있다. 그로부터 '실험극장', '민중극장', '동인극장' 등이 속속 등장했고, 1962년 드라마센터의 개관과 함께 잠시나마 연극중흥운동이 일어났던 것도 문학 지망생들의 희곡 창작을 유도했다. 때맞추어 드라마센터를 중심으로 하여 극작 워크숍도 있었기 때문에 까다로운 문학 장르라 할 희곡이 자연스럽게 문학청년들에게 밀착될 수가 있었다. 또한 잇따라 나타난 극단 '산하', '자유극장', '광장', '가교', '여인극장' 등 10여 개 극단이 창작극 공연에 관심을 보인 것도 극작가들의 의욕을 북돋우는 데 일조했다. 그로 인해서 각종 문예지에도 희곡이 자주 게재되었고 명동 '국립극장' 무대에도 창작극이 자주 올려졌다. 그렇다고 해서 30여 명의 극작가가 모두 지속적인 활동을 벌인 것은 아니었다. 이들 중 상당수는 데뷔작으로 끝나거나 한두 편의 공연 실패로 연극계에서 사라졌다.

가령 노능걸을 위시해서 서진성, 황유철, 조성현, 전진호, 이만택, 고동률, 하경자 등이 연극계에 발을 붙이지 못한 경우였고, 오상원, 천승세, 오학영 등은 소설 쪽으로 간 경우였으며, 임희재, 오재호, 김기팔, 이용찬 등은 방송 쪽으로 방향을 돌리기도 했다. 그렇게 볼 때 1960년대에 지속적이면서도 줄기차게 작품 활동을 한 작가는 1950년대 말엽에 등단하여 정력적으로 창작 활동을 벌인 차범석, 하유상, 이근삼과 시나리오로부터 희곡으로 방향을 돌린 오영진이 중심 역할을 했고, 신예로서 오태석, 노경식, 이재현, 신명순, 윤대성, 박조열 등이 실험성 짙은 작품을 들고 기성 희곡계에 가세함으로써 중견과 신진의 두 흐름을 형성했다.

그렇다고 해서 희곡작품의 경향이 연령층으로 갈라진 것은 결코 아니었다. 중견작가들만 하더라도 차범석과 하유상은 비슷한 교육 배경에 따라 정통 사실주의를 추구한 데 비해서 미국에서 잠시 희곡을 공부한 이근삼은 자유분방한 형식을 취했고, 소재 원천을 전통민속에서 즐겨 찾은 오영진은 나름대로 유니크한 세계를 추구한 것이다. 신진작가의 경우도 노경식이나 이재현은 고지식할 정도로 정통적 사실주의를 고수한 데 반해서 오태석과 박조열, 윤대성 등은 다분히 부조리극이나 서사극에 가까운 작품 경향을 보여줌으로써 서양 현대극의 영향도 만만치 않다는 것을 실증해주었다. 중견작가들과 신진작가들의 이러한 차이는 어디까지나 형식에서 나타나는 것이었고 그들이 작품에서 추구하는 테마가 역사와 현실, 전쟁과 휴머니즘, 이데올로기와 분단 등이라는 점에서는 다를 바가 없었다. 가령 현실정치에 관여까지 할 정도로 정치 문제에 관심이 많았던 오영진의 경우, 1960년대 들어서 「허생전」을 비롯하여 「해녀 뭍에 오르다」, 「나의 당신」, 「아빠빠를 입었어요」, 「모자이크게임」 등을 잇달아 발표하면서 군사정권의 대일 정책에 대해서 강한 불만을 표시하며 이 땅에서의 정치극에 대한 조심스러운 접근을 보여준 바 있다. 즉, 그는 「해녀 뭍에 오르다」(1964)에서까지만 해도 물질문명에 대한 혐오감을 자연주의적 시각에서 표출했지만 「허생전」으로부터 「모자이크게임」에 이르는 과정에서는 5·16 군사 통치를 매판 세력으로 몰아 신랄하게 비판하고 있음을 알 수 있다.

특히 그는 한때 조민당 당수로서 한일협정 비준 반대와 월남 파병 반대라는 민족주의적이면서 동시에 보수적 정치관에 따라 정부의 대일 접근과 일본의 한국 침투를 신경질적으로 거부한 「모자이크게임」을 발표하여 일반의 주목을 받기도 했다. 일본에 대한 이러한 반감은 다음 작품인 「동천홍」에서 절정을 이루었는데 그는 1960년대 정권 담당자들의 대일 정책을 19세기 말 개화당 일파와 유사한 행태로까지 볼 정도였다. 오영진의 과격한 정치극은 일단 그의 죽음으로 끝났지만 우리나라 희곡사에서는 처음 나타난 본격적인 정치극으로서 의미를 지닌다고 하겠다.

오영진과는 달리 유치진의 정통 사실주의를 계승한 차범석은 전후 작가군의 선두주자로서 고향 목포를 배경으로 토속적 세계를 추구하다가 점차 젊은 시대의 다양한 체험 세계, 즉, 전쟁, 이데올로기의 허상, 전통적 가치관의 붕괴, 정치 비리 등을 폭넓게 묘사했다. 즉, 그는 리얼리즘을 기조로 하여 변천하는 현실을 자기 작품에 투영하는 자세를 견지했다. 사회와 현실이 변화해가는 소리를 드라마로 재현시켜 관중에게 들려주겠다는 것이 그가 작품에 접근하는 기본 태도라 볼 수 있다. 그러한 사회와 현실의 음향은 현재 진행되고 있는 것만이 아니고 오늘에 연결된 지나간 것까지도 포함된다. 따라서 그의 작품 테마는 다음과 같은 몇 갈래로 나누어진다. 즉, 우선 로컬리즘이라 불릴 항구나 섬사람들의 가난한 삶으로부터 출발하여 포연 속의 인간성 파괴, 문명화에 따른 인간소외, 애욕의 갈등, 정치권력의 비리와 그 허위성, 그리고 전통적 가치관의 붕괴와 새로운 모럴에 대한 의구심 등으로 요약될 수 있는 것이다. 가령 「밀주」, 「귀향」, 「무적」 같은 초기 작품이 고향 사람들의 진솔한 삶을 애정의 눈으로 바라본 것으로서 그를 극작가로 입신시켰다면, 상경 후에 쓴 「껍질이 째지는 아픔 없이는」, 「태양을 향하여」, 「공중비행」, 「산불」, 「갈매기떼」, 「청기와집」, 「스카이라운지의 강 사장」, 「파도가 지나간 자리」 등은 동족 전쟁과 그 후의 사회·정치·윤리 문제를 여러 측면에서 다룬 작품들이라 볼 수 있다. 차범석은 황폐해진 서울을 「불모지」라는 작품에 응축시키고 그것을 다시 시대 변화의 영역으로 확대하여 「청기와집」을 완성했다. 한 시대의 퇴락과 새 시대의 도래를 신구세대 간의 갈등으로 응집시킨 이 작품은 「태양을 향하여」와 연결된다. 그것은 작가가 시대 변화에 따른 피해자들을 따뜻하게 감싸 안은 점에서 그러하다.

그러나 뭐니뭐니해도 근대희곡사가 추구해온 리얼리즘에 해방 이후 큰 획을 긋고 차범석의 대표작으로 남을 작품은 「산불」이라 볼 수 있다. 이 작품은 두 가지 점에서 주목을 받을 만한데, 그 하나는 1920년대 이후 극작가들이 추구한 리얼리즘 기법을 형태상으로 성숙시켰다는 점, 두 번째로는 이데올로기 갈등과 동족 전쟁을 객관적인 입장에서 작품화하려 노력한 점에서 그렇다. 물론 당시의 냉전 상황에서 분단과 이데올로기 갈등을 딛고 냉철하게 6·25 전쟁을 묘사한다는 일은 어려웠다. 그러나 이데올로기의 허상이 인간성을 얼마나 철저하게 파괴하는가를 사실적으로 묘사한 점에서 평가받을 만하다고 보겠다. 「산불」은 작가 자신도 말한 것처럼

"사상과 권력과 당파의 틈바구니에서 시달려야만 했던 민족의 비애"를 극화한 것이고 "일정한 방향이나 의식도 없이 끌려다니는 무지한 사람들의 애증의 원색"인 것이다. 이처럼 차범석은 개념적 · 형태적 진보와 함께 성격 창조 · 상황 묘사 등에서 우리나라 사실주의극을 진일보시켰지만 시간이 흐르면서 작품의 농도가 엷어져 갔다. 이는 아마도 그가 이끌고 있던 극단 '산하'가 대중극을 주창하면서 자신의 작품 세계에도 변화를 주려고 했던 데 원인이 있었지 않나 싶다.

차범석과 여러 가지 면에서 궤를 같이했던 하유상도 출발은 1950년대 후반에 했으나 본격적인 활동은 1960년대에 들어서 '국립극장'을 통해서 이루어졌다. 그의 데뷔작 「딸들 자유연애를 구가하다」와 「젊은 세대의 백서」 등에 명료하게 나타나 있는 바와 같이 하유상의 초기 작품 주조는 전통적 가치관의 퇴조와 새로운 모럴의 등장을 발랄한 젊은이들의 자유분방한 생활과 사고를 통해서 묘사한 것이었다. 적어도 신구 모럴의 대립과 갈등은 전쟁을 겪는 동안 첨예화되었고 미국문화의 영향에 의해서 전통적인 가치관이 급격히 붕괴되는 과정에 놓여 있었던 것이 1960년대라 볼 수 있다. 차범석이라든가 하유상 등 전쟁을 체험한 작가들이 그러한 주제를 즐겨 다룬 이유도 거기에 있었지 않나 싶다. 물론 하유상의 경우는 다작이었기 때문에 관심 분야도 넓었고 사랑과 인정에 따뜻한 시선을 보내는 풍속극도 많이 썼다.

즉, 그는 구시대에 연민의 정을 쏟는 인정적 작가로서 세대 간의 갈등을 서민들의 애환기로 인간애를 바탕으로 다룬 과도적 성향의 작가였던 것이다. 따라서 그가 창조한 인물들은 가난하지만 정직하고 선량한 성품을 지니고 있는 것이 특징이다. 특히 「종착지」라든가 「절규」, 「선의의 사람들」처럼 전쟁을 겪고서도 꿋꿋하게 살아가는 인간 군상을 묘사한 작품들에서 그 점은 잘 나타나고 있다. 이처럼 하유상은 전후파 작가답게 6 · 25 전쟁과 그 후유증을 동정적으로 작품 배경에 깔면서 4·19 혁명도 복합적으로 다루었다. 그렇다고 해서 하유상이 오영진처럼 정치극 작가라는 이야기는 아니다. 다만 그가 부각시키려던 참되고 정의로운 삶을 묘사하는 과정에서 그러한 정치 변혁에 따른 문제들이 자연스럽게 삽입되었을 뿐이다. 과도기적 극작가라 할 하유상은 자신의 그러한 성향을 간파하면서 1960년대 후반 들어 나름대로 자기 세계 구축에 나섰던바 그것이 다름 아닌 로컬리즘의 추구였다. 장막극 「학 외다리로 서다」로부터 시작해서 「꽃상여」로 이어지는 작품 계열이 바로 그러한 세계이다. 그러나 그의 새로운 주제로의 확대·변화는 1970년대 희곡사에서 논해져야 되리라 본다.

하유상과 같은 시기에 역시 '국립극장' 무대를 통해 등장한 이용찬도 차범석, 하유상이 즐겨 다룬 바 있는 전통적 가치관의 붕괴와 새로운 모럴의 탄생을 작품의 주조로 삼은 점에서 동시대 극작가라 볼 수 있다. 다만 이용찬은 자기의 사적 체험을 바탕으로 해서 가족의 붕괴와 혈연의 아픔을 식민지, 6·25 전쟁 그리고 격동의 정치 상황을 배경으로 하여 묘사한 것이 특징이다. 그는 인류학에서 이야기하는 사회의 최소 단위라 할 가족의 내부 변화를 통해 사회 변동을 묘사하기 위해서 극작가가 된 경우라 볼 수 있다. 왜냐하면 이용찬은 식민지 시대와 6·25, 4·19라는 격변기에 가장 참담한 가정적 체험을 한 작가로 알려졌기 때문이다. 가령 그의 데뷔작이면서 대표작으로 꼽히는 「가족」만 보더라도 한 가정의 몰락 과정이 식민지 시대, 6·25, 4·19에 걸쳐서 정치의 허상과 얽혀 그려져 있다. 그런데 그의 작품에서 주목되는 사실은 그가 신진교육을 받았음에도 매우 보수적인 가족 관념, 즉, 전통적인 혈연관계를 중시한 점이라 하겠다. 그 점은 부자 관계 묘사에서 극명하게 나타나는데 「피는 밤에도 자지 않는다」가 하나의 예가 될 것이다. 즉, 이 작품의 주인공은 무책임하고 방종한 아버지로 인해서 간난신고를 겪는다. 왜냐하면 조강지처와 이복형제까지 둔

아버지가 정부와 일본으로 출분했다가 4·19 혁명과 함께 귀국하여 정상배로 나섰기 때문이다. 4·19에 가담한 아들이 다리까지 절단당한 채 병상에 누워 있는 것과는 너무나 상치되는 것이었다. 물론 아버지는 자괴(自愧)하고 며느리가 득남하여 낡은 세대의 몰락과 새 세대의 등장으로 종결짓긴 하지만 작가는 재래의 혈연 개념을 매우 중시한다는 점에서 의식의 낙후성을 보여준다. 그는 일관되게 부자간의 전통 윤리를 바탕으로 가족관계를 묘사한 매우 특이한 작가이다.

매우 전통적인 차범석, 하유상, 이용찬 등과는 달리 미국에서 희곡 공부를 한 이근삼은 극장주의를 내걸고 1960년대 연극계에 새바람을 일으키면서 등장했다. 그의 희곡이 신선한 바람을 일으킬 수 있었던 것은 두 가지 이유 때문이었다.

그 한 가지는 고루할 정도로 사실주의 기법에 집착해 있던 기존 작가들과는 달리 서사 기법·표현주의 등 다양한 드라마트루기와 문학성보다는 극장성을 강조한 점이었고, 다음으로는 비극이나 멜로드라마가 주류인 연극계에 희극 정신을 되살리면서도 재래의 희극 방법을 깨는 소극(笑劇) 형식을 많이 취한 점이었다. 이러한 이근삼 작품의 특색은 과거에 볼 수 없었던 새 형태로서 연극계에 신선함을 던져주었다. 물론 우리나라 전통극이 모두 희극 세계였고 신파극에서도 희극의 맥은 이어졌었다. 게다가 해방을 전후해서 오영진이라는 유니크한 작가가 등장하여 전통적인 해학 정신을 계승해왔다. 그는 신화문학 측면에서 보면 희극적 비전에 속하는 작가였다. 그럼에도 불구하고, 전통적인 해학 정신과 전혀 다른 형식의 자유분방하면서도 시니시즘에 가득 찬 이근삼의 희극 세계는 매우 독특한 것이었다. 물론 희극은 익살, 해학, 위트, 풍자, 아이러니 등 여러 가지 복합 충동에 의해서 지배되고 특징지어지는 장르이므로 동서고금이 다를 바가 없을 것이다. 그러나 이근삼의 희곡은 형식의 분방함에 있어서나 풍자 · 비판의 대담성, 종횡무진한 독설 등에 있어서 과거에 예가 없을 정도의 새 국면을 연 경우였다. 따라서 그가 공격의 대상으로 삼는 인물들은 정치가로부터 학자, 관리, 사업가, 예술가 등 비교적 공인된 계층의 사람들이다. 그는 특히 명예를 중시하는 소위 명사들의 허위의식을 폭로하고 고발한다. 그의 데뷔작인 「원고지」로부터 「거룩한 직업」, 「위대한 실종」, 「광인들의 축제」 등이 그러한 계열이다.

그가 지식인 못지않게 혐오하는 인간군상은 정치인이다. 그가 첫 번째로 쓴 장막극도 실은 정치 주제의 「욕망」이었다. 그 후로도 그는 「제18공화국」, 「대왕은 죽기를 거부했다」 등을 통해 정치의 추악한 이면, 권력의 무모성 등을 과감하게 풍자했다. 그는 언제나 권력의 본질은 악이고 정치가는 우매하다는 입장에서 정계를 투시하고 있다. 그는 정치 주제의 작품들을 통해서 정치철학과 경륜 없이 날뛰는 정상배, 정치와 무관했던 인물들의 권력 탈취, 지조 없이 날뛰는 지식인의 곡학아세, 정당 난립 그리고 무모한 쇼비니즘이 나라를 망친다고 개탄한다. 이에 그치지 않고 그는 문명비판으로까지 작품 영역을 넓혀갔다.

이러한 중견작가들이 활약하는 가운데 김자림과 박현숙 등 여류작가들도 가세하여 변천하는 세태 속에서 여성의 사회적 위상을 찾으려고 몸부림친 것도 1960년대 희곡문학계의 이채로운 현상이라 볼 수 있다. 그러나 더욱 큰 변화는 역시 신선한 감각과 새로운 희곡 양식을 실험한 신예작가들의 등장이라 볼 수 있다. 1960년대 작가 중에서 박조열과 이재현은 실향민이라는 점에서 공통점을 지니고 작품 세계 또한 분단 및 망향과 관계가 깊다. 가령 「토끼와 포수」라는 코미디로 데뷔한 박조열의 경우, 전장 경험을 바탕으로 통일을 향한 갈망을 베케트식의 「모가지가 긴 두 사람의 대화」와 「관광지대」로서 표출한다. 이와 달리 어린 소년으로서 부모와 헤어져 월남했던 이재현은 분단 현실을 보는 눈이 감상적으로 흐르는 한편,

고향과 부모·형제에 대한 그리움이 절절할 수밖에 없었다. 따라서 데뷔작 「바꼬지」로부터 「해뜨는 섬」, 「사하린스크의 하늘과 땅」, 「제십층」 등 초기작은 하나같이 이상향에 대한 동경을 테마로 하고 있다. 「바꼬지」는 특수지명이 아닌 작가가 두고 온 고향의 상징이다. 그렇기 때문에 분단 현실에서의 「바꼬지」는 도달할 길 없는 피안의 고개일 수밖에 없다. 그래서 작가는 다시 한 번 「해뜨는 섬」으로써 열릴 수 없는 이상향의 문을 힘차게 두드린다. 이재현으로서는 하나의 질환과도 같은 유토피아를 향한 그리움은 무국적 한국인의 처절한 망향 의지를 다룬 「사하린스크의 하늘과 땅」으로 연결된다. 이처럼 분단 현실을 회향 의식으로 묘사한 그는 1970년대 들어 포로들을 통해서 이데올로기 문제를 정면으로 다루기 시작했고, 이데올로기라는 것이 인간을 파괴하는 그림자라는 입장에서 그것을 작품 주제로 끌어들였다.

1960년대 희곡의 한 특징으로서 로컬리즘을 꼽을 수 있는데, 그것은 중견작가들뿐만 아니라 신진작가들로부터도 강하게 분출되었다. 이재현의 「해뜨는 섬」에 이어 소설가로서 희곡을 쓴 천승세의 「물꼬」, 「만선」 등에서도 로컬리즘의 기운이 물씬 풍겼다. 특히 대자연과 싸워나가는 어민들의 강인한 생명력을 묘사한 「만선」은 곰치라는 한 인물 창조로도 돋보이는 작품이다. 한편, 노승식은 토속성 짙은 천승세와 같은 남부 출신이면서도 서울의 변두리 인생을 그린 「철새」로 데뷔해서 6·25 전쟁의 참화를 묘사한 「격랑」으로 연극계에 모습을 드러냈다. 그렇지만 그는 1970년대 들어서 자기의 본색을 드러내기 시작했는데 전통적인 한국 여인상을 사실적으로 묘사한 「달집」이 하나의 예가 되리라 본다. 그러나 뭐니뭐니해도 1960년대에 등장한 신예로서 실험성이 강한 극작가는 윤대성과 오태석, 신명순 등이라 볼 수 있다. 전후의 허무주의와 생에 대한 회의를 실존주의적 관점에서 묘사한 「출발」의 작가 윤대성은 점차 역사를 비판하고 정치와 사회 현실을 거부하는 몸짓으로 방향을 전환한다. 그런 첫 번째 작품이 다름 아닌 「망나니」였다. 이 작품은 특히 지배층에 좌우되어온 역사를 거부하는 민중의 저항의식을 묘파했다는 점에서 주목되지만, 그보다도 전통가면극을 현대극에서 응용함으로써 기법적으로 대담한 실험을 시도했다는 사실을 간과해서는 안 될 것이다. 1970년대에 한때 유행했던 전통극의 현대적 수용이라는 실험극의 선구적 역할을 한 작품이 바로 「망나니」였던 것이다. 그로부터 윤대성은 무속을 현대극에 끌어들이기도 했고 서사 기법을 활용하기도 하는 등 역사와 현실비판을 위한 여러 가지 실험을 꾀했다. 이때부터 무대 위에서도 역사의식 문제가 조금씩 대두되었고 특히 신명순의 「전하」 같은 작품에서 미미하게나마 그 점이 나타났다. 「전하」는 세조의 왕위 찬탈을 새로운 시각에서 조명한 점에서 종래의 계몽사극을 탈피하고 있다. 정통적 사극 방식에 서사 기법을 가미시켜 개인의 신념과 양심 문제를 역사적 사건을 통해 점검해본 작품이었던 것이다. 특히 세조의 정치관, 신숙주의 도덕관을 현대인들에게도 시사점이 되도록 오늘의 시각에서 조명한 것이 특징이다. 세조의 왕위 찬탈을 권력의 속성으로 파악한 작가는 명분을 지키기 위해서 목숨을 초개같이 던지는 사육신을 통해 지식인의 양심 문제를 건드린 것이다. 이와 같이 역사를 통한 현실 발언이 젊은 작가의 사극에서 구체적으로 나타났다는 점에서 신명순의 「전하」는 관심을 끌었다.

이러한 무서운 신인들 중에서도 유독 돋보인 작가로 오태석이 있다. 1967년에 「웨딩드레스」로 등장한 그는 연극계의 돌연변이라 할 만큼 유니크한 작가이다. 데뷔하기 전부터 대학에서 자기 작품을 여러 편 공연한 바 있는 그는 「환절기」, 「고초열」, 「육교 위의 유모차」, 「여왕과 기승」, 「유다여, 닭이 울기 전에」, 「교행」 등 매년 장·단막극을 두세 편씩 낼 만큼 정력적으로 활동을 벌였다. 그러나 무엇보다도 오태석이 주목을 받은 이유는 그의 작품의 전위성과 난해성 그리고 신선한 감각 때문이었다. 그의 작품의 플롯은 해체되어 있고 대사는 즉흥적이며 주인공은 과거와 차단되어 있기 때문에 주제마저 모호할 때가 많다. 특히 객기 넘치는 요설과 사설들이 작품의 흐름을 가리기 때문에 산만하고 난삽하다. 일종의 논리적 부조화, 혹은 초논리가 그의 작품 속에서 등장인물의 의식을 찢어놓기 때문에 그의 극은 의식의 흐름에 따른 행위같이도 보인다. 이처럼 그는 현대 부조리극 계열의 작가들처럼 충동적이고 무의식 세계를 헤매는 작가였던 것이다. 바로 그 점에서 오태석은 우리나라 근대 희곡사의 주조로 내려온 리얼리즘의 고루성을 대담하게 깨뜨리고 한국희곡에 현대성이라는 새 틀을 부여한 작가라 볼 수 있는 것이다. 일찍이 마틴 에슬린이 "현대는 신뢰받을 수 있었던 이 우주로부터 갑자기 이성의 빛과 환각을 박탈당함으로써 인간은 소외감을 느끼게 되었고, 잃어버린 고향에 대한 기억이나 약속된 땅에 대한 희망이 없기 때문에 마치 유적지에서 출구를 못 찾고 있는 것 같다"고 쓴 적이 있는데 오태석의 주인공들이 이와 근사치의 인물들이 아닌가 싶다.

이상과 같이 1960년대 희곡문학은 40여 년 동안 추구해온 사실주의가 비로소 정착기를 맞았는가 하면, 다른 한편으로는 사실주의극을 극복하는 서사극이라든가 부조리극과 같은 새로운 양식도 등장하는 등 다양성이 나타났고, 신구 극작가들의 뚜렷한 세대교체가 이루어지기도 했다. 이 말은 1970년대 희곡문학계가 심상치 않게 전개될 것임을 암시하는 것이기도 하다.

순수 · 참여론의 대립기

오양호

1. 1960년대의 의미

1960년대는 참여문학론이 한국문학에서 크게 위세를 떨쳤던 시대이다. 문학에 있어서의 순수문학론과 그렇지 않은 문학과의 이론 대립은 어제오늘의 문제가 아니다. 이 문제는 아리스토텔레스의 『시학』과 플라톤의 『공화국』 이후 끊임없이 계속되어온 원론 중의 원론이다. 그런데 이것이 1960년대에 와서 한국 문단을 전례 없이 강타하고 드디어 1970년대의 리얼리즘 문학논쟁 시대까지 열었다.

1960년의 4 · 19와 1961년의 5 · 16은 가장 짧은 기간에 가장 극단적인 사건이 완전히 반대되는 성분의 사람들에 의해 이루어진 충격적인 역사의 한 장이다. 1960년대의 참여문학론은 이런 시대적 상황과 결코 무관하지 않다.

1960년 1월 순수문예지《현대문학》이 처음 '참여문학'이란 말을 문단에 던졌고, 그해 말 문단은 최인훈의 『광장』론으로 뒤덮였다. 1961년은 아주 조용했다. 1962년에 들어서서는 문단비평과 강단비평이 맞섰고, 1963년에는 순수와 참여의 대립이 본격화되기 시작했다. 1965년에 와서는《사상계》도 이런 문제에 관심을 보였고, 거기에 '학사주점' 사건이 터지면서 이 문제는 현실의 전면으로 튀어나와 확산되었다. 1966년에《창작과비평》이 창간되고, 1967년 김붕구의 「작가와 사회」로 이 과제에 대한 논의가 절정을 이룬다.

4·19로 막을 연 1960년대도 이제 한 세대가 지나간다. 오늘에 있어 1930년은 옛날의 한 세대일 수 없다. 어떤 통계에 의하면 1960년대 초 수필과 아동문학을 제한 우리나라의 문인 수가 약 550여 명으로 나타났다. 그런데 1988년의 문인 수는 어림잡아 3천 명이 넘는다고 하니 한 세대가 채 못 되는 시간인데 그 수가 여섯 배 불어났다. 1960년대의 남한 인구를 2,500만 명으로 잡는다면, 인구는 배가 늘어났는데 문인 수는 배의 배수로 늘어난 셈이 된다. 이 숫자는 백철의 『조선신문학사조사』가 간행되던 시기 문인 수의 거의 40배가 된다.

역사는 가능하면 인간사의 모든 문제를 포괄하는 의미로 기술되어야 하고, 역사로서의 문학사 역시 모든 문학적 사실을 포괄하는 것이 이상적일 것이다. 그러나 실제가 이상과 합일될 수는 없으니 따라서 한 시대의 역사적 기술은 그 시대의 특징을 잡아 기술할 수밖에 없다. 1960년대의 의미를 순수문학과 참여문학의 대립기로 요약한 것은 이런 근거 때문이다.

2. 참여문학 시대의 예고

1960년대에 문학의 참여를 말한 최초의 평론은 김양수의 「문학의 자율

적 참여」(《현대문학》, 1960. 1)이다. 김양수는 이 글에서 "한 민족의 역사
는 이상만을 따라갈 수 있는 것이 아니다. 이상을 품고 희망을 거는 것은
오로지 민족마다의 의욕일 뿐이다. 어떠한 가난의 계절 속에서도 역사의
자율적인 참여를 할 수 있느냐가 중대사인 것이다"라는 말을 하고 있다.
이어서 그는 "문학 그 자체는 항시 스스로의 역량을 초과하지 않는다. 초
과하고 이탈하는 것은 언제나 인간 자신들인 것이다. 적극적인 상황 앞에
서 적극적으로 의미를 추구하려는 자세가 관심사이다"라고 했다. 이런 시
각은 1948년 일군의 문인들이 북으로 몰려간 이후 문학이 현실에 관심을
보인 보기 드문 발언의 하나로 평가해도 좋겠다. 1948년 정부가 수립되자
이 땅의 문학은 김동리와 서정주를 정점으로 하고 청록파 3인이 정립된 속
에 문학이란 '어떤 구경적인 생의 형식'이란 말로 집약되어 왔기 때문이다.
'구경적인 생의 형식'이 '문학 하는 것'이란 김동리의 문학관은 1950년대
순수문학의 기초가 된 기둥 논리의 하나였다. 그 시대를 주도한 활동적인
평론가 조연현의 경우도 「비평의 논리와 생리」(1951), 「현실성과 시대성」
(1954) 등의 글에서 순수문학을 통해서만 인간과 세계를 보려 했다.

　김우종이 문학사에서의 이데올로기를 제기하고 나온 것은 1960년 2월
7일로 그는 《한국일보》에 쓴 글에서 "답보 과정에 있는 우리 문학을 향상
시키려면 우리 작가들은 위대한 사상가가 되어야 한다"고 했다. 순수문학
의 기준은 표현 방법에 있고, 작품의 위대성은 사상성에 있다는 것이다.
이러한 주장에서 부분적인 논리의 잘못을 찾아내기란 매우 쉬운 일일 것
이다. 그러나 이런 발언의 뒷면에 깔린 것은 당시의 문학이 시대 상황을
따라가지 못하고 머물러 있다는 것이다. 이 불만이 순수문학에 대한 것임
은 물론이다. 표현하는 방법, 작법에만 매달릴 것이 아니라, 좋은 사상을
지녀야 위대한 작품이 된다는 주장이다. 김우종의 이러한 논리를 뒷받침
이라도 하듯 문단의 주목 속에 나타난 글이 유종호의 「비순수의 선언」(《사

상계》, 1960. 3)이다. 주지하듯이 이 글은 송욱의 「하여지향(何如之鄕)」에 대한 대담 투의 비평문이다.

「하여지향」은 풍자시로서는 성공했다고 할 수 있지만 표현 방법 면에서는 그렇게 좋은 평가를 받지 못하고 있다. 동음이의어의 나열 등 기교가 실험성의 단계에 머물러 있기 때문이다. 그러나 유종호는 이 시가 1960년대 한국시의 고민이 상징되어 있는 '비평적인 시'라고 했다. 그리고 「하여지향」은 '송욱 나이즈된' 「황무지(Waste land)」의 국어역이며, 시의 음악성이 산문으로의 전락을 막아 새로운 시형을 구축했다는 평을 하고 있다. 유종호의 이러한 시작은 결과적으로 그해 말에 온 『광장』에 대한 열띤 토론을 대비하는 구실을 했다. 『광장』에 대한 구체적 작품 논의는 이러한 도입 과정의 원론 체험을 평론가들에게 일깨워줌으로써 가능했다고 볼 수 있기 때문이다.

1960년 10월 《새벽》에 발표된 최인훈의 장편소설 『광장』은 위와 같은 문단의 흐름에 참여의 불길을 댕기는 역할을 하였다. 이 작품이 당시의 독자나 지식인들에게 얼마나 큰 사건으로 받아들여졌는지는 김충식의 다음과 같은 말로 잘 드러난다.

그 작품에 나오는 또 하나의 무대인 바닷가 항구도시 Ⅰ市의 하숙방에서 《새벽》지에 전개된 『광장』을 읽었을 때의 그 감격을 나는 잊지 못한다. 마지막장을 덮었을 때 들리던 새벽을 알리는 두부장수의 요령소리도 그것은 바로 우리 세대의 자화상이었다.

한편 백철도 "『광장』은 특별히 남북통일론을 의식하고 쓴 것은 아니지만 그 중요한 문제에 대하여 커다란 암시와 실험의 사실을 암시해주었다. 침체한 문학계에 하나의 돌을 던진 작품이라고 본다"고 하면서 이 소설을 극찬하고 나왔다(《서울신문》, 1960. 11. 7). 그러나 신동한이 "그 작품 어느 구석에 남북통일에 대한 문제성을 찾아낼 수 있느냐"고 했다. 그것이 「확대해석에의 이의」(《서울신문》, 1960. 11. 14)이다. 그는 "『광장』의 주인공 이명준의 행동은 하나의 성격파탄자의 몸부림에 지나지 않는다"고 했다. 대단한 반박이다. 주인공 명준을 성격파탄자라고 했으니까. 신동한은 『광장』에 나오는 그 정도의 남북 의미는 전에도 저널리즘에서 실컷 떠들어놓은 이야기에 불과하며 아무런 새로운 발견이나 표현도 없다고 혹평했다. 이것은 작가 최인훈이 작품을 쓰고 나서 "아시아적 전제의 의자를 타고 앉아서 민중에겐 서구적 자유의 풍문만 들렸을 뿐 그 자유를 사는 것을 허락지 않았던 구정권하에서라면 이런 소재가 아무리 구미에 당기더라도 감히 다루지 못하리라는 걸 생각하면서 빛나는 4월이 가져온 새 공화국에 사는 작가의 보람을 느낍니다"란 말과 정반대된다. 신동한은 또 이 작품이 통일에까지 생각이 이어진다면 종장에서 제3국을 택했다가 광막한 바다에 투신자살한 주인공은 비열한 패배의식의 소유자로 평가할 수밖에 없다고 했고, 갈매기를 바라보며 낭만의 상징을 꿈꾸는 것도 이제는 낡아빠진 전세기식 유장함이라고 했다. 신동한의 이러한 논박에 백철은 「작품의미의 콤플렉스」란 맞글을 썼다. 백철은 이 글에서 "신군이 현대문학을 이해하지 못하고 있다"고 하면서 세 가지를 지적했다. ①작품의 의미를 파악한다는 것은 직접 눈에 표면적인 재료에서 보는 것보다는 그 재료를 매개체로 해서 그 뒤의 암시적인 일을 파악하는 일이다. 확대해석이 아니라, 이중파악을 하는 일이다. 만일 표면적인 묘사성으로만 작품의 의미를 본다면 구태여 비평가란 존재가 작가와 독자의 중간에 개입할 필요가 없다. ②주인공 명준이 자살한 것은 패배주의로서 받아들일 것이 아니라, 우리에게 현실을 반성하라는 작가의 의도로 받아들여야 한다. ③갈매기 이야기를 가지고 낡은 로맨티시즘 운운했는데, 이것은 뒤에 오는 여인들의 이미지를 불러일으키기 위한 작가의 매개 수단이었다. 이와 함께 백철은 "신군이 대체 무슨 딴 공로를 세웠기에 나한테 말초적인 비평 활동 운운하느냐"고 했고 선배를 비방하는 인간성을 들먹이면서 그런 사람은 문학을 할 수 없다고도 했다. 이에 대해 신동한의 짧은 반박문이 《서울신문》에 다시 실렸다. 「문학의 지도성」(1960. 2. 28)이다. 여기서 신동한은 '문학의 공과', '문학인의 비굴형', '문학의 선후배 관계'에 대해서만 말했다. ①어느 작품 하나를 말하는 데 평론가의 문학적 공로가 전제될 수는 없다. 그것보다는 상호 간의 견해에 있어 어느 만큼 작품에 대한 이해가 있고 정확한 판단을 내릴 수 있느냐가 문제라고 본다. ②백철 옹이 보여준 그동안의 작품 비평 행위가 바로 젊은 세대에 대한 비굴형의 전형이었다. 신인의 작품을 평할 때 결점을 지적하기에 앞서 언제나 장점만을 과장해서 늘어놓지 않았나. ③문학의 선후배 관계에서 "나는 백철 옹에게 무슨 부탁을 해본 일도 없다", 그러면서 "4 · 19에서 절실히 겪어온 일이지만 한국의 현대문학은 정치나 사회를 이끌고 나가는 것이 아니라 거꾸로 이끌려 가고 있다. 문학의 지도성의 완전한 상실, 이 치욕을 불식하기 위해서는 무엇보다도 젊은 세대가 분기해야 한다"고 덧붙였다.

백철과 신동한의 논전은 2회, 3회로 가면서 작품 자체론에서 벗어나는 형국이 되었다. 호칭도 '신 군' · '백 옹'으로 바뀌었고, 백철은 신동한이 '말초적인 비평' 운운하는 데 분노했고, 신동한은 백철이 문학의 공간, 인간성, 선후배 운운하는 대목을 감정적으로 대했다. 그리고 주인공의 자살에 근거한 신동한의 패배주의 논리에는 이유가 있는데, 그에 답한 백철의 반박은 근거가 약했고, 신동한이 세 번째 반박에서 백철이 월평을 할 때 신인의 작품 중 좋은 점만 말한다는 공박은 월평의 기본 생리를 모르는 것으로 들린다. 그리고 백철이 논박한 주제 셋을 두고 작품론과 무관한 문제만 따진 것은 이 논의를 인신공격적 사담으로 끝나게 한 주범으로 생각된다.

3. 실천비평과 강단비평의 대립

문학비평을 만약 강단비평, 실천비평, 서베이 비평으로 나눈다고 한다면, 1960년대까지 우리 문단을 지배해온 것은 실천비평과 서베이 비평이었다고 할 수 있다. 말하자면 1948년 이후 한국 비평은 이론비평(강단비평)의 부재 속에 거친 실천비평이 작가들과 대거리를 하는 형편이었다. 이런 형세는 1955년 《현대문학》이 창간되고, 1960년대가 될 때까지 크게 달라지지 않았다. 이어령, 유종호 등이 평단에 나오고, 외국문학 전공자가 새로운 문학이론을 도입하던 1960년대 초부터 조금씩 달라지기 시작했다.

1960년대 비평 논쟁의 제2라운드—이론비평과 실천비평은 소설가 서기원으로부터 발단되었다. 서기원은 1961년 《사상계》 문예특집호의 「한국평단에 한 마디」란 글에서 한국의 문학비평은 폭력적이거나 정실에 빠져 있다고 몰아쳤다. 작가의 이런 당돌한 발언에 맞서 나온 사람은 불문학자 정명환이었다. 그는 「평론가는 이방인인가」(《사상계》, 1962. 11)에서 "작품은 훌륭한데 평론은 도무지 신통치 않다는 그러한 현상이 현대사회에서 생겨날 것 같지는 않습니다. 비평이란 암호를 해독하는 행위입니다. 그런데 별다른 비밀도 지니지 않고 한번 훑어보면 금시 싱거워지는 작품이 남발된다면 비평은 무엇을 하란 말입니까"라고 반문했다. 서기원의 판단에 의하면 '평론가란 저질의 합성주가 인체에 해독을 끼치고 있는 존재'인데, 정명환의 되받음은 '훌륭한 작품이 없기 때문에 평론은 합성주가' 될 수밖에 없지 않으냐는 논리였다. 정명환은 비평가가 당치않은 비유, 부정확한 개념, 정실적인 언사, 선의 없는 속단을 남용케 되면, 그런 글은 합성주가 된다고 했다. 그리고 그런 글의 예로 조연현의 「현대와 실존주의」를 들었고, 그 글에서 '실존주의'란 말의 의미가 불분명하게 사용되고 있는 근거를 밝혔다. 엉뚱하게 조연현의 「현대와 실존주의」란 글만 합성주가 된 셈이다. 이런 판세에 논객 조연현이 가만히 있을 리가 없다. 그는 이듬해 《현대문학》 신년호에 「문학은 암호 이상의 것이다」라며 정명환의 '유식한 무식은 난치병'에 속한다고 비꼬았다. 그리고 인생의 경륜을 앞세우면서 다만 문학을 암호의 해독처럼 생각하는 정 씨의 그 천진성을 부러워할 뿐이라고 했다. 이 양자의 논쟁에서 우리는 이런 것을 발견한다. 정명환의 "비평이란 암호를 해독하는 행위입니다. 한 작품이 던지는 수수께끼를 풀어내고 그것이 지닌 비밀을 훔쳐내는 행위입니다. 그런데 별다른 비밀도 지니지 않고 한번 훑어보면 금시 싱거워지는 작품이 남발된다면 비평은 무엇을 하란 말입니까"란 물음 속에는 '문학은 언어 기호를 매체로 하여 구축되는 예술의 한 특정 양식'이라는 소쉬르식 원론을 밑바닥에 깔고 있다. 이론비평의 출발점은 항상 '문학이란 무엇인가'이다. 그 기본적 물음을 전제하고 텍스트를 하나의 방법론에 맞추어 따라간다. 곧 작품 해석을 바로 하기 위해서는 텍스트를 정독해야 하고, 그 텍스트가 내포한 의미를 객관화·논리화해야 하는데, 비평가가 그 텍스트를 읽어도 논리화될 의미가 없다면 그것은 문학연구의 대상이 못 된다는 것이다. 한번 훑어보면 금시 싱거워지는 작품은 작품이 아니란 말은, 작가란 언어 기호를 사용해서만이 문학적 상상력의 세계를 표출해낼 수 있다는 문학과 기호학의 발생논법 바로 그것이 아닌가. 그런데 조연현은 아직 구조주의 또는 신비평의 진원지가 되는 이런 소쉬르식 발상을 전혀 염두에 두지 않고 있는 듯하다. 암호 해독의 정부는 약속된 부호를 가진 사람이면 누구나 할 수 있고, 인생을 해석하는 데 그러한 척도나 기계가 있을 수 없다고 문학과 인생을 결부시켜 결론을 내리고 있기 때문이다. 당시 직업 평론가들의 한계를 보여주는 조연현의 이런 빗나간 논박에 대해 정명환은 '비평 이전의 이야기'라고 일축하였다. 그는 조연현의 논박을 ①비평의 포기, ②거꾸로

선 실존문학, ③무식과 오해라고 규정하고 "씨가 서구어 한두 가지를 공부했으면 좋겠다"고 했다. 정명환의 이런 건방진 논박에 문단의 대부 조연현이 어떻게 답했는지는 자료를 더 찾지 못했다. 하지만 논전은 여기서 끝난 바나 다름없다. 왜냐하면 정명환은 조연현에게 서구어 공부를 해서 비논리적이며 영감적 안갯속에 싸인 사상을 교정하라, 그래야 당신의 글이 내 글을 따라잡을 수 있다고 일갈했는데, 조연현의 외국어 실력이 그렇지 못했으니 일은 끝난 게 아닌가. 실천비평과 강단비평과의 조화 시도는 「이론과 실제의 불협화음」(《사상계》, 1963. 3)이란 한 좌담의 제목으로 압축된다. 하지만 문단비평에 대한 강단비평의 공박은 그렇지 않았다. 당시 강단비평에 한몫을 한 이어령은 1963년 3월 《사상계》에 발표한 「오해와 모순의 여울목」에서 정명환과 비슷한 소리, 즉, "공소한 이론의 유령성만을 쌓고 실천적 비평은 거의 없었던 것이 한국 비평의 특수성이라면 특수성이다"라고 했다. 이어령은 대학에서 국문학을 전공했고, 《문학예술》을 통해 약관에 평단에 나왔다. 그리고 일찍이 대학 강단과 인연을 맺음으로써 실천비평과는 다른 이론 훈련을 쌓았다. 그러니까 위에서와 같은 실천비평에 대한 매도가 가능했다. 정명환과 무슨 약속이라도 한 듯 이어령도 조연현을 닦아세웠는데 "조연현은 메타피직과 피직의 용어도 모르고 있어서 사상을 양분하는 데 자기 나름으로 땀을 흘리고 있다"고 했다. 당시 평단의 대표격인 조연현이 신진 강단비평가들에게 이렇게 판판이 당했다. 이후 여기에 가세한 평론가들은 주로 외국문학을 전공하다가 한국문학을 상대로 이론 활동을 한 유종호, 김우창 등이다. 이 논전의 성과는 실천비평이 강단비평의 영향을 받아 다져졌다는 점일 것이다. 정명환의 「부정의 생성」, 「작가와 현실참여」 등은 이 시기를 대표하는 강단비평문의 좋은 예다.

4. 순수냐 참여냐 양자택일론

1960년 말 소설 『광장』에 나타나던 평단의 관심은 1961년으로 이어지지 않았다. 1961년의 5·16 때문이라고 보아야 할 것이다. 앞 장에서 고찰한 실천비평 대 이론비평의 논전이 1962년 11월이었으니까 평단이 5월의 충격에서 깨어나기까지 17개월이 걸린 셈이다. 그러나 다시 1여 년 후 1963년 8월 참여문학론이 대두되면서부터 순수와 참여의 논쟁은 아주 극렬하고 복잡하게 전개되어갔다. 비평계의 논전 제3라운드—순수와 참여의 본격적인 공방은 삼십대 신예 평론가 김우종으로부터 시작된다.

김우종은 1963년 8월 7일 《동아일보》에 「파산의 순수문학」을 발표했다. 그는 이 글에서 오늘의 한국문학은 1930년대에 분가한 채 끊어진 대중과의 대화가 절실히 요구된다며 문학이 민중 속으로 뛰어들어야 한다고 제언한다. 굶주림, 6·25의 슬픔, 온갖 고통으로 오열하는 민중—오늘의 문학은 이런 것을 외면하지 말아야 한다. 순수의 성벽을 헐고, 현실 속으로 뛰어들어 민중과 호흡을 함께하는 문학이 참문학이라는 것이 그의 논리였다. 1963년은 혁명 공약이 날뛰며 구악이 일소되고 재건운동이 전국에서 일사불란하게 진행되던 굉장한 시대였다. 김우종의 이 말은 얼핏 들으면 그런 시대의 분위기와 맞물리는 소리처럼 들리기도 한다. 그러나 그는 「현진건론」(《현대문학》, 1963. 8)을 쓰면서 이 작가의 현실의식을 재조명했고, 「유적지(流謫地)의 인간과 문학」(《현대문학》, 1963. 11)에서 소외된 사람들, 패배하고 실패한 사람들의 이야기만 쓰는 작가들을 향해 '그런 문학이 무슨 의미가 있느냐'고 핏대를 올렸다. 김우종이 1960년대 한국인의 유적지로 지적한 작품들은 오영수의 「안나의 유서」, 손창섭의 「포말의 의지」, 이범선의 「오발탄」, 강신재의 『임진강의 민들레』, 전광용의 「꺼삐딴 리」, 선우휘의 「도박」, 장용학의 『원형의 전설』, 정한숙의 『끊어진 다리』 등이었다. 그는 이런 소설들이 어떤 방법, 어떤 기능으로 한국적인 현실에 대하여 보탬을 주느냐고 따졌다. 특히 「안나의 유서」에서 안나 박의 비극만을 보여주는 것은 그런 인물들이 지닌 본질적인 비극성 앞에 거의 아무런 영향력도 미치지 못하며, 『김약국의 딸들』역시 열리지 않는 운명 앞에 단념과 절망하는 인간상만 창조했다고 분석했다. 그리고 『끊어진 다리』에서도 의지를 관념적으로 제시하지 말고 생동하는 인간상으로 창조해야 현실에서 어떤 위치를 차지하지 않겠느냐고 했다.

당시의 웬만한 소설들을 다 뒤집어엎은 김우종의 이런 견해들이 모두 근거 있다고 할 수는 없다. 그러나 이런 사례는 김우종이 얼마나 정열적으로 참여문학을 주창했는가 하는 점을 증명한다. 김우종의 이런 역설보다 앞서 김병걸의 「순수와의 결별」(《현대문학》, 1963. 10)이 있었고, 서정주의 「사회참여와 순수개념」(《세대》, 1963. 10)에 반박하는 홍사중의 「작가와 현실」도 있었다. 한편《사상계》에서는 김진만의 「보다 실속 있는 비평을 위하여」(1963. 11)를 통하여 참여론을 측면에서 논의하고 나왔다. 그러나 이런 일방 우세에 제동을 거는 논객이 드디어 나타났다. 예술지상주의자 이형기이다. 이형기는 「문학의 기능에 대한 반성」(1964. 2)에서 「순수와의 결별」, 「유적지의 인간과 문학」, 「보다 실속 있는 비평을 위하여」 등 세 편의 글을 싸잡아 공격했다. '양자택일의 사고'에서 '억지로 피어난 월견초'라고. 그러면서 ①참여론자들은 순수문학을 현실 외면으로 보고 있다. 그러나 순수문학을 처음으로 내세웠던 김동리의 글 어디에도 그런 의미는 찾아볼 수 없다. ②문학비평사가 이럼에도 불구하고 순수문학이 정치와의 절연이라고 평가한다면 순수냐 참여냐 양자택일식 사고의 소산이다. ③정치와 정치주의는 구별되어야 하며 순수문학 역시 정치주의를 배격한 하나의 정치적 입장이다. ④문학은 어떤 목적을 달성하기 위한 방편이 아니고, 인생살이의 허망함을 달래주는 장난감일 뿐이다. 그리고 문학은 무력하다. 불쏘시개밖에 안 되는 문학을 놓고 어떻게 하라는 호통인 가. ⑤참여문학론이 보여온 역사에 대한 기여론은 실제 역사나 삶과는 아 주 동떨어진 공론이었다.

참여론에 대한 이러한 반론은 곧바로 입심 센 김우종의 무차별 포화를 받게 된다. 김우종은 「저 땅 위에 도표를 세우라」(《현대문학》, 1964. 5)고 소리치면서 ①당의 문학과 순수문학 논쟁은 광복공간에서 일단락된 것이 아니고, 1930년대에 마무리된 것이다. 17, 8년 전 것이라면 이번의 것은 재론이 아니라 3론이다. 문학사의 연대 고증부터라도 하고 글을 써라. ②현실 참여를 논하는 것과 목적 수행을 위해 문학을 그 도구로 생각하는 정치주의와는 구분이 된다. 헤밍웨이, 카뮈, 말로 등을 논증도 없이 당의 문학으로 몰아붙이는 것은 나의 글을 잘못 이해하고 있는 것이다. 적어도 비평문은 논리가 분명해야 하지 않겠는가. ③문학은 현실 문제를 해결하 는 데에는 아무런 힘도 행사하지 못한다. ④그러나 훌륭한 문학은 절망적 이거나 암담한 현실을 제시하는 단계에 머무는 것이 아니라, 그것을 극복 하는 단계에까지 나아간다. 위의 두 논쟁에서 두드러지게 나타나는 현상 은 논리가 서로 꼬이고 있는 점이다. 가령 이형기는 "내가 좋아하는 작가 도스토옙스키의 모든 저서를 모아도 불쏘시개감은 될지언정 밥으로 둔갑 하지는 않는다"라고 김우종을 공박했는데, 그렇다면 김우종은 도스토옙스 키의 소설을 모으면 밥 한 그릇이 나온다는 식의 문학 현실론을 말했단 말 인가. 그렇지 않다. 그렇다면 이형기의 말은 이렇게 바뀌어야 한다. 즉, "실용주의자들에게는 도스토옙스키의 소설이 불쏘시개감밖에 안 되지만 나에게는 그 불쏘시개가 영혼을 감동시킨다. 그래서 나는 그 소설을 좋아 한다"라고. 도스토옙스키 소설이 불쏘시개임을 서로 먼저 이야기했다고 한다면 두 사람의 문학관은 같은 것이 아닌가.

다음으로 김우종이나 김병걸 등의 참여론에 나타나는 현상은 그들의 주장이 과거의 당의 문학, 곧 좌익문학과 같은 의미로 인식되면 어쩔까 하는 우려이다. 이 같은 경계는 당시의 사회가 경직된 군인정치였던 점을 감안한다면 충분히 이해된다. 또한 이런 사정은 순수문학을 주장했던 원로나 중견 문인들에게도 동일한 것이어서, 김병걸 등 새롭게 나타난 참여론이 기성 문인들에게는 '어쩐지 안심이 안 되는' 패들로 인식되었다. 그 대표적인 글이 서정주의 「사회참여와 순수개념」(《세대》, 1963. 10)인데 그는 이 글에서 과거 우리나라 참여문학의 성격을 죽 고찰한 다음, "나는 모든 사회 참여는 사람의 보편타당성 없이는 많이 해만 받기 일쑤인 것이라 생각하고 특히 타율이 많이 끼는 정치적 후진성을 가진 민족의 굴곡이 센 과도기에 있어서는 무엇보다도 잘 선택된 사관을 먼저 가지고 행동하는 것이 문인다운 문인의 일이라고 생각하기 때문에, 행동을 지금 소량으로 하니까 망정이지만, 지금 사회 참여라는 그것을 종종걸음으로 바삐 서둘러 해대고 있는 사람들을 보면 어쩐지 안심치 않다"고 말끝을 맺었다. 서정주는 이 글에서 1920년대 사회주의 문학론의 경우, 동양적 전통 정신을 무시한 그 시기 지식인들이 구미 사조를 충분히 소화하지 못한 채 탈선한 문학론이 참여론이며, 오직 순수문학이 한국문학을 이끌어온 전통적 문학이라고 평가하였다. 서정주의 이런 논리를 홍사중은 하나의 망집이라고 공박하고 나왔다. 그는 「작가와 현실」에서 ①작가가 현실감각을 가진다는 것은 현실을 변혁시키겠다는 의지이다. 어떻게 살아야 하는가 하는 인간의 가장 근원적인 문제 앞에 제시되는 일체의 것이 바로 현실이다. ②인간의 조건에 대하여 날카로운 눈초리를 보내고 있는 작가로서 현실에 눈을 가진다는 것은 줄리앙 방다가 말한 '지적 배신'이며, 예술가로서도 하나의 패배이다. 독일 점령하의 프랑스 문인의 앙가주망이나 일제하의 한국 문인의 저항은 이 경우의 예가 된다. ③문학은 인간을 다룬다. 그러니까 인간을 다루기 위하여는 우선 오늘의 현실부터 다루지 않으면 안 된다.

서정주는 과거의 문학적 사실을 자기 시각에 맞춰 정리하고 순수문학을 주장했다. 그러나 홍사중의 글은 논증이 약한 심증적인 기술이 많다. 그 예가 1930년대 순수문학을 부정하는 태도이다.

이상에서 보듯 김우종 대 이형기, 서정주 대 홍사중으로 대표되는 1960년대 초반의 순수와 참여 논쟁은 참여론이 과거 좌익 문인들이 보인 정치주의나 목적문학과는 뚜렷이 구분된다는 것을 분명히 하면서 문학은 현실에 적극적으로 간섭해야 함을 주창한 반면, 순수문학론은 역사나 당대 현실에 대한 뚜렷한 사관을 바탕으로 한 논자 나름의 해석이 서 있지 않으면 그 의미는 정당성이 없다는 것이었다. 그리고 참여문학론이 이런 성향을 가지고 있을 때, 필연적으로 문학은 정치에 예속화되는 결과를 초래한다고 했다.

1960년대의 순수문학론과 참여문학론의 결정적 논쟁은 1967년 10월부터이다. 그러나 이 한 판이 있기 전에 이행기적 성격을 띤 확산의 시기가 있었다. 1965년 10월 《사상계》에서 다루어졌던 '문학과 현실'과 같은 심포지엄이 그것이다. '문학과 현실'에 글을 쓴 사람은 이형기, 최인훈, 조동일이다. 이형기는 「작가와 성실성」이란 제목의 글에서 ①문학과 현실이라는 말은 곤혹감을 불러일으킨다. 왜냐하면 이 말은 문학과 현실의 양자를 불상용의 대립 개념으로 파악하려는 의식이 잠재해 있기 때문이다. 그러나 문학이 인간 의식의 소산이고, 인간은 환경의 영향을 받는 게 틀림없으니까 결국 문학은 현실에서 유리될 수 없는 숙명을 지닌다. ②다양한 현실은 다양한 견해로써 파악될 수밖에 없다. ③문학은 목적을 가질 수 있다. 그러나 그 목적이 문학의 전부일 수는 없다. 이형기의 이러한 논리는 「문학의 기능에 대한 반성」(1964. 2)과 근본적으로는 차이가 없지만, 참여론에 대한 시각이 상당히 누그러져 있는 점은 전과 다르다. 그것은 앞의 글에서는 순수냐 참여냐를 따지는 것은 양자택일식 사고의 함정이라고 부정했는데 뒤의 글에서는 적당한 것이 적당한 장소에 놓일 때 문학이라는 예술이 탄생된다고 효용론을 수용하고 있기 때문이다. 최인훈은 "문학 활동은 현실비판이다"라고 하면서 ①현실이란 말은 삶이라는 말이 지닌 내포와 외연에 합당하다. ②중세 이전의 학문·예술은 반드시 무엇을 위한 것이었다. 그러나 근세 이후의 예술은 현실과의 절연을 선언한다. ③작품을 쓴다는 것은 작가의 의식과 언어와의 싸움이라는 형식을 통하여 작가가 살고 있는 사회에 비평을 행하는 것이다. ④문학은 그 매개 때문에 뛰어나게 현실적이어야 하면서, 예술이기 위하여는 현실을 부정해야 한다. ⑤참여가 가하냐 부하냐가 문제가 아니라, 우리 사회에서 참여의 자유가 있느냐 없느냐가 더욱 핵심적인 문제다. 최인훈의 이런 견해는 순수와 참여를 거의 대등한 입장에 놓고 참여를 주장하는 논리이다. 특히 ④와 같은 견해는 문학의 생경한 현실참여를 근본적으로 인정하지 않으려는 신중론의 입장에 있다. 소설 『광장』의 주제와 쉽게 이어진다. ⑤의 경우는 당시 경직된 사회 분위기에 대한 비판의식을 이면에 지니고 있다. 「순수문학의 한계와 참여」를 쓰고 있는 조동일은 ①참여를 가부해야 된다는 이론이 고도로 발달해 있어서 혼란이 극심하다. ②이른바 '순수한 무'란 언어로부터 의미를 박탈하려는 장난이다. ③참여문학은 대중의 고난에 참여하는 것이다. ④참여를 거부하는 태도가 오랫동안 지속되어온 한국 문단에 최근의 동향은 주목할 만하다. 박두진, 이호철, 선우휘, 서기원, 하근찬 등에 의해 문단의 진리가 밝혀질 것이다. 조동일의 이 글은 지금까지 참여를 주장하는 여러 글과는 달리 박지원의 「허생」, 김만중의 「구운몽」과 같은 문학작품을 통한 효용성 주장이 돋보인다. 그러나 순수문학이 지향하는 상상적 세계, 또 초월적 의지를 김동리, 서정주와 같은 대가를 통하여 공박하고 있는 점은 「허생」을 통해 주장하고 있는 민중 주체의 깊이에까지 이르지 못하고 있다. 왜냐하면 김동리의 토속 세계나 미당의 무속 세계가 한국 서민의 삶과 연결된 민중에 뿌리를 내리고 있음이 여러 각도, 여러 논자에 의해 증명되는데, 필자는 그런 점을 전혀 고려하지 않고 부정하고 있기 때문이다. 조동일의 이러한 참여적 문학관은 《청맥》에 10회 연재된 「시인의식론」으로 정리된다.

1960년대 중반에 와서 참여문학론 확산에 결정적 역할을 한 것은 뭐니뭐니해도 1966년 1월에 창간된 《창작과비평》이다. 김윤식은 이 시기에 창간된 이 잡지를 두고 "이 얄팍한 계간지 속에 1970년대 문학을 폭파하고도 남는 폭약이 장전되고 있다고 생각하지 못했을 것이다"고 한 바 있다. 이런 감격처럼 이 잡지는 1960년대 후반으로부터 지금까지 그 예를 찾아볼 수 없는 참여문학 시대를 한국문학에 열어주었다. 편집인 백낙청의 「새로운 창작과 비평의 자세」, 곧 창간사에 해당하는 글은 1960년대 중반의 한국 평단의 흐름과 요구가 대체로 어떠했는지를 잘 보여주는 글이다. 그는 이 장편 논문을 4장으로 나누어 기술하였다. ①문학의 순수성을 어떻게 볼 것인가, ②문학의 사회 기능과 독자, ③한국의 문학인은 무엇을 할까, ④회고와 전망. ①에서는 문학의 참여론이 순수도 하고 참여도 하자는 절충주의로 환원되지 않기 위해서는 문학의 사회 기능에 대한 더 구체적인 분석이 따라야 한다고 했다. ②에서는 문학의 오락성 문제를 따진 후, 단지 목숨을 부지하기 위해서라도 어떤 실험을 해볼 필요가 생긴다고 말한다. 보다 나은 장인이 되려는 노력에 그치지 않고 단 한 사람의 잠재적 독자라도 현실의 독자로 얻고, 한마디의 자유로운 호소라도 더하기 위해 갖가지 삶과 글의 실험을 행해야 한다고 했다. ③에서는 통일의 의지를 전제한 문학을 이야기하면서 우리의 문학 하는 자세는 우리 삶의 모든 면에 걸려 있다고 했다. 마치 "사람이 온 천하를 얻고도 제 목숨을 잃으면 무엇이 유익하리요. 사람이 무엇을 주고 제 목숨을 바꾸겠느냐"고 할 때의 목숨처럼. 이 글은 문학의 사회 기능을 이론적으로 따지고, 현실적으로 요구되는 참여를 실험성으로 다루며, 문학 하는 자세를 목숨처럼 다루어 삶의 한가운데로 끌어넣고 있다.

이 계간지는 참여론을 서구 이론의 각도에서 천착하여 1970년대 리얼리즘 문학으로 한국문학을 발전시키는 데 남다른 공헌을 했다고 평가받고 있다. 그러나 백낙청의 「시민문학론」(1969)으로 대표되듯이 이 잡지의 원론 중심의 참여문학론은 이 앞 시대에 있었던 직업 비평가들의 논리만큼 호응을 얻지 못했다. 그만큼 순수 문학인들과는 먼 거리에 있었기 때문이다. 이런 점에서 《창작과비평》은 1960년대 초 강단비평의 자리에 서 있다고 볼 수 있다. 문학의 참여성, 또는 이들의 표현대로 민족문학의 저변 확대에 이 잡지가 기여를 했다면, 그것은 동인적 성격으로 필진이 돌아가던 문학이론보다는 그 잡지를 통해 발표된 많은 창작물에 의해 이루어졌다고 하겠다. 이호철, 김승옥, 방영웅, 이문구, 김정한, 김수영, 신동엽, 신경림, 조태일로 이어지는 작가와 시인이 그러한 역할을 담당한 사람들이다.

1967년 김붕구의 「작가와 사회」를 중심으로 일어난 문학론은 1960년대 참여문학론의 마지막 라운드였다. 김붕구가 '세계문호자유회의 원탁토론' (1967. 10)에서 이 글을 발표하자 이에 대한 찬반 논의가 벌떼처럼 일어났다. 선우휘의 「문학은 써먹는 것이 아니다」, 임중빈의 「반사회 참여의 모습」, 이호철의 「작가의 현장과 세속적 현장」, 이철범의 「한국적 상황과 자유」, 김현의 「참여와 문화의 고고학」 등이 대표적 글이다. 이런 격론 다음에 저 유명한 1970년대의 리얼리즘 문학론 시대가 온다.

5. 잠정적 마무리

1960년대 비평사를 순수 대 참여의 시각에서 정리하면서 얻은 대체적인 소감을 마무리하는 말이 필요하겠다. 그것을 요약하면 다음과 같다.

①대부분의 논쟁이 원론적 뒷받침이 약한 심정적 발언이었다.

②한국문학 나름의 비평이론이 없었다. 오직 조동일의 「순수문학의 한계와 참여」에서 박지원과 김만중의 문학관이 조금 내비쳤을 뿐이다.

③외국 문예사조의 영향 같은 것에 반응한 흔적이 별로 없다. 가령 1950년대 말부터 들어온 실존주의는 그 영향력이 1960년대 초 한국사회 전반에 미쳤고, 그런 사조에서 창작된 작품도 다수 열거할 수 있는데, 정작 문학비평에 나타난 흔적은 가벼운 작품 한두 편과 용어 시비 정도였다.

④강단비평 쪽의 지속적이고, 적극적인 비평 행위가 없었다. 그런 점에서 1966년의 《창작과비평》의 출현은 비평문학에 새 지평을 여는 계기가 되었다. 이에 대한 비평문학적 고찰은 1960년대 참여문학론을 연구하는 데 필요한 별도의 과제로 사료된다.

1970년대

1970년대의 한국시

이승훈

1. 1970년대 문학의 위상

1970년대의 한국문학이 보여주는 역사적 특성은 크게 두 가지 시각에서 이해된다. 하나는 거시적인 시각이며, 다른 하나는 미시적인 시각이다. 전자에 따르면 1970년대의 우리 문학은 이른바 해방 이후의 문학에 포함된다. 권영민은 우리 근대문학의 역사를 크게 세 단계로 나눈다. 첫째 단계는 19세기 후반부터 20세기 초까지로 개화기 시대, 둘째 단계는 20세기 초부터 중반까지로 일제 식민지 시대, 셋째 단계는 20세기 중반부터 후반까지로 해방 이후의 시대로 불린다.[1] 그에 따르면 해방 이후의 우리 문학은 시대적 삶과 직접 대응하는 특성을 보여주며, 다시 해방에서 6·25에 이르는 시기에는 민족문학의 재확립, 1950년대 초기부터 1960년

[1] 권영민, 「분단시대문학의 문학사적 가능성」, 『한국민족문학론연구』, 민음사, 1988, 451쪽.

대 중반까지는 문학과 현실의 분열, 1960년대 후반부터 현재까지는 문학적 자기 발견과 사회 인식이라는 특성을 보여준다.[2] 1970년대의 우리 문학이, 거시적인 시각에 따르면 해방 이후의 문학에 포함된다는 말은, 좀더 부연하면 이 시대 문학의 특성이 해방 이후의 문학적 과제, 곧 분단 상황과 그에 대한 문학적 대응이라는 과제를 안고 있음을 뜻한다.

그러나 다른 하나의 시각인 미시적 시각에 따르면 1970년대 우리 문학은 그 앞 시대인 1960년대의 우리 문학을 배경으로 거느린다. 따라서 1970년대 우리 문학의 특성은 1960년대의 특성을 변증법적으로 극복한다는 점에서 찾을 수 있다. 1960년대의 그것을 전제로 1970년대 우리 문학의 특성은 과연 어떻게 규정되는가. 권영민에 따르면 1960년대 우리 문학의 특성은 한글세대 작가들이 등장해 소시민적 삶과 그 내면 의식을 추구하는 작업을 전개한 점, 개인적인 삶 가운데서 자기 존재를 발견한다는 점으로 요약된다. 이에 비해 1970년대 우리 문학의 특성은 이 시대의 정치적 상황 변화와 산업화 경향에 따라 더욱 첨예한 문학정신의 대립을 드러내 보인다. 구체적으로 민족문학론의 재론, 리얼리즘 정신, 민족문학론, 분단 논리에 대한 도전, 산업화의 부산물로서의 문학의 대중화 현상, 사회적 계층의 빈부 격차와 그 갈등이 문학적 관심사로 등장하고, 《창작과비평》, 《문학과지성》 같은 계간지를 중심으로 한 비평 활동이 이 시기의 문학론 방향을 주도한다. 시의 경우에는 언어적인 해체와 일상적 경험의 획득, 소설의 경우에는 분단 현실과 상황 문제를 포괄하면서 창조적 확대가 가능케 된다.[3]

1960년대와 대비되는 1970년대 우리 문학의 이런 특성들은 다른 논자들에 의해서도 지적된 바 있다. 예컨대 신동욱은 소설을 중심으로 1970년

---

2) 위의 글, 461~462쪽 참고.
3) 위의 글, 436쪽.

대 우리 문학의 개성을 산업사회의 문제점을 제기한 것으로 요약한 바 있고,[4] 조남현은 시를 중심으로 1970년대 우리 문학의 특성을 역시 산업사회적 속성에서 읽고 있다. 그에 따르면 1970년대 우리 사회는 산업사회의 형태를 띠게 되면서, 그에 따라 지식산업이 확대되었고, 현실에 대응하는 시의 역할이나 기능이 재정립된다. 이런 재정립의 방법 가운데 하나로 전통 단절의 개념이 제기된다. 그것은 시 형식의 개방을 모색하는바, 시어와 일상어의 동일시, 시의 산문화 경향을 통해 무절제의 미학을 추구하게 된다.[5]

1970년대의 우리 문학이 보여주는 이런 현상들은 문학의 역사가 가치관의 갈등을 원동력으로 전개된다는 사실을 실증한다. 필자는 1970년대의 우리 문학이 보여주는 두드러진 특성을 민족문학에 대한 이론적 탐구, 이에 곁들인 민중문학의 확산, 산업 시대적 특성, 새로운 실험문학의 개화 등으로 정의한 바 있고,[6] 이런 특성으로 이 시대의 사회 구성원이 지니고 있는 가치관의 갈등이 일어날 때, 혹은 앞 시대의 이데올로기와 다음 시대의 이데올로기 갈등이 일어날 때 문학의 새로운 역사가 전개된다. 뿐만 아니라 같은 시대를 산다고 해도 가치관은 다를 수 있다. 따라서 1970년대 우리 문학의 역사적 특성을 규명하는 일은 앞 시대의 가치관과 다음 시대의 가치관이 충돌하는 수평적 관계, 나아가 같은 시대 속에 드러나는 여러 가치관이 충돌하는 수직적 관계에 대한 이해를 전제로 한다.

---

4) 좀 더 자세한 것은 신동욱의 「광복 후 40년의 우리 문학」(『삶의 투시로서의 문학』, 문학과 지성사, 1988), 특히 367~374쪽 참고.
5) 조남현, 「70년대 시의 여러 경향」, 『문학과 정신사적 자취』, 이우출판사, 1984, 205~209쪽 참고.
6) 좀 더 자세한 것은 이승훈의 「80년대 한국문학의 방향」(『순천향문화』, 순천향대, 1985) 참고.

2. 1970년대 시의 일반적 경향

1970년대의 우리 시가 보여주는 일반적 경향은, 앞에서도 잠시 언급했 듯이, 1960년대의 그것이 어떻게 발전되며 나아가 변증법적으로 종합 · 지양되는가라는 측면에서 이해된다.

이런 측면에서 조남현은 이 시대의 우리 시가 토대로 하는 원형질을 김 춘수, 김수영, 박목월, 서정주로 잡은 바 있다.[7] 이 가운데서도 1970년대 우리 시의 역사적 특성을 드러내는 데에 기여한 원형질은 김춘수의 시와 김수영의 시이다. 1960년대의 이른바 순수/참여의 대립이 1970년대에 오면서 어떻게 발전되며, 종합 · 지향되는가 하는 문제는 구체적으로 김춘 수류의 시와 김수영류의 시가 안고 있는 시적 성과나 한계와 관계되기 때 문이다.

1970년대에 오면서 김수영류의 시, 이른바 참여시는 새로운 목소리로 확산된다. 우리 근대시의 역사를 놓고 보면 이런 경향의 시는 한용운, 윤 동주, 이육사, 김수영, 신동엽 등으로 이어지는바, 1960년대에 김수영, 신동엽이 타계하자 이런 시의 흐름은 1970년대에 오면서 신경림에 의해 새로운 특성을 획득한다. 신경림은 1950년대 중반에 데뷔했으나, 본격적 으로 활동한 것은 1970년대에 오면서부터이다. 그의 시가 보여주는 특성 은 김수영의 시에서 읽을 수 있었던 모더니즘의 요소가 말끔히 배제된 점, 동시에 신동엽의 시가 보여주던 도시 서민들의 애환이나 분단의식이 시의 표면에 드러나지 않는다는 점이다. 그의 시는 1970년대의 상황, 특히 산 업화가 야기하는 소외된 농촌의 현실을 절제된 언어로 형상화한다. 예컨 대 대표작 「농무」(1971)에서 그는,

---

7) 조남현, 앞의 책, 211쪽.

징이 울린다 막이 내렸다

오동나무에 전등이 매어달린 가설무대

구경꾼이 돌아가고 난 텅 빈 운동장

우리는 분이 얼룩진 얼굴로

학교 앞 소줏집에 몰려 술을 마신다

답답하고 고달프게 사는 것이 원통하다

— 신경림, 「농무」일부

고 노래한다. 백낙청은 신경림의 시가 보여주는 이런 특성을 "민중의 현
실에서는 비켜서서 오히려 그 현실을 은폐하고 악화시키는 데 이바지하는
복고주의적 감상주의적 정한은 아니다"라고 말한다. 그에 따르면 신경림
의 시적 특성은 '냉철한 눈으로 농촌 현실을 보며 억눌려 사는 그들의 고
난과 분노와 맹세를 바로 자기 것으로 삼음'에 있다. 신경림에 의해 주도
되는 이 시기의 참여시는 이른바 1950년대 시인인 고은의 변모, 1960년
대 시인들인 이성부, 조태일 등에 의해서도 새로운 양상을 획득한다. 이
성부는 산업화 과정에서 밀려나는 도시 서민들의 고통을 노래하고, 조태
일은 분단의식을 노래한다. 이런 사정은 예컨대 이성부의 「철거민의 꿈」
(1970)에서,

부르도자는 쉴새없이

내 가난마저 죽이면서

내 이웃들의 깨알같은 꿈마저 죽이면서

눈들을 모으고 귀를 모았다

화려한 소식이 곳곳에 파고들어

이마를 쳐들었다 세상에 대하여

나무라고 후회하고

— 이성부, 「철거민의 꿈」 일부

처럼 노래된다. 그의 시는 '불행의 정체를 밝히고 극복하는 문제가 아니라 불행을 야기한 것들과의 싸움을 지향한다'는 특성을 보여준다. 그러나 1970년대의 사회적 환경, 곧 산업화 과정이 야기한 여러 현상에 대한 시적 반응은 나름의 한계를 드러내기도 했다. 김수영류의 참여시가 1970년대에 오면서 이른바 농촌시, 리얼리즘시라는 새로운 장르를 개척했다는 점은 높이 평가할 만하다. 그러나 조남현의 지적처럼 시가 지나치게 소재 중심적이며, 구체적인 표현 방법에 있어 너무 비시적인 경향을 보인 점은 비판된다.[8]

1970년대의 우리 시가 보여주는 또 하나의 원형질은 김춘수이다. 김춘수는 1970년대에 오면서 「의미와 무의미」, 「대상·무의미·자유」, 「대상의 붕괴」 같은 시론들을 발표한다. 뿐만 아니라 「처용단장」(1970), 「이중섭」 (1976) 같은 시들을 발표하면서 자신의 시 세계를 심화하고, 자신의 시론을 이른바 '무의미시론'으로 확정한다. 그가 말하는 무의미의 시는 시론 「대상·무의미·자유」(1973)를 중심으로 할 때,

①대상과의 거리가 상실될 때는 이미지가 대상이 된다.

②그때 나타나는 시가 무의미시이다.

③무의미는 그러나 기호론이나 의미론의 용어와는 다르게 사용된다.

④그것은 불안의 논리를 띤다.

⑤남는 것은 시의 방법론적 긴장이다.

---

8) 조남현, 앞의 책, 213~216쪽 참고. 여기서 리얼리즘 시라는 개념이 김창완과 정희성의 작품을 중심으로 비판되고 있다.

같은 명제로 요약된다.[9] 좀 더 부연하면 이상의 명제들은 다음과 같은 뜻을 지닌다. 첫째로 시인이 대상과의 거리를 상실한다는 것은 그가 노래하는 대상이 소멸한다는 것이지만, 이러한 대상의 소멸은 단순한 소멸로 머물지 않고, 대상의 구속으로부터 그가 해방됨을 뜻한다. 대상의 구속으로부터 해방될 때 우리가 만나게 되는 것이 소위 자유이다. 또한 대상과의 거리가 상실된다는 것은 어떤 의미 부여 행위로부터도 우리가 해방됨을 뜻한다. 왜냐하면 대상에 구속되는 한 우리는 의미의 일정한 굴레에서 벗어날 수 없기 때문이다. 따라서 대상으로부터의 해방은 시인을 무의미의 영역에 머물게 한다. 대상을 대상으로 인식한다는 것은, 그것이 시적 인식이든 개념적 인식이든, 어떤 경우에나 대상을 언어로 지시하는 행위이며, 대상이 그렇게 언어로 지시될 때 우리는 그 대상이 의미를 지닌다고 생각하기 때문이다. 꽃이라는 '언어'는 꽃이라는 '대상'을 지시할 때 의미가 있다. 대상으로부터의 해방이 무의미를 낳는다는 것은 이러한 문맥에서이다.

그러나 모든 훌륭한 시는, 정도의 차이는 있지만, 한결같이 이러한 무의미성을 지향했고, 이러한 시적 특성을 우리 근대시의 역사 속에서 최초로 논리화하고 실천했다는 점에 김춘수의 시사적 가치가 놓인다. 그의 시 세계는, 김준오에 따르면, 김수영의 그것과 대립적인 관계에서 이해되며, 1970년대의 우리 시, 나아가 1980년대의 우리 시를 발전시킨 숨은 원동력이 된다. 김준오의 견해를 간추리면 다음과 같다.[10]

첫째로 김춘수의 경우 문학은 시와 산문으로 분류되며, 그것은 삶에 대한 두 가지 태도에 의한 선택의 문제가 된다. 그가 산문적 태도가 아니라 시적 태도를 선택하는 것은 역사라는 이데올로기의 탈을 쓴 폭력이라는

---

9) 좀 더 자세한 것은 이승훈의 「무의미시」(『비대상』, 민족문화사, 1983) 48~55쪽 참고.
10) 김준오, 「한국 모더니즘의 현단계」, 『현대시사상』 1집, 고려원, 1988, 특히 60~67쪽 참고. 오규원의 「가나다라」는 이 논문에 인용되지 않았음.

세계 인식과 관계된다. 둘째로 무의미의 시는 사물을 있는 그대로 묘사한다. 따라서 판단 중지의 사물시이다. 그것은 대상을 가진 상대적 심상이 아니라 대상이 없는 절대적 심상의 세계를 추구한다. 이런 반인간적 시점을 그는 「처용단장」에서,

> 바다가 없는 해안선을
> 한 사나이가 이리로 오고 있었다
> 한쪽 손에 죽은 바다를 들고 있었다
>
> — 김춘수, 「처용단장」 일부

처럼 '처용'에게서 발견한다. 이것은 현실을 무화시킨 절대적 심상의 세계이다. 셋째로 김춘수가 무의미시에서 누리는 자유는 또한 '유희'이다. 이것은 처용의 가무이퇴(歌舞而退) 행위가 윤리라는 공리적 목적의식을 무화시키는 이른바 노장사상의 무위, 선사상의 교외별전(敎外別傳) 같은 개념으로 나간다. 여기서 그의 회의론은 완전주의가 된다. 넷째로 김춘수의 무의미시는 1970년대에 오면서 이승훈의 '비대상시'로 계승된다. 그의 시론 「비대상」에서 주장되는 이른바 비대상시는 다름 아닌 세계 상실의 시이다. 그의 시는 인식론적 회의를 바탕으로 한다. 다섯째로 김춘수와 이승훈의 모더니즘과는 전혀 다른 편에서 오규원은 시적 반란을 보인다. 그의 모더니즘은 김수영의 그것에 닿아 있다. 1970년대의 사회적 특성, 소위 산업사회 속에서 현실도피의 모더니즘은 자본주의 사회에서의 삶의 건조성을 동기로 한다. 오규원은 이런 산문적 삶에 민감한 반응을 보인다. 예컨대 「가나다라」(1977) 같은 시에서 이런 사정은,

> 가까운 곳에, 꿈 옆에, 꿈의 기집

권태가 누워 있습니다. 노란 신비가

자라는 논밭. 노란 주둥이를 내밀고

오늘도 어린 것들이 권태의 젖을

빨며 자라고 있습니다.

— 오규원, 「가나다라」 일부

같은 시행들에서 읽을 수 있다. 오규원은 위의 시에서 알 수 있듯이 김춘수, 이승훈의 고립주의적 모더니즘과는 달리 외부세계로부터 도피하지 않고 오히려 그 세계를 정면으로 수용하고 또한 그에 도전한다. 그것도 아이러니의 정신과 산문적인 해사체로 도전한다. 여섯째로 김춘수, 이승훈의 시에 나타난 의미의 영점화는 1980년대 초 황지우, 박남철에 와서는 급진적인 전통시의 해체 현상을 보인다.

이상은 김준오 교수의 견해를 대충 간추린 것이다. 1970년대 우리 시의 일반적 특성을 이제까지 필자는 김수영류의 시와 김춘수류의 시가 어떻게 변화하고 있는지에 초점을 두고 살펴보았다. 특히 김춘수류의 시가 안고 있는 한계에 대해서는 조남현이 비판한 바 있다.[11] 1970년대의 우리 시는 이러한 일반적 흐름 속에서 새로운 세대의 등장과 함께, 한결 새로운 세계를 보여주기 시작한다.

---

11) 조남현, 앞의 책, 211~213쪽 참고. 여기서는 김춘수류의 시가 정현종의 작품을 중심으로 비판되고, 「난해시의 배경론」(같은 책, 223~225쪽)에서는 김춘수, 이승훈의 작품을 중심으로 비판된다.

3. 1970년대 시의 민중적 감수성

1970년대는 삼선개헌의 여파와 유신 체제에 의한 정치적 불안과 긴장 속에서 시작된다. 1970년대 우리 시의 새로운 목소리는, 이런 사회적 상황 속에서 가치관의 갈등을 앓던 새 세대들에 의하여 새로운 시적 특성을 보여준다. 김재홍에 따르면, 1960년대 말부터의 급격한 산업화에 따른 사회 · 경제적 모순과 부조리가 드러나면서 평등과 소외의 문제가 대두되었고, 따라서 이 시대의 우리 시는 정치적인 면에서의 민주화 문제와, 사회 · 경제적인 평등의 실현 문제에 관심을 둔다.[12] 1970년대에 유행하기 시작한 민중시 · 리얼리즘시는 1970년대 민족문학론의 발전 개념으로 나타나는 민중문학의 한 장르로서, 이른바 참여시의 새로운 양식으로 정립된다.

그렇긴 해도 민중시의 개념에 대한 이론적 체계화는, 민족문학론에 비하여 그렇게 많지는 않았던 것 같다. 그랬기 때문인지는 모르지만, 민중시의 본질에 대해서는 이론가들 사이에서도 많은 오해가 있어 왔다. 민중시의 개념에 대한 나름의 정의를 시도한 글들 가운데 하나인 채광석의 논문에서 읽을 수 있는 그 특성은 다음과 같다.[13] 그는 1980년대 우리 시의 방향을 1970년대의 민중시 · 리얼리즘시의 흐름을 발전적으로 계승했다는 점에 두면서 민중시와 리얼리즘시를 등가 관계에 놓인 것으로 해석한다. 그에 따르면 리얼리즘시는 민족적 요구에 적극 부응해가는 실천적 의식을 지닌다. 실천적 의식은 정당한 역사의식, 정당한 민중의식을 토대로 나타나는 시민의식이다. 그리고 그것은 실천성의 개념을 중시한다. 민중시가 실천적 의식을 강조한다는 것은 이제까지 우리가 믿어온 시적 자율성을 거부하고, 시적 공간이 바로 일상적 공간과 동일시됨을 전제로 한다.

---

12) 김재홍, 「광복 40년의 한국시」, 『현대시와 역사의식』, 인하대, 1988, 267쪽 참고.
13) 채광석, 「설 자리, 갈 길」, 『반시』, 1983. 1, 참고.

그가 말하는 민중의식은 소시민적 한계 자각, 민중적 토대 지향, 반민중적 세력에 대한 공격으로 요약된다. 1970년대 우리 시가 보여주는 민중지향성은 이 시대에 선을 보인 신인 이시영(1969), 김지하(1969), 정희성(1970), 김준태(1969), 양성우(1970) 등의 작품에서 신선한 목소리를 획득한다. 김지하는 1969년에 데뷔하면서 민중시의 비판적 기능과 실천성을 탁월한 기법으로 노래한 시인이다. 그의 시에서 읽게 된 것은 한마디로 '죽음을 걸지 않고는 힘든 세월'을 이기는 방법이다. 이런 사정은 예컨대 그의 대표작인 「황톳길」에서,

> 황톳길에 선연한
> 핏자욱 핏자욱 따라
> 나는 간다 애비야
> 네가 죽었고
> 지금은 검고 해만 타는 곳
> 두 손엔 철사줄
> 뜨거운 해가
> 땀과 눈물과 모래밭을 태우는
> 총부리 칼날 아래 더위 속으로
> 나는 간다 애비야
>
> — 김지하, 「황톳길」 일부

같은 시행들에서 읽을 수 있다. 그의 시가 보여주는 대표적인 특성은 격렬한 풍자정신, 민요적 기법의 원용이다. 그는 시론 「풍자냐 자살이냐」에서 김수영의 시적 한계를 비판하면서 자신의 시 세계를 다음처럼 이야기한 바 있다. 첫째로 김수영 문학의 가치와 한계는 폭력적 표현에 의한 풍자의

방법 속에 자기 자신과 더불어 자기가 속한 계층에 대한 부정, 자학, 매도의 방향을 보여준 점에 있다. 둘째로 그가 시적 폭력 표현 방법으로 풍자를 선택한 것은 매우 정당하다. 이것을 이어받아야 할 것이다. 그의 당대적 인텔리적 한계는 비판하되, 우리 문화·의식·사회와 역사 전반에 깊이 뿌리박힌 기회주의적 요소에 대한 그의 공격이 함축하는 자기비판 정신은 긍정한다. 셋째로 김수영이 우리 시에서 모더니즘의 부정적 측면을 극복하고, 그 감정을 현실비판의 방향으로 발전시킨 것은 매우 훌륭하다. 특히 시 속에 힘의 표현, 갈등의 첨예한 표현, 난폭성, 조악성, 공격성, 고미(苦味)와 소외감, 신랄성 등 사회적 적의와 비판적 감수성, 한마디로 추(醜)를 양성시킨 점은 더없이 높이 칭찬해야 할 업적이다. 넷째로 민요의 전복 표현과 축약법, 전형화의 원리와 만의(萬意), 단절과 상징법 등 복잡다양한 형식 가치들은 현대 풍자시의 갈등 원리, 몽타주, 소격 원리, 비판적 감동 등의 형식 원리와 배합되어, 우리에게 풍자문학의 커다란 새 토지를 마련해줄 것이다. 다섯째로 시인이 군중과 만나는 길은 풍자와 민요 정신 계승의 길이다.

이상에서 알 수 있듯이 이 시대의 민중시를 지향하는 젊은 세대의 대표격인 김지하가 추구한 세계는 민요와 풍자정신의 결합, 나아가 비판적 감수성으로 요약된다. 그는 담시 「오적」에서 판소리의 형식을 빌어 당대의 우리 현실을 풍자하기도 했다. 그런가 하면 비슷한 시기에 데뷔한 정희성은 '자유와 도덕이 거세된 현실'에 대한 공포를 「답청」, 「저문 강에 삽을 씻고」 같은 시에서 절제 있게 노래한다. 예컨대 「저문 강에 삽을 씻고」에서 그가 추구하는 도덕적 삶에 대한 지향은,

흐르는 것이 물뿐이랴
우리가 저와 같아서

강변에 나가 삽을 씻으며
거기 슬픔도 퍼다 버린다
일이 끝나 저물어
스스로 깊어가는 강을 보며
쭈그려 앉아 담배나 피우고
나는 돌아갈 뿐이다

— 정희성, 「저문 강에 삽을 씻고」 일부

처럼 노래된다. 산업 시대의 두드러진 특성으로는 도덕적 타락을 꼽을 수 있다. 이런 현상은 물론 경제적 행위가 사회의 전면으로 현전화되기 때문에 나타난다. 이 시에서 읽을 수 있는 것은 도덕적 타락에 대한 한탄이나 부정이 아니라 '샛강 바닥 썩은 물'에 달이 뜨는 밤 '흐르는 물'에 삽을 씻고 '먹을 것 없는 사람들의 마을'로 돌아가야 하는 민중의 고통스러운 삶이다. 그러나 그는 이런 삶의 현장을 격앙된 어조가 아니라 침착하게 가라앉은 어조로 담담하게 노래한다. 이런 시에서는 민중적 삶의 고통이 미적 질서를 획득하고 있다. 민중시를 지향하는 대부분의 젊은 시인들이 문학성보다 사회성을 강조하고, 그러다 보니 시의 미학에 관심을 둘 수 없었다는 점을 전제로 하면, 위의 시인들은 시가 사회를 반영하면서 동시에 그것을 굴절시켜 이데올로기의 공간을 빚는다는 사회학적 시학의 새로운 지평을 열고 있다.

4. 1970년대 시의 도시적 감수성

1970년대의 우리 시가 보여주는 또 하나의 특성으로는, 새로운 세대를 중심으로 할 때, 이른바 도시적 감수성을 들 수 있다. 앞에서 이야기한 민중적 감수성을 보여주는 새 세대의 시인들이 민중 이데올로기, 곧 소시민적 한계 자각, 민중적 토대 지향, 반민중적 세력에 대한 공격이라는 이데올로기에 지나치게 지배당함으로써 시적 형식에 대한 관심이 상대적으로 약화됨에 비해 도시적 감수성을 보여주는 새로운 세대들은 그런 이데올로기로부터 한결 자유로운 상태에서 산업 시대의 모순을 형상화한다. 1970년대에 선을 보이는 감태준(1972), 정호승(1972), 김승희(1973), 이하석(1971), 김광규(1975), 이성복(1977), 최승호(1977), 장석주(1975) 등의 시에서 읽을 수 있는 특성들이 그렇다.

감태준이 보여주는 시 세계의 독특함은 한마디로 산업화 과정에서 소외된 인간들의 삶, 고향을 상실하고 도시 변두리에서 떠도는 삶에 대한 안쓰러운 인식이다. 이런 인식은, 관점에 따라서는, 그렇게 독특한 게 아니라고 생각될지 모른다. 천만의 말씀이다. 우리 시의 전통을 생각할 때, 이런 세계는 1970년대 우리 시의 새로운 지평을 열고, 따라서 산업화 과정의 구조적 모순을 지적 태도로 형상화한다는 역사적 의미를 띤다. 대표작 「몸 바뀐 사람들」에서 그가 노래하는 것은, 몸 바뀐 사람들의 삶, 곧 이상적 자아를 상실하고 현실적 자아로 변신할 수밖에 없는 사람들의 삶이다. 이런 삶을 그는 몸과 마음이 분리된 삶으로 규명한다. 이것은 산업화 과정에서 소외된 사람들의 다른 이름으로서 시 속에서는,

산자락에 매달린 바라크 몇 채는 트럭에 실려 가고, 어디서 불볕에 닿은 매미들 울음소리가 간간이 흘러왔다.

다시 몸 한 채로 집이 된 사람들은 거기, 꿈을 이어 담을 치던 집 폐허에서 못을 줍고 있었다.

그들은, 꾸부러진 못 하나에서도 집이 보인다

헐린 마음에 무수히 못을 박으며, 또 거기, 발통이 나간 세발자전거를 모
는 아이들 옆에서, 아이들을 쳐다보고 한번 더 마음에 못을 질렀다

갈 사람은 그러나, 못 하나 지르지 않고도 가볍게 손을 털고, 더러는 일찌
감치 風聞을 따라간다 했다 하지만, 어디엔가 生이 뒤틀린 산길, 끊이었다
이어지는 말매미 울음소리에도 문득문득 발이 묶이고,
생각이 다 닳은 사람들은, 거기 다만 재가 풀풀 날리는 얼굴로 빨래처럼
널려 있었다.

— 감태준, 「몸 바뀐 사람들」 전문

처럼 묘사된다. 이 시는 '산자락에 매달린 바라크 몇 채'가 헐리고, 집을
잃은 사람들의 '몸 한 채'가 바로 집이 될 수밖에 없는 상황을 노래한다.
몸 한 채가 바로 집이 된다는 말은 '꿈을 이어 담을 치던' 삶의 터전을 상
실했을 뿐만 아니라, 집의 상실이 바로 꿈의 상실, 나아가 마음의 상실과
통함을 암시한다. 그의 초기 시에 나타나는 이러한 인식, 곧 삶의 터전을
상실한 사람들에 대한 인식은 마음을 찾으려는 노력, 다시 말하면 '마음의
집'을 찾으려는 노력으로 발전한다.[14]
감태준의 시에서 읽을 수 있는 형식적 특성으로는 시의 산문화 경향을 들
수 있는데, 이런 경향은 1970년대의 새로운 세대가 공통적으로 보여준다.
특히 이런 현상은 도시적 삶의 원리에 시달리는 소시민의 갈등을 노래하는
김광규의 시에서 두드러진다. 그가 노래하는 것은 1970년대의 우리 사회가
상실한 도덕성 회복에의 열망이다. 산업 시대가 보여주는 도덕적 타락과,
유신 체제 속에서 겪게 마련인 억압을 그는 거의 산문에 가까운 형식으로
노래함으로써 많은 평론가들의 관심을 끌었다. 그가 강조하는 것은 산업

---

14) 이런 발전 과정에 대해서는 이승훈의 「떠도는 시대의 시정신」(《한국문학》, 1987. 11) 참고.

시대의 모순, 그것도 소비문화 속에서 주체를 상실하고 하나의 객체로 뒹구는 자아의 거짓 욕망에 대한 비판이다. 예컨대 이런 사정은 「묘비명」에서,

> 한 줄의 시는커녕
> 단 한 권의 소설도 읽은 바 없이
> 그는 한평생을 행복하게 살며
> 많은 돈을 벌었고
> 높은 자리에 올라
> 이처럼 훌륭한 비석을 남겼다
> 그리고 어느 유명한 문인이
> 그를 기리는 묘비병을 여기에 썼다
>
> ― 김광규, 「묘비명」 일부

같은 시행들로 형상화된다. 이 시에서 읽을 수 있는 것은 1970년대의 우리 사회가 안고 있는 가치관의 갈등이다. 정신적 가치, 나아가 도덕적 가치를 상실하고 그야말로 정신이 물화된 삶의 전형을 시인은 아이러니의 태도로 비판하고 있다. 물화(reification)란 사물을 바라보고 있는 자아와 사물 사이에 간격이 생기는 현상을 의미한다. 한마디로 주체와 대상의 관계가 왜곡되는 현상으로, 루카치는 이런 현상을 상품의 물신숭배로 풀이한 바 있다. 사물의 진정한 사용가치에는 관심이 없고 이른바 사물의 교환가치에만 관심을 두는 삶의 양식이라고 할 수 있다.

이런 도덕적 타락에 대한 시적 비판은 이성복의 경우 이른바 도덕의 아이러니로 나타난다. 도덕의 아이러니란 한마디로 원래 우리들의 삶을 지탱하는 원리인 도덕이 무력하게 되어 비현실의 원리로 둔갑할 때 우리가 체험하는 것이다. 김광규가 인간과 사물의 왜곡된 관계를 중심으로 도덕

적 타락을 비판하고 있다면, 이성복은 인간과 인간의 왜곡된 관계를 중심으로 도덕적 타락을 격렬하게 비판한다. 그의 시가 보여주는 특성은 전통적인 시문법의 대담한 파괴, 통사론적 변형에 의한 독특한 리듬, 초현실주의적 기법의 원용을 통해 1970년대 우리 사회의 모순을 지적으로 비판한 데 있다. 예컨대 「그날」이라는 시에서 그는 이런 모순을,

> 그날 아버지는 일곱시 기차를 타고 금촌으로 떠났고
> 여동생은 아홉시에 학교로 갔다 그날 어머니의 낡은
> 다리는 퉁퉁 부어올랐고 나는 신문사로 가서 하루종일
> 노닥거렸다 前方은 무사했고 세상은 완벽했다 없는 것이
> 없었다 그날 驛前에는 대낮부터 창녀들이 서성거렸고
> 몇년 후에 창녀가 될 애들은 집일을 도우거나 어린
> 동생을 돌보았다 그날 아버지는 未收金 회수관계로
> 사장과 다투었고 여동생은 愛人과 함께 음악회에 갔다
> 그날 퇴근길에 나는 부츠 신은 멋진 여자를 보았고
> 사람이 사람을 사랑하면 죽일 수도 있을 거라고 생각했다.
>
> — 이성복, 「그날」 일부

처럼 묘사한다. 이 시에서 화자가 이야기하는 것은 일상적 삶 속에 은폐된 시대적 공포이다. 대낮부터 서성거리는 역전의 창녀들, 몇년 후에 창녀가 될 애들, 사장과 다툰 아버지, 새가 아닌 새, 잡초 뽑는 여인들, 집 허무는 사내들은 모두 이 시대의 삶의 원리라 할 경제의 지배 속에 들어 있다. 이런 경제의 원리에 포섭되면서 그들은 도덕과 생존의 갈등을 앓고 있다.

그런가 하면 최승호는 1970년대의 우리 사회가 보여주는 도덕과 생존의 갈등이 한결 깊어지면서 후기 산업사회의 모순이 더 이상 인간의 능력

으로는 치유되기 어렵다는 인식을 노래한다. 우리의 현실이 정당화될 수 없는 한계를 도덕적 규범이 아니라 인간적 소박성의 원리에 따라 묘사하는 그의 개성은 예컨대 「북어」에서,

> 헤엄쳐 갈 데 없는 사람들이
> 불쌍하다고 생각하는 순간
> 느닷없이
> 북어들이 커다랗게 입을 벌리고
> 거봐, 너도 북어지 너도 북어지 너도 북어지
> 귀가 멍멍하도록 부르짖고 있었다
>
> — 최승호, 「북어」 일부

같은 시행들에 드러난다. 이 시에서 읽을 수 있듯이 그는 이 시대를 살아가는 인간적 삶의 한계를 소박하게 노래하며, 특히 삶의 어두운 구석을 간결하게 묘사한다. 뿐만 아니라 그 어두운 구석을 폭력의 방법, 예컨대 짙은 풍자나 야유가 아니라 유머로 감싼다. 이 시에서 노래 되는 '헤엄쳐 갈 데 없는 사람들'은 자코메티의 조각 「광장을 가로지르는 남자」에서 읽을 수 있는, 유령처럼 떠도는 현대인들이다. 그의 시에서 읽게 되는 이러한 유령의식은 「북어」에서 암시되듯 죽어가는 삶에 대한 가슴 아픈 인식으로 발전한다. '밤의 식료품가게'에 진열된 북어들은 나란히 꼬챙이에 꿰어져 있으며, 그것들은 시인의 의식 속에서 오늘을 살고 있는 인간들의 초상으로 수용된다. 시의 화자는 꼬챙이에 꿰인 북어들을 보면서 불쌍하다는 생각에 젖는다. 그러나 그런 생각을 하는 순간, 북어들은 갑자기 그를 향하여 '너도 북어지'라고 부르짖는다. 꼬챙이에 꿰어진 채, 케케묵은 먼지 속에서 누구에겐가 팔려가기 위해 하루를 더 기다리는 이러한 삶의 참상은

496

이 시대를 살아가는 인간들의 초상이다. 이런 상황에 대한 인식은 1970년대 말에 등장하는 새로운 세대들인 이윤택(1978), 박남철(1979), 황지우(1980) 등에 의해 1980년대에는 과격한 형식을 획득하고, 김준오의 표현에 따르면 의미의 영점화가 아니라 예술 자체의 영점화에 도달한다.[15]

5. 1970년대 시의 전통적 감수성

1970년대의 새로운 세대들이 펼쳐 보이는 두드러진 특성으로는 앞에서 말한 두 가지 경향, 곧 민중 지향성과 도시 지향성만 있는 것은 아니다. 이 두 가지 경향을 강조한 것은 크게 해방 이후의 우리 문학이 제기하는 이른바 분단문학적 속성, 작게는 1970년대적 사회 상황으로 규정되는 산업 시대적 속성, 나아가 정치적 억압 등이 1970년대의 우리 시가 놓이는 역사적 위상이라고 생각했기 때문이다. 또한 이런 특성들은 1960년대의 시 세계와 대립되거나, 그것이 변증법적으로 발전된 현상으로 간주된다. 1970년대의 우리 시, 그것도 새로운 세대의 시 가운데는 전통적 감수성을 보여주는 것들도 많다. 전통적 감수성이란, 생각하기 나름이겠지만, 대체로 내용과 형식, 의식과 기법에 걸쳐 두루 보수적인 경향을 나타낸다. 뿐만 아니라 이런 경향 속에는 우리 시의 전통을 변혁시키려는 의지보다 그것을 계승하려는 의지가 앞선다. 전통적 감수성을 보여주는 새로운 세대의 시인들로는 김형영(1966), 박정만(1968), 신대철(1968), 강은교(1968), 조정권(1970), 이성선(1970), 나태주(1971), 권달웅(1975) 등을 들 수 있다.

도시적 감수성을 보여주는 시인들이 대체로 대상이나 현실을 반어적 태도로 인식하고 시 속에 극적 상황을 설정하거나 산문의 논리를 개입시킨다면 전통적 감수성을 보여주는 시인들에게선 그런 특성들이 별로 눈에

---

15) 김준오, 앞의 책 참고.

띄지 않는다. 그런 점에서 대상이나 현실을 한결 소박하게 노래한다고 할수 있다. 그러나 조정권 같은 시인이 보여주는 세계는 그렇게 소박한 것만도 아니다. 예컨대 「벼랑끝」을 보면,

> 그대 보고 싶은 마음 죽이려고
> 산골로 찾아갔더니, 때아닌
> 단풍 같은 눈만 한없이 내려
> 마음속 캄캄한 자물쇠로
> 점점 더 벼랑끝만 느꼈습니다
> 벼랑끝만 바라보며 걸었습니다

— 조정권, 「벼랑끝」 일부

같은 시행들이 나온다. 이 시가 노래하는 것은 산업사회의 현실이 아니라 그런 현실을 떠나 다른 곳에서 구원을 얻으려는 심정이다. 화자가 찾아가는 곳은 '단풍 같은 눈'만 한없이 내리는 '산골'이다. 그러나 거기서도 그는 구원받지 못한다. 점점 더 '벼랑끝'만 느끼기 때문이다. 조정권의 시는 언뜻 보면 전통적 서정시의 원칙을 그대로 고수하는 것 같지만, 좀 더 찬찬히 살피면, 반드시 그렇지만도 않다. 조정권의 개성은 우리 시의 전통을 나름대로 심화시킨 데에 있고, 그것은 예컨대 '단풍 같은 눈'이 내린다든지, '마음속 캄캄한 자물쇠'로 벼랑끝만 느낀다든지 하는 표현에서 나타난다. 이런 시행들은 대상에 대해 영탄하거나, 감정을 절제할 줄 모르는 많은 전통시들과 비교할 때 현대적 특성을 드러낸다. 일종의 선(禪) 감각을 느끼게 한다.

그러나 이런 정신적 초월주의는 자칫하면 시가 내포하는 사회적 특성을 상실할 우려가 있다. 시의 사회적 특성이란 시가 사회 경제적 하부 구조를

그대로 반영한다는 전통적 마르크스주의자들의 시각에서 하는 말이 아니다. 그것은 정신과 물질이 따로 노는 것이 아니라 정신이라는 것도 결국은 사회적 상호작용의 산물에 지나지 않고, 그런 점에서 시가 사회적 산물이라는 인식을 강조하기 위한 말이다. 전통적 감수성을 보여주는 1970년대의 새로운 세대 가운데 나태주는 조정권과 다른 시적 특성을 보여준다. 조정권이 사회적 조건을 초월하는 일종의 정신주의를 지향한다면 나태주는 오히려 사회적 조건을 수용하면서 정신적 구원을 동경한다. 그럼에도 불구하고 민중 이데올로기에 관심이 없고, 1970년대적 사회 원리로부터 자유로운 태도로 자연현상을 노래한다는 점에서 그는 전통적 감수성을 보여준다. 이런 사정은 예컨대,

> 어제는 보고 싶다 편지 쓰고
> 어젯밤 꿈엔 너를 만나 쓰러져 울었다
> 자고 나니 눈두덩엔 메마른 눈물자국,
> 문을 여니 산골엔 실비단 안개.
>
> — 나태주, 「대숲 아래서」 일부

같은 시행들이 암시한다. 이 시에서 강조되는 부분은 '문을 여니 산골엔 실비단 안개'라는 시행이다. 이 시행은 앞에 나오는 편지, 꿈과 대비된다. 보고 싶다는 편지를 쓰고, 꿈에 '너'를 만나 운 사실은 정신적 구원이 헛됨을 암시한다. 이런 헛됨과 대비되는 이미지가 산골에 깔린 실비단 안개이다. 그런 점에서 이 시는 자연과의 친화 속에서 삶의 고통을 극복한다는 낭만주의적 이데올로기를 새롭게 형상화한다. 하긴 관점에 따라서는 이 시대의 사회가 보여주는 소외라는 것도, 그러니까 산업 시대의 삶의 모순이라는 것도 결국은 자연 상실과 관계가 없는 것은 아니다. 그렇긴 해도 이런

시가 보여주는 시적 이데올로기로서의 한계는 지적될 필요가 있다. '자고 나니 눈두덩엔 메마른 눈물자국' 같은 시행은 전통적 감수성의 세계를 지향하는 1970년대의 새 세대들이 자칫하면 놓치기 쉬운 일상적 현실을 형상화하는바, 이런 점에 나태주 같은 시인의 개성이 있는 게 아닌가 한다.

1970년대에 선을 보이고 나름대로 우리 시의 역사에 기여했다고 평가되는 시인들로는 이상에서 언급된 이들 외에도, 관점에 따라서는, 더욱 많은 시인들이 논의되어야 하리라고 본다. 이상에서 언급된 이들은 어디까지나 필자의 입장에서 선택되었고, 따라서 다른 논자의 입장에서는 이와 다른 선택이 이루어질 것이라고 본다. 참고삼아 1970년대 시인들의 세계를 조감하기 위해 이 글을 쓰면서 다시 찬찬히 읽은 사화집 이름을 밝힌다.[16]

필자는 이 다섯 권의 책을 기초 자료로 했으며 이 책들에 1회 이상 작품을 발표하고 있는 시인들을, 위에서 언급된 시인들을 빼면, 노향림(1970), 이준관(1971), 이기철(1972), 정대구(1972), 김명인(1973), 장영수(1973), 윤상규(1973), 김창완(1973), 조창환(1973), 김옥영(1973), 김용범(1974), 이태수(1974), 이동순(1974), 정인섭(1974), 임홍재(1974), 송기원(1974), 윤석산(1974), 김진경(1974), 한광구(1974), 김정웅(1974), 송수권(1975), 고정희(1975), 하종오(1975), 강창민(1976), 이영진(1976), 윤재걸(1976), 안수환(1976), 문충성(1976), 김명수(1977), 마광수(1977), 서원동(1977), 이윤택(1978), 홍영철(1978), 최승자(1979), 김혜순(1979), 박남철(1979), 황지우(1980) 등이다. 이런 시인들의 시 세계에 대한 정밀한 독서가 이루어지고, 또한 그 문학사적 의미가 새롭게 규명되기를 기대한다.

---

16) 1970년대 시인들의 특성을 살피기 위해 필자가 기초자료로 삼은 것은 ①권영민 엮음, 『해방 40년의 문학, 시편』(민음사, 1985), ②문학세계 편, 『70년대 젊은 시인들』(문학세계사, 1981), ③김주연 편, 『한국현대시인선』(중앙신서, 1985), ④문학과지성 편, 『우리들의 사랑법』(문장사, 1979), ⑤김광규 엮음, 『서울의 우울』(책세상, 1987) 등 다섯 권의 사화집이었음을 밝힌다.

1970년대 소설의 몇 갈래

조남현

1.

1950년대 소설 앞에는 6·25가, 1960년대 소설 앞에는 4·19와 5·16이 있었다. 1950년대 소설은 6·25로 상처받고 뿌리 뽑히고 그리고 다시 일어나려 한 한국인들의 실상과 정신적 기제를 담은 것이라 할 수 있고, 1960년대 소설은 4·19와 5·16이 영향원이 된 한국인의 삶의 모습과 의식의 저변을 파헤친 것이라 할 수 있다.

그렇다면 1970년대를 살았던 이들, 그중에서도 의식이 깨어 있는 자들을 더욱 고통과 긴장 속으로 몰아갔던 배경사(背景史)로는 특히 어떤 것을 주목해야 하는가. 이에 대한 답을 구하픈 것은 어렵지 않다. 1972년 10월에 있었던 유신 선포가 상징적으로 일러주는 암흑과 공포의 정치, 바로 이것이 1970년대 한국인의 삶의 기조, 의식의 방향, 정신사적 추이 등을 근본적으로 조절한 것임은 두말할 것도 없다.

어둠과 얼음의 이미지로 착색된 당시의 정치적 상황이 가장 근본적인 것임엔 틀림없지만, 그러나 1970년대의 한국인들 대부분은 갈등과 절망 감, 패배의식과 소외감 등으로 얼룩져버린 정치적 무의식을 곱씹는 수준에서 머문 것은 아니었다. 당시의 한국인들은 어둠의 정치 이외에 또 하나의 거대하고도 분명한 현실을 만나고 있었다. 흔히들 사회과학자들이 닫힌 정치의 부산물이라고 지적하곤 하는 고속 경제 성장, 근대화와 산업화의 열기, 대중문화의 급속한 팽창 등의 발전 논리가 예상보다 훨씬 급격하게 열려오게 된 것이다. 뒷걸음치는 정치와 앞으로 뛰어가고 있는 경제, 이는 1970년대 우리 사회가 만나야 했고 감당해야 했고 또 극복 의지를 가져야 했던 엄연한 두 겹의 현실이었다.

정신사는 흔히 문학사의 상위개념으로 아니면 그림자로 설명되는 것으로, 1970년대의 정신사는 바로 이렇듯 어둠의 인식과 밝음의 감정이 분명히 갈라지면서 또 기묘하게도 잘 병존하고 있는 모순된 구조 위에 서 있었던 것이라 할 수 있다. 이 말은 1970년대의 우리 소설사가 기본적으로 '혼돈의 패턴'을 내부 구조로 삼으면서 '단선적 패턴'을 바깥틀로 잡고 있다는 논리와 흡사하다. 또 중간소설이 문자 그대로 어중간한 현실인식을 달리는 것이라면, 1970년대에 들어서서 눈에 띄게 많이 나타났던 중간소설 작가들과 작품들은 바로 1970년대의 정신사와 소설사가 어둡기 짝이 없는 내면과 밝은 듯한 외면이라는 양극을 동시에 그것도 위태롭게 디디고 서 있음을 잘 반증해주는 것이라 할 수 있다.

이미 일제 식민 통치하에서의 작가들과 작품들에 잘 드러났던 것처럼, 닫혀 있는 정치문화 혹은 정치적 상황 앞에서는 사실주의자들이 가장 괴로워하고 위축될 수밖에 없다. 비록 1970년대는 몇몇 문학사가들이 '소설의 시대'라고 이름한 것에 걸맞게끔 세태소설, 역사소설, 이념소설, 전쟁

502

소설, 종교소설, 중간소설 등등 다양한 유형의 소설이 굵은 선을 남겼을 지는 모르나 본격적인 수준의 사실주의 소설이 뒤로 물러나 앉은 시기였음은 여전히 부정할 수 없다.

경제입국론, 산업화·근대화의 논리, 대중문화론 등 과속한 비약과 급팽창의 방법론을 오히려 예찬한 넓은 의미의 사회발전론도 당시의 작가들에게는 시련이요, 짐이 된 측면이 강했다. 풍요, 능률, 합리성, 세계주의 등의 이름 아래 전통적인 삶의 방식과 사고방식, 민족 고유의 습속과 세계관이 거침없이 또 급격하게 깨지기 시작했다. 보수주의, 점진주의, 이상주의 등등의 말이 있는 것처럼 1970년대의 우리 작가들은 이러한 '누벨바그' 앞에서 나름대로 고민 어린 선택을 하여야만 했다. 수동적으로 변화의 물결을 타고 나간 작가가 있는가 하면 변화가 접어들어야 할 길과 도달점을 일러주는 데 힘쓴 작가도 있다. 그리고 변화가 남기고 간 병리 현상과 쓰레기에 시선을 모은 작가도 있다. 정확한 표현이 아닐지는 몰라도, 첫 번째 경우에서는 흥미 제공을 장기로 삼으면서 대중성에 제일 큰 비중을 두는 작가들의 얼굴을, 두 번째 경우에서는 엄숙한 표정으로 가득 찬 문학 기능 확대론자의 얼굴을 곧잘 찾을 수가 있었다. 그리고 세 번째 경우에서는 어떤 결과를 남겼든 사실주의의 정신과 방법을 표방한 작가들을 만날 수 있었다.

2.

1970년대 소설의 실체를 올바로 파악하기 위해서는 비록 저널리즘의 용어이긴 하지만 '1970년대 작가'라는 말에 엉겨붙어 있는 독특한 뉘앙스와 속을 파헤쳐볼 필요가 있다. 이 말은 '대체로 1970년대에 데뷔하여 왕성한 활동을 보인 작가들' 그 이상의 의미를 지닌 것으로 이해되었고 사용되었다. 긍정적 반응보다는 부정적 반응을 더 많이 머금고 있는 듯한 이 말은 '신기록을 낳은 작가들'이라는 뉘앙스를 풍기는 것으로 이해되었다. 어떤 면에서의 신기록이며 새로움인가. 전례 없이 높은 판매고를 보인 것, 그 당시로서는 충분히 새롭다고 할 수 있는 세계관 혹은 감수성을 터트린 것, 작가의 기본 입상을 사상가보다는 장인 쪽으로 밀어붙인 것 등으로 답할 수 있을 것이다. 이 중에서 두 번째와 세 번째 유형의 새로움은 직접적으로, 첫 번째 것은 간접적으로 전통적인 소설관과 작가역능론에 도전하고 충격을 준 것이라 할 수 있다.

그러나 위의 새로움의 내용들 중에서 첫 번째 것과 두 번째 것은 표면적으로 볼 때 부정적 측면보다는 긍정적 측면이 강한 것이라 할 수 있으며, 최소한 '가치중립적'인 현상쯤으로 이해할 수 있다. 문제는 첫 번째와 두 번째 형태의 새로움을 획득하기 위해서 세 번째 유형의 새로움을 거침없이 꾀하는 데 있다. 『별들의 고향』(1973), 『바보들의 행진』(1974)의 최인호, 「영자의 전성시대」(1974), 『미스 양의 모험』(1975)의 조선작, 『아메리카』(1974), 『겨울여자』(1976)의 조해일, 『죽음보다 깊은 잠』(1979)의 박범신, 『땅콩껍질 속의 연가』(1977)의 송영, 『목마 위의 여자』(1976)의 김주영, 『부초』(1977)의 한수산 등은 유례가 드문 판매고의 성취를 세 번째 형태의 새로움에다 근거를 두고 꾀한 나머지 결국 '중간소설'의 범주로 떨어지고 만 경우가 되었다. 소설을 본격/통속으로 대범하게 나누어왔던 전통적인 이분론자의 눈으로 보면 새로운 제3의 갈래인 중간소설들은 수준이 그리 낮다고만 볼 수는 없는 독자들을 포함해서 많은 독자들을 소설 쪽으로 끌어들였다는 긍정적인 의미도 있다. 또 이들 중간소설의 작가들이 만들어놓은 두터운 독자층은 나중에 가서는 교환가치와 사용가치가 함께 높은 소설들, 즉 상품성과 예술성이 동시에 뛰어난 작품들을 만들어내는, 한국소설사에서는 전례가 없다시피 한 바람직한 결과도 가져올 수 있었다.

한국 현대소설사에 있어서 1970년대 소설이 보여준 진정한 의미의 새로움은 이처럼 고도의 예술적 가치로써 흥행에도 성공할 수 있었던 작품들과 뛰어난 효용가치를 통해 크나큰 교환가치를 이끌어낸 작가들에게서 찾아낼 수 있을 것이다. 이청준의 『소문의 벽』(1972), 『당신들의 천국』(1976), 『자서전들 쓰십시다』(1977) 등 몇몇 소설집들, 윤흥길의 「아홉 켤레의 구두로 남은 사내」(1977), 『장마』(1980), 황석영의 「객지」(1974), 「삼포 가는 길」(1975), 『장길산』(1976), 김원일의 「어둠의 혼」(1973), 전상국의 『하늘 아래 그 자리』(1979), 박경리의 『토지』(1973~1976), 이병주의 『지리산』(1978), 박완서의 『휘청거리는 오후』(1978), 조세희의 『난장이가 쏘아 올린 작은 공』(1978), 김성동의 『만다라』(1979), 이문열의 『사람의 아들』(1979), 『그대 다시는 고향에 가지 못하리』(1980) 등등이 바로 그 좋은 예다. 이러한 소설집들은 작품만 좋으면 잘 팔린다는, 전대에는 없었던 공식을 세워놓는 결과를 가져왔을 뿐만 아니라 소설은 재미있는 이야기 한 가지만으로 더 이상 버틸 수 없는 것임을, 또 소설은 도덕적 상상력만이 능사가 아님을 잘 실증해주었다. 그리고 소설은 예술품이면서 동시에 하나의 상품임을 일깨워주기도 하였고 창작물에 대한 당대 평가의 신속성과 정확성을 반증해주기도 하였다.

효용가치와 교환가치가 동시에 높은 소설들이 본격/통속의 전통적인 이분법을 오히려 강화시켜준 데 반해, 앞서 말한 중간소설들은 소설은 고급소설/고상한 오락소설/통속소설로 삼분하는 것이 타당하다고 하는 듯한 입장을 굳히기에 이른다. 뿐만 아니라 중간소설들은 1970년대의 가장 시끄러웠던 논쟁거리, 즉, 상업주의 문학 시비를 불러일으켰고, 전문적인 문학 독자들에게는 대중소설/오락소설/시민소설/통속소설/음담소설 등 사이의 미세한 차이점을 밝혀보고자 하는 탐구심을 가져다주기도 하였다. 서로 미세하긴 하지만 분명한 차이점이 있는 이러한 유형의 소설들은 골치 아픈 현실과 문제의식으로부터 끊임없이 벗어나려고 하는 독자들의 도피충동(Fluchtmotiv)을 충족시키는 데서 출발한다는 공통점을 지닌다. 이러한 유형에 드는 실제 소설들의 양적 팽창이 표현의 자유를 표나게 제한한 정치적 상황의 뒤를 이어 사실주의 정신과 방법에 타격을 가한 것임은 두말할 나위 없다.

3.

일차적으로는 '닫혀진' 정치문화로 인해, 이차적으로는 중간소설류의 이상적인 비대 현상으로 말미암아 1970년대 소설은 당대의 사회와 동시대인의 삶의 모습의 본질을 추려내어, 총체적으로 그리고자 하는 사실주의 정신과 방법이 뒤틀려버리거나 움츠리고 만 결과를 가져올 수밖에 없었다. 그렇기는 하나, 1970년대를 사회학적 상상력이 만개한 시대로 파악하는 데 대해 이의를 달 사람은 결코 많지 않다. 1970년대의 우리 소설은 1970년대의 우리 사회를 갈등이론, 소외이론, 계층론 등 사회과학의 여러 가지 주요 개념을 통로로 하여 접근하고 이해하고자 하는 사람들에게 아직 충분치는 않다고 하더라도 많은 자료를 제공해준 셈이 되었다. 비록 당시의 작가들 중 대부분이 현실 묘사에 있어 피상성과 지엽성을 면치 못했다고 자책하는 형편에 빠져 있기는 하였지만 최일남, 박태순, 이문구, 이청준, 윤흥길, 이동하, 박완서, 조세희, 전상국, 조정래, 김국태, 유재용, 문순태 등의 작가들을 비롯한 1970년대 작가들이 당시의 사회를 대상으로 하여 풍경화 또는 초상화를 꼼꼼하게 그려내 보이려 했음도 부정할 수 없다. 앞서 말한 바와 같은 표현상의 제약으로 인해 입체적이며 총체적인 사회적 풍경화는 그려내기 어려웠다 치더라도 최소한 사회적 초상화를 성공적으로 그려낸 작품들이 다수 발견된 것은 사실이다.

기본적으로 한 개인을 타인과의 관계 논리라는 시각에서 보고자 하는 사회학적 상상력은, 시대와 사회를 폭넓게 조망하고 이해하는 능력을 키워주고 또 사회와 역사 속에서의 개인의 위상과 가치에 대해 바르게 인식하게끔 해준다. 그러나 작가들 모두의 과제인 인간 탐구라는 문제에 있어 사회학적 상상력이 혹 주도적인 역할은 할 수 있을지언정 완전히 단독으로 모든 것을 해결할 수 있는 것은 아니다. 사회학적 상상력의 기본 시각인 '관계 논리'의 맞은편에는 '개별자론' 혹은 '단독자론'이 서 있게 마련이다. 이러한 개별자론 혹은 단독자론은 주로 심리학적 상상력이나 형이상학적 접근법에 의존해왔다. 대체로 1970년대 작가들이, 1950, 60년대의 장용학, 손창섭, 최인훈, 김승옥, 이청준 등과 같이 심리학적 상상력이나 형이상학적 상상력을 적극 활용했던 작가들을 일종의 교범으로 알았고 또 그럴 수밖에 없었던 이상, 1970년대 작가들이 단독자적 존재론, 개별자적 인간론에 무지했거나 무관심했다고는 하기 어렵다. 그러나 한마디로 1970년대의 일련의 상황은 당시 작가들에게 그 어떤 것보다도 사회학적 상상력을 더 많이 지닐 것을 요구하게끔 된 것이다. 1970년대 후기에 접어들면서 당시 작가들 사이에서 총체적이며 예리한 리얼리즘 정신과 방법이 계속 살아나지 못함에 따라 사회적 상상력은 마침내 애초의 환기력과 충격을 유지하지 못하는 정도에 이르고 말았다. 신, 종교, 존재론 등의 문제를 들고 나온 이문열의 『사람의 아들』과 김성동의 『만다라』는 만연한 사회학적 상상력에 많은 독자들이 식상해져 버린 바로 그 시점을 탄 것이기에 예상외의 큰 호응을 받을 수 있었던 것이다.

　비록 사회학적 상상력은 치열한 리얼리즘의 뒷받침을 받지 못해 본격적인 수준의 사회적 풍경화는 별로 많이 그려내지 못하였고, 소설 양식의 단순화와 비속화라는 결과를 낳기도 했지만, 우리 소설사가 두고두고 기억해야 할 사회적 초상화는 실제로 적지 않게 남겼다.

1970년대가 남겨놓은 사회적 초상 중 가장 두드러진 것은 바로 '뿌리 뽑힌 자들(the uprooted)'이다. '뿌리 뽑힌 자'는 하나의 집합명사로, 확실한 의미를 온전히 지니는 용어라고 하기는 어렵다. 이 말은 '없는 자'라는 말보다는 분명 지시 영역이 좁은 것이기는 하지만, 반면에 더욱 동태적인 느낌을 안겨주는 것도 사실이다. '뿌리 뽑힌 자'라는 말은 피해, 박탈, 억울함 등의 뉘앙스를 더욱 짙게 안겨주고 있기 때문이다. 이 말은 물질적인 면과 정신적인 면에 두루 다 걸치는 것이긴 하지만, 1970년대 소설의 경우 물질적인 면에서 뿌리가 드러나 버린 사람들 혹은 뿌리가 드러나는 과정을 그리는 쪽으로 기운 것이라 할 수 있다. 1970년대의 소설들이 보여준 뿌리 뽑힌 자는 이미 갖고 있었던 것을 빼앗기고 만 자뿐만 아니라 가져도 좋을 법한 것을 이른바 '가진 자'의 횡포와 조절 때문에 갖게 되지 못한 자까지 의미하였다.

1970년대 소설에 나타난 뿌리 뽑힌 자 속에는 대체로 다음과 같은 존재들이 포함되었다.

첫째, 생존에 필요한 요건마저 제대로 갖추지 못할 정도로 비인간적인 대우를 받고 있는 노동자들. 둘째, 근대화·산업화·도시화의 격랑에 휩쓸려 하루아침에 삶의 터전 혹은 정신적 뿌리를 상실당하고 만 사람들. 셋째, 적응력을 갖추지 못한 나머지 몰락의 길을 걷고 만 정직하며 소박한 존재들. 넷째, 기존의 법·제도·관념과 극심한 마찰을 일으킨 끝에 정신적 항상성을 놓치고 만 사람들. 다섯째, 특히 6·25와 같은 과거의 역사적 사건으로 인한 외상에서 헤어나지 못한 나머지 일종의 실조상태(失調狀態)를 드러내고 있는 존재들.

대략 이와 같이 뿌리 뽑힌 자를 분류해놓고 보면, 뿌리 뽑혀 있음의 논리가 물질적 측면의 상실을 지나 정신적 소외감과 박탈감에까지 걸쳐 있는 것임을 알게 된다. 1970년대 소설을 '소외의 미학'이라고 설명하려 한 사람들의 논거는 바로 이런 데서 찾을 수 있을 것이다. 게다가 위의 하위 개념들은 완전히 독립된 상태로 나타나기보다는 대체로 겹쳐진 상태로 나타나는 경우가 많다. 가령, 당시 소설 속에 등장한 한 개인은 첫 번째 유형에 포함되기도 하면서 동시에 세 번째나 네 번째 항목의 적절한 실례가 되기도 하였다.

첫 번째 유형의 인물과 그들의 삶의 모습을 가장 잘 형상화한 것으로는 황석영의 『객지』, 『삼포 가는 길』, 『돼지꿈』(1980)에 실려 있는 작품들, 조세희의 연작소설집 『난장이가 쏘아 올린 작은 공』 등이 있다. 그리고 두 번째 유형의 인물과 그들의 삶의 정황을 밀도 있게 그려낸 뛰어난 작품으로는 이문구의 『관촌수필』(1977), 『으악새 우는 사연』(1978), 연작소설 『우리 동네』가 있다. 이문구는 근대화와 산업화의 음지를 농촌에서 찾은 대표적인 경우가 되었거니와 『왕십리』(《문학사상》, 1974. 5~10)를 쓴 조해일, 「정든 땅 언덕 위」(1973)를 쓴 박태순, 「서울 사람들」(1975)의 최일남 등을 이른바 '도시소설'의 양식으로 나아간 경우라 할 수 있다. 세 번째 유형의 인물과 그의 삶의 경우를 정직하게 들려준 소설의 적절한 실례로는 윤흥길의 「아홉 켤레의 구두로 남은 사내」, 이동하의 『모래』(1978), 『바람의 집』(1979), 이청준의 「잔인한 도시」(1978), 『살아 있는 늪』(1980), 전상국의 「우상의 눈물」(1980) 등을 들 수 있다. 네 번째 유형의 인물과 그의 행태는 사실상 1970년대 소설에서는 뚜렷하게 독립된 형태로 나타나기는 어려운 성격을 지닌 것이라 할 수 있다. 한때나마 적극적이면서 능동적인 행태를 보여줄 법한 이런 인물들은 첫 번째에서 세 번째까지의 인물 유형에서 '겹쳐진 형태로' 나타난 것이라고 해야 옳을 것이다. 다섯 번째 인물 유형은 뒤에 가서 논할 6 · 25 소설에 집중적으로 나타나는데, 첫 번째에서 네 번째까지의 인물 유형이 1970년대 한국사회의 횡단면을 이끌어갔다면 이 유형은 종단면을 투명하게 보여주었다 하겠다.

육체 노동자의 삶을 거짓 없이 떠올리면서 당시로서는 모험이라 하지 않을 수 없는 노동자들의 파업이란 모티프까지 살려내 보인 황석영의 「객지」, 고도의 전문지식과 의도적인 건조체 문체를 토대로 삼으면서 동시대 공장 노동자들의 척박한 근로 조건과 비참한 삶의 모습 그리고 마침내는 노사 분규 현장까지 치밀하게 그려낸 조세희의 「난장이가 쏘아 올린 작은 공」은 기본적으로는 제대로 자리 잡기 어려웠던 1970년대의 노동문학을 가장 잘 대변해준 것들이다. 황석영과 조세희는 똑같이 '노동자소설 (Arbeiter roman)'의 모델을 제시하고 있지만 그 양식화 방법 면에서는 작든 크든 분명한 차이를 보이고 있다. 노동자들의 삶의 모습을 그리는 데 있어 황석영은 부정적인 양태마저 가림 없이 있는 그대로 내보이려 한 솔직성의 논리에 근거를 둔 반면, 조세희는 엄숙한 표정으로 일관한 가운데 노동자들의 실태에 관한 보고서를 작성하려 한 듯한 분위기를 던져주었다. 황석영이 노동자들과 같이 웃고, 떠들고, 슬퍼하고, 아파한 것으로 설명될 수 있다면 조세희는 공장 노동자들과는 분명히 거리를 두면서도 완벽한 백서(白書)를 작성하고자 한 학자나 기자로 비유될 수 있을 것이다. 그러나 조세희는 '난장이가 쏘아 올린 작은 공'이란 표제에서 잘 엿볼 수 있는 것처럼, 혹 눈물겨운 몸부림으로 끝날지언정 보다 나은 삶을 향한 꿈을 포기해서는 안 된다는 충언을 들려주는 데까지 나아가고 있다.

조세희의 '난장이'는 소설 속에 등장하는 특정 인물의 이름을 넘어서서 1970년대에 급격하게 자리 잡은 산업사회, '힘' 제일주의 풍조의 그늘에서 삶의 뿌리를 내리기 위해 몸부림치고 있는 바로 그런 왜소하고 초라한 존재들을 상징적으로 일러주는 능력까지 내보이고 있다. 1970년대 소설의 주인공들 가운데서 아마도 '난장이'만큼 뿌리 뽑힌 자의 인물 유형을 적실하게 상징해주는 것은 없으리라. 단적으로, 난장이는 뿌리 뽑힌 자의 대명사가 될 수 있을 것이다. 조세희는 난장이 일가의 참담한 비극상을 음각하려는 뜻에서 가장이며 엄연히 어른인 난장이가 하루에도 몇 번씩 달에 갔다 오는 환상을 갖는다는 이야기를 덧붙이고 있다. 연작소설집『난장이가 쏘아 올린 작은 공』은 1970년대 우리 사회의 단면을 되도록 거짓 없이 적시하려 한 주제의식이 우선 시선을 끌고 있거니와, 이러한 주제의식을 구체화하는 방법이 특수한 점에서도 충분히 주목받을 만하다. 조세희는 전통적인 소설 미학 혹은 종래의 소설 양식화 방법을 자주 공격하였다. 그는 해부의 방법을 여러 곳에서 적극 활용했고 또 공문서 양식을 그대로 보여준다든가 하드보일드 문체를 의도적으로 많이 갖다 쓴다든가 또는 관점의 이동을 빈번하게 꾀함으로써 소설 양식의 가능성을 한껏 높였다고 할 수 있다. 바로 이렇듯 엄숙하고 비장한 느낌을 주는 의식과 신선한 느낌을 불러일으키는 서술 방법이 교묘하게 잘 혼합된 것 때문에『난장이가 쏘아 올린 작은 공』은 더욱더 큰 평가를 받을 수 있었다. 그러나 수록작 중 하나인「잘못은 신에게도 있다」와 같은 단편을 보면, 작가의 설명 의욕이 과잉으로 흐른 나머지 소설은 사회학 개론서를 그대로 옮겨놓은 듯한 느낌이 들게 한다.

만일『난장이가 쏘아 올린 작은 공』이 1970년대에 발표되지 못하고 소재상의 금기가 다 깨어져 나간 오늘날에 발표되었다면 어떻게 되었을까. 아마도 소재가 주었던 충격과 서술 방법에서 풍겨 나왔던 신선감은 반감되고 말았을 것이다. 조세희의 일련의 노동자 소설은 총체적이며 치열한 리얼리즘 정신이 시들어 있었던 바로 그 1970년대에 발표되었던 것이기에 예상외의 큰 반응을 얻을 수 있었다. 이 점에서는 황석영도 예외라고 할 수는 없다. 소재문학이라는 말이 비웃음을 받으면서도 많이 떠돌아다녔을 정도로 1970년대에는 노동자들의 삶의 세계를 다룬다는 그 자체만으로도 미리 얼마간의 긍정적 평가를 받을 수 있었다. 1970년대 후기에 들어서 호스티스와 같은 타락한 여인, 불행한 여자를 다룬 소설들이 알레르기 반응을 받으면서 우선 한 점 깎이고 들어간 것과는 좋은 대조가 된다. 소재 그것이 곧바로 문학이 될 수 있는 것은 아니다. 그럼에도 1970년대는 소재 그 자체가 곧 작품인 것 같은 착각을 안겨주었다.

어떤 소요 사건의 주모자로 지목되어 옥살이를 하고 나와서는 지식인으로서의 자부심 그것 하나에만 매달린 채 '무능력자', '못 가진 자'의 길을 걷는 어느 중년 사내의 경우를 그린 윤흥길의 「아홉 켤레의 구두로 남은 사내」는 1980년대에 와서는 작가들로부터 온통 긍정적 시선을 받고 있는 '운동권 인물'을 주인공으로 한 소설의 한 원형이라고 할 만하다. 이 작품에서는 1970년대 작가들이 공통적으로 심각한 표정을 지으며 크게 문제 삼았던 '가진 자'와 '못 가진 자' 사이의 골 깊은 갈등에 대한 근본적 통찰이 나타나 있기도 하다. 이에서 한 걸음 더 나아가 윤흥길은 급격한 산업화 정책, 물질주의의 팽배로 말미암아 당시 한국사회가 소외의 악순환 상태로 접어들고 있음을 날카롭게 꼬집기도 하였다. 한 개인 또는 한 계층에 속해 있는 사람들은 자신들의 탐욕에만 충실한 나머지 타인이나 다른 계층의 사람들이 처해 있는 정황에 대해선 전혀 관심을 두지 않는 현상에까지 이르게 되었다는 것이다. 윤흥길은 이 작품을 통해 타락한 세계에 적응할 힘과 의지를 지니지 못한 채 극도의 소외감과 무력감에서 헤어나오지 못한, 한마디로 정신적인 뿌리가 송두리째 뽑힌 한 사내를 보여주고 있거니와 여기서 '아홉 켤레의 구두'란 아무 실속이 없는, 그러나 선은 분명한 자존심을 비유하는 것으로 새길 수 있다.

기본적으로 리얼리즘을 표방한 다수 1970년대 작가들은 도시 영세민, 농민, 노동자 그 누구를 주인공으로 설정했든지 간에 거의 한결같이 '못 가진 자', '빼앗긴 자', '소외된 자', '짓밟힌 자'를 연민이나 흥분에 찬 눈으로 부각시키는 데 주력하였다. 그러나 궁기를 면하지 못한 농민, 척박한 근로 조건에 허덕거리는 노동자 이외에 창녀, 술집 여자, 혼혈아, 도시빈민 등과 같은 밑바닥 군상을 주인공으로 설정하는 것은 나중에 가서는 아류 작가들에 의해 일종의 유행 현상으로 굴러떨어지고 말았다. 문제의식과 창조적 정신으로 가득 찬 작가들에 의해 제기된 '동정의 관점'도 나중에 가서는 에피고넨들의 손때가 묻으면서 휴머니즘을 가장한 값싼 연민의 감정, 알량한 동지의식으로 변질되고 말았다.

4.

1950년대 이래 계속해서 한국 작가들에게 작가적 소명의식을 일깨워주는 과제가 되어온 6·25라는 소재는 1970년대에 들어와 주로 소년 시절에 전쟁을 체험한 작가들의 가슴과 손을 만나면서 여러 편의 명작으로 태어나게 된다. 이병주의 『지리산』, 조정래의 『황토』(1974), 『이십년을 비가 내리는 땅』(1977), 윤흥길의 「장마」, 「황혼의 집」(1970), 김원일의 「노을」(1977~1978), 「어둠의 혼」(1973), 현기영의 『순이삼촌』(1979), 박완서의 「배반의 여름」(1976), 오정희의 「중국인 거리」(1979), 이동하의 「장난감 도시」(1979), 「굶주린 혼」(1980), 전상국의 「아베의 가족」(1979), 「맥」(1977), 선우휘의 「쓸쓸한 사람」(1977), 오탁번의 『새와 십자가』(1978), 홍성원의 『남과 북』(1977) 등등.

작품의 양과 질을 다 함께 살펴볼 때 1970년대의 6·25 소설은 전상국, 윤흥길, 김원일, 이동하, 조정래, 김용성, 김문수, 현기영, 오탁번 등과 같이 소년기에 전쟁을 겪은 작가들에 의해 주도된 것이라 아니할 수 없다. 소년기 체험에서 출발한 만큼, 이들 작가들은 주로 회상의 시점과 증언의 포즈를 통해 전쟁의 의미보다는 실상을 건져내려는 데 초점을 맞춘 것으로 보인다. 좀 더 구체적으로 말하자면, 전상국은 「아베의 가족」에서 전쟁이 한국인에게 안겨준 외상의 크기와 깊이를 더듬어보았고, 윤흥길은

「장마」에서 인간의 삶에 있어서 이데올로기보다 더 근원적인 것이 바로 '피'임을 재확인하였고, 김원일은 「어둠의 혼」, 『노을』 등에서 이데올로기가 한과 만나면서 광포한 행동주의로 표출되는 과정을 따라가 보았다. 그리고 조정래의 『황토』, 이동하의 「장난감도시」, 오정희의 「중국인거리」는 전쟁 직후 한국인의 삶의 양태를 '굶주림', '박탈감', '공포심' 등의 이미지로 칠해버린 데서 공통점을 가진다.

6·25를 소재로 한 1970년대의 소설들에 대해서 대략 이런 평가를 내릴 수 있을 것이다.

첫째, 비록 부분적이고 제한된 것이기는 하지만 직접 체험을 바탕으로 하여 6·25의 참모습을 그려내고 알리려 했던 움직임을 지적할 수 있다. 사실은 어떠하며 진상은 무엇인가 하는 물음을 강하게 던지고 있는 일련의 소설들은 넓은 의미의, 또 새로운 뜻의 '보고문학'에 귀속시킬 수도 있을 것이다. 1960년대의 최인훈이 『광장』에서 또 박경리가 『시장과 전장』에서 체험 내용의 재현 의지보다는 객관적 탐구욕에 더 크게 기대어 이데올로기, 사회주의자, 전쟁, 민족, 역사 등의 문제를 집중적으로 탐색한 것과는 좋은 대조가 된다. 물론 이병주의 『지리산』과 홍성원의 『남과 북』을 크게 의식하면 1960년대의 6·25 소재문학과 1970년대의 그것 사이의 차이점은 상당히 흐릿해지고 말 것이다.

둘째, 6·25를 소재로 하여 소설을 쓴 작가들은 개인에 따라 조금씩 차이가 없는 것은 아니지만 6·25를 단순한 과거사로 고착시키는 대신 '오늘'과 '여기'에 아직도 분명하게 직간접적인 의미를 지니는 것으로 파악하려 한 공통점을 지닌다. 이들 작가들의 잠재된 심리에 따르면 6·25는 분명 1950년도에 빚어진 '역사'이면서 동시에 1970년대 동시대인들이 직면해야 할 '현실의 일부분'이라는 것이다. 바로 이런 점에서 6·25라는 소재는 역사소설로 태어나기보다는 아직은 민족문학 혹은 분단문학의 양식으로 태어날 가능성을 더 많이 안게 되는 것이다.

셋째, 특히 『남과 북』, 『지리산』, 『노을』, 「장마」 등의 작품에서 잘 확인할 수 있는 것처럼 1970년대 작가들은 6·25라는 소재가 전쟁소설, 이념소설, 민족문학 등 여러 가지 소설 유형을 매개하는 것임을 실천적으로 입증해준다고 볼 수 있다.

자아 각성의 확산

김흥우

1.

우리는 흔히 1970년대를 말할 때 보통 '자아 각성기'니 '자아 발견기'라는 말을 쓴다. 이 말은 그 이전까지는 우리들의 자발적인 의사나 행동이 억제 또는 자제될 수밖에 없었음을 뜻한다. 일제하에서는 창조보다는 일본의 눈치를 보기 바빴고, 해방 후 미군정 아래서는 미국인의 공리주의에 따라 행동해오면서 이데올로기 문제로 소용돌이에 휩싸여 있었다. 6·25 전쟁과 피난지 생활과 환도를 겪고 휴전이 된 후에도 우리는 나 자신이나 이 나라, 이 겨레를 생각하면서 자발적이고 진취적인 생각은 할 수 없었다.

1960년 4월에 일어난 학생 혁명은 비록 실패는 했을망정 자아 각성의 좌표는 설정해주었다고 할 수 있다. 즉, 이 혁명은 정치·경제·사회·문화 각 부문에 걸쳐 의식적인 성장을 꾀하는 계기가 되었다. 5·16 이후

1970년대 말까지도 일인 체제가 지속되기는 하였으나 우리들의 의식 속에서는 4월 혁명이 안겨준 자유민주주의라든가 자립 경제, 외세에서 벗어나려는 민족주체의식이나 인간다운 생의 추구가 계속 확대·확장되어가고 있었다. 다시 말하면 우리 안에서 이제 내 의사에 따라 행동하고 자아를 위해 살아가며 후손들에게 무언가를 남겨주어야겠다는 욕구가 싹트기 시작했다. 이런 점은 경제·사회·문화 전반에 확산되었는데 이는 정치의식에 상응하여 생긴 현상이다. 여기에서 '우리 것', '한국적인 것'이 급작스레 나타나기 시작했다. 이것은 제3공화국의 정치 기류 속에서 얻어진 결과이며 1973년 7·4 남북공동성명에 즈음하여 한껏 부상하게 되었다.

그동안 연극이나 모든 문화 활동은 법의 철저한 통제 아래 행해졌는데 이러한 '한국적인 것', '우리 것'의 추구는 외적으로 연극계를 위축시키는 듯 보였으나 대내적으로는 크게 성장을 이룩하게 했다. 대본의 사전 검열, 연기자의 사전 등록, 극단의 사전 등록, 공연의 사전 승인 등 연극은 엄격한 공연법의 제약 아래 행해졌다. 그러나 연극인들은 이러한 위축되고 정체된 것 같은 분위기 속에서 자신들의 의지를 표현하려고 적극 노력한 결과 우리의 전통적 연극, 곧 민속극의 재현과 전통적 연극을 서구식 현대연극에 접목시키려는 거센 움직임이 일어났다. 그리고 우리의 역사적 사실을 재평가하고 정리함으로써 그 속에서 현재와 미래를 투영해보려는 역사극을 창출하게 된 것이다. 이런 것은 정치에 상응하여 일어난 것이긴 하지만 1960년대 연극인들의 몸부림에서 비롯된 회의와 비판에 의한 자아 발견의 소치이다.

제1·2공화국이 제3공화국으로 넘어서면서도 정치적으로는 별다른 변화가 없었다. 마찬가지로 1960년대 새로운 동인제 극단의 창단, 외국의 실험적인 연극과 이론의 수용, 극장 공간의 확대와 민속극의 발굴 작업은 대학생층 관객의 증가를 가져왔고, 전통적 리얼리즘을 극복하려는 젊은 작가들의 등단을 부채질했다. 사무엘 베케트, 이오네스코, 장 주네, 아누이, 오스본 밀러, 인지, 아가사 크리스티, 테네시 윌리엄스, 막스 프리슈 등의 작품을 쉽게 대할 수 있었고, 그리스 고전, 셰익스피어, 프랑스 고전, 입센 이후의 서구 근대극을 짧은 시간 동안 접한 젊은이들은 리얼리즘 비판과 함께 부조리연극, 서사극, 환경연극 등 새로운 작품으로 실험해나갔다.

따라서 1970년대의 연극에서는 1960년대에 다양화한 연극을 그대로 수용하면서 이미 실험된 연극에 어떻게 하면 '한국적인 것', '우리 것'을 표상화하느냐에 골몰한 시기였다고 할 수 있다.

2.

이 시기의 작가는 사실주의 연극만을 고집해오던 유치진(1905~1974)을 비롯하여 '토월회'에 입단하여 극작과 연출을 겸해오던 박진(1905~1974), 소설가 및 방송작가로 필봉을 휘두르던 김영수(1911~1975), 시나리오에서 희곡으로 방향을 돌린 오영진(1916~1974)이 있었지만 작고하기 직전까지 활동을 한 작가는 박진과 오영진, 단 두 사람뿐이었다.

그 외에는 6 · 25 전쟁과 함께 데뷔한 작가로 차범석, 하유양, 김경옥, 오학영, 홍승주, 이용찬, 임희재, 오상원, 노능걸, 김자림, 주동운, 박현숙, 이근삼 등에 이어, 1960년대에 데뷔한 신명순, 전옥주, 이재현, 오태석, 윤조병, 윤대성, 김의경, 김상민, 전진호, 박조열, 조성현, 오재호, 노경식, 고동률, 천승세, 황유철, 정하연, 김기팔, 이만택, 서진성, 김용락, 홍우삼, 정구하, 김광우, 강성희, 오혜령, 이반, 하경자, 김숙현, 송성한, 김일부 등 30여 명의 희곡작가가 가세해서, 1970년대에는 50여 명이나 등장하는 계기를 만들었다. 윤시덕, 김정률, 이강백, 차신자, 이언호, 유종원, 김상렬,

장소현, 오태영, 엄한얼, 박우춘(성재), 이현화, 허규, 이병원, 강추자, 유재창(성조), 심현우, 이기영, 김봉호, 이영규, 김청원, 김일홍, 김항명, 곽영석, 박일동, 이일용, 이하윤, 정복근, 이용희, 강수성, 신근수, 임정인, 조일도, 김한영, 김응수, 김기주 등이다.

후학들의 교육에 전념하다가 다시 필봉을 든 한노단, 그동안 연출가로 활동해오면서 '삼일로(三一路) 창고극장' 경영을 맡아왔던 이원경, 방송드라마에만 전념해온 김희창, 창작극 활성화를 위해 극단까지 창단하면서 활동을 펴온 박경창도 빼놓을 수 없는 작가들이다. 또 이 시기에는 희곡이 문학으로서 대접받지 못하고 있는 터인데도 불구하고 소설가나 시인들이 희곡에 손을 대고 있었다는 점도 간과할 수 없다. 황석영이 「장산곶매」, 「산국」 등을 써서 상연하였고, 조해일은 「건강진단」을 써서 극단 '산울림'에서 공연하였으며, 최인호는 「가위 바위 보」, 호영송은 「환상부부」, 김영태는 「이화부부일주일」, 이어령은 「기적을 파는 백화점」, 「사자와의 경주」, 「세 번은 짧게 세 번은 길게」, 정시운은 「열두 개의 얼굴을 가진 여자」, 이근배는 「처음부터 하나가 아니었던 두 개의 섬」, 구상이 「황진이」, 유현종이 「양반전」, 최인훈이 「어디서 무엇이 되어 만나랴」, 「옛날 옛적에 훠어이 훠이」, 「달아 달아 밝은 달아」, 「둥둥 낙랑둥」, 「봄이 오면 산에 들에」, 문정희가 「나비의 탄생」 등을 쓴 것이 상연되어 희곡단에 가세했다. 희곡이 극작가들의 전유물처럼 인식되어오던 과거와는 달리 시인이나 소설가, 평론가들도 희곡에 눈을 돌리는 계기가 마련되었다는 증거이다. 이렇게 하여 1970년대 말은 희곡을 쓰는 작가의 수효가 100여 명을 상회하기까지 한 풍성한 시기였던 것이다. 그런 데다 그동안 《현대문학》과 《월간문학》 등 두 개의 월간지에 의존해오는 바람에 발표의 장이 얕았던 희곡단은 1970년 계간지 《연극평론》을 시발로 이어진 《현대연극》(1971), 《드라마》(1972), 《현대드라마》(1973)의 창간으로 활기를 띠는 듯했으나 이 계간지들은 곧 운영난으로 폐간되고, 한국연극협회가 펴내는 월간지《한국연극》이 1975년 창간되면서 게재 지면을 넓혀갔다. 여기에 1971년에는 한국극작가협회(후에 한국희곡작가협회로 개칭)가 창립되었고 1973년엔 국립극장이 장충동으로 이전하면서 창작극을 우선적으로 공연하는 바람에 더 활기를 띠었다. 그리고 1973년에는 문화예술진흥법이 공포되어 1974년부터 그 1차년도 사업이 시행되었는데 그중 연극 분야, 특히 창작극에 대한 지원이 가장 큰 비중을 차지하게 되었고, 1977년 대한민국연극제가 처음 실시되면서 활성화에 더욱 부채질을 했다.

그뿐만 아니라 1979년부터 문예진흥원의 지원으로 행해지는 한국희곡작가협회의 정기적인 세미나와 연간 희곡집 발행은 1970년대 말을 장식하고 1980년대를 잇는 좋은 계기를 만들었다.

3.

그럼 순서에 따라 작가와 작품에 대해 살펴볼 단계에 이른 것 같다. 우선 오영진은 「허생전」(1970), 「맹진사댁 경사」(1972) 「동천홍」「무희」(1973) 등의 작품을 발표해 건재함을 보였다. 「허생전」은 고전소설에서 취재한 역사적 사실을 1960년대 상황으로 설정하여 정치 · 경제인을 신랄하게 비판한 사회 희극이며, 「맹진사댁 경사」는 전래의 한국 혼례 풍속을 중심으로 인간의 탐욕 · 출세의식 등을 풍자하면서 부부간의 윤리 문제를 폭넓게 현대에 투영한 격조 높은 희곡이다. 「동천홍」과 「무희」는 그가 사망하기 직전인 1973년에 쓰였는데, 두 작품 모두 정치색이 짙은 작품으로 「동천홍」이 1960년대 지나치게 대일 의존도가 높아짐을 개탄, 일본의 침략 전야를 극화해 이 시대를 고발하려 한 작품이라면, 「무희」는 반공사상을 다루고 있다. 공산주의자들의 권력 투쟁과 비인간적 피의 숙청 틈바구니에서 파멸해가는 한 무용수의 비극적 운명을 파헤치고 있다. 대표적 근대 무용가인 최승희(작중명/이숙)를 실제 모델로 삼고 있으며 직접 공산주의를 생생하게 체험한 작가의 의식이 번뜩인다.

1950년대 후반에 귀국하여 극작 활동과 함께 평문을 휘두르던 이근삼은 대학 강단에서 연극과 문학을 강의하면서 얼마 안 가 평론을 포기하고 창작에만 일념하며 1970년대를 맞았다. 「유랑극단」(1972), 「학당골」(1973), 「30일간의 야유회」(1974), 「수렵사회」(1975), 「왜 그러세요」(1976), 「아벨만의 재판」(1977), 「이상무의 횡재」(1978), 「마네킹의 축제」(1979) 등이 이 시기에 씌어진 그의 희곡들이다. 이근삼은 짜임새 있고 풍자와 고발정신이 꽉 배인 단막들로부터 시작하여 왔으며 현실비판적인 문제를 집요하게 다루었다. 그가 장막극에서 변화를 보이기 시작한 것은 1960년대 말에서 1970년대 초반으로 이어지는 기간에 씌어진 극들로 대담한 형식적 변혁을 보여준다. 「유랑극단」은 일제 시대의 어느 유랑극단이 겪는 여러 상황을 옴니버스 형식으로 전개한다. 이 작품의 등장인물은 수난을 극복하려는 민족 집단으로 상징되어 현실에 접근하고 있으며 그들의 극중극을 통해서 극적 재미를 발생시킨다. 관객과 무대와의 거리를 가장 좁힌 희곡으로 여겨진다. 「30일간의 야유회」는 낙도에 갇혀 나올 수 없는 젊은이들의 자기 분출을 통해 생의 묘미와 젊은이들의 의지력을 풍자하고 있으며, 「수렵사회」는 도덕적으로 빗나간 현실을 김상범이란 인물을 통해 기묘하게 타협함으로써 출세한다는 요즈음의 세태를 풍자·비판한 작품이다. 「아벨만의 재판」과 「마네킹의 축제」는 제3공화국의 정치 상황을 풍자·비판하고 있는데, 전자가 현실감이 약한 반면 후자는 그를 강하게 추구한 점이 다르며, 전자가 재판 형식으로 냉소가 깃든 작품이라면 후자는 축제 기분으로 화끈하게 다루어졌다는 점에 차이가 있다.

김희창은 '토월회'에 입단하면서 극작에 관심을 가졌고 1929년부터 방송작가로 활동하다 1939년《동아일보》에 장막 「방군」이 당선되어 희곡단에 데뷔했다. 그는 대체로 흩어진 민족의 역사 속에서 모순과 불합리성을 파헤쳐 현대적 안목으로 준엄하고 냉정하게 비판하는 것이 특색인데, 그가 오랜만에 내놓은 「고려인 떡쇠」(1973), 「고대상상모양도」(1975), 「바보와 울보」(1976)에서도 같은 특징이 나타난다. 즉, 「고려인 떡쇠」는 고려말 왜구를 치러 간다고 속여 군사를 일으켜 왕위를 노리는 이숭(李崇) 일당과 주체의식이 강한 떡쇠와의 대결이 이 극의 내용으로 결국 떡쇠는 죽으면서까지 이숭의 뜻을 꺾는데 고려인의 억센 의지가 표현되어 있다.

정통적 리얼리즘에 집요하게 매달리고 있는 작가 차범석은 1962년 대표작 「산불」이 '국립극단'에서, 「갈매기떼」가 극단 '신협' 재기 공연에서 상연되어 큰 성공을 거둠으로써 위치를 굳힌 후 쉴 새 없이 극작 활동을 해왔다. 1970년대에 씌어진 작품으로는 「환상여행」(1972), 「꽃바람」, 「약산에 진달래」, 「활화산」, 「새야 새야 파랑새야」(1974), 「셋이서 왈쓰를」, 「묘지의 태양」(1975), 「손탁호텔」(1976), 「학살의 숲」, 「화조」, 「오판」(1977) 등이 있다. 그가 다루는 테마는 다양한데 유민영이 분명히 요약하고 있다. 즉, 항구나 섬사람들의 가난한 삶으로부터 출발하여 포연 속의 인간성 파괴, 문명화에 따른 인간소외, 애욕의 갈등, 정치권력의 비리와 그 허위성 그리고 정통적 가치관의 붕괴와 새로운 모럴에 대한 의구심 등이라는 것이다. 사실 차범석의 리얼리즘은 「산불」과 「갈매기떼」에서 그 극치를 찾을 수 있을 뿐 그동안 써온 작품에선 그를 뛰어넘지 못하고 있다. 따라서 1980년대로 옮겨가면서는 그 나름의 수정 리얼리즘 연극이 마련되어야 할 것으로 본다. 그러나 근대 이후 추구해온 리얼리즘 연극이 1960년대부터 시작된 줄기찬 그의 노력에 의해 1970년대에 완성을 보았다는 사실은 높이 평가되어야 한다.

차범석과 하유상은 다 같이 1950년대 중반에 데뷔했다. 그러나 두 사람은 똑같은 시대를 살아왔고 비슷한 연극 환경 속에서 희곡을 연마했다는 공통점을 지니면서도 다소 차이를 보인다. 차범석이 리얼리즘을 집요하게 밀고 내려온 데 반해 하유상은 다작이어서인지 관심 분야도 넓고 연극의 새로운 방식을 받아들이는 데 주저하지 않는다. 하유상은 1970년대에 들어서면서 「꽃상여」(1970), 「업보」(1971), 「지상과 천국」(1972), 「에밀레종」(1978)을 창작했을 뿐 그 외에는 「무녀도」, 「윤지경전」, 「이어도 이어도 이어도」를 각색한 정도에 그친다(외국 작품 각색은 여러 개가 있다). 현실의 모순과 비리를 그린 이 작품들은 그가 그동안 취해오던 것에서 떠나 「꽃상여」에선 여인 3대가 겪는 비극을 나타냈고, 「업보」에서는 불교의 인과응보설을 현실에 둔갑시켰다. 「지상과 천국」, 「에밀레종」은 모두 불교 세계를 다룬 극들이다.

이외에 김경옥은 「신라인」(1971), 한노단은 「신바람」과 「초립동」을, 그리고 박진은 「차라리 바라보는 별이 되리」란 작품을 남겼고, 박현숙은 「너를 어떻게 하랴」, 「빛은 멀어도」, 김자림은 「가갸거겨의 고교씨」를 발표했다.

4.

1960년대와 1970년대에 데뷔한 작가로서 1970년대에 창작에 전념하여 관심을 끈 작가로는 오태석이 있다. 그는 현대인의 의식 구조를 해부하고 1960년대에 범람하기 시작한 부조리연극의 요소들을 가미시켜 나름의 드라마트루기를 완성했다. 그는 특히 연출가로도 뛰어난 솜씨를 보여 1970년대 후반부터는 대다수의 작품을 직접 연출해서 주목을 받았다. 「이식수술」, 「초분」(1973), 「태」(1974), 「약장수」, 「환절기」, 「춘풍의 처」(1976), 「물보라」(1978), 「종」, 「사추기」, 「산수유」, 「1980년 5월」 등 많은 작품을 발표했다.

「초분」에서는 문명과 원시성을 대비시켜 그 갈등을 그린 한편, 「태」에서는 무수한 수난을 겪는 한국인의 끈질긴 삶의 맥을 짚고자 했으며, 「춘풍의 처」에서는 인간의 본능적인 삶이 문명을 거세한 원초적 세계 속에서 어떻게 표출되는지를 보여주었다. 1970년대 후반의 작품으로 옮겨가면서 그는 전에 보여주었던 춤과 노래와 사설이 혼합된 놀이 형태에서 벗어나 언어의 필연성을 부상시켜갔다. 「물보라」와 「사추기」, 「산수유」 등이 그 실험 대상이었다.

박양원은 「고문관」(1968)으로 데뷔한 후 극적 상황에 처한 한 인간의 내면적 갈등을 사실적으로 묘사하면서 애정과 증오, 이상과 현실, 신과 인간 등의 문제와 정면으로 대결하는 심각한 문제의식을 들추어냈다. 「유형기」 「실종기」(1971), 「진료대의 다람쥐」(1972) 등을 내고는 방송 쪽으로 전향했다. 그는 대표작 「유형기」(「그물 안 여인들」로 개제)에서는 사랑과 애욕의 기로에 선 한 젊은 의학박사를 통해 이상과 현실 사이에 놓인 병리를 파헤치고 있다. 암에 걸린 아내를 수술하고 결국 살인자란 누명을 쓰게 된 의사의 고민과 과학의 한계를 고발한 작품이다.

김용락은 이 시기에 「부정병동」, 「동리자전」(1971), 「돼지들의 산책」, 「꿈속의 연인」(1972), 「달나오기」 등을 써냈는데, 「부정병동」은 여성의 순결 문제를 다룬 작품이며, 「돼지들의 산책」은 리얼리즘 연극 형식에서 벗어나 인간의 심리를 정신분석학적으로 분석하고 사회에 고발한 작품이며, 「동리자전」, 「달나오기」, 「꿈속의 연인」은 역사적 사실을 현재와 미래에 투영한 작품들이다. 그는 다작이면서도 폭넓게 작품을 다루고 있는 점이 특색이다.

노경식은 수난의 역사, 사상의 소용돌이, 숙명적 인간의 빈곤 등의 문제를 철저히 묘사·추구한 리얼리즘 작가이다. 「달집」(1971)에서는 한국의 토착적 인간상을 여인 3대를 통해 부각한다. 특히 극의 대사 중 사투리가 제대로 구사된 점이 보는 이로 하여금 무릎을 치게 한다. 「징비록」(1975), 「흑하」(1978), 「탑」(1979) 등이 역사적 사실을 현실의 눈으로 투영해본 작품이라면, 「소작의 땅」(1976)은 농촌의 근대화 과정에서 일어나는 농촌문제의 실상을 고발한 작품이라고 할 수 있다.

이재현은 이 시기에 「신시」(1971), 「송학정」, 「엘리베이터」(1972), 「성웅 이순신」, 「춘향전」, 「태양관측」(1973), 「썰물」, 「제10층」, 「하늘아 무엇을 더 말하랴」(1974), 「북향묘」, 「대한(大恨)」(1976), 「비목」(1977), 「전범자」(1978), 「못 잊어」, 「화가 이중섭」(1979), 「하얀집」(1980) 등 많은 작품을 남겼다. 희곡 「바꼬지」(1965)로 데뷔한 그는 초기에는 서정적인 수법으로 이상향을 갈망하는 인간의 본성을 추구하면서 사회문제, 전쟁, 남북 양단과 사상성 문제 등을 냉철하게 비판하는 경향을 띠더니, 1970년대에 접어들면서는 소재를 주로 역사적 사실에서 채취하여 그를 현실적으로 투영하는 경향으로 바뀌었다. 「송학정」, 「성웅 이순신」, 「대한」, 「전범자」, 「화가 이중섭」이 그런 유의 작품이다. 특히 「춘향전」과 「썰물」에서는 대사를 판소리에서나 볼 수 있는 7·5조를 사용하여 주목을 끌었다. 초기에는 리얼리즘에 연연했지만 1970년대에 들어서면서는 수정된 리얼리즘을 추구하는 방향으로 전환하였다.

윤대성은 현실에 대한 비판이라든가 억압당하는 자에 대한 애정 등을 역사 속에서 조명하려고 노력한 결과 민속극에 대한 관심이 커졌고, 그 관심이 1970년대에 들어서면서 민속극에서 보이는 형식을 활용함에 이르렀다. 「망나니」(1969)에서 보여준 산대극적 방식은 그의 「노비문서」(1973)에서 완성을 보인다. 「너도 먹고 물러나라」(1973), 「출세기」(1974)에서는 또 다른 방법이 엿보인다. 전자가 장대장내굿을 토대로 하여 현대를 무대로 재창작한 것으로 자릿판놀음으로 일관되는 반면에, 후자의 경우는 매몰된 광부가 16일 만에 구출되어 급작스레 이름이 나게 되는 과정을 극화하였다. 이 작품에서는 온갖 스테이지 테크닉을 모두 활용하고 있다.

이외에도 윤조병은 「고랑포 신화」, 「참새와 기관차」, 「코 하나 눈 둘」을 발표해 관심을 모았고, 김상렬도 「배비장전」, 「탈의 소리」, 「길」, 「그대의 말일 뿐」을 내놓았고, 「달나라 딸꾹질」, 「밤에만 날으는 새」의 전진호, 「광야」의 김기팔, 「무지개 쓰러지다」, 「마로니에의 길」, 「달려라 아내여」, 「물새야 물새야」의 정하연이 방송으로부터 눈을 옮겨 극작에 참여했고, 「그날 그날에」의 이반, 「북벌」, 「남한산성」의 김의경, 「불청객」, 「수염이 난 여인들」의 전옥주, 「우보시의 어느 해 겨울」, 「가실이」, 「왕자」의 신명순, 「일어나 비추어라」의 오혜령, 「창포각시」, 「물도리동」, 「다시라기」, 「애오라지」의 허규, 「이혼파티」, 「천국을 빌려드립니다」의 유보상, 「다섯」, 「내마」, 「결혼」, 「미술관의 혼돈과 정리」, 「내가 날씨에 따라 변할 사람 같소」의 이강백, 「종이연」, 「서울 말뚝이」의 장태현, 「늙은 수리 나래를 펴다」, 「토생전」의 안종관 등의 작가가 돋보였다. 특히 1970년대에는 여류작가들의 창작 능력도 빼어났는데 「여우」, 「자살나무」, 「태풍」, 「산 넘어 고개 넘어」의 작가 정복근, 「노파의 오찬」의 강추자, 「사당네」, 「단추와 단추구멍」, 「무언가」의 이병원, 「빚진 자들」, 「그믐밤을 둘이서」의 김숙현, 「이 세상 크기만 한 자유」의 강성희 등을 꼽을 수 있다.

그리고 1970년대에 등단한 작가로서 주목되는 작가는 「작년에 왔던 각설이」, 「굿쟁이」, 「밤마다 해바라기」, 「무엇이 될꼬하니」의 박우춘, 「아득하면 되리라」, 「연자매우화」, 「목로주점」, 「조용한 방」의 작가 오태영, 「쉬쉬 쉬잇」, 「누구세요」, 「카덴자」, 「안개」의 작가 이현화가 있다. 이들은 등단과 함께 관심을 모았고 계속 좋은 작품을 써갈 조짐이 보이는 작가들이다.

5.

1973년 공연법 개정 이후 소극장이 많이 늘어나고 이와 함께 극단 수효도 계속 증가했다. 극작가의 수효도 그에 맞추어 늘어나지 않을 수 없었다. 따라서 1970년대의 희곡단은 해방 이후에 최고 기록을 세울 만한 숫자의 작가와 작품이 양산되었다. 그리고 자아 각성의 확대에 따라 작가 나름의 개성이 뚜렷한 작품들이 나왔다. 그러나 그 가운데서도 가장 큰 비중을 차지한 건 뭐니뭐니해도 우리의 전통 민속을 서구의 양식에 접목시키려는 움직임이었다고 할 수 있다. 또 역사적 사실의 소재를 현실에 투영해보려는 노력이 활발히 전개되었다고 생각된다. 여기서 '한국적인 것', '우리 것'을 발견한 것이다. 그런 의미에서 윤대성의 「노비문서」, 이재현의 「춘향전」, 「썰물」, 「포로들」, 「성웅 이순신」과 노경식의 「달집」, 「징비록」, 「탑」, 그리고 오태석의 「태」, 「초분」, 「춘풍의 처」, 이강백의 「내마」, 김용락의 「동리자전」 등과 연출가 허규의 「물도리동」, 「다시라기」, 소설가 최인훈의 모든 희곡작품은 1980년대를 향한 초석이 되었다고 할 수 있다.

여기서 몇 가지 짚고 넘어가야 할 문제는 첫째, 1970년대에 들어서면서 이재현과 오태석이 연출을 겸임하게 된 데 반해, 연출가 허규와 김상렬이 희곡을 겸임하게 된 점이다. 이는 훌륭한 작가 뒤에는 훌륭한 연출가가 있었다는 사실과 훌륭한 연출가 뒤에는 항상 훌륭한 작가가 있었다는 것을 고려할 때, 이들이 나름대로 만족하지 못했기 때문에 이렇게 겸임할 수밖에 없지 않았는가 여겨진다. 자아 각성의 확산이 빚어낸 좋은 결과라고 생각된다.

둘째, 그동안 자아 각성을 확산시키는 데는 한국희곡작가협회의 노력과 한국극작워크숍이 많은 공헌을 했다는 사실이다. 이 두 단체는 전자가 현역 작가들의 작품 활동을 독려했다면, 한국극작워크숍은 신진들을 등용시키는 데 크게 이바지했다고 생각된다.

셋째, 해방 후부터 1960년대까지 만들어진 분량에 달하는 작품집의 숫자가 1970년대에 나왔다는 사실이다. 이것은 바로 자아 각성의 확산이 만들어낸 결과라고 여겨 여기 그 목록을 덧붙이면서 1980년대를 기대해 본다.

『유치진희곡전집』상·하(성문각, 1971), 『이민선』(김자림희곡집, 민중서관, 1971), 『한국신작희곡선집』(한국극작가협회, 현대문학사, 1972), 『촌선생(村先生)』(이광래희곡집, 현대문학사, 1972), 『생활인의 희곡집』(차범석·박조열, 한국연극협회, 1972), 『인간적인 진실로 인간적인』(오혜령, 덕문출판사, 1973), 『소인극걸작선』(현대연극사, 성문각, 1973), 『새마을 연극희곡선집』(차범석, 세운문화사, 1973), 『새마을문고』3(문공부, 1973), 『단막극선집』(한국극작워크숍, 1974), 『전환기의 희곡(김흥우, 문명사, 1974), 『지열』(홍승주, 월간문학사, 1974), 『환상여행』(차범석, 어문각, 1975), 『낮공원산책』(전옥주, 문명사, 1975), 『새떼』(문정희, 민학사, 1975), 『광복30년문학전집』9(문협 편, 정음사, 1975), 『단막극선집』2·3(한국극작워크숍, 1975), 『꽃과 십자가』(오학영, 현대문학사, 1975), 『유랑극단』(이근삼, 범한서적, 1975), 『오영진희곡집』(동화출판공사, 1975), 『가면무도회』(박현숙, 세종문화사, 1975), 『공연날』(김경옥, 금연재, 1976), 『산록』(강노향, 대전, 1976), 『남한산성』(김의경, 한국연극사, 1976), 『두 얼굴』(강성희, 교학사, 1977), 『하유상막희곡집』(하유상, 국제영화출판사, 1977), 『독신자아파트』(이동진, 세종출판사, 1977), 『한국희곡문학대계』1(한국연극협회, 1977), 『외줄 위의 분장사』(김숙현, 한겨레, 1978), 『운촌(雲村)』(박경창, 월간문학사, 1978), 『아가야 청산 가자』(전옥주, 율성사, 1978), 『비목』(이재현, 근역서재, 1978), 『한국명희곡선』(이근삼, 현암사, 1978), 『제1회대한민국연극제희곡집』(문예진흥원, 1978),

『한국희곡문학대계』 2(한국연극협회, 1978), 『김우진작품집』(유민영, 형
설출판사, 1979), 『한국현대문학전집−희곡집』 1·2(삼성출판사, 1979),
『희곡 1980』(한국극작워크숍, 모음사, 1979), 『초분』(오태석, 현암사,
1979), 『열일곱 사람의 소리』(한국희곡작가협회, 유림사, 1979), 『누구세
요』(이현화, 예문관, 1979), 『제2회대한민국연극제희곡집』(문예진흥원,
1979), 『화가 이중섭』(이재현, 근역서재, 1979), 『옛날 옛적에 훠어이 훠
이』(최인훈, 문학과지성사, 1979), 『나자(裸者)의 소리』(이반, 지음사,
1979), 『유리사슬』(서현수, 한진출판사, 1979), 『당신은 천사가 아니다』
(이동진, 심상사, 1979), 『참 특이한 환자』(이동진, 심상사, 1979), 『한국
희곡문학대계』 3(한국연극협회, 1979), 『제3회대한민국연극제희곡집』(문
예진흥원, 1980), 『한국희곡문학대계』 4(한국연극협회, 1980), 『소금장
수』(이언호, 진음서관, 1980), 『열여섯 사람의 소리』(한국희곡작가협회,
유림사, 1980), 『목마른 태양』(홍승주, 유림사, 1980), 『장산곶매』(황석영,
진설당, 1980), 『대머리여장군』(김흥우, 우성문화사, 1980).

확대와 심화의 드라마

이동하

1.

한국 현대정신사에 있어서, 1970년대는 아마도 가장 중대한 뜻을 지니는 시기의 하나로 기록될 것이다. 대규모의 경제 성장과 극악한 정치적 억압이 한꺼번에 행해졌던 이 시기에, 우리의 지식인과 민중들은 역사상 전례를 찾기 어려울 정도로 급격한 인식의 확대와 심화를 경험하였다.

그런데 우리가 1970년대를 돌아보면서 특별히 주목하지 않을 수 없는 것은, 이 같은 확대와 심화의 드라마가 다른 곳 아닌 문학의 영역을 중심으로 하여 전개되었다는 사실이다. 이것을 두고 문학의 영광이라는 말을 입에 올리더라도 아마 망발이라고 비난받지는 않을 것이다. 하지만 이 영광이 따지고 보면 상당히 씁쓸한 뒷맛을 남기는 것임도 또한 부정하기 어려운 사실이다. 왜냐하면 문학이 그처럼 당당히 중심의 위치를 점령할 수 있었던 것은, 한편으로는 문학 자신이 원래부터 지녀온 가능성의 현실화라는 측면을 가지고 있지만, 또 한편으로는 문학을 제외한 다른 분야들과 비교할 때 상대적으로 권력의 억압을 좀 더 쉽게 피할 수 있었다는 사실에 힘입은 측면도 분명히 존재하기 때문이다. 하기야 이것은 크로포트킨이 제정 러시아의 경우를 언급한 데서 알 수 있듯, 독재의 깃발이 횡행하는 시대에는 어디서나 찾아볼 수 있는 일반적 현상이기도 하다.

1970년대의 문학이 일반적으로 가지고 있는 이 같은 영광과 씁쓸함의 양면성은, 당연히 그 시대의 비평에도 내재해 있다. 이 시기의 비평은 우선 양적인 측면에서만 따지더라도 그전과 비교할 때 거의 폭발적이라고 해도 과언이 아닐 만큼 대단한 팽창을 보여주었거니와, 질적인 면에서도 역시 괄목할 만한 성장을 이룩하여, 1970년대의 정신 전체를 대표할 만한 자리의 일부를 당당하게 차지하였던 것이다. 이것은 분명 1970년대 비평의 영광이 아닐 수 없다. 그러나 문학비평이라는 존재가 다른 여러 지적 작업의 영역과 비교할 때 거의 독보적이라고 해도 좋을 정도의 면모를 과시할 수 있었다는 것은, 이 시대가 저 악명 높은 유신독재의 계절이었다는 점과 관련지어 살펴볼 때, 어쩔 수 없이 우울한 감회를 던져주는 것도 사실이다.

2.

이제 이야기의 방향을 돌려, 1970년대에 산출된 비평적 업적의 구체적인 명세서를 작성하는 작업에 착수해보기로 하자. 그럴 경우 맨 먼저 언급하지 않으면 안 될 사항은, 일찍부터 문필 활동을 시작하여 1970년대 초쯤에는 이미 대가의 반열에 속해 있었던 인물들이 이 시기에 들어와서는 어떤 일을 했느냐 하는 것이다. 이 사람들은 물론 1970년대의 주역이라고는 할 수 없지만 1970년대의 비평과 그 이전 시대의 비평을 연결하는 고리 역할을 담당하고 있다는 점에서 일단 맨 먼저 거론하지 않을 수 없다. 이 부류에 속하는 대표적인 인물로는 정명환, 송욱, 천이두, 유종호 등을 지목할 수 있다.

이들 가운데서도 앞의 두 사람은, 연배가 비슷하다는 점, 다 같이 서양문학을 전공한 사람으로서 일선 비평가라기보다는 서양문학의 뛰어난 소개자 겸 학자라는 풍모를 더 짙게 내보여왔다는 점, 그리고 서양문학에서 배운 근대성과 합리성의 자를 가지고 한국문학을 비판적으로 재단하는 태도를 오랫동안 견지해왔다는 점 등으로 하여 쉽게 하나로 묶어 이야기할 수 있는 존재로 생각되어왔다. 그런데 1970년대에 들어와서 내놓은 그들의 저서를 보면, 그들이 더 이상 동행자 관계에 머무르지 않고, 서로 날카로운 대조를 보이는 자리에 서게 되었음을 알 수 있다. 즉, 정명환이 『한국작가와 지성』(1978)에 수록된 글들에서 입증되듯 서구주의자의 면모를 완강하게 견지하고 있는 반면, 송욱은 『「님의 침묵」 전편해설』(1974)이라든가 『문물의 타작』(1978)과 같은 저서를 통하여, 자신이 이제는 서양의 근대정신이 아닌 동양의 전통정신에 열광하는 사람으로 돌아섰음을 분명한 어조로 선언한 것이다. 그러면 이처럼 대조적인 입장으로 갈라진 두 사람 가운데 누가 더 큰 성과를 거두었다고 말할 수 있을까? 이 물음에 답하기는 쉽지 않다. 왜냐하면 우리는 여기서 두 가지 기준을 고려해야 하기 때문이다. 우선 끊임없이 스스로를 갱신해나가는 정신의 젊음이라는 기준을 가지고 생각해보면, 중년의 나이에 들어와서 완전히 새로운 출발을 기록한 송욱 쪽이 더 긍정적인 평가를 받을 수 있을 것 같다. 그러나 일단 자신이 선택한 길에서 내놓은 성과 자체를 가지고 따진다면, 송욱의 변신은 그다지 신통한 열매를 맺지 못한 게 사실이며, 그런 만큼 정명환이 원래의 자리를 지키면서 이룩한 성과에 미치지 못한다고 이야기하지 않을 수 없다.

한편 천이두는 평론집 『종합에의 의지』(1974) 가운데 3분의 1이 넘는 분량을 서정주와 황순원 두 사람에 대한 글이 차지하고 있다는 사실에서 입증되듯 이른바 한국적인 아름다움의 탐구를 기조로 한 보수적 문학에 깊은 애정을 표시하면서, 역시 1970년대 비평계의 한 자리를 차지한다. 그의 주된 관심의 대상이 보수적 문학인 것과 어울리게 그 자신의 비평 스타일도 차분한 해설 위주의 보수적 신중성을 특징으로 삼고 있는데, 젊은 혈기와 거창한 구호들이 주도권을 장악하게 마련인 비평계에서 이러한 그의 모습은 자칫하면 묻혀버리기 쉬운 것이었다. 하지만 이런 사람이 존재함으로써 자칫하면 놓쳐지고 말았을 한국문학의 많은 부분이 비평적 논의의 그물 속으로 들어올 수 있었음을 상기할 때 그가 지닌 비중도 결코 작은 것이 아님을 깨달을 수 있다.

한편 1950년대에 이십대의 젊은 나이로 이미 자신의 위치를 확립하였던 유종호는 언어의 문제에 주로 관심을 쏟던 입장에서 문학 사회학적인 측면에 역점을 두는 입장으로 방향을 전환해가는 과정에서 많은 내적 갈등을 경험한 듯하며, 그것과 관련이 되는 일인지 모르지만 어쨌든 1960년대에는 비평 활동이 뜸해지는 양상을 보였다. 그러나 1975년에 『문학과 현실』을 출간하고 이듬해 계간지 《세계의문학》 창간에 참여하는 것을 계기로 하여 그는 다시 활발한 움직임을 보여주기 시작한다. 이 시기에 이르러 그는 초기의 문학 내적 관심과 중기의 사회학적 관심을 아울러 갖춘 좋은 평문들을 다수 발표하는데, 이로써 보면 그는 조숙한 천재들이 항용 단명으로 그치곤 하는 것과는 달리 착실한 성장의 길을 걸어온 모범적인 예로 꼽힐 수 있을 듯하다. 다만 그의 스타일이 오랜 경력을 지닌 대가답지 않게 가벼운 느낌을 주는 경우가 종종 있다는 점은 무시될 수 없는 불만 사항으로 남는다.

3.

1970년대 초에 이미 대가의 지위에 도달해 있었던 몇 사람을 살펴보고 난 이제, 우리는 더 이상 머뭇거리지 않고 바로 1970년대 비평계에서 가장 활발한 움직임을 보였던 부류를 거론해도 무방한 단계에 이른 듯하다. 그 부류란 두말할 필요도 없이 《창작과비평》과 《문학과지성》 두 계간지를 중심으로 한 세력을 가리킨다.

이 가운데서 먼저 《창작과비평》의 경우를 살펴보면, 주지하다시피 이 잡지는 민족문학론-민중문학론-제3세계문학론 등 그 빛깔도 선명한 이념의 깃발을 부지런히 내걸면서 우리 문학사의 한 페이지를 새롭게 개척한 점에서 1970년대 문학계의 한 장관을 이루고 있다. 이 잡지가 창간 초기의 얼마 동안을 제외하고는 지나치게 배타적이며 독선적인 태도로 일관해온 것이 사실이고, 때때로 형편없는 수준의 작품들을 단지 정치적인 이념에 있어서 가치가 있다는 이유로 옹호하는 태도를 보임으로써 우리 문학 전체에 상당한 혼란을 야기한 것이 사실이지만, 그 같은 문제점에도 불구하고 이 잡지가 한국문학사에 남긴 거대한 발자취는 지울 수 없는 것이다. 그것은 우리의 문학인들에게 작가의 역사적·사회적 책임이라는 문제를 전에 없이 강렬한 목소리로 제기하였으며, 더 나아가 '민중'의 개념을 문학 마당의 한복판으로 끌어옴으로써 기왕의 인습적인 문학관과는 전혀 다른 세계를 열어 보였고, 분단 문제에 대해서도 누구보다 진지한 태도로 대결해나가는 용기와 예지를 과시하였다.

《창작과비평》의 이 같은 업적을 말할 때 우리는 당연히 백낙청이라는 이름을 그 머리에 올려놓아야 한다. D. H. 로렌스의 문학과 하이데거의 철학을 깊이 연구한 한 사람의 학자로 자신의 기초를 확실히 다진 후 《창작과비평》의 창간(1966)을 계기로 평단에 진입해온 그는 지금까지 20년

이상의 세월이 흐르는 동안 한 번도 우리 문단의 이념적 전위라는 지위를 남에게 양보한 일이 없다. 위에서 우리가 《창작과비평》의 업적으로 거론한 민족문학론 · 민중문학론 · 제3세계문학론 등등도 좀 더 엄밀하게 말하자면 모두 백낙청 개인의 작품이라고 할 수 있는 것이다. 그러니까 따지고 보면 백낙청 개인의 끊임없는 이념적 탐구가 그대로 《창작과비평》이라는 한 공적 기구의 노선으로 확대되어 사람들 앞에 던져졌고, 그것이 또한 그대로 우리 문단의 이념적 전위를 담당해왔다고 해도 별반 틀린 말이 아니다. 이는 물론 백낙청이 지닌 야심 혹은 패기와 무관할 수는 없지만, 중요한 것은 그 야심 혹은 패기를 참다운 순수한 민족적 열정과 특출한 재능이 탄탄하게 떠받치고 있었다는 사실이다.

그러나 《창작과비평》의 긍정적 기여가 그대로 백낙청이라는 개인의 공적으로 연결되는 것이라면, 앞에서 우리가 이 잡지의 부정적인 문제점으로 지적했던 사항 역시 백낙청이라는 개인의 한계와 직결되는 것이 아닐 수 없다. 좀 더 구체적으로 말하자면, 《창작과비평》이 보여준 배타적이고 독선적인 자세의 문제점은 백낙청의 문학관 자체에 그러한 요소가 존재하고 있다는 사실과 무관할 수 없으며, 구체적인 작가와 작품의 평가에 있어 때때로 이해하기 어려운 면을 보여준 것은 백낙청이 어디까지나 이념적 탐구를 위주로 하는 이론비평가이지 실제비평의 대가는 아니라는 사실에 바로 이어지고 있는 것이다.

한편 백낙청의 가장 뛰어난 동료로 꼽힐 수 있는 염무웅은 본래는 작품의 미시적 분석에 관심을 쏟는 비평가로 출발했으나, 대략 1960년대 후반부터 자신의 입장을 바꾸어 민중문학론의 선봉장이 된다. 이러한 그의 방향 전환이 얼마나 철저했는가 하는 것은 그가 후일 발간한 자신의 평론집 『한국문학의 반성』(1976)과 『민중시대의 문학』(1979) 속에 방향 전환 이전의 글은 단 한 편도 수록하지 않았다는 사실에서 분명하게 알 수 있다.

1970년대 말이 되면, 백낙청과 염무웅을 계승하는 《창작과비평》의 새로운 얼굴로서 김종철과 최원식 두 사람이 떠오르게 된다. 여기에서 특히 흥미로운 것은, 김종철의 경우 염무웅과 거의 비슷한 방식으로 비평 활동의 중도에 방향 전환의 결단을 내린 경력을 가지고 있다는 사실이다. 더군다나 그는 일단 《문학과지성》의 편집 동인으로 영입까지 되었다가 그 진영을 떠나 《창작과비평》 쪽으로 옮겨간 것이니, 그 파장이 더욱 클 수밖에 없었다고 할 것이다. 그런데 이상하게도 김종철은 일단 이처럼 극적인 방향 전환을 감행한 이후 1980년대로 들어서게 되자 비평 활동을 거의 중단하고 만다. 1970년대의 가장 촉망받는 신예 가운데 하나였던 그의 이 같은 부진은 많은 사람들에게 의외라는 느낌과 아울러 아쉬움을 던져주고 있다.

4.

1970년대의 문학계에서 《창작과비평》과 문자 그대로 '쌍벽'의 관계를 이룬 《문학과지성》은 전자보다 상당히 늦게, 1970년에 창간되었다. 그러나 이런 창간 연도의 차이를 지나치게 중시한 나머지 전자의 그룹이 후자의 그룹보다 문단에 먼저 진출했다거나 선발주자로서의 우위를 점한 존재라고 본다면 그것은 착각이다. 왜냐하면 《문학과지성》에 모인 비평가들은 단지 계간지 창간 작업에 있어서 《창작과비평》 쪽에 선수를 빼앗긴 것일 뿐이며 실제로 비평 활동을 하기 시작한 시기는 대부분 백낙청의 경우보다도 앞서 있기 때문이다. 그러니만큼 앞으로 《문학과지성》을 연구하려는 사람들은 이 잡지가 실제로 발행된 기간에만 시야를 한정할 것이 아니라 이 잡지의 편집 동인들이 그 전에 개별적으로 혹은 소그룹에 들어가 활동했던 10년 가까운 기간까지도 고려해야만 비로소 전체적인 이해를 기할 수 있을 것이다. 그러나 지금 이 자리는《문학과지성》 자체를 연구하는 자리가 아니고 1970년대의 비평을 말하는 자리이기 때문에 사정이 다르다고 할 수 있다.

1970년대의 비평계에서《창작과비평》 쪽이 민족문학론을 위시한 일련의 이념적 탐구를 통하여 우리 문학의 주체적인 위상을 확립하고자 부심했던 것과 대조적으로,《문학과지성》은 서구의 문학이론에 대하여 상당히 개방적인 태도를 보여주었다. 물론《문학과지성》에 모인 다섯 명의 비평가들―김병익, 김주연, 김치수, 김현, 오생근―은 전공도 서로 일치하지 않고 비평가로서의 개성도 상이한 사람들이었으므로 간단하게 하나로 묶어서 재단하기는 어렵지만, 대체적인 경향으로 볼 때, 그들이 서구(특히 프랑스와 독일)의 문학이론으로부터 많은 것을 수용하고자 하는 입장을 공유하고 있었음은 부정할 수 없는 사실이다. 그 서구의 이론들 가운데서도 가장 강력하게 그들을 움직인 것은 바슐라르의 이론과 프랑크푸르트학파(특히 아도르노)의 이론이었다.

이처럼 서구의 제일급 이론들을 적극적으로 수용하려는 자세를 견지함으로써,《문학과지성》 그룹은 우리 문학이론의 풍요화와 정교화를 위하여 많은 기여를 한 것이 사실이다. 그러나 이들에게 그처럼 커다란 감화를 준 바슐라르나 아도르노 혹은 그 밖의 여러 사람들의 이론이 과연 우리 자신의 삶에 얼마나 밀착될 수 있었는지를 물어볼 때, 거기에는 일말의 회의가 싹트는 것을 막을 수 없다. 물론《문학과지성》 그룹 자신은 우리 자신의 삶이라는 것을 결코 무시하지 않았으며, 바슐라르를 비롯한 서구 이론가들의 사상과 우리 자신의 삶을 서로 만나게 하려는 노력도 나름대로 수행해 보였지만, 유신독재의 계절이었던 1970년대의 상황에서 그런 노력이 과연 얼마만큼 실속 있는 열매를 맺었는지는 의문스럽다. 이 점에서 보면, 최소한 이론 혹은 이념의 차원에서《문학과지성》이 한국문학에 기여한 정도는《창작과비평》의 그것에 비겨 아무래도 부족하다고 말하지 않을 수 없다.

그러나《문학과지성》은 다른 측면에서《창작과비평》을 뛰어넘는 성과를 거둔다. 그 다른 측면이란, 우수한 작가를 선별하고 좋은 작품을 찾아내며, 그 작가와 작품이 왜 가치 있는지를 설득력 있게 해명하고, 섬세한 분석과 유려한 제2의 창조를 행하는, 실제비평의 영역이다.《문학과지성》그룹이 바로 이 방면에서《창작과비평》그룹을 앞지를 수 있었던 것은, 첫째로는 그들이 후자의 배타성 혹은 독선적 기질과 대비되는 포용력을 가지고 있었기 때문이요, 둘째로는 그들 모두가 상당한 직관력과 감수성을 지닌 우수한 비평가들이었기 때문이다. 물론 조해일의『겨울 여자』같은 수준 이하의 작품이 문학과지성사에서 출간된 사실이나 그와 유사한 몇몇 사례들을 보면 이 사람들의 안목에도 허술한 구석이 전혀 없지는 않다는 것을 알 수 있지만, 그런 부분적인 실수 때문에 그들의 공적 자체가 부정되거나 평가절하될 수는 없다.

그중에서도 특히 김현의 존재는, 비단《문학과지성》그룹만이 아니라 1970년대의 비평계 전체를 두고 보더라도 단연 돋보인다고 해야 옳을 것이다. 시인 황지우는 "내 개인적인 예감으로는 김현은 아마도 우리의 근대문학에서, 그의 생존 시기를 전후로 1세기에 하나 있을까 말까 하는 비평가가 아닐까 생각한다"라고 말한 일이 있는데, 1세기 운운의 말은 너무 거창한 것으로 들리기도 하지만, 적어도 작품 분석을 중심으로 하는 실제비평의 영역에 관한 한, 그의 업적이 먼 훗날까지도 뛰어넘기 어려운 봉우리로 남아 있을 것은 틀림없다.

《문학과지성》그룹에 속하는 비평가들 가운데서, 김현과 더불어 또 한 명 중요한 존재로 언급되어야 할 사람은 김병익이다. 그는 이 그룹에서 한국의 역사적 · 사회적 현실이라는 문제와 가장 진지하게 맞서 고민하는 태

도를 보여준 비평가로, 실제비평의 영역에서 역시 탁월한 업적을 남기고
있다.

5.

1970년대의 비평계를 이야기할 경우, 이념비평 및 실제비평의 점검과
더불어 또 한 가지 빠뜨릴 수 없는 것이 있다. 그것은 이 시기에 문학사
정리 작업이 활발하게 이루어졌다는 사실을 지적하고 그 구체적인 양상을
조명해보는 일이다.

1970년대에 이르러 문학사에 대한 사람들의 관심이 높아지고 거기에
따라 이 방면의 업적이 풍부하게 생산된 것은 결코 우연의 소치가 아니다.
그러한 현상의 바탕에는 이 시기가 한국현대문학사에서 하나의 전환
점을 이루며, 그렇기 때문에 그때까지 우리 문학이 전개되어온 과정을 여
기서 반드시 한 번 결산하고 넘어가지 않으면 안 된다라는 의식이 깔렸던
것이다.

그러면 실제로 이 시기에 이루어진 문학사 정리의 업적으로는 어떤 것을
들 수 있는가. 이 물음 앞에 서자마자 우리는 김윤식이라는 거인의 이름과
마주치지 않을 수 없게 된다. 실로 이 분야에서 그가 이룩한 업적이야말로
조금의 과장도 보태지 않고 '1세기에 하나 나올까 말까 하다'는 표현을 쓸
수 있는 것으로서, 1970년대(그리고 1980년대) 비평계의 한 경이가 아닐
수 없다. 1970년대에만 시야를 한정해서 보더라도 그는 이 시기에 김현과
의 공동 작업으로『한국문학사』(1973)를 냈으며, 또한 단독 저서로 670쪽
에 달하는『한국근대문예비평사연구』(1973)를 위시하여『근대한국문학연
구』(1973),『한국문학사론고』(1973),『한국근대작가론고』(1974),『한국현
대시론비판』(1975),『한국현대문학사』(1976),『한국근대문학사상비판』

(1978) 등의 역저를 쉴 새 없이 간행함으로써 불멸의 금자탑을 쌓아올린 것이다.

이처럼 우선 그 양적인 측면에서부터 사람들을 압도하는 김윤식의 작업은, 자세히 보면 세 개의 축 위에 견고히 자리 잡고 있는 것임을 알 수 있다. 그 세 개의 축 가운데 첫째는 철저한 실증적 조사를 거친 후에만 글을 쓰는 학자적 엄격성이요, 둘째는 초기 루카치의 소설론을 비롯한 서구의 문학이론 전반과 동양사론에 대한 깊은 조예이며, 셋째는 일급의 비평적 직관력이다. 김윤식은 이처럼 탄탄한 바탕 위에서 그의 작업을 진행하였기 때문에 그가 쓴 책들은 비단 양적인 측면에서만이 아니라 질적인 측면에서도 이 시대의 최고 수준을 과시할 수 있었다.

한편, 시사(詩史)의 영역에서 김용직이 이룩한 업적도 주목할 필요가 있다. 김용직은 뉴크리티시즘의 방법론을 깊이 연구하여 소화하고 그 바탕 위에서 다시 완벽한 실증적 연구를 수행함으로써, 시사 분야에서 독보적인 지위를 확립하였다. 그가 1970년대에 낸 이 방면의 대표적인 업적은 『한국현대시연구』(1974)와 『한국근대문학의 사적 이해』(1977)이며, 이는 곧 1982년부터 출간되기 시작한 방대한 『한국근대시사』, 『한국현대시사』의 기초가 된다.

그런가 하면, 김윤식이나 김용직보다 젊은 세대에 속하는 김흥규가 또한 시사 및 비평사의 영역에서 뜻있는 작업을 수행하였다. 그는 일찍이 뉴크리티시즘의 방법론에 심취했다가 최재서에 대한 연구를 수행하면서 지나친 서구 편향성의 한계를 깨닫고 《창작과비평》 진영에 접근해간 경력의 소유자인데, 일제 강점기에 활동한 시인·비평가에 대한 작가론에 주력하여, 1980년에는 『문학과 역사적 인간』을 내놓게 되었다. 그 후에 그는 한국의 고전문학으로 관심의 초점을 돌림으로써 비평계와는 다소 멀어지는 모습을 보여주게 되지만, 『문학과 역사적 인간』에 실린 글들이 1970년대

비평의 한 중요한 성과로 남게 될 것은 틀림없다.

지금까지 문학사 정리 작업과 관련하여 거론된 세 사람은 모두 국문학자라는 공통점을 갖고 있거니와, 이들과는 달리 영문학을 전공한 처지이면서 역시 한국 현대문학의 역사를 조감하는 데 깊은 관심을 두고 이 방면에서 탁월한 업적을 남긴 인물이 있으니 그는 바로 김우창이다. 그가 1977년에 출간한 평론집 『궁핍한 시대의 시인』은 그 세련된 스타일과 날카로운 통찰력으로 한국 비평계의 한 전범이 될 만한 것이었으며, 실제로 곽광수 같은 사람은 이 책에 대하여 고전적인 가치를 지닌 저서라는 평가를 내리기도 했거니와, 이 책의 가장 중요한 부분을 차지하고 있는 것이 바로 구한말에서 일제 말기까지의 시기에 우리 문학이 어떻게 전개되어갔는지를 탐구한 몇 편의 중후한 평문들인 것이다. 실증적인 연구에 주력하는 국문학자들이 자칫하면 놓치기 쉬운 거시적인 안목을 갖고 한국현대문학사에 접근한 그의 글들은 분명 1970년대의 비평계를 대표할 만한 존재 가운데 하나로 남아 있다.

6.

지금까지 우리는 1970년대의 비평계를 살펴봄에 있어서 대략 네 가지 그룹을 설정하여 이야기를 진행해왔다. 그런데 이런 방식은 논의를 간결하고 명료하게 만드는 데는 도움이 되지만, 자칫 잘못하면 중요한 인물을 그가 단지 어떤 그룹에도 속해 있지 않다는 이유 하나로 해서 빠뜨리는 실수를 범하기 쉽다. 그런 실수를 피하고자 우리는 여기서 바로 그런 사람들, 즉, 위의 어느 그룹에도 속하지 않지만 분명히 상당한 중요성을 지니고 있는 사람들을 따로 다루어보고자 한다.

그런데 단순한 우연의 소치인지 아니면 위에서 우리가 시도한 네 그룹의 분류가 상당히 요령을 얻은 것이었기 때문인지 모르나, 1970년대의 비평계에서 위의 네 그룹 어디에도 속하지 않는 자리에 서 있었던 중요한 인물은 의외로 드물다. 이상섭과 송상일 정도를 제외하면 별로 더 생각나는 사람이 없기 때문이다.

이 가운데 이상섭은 영국의 고전문학과 뉴크리티시즘을 깊이 있게 연구한 일류의 영문학자로서, 1970년대에 그가 한국문학을 대상으로 하여 전개한 비평 활동은 『말의 질서』(1976)와 『언어와 상상』(1980)이라는 두 권의 책 속에 집약되어 있다. 그의 비평 태도는 그 스스로 "나의 문학 이론은 문학의 언어와 형식에 관련된 것뿐이다"라고 진술한 데에서 시사 받을수 있거니와, 이런 태도 자체가 반드시 최상의 것이라고 말하기는 어려울지 모르나, 사회학적·윤리적 비평이 압도적인 위세를 자랑하고 있는 한국 비평계의 현실에서는 그와 같은 인물이 참으로 드물고 그런 만큼 귀중한 역할을 수행할 가능성이 있다고 보아야 할 것이다. 그리고 실제로 이상섭은 그 가능성을 잘 살려주었다. 또한 그는 한글 문체의 특성을 십분 살린 새로운 스타일의 개척자로서도 기억되어야 할 것이다.

한편 1979년에 평론집 『시대의 삶』을 간행했고 같은 해 《문학과지성》 겨울호에 「부재하는 신과 소설」이라는 뛰어난 평문을 기고하기도 한 송상일은 종교적 세계관에 입각한 비평가가 극히 드문 한국의 풍토에서 자못 이채를 발하고 있는 존재이다. 그가 가진 신앙은 가톨릭인데, 실제로 그가 쓴 글들을 보면 그의 가톨릭 신앙은 한국 현대 종교계가 가질 수 있는 가장 높은 수준에 닿아 있는 것으로 판단된다. 그리고 더욱 다행스러운 것은, 그가 지닌 이 같은 정신의 높이에는 비평가로서의 뛰어난 문학적 감수성 및 분석력을 동반하고 있다는 사실이다. 이러한 장점 때문에 우리는 그의 비평이 양적으로는 상당히 적은 숫자에 그치고 있음에도 불구하고, 그를 주저 없이 1970년대 및 1980년대의 중요한 비평가 가운데 한 사람으로 꼽을 수 있는 것이다.

이제 마지막으로는 우리는 1970년대의 끝이 다가올 무렵부터 서서히 또 한 무리의 비평가 군이 부상하고 있었다는 사실을 언급해야 할 것이다. 국문학자로서 철저한 학문적 수련을 거쳐 비평에 손대기 시작한 권영민, 김인환, 김재홍, 조남현 등이 바로 그들이다. 이들은《창작과비평》진영에 가담한 최원식이나 김흥규와 동일한 세대에 속하지만 그들처럼 기존 계간지의 힘을 업지 않고 독자적인 자리를 찾으려 했기 때문에 두각을 나타내는 것도 그만큼 늦었다고 할 수 있다. 실제로 그들의 활동이 본격화되는 것은 1980년대에 들어가면서부터인 것이다. 사정이 이러한 이상, 그들에 대한 본격적인 논의는 1980년대의 비평을 다루는 자리에서 이루어져야 할 것이다.

7.

이상으로 우리는 1970년대의 비평에 대한 고찰을 마친 셈이다. 논의를 진행함에 있어서 인물이나 잡지 중심의 방식을 택하다 보니 맨 처음 서두에서 이야기했던 '1970년대 비평의 영광과 그늘'이라는 문제가 본론의 서술 과정에서 제대로 다루어지지 못했고, 그 결과 서두와 본론 사이에 괴리가 생긴 것이 아닌가 하는 아쉬움이 없지 않다. 그렇다고 이제 와서 글을 다시 쓸 수도 없는 노릇이니만큼, 여기서 느껴지는 부족감은 현명한 독자들이 스스로 채워주기를 부탁할 도리밖에 없겠다.

어쨌든 김우창, 김윤식, 김현, 백낙청 등의 거인들을 낳은 1970년대의 비평계는 확실히 위대했다. 그리고 그것은 1980년대에 이르러 새로 등장한 비평가들에게 엄청난 심리적 부담으로 작용하게 된다. 이들 신진들은 따지고 보면 1970년대를 빛낸 비평가들을 스승으로 삼고 성장한 존재이지만, 일단 그 스승들을 극복해야 한다는 과제 앞에 서게 되자, 블룸이 말한 '영향의 불안'과 비슷한 상태에 빠지지 않을 도리가 없었던 것이다. 한편 1970년대 비평계의 대표 주자들 자신은 1980년대로 넘어와서도 여전히 지칠 줄 모르는 활동을 보여준다. 그러니만큼 1980년대의 비평사를 기술하려는 사람은 이 글의 본론이 1970년대 초에 이미 대가가 되어 있었던 사람들에 대한 언급으로 시작했던 것과 비슷하게, 아니 그 이상으로 1980년대 초에 이미 대가의 반열에 올라선 사람들의 활동에 대한 이야기로 본론을 시작하지 않으면 안 될 것이다.

1980년대

1980년대 한국시의 비평적 성찰

김재홍

1. 서론-1980년대의 성격과 시적 상황

1980년대 이 땅의 시대 상황을 일별해볼 때 우리는 이 연대가 극도의 양극성을 지니고 있음을 알게 된다. 탄압과 저항, 허위와 폭로, 보수와 진보, 한계와 가능 등 우리 사회의 어두운 면과 밝은 면이 함께 엇갈리고 있었던 것이다. 전체적으로 조망할 때, 탄압 시대인 5공 시절과 1988년 종반기 해금 시대로 요약해볼 수 있는 이 시대는 그만큼 불행하면서도 가능성이 열리기 시작한 전환기적 성격을 지닌다.

우리가 1980년대 시를 논의한다고 할 때 흔히 일컫는 1970년대 시인, 1980년대 시인 등 10년 주기의 시대 구분 명칭은 비록 편의적인 구분 기준이지만 이제는 보편적으로 받아들여지고 있다. 분단 이래로 6·25와 4·19, 유신 정변, 5·18 등 이 땅의 정치사적 격변이 대략 10년 주기로 묶이는 것도 이러한 편의상 연대 구분을 설득력 있는 것으로 만들어주고 있다.

1980년대 시인들이란 대체로 1980년대에 등장하여 활약하기 시작한 세대를 말한다. 따라서 이들 신진시인들은 1980년대적 감수성과 현실인식을 첨예하게 반영하는 시대의 촉수에 해당하기 때문에 더욱 주목을 요한다. 1980년대 시인들은 대체로 1950년대 중반 내지 1960년대에 출생한 세대가 주류를 형성한다. 이들은 특히 그 인격 형성기라고 할 수 있는 이십대가 정치사적으로 '겨울'에 해당한다 할 수 있는 1970년대로부터 1980년대에 걸쳐 있기 때문에 어느 면에선 매우 억압된 세대라 할 수 있다. 따라서 독재정권의 강압 정치와 그에 대한 반동을 떠나서 이 세대를 논하기는 어려울 것이 분명하다. 특히 1980년대는 저 '광주의 5월'을 전후하여 이 사회가 전반적인 전환기에 접어들었다는 점에서 젊은 시인들의 시에 전환기적 성격이 확실하게 드러난다. 그것은 갈등과 혼란, 생성과 모색이라는 복합적인 특성을 지닌다. 아울러 젊은이란 어느 사회, 어느 시대에서나 진보적인 성향을 지니는 것이 일반적이기 때문에 대체로 이들 세대의 특성이 반동적 · 저항적 진보 성향을 띠는 것으로 볼 수 있다.

1980년대 시인들은 '광주의 5월'로부터 자유롭기 어려운 것이 사실이다. 1970년대 유신 시대의 압제적인 성격과 분단 후 이 땅의 파행적인 역사 전개 과정에서 누적되었던 모순과 부조리가 폭발한 것이 1980년 초의 광주 민중항쟁이다. 1980년대 시인군들은 대략 이 무렵을 전후해서 신인으로 작품 활동을 시작했기 때문에 그에 대한 고통 또는 저항의 몸부림을 직접적이든 간접적이든 어떤 형식으로든지 반영하게 될 것이 당연한 일인 것이다. 따라서 1980년대 시인들의 문학은 내용적인 면에서 민중 지향적인 것이 주류를 이루며 양식사적인 측면에서는 해체 · 저항적인 성격을 강하게 지니게 된다. 특히 기존 문예지가 지나치게 보수적인 데다가 계간지들마저도 강제 폐간되는 1980년대 초의 상황에서 이들이 마땅한 지면을 얻기가 어려웠을 뿐 아니라, 가능한 지면도 그들의 성향과 맞지 않는 경향이 컸기 때문에 무크지운동이 활발하게 일어났다. 무크지는 기존 문화에 대한 저항성·파괴성과 함께 진보적인 이념 지향성을 형상화하는 데 적절한 형태일 수 있었다. 1980년대의 열악한 상황에서 무크지는 젊은 시인들의 울분과 욕구를 해소하는 데 다소나마 기여한 것이 사실이기 때문이다. 이 무크지운동을 통해서 그들은 자신들의 공동체 이념을 함께 표출하고 갖가지 방식을 실험할 수 있었던 것이다.

2. 1980년대 시인들과 그 특성

1980년대 시인들의 새로운 대두는 이처럼 무크지운동으로부터 시작되었다. 따라서 이들은 하나의 공통 이념을 지니고 출발하는 경우가 일반적이라 하겠다. 무크지는 출판사 기획형의 종합 무크지와 동인 주도형의 종합 무크지로 크게 나눌 수 있는데, 전자는 《실천문학》, 후자는 《시운동》, 《시와 경제》, 《오월시》 등이 1980년대 초의 대표적인 것들이다. 1980년대 이들 무크지는 대체로 이념 지향성을 지니며 구체적으로는 민중 지향성을 지니는 것이 특징이다. 아울러 시문학 자체에 국한하지 않고 미술, 연극 등 주변 예술 분야는 물론 종교계·노동계·정치계 등으로 공동체 연합을 형성해가는 모습을 보여주었다. 따라서 이들은 기습성·선언성·저항성 등 탈장르적이고 진보적인 성향을 지녔으며, 문학의 예술성·전문성을 거부하는 것이 주류를 이루었다. 특히 지역문화운동이 강세를 보였으며, 이른바 등단 자율화 현상이 보편화되기도 하였다. 따라서 1980년대의 대표적인 시인들을 들어보라고 한다면 그것은 차라리 대표적인 무크지를 꼽는 것이 더 효과적일 수 있다. 1980년대적인 특성을 강하게 분출한 시인들을 몇 사람 들어본다면 실험시운동의 이윤택이라든지 박남철, 황지우, 김영승, 민중시운동의 김남주, 김정환, 채광석, 도시적 상상력의 자유로움을 추구한 최승호, 하재봉, 박덕규, 정한용, 서정시 계열의 김용범, 김선굉, 박상천 그리고 민중성과 서정성을 조화시키려 노력한 박태일, 오태환, 정일근, 안도현 등을 우선 꼽아볼 수 있을 것이다.

그렇지만 양적으로나 질적으로 크게 확대된 1980년대 시인 군을 간단히 언급하거나 재단해낸다는 것은 어려운 일일 수밖에 없을 것이다. 더구나 이제 갓 출발기에 들어선 신인 군을 섣불리 거론하는 것조차가 위험스러운 일이기도 할 것이다. 다만 1980년 초반의 민중시 · 실험시 등의 위세가 후반으로 접어들면서 서로 이른바 '길트기' 현상을 보이기도 했으며 그동안 다소 위축되었던 서정시도 활발히 대두되면서 다양한 목소리를 지니기 시작한 것으로 볼 수 있는 것이 사실일 것이다. 그리고 도종환과 서정윤 그리고 이른바 베스트셀러 시인들이 등장함으로써 소위 '시의 시대' 다운 외적 호황을 보여준 것도 한 특징이었다.

1) 서정시의 새로운 변모

한국시의 주류가 서정시라는 점에 불만을 표시할 사람은 그리 많지 않다. 그렇지만 서정이 단지 지난날처럼 강호가도나 전원 서정만을 의미하는 것은 아니다. 서정은 그 시대를 살아가는 새 세대들에게 알맞은 감수성의 모습으로 질적 변화를 성취해가는 것이며 변모해가야만 하는 것이라는 점을 몰각해서는 안 된다. 1980년대 시인들 중 전통적인 순수 서정시를 깊이 있게 지속적으로 쓰고 있는 시인들은 그리 많지 않다.

물샐틈 없이 조여오는
시간의 포위망을 뚫고

이웃집 아저씨가 달아났다.

그는 지금 용인 공원묘지 산 1번지
양지바른 곳에 반드시 누워서
안도의 숨을 쉬고 있다.

— 이상호, 「이웃집 아저씨의 탈출」 전문

이 한 예에서 보듯이 1980년대의 서정시는 지난날의 음풍농월 서정시
와는 달리 존재론적인 모습을 투영하고 있다. 죽음을 시간의 포위망을 벗
어나는 모습으로 비유해서, 즉, 죽음이라는 시간적 존재론을 통해서 인간
의 한 본질을 서정적으로 형상화하고 있는 것이다. 박상천, 신승근, 김선
굉, 이상호, 김용범, 이언빈, 서지월, 이상희 등의 젊은 시인들이 이러한
경우에 해당한다고 하겠다. 이들의 서정은 다분히 감각적인 것을 특징으
로 한다.

그러나 1980년대의 특성이라고 할 수 있는 역사의식, 현실의식을 바탕
으로 하면서 서정성을 추구하는 삶의 서정시인들로서는 최두석을 비롯해
박태일, 오태환, 안도현, 정일근, 김완하, 윤승천, 최영철 등을 주목할 필
요가 있다고 생각한다.

점심시간 후 5교시는 선생하기 싫을 때가 있습니다. 숙직실이나 양호실에
누워 끝도 없이 잠들고 싶은 마음일 때, 아이들이 누굽니까. 어린 조국입니
다. 참꽃같이 맑은 잇몸으로 기다리는 우리아이들이 철 덜 든 나를 꽃피
웁니다.

— 안도현, 「봄편지」 전문

이 시에서 보듯이 오늘의 교육 현실을 소년소녀들이 고달프게 자라는 삶의 모습과 연결하여 이 시대를 살아가는 삶의 고통과 낙관적 희망을 날카롭게 투시하고 있는 것이다. 이러한 삶의 서정시는 1980년대적인 역사·사회의식을 탐구하면서도 이것을 서정적인 예술로 상승시키려는 노력을 통해서 1980년대적인 신서정의 세계를 개척해가고 있는 것이다. 이것은 이들보다 조금 앞선 시인인 이동준, 정호승 등의 시와 접맥되어 있는 것으로 이해된다.

그런데 우리가 유의할 것은 크게 두드러지지는 않지만 꾸준히 전통적인 모습의 서정시를 쓰고 있는 시인들도 상당수 있으며 그것이 삶의 서정시로 고양되면서 실제로 이들이 우리 시의 기반이 된다는 점을 확실히 인식해야 할 것이라는 점이다.

2) 민중시의 특성

1980년대는 이른바 민중시의 시대라고 할 만큼 민중정신이 하나의 시대정신을 이루고 있다. 이러한 문학의 사회적 기능을 강조하는 이념 지향적 경향은 일제 강점기 카프시의 정치적 상상력에 한 연원을 둔다고도 할 것이다. 그렇지만 1980년대 민중시는 1960년대 박봉우, 신동엽 등의 4·19 이후의 민주화운동과 1970년대 고은, 김지하 등 유신 체제에 대한 저항 운동에 직접적인 배경을 둔 것이다. 그것은 분단 이래로 남쪽의 주류가 지나치게 서정시 일변도로 치우침으로써 시의 현실적·역사적·사회적 대응력이 약화됐던 데서 기인하지만, 특히 1980년대가 '광주의 5월' 충격으로부터 시작되며 오랜 군부독재로 인해서 구조적인 모순과 부조리를 누적하고 있다는 데서 더욱 직접적인 대두 원인을 찾아볼 수 있는 것이다. 1980년대 신진시인들의 민중시는 《시와 경제》, 《오월시》 동인들에 의해 주도되었다고 해도 과언이 아니다. 그것은 채광석과 김정환, 김남주 그리고 김사인, 박몽구, 이영진, 박영근, 김진경, 윤재철, 백무산 등에 의해 본격적으로 세력을 확대해가기 시작하였다.

> 솔직히 말하자
> 이 땅에서 자유대한에서
> 허위를 파헤쳐 진실을 노래하고
> 자유로울 수 있는 사람은 없다.
> 체포와 고문과 투옥과 그 공포로부터 해방되어
> 잠자리에서 편할 수 있는 사람은 없다
> 자유대한 사천만 인구 중에서
> 단 한사람도 없다.
>
> — 김남주, 「솔직히 말하자」 일부

이처럼 1980년대의 억압된 상황을 고발하고 비판하는 저항시가 민중시의 중요한 형식으로 크게 대두된 것이다. 이들 시는 1980년 5월 광주민중항쟁을 시발로 하여 군사정권에 저항하면서 1980년대 이 땅의 구조적 모순과 부조리를 직접 비판하면서 이 시대의 고달픈 삶을 살아가는 민중들의 생명력을 다소 거칠지만 설득력 있게 묘파해가기 시작했다. 특히 1984년에 노동자 시인 박노해가 『노동의 새벽』을 발간한 것은 민중시운동에 획기적인 전환을 이룬다. 『노동의 새벽』 그것은 직접 생산을 담당하고 있는 계층으로서의 민중의 울분과 적개심, 그리고 생명력을 생생한 육성으로 표출했다는 점에서 지식인 시인 또는 전문 시인 중심의 민중시운동에 하나의 충격을 던져준 것이 사실이기 때문이다. 박노해 이후에 이 땅에는 수많은 근로자·농민 시인들이 등장하여 하나의 커다란 세력을 이루었다. 이 중에서 김용택, 김기홍, 최명자 등은 나름대로 뚜렷한 개성을 지니고 있다는 점에서 관심을 끌 만하다. 아울러 김남주와 김사인, 그리고 「한라산」의 이산하, 「지리산」의 김형수, 오봉옥의 「검은산 붉은피」 등이 특히 주목할 만한 자기 세계를 열어 보여주기 시작한 것도 기억할 만한 일이라 하겠다.

다만 1980년대 후반 이래로 민중시들은 그것이 시대적 당위성과 이념적 설득력이 강력한데도 불구하고 많은 경우 동어반복과 도식성을 되풀이함으로써 작품성이 떨어진 것 또한 사실이다. 또한 문학의 범주를 크게 뛰어넘어 이데올로기로 급격히 경사해가는 예도 없지 않다고 할 수 없을 것이다. 운동으로서의 실천적 성격이 중심을 이룬 시라 하더라도 '시'인 이상 '시'로서의 시다움을 확보하지 않으면 안 되기 때문이다. 이 점에서는 고은이나 신경림, 정희성, 이시영, 김명수 등이 성취하고 있는 운동성과 예술성의 탄력 있는 조화의 노력과 성과를 음미해볼 필요가 있으리라 본다.

3) 실험시와 도시파 시의 양상

1980년대에는 민중시의 급격한 대두와 함께 도시파 시 또는 실험시도 활발하게 씌어지기 시작했다. 이들은 1930년대 이상이나 1950년대 '후반기' 동인의 모더니즘 시운동에 연결된다고 할 것이다.

민중시와 이들 도시파 또는 실험시들은 하나의 공통점을 지니고 있다고 할 수 있는데, 그것은 이들이 기성 사회의 모순과 부조리 또는 관습에 대한 저항 또는 기존 시의 시법에 대한 반동적 성격을 지닌다는 점으로 요약된다.

특히 시 내부 문제에 있어서 민중시가 주로 전통적인 서정시의 효용에 대한 반성적 성격을 지닌다면 도시파 시와 실험시는 전통적인 서정시에 대해 형태적인 면 또는 언어적인 방법론에서 크게 대응된다고 하겠다. 요컨대 민중시나 실험시는 기존 시의 정신과 방법에 대한 부정정신의 발현이면서 새로운 감수성과 가치관을 형성하기 위한 모색으로서의 진보적인 성격을 지닌다는 뜻이다.

1980년대의 실험시는 1970년대 말의 황지우와 박남철에게서 뚜렷한 모습을 지니기 시작한다. 황지우와 박남철은 민중시적인 성향을 바탕에 깔고 있으면서도 채광석이나 김정환과는 달리 기존 시의 형식과 방법을 파괴하는 데서 출발함으로써 실험시의 성격을 분명히 했다.

> 아아아아아아아 가엾어라 TNT 사제폭탄을 들고
> 은행엘 쳐들어간 청년은 자폭했고(중앙일보 9월 2일자).
> 술집 호스티스는 정부에게 알몸으로 목졸려 죽었고(한국일보 6월 15일자).
> 방범대원은 한 밤에 강도로 돌변하고(경향신문 12월 7일자).
>
> (중략)
>
> 아 세월은 잘 간다.
> 눈 먼 세월. 잘 간다.
> 나는 손 한번 못댄 세월. 잘 간다.
> 아직 오지 않은 사고와 사건과 사태와 우발과 자발과 폭발의 세월. 속으
> 로.
> 잘 간다.
>
> — 황지우, 「활로를 찾아서」 일부

> 내 시에 대하여 의아해하는 구시대의 독자놈들에게→차렷, 열중쉬엇, 차
> 렷,
>
> 이 좆만한 놈들이……
> 차렷, 열중쉬엇, 차렷, 열중쉬엇, 정신차렷, 차렷, ○○,

차렷, 헤쳐모엿!

— 박남철, 「독자놈 길들이기」 일부

황지우의 「활로를 찾아서」는 이미 왜곡된 현대인의 일상을 아이러니 기법을 통해 통렬히 비판하고 있는 작품이다. 신문기사와 라디오 방송을 통해 연일 보도되는 사건들이 온통 질서와 가치가 전도된 한심하고 끔찍한 일들임에도 불구하고 오늘을 사는 현대인에게 전혀 놀라움으로 다가오지 않는 일상사가 되어버렸다. 이에 대해 시인은 '세월은 잘 간다'는 시적 반어를 통해 전면적인 비판과 각성을 제기하고 있다.

박남철의 「독자놈 길들이기」는 우선 기존의 시들과는 판이하게 다른 낯섦으로 독자들을 놀라게 한다. 자신의 시에 대해 의아해 하는 '구시대의 독자놈'들에게 무차별한 욕설과 야유를 통해 새롭게 길들이고자 시도하고 있다. 여기서 구시대적인 것이란 무엇이고, 그의 시의 새로움이 의미하는 것은 무엇인가. 그는 기존의 관행과 질서 체계를 부조리하고 억압적이며 폐쇄적인 것으로 여긴다. 그래서 그는 시의 과감한 부정과 파괴의 형식을 통해 권위적인 기존의 관습 체계에 대한 해체를 시도하는 것이다. 이렇게 볼 때 이 시인이 펼쳐 보이고 있는 시적 파괴와 실험정신은 궁극적으로는 기존의 실체화된 질서 체계와 관행의 횡포에 대한 외로운 항거의 과정으로 이해된다.

이 시들은 흔히 말하듯이 '낯설게 하기'의 방법으로 기존 시법을 과감히 부정하고 해체함으로써 정신의 자유로움을 추구하고 현실의 배면에 숨겨져 있는 또 다른 진실을 탐구하고자 시도한 것이다. 이 점에서 실험이란 방법적인 면에서 일종의 민중시적인 진보적 성향을 지니고 있다. 기형도, 김영승, 장정일, 윤성근, 이승하 등이 추구하는 일상성, 산문성의 도입과 형태적인 뒤틀림은 바로 이러한 실험정신의 반영이라고 할 것이다. 이러한 실험정신 또는 부정정신으로 인해서 1980년대 시가 더욱 탄력과 생명력을 확보하게 되리라는 점은 자명하다. 그렇지만 때로 이러한 실험시가 현기벽(衒奇癖)이나 말장난으로 떨어짐으로써 참된 시정신으로서의 부정정신을 왜곡하거나 시 자체를 저질화하는 모습은 진지하게 반성돼야 마땅하다고 본다.

이 외에는 조금 다른 각도에서 대도시적 삶을 배경으로 상상력의 자유로움을 실험하는 일군의 의욕적인 시인들을 발견할 수 있다. 아마 이 일군의 시인들을 도시파 시인들이라고 부를 수도 있을 것이다.

> 무뇌아를 낳고 보니 산모는
> 몸안에 공장지대가 들어선 느낌이다
> 젖을 짜면 흘러내리는 허연 폐수와
> 아이 배꼽에 매달린 비닐끈들
> 저 굴뚝들과 나는 간통한게 분명해!
> 자궁 속에 고무인형 키워온 듯
> 무뇌아를 낳고 산모는
> 머릿속에 뇌가 있는지 의심스러워
> 정수리 털들을 하루종일 뽑아낸다.
>
> — 최승호, 「공장지대」 전문

이 한 예에서 볼 수 있듯이 최승호의 시는 오늘의 삶에 있어서 인간다운 삶을 가로막고 훼손시키는 온갖 폭력과 공해에 대한 비판에서 시작된다. 시 「공장지대」는 환경 공해와 그것으로 인한 인간 파괴 현상에 대한 날카로운 풍자를 제시한다. 무뇌아라고 하는 전율할 만한 오브제도 그렇지만 '공장지대/폐수/비닐끈/굴뚝/고무인형' 등이 '몸/젖/배꼽/자궁'과 같은 인체 부위와 연결되어 나타난 것은 가히 충격적이라고 할 것이다. 어느새 인간을 위해 만든 도시문명이 인간의 생명과 삶을 파괴하는 무서운 힘으로 부딪혀 와 있기 때문이다.

최승호를 비롯하여 김혜순, 하재봉, 박덕규, 정한용, 남진우, 이문재, 박상우, 백상열, 원희석 등이 그 대표적인 예라고 할 수 있는데, 이들의 시는 경색된 이념에 경사되거나 언어 실험과 해체에 함몰되는 것과는 달리 도시적 삶에서의 자유로움이나 상상력의 자유로움을 추구함으로써 현대인과 현대시가 처한 정신적 위기를 극복하고자 하는 경향을 보인다. 《시운동》 동인들이 지속적으로 전개하는 것이 바로 여기에 해당한다.

결국 1980년대의 한국시는 전면적인 전환기 또는 이행기에 처해 있었다고 해도 과언이 아니다. 이것은 오늘날 이 땅이 처해 있는 상황이 하나의 전면적인 '물갈이'의 시대에 접어들고 있다는 사실을 그대로 반영한다. 특히 1988년 월북 시인 해금을 비롯해 최근의 동서 화해, 남북 간의 교류 가능성 등 우리 사회의 각종 열림 지향성의 확산은 이 땅의 시에 커다란 충격파를 형성하고 있다.

오늘의 시점은, 분단 이래의 여러 금기가 무너지고 가치관과 감수성이 크게 변화하고 있다는 점에서, 1980년대는 갈등과 혼란의 시대이면서 동시에 모색과 추구의 전환기라고 할 것이다. 어느 면에서 분단 이래 한국의 시는 그동안 너무 안일했던 것이 사실이다. 현실 순응이나 전통적인 고전 서정, 그리고 자연 서정 또는 개인주의에 함몰된 면이 많았으며, 상대적으로 역사성과 사회성, 실험성이 내포하는 부정정신, 비판정신이 부족했다고 할 것이다.

이런 점에서 1980년대는 역동적인 시단의 재편성이나 시사·수정·보완을 위한 진통 및 갈등과 모색의 시기라고 부를 수도 있으리라. 실상 여기에서 1980년대 시의 의미가 드러난다. 그것은 이들 시가 지닌 부정정신과 비평정신이 기존 서정시의 내용과 질을 변모시키는 가운데 민중시와 도시시 및 실험시로 표출됨으로써 한국시의 현실적·능동적인 생명력을 일깨워주었으며 시사적 탄력을 불어넣어 주었다는 점이다. 다만 이러한 진보적 성향이 많은 경우에 아류시를 낳음으로써 시 아닌 시, 저질시의 범람을 유발한 것도 사실이라 하겠지만 적어도 시가 당대인들의 삶의 양과 질을 확대하고 심화하는 데는 크게 기여한 것이 사실이다. 아울러 지나치게 진영 논리에 함몰되고 경색된 나머지 다양한 가치를 상대적으로 평가하고 인정하는 데 인색했던 점은 깊이 생각해볼 일이다.

3. 1980년대 시의 시사적 맥락과 1990년대 시의 지평

한 시대는 그 시대에 알맞은 가치관과 감수성의 체계를 지닌다. 그렇지만 그러한 시대정신이란 전 시대를 올바로 부정하고 창조적으로 극복하려는 치열한 노력 속에서 생명력을 확보하게 된다. 바로 이 점에서 1980년대의 시는 1960~1970년대 시와 시사적 연계성을 지닌다.

1960년대의 시는 크게 보아 전통적인 서정시와 언어적인 실험시가 주류를 이루는 가운데 4·19의 영향으로 참여시가 서서히 대두하기 시작한 시기이다. 특히 1970년대는 유신 정변으로 말미암아 시가 사회·역사적인 현실과의 대응 관계에 대한 자각을 지니게 되었다. 잘못된 사회 구조와 각종 모순 및 불합리로 인하여 시의 정치성이 더 우위에 놓이기 시작한 것이다. 1980년대도 마찬가지다. 1970년대의 구조적 모순과 부조리가 그대로 1980년대에도 답습·지속됨으로써 시가 정치적인 상상력 또는 사회과학적인 방법론에 지배되게 된 것이다.

그렇지만 1980년대의 문제는 그리 단순한 것만은 아니다. 그것은 분단 이래 누적되었던 체제적 모순과 함께 남북문학의 문학적 파행성에 대한 저항성이 복합적으로 작용했기 때문이다. 그렇지만 1980년대 후반에 들어서서 온 국민의 열화와 같은 민주화에 대한 열망으로 사회의 제반 문제가 조금씩 해결돼가는 추세에 놓이게 되었다.

따라서 1990년대의 시는 정치적 상상력과 사회과학적 방법론의 일방적인 우위에서 벗어나 차츰 낭만적 상상력, 예술적 상상력 및 방법론이 자리잡혀 갈 것으로 짐작된다. 올바른 시의 시대란 이 점에서 바로 참된 인간의 시대이며 역사의 시대일 수밖에 없다는 자각을 보여준 것이 1980년대 시의 참된 의미라 하겠다. 결국 1980년대 시는 한국시가 지녔던 폐쇄성을 극복하고 좀 더 열린 시야를 획득해가는 데 중요한 전환점이 될 것이 분명하다.

실상 1980년대 시는 그 기간이 대략 10년밖에 되지 않지만 분단 40년 동안 겪은 일들보다는 더 많은 충격이 있었으며 그에 따른 다양한 변화가 일어났다고 하겠다. 1980년대에 민중시와 실험시가 급격히 부각된 것도 이러한 변모를 단적으로 반영한 것임은 물론이다. 특히 1980년대 시에서 문학 전반에 걸쳐 대두되기 시작한 부정정신과 비판정신이 내용이나 형식 면에서 전대에는 볼 수 없었던 진보적 성향을 보여준 것이 사실이다. 장르 혼합 형식, 변두리 양식의 중심화 문제, 장르 해체, 도시파 시의 본격적 대두 현상 등은 이러한 1980년대 부정정신과 파괴정신이 강력히 작용한 결과라 할 것이다. 그래서 이른바 해체시라는 개념이 등장한 것도 한 특징이라 하겠다.

해체시란 굳어 있는 정신과 낡은 양식의 해체를 통해서 새로운 정신의 탄력과 생명력을 획득하고자 하는 몸부림을 반영한 것이기 때문이다. 이른바 텍스트를 합목적적으로 해체하고 변형함으로써 언어와 정신의 혁명을 성취하고자 하는 안간힘에 해당하는 것이라 하겠다. 민중시와 실험시는 이 점에서 하나의 저항시적인 성격을 지니는 것으로 보겠다.

이러한 실천적인 저항과 함께 해체의 몸부림과 안간힘 자체가 실상은 1980년대 시대정신의 부정정신과 비판정신에 기반을 두고 있음을 말해주는 것임은 물론이다.

다만 앞으로 이처럼 1980년대의 전환기적 몸부림이 어떻게 1990년대에 이론적으로 체계화되고 시문학 사상에 자리 잡아 갈 것인가 하는 점은 분명히 주목의 대상이 아닐 수 없다.

특히 월북 문인 또는 북한문학이 서서히 충격을 가하고 동서 화해와 남북 교류가 급격히 추진되고 있는 이즈음 1990년대의 시대적 상황에서 어떻게 1990년대 이 땅의 시가 바람직한 지평을 열어갈 것인가 하는 문제는 근원적이면서도 핵심적인 문제로 제기될 것임이 틀림없는 사실이다. 그렇기 때문에 또 다른 1990년대적인 부정정신과 비판정신을 바탕으로 한 새로운 시가 대두되어야 할 필연성이 제기됨은 물론이다. 그러기 위해서 1980년대 민중시와 실험시 그리고 서정시가 성취한 공과 허가 본격적으로 검토되고 정당하게 비판되어야 할 것은 당연한 일이다. 아울러 표현의 자유가 더욱 확대되고 이데올로기의 개방이 이루어짐으로써 이 변환의 1990년대에는 철학성의 시, 예술성의 시, 통일 지향의 시, 지방문화 시대의 시, 세계화 반영의 시 등이 그 지평을 활짝 열어가야 할 것이 분명하다.

폭력의 시대와 1980년대 소설

신덕룡

1. 재난의 시작과 그 충격

1980년대 소설의 성격을 규명함에 있어 반드시 짚고 넘어가야 할 부분은 1980년 5월의 광주 체험이다. 한 시대 문학의 전부를 반드시 정치 · 사회적 상황과의 대응 관계 속에서 규정할 수는 없다. 그러나 대부분의 소설이 한 시대의 삶을 분석하고 종합하는 과정에서 그 양식적 특성을 드러낸다는 점에서 1980년대의 소설은 광주의 비극에서 비롯한 제반 정치적 현실로부터 자유로울 수 없었다. 그만큼 이 시대의 소설은 광주 체험의 비극성과 독재정권이 가하는 삶의 규제, 이의 극복을 향한 움직임의 연장선상에서 제반된 삶의 내용을 담아내고 있었다고 할 수 있다.

1970년대가 유신의 질곡으로 얼룩진 시대였다면 1980년대는 광주의 비극에서 벗어나기 위한 몸부림의 시대였다고 할 수 있다. 1980년대가

다 가도록 군사독재 정권이 제시하는 어떠한 명분도 받아들일 수 없는 비극적 삶의 과정이었기 때문이다. 특히 살육의 현장이라고밖에는 말할 수 없는 광주항쟁의 끔찍한 결과는 작가들에게 문학적 상상력이나 정신에 엄청난 영향력을 행사하였다. 현실의 제 양상이 어떠한 비극적 상상력보다도 앞서 전개되고 있다는 것, 독재정권의 폭압적 현실은 광주의 체험과 관련된 어떠한 상상도 현실화할 수 없다는 무언의 압력으로 작용하고 있었다는 것이다. 정신사에 있어서 가장 큰 체험은 단절의 충격이었다. 1970년대라는 질곡의 터널을 겨우 빠져나와 자유로운 삶을 맛보기 직전에 가해진 역사의 단절에서 오는 좌절과 체념으로 인한 패배의식이 그것이다. 여기에 하나의 사실이 추가된다. 끝끝내 진실을 외면하려고 한 가해자, 즉, 범죄 집단과의 동거―범죄자이면서 우리 삶의 전부를 관장하는 권력자와의 어쩔 수 없는 동거는 우리 의식 속에 엄청난 부채감으로 작용하고 있다. 그것은 비통함과 분노, 허탈과 좌절, 침묵과 비겁 사이에 자리한 절망감의 다른 표현이었다.

2. '닫힌 세계'와 소설적 대응

1980년대 소설은 이러한 절망감 위에서 전개된다. 절망감은 침묵으로 드러난다. 많은 평자들이 1980년대 초를 소설에 있어 침묵의 시기라 명명함은 이런 이유다. 여기에는 시와 달리 소설이 시대적 삶의 진실을 형상화하지 못하고 있다는 민중론자들의 요구가 포함되어 있었다. 이 시기의 대부분의 소설에서 1980년대의 비극적 체험을 형상화하기보다는 이를 의도적으로 피하고 있다는 인상도 숨길 수 없는 사실이다. 문제는 폭압적 현실에서 소설이 무엇을 말하느냐와 함께, 이 세계를 어떻게 형상화하고 있느냐 역시 중요하다는 사실이다.

이런 점에서 볼 때, 1980년대 초의 소설은 살아가는 곳으로서의 세계가 굳게 닫혀 있다는 인식과 함께 이의 극복을 위한 몇 가지 움직임으로부터 시작되고 있었다. 1970년대 소설의 연장으로서 『장길산』이나 『객주』 등의 역사소설은 논외로 하고라도 가장 두드러진 현상은 소재의 확대를 향한 움직임이다. 작가의식의 지향과 소설적 기법에서 다양하고 폭넓은 관심을 보여주었던 이문열의 작품이 대표적인 예다. 동양 예술의 현대적 의의와 위치를 형상화하여 그 소재에 있어 신선한 충격을 주었던 「금시조」(1982), 그리스 도시국가를 배경으로 벌어진 역사적 사건을 소재로 한 정치적 알레고리 소설인 「칼레파 타 칼라—아테르타 비사」(1982) 등을 보게 된다. 여기에 출구를 찾지 못해 방황하는 젊은이의 삶을 그린 윤후명의 「돈황의 사랑」(1982), 샤머니즘 혹은 원시적인 신화의 세계에 대한 독특한 관심을 보여준 한승원의 『불의 딸』(1983), 가장 양심적이고 순수해야 할 교육 현장에서 빚어지는 부조리한 현실을 형상화한 전상국의 「술법의 손」(1985), 「먹이 그물」(1986), 시대적 현실이 축소된 대학에서 교직자의 고뇌를 형상화한 박양호의 창작집 『지방대학교수』(1987), 우리 삶의 각 부문에서 나타나는 정신적·물리적 폭력의 양상을 그려낸 이동하의 창작집 『폭력 연구』(1987) 등의 작품 역시 1980년대 소설의 다양한 소재의 폭을 보여준다.

이와 함께 닫혀 있는 세계로 인해 파생되는 삶의 조건, 즉, 인간의 실존에 관한 문제를 형식 실험을 통해 풀어나가는 하나의 경향을 발견하게 된다. 이러한 경향은 개인적 삶의 깊은 의미를 끌어내기 위한 탐색의 과정이며 동시에 드러내기에 대한 방법의 모색으로 나타난다. 전통적 서사 양식의 해체로 보여지는 형식 파괴 실험은 이런 태도의 연장선상에 있음을 발견하게 된다. 이인성, 최수철, 서정인, 이제하 등이 그들이다. 1980년대 초 『낯선 시간 속으로』를 통해 기존의 소설 문법에 대한 과감한 해체와 자의식으로서의 글쓰기를 보여준 이인성의 세계는 두 번째 창작집 『한없이 낮은 숨결』(1989)에 와서 한걸음 나아간다. 그나마 유지되던 내용과 형식의 균형조차 일방적인 형식 우위의 태도로 인해 깨어진다. 작가와 독자 사이의 기존의 관행, 즉, 화자와 청취자 사이의 관계마저 해체된다. 그러나이 해체를 통해 새로운 세계를 만들겠다는 의도에도 불구하고 그 세계관의 한계, 즉, 집단이나 사회가 개인을 억압하는 것이라면 구태여 억압 구조의 본질에 접근하려는 시도 역시 희망이 없다는 태도로 말미암아 개별적 삶의 파편을 늘어놓는 형식 실험에 머물고 만다.

서정인의 『달궁』(1988) 역시 기법 실험의 한 모습을 보여준다. 수많은 삽화로 구성된 이 작품은 각각의 삽화들이 거의 무질서할 정도로 자유로운 상태로 방치되어 있다. 그러나 이런 삽화야말로 시작도 끝도 없이 전개되는 세상 사는 이야기에 해당되는 것이며, 이런 삽화의 자유로운 대립과 단절, 중첩과 반복 등은 곧 우리의 삶 그 자체의 입체적인 모습임을 의미한다. 따라서 인실이라는 여주인공의 삶의 과정을 통해 주제를 읽어내려는 노력은 불가능해진다. 전통적인 소설 문법에 익숙한 독자들이 이 작품에서 당황하게 되는 것은 이런 이유에서다. 오히려 완성되지 않은 것—그것 자체가 삶의 입체적 모습이라는 작가의 메시지를 드러내는 이 삽화들의 배열과 결합 방식, 즉, 소설의 기법과 삶의 형식 사이의 대응 관계가 주요 관심사로 떠오른다.

최수철의 『고래 뱃속에서』(1989)는 14편의 중·단편을 연작 형식으로 묶어놓은 작품집이다. 여기서 그는 개인적 삶을 억압하는 사회 구조와 여기에서 신음하는 삶의 양상을 소설적 기법을 통해 드러낸다. 그에게 있어서 형식 실험은 사회적 억압 구조의 폭력성과 개인의 고통을 보다 효과적으로 드러내기 위한 것임을 알 수 있다. 그의 관심은 일상에서 느끼는 관습적 행위의 무의미성 그리고 그것이 유발하는 개인적 삶의 억압, 사회적 폭력으로 대표되는 제도적 억압으로부터의 일탈이다. 그러나 몸부림치면

칠수록 결코 여기서 벗어날 수 없음을 절감하게 된다. 이는 억압이라는 것 자체가 스스로 존재하는 것이기보다 개인의 얄팍한 이기심이나 순응주의 와 연결고리로 맺어 있기 때문이다. 이것은 우리 사회에 만연해 있는 일종 의 동물적 광기다. 이 작품의 기법은 이 광기가 드러나는 상황과 분위기를 일관되게 지속시키는 데서 드러난다. 따라서 이 작품들은 처음부터 일관 된 사건이나 스토리가 존재하지 않는다. 다만 각각의 작품이 보여주는 공 간 속에 참여함으로써 우리 삶의 구체적인 양상이나 분위기를 통해 삶의 의미를 캐낼 수밖에 없다.

닫힌 공간에서의 일탈을 소재의 확대나 소설 기법의 확대를 통해 보여 준 대부분의 작품은 결국 개인적 실존이나 삶에 대한 독특한 시각을 내보 이는 것에 머물게 된다. 1980년대 중반에 등장한 고원정의 정치적 냉소 주의도 마찬가지 의미를 지닌다. 그는 철저히 냉소주의적인 입장에서 알 레고리라는 형식을 통해 사회적 제 현실의 모순을 드러내고 있다. 고원정 의 『거인의 잠』(1988)에 수록된 13편의 작품은 모두 알레고리의 형식을 띠고 있다. 이 작품들의 출발점은 비극적 세계관에 기초한 정치적인 세계 다. 그의 관심은 폭압적 현실의 주체가 된 권력이나 집단의 논리와 개인적 실존 사이의 부조화와 이 과정에서 드러나는 개인의 무력함이다. 그러나 현실 비판의 우회적 접근으로 드러나는 이 작품들의 한계는 오히려 작품 내부의 생명력에 의해 극복된다. 간결한 문체와 세밀한 심리묘사 그리고 예측 불허의 사건 전개로 인한 긴장감이 그것이다. 이는 1980년대 우리 삶의 억압적 실체와 연결되면서 독특한 하나의 분위기를 이끌어낸다. 대 체 역사를 통해 우리 현실을 우회적으로 그려낸 복거일의 『비명을 찾아서』 (1987)나 정종명의 「숨은 사랑」(1989) 역시 같은 의미를 지닌다. 가공의 역사나 제3세계를 배경으로 전개되는 통치 메커니즘의 허구성과 폭력성, 우리의 역사적 현실에 근거한 비유 등은 모두 알레고리 기법을 활용한 하나의 예다.

이러한 알레고리 기법을 통해 시도되는 현실 해석이나 비판의 방법은 시대적 상황과 제삼자적 위치에서 삶을 바라보고 해석하는 태도에 의한 것이며, 그렇기에 냉소를 머금고 현실의 왜곡상을 암시적으로 나타낼 수 있다. 이러한 방식은 날카로운 현실 해석을 상징적으로 보여준다는 점에서 신선한 충격을 제공하지만 작가 자신이 현실에 뛰어들지 못하는 데서 오는 불쾌함을 수반하기도 한다. 현실의 모순을 날카롭게 지적하고 있지만 이는 일과성의 반응에 지나지 않는다는 점이다.

3. '가위눌림'에서 벗어나기

1980년대 삶에 대한 주체적 접근은 광주 체험의 충격에서 벗어나려는 노력 속에 구체화된다. 광주항쟁의 결과가 가져다준 비통함과 분노, 허탈과 좌절, 비겁과 부끄러움의 체험은 1980년대 중반까지 삶의 순간순간을 파고드는 하나의 악몽이었다. 광주 체험은 밖으로 드러날 수 없는 깊은 내상으로 남아 우리의 의식 속에 일종의 '가위눌림' 상태로 존재하고 있었다. 따라서 이를 떨쳐버리려는 움직임은 1980년대 중반 이후에 시작된다. 1970년대 이후 우리 문학의 중심에 자리한 사회학적 상상력에 의한 현실해석, 즉, 개인과 집단, 집단과 집단의 관계 양상을 통한 삶의 진실 드러내기로 군사독재 정권과 이에 결탁해 기형적으로 발전해온 우리 사회 구조의 문제를 분석하고 개선해야 한다는 작가의식 속에 구체화되는 것이다. 이는 크게 두 갈래의 방향에서 이루어진다. 그 하나는 독재권력에 맞선 광주항쟁의 진정한 의미와 이를 바탕으로 한 주체로서의 역사의식의 형상화 작업이고, 또 하나의 방향은 독점자본주의 아래 고통받는 노동자의 삶을 통해 계급 구조의 모순을 타개하고자 하는 움직임이다.

    더 이상 잘못된 역사의 피해자일 수 없다는 자각과 함께 군사정권의 일
방적 논리에 맞서고자 하는 노력은 광주항쟁의 왜곡된 의미를 바로잡아야
한다는 것으로 나타난다. 김유택의 「먼길」(1988)에서 데모하다 연행된 사
람들이 자신이 끌려간 곳이 군 수사기관이 아닌 경찰서라는 데서 안도의
숨을 내쉬듯, 우리 사회의 저변에 깔린 군에 대한 공포감은 1980년대 삶
을 특징적으로 드러낸다. 이렇듯 극도로 경직된 삶을 만들어놓은 국가권
력의 폭력성에 대한 실체 규명 작업은 광주항쟁의 형상화를 통해 시작되
었다. 임철우의 『봄날』(1984), 「직선과 독가스」(1984)를 비롯한 일련의 소
설들, 윤정모의 「밤길」(1985), 문순태의 「일어서는 땅」(1986), 정도상의
「십오방 이야기」(1987), 최윤의 「저기 소리없이 한 점 꽃잎이 지고」
(1988), 홍희담의 「깃발」(1988) 등은 광주항쟁을 계기로 뒤틀린 삶과 광
주항쟁의 의미를 묻는 작품들이다. 이 작품들의 공통점은 광주항쟁을 계
기로 권력의 기반을 구축한 군사정권의 비도덕성과 폭력성 앞에 좌절되는
삶을 그리고 있다는 점이다. 정도상의 「십오방 이야기」에서 당시 공수부대
원이었던 김만복이란 인물 역시 더 큰 폭력의 피해자일 수밖에 없다는 시
각에 근거해 있기는 마찬가지다. 즉, 군사정권의 폭력성 앞에 한 가족이
나 개인이 어떻게 파괴될 수 있는가? 그리고 치유는커녕, 이러한 아픔을
안고 살아가야 하는 우리의 삶은 과연 정상적인 것인가를 자문하게 한다.
이에 비해 홍희담의 「깃발」은 광주항쟁의 현장에 참여한 노동자를 주인공
으로 하여 광주항쟁의 성격과 의미를 재조명하고, 실패를 극복하기 위한
전망을 제시하고 있다. 이 작품은 노동자의 시각에 고정되어 있음에도 불
구하고 구체적 생활의 부재, 사건 전개의 도식성 등의 결함을 안고 있다.
그러나 다른 소설들에서 나타나는 피해자로서의 자기 인식에서 벗어나 역
사 속에서의 자기발견을 위한 노력을 보여준다는 점에서 뚜렷한 성격을
드러낸다. 이것은 권력 이데올로기의 비도덕성에 초점을 두고 있기에 그

피해자로서의 비극성이 강조되고 있는 여타의 소설에서 한 걸음 나아가게 하는 요소다. 비극성의 강조는 광주항쟁의 근본적인 발발 원인에 대한 이성적인 접근을 방해하는 것 중의 하나란 점에서다.

자기 주체화의 논리를 구체화한 것으로 또 하나의 두드러진 현상은 노동문학의 활성화라 할 수 있다. 이는 독재권력의 지배 논리였던 반공이데올로기와 이와 결탁한 성장이데올로기로 인해 피해자로 남을 수밖에 없었던 노동자들의 계급적 각성에 기인한다. 계급적 자각과 각성이라는 점에서 이런 움직임은 1970년대 말미를 장식한 조세희의 『난장이가 쏘아 올린 작은 공』(1978)의 세계를 넘어선다. 즉, 1970년대 이후 급속히 번진 성장이데올로기의 그늘에서 뿌리내리지 못한 소외의 몸부림을 형상화한 『난장이가 쏘아 올린 작은 공』이 개인적 삶의 비극성에 초점이 머물러 있다면, 1980년대의 노동소설은 집단의식으로 나아감을 보게 된다. 김남일의 「파도」(1988), 정도상의 「새벽기차」(1988), 유순하의 『생성』(1988), 방현석의 「새벽출정」(1989) 등의 소설은 1980년대 노동소설의 현주소를 말해주는 것으로 우리 사회의 구조적 모순에 대한 도덕적 흥분과 함께 계급의식의 고조와 노동문학의 나아갈 길을 보여준다. 이들 작품의 공통점은 선과 악의 이분법적 대립 구도를 사건 전개의 기본축으로 하고 있다는 점이다. 노동자들의 열악한 삶과 극명하게 대비된 자본가들의 비인간적 행태가 드러난다. 이 대립은 우리 사회의 구조적 모순에서 기인한다는 것이 이들 소설의 출발점이기도 하다. 그러나 자본가들의 비인간적 행태에 맞선 노동자들의 삶이 일률적으로 도덕적 우위를 점하는 것과 그 대립이 노동자들의 일사불란한 투쟁으로 그려져 있다는 한계를 내보이기도 한다. 대부분의 노동소설이 노동자의 계급적 시각을 강조하고 있음에도 불구하고 노동자들의 구체적인 삶과 생활감정을 형상화하기보다는 자본가와의 투쟁 양상을 서술하는 데에 치우치고 있다. 「파도」에서 자본가와 그 하수인인 강

과장의 비인간적 행태와 노동자인 경수의 폭발적인 행동, 「새벽기차」에서 괴한들의 여공에 대한 습격과 윤간 등 자극적인 사건의 배치와 미국 자본에 대한 대응의 필요성 역설, 「새벽출정」에서 노동자를 착취하고 위장폐업으로 비리를 감추는 자본가와 다른 회사 노조와 연대하여 가두시위를 결행하는 새벽에의 출정 등은 노동자의 구체적 생활에 앞서 작가의 주제의식이 앞서고 있음을 보여주기에 충분하다.

여기에 유순하의 『생성』(1988)이 보태짐으로써 노동소설은 새로운 공간을 확보한다. 이 작품은 노동자의 입장에서 노동 현실이나 문제의 극복을 형상화하고 있지 않다. 중간 관리자의 시각에 의해 포착된 그들 자신의 실존적 위기의식과 방황, 회의, 각성으로 이어지는 고뇌의 과정을 그리고 있다. 이는 시위대들의 번득이는 '눈빛'과 '원색적 구호'에 대한 혐오감과 '······이런 조건에서 노사 분규가 일어나지 않는 것이 이상'하다고 하는 정의감 사이에서 자기 위치를 찾기 위한 방황이다. 중요한 것은 이 소설이 노동소설로서 새로운 자기 자리를 확보해내고 있다는 사실이다. 지금까지의 노동소설이 '객관적 총체성'에 매달려 노동자의 입장에서 노동 문제를 극복·지향해야 한다는 독선에 의거해 있었다면, 이 소설은 거기서 한 걸음 물러서 있다. 한걸음 물러서서 지금까지 방법과 전망이 우선된 상태에서 쓰여진 기존의 소설이 간과하고 있는 구체화된 쟁의의 모습과 중간 관리자의 세계 인식을 사실적으로 형상화하고 있다. 즉, 객관적 현실과 노동운동의 당위 사이에서의 자리 찾기라 할 수 있다.

이런 점에서 1980년대의 사회 갈등을 다룬 노동소설은 반공이데올로기로 인해 터부시 되던 금기를 깨고 계급적 시각으로 노동운동이 우리의 구체적 삶의 변화에 어떻게 기여하고 있으며 성장제일주의의 음영이 우리 삶에 어떠한 그늘을 드리우고 있나를 극명하게 드러내는 계기를 만들고 있다. 이는 근대화 과정에서 안으로 곪아 터진 우리 사회의 상처에 대한 확인인 동시에 인간다운 삶을 향한 구체적 움직임의 드러냄이라 할 것이다.

4. 분단 현실, 제길 찾기의 움직임

1980년대 노동소설의 계급의식 제고와 투쟁 양상이 성장이데올로기의 허구성이 폭로되는 지점에서 비롯된 것이라면, 분단 극복을 위한 반성적 자각은 지배권력의 통치 근거였던 반공이데올로기의 한계를 절감하는 데서 출발한다. 1980년대의 분단 소재 소설은 1970년대 유년의 원체험을 바탕으로 전개되던 것에서 나아가 오늘까지 이어지는 6·25의 후유증과 그 해결의 과제를 형상화하는 것으로 나타난다. 조정래의 『유형의 땅』 (1981), 『태백산맥』(1988), 문순태의 「철쭉제」(1981), 김원일의 「미망」 (1982), 『겨울 골짜기』(1987), 이동하의 「파편」(1982), 박완서의 『그해 겨울은 따뜻했네』(1982), 임철우의 「아버지의 땅」(1984), 이문열의 『영웅시대』(1984), 정소성의 『아테네 가는 배』(1985), 유재용의 「어제 울린 총소리」(1985), 이창동의 「소지」(1985), 김주영의 『천둥소리』(1986), 윤정모의 「님」(1987) 등의 작품이 그것이다.

여기서 1970년대 소설과 비교하여 1980년대 소설의 특징과 성과를 드러내는 작품 경향은 다음의 몇 가지 점으로 요약된다. 첫째, 전 세대의 이데올로기적 대립의 비극이 오늘날의 우리의 삶과 어떻게 연관되는지를 묻는 윤정모의 「님」이나 이창동의 「소지」 등의 계열이다. 윤정모의 「님」은 1980년대 중반 이후 통일을 향한 구체적인 움직임이 표면화되고 있는 현실에서도 분단 극복의 길이 얼마나 지난한 일인지를 보여주는 작품이다. 젊은이의 순수한 사랑이 이데올로기로 인해 왜곡되고 급기야 조국을 떠날 수밖에 없는 현실이 드러난다. 더욱이 이 작품에서 말하고 있듯이, 다른 것은 정부의 발표에 대해 불신도 하지만 간첩 사건만은 무조건 믿는다는 사실을 통해 남쪽에서의 반공이데올로기가 우리의 정서에 얼마나 깊이 영향을 주고 있는지를 단적으로 드러낸다. 따라서 분단 이후 지금까지 지배권력에 의해 일방적으로 주입되어온 반공이데올로기가 통일을 위해 어떤 기여를 할 수 있으며, 이러한 상황에서 통일에의 접근은 과연 가능할 수 있겠느냐는 질문을 제기한다. 이와 같은 사실은 임철우의 「붉은 방」 (1988)에서 최달식이란 수사관의 반공에 대한 도착증적 집착이 우리 사회의 일각에 자리해 있다는 것과 비교하여 우리의 삶에 큰 의의를 던진다.

둘째, 이데올로기 자체의 허구성과 이로 인한 비극을 형상화한 것으로 이문열의『영웅시대』가 여기에 해당한다. 이문열의『영웅시대』는 한 지식인 주인공의 삶을 통해 사회주의 이념 선택의 과정과 이데올로기의 갈등을 정면으로 다룬 작품이다. 이 작품 역시 과거 전쟁 후일담을 소재로 한 작품들과는 궤를 달리한다. 지금까지 분단문학에서 다루지 못했던 사회주의 이데올로기 그 자체에 대한 금기의 벽을 깨고 있다. 또한 사회주의 이념을 지닌 지식인 주인공의 삶을 형상화하고 있다는 점에서 지금까지 남쪽 중심의 일방적인 이데올로기적 편향성을 극복하는 분단문학의 한 차원을 마련한다.

셋째, 해방 직후의 삶을 통해 우리 삶의 비극적 원천을 형상화한 계열로, 산을 중심으로 한 빨치산의 모습과 마을을 중심으로 한 농민들의 삶의 현장을 교차시키면서 거창 사건 당시 이데올로기에 의해 무참히 짓밟히는 삶을 그려낸 김원일의『겨울 골짜기』, 이데올로기적 과민반응에서 벗어나 분단의 원인과 실상을 해방 직후 우리 삶의 모습에서 찾으려 한 조정래의 『태백산맥』을 들 수 있다. 특히『태백산맥』은 분단의 원인과 분단이 진행되는 과정에 있어서의 삶을 이데올로기적 편견 없이 진솔하게 그려내고 있다. 따라서 사회주의운동에 뛰어들 수밖에 없었던 염상진, 외세를 불신하고 우리 나름의 민족국가를 이루어야 한다는 김범우, 기독교 사회주의를 스스로 실천하는 서민영, 친일파였다가 해방 후 민주주의자가 되는 악덕 지주들, 악덕 지주 없는 세상을 만들어야 한다는 하대치, 양심적인 군인 심재모─등 수많은 인물들이 나름대로 정당성을 갖고 살아 움직인다. 문제는 여기서 더 나아가 해방 직후의 이데올로기적 대립은 남한의 특수한 현실을 배경으로 하고 있다는 점이다. 일제 잔재의 청산과 토지개혁의 열망이 사이비 민족주의자들에 의해 무산되고 일제 치하에서보다 더 비참해진 삶이 그것이다. 결국 양심적인 지식인은 설 자리를 잃고, 서로가 서로에 대해 미움과 증오를 증폭시키고 있는 남한의 현실이 이데올로기 이전의 모습이게 된다. 이는 분단의 원인이 외세에 의한 것이라는 일방적인 논리에 대한 반문이며, 우리 민족의 주체적 역량이 옳은 방향으로 결집하지 못했음에 대한 반성을 유도한다. 따라서 이 작품에서 벌교를 중심으로 전개되는 삶이 곧 해방 직후 우리 삶의 총체적인 모습으로 확대됨은 물론, 이 시기의 모습을 이데올로기적 대립으로 단순화시키는 논리의 허구성을 반성케 하는 동시에 관념적 진술에 묻힌 구체적이고 생생한 삶으로 현재화하고 있다는 점에서 그 의의는 크다.

이와는 다른 차원에서 분단의 실상과 이를 타개하기 위한 노력을 우회적으로 드러낸 황석영의 『무기의 그늘』(1987)과 이상문의 『황색인』(1989)을 대하게 된다. 이들 작품은 과거 휴머니즘을 바탕으로 쓰여진 월남전 소재의 소설에서 나아가 역사적 현실에 근접해 있다. 베트남전쟁을 통해 제국주의 국가로서의 미국의 역할, 제3세계의 분단국가와 민족의 운영과 실상, 이데올로기 문제를 정면에서 다룸으로써 역사적 교훈과 함께 우리 삶의 미래를 모색하고 있다.

5. 그 밖의 소설들

1980년대는 우리 사회의 모순과 이를 타개하려는 움직임이 첨예하게 대립하면서 금기를 부단히 파괴해온 쟁점의 시대였다. 지금까지 함부로 접근하거나 입에 올릴 수 없던 반공이데올로기와 성장이데올로기의 부정적 음영에 대한 과감한 비판이 분출되고 있었다. 두 이데올로기는 초자연적으로 우리 삶을 억압하던 지배의 논리였기 때문에 그 반발은 곧 우리 삶의 정상적인 모습을 추구하는 것으로 인식되면서 수많은 쟁점을 일으키고 있었다. 이것은 한편으로 혼란을 가져오기도 했다. 대응 논리로서의 이데올로기 역시 폭력적 양상을 띠고 있었기 때문이다. 누구나 쟁점의 한가운데 있어야 한다는 논리 앞에 느꼈던 많은 작가들의 위축감이 이를 말해준다. 다행스러운 것은 이런 쟁점의 와중에서 벗어나 자신과 주변의 삶을 통해 우리 사회의 여러 모습을 형상화하는 노력과 이에 걸맞은 성과가 드러나고 있다는 사실이다.

작지만 구체적인 공간에서 살아가는 이웃들의 삶을 통해 우리 사회의 여러 모순과 이로 인해 야기되는 삶의 파괴된 모습을 그린 양귀자의『원미동 사람들』(1987)이나 박영한의『왕룽일가』(1988),『우묵배미의 사랑』(1989)을 대하게 된다. 연작 형식으로 묶인 이들 작품은 모두 중심에서 밀려난 사람들의 삶의 양상을 보여준다.『원미동 사람들』에 수록된 작품들은 모두 서울에 인접한 부천시 원미동 사람들의 삶을 보여준다. 이들은 대부분 자기 몫의 삶에 주인공이기보다 삶의 주변부로 밀려난 사람들이다. 이들은 에피소드의 주인공이기보다 우리 삶의 모든 불합리를 압축해서 보여주는 인물인 것이다. 이들 역시 있는 자들의 냉혹성, 이해와 공존의 원리, 이웃 간의 연대감 상실을 파고드는 폭력과 소외 등 우리 삶의 본질적 측면을 상징적으로 드러낸다. 더욱이 실직으로 인해 중산층으로의 발돋움이 좌절되고 변두리 삶으로 밀려난 이들의 실상은 스스로 이 사회의 중심에 위치해 있다고 믿는 중산층의 의식이란 결국 경제적 토대의 상실과 함께 무너지는 허위의식에 지나지 않음을 보여준다.

박영한의 『왕룽일가』나 『우묵배미의 사랑』 역시 변두리의 삶을 통해 중심의 모순이 이들의 삶을 어떻게 변화시키고 있는지를 보여주는 작품이다. 서울 시청에서 시내버스로 한 시간여를 달리면 도착하는 반농반도(半農半都)의 '우묵배미'가 이 작품의 공간적 배경이다. 농토를 중심으로 살아가는 삶에 서울에서 밀려온 돈 위주의 통속적인 문화가 끼어들면서 우묵배미는 갈등을 겪는다. 즉, 산업화·도시화의 물결이 들이닥치면서 서울에 인접한 농촌의 인정과 풍속이 어떻게 변화·타락해가는지를 보여준다. 이는 중심에 종속된, 즉, 중심에서 소외된 사람들이 겪어야 하는 더 큰 시련의 모습이다. 중심의 경제적·사회적 변화에 따른 종속과 불균형의 심화와 이의 재생산이 우묵배미 사람들의 삶의 양상으로 나타난다는 점에서 이 작품은 단순한 희극적 차원을 넘어 사실성을 확보하고 있다.

이외에도 사회·역사적 환경을 배경으로 성장소설의 한 패턴을 마련하고 있는 김용성의 『도둑일기』(1984), 등장인물의 심리 분석을 통해 개인적·사회적 갈등의 문제를 탐구하고 있는 김향숙의 창작집 『겨울의 빛』(1986), 서술의 관점과 문체의 변화를 다양하게 시도하면서 소외된 삶의 파편들을 상상력의 세계 속에 드러내는 윤후명의 창작집 『원숭이는 없다』(1989), 역사와 현실에서 파생하는 문제를 날카로운 감각과 유려한 문체로 드러내는 최일남의 창작집 『그때 말이 있었네』(1989), 여인의 내면적 각성을 통해 드러나는 잔잔한 감동의 세계를 그린 김채원의 「겨울의 환」(1989), 글쓰기의 해체와 자폐적 세계를 드러내는 박인홍의 『벽앞의 어둠』(1989) 역시 1980년대 소설의 폭과 깊이를 다양하게 장식하고 있는 작품이다.

역사의식의 성장과 새로운 형식의 탐구

양승국

1.

1991년 3월 27일 서울 문예회관 대극장에서 연극인들의 떠들썩한 잔치가 거행되었다. 이름하여 '연극의 날' 기념식으로, 이는 1991년을 연극의 해로 만들어준 정부의 취지에 발맞추어 한국연극의 앞날의 건승을 기원하는 연극인들의 행복한 잔칫상이었다. 그러나 이날 한국연극 80년사를 돌아보는 대표 레퍼토리 중에서 유감스럽게도 우리의 창작극은 거의 찾아볼수 없었다는 것은, 얄궂게도 바로 연극의 날에 오늘날 한국연극의 문제점을 가장 극명히 보여준 실례라고 아니할 수 없다. 바로 이러한 한국연극의 문제점을 극복하기 위한 도정으로서 1980년대의 한국희곡은 출발한다.

1980년대는 1970년대의 연속이면서도, 분명히 새로운 시대의 시작이라는 불연속적인 속성을 지닌다. 1980년대는 유신 시대의 종막을 고하는 조종(弔鐘)과 함께, 그리고 곧이어 '1980년 5월, 광주'라는 또다시 엄청난 비극과 함께 시작되었다. 그러나 1980년을 겪으면서 우리의 민중은 성장했고, 그 힘은 1987년 민주화항쟁을 통해 한 나라의 대통령을 먼 산사로 유폐시킬 수 있게까지 되었다. 1980년대의 불연속성이란 이렇듯 전대와는 달리 우리 민중이 스스로의 힘을 자각할 수 있게 되었음을 전제로 한다.

그러나 문학은 사회를 내다볼 수는 있어도, 그것을 앞질러 가지는 못한다. 또한 1980년 5월은 6 · 25 이후의 최대의 민족 비극이었던 만큼, 그 속에서 작가들이 깨어 나오기까지는 비교적 오랜 세월이 흘러야만 했다. 게다가 무대 공연을 전제로 하는 희곡문학의 경우는, 스스로 알아서 검열 조건에 맞춰 끊임없이 머리를 숙여야만 했다. 마치 일제 치하 때처럼.

가령, 1980년에 쓰인 오태석의 「1980년 5월」 같은 작품은 보기 드물게 제목에 분명한 '시대 상황'을 담고 있으면서도, 그 시대 자체가 아니라 그 밑에서 웅크리고 있는 무기력한 지식인군을 스쳐 보일 뿐이다.

> **소리** 최규하 대통령은 10월 상오 새 내각의 국무총리로 신현확 부총리를 지명했다고 서기원 대변인이 발표했다. 이에 따라 신 총리는 이날 상오 공화당 탈당계와 국회의원 사직서를 제출했다. 국회는 12일 휴회중인 본회의를 재개해 국무총리 임명동의안을 처리할 예정이며……(볼륨이 컸던 관계로 1979년 12월 10일자의 이 뉴스는 무대 전체에 비현실감을 끼친다)

잘못 녹화된 필름 속에서 전달되는 시대 상황의 제시, 어떻게 보면 이것이 당시의 무대 조건하에서 보여줄 수 있는 묘사의 최대치일 수도 있다.

그러나 당시의 극작가들은 이러한 한계 속에서도 절망하지 않고 꿋꿋이 역사와 대면할 수 있었으며, 그 주된 방법은 바로 역사를 새롭게 인식하는 것이었다. 그럼으로써 이러한 비극의 연원을 파헤쳐보고 그 속에서 오늘의 정체성을 찾고자 하는 시도가 진지하게 모색된다. 그렇게 1980년대는 문을 연다.

2.

거대한 정치 현실 앞에 홀로 선 무력한 한 인간에 대한 자각은 적극적으로라면 그것과 맞서 싸우려는 용기로 거듭 뭉쳐나야 하겠지만, 그러한 것만이 극화의 대상으로 취급되는 것은 아니다. 당대의 현실에 대한 자각은 그것의 연원이 된 먼 과거의 역사에 대한 것으로까지 소급해 적용된다. 그럴 때, 우리의 희곡사는 역사극을 거두게 되거니와, 1980년대에 유난히 많은 역사극이 창작되는 것 또한 우연이 아니다.

역사극이란 무엇인가. 그것은 우선 역사적 소재를 취급한 극을 말한다. 그러나 역사를 취급하였다고 하여 모두 다 역사극의 자격을 획득할 수 없음은, 루카치가 말한 것과 같이, 바로 오늘날을 살아가는 우리의 삶과 어떠한 연관을 맺을 수 있느냐의 문제와 직결된다. 이러한 점에서 역사극이란 역사의식을 전제로 하였을 때만 성립이 가능한 것이며, 이때 그것을 어떻게 무대 위에 보여줄 수 있는가의 문제는 부수적인 것에 지나지 않는다. 이러한 점에서 1982년에 창작된[1] 김상렬의 「언챙이 곡마단」과 이현화의 「불가불가」는 역사를 취급하는 새로운 방법론을 제시한 작품이라는 데서 우선 주목된다.

「언챙이 곡마단」은 제목 그대로 '언챙이들'의 곡마단놀이 속에서 백제의 멸망사를 보여준다. 그러나 작가가 작품의 서두에서 밝힌 것처럼 이 작품은 정통 역사극으로 판단되기를 거부하고 있다. 이는 작품이 곡마단 광대들에 의해 '보여지고' 있기 때문이 아니라, 백제 멸망사를 취급하는 작가의 역사의식 때문이다.

> **궁녀A** 지금 낙화암은 초만원이라 순번을 기다리고 있사옵니다.
>
> **의자** 낙화암 담당병사가 능률적으로 일을 하지 못하는 모양이구나.
>
> **궁녀B** 순번을 기다리는 동안 폐하께서 무료하실까봐 저희들이 놀이를 꾸
> 몄사옵니다.
>
> **의자** 놀이라니?
>
> **궁녀A** 「백색의 전설」이란 인형극을 꾸몄사옵니다.
> (궁녀A · B 양손에 쥐고 있는 네 개의 인형을 내보인다)
>
> **의자** (감격) 참으로 기특하다. 죽음을 앞에 두고도 문화적인 발상을 하
> 다니 문화백성의 기상이로구나.
>
> **궁녀B** 자, 시작하겠사옵니다.
>
> **의자** 그래 어디 한번 구경해보자. 먹구 죽은 놈과 놀다 죽은 놈은 얼굴
> 도 좋다더구나.

나라의 멸망을 눈앞에 두고 위의 장면처럼 태연히 '의자'는 인형극을 즐
기며, 이러한 놀이에 김춘추와 김유신마저 관객으로 동참, 감정이입되어
처절하게 우는 것으로 위 작품은 끝맺는다. 물론 이 작품은 위와 같은 사건

---

1) 주지하듯이 희곡은 공연의 대본이 되어야 한다. 그러므로 희곡의 경우는 다른 문학 장르와
는 달리 지면에 발표되기보다는 공연 성과에 힘입어 알려지는 것이 일반적이다. 이때 작품
의 평가 기준을 최초의 탈고 작품에 두어야 하는가 아니면 다시 손질된 공연 대본에 두어
야 하는가는 퍽 복잡한 문제가 된다. 게다가 희곡은 지면에 발표되는 일이 거의 없고 공연
후의 작품집으로 겨우 그 면모를 드러내는 것이 일반적이어서 원본 확보가 어려운 실정이
다. 이러한 점을 감안하여 본고에서는 그 창작 연대를 저자가 직접 밝힌 창작 연대(탈고 날
짜건, 공연 날짜건 간에)를 기준으로 한다. 아울러 본고의 언급 대상 작품도 어쩔 수 없이
지면을 통해 발표된(공연의 선후와 관계없이) 작품이 위주가 됨을 밝혀둔다. 따라서 공연
으로만 지나버리고 만 수많은 희곡들은 부득이 생략될 수밖에 없다. 이러한 점에서도 모든
공연 대본들은 가능한 한 공연 전후 반드시 지면에 발표되어야 함을 강조해둔다.

전개가 철저히 연극일 뿐이라는 서사극적인 장치를 드러내 주고 있는 것이기는 하지만, 이러한 방법이 작가가 의도하고 있는 역사의식과 밀접한 관련을 맺고 있다는 점에서 「언챙이 곡마단」은 더욱 주목된다. 계백의 영웅적 전설이나, 삼천 궁녀의 설화, 그리고 김유신의 무용담 등은 모두 전체주의의 이데올로기를 은폐하기 위한 시대적 논리에 지나지 않는다는 것을 작가는 위와 같은 방법을 통해 통렬히 풍자하고 있는 것이다. 이러한 역사의식의 싹틈은 바로 1980년대라는 현실의 도전에 대한 연극적 응전인 셈이다.

이러한 방법론이 무대 위의 극중극의 액자적 구조에 머물기보다는 연극 만들기라는 보다 큰 액자 속에서 배우와 관객 간의 의사소통 문제로 확대해간 작품이 바로 이현화의 「불가불가」이다.

> 좌측 조명, 청색—
>
> **악공들** (북소리)
>
> **여배우** 어서 황산벌로 달려가셔야지요.
>
> **배우1** ……(눈이 크게 확대되더니 치켜지며 핏발이 선다)
>
> 좌측 조명, 적색—
>
> **악공들** (북소리)
>
> **배우5** 불가불가……
>
> **배우1** ……(입이 벌려지며 입술과 턱이 부들부들 떨리기 시작한다)
>
> 조명 변화—
>
> **악공들** (북소리)
>
> **여배우** ……?
>
> **배우1** (갑자기) 이야—!
>
> **여배우** (깜짝 놀라) 어머— 깜짝야.
>
> **배우들** ……!? (배우 1을 바라본다)

연출 (객석 중앙에서) 뭐야? 왜 그래?

배우1 (배우 5쪽으로 몸을 돌려 크게) 이야아—!

연출 (벌떡 일어서며) 임마, 너 왜 그래?

여배우 애, 너 왜 그러니?

배우1 (손 쓸 틈도 없이 달려가 배우 5에게 칼을 내리친다)

배우5 (불의의 습격에 피를 내뿜으며 고꾸라진다)

여배우 어머—

　　　　당황하는 사람들

　이현화는 종래의 연극이 지니고 있는 통념—즉, 무대는 어디까지나 무대이고 관객은 관객일 뿐이라는 관습—을 정면으로 뒤엎는다. 「오스트라키스모스」(1979)에서는 극장에 들어가는 상황부터를 연극으로 꾸며 관객으로 하여금 실제로 '시저'의 암살 현장에 와 있는 것 같은 착각을 일으켜, 우리 모두는 불의에 저항하지 못하는 의식의 노예에 지나지 않는다는 자각을 심어 넣는 충격적인 장치를 교묘히 구사한다. 무대를 통한 관객의 자각은 「카덴자」(1978), 「산씻김」(1981) 등과 같은 작품에서 잔혹, 극적 또는 제의적인 기법을 이용하여 관객 스스로 무대 위의 배우와 같은 공포감을 직접 체험하도록 상황을 이끌어가는 것에서 보듯, 이는 이현화의 주된 창조적 목표에 해당한다. 이러한 관객이 지닌 수동성 혹은 일상성을 파괴하고, 더 나아가서는 연극을 만드는 배우의 수동성 혹은 일상성까지를 뒤집어엎고자 하는 시도를 바로 「불가불가」가 보여주고 있는 것이다.

　계백 장군 역을 맡은 신인배우 '배우1'은 TV 녹화를 위한 리허설 중에 끊임없이 연출로부터 역 속의 인물로 몰입될 것을 주문받는다. 결국, 그가 극중의 계백이 되었을 때, 아내를 내리치려는 칼로, 바로 옆의 무대에서 연습중인 '배우5'를 실제로 찌르고 만다. '배우5'는 조선 말 고종의 대신으로 '불가불가(不可不可)'만 반복하는 줏대 없는 신하의 대표격으로 설정된 인물이다. 무대 좌우에서 번갈아 보여주는 계백의 장면과 고종의 어전 회의 장면은 연극의 관습에 의해서 상호 넘나들 수 없음에도 불구하고, 완전히 극중 인물이 된 '배우1'이 다만 연기를 할 뿐인 '배우5'를 찌르고 마는 것이다. 이러한 모순된, 그리고 비상식적인 무대화를 통해서 드러내고자 하는 작가의 의도는 바로 관객을 역사와 마주 놓이게 하는 것, 그리하여 현실 속에서 깨어 있게 하자는 것으로 요약될 수 있다.

이 밖에도 이렇게 역사를 비사실적인 무대, 특히 서사극적인 장치를 잘 활용하여 뚜렷한 극적 효과를 얻은 작품으로 신채호의 일대기를 다룬 차범석의 「꿈하늘」(1987)을 들 수 있다. 이 작품은 작가가 이미 발표한 「식민지의 아침」(1986)을 연출가 김석만과 함께 개작한 작품이다. 그런 만큼 차범석이 데뷔 이후 꾸준히 지속해온 리얼리즘 무대의 관습을 정면으로 위배하고 있는 작품이기도 하다. 구체적으로 신채호가 과거, 현재, 미래의 세 분신으로 동시에 관객에게 보여지고 있다는 사실이 그중 핵심을 이룬다. 이는 이미 김석만이 「한씨연대기」(황석영 원작, 1985, 연우무대 공연)에서 시도하였던 서사극적 기법이 선명하게 드러난 것인데, 이러한 기법은 신채호의 삶을 관객들이 비판적으로 바라볼 수 있는 역사적 시각을 마련해주기 위한 극적 장치로서의 기능을 지니는 것이다.

이렇게 나름대로 방법론을 전제하지 않은 김의경의 작품들, 즉 「식민지에서 온 아나키스트」(1984), 「잃어버린 역사를 찾아서」(1985) 등은 새로운 역사의 발견이라는, 연극을 통한 역사 공부의 의미를 넘어서기가 어렵다. 그가 「남한산성」(1973) 이후 꾸준히 추구해온 역사극 작업은 아나키스트 '박열'의 삶을 재조명한 「식민지에서 온 아나키스트」와 간토대학살을 정면으로 파헤치고자 한 「잃어버린 역사를 찾아서」에서 그 정점을 이루고 있지만, 현재의 우리의 삶과 직접 연관되지 못한 채 과거사를 제한된 무대 위에서 보여주기란 자칫하면 역사책의 직설법에 지나지 않는 것이 되고 만다. 이러한 점은 김상렬의 「애니깽」(1988)의 경우에도 마찬가지로 적용될 수 있다. 고종 시대에 멕시코의 애니깽 농장에 노예로 팔려간 1,033명의 조선인 노동자들의 삶을 소재로 한 이 작품도 그 소재가 신선한 만큼의 극적 감동을 전달해주는 방법이 미흡하여 한때의 지난 사건 정도로 치부해버리게 되는 위험을 내포하고 있다.

이러한 역사의식 문제와 관련해서는, 제1회 민족극 한마당에 참가하여 좋은 반응을 얻었던 「갑오세 가보세」(1988. 극단 아리랑)가 주목된다. 동학을 취급하여 그것의 혁명적 의미를 당시의 민주화운동과 연결지어보려고 했던 극단의 시도는 연극에서 우러나오는 신명을 삶의 현장에 직접 접맥시키려고 했다는 점에서, 1980년대 말에 구체적으로 확인된 변혁의 열기를 연극을 통해서도 확인할 수 있었던 값진 성과이다. 그러나 이것이 문자로 정제되지 않은 범위 안에서는 아쉽게도, 희곡사적 의미를 거론한다는 것은 여전히 여백의 문제로 남는다고 보겠다.

이와 같이 1980년대는 관객과 역사의 대면이 다양한 방법에 의해서, 그리고 작가의 뚜렷한 역사의식에 의해서, 현재와의 교호 작용으로서 역사의 의미를 깨닫게 해주는 역사극이 많이 창작되었다는 점을 그 한 특징으로 한다. 따라서 이러한 역사의식을 근거로 하여 우리의 현대사를 취급하는 희곡이 창작되는 것 또한 당연한 일일 것이다.

3.

역사의식은 비단 역사극을 창작할 때만 필요한 것이 아니다. 역사의식이란 말 속에는 역사에 대한 작가의식을 이미 전제로 하는 것이지만, 그 이면에는 작가 자신이 자기 작품에 대한 역사적 평가를 의식하고 창작하고 있다는 것까지를 의미한다. 자기 작품에 대한 역사적 평가를 의식하지 않는 작가가 어디에 있겠느냐마는, 특히 1980년대에 주목되는 것은, 앞에서 말했던 것과 같은 일반적 의미에서의 역사의 시기와 함께 시대적 고민을 함께 나누어 가지려는, 그리하여 연극이 과연 무엇을 할 수 있느냐 하는 진지한 자기 모색의 방향을 뚜렷이 드러내고 있다는 점이다. 그 큰 한 줄기의 흐름은 1988년부터 공개적인 행사로써 연극계에 그 얼굴을 드러낸 '민족극'운동이며, 또 하나의 갈래는 일부 작가들에 의해 모색된 한국현대사의 비극―분단과 독재권력―을 본격적으로 다루려는 시도이다.

먼저 '민족극'운동은 전대의 마당극, 마당굿 등의 의미를 '민족극'이란 명칭으로 계승하면서 기존의 무대극으로만 한정되어온 무대와 관객과의 관계를 열린 무대의 신명 속에서 하나의 집단 체험으로 끌어들이려는 시도를 보인다. 현실적인 정치·사회적 중요 이슈를 민중적 시각으로 극화해내는 이들 작업은 기존의 보수적 연극계에 적지 않은 충격을 주었으며, 무엇보다도 폐쇄적인 연극 공연을 한국 전통의 열린 공간으로 확대하여 한국적 연극의 가능성을 충분히 보여주었다는 데서 그 연극사적 의의를 찾을 수 있다.

이러한 작업은 전래의 서구적인 개념의 연극 창조, 즉, 극작가―연출가―배우의 단선적인 관계를 집단 창조의 개념 속에서 해체시켜버리고 심지어는 무대와 관객과의 관계도 허물어뜨려서 한바탕 어울리는 연극으로서의 집단 신명을 이끌어내는 데는 성공하였지만 그 반면 적지 않은 문제점을 노출시킨 것 또한 사실이다. 즉, 양심적인 극의 구조와 연기, 그리고 무대효과 등은 공연을 거듭하면서 적절히 극복·발전되지 못한 채, 주체적인 면에서만 진보적 의식을 표출시키는 데 급급하여 극적 감흥을 반감시키고 만 것이다. 이러한 것은 무엇보다도 현장성이 강조되는 집단의식을 일반적인 지하 소극장에서 드러내고자 한 무리에서 우선 비롯된다. 그리고 그러한 양식적인 약점을 극복할 만한 기술의 개발과 아마추어적인 연기 수준을 끌어올리고자 하는 노력이 상대적으로 미흡했던 점도 이들의 약점으로 지적될 수 있다.

그러한 가운데에서도 1988년 '아리랑'의 「갑오세 가보세」와 광주의 '토박이' 극단의 「금희의 오월」이 특히 주목되며, 이러한 작업의 이론과 실천 면에서 지원자 역할을 하는 극단 '연우무대'의 지속적인 활동도 연극사적 의의가 크다고 할 수 있다. 「금희의 오월」은 1980년 광주민주화운동을 정면으로 다루어 뜨거운 감동을 전해주었으며 '연우무대'의 「4월 9일」(1988)은 잊혀져 있던 인혁당 사건을 취급하는 등 한국현대사의 비극적 사건을 극화시키는 노력을 서슴지 않았다.

이러한 작업들은 1987년 민주화 항쟁으로 쟁취한, 언론과 표현의 자유에 힘입어 1988년 5월부터 '공연윤리위원회'의 대본 사전 심사가 폐지되어 가능할 수 있었다. 가령 「에비타」(1981, 현대극장), 「나의 살던 고향은」(1984, 연우무대), 「밥」(1985, 연희광대패), 「팽」(1987, 극단 시민) 등이 공연 정지되었던 과거에 비하여본다면 괄목할 만한 진전이라고 할 수 있다. 그러나 이를 기화로 무분별한 정치 풍자극이 쏟아져 나와 연극의 질을 떨어뜨린 것과, 1988년 초 「매춘」(극단 바탕골) 공연을 둘러싼 '연극예술의 표현의 자유' 논쟁 이후 우후죽순처럼 번지기 시작한 '벗기기 연극' 시비 등에 관해서는 한 시대를 슬기롭게 넘기기 위한 과도기적 현상들로만 이해하기에는 보다 근본적인 연극예술의 존재 이유에 대한 자기반성을 필요로 하는 것이다. 왜냐하면 바로 이러한 아픔을 겪고 나서야 비로소 1990년대의 연극이 가능해지기 때문이다.

한편, 기성작가로서 이러한 현실적인 문제들을 밀도 있게 파헤친 작가로는 정복근을 들 수 있다. 정복근은 「검은 새」(1985), 「지킴이」(1987) 등의 역사극에 이어 「독백」(1988), 「실비명」(1989), 「표류하는 너를 위하여」

(1990) 등에서는 동시대의 사회문제로 그 관심의 범위가 집중된다.

「독백」에서는 4·19세대의 의식을 통해 그들의 아픔을 재조명하고 있고, 「실비명」에서는 당대의 운동권 젊은이들의 가정을 통해 독재권력의 폭압성을 드러내 주었으며, 「표류하는 너를 위하여」에서는 세대 간의 갈등을 통해서 전쟁과 폭력의 상흔이 어떻게 인간을 파멸시키고 있는지를 섬세하면서도 냉정하게 분석해 보이고 있다.

다음은 「실비명」의 끝 장면이다.

> **은옥** (침착하게) 결혼식을 사흘 두고 신부가 발병했다고 모두 가엾어 하더군요. (생각하다가) 아이가 완전히 망가져버렸다는 건 재판 때부터 알고 있었답니다. 그래도 건져내어 지키고 싶어서 피하고 못되게 굴었던 걸 용서하세요. 가능성이 사람을 항상 불안하고 체신 없게 만들지요. 모든 일이 결국 어떻게든 수습은 되는 거지만…… (상처받은 모습으로 돌아서며) 그동안 너무 많은 모욕들을 주고받아서 이젠 부끄러운 데를 가려볼 최소한의 체면조차 남아 있는 것 같지 않군요. 젊음도 살면서 겪어야 할 통과의례 같은 거라면 대를 물려가면서 우린 너무 혹독하게 겪는다고 생각하지 않으세요?
> (순영 지친 듯 앉아 있다가 돌아서서는 은옥의 팔을 잡으며)
>
> **순영** 내가 어렸을 때는 저 혼자 입 다물고 속상해하는 일도 죄라고 어른들이 말씀하셨지. 혼자서 마음을 쥐어뜯다 보면 저절로 모질고 독해져서 저도 할퀴고 옆에 있는 사람도 상하게 한다고 나무래셨다우.
> (은옥의 손을 잡으며) 얘기합시다, 현이엄마.
> (은옥 울고 있었던 듯 외면한다)

대학생 현이는 성폭력이 두려워 야학에서 알게 된 노동자 정우를 밀고

하고는 그 혐의를 학교 친구 광식에게 뒤집어씌운다. 체포된 정우는 행방 불명이 되고, 결국 현이도 성폭력을 피할 수 없게 되고 만다. 이러한 현이의 아픔을 이해한 현실주의자 광식이 그녀와 결혼하기로 마음먹지만, 현이의 상처는 결국 덧나고 만다. 위 작품은, 정우의 어머니(순영)가 현이의 어머니(은옥)를 만나 어떻게든 아들 행방의 실마리라도 찾아보려고 애쓰는 과정으로 제시되면서 그 가운데 회상 장면이 적절히 삽입되어 극의 밀도를 한층 더 높여준다. 딸의 상처를 덧내는 것이 싫어 은옥은 순영을 피하려 들지만, 결국 그들 다 희생자로서의 아픔을 나누어 갖게 되며, 대를 이은 '모욕'을 극복하고자 하는 의지를 조심스레 확인하게 된다. 이 작품은, 부제로서 '모욕'을 붙이고 있는 데서 알 수 있듯이, 이렇듯 현이와 정우의 고통은 대를 이은 이 시대 모두에게 모욕이 된다는 것을 드러냄으로써, 등장인물의 고통 속에 담겨 있는 역사의 교훈을 이른바 중산층의 시각으로 파악하려고 시도하고 있는 것이다.

이러한 정복근의 직설법과는 달리 오태석의 「자전거」(1983)와 이강백의 「칠산리」(1989)는 분단과 전쟁의 상처를 우회적으로 다루어 성공하고 있다.

「자전거」에서는 방화와 폭력의 이미지가 6·25 전쟁과 현재의 사건 속에 교묘히 병치되어 '자전거'의 상징적 의미 속에서 그 극적 의미를 획득한다. '자전거'란 '스스로가 굴러가는 차'라는 의미인 만큼 기계는 바로 역사 속에서의 지난 일들을 떠올려서 그것들을 오늘 속에 끌어들이는 사건 전개의 추동적인 매개체가 된다. 따라서 마을 면사무소의 '윤서기'가 자전거를 끌고 마을을 돌면서 자신이 당한 사건(처녀귀신을 보았는지 소에 받혔는지는 잘 알 수 없지만)을 되돌아보는 행위는 바로 역사의 사건들을 되짚어내는 극적 장치가 되는 것이다. 전쟁 당시 마을에서의 방화에 의한 집단학살과 '윤서기' 조부의 테러에 의한 죽음의 이미지가 현재의 문둥이네의 방화와 도망친 소의 폭력성과 교묘히 접맥된 이 작품의 구조는, 과거의 사실은 단순히 과거의 것으로만 끝나지 않고 끊임없이 현재 우리의 의식 속에서 되풀이되고 있음을 여실히 보여준다. 이 역시 오태석의 역사의식이 한층 더 투명해진 결과로 볼 수 있을 것인데, 이러한 오태석의 극짜기는 KAL기 폭파사건을 소재로 한 「아프리카」(1984)에서도 발휘된 바 있고, 이는 이후 그의 독창적인 창작 세계의 한 특징이 되고 있다.

「칠산리」는 1970년대 이후 꾸준히 작가가 지속해온 폭압적 세계에 대한 우의적 해석이 방향을 바꾸어 세계에 대한 화해의 열망으로 다시 피어난 결과라고 볼 수 있다. 이러한 이강백의 작품 경향은 이미 「봄날」(1984)에서부터 분명히 드러난 바 있는데, 우의적으로 분단 문제를 다룬 「호모세파라투스」(1985)에서와는 달리 「칠산리」에서는 바로 이와 같이 민감한 문제를 대담하게 오늘날의 시각에서 재조명해 보이고 있다는 점이 특히 주목된다.

이 작품에서는 좌우 이데올로기의 대립도, 전쟁의 화약 냄새도 작품 속에 직접 드러내놓고 있지 않으면서도, 그것의 후유증이 40년 이상 지난 오늘날 우리의 의식 속에 얼마나 집요하게 자리하고 있는지를 잘 보여주고 있다. 빨치산의 아이들을 12명이나 거두어 기르다가 결국 자신은 굶어 죽고만 칠산리의 한 여인네의 무덤 이장을 둘러싸고 벌어지는, 그녀의 성장한 자식들과 칠산리 마을 주민 간의 대립을 통해서, 이 작품은 이데올로기의 대립과 그에 따른 편견이 현재 우리의 삶 속에 어떻게 온존하고 있는지를 파헤쳐 보여준다. 자식들에게는 그저 거두어준 한 어미에 불과한 여인네가 '빨갱이'로 여전히 마을의 발전을 저해하고 있다고 믿고 있는 칠산리 주민의 의식을 통해서, 우리 모두가 이데올로기의 가해자인 동시에 피해자임을 잘 보여주고 있다.

이 세상 어디건 어머니가 묻히는 곳이 곧 칠산리라는 생각으로 자식들은 결국 묘지 이장에 동의한다. 그러나 이러한 동의 자체가 문제의 해결은 아니며, 이 세상 어디에도 어머니는 묻힐 수 없다는 흑백논리가 여전히 세상을 지배하는 한, 이 문제는 우리의 의식을 결코 떠날 수 없다는 것을 작가는 다음과 같은 마지막 장면을 통해 역설적으로 보여준다.

> **장남** (삼녀의 어깨를 감싸안으며) 무서워할 것 없어. 우린 모두 어머니의
> 자식들이야. 오늘 여기에 온 사람, 무슨 이유에서든지 여기에 오지
> 않은 사람, 그 모두가 어머니에겐 똑같은 자식이라고. (자식들에게)
> 다들 마음을 진정하구 생각해봐. 아까 우린 이런 말을 했었지? 이 세
> 상 어딜 가든지 칠산리와 똑같구, 우리가 겪는 고통도 다를 게 없더
> 라구…… 우리가 모두 어머니의 자식이듯이, 어머니가 계시는 곳은
> 세상 어디든지 그곳이 칠산리야. 우리가 어머니를 동쪽으로 옮겨 드
> 리면 그곳이 칠산리, 서쪽으로 옮겨 모시면 그곳이 칠산리, 남쪽으로
> 옮겨도 그곳이 칠산리라구. 그래서 우리가 어머니를 화장해서, 각자
> 나눠갖고, 동서남북으로 흩어지면, 그곳이 모두 칠산리로 되는 것이
> 지. (흐느끼는 삼녀를 데리고 무대 밖으로 퇴장하며) 우리는 칠산리
> 로 가겠어. 어머니를 모셔갈 사람들은 다 함께 칠산리로 가자구.
> (자식들, 하나둘씩 장남의 뒤를 따라 무대 밖으로 퇴장한다. 무대에
> 는 면장만이 남는다. 그는 책상 위에 놓인 전화기의 수화기를 들고
> 다이얼을 돌린다.)

이 작품은 과거와 현재가 적절히 교차·중첩되는 탈리얼리즘 무대를 통해서 서정적 분위기를 잘 유지함으로써, 과거의 정치·사회적인 소재를 오늘의 시각으로 재조명해보는 매우 모범적인 한 사례를 제공해주고 있는 셈이 된다.

이 밖에도 분단 문제를 직접 다룬 작품으로는, 그것을 이산가족의 삶을 통해서 리얼리즘 무대 위에 재조명해보고자 한 노경식의 「하늘만큼 먼 나라」(1985)와 「타인의 하늘」(1987)도 주목되지만, 이 작품들은 분단의 비극을 다시 한 번 상기시켜주는 것 이상의 현재 우리의 보편적 삶과의 연관성을 잘 드러내지 못한 약점을 지닌다.

4.

한 편의 희곡은 그것을 만들어내는 연극적인 환경과 철저하게 연관된다. 간혹 시대에 앞선 뛰어난 희곡이 창작되어 그에 맞추어 무대 조건도 발전할 수 있겠지만, 그렇게 만들어진 희곡의 생산적 배경도 사실은 이미 그 시대의 연극 환경을 반영하고 있는 것이라고 보아야 한다. 적어도 공연을 전제로 하고 쓰여진 희곡이라면 당연히 그래야 한다.

1980년대의 희곡은 1980년대의 연극 환경과 당연히 연관된다. 이때 1980년대의 연극 환경은 크게 보아, 정치·풍자극의 성행과 민족극의 활발, 소극장 공연의 활성화, 연극 양식의 다양화 속에서 뮤지컬의 발전 등으로 요약할 수 있다. 이러한 경향 속에서 특히 전대와는 다른 가장 두드러진 특징을 지적한다면 다양한 연극 창조를 위한 실험적 노력이 활발해진 사실을 들 수 있다. 이는 소극장의 활성화와 밀접히 관련되는 것으로, 구체적으로는 희곡에 의거한 연극보다는 공연성 자체에 치중된 연극, 그리하여 희곡이란 공연 사후의 정리 대본에 불과한 연극 위주의 연극이 강조되기 시작하였으며, 대규모의 자본을 들이지 않고 작품을 만들어야 하는 데 따르는 창작 기술의 모색, 그리하여 리얼리즘 무대를 피한 다양한 양식의 작품들이 만들어졌음을 의미한다.

그러한 환경 속에서도 윤조병은 「농토」(1981), 「모닥불 아침이슬」

(1984), 「풍금소리」(1985) 등의 작품을 통해 자신만의 꾸준한 리얼리즘 무대를 고집하고 있으며, 뮤지컬과 연관하여 윤대성은 「방황하는 별들」(1985), 「꿈꾸는 별들」(1986), 「불타는 별들」(1989)의 일련의 작품을 통해 청소년 연극의 가능성을 열어 보이기도 하였다.

실험적 작품으로는 오태석의 꾸준한 변신과 모색이 주목되며, 그를 이어 등장한 이윤택은 「오구, 죽음의 형식」(1989) 이후 극작과 연출을 함께하면서 자신만의 독특한 작품 세계를 확보해가고 있다. 이 밖에도 윤정선과 최인석도 꾸준히 작품을 발표하고, 김상수도 극작과 함께 연출을 겸하면서 창작극의 폭을 넓혀가고 있다.

이러한 1980년대는 1970년대가 거둔 리얼리즘 연극의 성과를 비판적으로 계승하면서 차츰 실험적 연극의 싹을 틔워가는, 바야흐로 모더니즘 연극의 초기 시대라 할 수 있다. 그러나 1980년대는 1970년대에 비해 극작가의 층이 얇고, 그들을 위한 발표 지면도 거의 제공되지 않아 기존의 많은 극작가들마저 창작을 포기하고 말았으며, 게다가 연극계 내부로부터의 이러한 진취적인 실험정신을 적절히 수용하고 이끌어갈 젊은 극작가들이 좀처럼 양성되지 않았다. 이러한 1980년대의 현실은 그 원인이 어디에 있건 한국연극의 가장 취약한 부분이라 아니할 수 없다. 결국, 우리는 다시금 1990년대를 기대하면서 1980년대의 길고 긴 터널을 빠져나올 수밖에 없었던 것이다.

화려하고 풍성한 '비평의 시대'

고형진

1.

1980년대는 '비평의 시대'라고 불릴 만큼 비평문학이 화려하고 풍성하게 펼쳐진 시대였다. 시와 소설에 비해 늘 상대적 열세에 놓여 있던 비평문학은 1980년대에 접어들어 오히려 이들을 압도할 정도로 커다란 위세를 떨쳤다.

우선 1980년대에 접어들어 비평가 수가 현저하게 늘어나 비평가 집단이 전에 없이 두터워졌다. 사실 우리의 비평문학이 본격적으로 문학적 자생력을 갖추면서 존재 가치를 발휘하기 시작한 것은 1960, 70년대부터라고 할 수 있는데, 이 시기에는 몇몇 뛰어난 대가 비평가들이 평단을 이끌어왔다. 그리고 그들은 한두 명의 예외적인 경우를 제외하고는 대체로 외국문학 전공자들이었다는 특징을 지닌다. 그러던 것이 1970년대 말과

1980년에 접어들어 국문학 전공자들의 평단 진출로 새로운 국면을 맞이하게 되며, 이후 1980년대에 접어들어 신진비평가들이 대거 출현하여 1980년대의 평단을 더없이 풍성하게 만들었다. 이러한 비평가 수의 증대 현상에는 국문학연구의 심화에 따른 평론 인력의 증대라는 내적 요인 외에도 무크지의 대거 출현이라는 외적 요인이 작용하기도 하였다. 1980년 벽두에 우리 평단의 주된 발표 매체인 《창작과비평》과 《문학과지성》이 강제 폐간되고, 이후 종합 문학지 등록이 제한되어 다량의 무크지들이 출간되었는데, 그에 따라 발표 지면의 여건과 폭이 증대되었던 것이다.

이러한 양적인 풍성함과 함께 비평적 이념과 방법론 역시 매우 다양하게 전개되었다. 1960년대의 비평론은 순수와 참여 두 갈래로 요약할 수 있고, 1970년대의 비평론이 거시적 안목에서 《창작과비평》 계열과 《문학과지성》 계열 두 갈래로 정리할 수 있는 데 반해, 1980년대의 비평론은 이처럼 명료한 정리를 허락하지 않는 매우 복잡다기한 양상을 보인다. 물론 1980년대의 비평론은 기존의 비평론과 인식론적 단절을 드러내는 전혀 별개의 새로운 인식 구조를 선보이고 있지는 않다. 1980년대 비평론의 복잡다기함은 1960, 70년대에 제기된 여러 가지의 비평적 문제점들이 종합되면서 다양하게 분화되어 나타난 현상을 의미한다. 요컨대 1980년대의 비평은 1960, 70년대의 비평을 계승하여 다양하게 심화·발전시켜 나간 양상을 보이는 것이다.

이 글에서는 이처럼 수많은 비평가들의 다양한 비평론으로 점철된 '1980년대의 비평'을 종합적으로 개관하고자 한다. 문학사의 정리에는 몇 가지의 방법론이 있겠는데, 이 글에서는 일단 1980년대의 비평가들을 시간적인 순서 위에 배열해놓고, 친족성이 두드러진 비평가 군으로 항목화시켜 개별 비평가들의 비평론을 살펴보겠으며, 아울러 1980년대 비평의 특징적인 현상을 따로 항목화시켜서 살펴보겠다. 이러한 서술 방식은 복잡다기하게 전개된 '1980년대 비평'의 전체적인 모습을 포괄하면서, 동시에 일목요연하게 정리하는 데 기여할 것이다.

2.

1980년대 비평사의 첫 장에 놓이는 비평가로 김재홍, 권영민, 김인환, 조남현, 정현기, 최동호 등을 들 수 있다. 이 중에서 김재홍, 권영민, 김인환, 조남현 등은 1960년대 말과 1970년대 초 평단에 나가 1970년대에 비평 활동을 했지만, 보다 본격적인 비평 행위는 1980년대에 이루어졌고, 특히 뚜렷한 비평적 업적은 1980년대에 접어들어 이룩되었으며, 정현기와 최동호는 1970년대 말에 평단에 나와 1980년대에 눈부신 활약을 보였다. 이들은 모두 국문학 전공자들이라는 공통점을 지닌다. 이들은 국문학연구가 본격적으로 활성화되고 깊이를 획득하기 시작한 1960년대에 대학의 국문과에서 우리의 문학과 문학이론을 철저하게 공부하고 평단에 진출하였다. 따라서 이들은 튼튼한 문학이론을 바탕으로 우리의 문학작품을 깊이 있게 분석하고 있다는 특징을 보인다. 특히 전대의 문학비평이 주로 동시대의 문학작품에 시선을 집중시키고 있었던 데 반해, 이들은 현대문학의 출발기에서부터 동시대의 문학작품에 이르기까지 두루 시선을 확장시켜 바야흐로 우리 문학작품 유산의 전체를 조망하는 비평적 성취를 보였다. 우리 문학에 대한 통시적 안목과 성찰은 이들이 공통적으로 이룩한 가장 빛나는 업적이라고 할 수 있다. 이와 아울러 최동호와 김재홍 등은 시 비평에 주력하였고, 정현기와 권영민 등은 소설비평에 주력하는 등 개별 장르에 대한 전문적 비평 행위를 펼친 것 역시 특기할 사항이다. 개별 장르에 대한 전문적인 비평 행위는 문학비평이 작품과 동떨어진 공소한 이론 개진의 차원에서 작품 분석의 깊이와 전문성을 획득하는 차원으로 나아가는 것을 의미하는 것으로 우리 비평의 성숙성을 나타내는 것이다. 이들은 통시적 안목에서 우리의 문학을 비평했다는 공통점을 지니는데, 그 세부적인 비평 방법과 업적은 서로 색다르다.

권영민의 비평적 업적은 우선 우리의 문학작품 유산에 대한 자료 정리의 집대성에서 찾을 수 있다. 그는 각고의 노력으로 『한국현대문학비평사』 Ⅰ·Ⅱ·Ⅲ·Ⅳ·Ⅴ(단국대학교출판부, 1982), 『해방 40년의 문학』 1·2·3·4(민음사, 1985). 『한국현대문학사연표』 Ⅰ·Ⅱ(서울대학교출판부, 1987) 등의 자료집을 간행함으로써 현대문학연구를 위한 필수적인 여건을 마련하는 공로를 세웠다. 그의 비평에서 또 하나 주목되는 점은 '분단문학관'이다. 그는 현재의 비평 태도가 월북 문인들을 은폐시키고 있는 등 분단 논리에 의해 왜곡되고 있다고 지적하면서, 문학사의 연속성과 총체성을 회복하기 위한 비평 논리를 개진해야 한다고 역설하고 있다. 그의 비평은 거시적이고 총체적인 문학사를 지향하고 있다.

김인환은 『한국문학이론의 연구』(을유문화사, 1986)라는 저서를 통해서 우리의 시와 소설에 대한 이론 정립을 시도하였다. 특히 그의 이론 정립은 동양의 철학과 고전으로부터 유래된 문학적 유산을 바탕으로 이룩되고 있다는 점에서 값진 의의를 지닌다. 그는 이러한 이론 정립의 토대 위에서 우리의 시와 소설 작품을 분석해내고 있다. 주체적인 이론 정립을 바탕으로 실제비평을 하고 있는 것이다. 그동안 우리의 문학비평이 서구의 문예 이론에 의존하거나, 혹은 이론은 경시한 채 인상적인 작품 분석에 치중해온 것을 상기해볼 때, 그의 비평적 업적은 가히 독보적이고 눈부신 것이라고 하지 않을 수 없다. 또한 그는 인문과학과 사회과학적 지식을 문학비평에 도입하여 우리 비평의 폭과 깊이를 심화시켜나갔다. 그는 독자적인 이론 부재와 비평의 경박성에 처해 있던 우리의 비평계를 질적으로 상승시켜놓았다.

조남현의 비평은 실증주의와 분석주의를 조화롭게 겸비하고 있다. 그는 실증주의적 자료 검증을 도외시한 분석주의를 경계하고, 또 작품의 미학적 실체를 도외시한 채, 실증주의적 문헌 고증에 몰두하는 비평 행위를 경계한다. 학문적 엄밀성과 세밀하고 꼼꼼한 분석 태도는 그의 비평의 가장 큰 미덕이다. 그는 문단의 세류에 휩쓸리지 않으면서 현대문학작품의 유산 하나하나를 꼼꼼하게 연구하고 동시대의 작품을 철저하게 분석해내 독자적인 비평 영역을 개진해나갔다. 직관적인 감성과 문체의 기교에만 의지한 채, 비평문을 급조해내는 1980년대의 한 부정적인 비평 풍토에서 그의 엄밀하고 꼼꼼한 비평 태도는 하나의 귀감이 될 만한 것이다.

최동호는 "시는 정신의 표현이며, 시의 역사는 정신의 역사였다"라는 전제 아래, 정신주의적 관점에서 우리 시를 비평한다. 여기서 그가 내세운 정신의 개념은, 그가 집중적으로 연구한 바도 있는 독일 철학자 헤겔의 Zeitgeist(시대정신)에서 차용한 것으로, '역사를 움직이는 형이상학적 힘과 민족정신'의 의미를 지닌다. 그는 우리 역사에서 이러한 정신의 실체를 불교, 도교, 유교, 기독교 등과 같은 종교사상에서 찾는다. 이러한 정신이 우리의 역사와 시인의 심층적 의식세계를 지배한다는 믿음하에 우리의 시를 일관된 관점에서 정리하고 비평한다. '정신'에 대한 그의 개념규정에서 엿볼 수 있듯, 그의 시비평은 초월적인 세계의 미적 탐구에 치중하거나, 역사주의적 관점에 치중하는 편협성을 거부하고 균형 잡힌 시선을 유지하며 언제나 열린 자세를 견지한다. 이러한 그의 비평적 관점은 문학관의 혼미 현상을 드러낸 1980년대의 비평에서 바람직한 지침으로 강력한 영향력을 발휘하였다.

김재홍은 초기에는 시의 내재적인 분석에 치중하다가 1980년대에 접어들어 사회적 조건이나 역사적 상황에 대한 관심을 표명하면서 비평의 시야를 확대시켜나갔다. 그리하여 그는 참다운 시란 '예술의식'과 '역사의식'

이 탄력적으로 조화를 이루어야 한다는 시론을 세우고, 우리의 시 작품들을 하나하나 해석하고 분석해나갔다. 특히 월북·해금 시인들에 대한 그의 종합적인 비평은, 이러한 그의 시론의 반영이면서 1980년대 시비평의 중요한 업적의 하나로 손꼽힌다.

주로 소설비평에 주력한 정현기는 1980년대의 소설에 대한 현장비평을 부지런히 개진하여 1980년대 평단에서 중요한 위치를 차지하였으며, 아울러 통시적인 관점에서 우리의 문학을 조망하는 작업을 병행해나갔다. 특히 그는 남들이 관심을 소홀히 하는 작가들에 대해서도 비평적 노력을 기울여 성실하고 균형 있는 비평가상을 보여주었다.

3.

흔히 1980년대를 '비평의 시대'라고 일컬을 때, 그것은 신진비평가들의 대거 출현과 그들의 눈부신 활약에서 비롯된 것이다. 1980년대에 접어들면서 새로운 세대의 신진비평가들이 대거 출현하여 새롭고 다양한 비평논리를 펼침으로써 우리 평단에 일대 혁신을 불러일으킨다. 그 가운데 우선 주목되는 비평가들로 정과리, 이남호, 이동하, 성민엽, 홍정선, 진형준 등을 들 수 있다.

이 중에서 《우리세대의문학》을 거점으로 활약한 성민엽, 정과리, 진형준, 홍정선 등은 서로 강한 친족성을 보이면서 1980년대 평단의 중요한 세력을 형성하였다. 이들은 그동안 우리 평단의 양대산맥을 이루었던 《창작과비평》과 《문학과지성》이 1980년대에 강제 폐간된 이후, 새로운 비평적 출구가 요망되었을 때, 《우리세대의문학》이라는 무크지를 중심으로 그에 대한 응분의 역할을 선도적으로 실천하였다. 이들은 각기 《창작과비평》과 《문학과지성》의 비평이념과 논리를 비판적으로 계승하면서 새로운 비평이념을 제시하고, 새로운 비평 방법을 구사하였다.

　우선 민중주의의 비평이념 위에서 출발한 성민엽은 《문학과지성》과 《창작과비평》의 민중문학이 모두 시민문학의 테두리 안에 갇혀 있다고 지적하면서, 민중의식을 지적으로 실천할 것을 천명하였다. 여기서 그가 주장한 '민중의식의 지적 실천'이란 민중문학의 운동 지향성과 관념성을 거부하고, 민중이 겪는 진정한 고통과 그러한 고통을 야기시키는 사회의 제반 물적 조건을 드러내는 고차원적인 지적 행위를 의미한다. 이러한 입론 위에서 그는 주로 1970, 80년대 문학작품과 문학론을 예리한 시각과 분명한 어조로 비평해나갔다. 정과리는 문학의 사회적 기능을 특히 중시하는 입장 위에서, 물리력과 이데올로기를 주입시키는 체제의 보수 작용에 대해 문학이 대응해나가는 방식에 주목하였다. 그는 사회에 대한 문학의 대응방식을 문학의 구조적 양식에서 찾고자 한다. 그런 만큼 그의 비평은 대단히 분석적이고 논리적인 특징을 지닌다. 진형준은 질베르 뒤랑의 상상력 이론을 창조적으로 수용하면서 《문학과지성》과 《창작과비평》의 비평이념을 넘어서는 하나의 비평 논리를 구축하였다. 그가 제시한 상상력 이론은 "한 사회 전체를 인간의 내밀한 욕망이 은연중 합의하면서 또는 거부하면서 만들어온 하나의 문화적 총체로 간주하여 그 사회 전체가 품고 있을 주체적 깊은 열망의 역동적 구조"를 살펴보는 것을 의미한다. 즉, 그는 사회·역사주의적 관점과 존재론적 관점을 통합하는 논리로 상상력 이론을 제시하고 있는 것이다. 정과리와 진형준은 이처럼 서로 다른 비평 논리와 문체—즉, 정과리의 분석적이고 사변적인 문체와 진형준의 감성적이고 유연한 문체—를 통해 각각 작품의 내밀한 구조와 숨은 의미를 예리하게 밝혀내고 있다. 홍정선은 《문학과지성》과 《창작과비평》의 비평 논리를 비판적으로 종합하면서 작품성을 중시하고 경직화된 민중문학을 경계하는 범위 내에서 탄력적으로 민중주의를 표방하고 나섰다. 이러한 비평적 시각을 그는 한국문학에 대한 통시적 조망 위에서 펼치고 있다. 즉, 20세기 전반기의 카프문학을 치밀하게 정리하고, 이를 1980년대의 노동자문학과 연계시키는 통시적 관점을 지향하고 있는 것이다. 이것은 그가 같은 그룹 내의 다른 비평가들과는 달리 국문학 전공자라는 사실과도 깊은 관련이 있을 것이다. 이와 아울러 실증주의적 비평 태도와 선명하고 직선적인 문체를 구사하고 있는 것도, 같은 그룹 내의 다른 비평가와 구별되는 특징의 하나이다.

이남호와 이동하는 위의 비평가들과는 다른 위치에서 1980년대 비평의 새로운 지평을 열었다. 이들은 《문학과지성》과 《창작과비평》의 영향권 밖에서 고전적인 문학관에 뿌리를 두고, 전통적인 문학관을 참신한 시각과 논리로 계승하면서 고유의 비평 영역을 구축해나갔다. 이남호는 "시인이란 행복이란 것을 종이에 써서 먹는 양과 같은 존재"라는 카잔차키스의 말을 예로 들면서, 문학이란 것이 사회에 직접적으로 대응하는 존재 양식이 아니라 '언어회로'를 통한 간접화의 과정을 거쳐서 삶의 구체적인 모습을 다양하고 분명하게 인식하게 만드는 행위라는 지론을 갖고 있다. 그는 이러한 입론을 탁월한 심미안과 세련된 문체를 통해 비평적 실행으로 구체화시킴으로써 현대문학의 지나간 유산과 동시대의 문학작품을 감식해내는 탁월한 비평가로 중요한 역할을 담당하였다. 그는 특히 1980년대의 문학비평이 한편으로 지나치게 사변적이고 현학적인 취미에 빠져 문학적인 존재 가치에 대한 회의를 불러일으킬 때, 산뜻하고 발랄한 문체로 비평의 문학성을 드높이고 동시에 일관되고 분명한 논리로 문학의 본질과 작품의 내밀한 의미를 명쾌하게 해명하며 비평의 고유 임무와 기능을 가장 잘 발휘한 비평가 중 하나로 손꼽힌다. 이동하는 우리의 비평계에서는 드물게 문학과 사회에 있어서의 종교적 의미에 대한 관심을 보이며, 아울러 지식사회학을 비롯한 광범위한 인문·사회과학적 독서 체험을 바탕으로 성실하게 우리의 문학작품을 비평해나갔다. 그의 비평에서는 또한 문체적 특징이 주목된다. 그는 유연한 구어체의 비평문체를 구사하여 어렵고 복잡한 인식을 알기 쉽게 풀어놓으면서 명쾌하게 해명시켜주는 미덕을 보여주었다.

한편 1980년대의 신진비평가 가운데 박덕규와 남진우는 시인 겸 비평가라는 공통점을 지니면서 중요한 몫을 담당하였다. 창작과 비평의 겸업 행위는 물론 그전에도 볼 수 있었던 현상이지만, 시로서 탄탄한 수련과 경력을 쌓고 이어서 전문적인 비평가로 나아간 것은 이들이 그 최초의 예에 해당된다고 하겠다. 시와 비평의 겸업, 혹은 시에서 비평 장르로의 이행 현상은, 그만큼 1980년대에 비평문학이 활성화되고 강력한 영향력을 행사했음을 간접적으로 보여주는 것이기도 하다. 이들은 자신의 창작 경험을 십분 활용하여 문학적 직관과 섬세한 감수성으로 작품 의미의 미세한 영역을 탐색하고 작품의 성향을 감식해내어 비평문학을 보다 심화시키는 데에 커다란 기여를 했다.

이 밖에도 1980년대의 비평계를 빛낸 신진비평가들의 면면은 일일이 열거할 수 없을 정도로 많고 다양하다. 그중에서도 학문적 엄밀성을 갖추고 탄탄한 논리로 작가론과 작품론을 개진한 서준섭, 구조주의적 시각에서 출발하여 동시대 시인들의 작품 하나하나를 열정적으로 해석해나간 정효구 등의 비평적 업적은 빼놓을 수 없다. 또한 대학 강단 및 문단의 중심부가 아닌, 신문 및 출판계를 무대로 활약한 김훈과 장석주 등도 1980년대의 비평사에서 빼놓을 수 없다. 이들은 신문과 출판매체 특유의 기민함과 현장성을 토대로 각각 특유의 문체를 갖춘 채 1980년대 비평 현장을 담당하였다. 이 밖에도, 권오룡, 임우기, 정호웅 등을 비롯한 수많은 신진비평가들이 저마다 개성적인 논리와 시각을 펼침으로써 1980년대의 비평사를 화려하게 수놓았다.

4.

　1980년대를 '비평의 시대'로 일군 신진비평가들 가운데는, 특히 사회적 실천과 사회과학적 지식에 적극적으로 경도된 일련의 신진비평가군이 있다. 이들은 1980년 5월의 광주민주화항쟁, 1987년의 2·12 총선, 1987년의 6월 항쟁 등으로 이어지는 1980년대의 들끓는 사회·정치 상황과 이러한 일련의 민주화운동 속에서 부상된 민중의 실체, 그리고 이러한 역사적 변혁 속에서 새롭게 등장한 노동자문학과 장르 해체 현상 등에 특히 주목하면서 비평 논리를 전개시켜나갔다. 이들은 이러한 1980년대의 정치·문화적 현상을 사회과학적 지식에 기대면서 이론적으로 체계화시키고자 하였다. 이른바, '민중문학론'으로 통칭되는 이러한 비평 논리는 근본적으로 1970년대에 정립된 백낙청의 '민족문학론'에 그 뿌리가 닿아 있다. 하지만 이들은 사회·정치 및 문화의 모든 부면에서 1970년대와는 현격한 변화의 양상을 드러낸 1980년대의 현실을 주시하면서, 1970년대의 현실 위에서 정립된 백낙청의 '민족문학론'의 효용성을 비판하고, 새로운 '민족문학론'을 주창하였다.

　일련의 신진비평가들에 의해 개진된 새로운 '민족문학론'은 매우 다양하고 복잡하게 전개된다. 그 가운데서도 찬반의 커다란 반향을 일으킨 비평가로 우선 김명인을 지목할 수 있다. 그는 「지식인 문학의 위기와 새로운 민족문학의 구상」[1]이라는 논문을 통해, 백낙청의 '민족문학론'이 소시민적 지식인의 관점을 지향하고 있어 생산대중으로부터 제기되는 문학 및 예술 일반의 욕구를 수용해낼 수 없다고 지적하면서, 소시민적 세계관을 버리고 민중이 각 부문의 문화적 주체가 되는 새로운 관점의 '민중문학론'을 역설하였다. 그는 '민중문학론'의 구체적인 조건으로 문학의 엘리트주의

---

1) 김명인, 『전환기의 민족문학』, 풀빛, 1987.

와 개인주의의 타파, 집단 창작 등을 제시하기도 하였다. 그의 논점은 문학에 대한 기존의 관념을 무너뜨리고, 문학의 운동성을 적극 주창하며, 문학론의 정립에 급진적인 사회과학 이론을 원용한 것으로서, 기존의 비평론에서 볼 수 없었던 매우 혁신적인 것이었다. 김명인에 의해 제시된 이 혁신적인 비평론은, 이어 보다 급진적인 사회과학 이론으로 무장된 조정환이라는 논객에 의해 더욱 심화된다. 그는 백낙청의 '민족문학론'이 지닌 우리 사회의 모순 체계에 대한 인식을 이론적으로 비판하면서, 이른바 '민주주의 민족문학론'이라는 새로운 관점의 '민중문학론'을 제시하였다. 그는 백낙청의 '민족문학론'이 "한국사회의 기본모순은 계급모순이고 주요모순은 민족모순"이라는 재래의 명제 위에 기초하고 있음을 이론적으로 비판하면서, "한국사회의 기본모순은 노동자계급과 자본가계급의 모순이며, 주요모순은 제국주의 및 신식민지 파쇼와 민중 간의 모순"이라는 새로운 명제를 이론적으로 정립시켰다. 아울러 그의 이러한 기본 인식 위에서, '민중문학론'의 핵심을 '노동자계급의 당파성' 구축에 두었다. 이러한 그의 '민중문학론'은 당시 급진적인 사회과학 진영에서 이루어진 사회구성체 논의에서 크게 힘입은 것이기도 하다. 한편 김도연은 「장르확산을 위하여」[2]라는 논문을 통해, 민중문학의 사회과학적 이론 정립보다는, 민중문학권에서 생산된 새로운 문학 양식의 실체를 종합적으로 정리하고 그 의미를 설명하였다. 그는 문학의 민중 지향성과 운동 지향성을 강조하면서도 보다 탄력적인 태도로 구비적 양식을 빌린 새로운 시 양식과 르포, 수기, 민중들의 선언문과 성명서 등과 같은 '전단문학'들의 문학적 가능성을 진단하였다.

이 밖에도 김사인, 강형철, 이재현, 현준만, 백진기, 김재용 등의 논객들이 등장하여 새로운 '민중문학'의 비평 논리를 개진해나갔다. 이들은 우

---

2) 김도연, 『한국문학의 현단계』 III, 창작과비평사, 1984.

리의 사회구성체를 바라보는 관점, 민중운동의 지도이념과 방법, 민족문학의 주도체 등을 주요 쟁점으로 삼으면서 열렬한 논쟁을 펼쳐 1980년대를 민중문학론의 열기로 들끓게 하였다.

이들의 비평론은 기본적으로 1980년대의 사회·정치 현실에 온몸으로 맞서고, 1980년대에 들어와 새롭게 등장한 노동자문학을 이론적으로 체계화시키기 위한 고뇌 위에서 출발하고 있다는 점에서, 일단 그 치열성이 인정되고 또 문제의식이 돋보여, 일정한 의의를 지닌다고 하겠다. 하지만 이들은 1980년대에 급부상한 민중의식에 지나치게 몰두한 나머지, 급기야는 이 '민중의식'을 신비화된 절대적 영역으로 고착시키면서, 점차로 경직화된 민중 이론으로 빠져들어 갔다. 더욱이 이들은 사회 및 정치 현실의 다층적인 구조와 인간 내면의 복잡하고 미묘한 욕망 구조를 외면하고 급진적인 사회과학 이론에서 획득한 '역사적 합법칙성'을 기계론적으로 적용시켜 당대의 사회 현실을 매우 직선적으로 파악하는 우를 범하였다. 그러나 무엇보다도 이들 비평의 치명적인 결함은, 작품론의 부재이다. 물론 이들의 새로운 '민중문학론'은 박노해의 「노동의 새벽」을 비롯한 일련의 노동자문학의 등장에 대한 이론적 개진으로부터 시작되지만, 이후 작품 생산의 빈곤을 겪으면서 작품론은 소홀히 한 채 사변적이고 공소한 이론 투쟁으로 나아갔다. '민중의식'을 절대적 존재 가치로 삼고 사변적으로 전개된 이론 투쟁의 심화는 필연적으로 보다 급진적인 방향으로 흘러가서 더욱 공소한 이론으로 빠져들었고, 마침내는 대내외적인 사회·정치의 상황 변화에 따라 급격히 그 생명력을 잃고 말았다. 이러한 '민중문학론'의 특성과 전개 과정은, 이남호가 지적한 바도 있듯이 1920년대 카프문학론의 성립, 확산, 쇠퇴의 과정과 매우 흡사하여 흥미롭다. 하지만 1920년대 카프문학론이 우리의 비평사에서 지울 수 없는 영역인 것과 마찬가지로 1980년대의 '민중문학론' 역시 '1980년대 비평'의 무시할 수 없는 영역으로 기록되지 않을 수 없다.

5.

1980년대의 비평계에서 특별히 주목되는 특징의 하나로 비평의 비평, 즉, '메타비평'의 활성화를 들 수 있다. 물론 '메타비평'은 그전에도 있었던 것으로서, 그 자체만으로는 반드시 '1980년대의 비평' 현상으로 거론할 수 없다. 1960년대의 격렬한 순수, 참여 논쟁은 '메타비평'의 한 유형에 속하는 것이라고 할 수 있다. 비평 장르의 속성상 '메타비평'은 언제나 존재하게 마련이다. 하지만 기존의 '메타비평'이 단순히 논점의 차이에서 비롯된 소박한 이론 논쟁의 수준을 크게 벗어나지 못하고 있었던 데 반해, 1980년대에 들어와서는 보다 심화된 이론을 바탕으로 전면적인 '메타비평'이 펼쳐졌다는 특징을 보인다. 1980년대의 '메타비평'은 서로 다른 세계관을 지닌 비평가들 사이에서의 논쟁뿐만 아니라, 동일한 문학관의 테두리 안에 위치한 비평가들 사이에서도 벌어지고 있으며, 비평사적 맥락의 선후를 넘어서서 종적·횡적으로 다채롭게 펼쳐지고 있다. 앞서 신진비평가들의 비평론을 살펴보면서, 이들의 비평론이 안고 있는 '메타비평'의 특성을 엿볼 수 있었지만, 이 밖에도 보다 전면적으로 행해진 '메타비평'들이 다수 등장하여 1980년대 비평의 한 특성을 이루고 있다.

그 가운데 우선 《문학의시대》 3집(1986)에 실려 있는 신진비평가들의 메타비평을 거론할 수 있다. 김태현, 이남호, 이동하, 정과리, 진형준, 홍정선 등의 1980년대 신진비평가들이 각각 전대의 우리 비평계를 선도했던 백낙청, 유종호, 김우창, 김병익, 김주연, 염무웅 등의 비평을 비평하고 있는 것이 그것이다. 이 신진비평가들은 각기 자신의 비평론 형성 과정에서 일정한 영향을 받은 1970년대의 선배 비평가들을 대상으로, 그들의 비평론을 종합적으로 검토하고 있다. 그런가 하면 이들 신진비평가보다 조금 앞선 세대인 김인환은 「비평의 논리」(《외국문학》, 1986년 겨울호)란

평문을 통해 해박한 지식과 깊은 통찰로 진형준, 성민엽, 정과리, 홍정선, 이남호, 이동하 등 1980년대의 주목받는 신진비평가들의 비평론을 꼼꼼하게 분석해내고 있다. 이러한 선배·후배 간의 횡적인 '메타비평'을 통해, 개개의 비평 논리와 시각이 과학적으로 분석되면서, 궁극적으로 비평의 사적 맥락이 체계적으로 정리될 수 있는 성과를 낳았다.

동시대의 비평가들 사이에서 이루어진 '메타비평'은 보다 첨예하게 진행되었다. 특히 이남호는 「창작과 비평이 섬기는 세 가지의 우상」(《문화비평》, 1986)이라는 평문을 통해, 1980년대에 접어들면서 혼란을 겪고 있는 백낙청의 비평 태도와 《창작과비평》 계열 비평가들의 우상적인 비평 태도를 정면으로 비판하여 커다란 주목을 받았다. 또한 남진우와 진형준 사이에서 오고 간 비평 논쟁 역시 주목할 만한 것이다. 남진우의 「각(角)의 시학」(《시운동》, 1985)이란 평문에 대해 진형준이 「문학, 그리고 상상력」(《우리시대의문학》, 1986)이란 반론을 제기하고, 다시 남진우가 「상상력과 현실」(《불교문학》, 1988년 겨울호)로 반박한 것이 그것이다. 이들은 근본적으로 동일한 문학관의 테두리 안에 있으면서, 이념적 성향이 강한 작품을 이론화시키는 방법의 차이에 따른 논쟁을 펼치고 있다는 점에서 성숙된 '메타비평'의 모습을 보여주었다.

이러한 '메타비평'의 활성화는 지방 문단에 속한 비평가들의 활약으로 더욱 극대화되었다. 특히 이윤택, 구모룡, 민병욱, 남송우, 황국명 등 부산 지역을 중심으로 형성된 일련의 비평가들이 서울 문단의 비평을 격렬하게 비평하면서 '메타비평'을 적극적으로 전개시켰다. 이윤택은 「민족주의 이데올로기의 정립을 위하여」(《민족과지역》, 1988)라는 평문에서 김명인의 민중문학론이 계급적 이데올로기에 빠져 있음을 비판하고, 또 「시민문학론」(《언어의세계》, 1985)이라는 평문에서 백낙청, 김우창, 김병익, 김현 등의 비평론이 지닌 의의와 그 문제점을 종합적으로 검토하면서 '시민문학론'이라는 독자적인 민족문학론을 개진하였다. 또한 구모룡은 「변증법적 비평을 위하여」(《지평》, 1985. 6)라는 평문을 통해 서울 문단에서 진행된 비평의 커다란 흐름을 '형식주의 비평'과 '실천비평'이라는 관점하에 각각의 문제점을 지적하면서 이 양자가 종합되는 '변증법적 비평'을 제안하였다. 그리고 민병욱은 「비평의 비평이란 무엇인가」(《현대문학》, 1987. 8~10)라는 평문을 통해, 보다 본격적으로 '메타비평'의 방법론을 제시하면서, 성민엽을 비롯한 《문학과지성》 계열의 비평론이 안고 있는 지성주의를 신랄하게 비판하였다. 남송우와 황국명 역시 《문학과지성》 계열의 비평을 비판하면서 '메타비평'을 펼쳐나갔다.

주로 서울 문단의 비평을 비판하는 데 주력한 이들의 '메타비평'은 지방 문단의 독자적인 입지를 확보하기 위한 전략의 일환인 듯도 하지만, 그러나 이들에 의해 이루어진 '메타비평'은 1980년대의 비평을 풍요롭게 살찌우는 데 커다란 기여를 하였다.

1980년대의 끝 무렵에 오면 이제 다시 새로운 세대의 신예 비평가들이 평단의 표면 위로 떠오르게 된다. 신범순, 신덕룡, 이광호, 김종회, 이경호, 우찬제, 김경수, 권성우 등등의 새로운 얼굴이 모습을 내비치면서 우리의 비평계를 이어가고자 한다. 이들은 1980년대의 화려한 비평적 성과를 습득하면서 1980년대 이후 새롭게 전개되는 사회·문화적 현상에 민첩하게 대응하기 위한 새로운 비평 전략을 세우고 있다. 특히 이들은 중심의 해체 현상과, 영상매체의 압도적 위력으로 재래의 문학에 대한 근원적인 회의가 제기되고, 대내외적으로 급격하게 재편성되고 있는 사회·정치질서 속에서 새롭게 전개되는 문학의 상황을 풀어나가야 할 과제에 직면해 있다. 이들은 그 출발부터 폭발적인 에너지를 발산하며 이러한 과제에 응답해나가고 있는데, 보다 구체적인 비평적 실행 과정을 점검해보는 것은 이제 '1990년대 비평사'의 몫이라고 하겠다.

6.

이상으로 1980년대 비평의 전반적인 모습을 조명해보았다. 지면의 제약으로 개별 비평가들의 비평 세계를 보다 상세히 고찰하지 못한 아쉬움이 있고, 또 일부 거론하지 못한 비평가들도 있지만, 1980년대 비평의 전체적인 윤곽과 특징은 밝혀진 셈이다.

1980년대는 우리의 문학을 체계 있게 공부한 국문학연구자들의 본격적인 평단 진출로 우리의 문학에 대한 통시적인 성찰과 독자적인 비평 논리가 정립되었으며, 또 새로운 세대의 신진비평가들이 대거 출연하여 1960, 70년대의 비평 논리를 이어받으면서 각자의 비평적 토대 위에 세련된 시각으로 세분화시켜나갔다. 그리고 이러한 비평 논리의 독립화·세분화 과정에서 치열한 메타비평이 펼쳐졌으며, 그러한 과정을 통해 우리의 비평은 더욱 과학적 엄밀성을 확보하고 성숙된 모습을 갖추게 되었다. 아울러 비평 논리의 세분화 과정에서 각자 개성적인 비평 문체를 획득하여 비평의 문학성을 드높여 놓은 것도 빼놓을 수 없는 성취라고 할 수 있다. 그런가 하면 한편으로 비평문학의 지나친 사변화와 급진적인 사회과학에의 의존으로 비평의 존재 가치를 훼손시키는 상처를 입기도 하였다. 그러나 이러한 비평의 파행 현상도 따지고 보면 '1980년대 비평'의 막강한 위력을 역설적으로 보여주는 것이기도 하다. 즉, 작품론의 무관심 속에서 비평이 작품을 선도하는 지도비평을 표방하며 사변적인 이론 투쟁을 펼쳐나간 민중문학론자들의 비평적 태도는, 비평이 다른 문학 장르를 압도할 정도로 막강한 위력을 발휘하는 장르라는 인식의 반영이라고 볼 수 있는 것이다.

결국 1980년대의 비평은 영광과 상처를 모두 겪으면서 화려하고 풍성하게 전개되었다. 그리고 이러한 1980년대의 화려한 비평사는, 1960, 70년대의 비평적 업적으로부터 수액을 얻은 것이다. 비유하자면, '1980년대의 비평'은 1960, 70년대에 굳건하게 세워진 비평의 나무 위에 거름을 주고 다양하게 가지를 쳐나가 울창한 나무로 만든 모습에 비유할 수 있다. 나무를 심은 사람, 그것도 튼튼한 나무를 심은 사람은 이후에 가지를 치며 나무를 키운 사람보다 뚜렷하게 기억되고 위대해 보이게 마련이다. 실제로 1980년대 비평가들을 개별적으로 살펴볼 때, 그들 각자의 비평적 업적이 1960, 70년대 대가 비평가들의 그것보다 더 뛰어났다고는 선뜻 말하기 어렵다. 하지만 '1980년대의 비평'은 비평의 나무 전체를 재점검하면서 각자 비평의 나뭇가지 하나하나를 더욱 튼튼하게 가꾸어나가, 궁극적으로 비평의 나무를 울창하게 만들었다는 점에서, 한 개인의 차원이 아닌 집단적인 차원의 비평적 성과를 낳았다고 할 수 있다.

1990년대

1990년대 시의 지형

이광호

1990년대 시의 지형을 '요약'한다는 것은 불가능한 일이다. 작품들의 다양한 양상 때문만이 아니라, 1990년대 문학의 '현재성' 때문이다. 1990년대적인 의미의 시 작업은 완료된 것이 아니라 현재진행중이다. 1990년대는 완결된 문학사적 시간대가 아니라, 살아 움직이는 의미 형성의 공간이다. 그러니 여기서는 다만, 그 현재적인 공간 안에서 움직이는 몇 가지 문학적 맥락을 점검해보는 일만이 가능하다.

1990년대에 들어서면서 전 시대를 주도했던 정치적 상상력의 시들은 상대적으로 약화되었다. 정치적 억압과 긴장이 선명했던 시대의 시는 얼마간 산문의 리얼리즘을 대신하는 문학적 전위로서의 역할을 담당할 수밖에 없었다. 그러나 더 이상 폭로할 것도 분노할 것도 없는 세계, 낯선 정보사회 환경과 자본주의적 일상성의 비속함 가운데서, 시는 스스로 미학적 정체성을 다시 탐문하지 않으면 안 되었다. 집단적인 정치적 명분을 감당하는 대신에, 시는 개인의 실존적 · 문화적 경험 안으로 깊숙이 들어가지 않으면 안 되었다. 개인의 '문화적 삶'에 대한 관심은 새로운 문학적 탐구의 주요 영역으로 자리 잡았다. 한편 문화산업의 팽창은 이미지의 시각적 쾌락을 선사하는 매체를 부상시켰다. 출판시장의 구조는 장편소설과 아마추어리즘을 노출하는 시집 중심으로 급격히 변화되었고, 시는 문화적 주변부로 밀려나는 상황을 초래했다. 그래서 '문학의 죽음'이라는 풍문은 '시의 죽음'이라는 풍문을 거느렸다. 그러나 시장과 저널리즘의 관심에서 주변화됨으로써, 시는 오히려 자기 부정을 통해 장르의 자율성에 대한 자의식을 심화할 수 있는 계기를 맞았다. 이 문화적 주변성의 자리에서 시는 '시란 무엇인가'를 다시 근원적으로 질문할 수 있게 된 것이다.

1990년대 시의 공간에는 '문화적 삶'의 문제와 관련된 새로운 시적 주제들이 떠올랐다. 죽음과 소멸의 미학, 도시적 일상성의 탐구, 대중문화와의 접속, 디지털 환경과 사이버 세계, 몸의 시학, 여성주의와 섹슈얼리티, 생태학적 상상력, 정신주의의 세계 등 다채로운 테마들은 전 시대에 볼 수 없었던 세계 인식의 다원화를 가져왔다. 이것은 주제와 소재의 다양성이라는 차원을 넘어 시적 인식과 그 대상과의 관계의 다원화를 의미하는 것이다.

이 다원화된 공간 안에서 새로운 세대의 시인들이 대거 등장했다. 우선 두드러진 것은 도시적 감수성을 보여주는 세대의 시였다. 대중문화를 자양분으로 성장한 이들은 사회이념적 관심을 축소하고 자본주의적 일상의 이미지들을 표현하기 시작했다. 소비사회의 갖가지 문화적 영역들이 시의 소재로 등장했다. 이들은 대중문화의 매혹에 적극적으로 반응하면서도 다른 한편으로는 개인적 주체의 정체성 혼란과 소외를 표현했다. 장정일, 유하, 함성호, 장경린, 함민복, 성기완, 서정학, 연왕모, 김태형 같은 시인들은 현란한 자본주의적 스펙터클 뒤의 무의미와 공허와 혼돈을 노래했다. 이들에게 대중소비사회는 비판과 반성의 대상이면서 동시에 벗어날 수 없는 실존의 자리이자, 강력한 매혹의 대상이었다. 이들의 시적 문법은 전통적 서정시의 절제의 미학을 파기하고, 자본주의적 욕망의 과잉과 분출을 표현하는 산문적 진술과 요설의 어법을 선택한다.

다른 한편으로 위축되었던 서정시의 전통을 도시의 공간에서 현대화하는 작업도 이어갔다. 1980년대 중반 이후부터 활동한 이문재, 송재학, 장옥관, 송찬호, 고진하, 손진은 등은 자본주의적 도시 뒤편에 숨어 있는 우울한 실존적 현실을 정제된 언어로 표현하는 작업을 이어나갔다. 이승욱, 이갑수, 윤제림, 엄원태, 장석남, 차창룡, 이윤학, 박형준, 김중식, 이정록, 박용하, 노태맹, 성윤석, 서림, 배용제, 이희중, 강연호, 강윤후, 박정대, 윤의섭, 허연, 이홍섭, 유종인, 윤병무, 이장욱 등의 시인들도 이러한 영역에서 자기 언어를 세공화했다.

이런 서정시의 현대적 변용과는 조금 다른 층위에서, 시적 자아를 탈인간화 혹은 탈주체화하는 독특한 개성을 지닌 작업을 만날 수 있었다. 꿈의 자리에 현실을 채워넣으며, 그 안에서의 몸의 포복을 통해 독특한 몸의 시학을 그려낸 채호기와 죽음의 상상력을 극단적으로 밀고 나가면서 세계에 대한 묵시록적 상상력을 건조한 시 언어로 드러낸 남진우, 시적 언술의 현실적·의미론적 연관을 파괴함으로써 초현실주의적 상상력을 선보인 박상순의 시들은, 자기 문법의 탐색이라는 측면에서 선명한 문학적 개성을 성취했다. 한편 이른바 '민중시'의 전통을 이어서 시 작업을 전개한 고재종, 심호택, 이재무, 이영진, 유용주, 이대흠 등은 생활 세계의 고단함을 서정적 언어로 재현하거나 자본주의적 물질주의에 맞서는 생태학적 문제의식과 만났다.

여성 시인들의 문학적 성장은 1990년대 시의 공간을 풍요롭게 만들었다. 새로운 여성적 미학은 서정시의 전통을 여성적 서정성을 통해 풍부하

게 하거나 보다 전복적인 여성적 상상력과 탈중심화된 언술 방식을 드러
내 주었다. 1980년대부터 활동한 김혜순, 김정란, 황인숙, 정화진 등과
최정례, 김경미, 박라연, 이경림, 김명리, 허수경, 나희덕, 조은, 이수명,
이진명, 김언희, 박서원, 정끝별, 노혜경, 정은숙, 이선영, 김수영, 김길나,
신현림, 최영미, 이원, 김선우, 김소연, 허혜정, 성미정 등의 여성 시인들
은 1990년대 시공간을 여성적 존재의 언어로 채워주었다. 특히 김혜순은
여성적 상상의 공간을 주술적인 어법과 여성적인 몸의 시선을 통해 드러
냄으로써 1990년대 들어와서 더욱 괄목할 만한 시적 성취를 보여주었다.
남성적 시선이 아닌, 여성적 존재의 관점에서 세계와 사물을 인식하는 여
성 시인들의 작업은, 문화적인 층위에서의 전위적인 의미를 함유하는 것
이다.

  소비사회적 현실과 관련된 1980년대 후반 이후 한국시의 변화를 선명
하게 보여주는 시인은 장정일이었다. 그는 소비사회의 제도적 지배와 물
신화를 문제 삼고 있으며, 거기에서 가짜 낙원의 매혹을 동시에 보여준
다. 그의 상상력은 1980년대의 전위적인 시인들보다 경쾌한 것이었는데,
이는 소비사회의 삶의 생태와 리듬이 그의 시 속에 육화되어 스며들어 있
기 때문이다. 이러한 새로운 세대의 도시적 감각을 대중문화적 상상력으
로 확대한 시인은 유하였다. 첫 시집 『무림일기』에서 그는 무협지라는 하
위문화 장르를 패러디하여 정치 현실을 풍자한다. 두 번째 시집인 『바람부
는 날이면 압구정동에 가야 한다』에서 '압구정동'이라는 공간은 자본주의
적 스펙터클이 전시되는 장소이다. 시인은 여기서 세속 도시의 욕망의 풍
경을 반성적으로 인식한다. 그는 거리의 풍경 안에 들어 있는 욕망의 만화
경을 이미지의 연상을 통해 펼쳐 보인다. 이때 연상작용에 의한 말놀이는
중요한 수사적 장치가 된다.

불 같은 소망이 이 백야성을

만들었구나, 부릅뜬 눈의 식욕, 보기만 해도 눈에

군침이 괴는, 저 불의 부페 色의 盛饌을 보라

그저 불 밝히기 위해 심지 돋우던 시절은 지났다

매서운 한강 똥바람 속,

촛불의 아이들은 너무도 당당해 보인다

그들을 감싸고 있는 이 도시 전체가

하나의 거대한 수정 샹들리에이므로

　　　　　　— 유하, 「바람부는 날이면 압구정동에 가야 한다 4」 일부

　시인은 도시의 백야성에 대한 매혹을 드러내면서 한편으로 그 안의 타
락한 욕망을 비판적으로 성찰한다. 그는 관능으로 출렁거리는 욕망의 거
리를 보여주면서 '하나대'로 상징되는 추억의 신성한 공간을 이에 대비시
킨다. 대중문화와 하위문화의 공간은 유하에게 소비사회를 상징하는 이미
지이면서 실존적인 추억의 장소이기도 하다. 『세운상가 키드의 사랑』, 『천
일마화』 등의 시집을 통해 그는 '세운상가'와 '경마장'이라는 또 다른 도시
적 공간을 탐사한다. 그러나 그는 그 안에서도 서정적인 자아의 목소리를
유지한다. 유하의 시적 자아는 소비사회의 매혹과 환멸을 '훔쳐보는' 반성
적인 산책자'라고 할 수 있다.

　유하와 달리 김기택은 도시적 삶을 건조한 투시적 언어로 묘사한다. 그
의 시적 문법은 사물에 대한 섬세한 관찰력을 통해 그 안에 내재된 숨은
힘을 포착한다. 시인은 일상의 정적과 권태 안에서 보이지 않는 힘들이 길
항하는 공간과 시간을 드러낸다. 이 투시적 상상력은 육체와 도시적 공간
에 대한 해부학으로 나아간다.

그 느리고 질긴 힘은

핏줄처럼 건물의 속속들이 뻗어 있다

서울, 거대한 빌딩의 정글 속에서

다리 없이 벽과 벽을 타고 다니며 우글거리고 있다

지금은 화려한 타일과 벽지로 덮여 있지만

새 타일과 벽지가 필요하거든

뜯어 보라 두 눈으로 확인해 보라

순식간에 구석구석으로 달아나 숨을

그러나 어느 구석에서든 천연덕스러운 꼬리가 보일

틈! 틈, 틈, 틈, 틈틈틈틈틈……

— 김기택, 「틈」 일부

두 번째 시집 『바늘 구멍 속의 폭풍』에 실린 이 시에서, 튼튼함과 확실성의 가치에 의해 건설된 도시적 공간은 많은 '틈'을 내재하고 있다. 그 틈은 튼튼한 도시를 붕괴시키는 힘의 근원이다. 도시는 허공으로 이루어진 허공으로 돌아갈 도시이다. 이 시에 이르면 '텅 빈 무게'로서의 육체에 대한 사유는 문명 전체의 '텅 빔'에 대한 인식으로 확대되어 있다. 가득 찬 존재 안에 들어 있는 텅 빔에 대한 김기택의 시적 인식은 삶 안에 꿈틀거리고 있는 죽음의 계기에 대한 인식과 맞닿아 있다. 그것은 도시적 일상적 공간의 실체성에 관한 자명한 의식을 뒤흔드는 반성적인 성찰의 계기가 된다.

유하와 김기택과는 다른 층위에서 장석남은 전통 서정시의 새로운 해석에 있어서 섬세한 감각을 보여준 시인이다. 첫 시집 『새떼들에게로의 망명』은 새로운 세대에 의해 심화된 서정적 언어를 보여준다. 그의 시는 행간에 침묵을 채워놓는 언어적 절제를 통해, 사물과 마음의 미세한 떨림을 포착하려 한다. 특히 그의 시는 대지의 공간으로 귀환하는 상상력을 통해 정밀한 서정성을 선보인다.

> 찌르라기떼가 왔다
> 쌀 씻어 안치는 소리처럼 우는
> 검은 새떼들
>
> 찌르라기떼가 몰고 온 봄 하늘은
> 햇빛 속인데도 저물었다
>
> 저문 하늘을 업고 제 울음 속을 떠도는
> 찌르라기떼 속에
> 환한 봉분이 하나 보인다
>
> ── 장석남, 「새떼들에게로의 망명」 일부

새떼들의 울음소리는 마치 '쌀 안치는 소리'와 같고, 그 새떼 속에는 '환한 봉분'이 보인다. 그 이미지들은 대지적 삶에 뿌리내린 원적(原籍)의 세계라고 할 수 있다. 장석남의 시 언어들은 이렇게 본래적인 대지의 공간으로 귀소하는 움직임을 담고 있다. 그러나 그곳으로의 망명은 도피라기보다는 삶의 고달픔을 감싸 안는 순결한 대지적 기억으로의 망명이다. 장석남은 전통적인 서정시의 정서를 보다 감각적인 언어로 다듬어, 원초적인 자리로 귀환하려는 마음의 움직임을 섬세한 언어적 화음으로 빚어낸다. 『지금은 간신히 아무도 그립지 않을 무렵』 등으로 이어지는 그의 시 작업은, 현실을 드러내기보다는 추억의 자리를 재생하는 서정적 언어들을 드러내는 것이다.

이윤학의 시들은 폐허의 이미지로 뒤덮인 버려진 변두리의 공간에서 삶의 쓸쓸함과 비애를 직관하는 시적 묘사를 보여준다. 그의 시에서 생은 폐허 그 자체이거나 폐허를 건너가는 시간일 뿐이다. 이윤학의 소멸과 폐허의 풍경들은 생의 실존적 조건에 대한 응시의 공간이 된다.

> 물결들만 없었다면, 나는 그것이
> 한없이 깊은 거울인 줄 알았을 거네
> 세상에, 속까지 다 보여주는 거울이 있다고
> 믿었을 거네
>
> 거꾸로 박혀 있는 어두운 산들이
> 돌을 받아먹고 괴로워하는 저녁의 저수지
>
> 바닥까지 간 돌은 상처와 같아
> 곧 진흙 속으로 들어가 섞이게 되네
>
> — 이윤학, 「저수지」 일부

두 번째 시집인 『붉은 열매를 가진 적이 있다』에 수록된 이 시에서, 변두리 저수지는 '거울'의 이미지를 얻고 있다. '거울'은 사물을 있는 그대로 반영하는 장소이다. 그래서 거울은 일반적으로 반성적 자기 성찰과 자기도취적인 매혹의 자리가 된다. 그러나 이 시에서 거울은 '괴로워하는' 거울이다. 거울은 '상처—돌'을 받아먹는 곳이기 때문이다. 거울은 쓰라린 상처의 자리이면서, 그 상처를 받아먹고 그것을 몸 안으로 받아들이는 자기 반영적 공간이다. 그의 시는 폐허와 상처의 자리를 은폐하지 않고 그 안에서 삶을 수락하는 시적 직관의 순간을 보여주며, 이것 역시 현란한 자본주의적 이미지에 대한 반성적 의미를 가질 수 있다.

여성적 존재의 감각을 보다 세밀하게 드러내 주는 여성 시인들의 활동
은 1990년대 시를 풍요롭게 만드는 가장 강력한 힘이었다. 최정례의 시
는 일상의 균열을 정직하게 투시하는 언어를 보여준다. 시인은 온갖 허위
와 허무를 감추고 있는 일상의 시간을 냉정하게 들여다본다. 그의 시에서
지리멸렬한 일상은 그 안에 날카로운 아픔과 생의 모순을 숨기고 있다. 시
인은 절제되고 투명한 언어를 통해 그 일상의 조각들을 재구성함으로써
그 틈새의 또 다른 삶의 진실을 암시한다. 그래서 기억의 흔적과 일상적
시간은 때로 낯설고 불길한 것으로 묘사된다.

> 늦게 불이 켜진 약국을 지난다
> 약병 속에는 이상한 이름의 성분들
> 그들이 지녔던 깨알 같은 희망도
> 죽어 정리되어 있으리라
>
> 무엇이라고 했던가
> 이름은 생각나지 않는다
> 흰 가운을 입은 남자가
> 지나가는 것들을 내다보고 있었다
> 약병들은 참 나란히도 정리되어 있었다
> 한참 후에야 쓰라림과 욱신거림은 온다
>
> 약국의 셔터가 내려질 시간이다
> — 최정례, 「약국을 지나가다」 일부

밤의 약국 풍경을 묘사한 이 시에서, 불 켜진 약국은 삶의 스산함과 불길함을 암시하고 있다. 그의 절제된 표현들과 시행들 사이의 침묵은 일상의 균열을 반영한다. 시는 그런 균열 안에서 삶의 근본적인 불모성과 불우를 경험하도록 만든다. 그의 시의 침묵을 포함한 시어들은 이런 생의 아이러니와 시간과 기억의 균열을 드러내는 장치이다. 첫 시집『내 귓속의 장대나무 숲』에 이어『햇빛 속의 호랑이』,『붉은 밭』으로 이어지면서 이런 일상적 서정의 세계는 한층 더 밀도 있는 언어들로 나아간다.

허수경은 토착적인 정서와 가락으로 세간의 고통을 감싸 안는 감성을 보여준 시인이다. 1980년대 후반에 나온 그의 첫 시집『슬픔만한 거름이 어디 있으랴』는 넓은 의미에서 '민중시'의 영역에 가까운 것이었다. 그러나『혼자 가는 먼 집』에 이르러 그의 시는 이런 영역을 넘어서는 숙성한 여성적 감수성의 경지를 보여주었다. 허수경 시의 가장 빛나는 부분은 세속적 삶의 남루와 비애를 끌어안는 '통속적인' 가락이다. 그런데 허수경의 통속성은 상투적인 감상성을 의미하는 것이 아니라, 삶의 질곡과 타자의 상처를 어루만지는 모성적 감수성으로 표현되는 것이다.

> 환하고 아픈 자리로 가리라
> 앓는 꿈이 다시 세월을 얻을 때
>
> 공터에 뜬 무지개가
> 세월 속에 다시 아플 때
>
> 몸 얻지 못한 마음의 입술이
> 어느 풀잎자리를 더듬으며
> 말 얻지 못한 꿈을 더듬으리라

— 허수경, 「공터의 사랑」 일부

허수경의 연가는 사랑의 '늙은' 상처를 어루만지고 더듬는다. 그래서 그 상처는 아픈 것이면서 환한 것이다. 여기서 시인의 노래는 '몸 얻지 못한 마음의 입술'의 노래가 된다. 세속적인 공간에서의 남루한 삶들에 대한 사랑은 강력한 정서적 감염력을 보여주고 있다. 허수경의 시는 넉넉한 모성적 감수성으로 세간의 불우함을 감싸 안는 서정시라는 측면에서 한국 여성시의 새로운 가능성을 선보였다. 그가 오랜 침묵 끝에 다시 선보인 시집 『내 영혼은 오래되었으나』에서는 이런 감수성은 보다 오래된 시간을 사유하는 신화적 상상력과 만나고 있다.

나희덕은 미묘한 마음의 색채와 사물의 빛깔들을 관찰하는 시인이다. 나희덕의 서정성은 주관적 감정으로 사물을 규정하는 것이 아니라, 삶과 사물에 관한 성찰적 시선과 자기 발견의 시학이다. 그리고 여기에는 모성적인 감성을 바탕으로 한 연민이 정서적 주조를 이룬다.

> 깊은 곳에서 네가 나의 뿌리였을 때
> 내 가슴에 끓어오르던 벌레들,
> 그러나 지금은 하나의 빈 그릇,
> 너의 푸른 줄기 솟아 햇살에 반짝이면
> 나는 어느 산비탈 연한 흙으로 일구어지고 있을 테니
>
> — 나희덕, 「뿌리에게」 일부

'연한 흙'과 '뿌리'의 관계는 대지의 모성과 생명력의 관계라고 볼 수도 있다. '착한 그릇'처럼 대상을 담는 이 따뜻한 여성적인 감수성은 단정한 서정적 공간을 만들어낸다. 첫 시집 『뿌리에게』에 이어 나희덕은 『그곳이

멀지 않다』와 『어두워진다는 것』 등의 시집을 통해 정갈한 서정성이 더욱 풍요로운 여성적인 이미지와 만나는 것을 보여준다. 여기서 나희덕의 시적 성찰은 보다 성숙한 면모로 나아간다. 그는 삶의 본질적인 어둠을 응시하면서도 그 안에서 여러 겹의 마음을 읽어내고 삶의 깊은 의미들을 찾아낸다.

이원은 여성적인 상상력과는 조금 다른 차원에서 탈인간주의적 시선으로 사물과 공간의 불가시적인 내밀한 움직임을 가시적으로 묘사한다. 인간의 몸은 그 상투적인 정신성이 거세된 물질적인 존재로 묘사된다. 사물들은 인간 주체의 관점에서 대상화되는 것이 아니라, 자기들의 물질적 공간 안에서 그 존재성을 드러냄으로써 동사화 혹은 주체화된다. 이런 시적 상상력은 탈인간적인 문화적 경험과 만나고 있다는 측면에서 문제적이다.

　　　내 몸의 사방에 플러그가
　　　빠져나와 있다
　　　탯줄 같은 그 플러그들을 매단 채
　　　문을 열고 밖으로 나온다
　　　비린 공기가
　　　플러그 끝에 주렁주렁 매달려 있다
　　　곳곳에서 사람들이
　　　몸밖에 플러그를 덜렁거리며 걸어간다
　　　세계와의 불화가 에너지인 사람들
　　　사이로 공기를 덧입은 돌들이
　　　둥둥 떠다닌다

　　　　　　　　　　　　　　　　— 이원, 「거리에서」 일부

첫 시집 『그들이 지구를 지배했을 때』에 수록된 이 시는 우리 시대의 실존적 현실에 대한 탈인간주의적인 시적 보고로 이해할 수 있다. 여기서 '거리'로 표현되는 우리 시대의 상황은 물질적인 상상력과 전자적인 이미지에 의해 묘사된다. 이 물질적 상상력은 두 번째 시집 『야후!의 강물에 천 개의 달이 뜬다』에서는 디지털 공간과 전자 사막에서의 유목이라는 주제로 나아간다. 이것은 1990년대 시가 새로운 문화적 상황과 만나는 징후라고 볼 수 있으며, 여기서 '1990년대 이후' 시의 가능성을 예감할 수 있다.

소설사의 전환과 새로운 상상력의 태동

정호웅

1. 머리말

1990년대 들어 우리 소설사는 크게 굽이치며 새로운 단계로 나아간다. 객관 현실의 재현이 가능하며 그 미학적, 윤리적, 인식론적 의미가 매우 크다는 믿음에 근거하는 리얼리즘에 대한 회의가 갈수록 증대되면서, 리얼리즘 규율에 충실한 소설이 지배적이었던 소설사의 중심 흐름을 해체하며 새로운 단계를 열어가고 있는 것이다.

언제나 그렇듯이 소설사의 전환은 그 이전 소설사를 지배했던 핵심 규율을 대체할 수 있는 강력한 규율이 정립되기까지는 다양한 경향들의 혼거 양상을 보인다. 혼란과 위기라는 진단이 곳곳에서 터져 나오는 것은 이 때문이다. 그러나 그 같은 혼란과 위기는 새로운 중심을 형성해 나아가는 과정에서 필연적으로 통과할 수밖에 없는 것이니, 진정한 의미에서의 혼란과 위기라고 할 수는 없다. 오히려 낡은 것을 허물고 새로운 것을 창출하려는 창조적 정신과 진정한 의미에서의 예술가적 열정을 주목해야 할 것이다.

필자는 이 글에서, 1990년대 발표되어 나온 우리 소설의 몇 가지 새로운 양상을 살펴보고자 한다. 그 속에 배태되어 있는, 또는 이미 움 돋고 있는 창조적 정신을 찾아내 이름 붙이는 일은 그다음 과제일 터이다.

2. 절대화 경향의 해체 · 배타적 민족주의

1990년대 우리 소설계에 유행했던 것 가운데 하나는 후일담 소설이다. 우리 문학사에서 후일담 소설이란 변혁운동에 복무했던 진보주의자들의 이념적 방향 전환 이후를 다룬 소설, 즉 1930년대 중 · 후반에서 1940년대 초반까지 생산된 이른바 전향소설과 1980년대 운동권(이 용어도 불투명하지만 관례를 좇아 사용하자면) 체험을 지닌 인물의 그 이후를 다룬 1990년대 소설을 일컫는다. 후일담(에필로그)은 본 이야기가 끝나고 한참 지난 뒤에 주인공을 비롯한 등장인물이나 중심 사건 또는 관계 등 '그 이후'를 간략하게 보고함으로써 독자들의 궁금증을 해소하고, 또 한 번 결말을 제시함으로써 기승전결의 서사 구조를 보다 탄탄하게 구축하는 형식을 취하고 있다. 본 이야기에서 충분히 다루지 못한 부분을 은근슬쩍 보완하는 등의 역할을 수행하는 것이니, 후일담 소설의 그 후일담과 같은 의미를 지닌 것이라 하기는 어렵다. 지난 시대를 헤쳐나온 변혁운동의 사회 · 정치적 위상과 의미 등을 고려해서, 그 이후를 다룬 소설을 본 이야기로부터 시간상으로 멀리 떨어진 후일담에 비유하여 후일담 소설이란 이름표를 붙여둔 것일 뿐이다.

1990년대 후일담 소설 대부분은 그 중심에 과거와의 연속성을 굳게 견지하려는 인물을 등장시키고 있다. 이는 현실의 급속한 변화에도 불구하고 여전히 완강하게 자신을 유지하고자 하는 태도의 소산이다. 손쉽게 과거를 부정하고 현실질서의 폭력 아래 자신을 굽힌 변절의 기록들로 가득차 있는 우리의 근·현대사에 비추어보면, 그들의 태도는 나름대로 역사적 의미를 확보하고 있다고 말할 수 있다. 굴강의 정신으로 존재의 연속성을 확보하고자 하는 그들의 고투는 아름답기까지 하다.

그 연속성은 현재를 살기 위한 것이 아니라 현재를 부정하기 위한 것이다. 과거에 스스로를 가둠으로써 '악령들이 횡행하는' 현실 세계와 현재의 자신을 부정하는 것. 그렇다면 부정의 대상인 현재의 그와 과거의 그는 서로 다른 존재이다. 그는 과거에 갇혀 그 과거를 척도로 현재의 그를 부정한다. 그러니까 그는 세 '그'로 분열되어 있는 셈이다. 그 연속성은 앞에서 보았듯 굴강의 정신으로 아름다운 인간을 세운다. 그 불연속성은 그를 과거에 고착된 존재로 가둔다. 그 가둠 때문에 1990년대 후일담 소설은 과거의 절대화라는 단일성의 틀에 고정되고 만다.

과거의 절대화는 과거를 채웠던 요소들에 대한 다각도의 반성적 접근을 근본적으로 차단한다. 예컨대, 당시에 신봉했던 이념은 과연 당대 한국사회의 변혁에 유용한 도구였던가? 유용한 것이었다 하더라도, 적용 과정에서 범했던 오류는 없었는가? 또는 한국사회에 부정적으로 작용한 측면은 없었던가? 변혁운동에 뛰어들었던 젊은 정신들의 안쪽은 개인을 희생해 전체를 이롭게 하고자 하는 이타적 헌신성과 같은 순결한 요소들만으로 가득 차 있었는가? 등등의 물음 자체를 봉쇄하는 것이다.

과거의 절대화는 동시에 그 과거와 현재를 연속적인 것으로 바라보고 파악하는 것을 가로막는다. 그 과거를 이끌었던 가치들이 현재에도 여전히 의미 있는 것인지에 대한 반성적인 검토를 차단하고 절대의 권위를 지닌 그 가치들로 현재를 잴 뿐, 현재에 대한 탐구에 근거하여 그 가치항의 정합성 여부를 따지는 것을 허용하지 않는다. 그럴 때 현재는 과거의 생산물로서의 현재가 아니며, 과거는 지금의 관점에서 해석되고 재구축된 과거가 아니다. 다만 과거이고 다만 현재일 뿐인 것이다.

이 같은 경향을 지닌 1990년대 후일담 소설은 그러나, 그 안에 '순수하고 아름다웠던 과거/그렇지 못한 현재의 단순 구조'가 구축하는 폐쇄회로를 스스로 열어나갈 출구를 제시해놓고 있다. 그 출구는 바로, 자신의 내부에 도사린 부정적인 측면을 솔직하게 드러내면서, 냉정한 시선으로 과거의 안쪽으로 깊숙이 파고들어 실체를 확인하고, 급기야 반성적 평가로까지 나아감으로써 그러한 폐쇄회로를 해체하고자 하는 지향성을 말한다.

1990년대 한국소설의 특징적 양상 중 하나는 배타적 민족주의가 강력하게 대두한 점이다. 이 배타적 민족주의는 1980년대 후반 이래 우리 문학, 나아가서는 문화 일반을 지배해온 중심 이념 중의 하나로 군림하며 독자들의 큰 관심을 끌었다. 무엇이 우리 시대의 독자들로 하여금 배타적인 민족주의 이념에 근거한 작품들에 환호하게 이끌었을까? 외세의 침탈에 오랫동안 시달려온 약소국의 피해의식과 강대국을 굴복시키고 다른 약소국을 지배하고 싶은 걷잡을 수 없는 욕망, 급속도로 변화하는 한복판에 놓여 불안할 수밖에 없는 한국인들의 불안감과 위기의식 등을 그 이유로 들 수 있겠다. 하나같이 비이성적으로 보이는 심정적 요인들인데, 그렇기 때문에 위태롭다. 외적 조건의 변화에 따라서는 충동적이고 맹목적인 자기 폐쇄, 또는 대상을 향한 파괴로까지 전환될 수 있기 때문이다.

소설 미학적인 측면에서 살필 때도 배타적 민족주의 이념이 압도적으로 군림, 작용하는 것은 문제이다. 이분법을 만들어내고 그것으로 모든 것을 척도하고 관계 지음으로써 대상의 단순화, 관계망의 단순화를 초래하기 때문이다. 대상의 단순화와 관계망의 단순화는 주관에 의한 객관성의 왜곡을 불러와 종국에는 전면적 진실의 포착을 가로막는 요인으로 작용하게 된다.

3. 신변소설 · 서사성의 약화

1990년대 소설에 드러나는 또 다른 특징적인 요소는 작가의 신변에서 소재를 구하는 경향이 두드러진다는 사실이다. 거대담론에 대한 회의가 일반화되면서 객관 현실의 전체성을 담아내고자 하는 지향성과 역사의 지평을 내다보고 열어젖히고자 하는 지향성이 현저하게 약화되면서, 작가들의 관심사가 전체적인 것에서 개별적인 것으로, 외부세계에서 내면세계로 이동하게 된 것이 근본 이유일 터이다.

1990년대 중반에 크게 유행했던 기행소설의 유행도 이 범주에 든다. 물론 이 시기에 나온 기행소설들 모두가 개별적이고 내면적이며 신변에서 소재를 취한 것은 아니다. 이국적인 문화 체험을 통해 다른 지역에 사는 사람들과의 만남을 소재로 얼마든지 다른 세계를 엮을 수 있을 것이다. 그러나 이 시대 우리 소설계의 일각을 점령한 기행소설들은 한결같이 개별적인 문제에 갇혀 있다.

이른바 신세대 작가들의 소설 경향은 주인공의 배면화(背面化)와 주변화, 서사성의 약화라는 특성을 지니고 있다. 후기 산업화 단계에 접어들어 개인의 파편화가 극도로 심화된 현실과 중심(서사의 질서)을 인정하지 않는 새로운 인식론의 대두를 증거하고 있는 이 같은 양상은 갈수록 지배적인 것으로 자리 잡게 될 것임에 틀림없다. 그것은 우리 소설사의 전개 맥락에서 보면 새로운 것으로 비칠 수도 있지만, 과연 그것이 영상의 지배력이 갈수록 커져가는 현실에 대응하는 유력한 방법일 수 있는가는 여전히 의문이다. 그 점에 대해 좀 더 진지한 성찰이 요청되는 것이다.

서사성의 약화라는 현상의 반대쪽에는 설명의 방법론이 자리 잡고 있다. 최수철, 김원우 등의 문학이 대표적인데, 밖으로 드러나는 대상의 성격이나 그것들과의 관계는 물론이고 보이지 않는 내면까지도 설명의 방식으로 명백하게 드러내는 방법론의 소설들이다. 물론 설명해내지 못하거나 설명하지 않는 부분도 있지만, 지배적으로 드러나는 것은 '설명해 냄'의 방법론이다. 지적인 에세이에 가까운 소설을 쓰는 작가들, 예컨대 최인훈, 이청준, 서정인 등의 방법론과도 닮은 점이 있는데, 더욱 철저하고 내성적이라는 점에서는 이들과 구별된다.

이 같은 방법론은 지적 성찰의 소설 전통이 약한 우리 소설사의 일반적 경향을 생각한다면 단연 돋보이는 것이 아닐 수 없다. 독자를 괴롭히는 작품들이기에 크게 주목받지는 못하지만, 우리 소설의 건강한 미래를 뒷받침하는 든든한 받침대라는 사실은 누구도 부정할 수 없을 것이다.

4. 생태학적 상상력

생태계에 대한 관심이 높아지면서 생태학적 상상력이라 이름 붙일 수 있는 상상력이 우리 소설의 한복판으로 진입해 들어온 것도 주목된다. 조세희의 「죽어가는 강」, 김원일의 「도요새에 관한 명상」, 한정희의 「불타는 페션」 등 환경파괴를 증언하는 작품들이 발표되어 왔지만, 그 증언의 단계를 넘어 철학적 근본 문제에 대한 성찰에까지 나아간 작품들을 비로소 만나게 된 것이다.

생태계 문제에 대한 관심의 증대를 단순히 문학적 소재의 확장이란 측면에서 이해해서는 안 된다. 그것은 쾌적한 생활을 보장하는 차원에서의 환경 문제이기도 하지만, 동시에 생명의 온전한 보존과 실현이란 근본적 차원의 문제이기도 하기 때문에 궁극적으로는 형이상학과 세계관의 근본에 걸리는 철학적 문제이기도 하다. 그런 까닭에 또한 그것은 당연하게도 상상력의 문제이기도 하다. 상상력의 근저에 놓여 그것을 움직이는 근본은 형이상학이고 세계관이기 때문이다.

개화기 이래 한국사회를 이끌어온 중심 동력은 근대화 지향성이었다. 지난 백 년간 우리 사회는 서구의 근대를 모델로 설정하고 그것을 향해 내달려왔다. 앞으로도 그 동선에서 벗어나기를 기대한다는 것 자체가 한갓 백일몽일 수밖에 없는 것이 현실이다. 그 같은 근대화 지향성의 중심에 놓인 것은 인간중심주의이다. 인간중심주의는 인간 '중심'이란 개념항 때문에 인간 욕망의 무한 팽창을 통제할 수 있는 힘을 근본적으로 제약당하는 세계관이다. 그 같은 문제점이 과학과 산업 기술의 발달로 가능해진 대량 생산의 현실과 결합하여 대량소비의 생활양식을 낳는다. 많이 사서 조금 사용하고 아무렇게나 버리는 대량소비의 생활양식은 다른 한편으로 이 시대의 한 시대정신으로 군림하고 있는 '속도주의'와 결합되었다. 그리하여, 갈수록 더욱 빠른 속도로 한정된 자연 에너지를 탕진하는 비극적 종말을 불러오게 될 것이다.

근대주의의 또 다른 핵심은 직선적 시간관이다. 자연적 시간이 미래를 향해 일직선으로 뻗어 나간다는 것은 누구나 아는 사실이다. 그러나 여기에 갇혀 이것만을 강조한다면 심각한 문제가 발생한다. 모든 것을 발전의 측면에서만 바라보고 평가하게 만들어, 과거로부터 벗어나는 것에 맹목적으로 높은 가치를 부여하는 태도를 만들어내기 때문이다. 현재와 미래는 과거와 다르지만, 또한 동서(同棲)한다는 사실을 무시하게 함으로써 현대인을 과거와 단절된 영원한 '시간적 고아'로 내모는 것이다.

근대주의에 내재된 파괴성으로 인해 우리 삶의 조건은 생존을 염려해야만 하는 지경까지 악화되었다. 상황의 심각성이 이와 같으니, 예민한 정신들이 '이슬'과 '눈'의 순결을 의심할 수밖에 없게 된 것이다. 작가들이 현실을 직시하고 아픈 마음으로 증언하는 것도 당연한 일이다. 생태계 문제에 대한 접근은 바로 보고 아파하며 증언하는 것에서부터 시작되어야 함은 물론이다. 그러나 그러한 접근은 보다 넓고 깊게 철학적 근본의 차원으로 나아가야 할 것이다.

5. 환상적 상상력

리얼리즘은 근대적 세계관의 산물이다. 모든 것을 합리적 이성의 눈으로 볼 수 있고 이해할 수 있으며 설명해낼 수 있다는 믿음에 근거한 근대적 세계관이 인간 존재의 안팎을, 그것을 규정하고 있는 사회·역사적 모든 관계를, 나아가서는 그 이후의 전개 양상까지도 형상적 방식으로 투명하게 담아낼 수 있다는 낙관적 미학을 낳았는데, 그것이 곧 리얼리즘인 것이다.

이 같은 리얼리즘이 명료한 서사, 투명한 언어, 뚜렷한 인물 성격을 강조하는 것은 따라서 자연스럽다. 그러나 어느 영역에서나 그러하듯, 명료함, 투명함, 뚜렷함의 강조는 어떤 틀을 향해 굳어가는 속성을 자체 내에 지니고 있다. 따라서 그 틀을 벗어나는 것은 지나치거나 무화시켜버리기 쉽다는 문제점을 안고 있다. 지난 100여 년에 걸쳐 우리 소설사를 주도적으로 전개해온 리얼리즘 소설이 그 경색된 태도 때문에 스스로를 폐쇄시키는 경향을 지녔다는 진단은 이와 관련되어 있다.

1990년대 우리 소설에서 찾을 수 있는 두드러진 점의 하나는 리얼리즘의 이 같은 경색성과 폐쇄성을 넘어서고자 하는 노력을 다양한 방식으로 기울였다는 점이다. 그럼으로써 리얼리즘의 안쪽을 보다 풍성하게 채울 수 있는 가능성을 보였다는 점에서 이는 높게 평가되어야 할 것으로 보인다. 리얼리즘의 경색성과 폐쇄성을 넘어서고자 하는 노력 가운데 가장 두

드러진 것은 환상적 상상력이다.

환상적 상상력에 있어 대표적인 것은 신화적 상상력이다. 불변의 초시간적 세계를 꿈꾸는 신화적 상상력은 시간성의 부정을 통해, 통상 시간의 연쇄로 인식되는 인간의 삶과 세계를 보는 전혀 다른 눈을 제시한다. 그러나 신화적 상상력은 인간과 사회, 문화에 대한 깊고 넓은 지식과 통찰력이 뒷받침되지 못한다면 한갓 상식 수준에 머물거나 기괴한 공상의 영역으로 빗겨가게 된다. 아무나 덤벼들 수 없는 무서운 영역인데, 윤대녕 등이 앞서 이끌고 있는 신화적 상상력의 문학이 한갓 유행으로 속화되지 않는다면 우리 소설의 발전에 큰 힘이 될 것임에 틀림없다.

환상적 상상력은 사실성에 식상한 독자들의 욕구와 수준 높은 외국 소설, 영화에 익숙해진 오늘의 문화 풍토가 이끌어낸 현상일 것이다. 당연하게도 이 경향은 앞으로 그 영역을 더욱 넓혀갈 것임에 틀림없다. 문제는 역시 깊이일 터인데, 독자들의 취향에 영합하는 방향으로 굴절되지 않는다면 우리 소설사에서는 낯선 새로운 영역을 개척하게 될 것이다. 한편 이 현상은 최근 논쟁 중인 대중성 문제와 깊이 관련되어 있는데 계속해서 논의되어야 할 사항이라 할 것이다.

환상적 상상력은 다른 한편 공포의 산물이기도 하다. 경계를 지우며 자본과 정보의 단일권화를 향해 질주하는 시대이다. 세계화라는 깃발이 펄럭이며 앞길을 이끌고 있다. 앞으로만 나부끼는 깃발은 선이 되고, 마침내 너무나 빠른 속도로 회전하여 마치 하나의 점처럼 보이는 블랙홀로 소용돌이치게 될 것이다. 기억을 찢고 잘라내고 형체도 없이 무화시키고 마는 무서운 흡입력의 증폭 과정이다. 우리는 지금 그 과정 위에 있다. 과거와 기억은 끊임없이 찢겨 나가고 우리는 고아가 된다. 공포의 시대이다. 그 공포가 낭만적 초월 지향성을 낳는다.

1990년대 문학의 두드러진 한 특성은 낭만적 초월 지향성이다. 낭만적 초월 지향성은 때로는 선시(禪詩)의 형식으로, 때로는 유미적 한순간으로의 집중 형식으로 1990년대 문학 곳곳에 나타난다. 세기말적 세계를 절망과 죽음의 적막감으로 가득 찬 곳으로 인식하는 경향과 세계관이면서, 창작 방법인 리얼리즘에 대한 불신이 낳은 1990년대 문학의 낭만적 초월 지향성은 이 불화의, 불가해의 세계를 넘어 날아오른다.

세기말 현실을 버리고 저 관념의 세계로 비상하는 낭만적 초월 지향성은 이 타락한 세계에 대한 근본적인 부정이며, 이성의 힘을 전적으로 신뢰한다는 점에 비추어 보면 낙관적인 리얼리즘의 오만에 대한 근본적 회의의 드러냄이다. 그 속에는 허공으로 몸을 던지는 백척간두 진일보의 정신이 시퍼런 불길로 타오르고 있다. 그 정신이 새로운 문학을 열어갈 것이라 기대할 수 있다. 그러나 모두가 그처럼 준엄한 것만은 아니다. 낭만적 초월 지향성 속에는 또한 손쉬운 길, 관념의 환각에 정신을 부리고 거룩한 포즈에 도취해 있는 나약한 정신도 깃들어 있다. 길을 찾아 허공으로 몸을 던지는 치열성이 부재하는 초월은 환각 속으로의 도피일 뿐이며, 때로는 겉만 그럴듯한 치장일 뿐이다. 1990년대 문학에 편재되어 있는 낭만적 초월 지향성은 다음 단계의 문학에서 다른 내용과 형식으로 전화될 것이다. 크고 치열한 정신이 있어 그 전화의 과정을 앞서 이끌게 되길 기대한다.

6. 장편의 시대

문학의 위기를 걱정하는 소리가 곳곳에서 다급하게 들리는 가운데서도 1990년대 상반기에 생산된 장편소설의 수는 실로 엄청나다. '장편시대'라는 말이 생겨날 정도이다. 이 무슨 소리인가. 한국사회의 거대화와 복잡화로 인한 파편성의 지배로 인해 전체성의 포착이 불가능해졌다는 진단이 정설처럼 된 지가 언젠데 장편의 시대라니? 이렇게 묻는다면 대번에 '당

신의 그 낡은 장편소설관은 이미 무용하니 당장 폐기해야만 한다'는 빈정
거림과 단호한 반박이 곧바로 턱을 후려쳐올 것이다. 그렇다. 1990년대에
출간된 장편소설들에서는 한 사회의 전체성을 제대로 담아낸 작품을 거의
찾아볼 수 없다. 그렇다고 앞으로 그러한 장편소설이 나올 수 없을 거라고
속단해버리는 것은 곤란하다. 파편화된 점들을 엮어 한 사회의 작동 원리
와 양상을 전체성의 차원에서 담아내는 것은 언제나 가능하며, 그것을 향
한 지향성은 지금도 상존하고 있다. 오히려 파편화의 정도가 심화되면 될
수록 그 지향성은 더욱 강화되는 측면도 얼마든지 예상할 수 있는 일 아니
겠는가.

  어째서 중·단편이 퇴조하고 장편이 성행하는 양상이 펼쳐지게 되었을
까. 여러 요인이 있을 것이다. 그중 가장 큰 요인은 전체를 경험하고자 하
는 욕구가 증대되었기 때문이라는 게 필자의 생각이다. 좁은 세계, 한정
된 자신의 생활 영역에 갇혀 파편화되는 정도가 커지고 사람들 사이의 관
계가 부분과 부분의 만남으로 분절화되는 양상이 심화될수록, 전체를 경
험하고자 하는 욕망은 커지기 마련이다. 더욱이 지난날 소설이 독점했던
이야기 전달 기능의 상당 부분을 영상매체가 담당하고 있는 지금, 우리는
영화관이나 텔레비전 앞에 앉아 한두 시간의 짧은 시간 동안에 한 인간의
삶 전체, 또는 관계 전체를 경험할 수 있게 되었다. 말하자면 오늘날 독자
들은 전체를 경험할 기회를 쉽게, 그리고 많이 갖게 되었다. 당연하게도
생의 한 단면이나 그보다 약간 더 복잡하고 다양한 세계를 보여주는 중·
단편을 외면하게 되는 것이다. 덧붙여 중·단편은 장편에 비해 빈틈없는
구성을 요구하는 게 훨씬 강하다는 사실도 함께 지적될 수 있겠다. 중·단
편을 창작하는 작가나 그 작품을 읽는 독자의 부담이 다 같이 커지기 때문
에 자연스럽게 중·단편은 장편에 밀려나게 되는 것이다.

7. 맺음말

지금까지 1990년대 소설을 개괄해보았다. 주마간산에 그치고 말았음은 불문가지, 그럼에도 우리 소설의 앞을 열고자 하는 새로운 경향들에 대해 대강은 드러냈다고 생각한다. 언제나 그렇지만 소설사의 새로운 단계를 여는 궁극의 요인은 창조적 정신이다. 창조적 정신이 창출해내는 새로운 형식과 내용, 새로운 방법론만이 소설사의 지평을 열어가는 것. 낡은 형식과 내용, 방법론을 무자각적, 무반성적으로 되풀이하는 아류들의 더미를 꿰뚫고 넘어 나아가는 창조적 정신이야말로 진정으로 소중한 것이다.

1990년대에 접어들면서 한국소설계는 젊은 재능으로 무장한 작가들의 대거 등장으로 큰 활기를 띠게 된다. 정치성의 약화, 서사성의 약화, 심리 묘사의 세밀화, 반영론적 창작 방법의 후퇴 등등, 몇 가지 일반적인 특성을 드러내며 전개되어 온 1990년대 소설은 아직 진행중이라고 말할 수밖에 없다.

1990년대 우리 소설이 배태한, 또는 이미 움 돋았거나 개화한 그 새로운 정신들이 꽃 피고 열매 맺으며 거대한 나무로 커가고 마침내는 무성한 숲을 이루게 될 것이다.

1990년대의 희곡과 연극

김만수

1. 주제의 변화—중심에서 탈출하기

1980년대 연극이 노동자, 지식인, 학생, 소외계층 등의 갈등 지향적인 인물을 주로 내세운 편이라면, 1990년대 연극에서는 계급적인 갈등보다는 가치중립적이고 보편적인, 혹은 소수자에 해당하는 유형을 등장인물로 활용하고 있음을 볼 수 있다. 1990년대 연극 속의 등장인물들은 여성, 중산층, 노인, 아웃사이더 등 보다 포괄적이면서 중성적인 세계관을 대표한다.[1] 여성 연극, 중산층 연극, 청소년 연극, 달동네 연극, 노인 연극 등의 양식 개념이 유행하고 있다는 걸 그 단적인 예로 꼽을 수 있다. 한 개인이 계급적 존재로 자각해가는 모습을 의식의 진전이라고 파악하는 마르크

---

1) 김재석, 「90년대 극문학의 다양성과 풍요로움」,《오늘의 문예비평》, 1994년 여름호; 김만수, 「90년대 한국연극의 현황과 과제」,《외국문학》, 1995년 봄호 참조.

스주의 관점에서 본다면, 1980년대 연극에서 1990년대 연극으로의 변화
는 오히려 '퇴행'으로 읽힐 가능성도 있다. 그러나 지나치게 계층 일변도의
연극으로 치닫는 과정에서 탐지하지 못했던 삶의 일상적인 측면들을
부각시키고 있다는 점에서 보면, 그 또한 의식의 진전으로 보아도 좋을 듯
싶다.

영국의 사회학자 앤서니 기든스는 "우리가 살고 있는 근대사회가 참으
로 위험한 사회이며, 이를 반성적으로 성찰할 수 있는 방법론은 거대담론
이 아니라 자아실현으로서의 생활정치"라고 말한 바 있다. 그는 "우리가
살고 있는 시대는 개인적 정체감을 발견하고 개인적 삶을 성취하는 데서
얻어지는 매우 사적인 경험 자체가 바로 타도적인 정치적 힘의 상당 부분
을 구성하는 시대"[2] 라고 주장하기도 했다. 앤서니 기든스는 작은 것들에
대한 관심과 인간들 사이의 신뢰 회복으로 근대의 이분법적 세계관을 극
복할 수 있다고 믿고 있는 것 같다. 그의 주장처럼, 이제 우리 사회도 작
은 정치에 주목함으로써 근대사회에 대한 반성적 성찰을 시도하고 있다.
이러한 인식 틀의 변화는 연극에도 조금씩 반영되고 있는 것으로 보인다.
이미원은 이러한 변화를 '포스트모던'이라는 개념으로 파악하고 있으며,
김미도는 '세기말'이라는 상징적 용어로 요약 설명해주고 있다.[3] 이와 비
슷한 맥락에서, 필자는 1990년대 희곡의 특징을 '탈중심(脫中心, Off
Center)'이라는 개념으로 요약한다.

당대 대부분의 문학이론과 마찬가지로, 포스트모더니스트 작가들은 우리
가 흔히 자유주의적 휴머니즘이라고 명명한 것과 결합되어 있는 일련의 개

---

2) 앤서니 기든스, 이윤희 · 이현희 역, 『포스트 모더니스트』, 민영사, 1991, 163쪽.
3) 이미원, 『포스트모던 시대와 한국연극』, 현대미학사, 1996; 김미도, 『세기말의 한국연극』,
   태학사, 1998.

념들, 즉 자율성, 초월성, 확실성, 정당성, 조화, 총체화, 체계, 보편화, 중심, 연속성, 목적론, 종결, 위계질서, 호모성, 특이함, 원본 등에 대해 의문을 제기한다. (중략) 중심이 주변에 자리를 양보하기 시작하고, 총체적 보편성이 스스로 해체되기 시작하면, 예컨대 장르와 같은 문학적 관습 내에서의 충동의 복합성이 점차 두드러지게 된다(데리다, 이합 하산의 논의). 문화적 호모성 또한 그 갈라진 틈을 노출하며, 총체화된(아직은 복수이지만) 문화에 직면하여 주장되는 헤테로성(heterogeneity)은 이러한 개인적 주체에 고정된 형태를 띠지 않게 되고, 그 대신에 성, 종족, 민족, 성차별, 교육, 사회적 역할 등에 의해 컨텍스트화된 아이덴티티의 흐름의 일종으로 간주되기에 이른다. (중략) 포스트모더니즘 이론에 있어 이러한 모순은 전형적이다. 우리의 사고 범주의 탈중심화는 항상 개념 정의를 위해 대결해야 하는 중심에 의존한다. 잡종인, 헤테로적인, 불연속적인, 반총체적인, 불확실한 어떤 것 등으로 형용사는 바뀔 수 있다. 또한 은유도 바뀔 수 있다. 말하자면 중심이 없는 미로의 이미지, 혹은 예언이 우리가 도서관에 대해 품고 있는 전통적으로 매우 정연한 개념을 대치할 수 있다. (중략) 우리는 이러한 변화의 근원을 발견하기 위해 다시 1960년대로 돌아가야 한다. 왜냐하면 1960년대는 종족, 성, 성차별, 민족, 출신성분, 계급 등의 차이에 의해 규정되는 '조용한' 집단들이 역사에 획을 그은 시기이기 때문이다. 그리고 1970년대와 1980년대에는 남성적(남근적), 헤테로적, 유럽적, 종족적인 자기중심주의로서의 논리적 담론과 예술적 실천으로 다시 급속하게 탈중심화가 진전된 시기였다.[4]

위의 저서에서 린다 허치언은 1960년대에 불어닥친 변화가 이전의 이분법적인 논리가 아닌, '종족, 성, 성차별, 민족, 출신성분, 계급 등의 차

4) Linda Hutcheon, A Poetics of Postmodernism: History, Theory, Fiction(London & New York: Routledge, 1988)

이에 의해 규정되는 조용한 집단'들의 차별화에 의한 것임을 강조하고, 이들에 의해 새롭게 시도된 '탈중심적인 것(ex-centric)'이 '가장 탁월한 것(eccentric)'임을 밝힌다. 그녀는 "서구 중심, 남성 중심, 이성 중심, 이성애 중심에서 탈출할 때, 우리 시대에 얻을 수 있는 새로운 문학 형태에 도달할 수 있다"고 말하고 있다. 이러한 문학 형태가 포스트모더니즘, 탈식민주의, 페미니즘 등의 시대적 과제와 조응하고 있음은 당연한 일이다.

　이런 맥락에서 볼 때, 1990년대 연극의 가장 두드러진 특징 중 하나는 여성 극작가와 연출가들이 대거 등장했다는 것이다. 정복근, 윤정선, 엄인희, 오은희, 김윤미, 정우숙 등의 창작·연출 활동은 한국사회가 안고 있는 근본적인 문제점 중의 하나가 여성 문제라는 점과 관객층 대다수가 여성인 점을 고려하면, 오히려 자연스러운 귀결로 볼 수 있다. 정복근은 「웬일이세요, 당신」(1988), 「덕혜옹주」(1995), 「나, 김수임」(1997)을 통해 역사 속의 왜곡된 여성상을 표현해냈고, 김윤미는 「메디아 판타지」(1995), 「결혼한 여자와 결혼 안 한 여자」(1996) 등의 작품들을 통해 남성적인 논리로는 설명할 수 없는 여성 심리를 표현했다. 「위기의 여자」(1986), 「리타 길들이기」(1990), 「굿나잇 마더」(1990), 「탑걸스」(1993) 등의 번역극으로부터 출발한 여성주의 연극은 「나의 가장 나종 지니인 것」(박완서 작, 강영걸 연출, 1994), 「11월의 왈츠」(이충걸 작, 장두이 연출, 1994), 「늙은 창녀의 노래」(송기원 작, 김태수 연출, 1995) 등 관록 있는 여배우에 의존한 여성 모노드라마의 출현으로 이어졌다. 여성 연극은 남성 중심적 세계관에 대해 문제 제기를 하면서 여성의 자아 정체성을 탐색해나간다. 다른 한편으로는, 자녀를 낳고 양육하는 여성으로서의 특징이 대지의 여신 가이아에 의해 유지되는 자연의 생태학적 특징에도 부합된다는 점에 비추어 자연의 정복을 특징으로 하는 근대사회 전반에 대한 문제 제기 성격도 보이고 있다.

여성에 대한 관심 못지않게 삶의 활력을 상실한 노년의 쓸쓸한 풍경을 다룬 작품, 사회적 약자들의 삶을 가감 없이 그대로 전달하고자 하는 '서민극', 현대를 살아가는 예술가들의 소외와 불안을 독특한 형식에 담아 그려낸 작품들도 있다. 이근삼의 「막차 탄 동기동창」(1991), 「이성계의 부동산」(1991)은 이제 막 노년기에 접어든 작가 자신의 체험을 노인 특유의 지혜와 여유로 풀어낸 작품이다. 한편 김태수의 「해가 지면 달이 뜨고」(1999), 박근형의 「대대손손」(2000) 등은 가난한 일상을 리얼리즘 수법으로 풀어내고 있다. 최현묵 작 「상화와 상화」(1993)는 1920년대에 활발한 작품 활동을 펼쳤던 시인 이상화가 낭만주의자에서 혁명가로 변신해가는 모습을 독특한 분신 기법을 사용하여 표현해냈고, 「끽다거」(1995)는 만해 한용운의 일대기를 뮤지컬 형식으로 꾸며내고 있다. 김의경 작 「길 떠나는 가족」(1991)은 천재 화가 이중섭의 비극적 일생을, 조광화 작 「아! 이상!」(1994)은 천재 시인 이상의 기행적 삶을 그의 친구이자 화가였던 구본웅을 통해 그려내는 방식을 취하고 있으며, 이상현 작 「사로잡힌 영혼」(1991)은 조선 후기의 화가 오원 장승업의 일대기를 중심으로 예술과 권력 사이의 긴장 관계를 잘 그려내고 있다. 예술가를 소재로 한 이러한 희곡들은 예술과 인생에 대한 폭넓은 조망을 보여줌으로써 진지함을 추구하는 희곡의 한 경향을 이루었다.

2. 형식의 변화—새로운 경향의 정착

주제의 변화 못지않게 특징적인 점은 기존의 사실주의 연극이 쇠퇴하고 다양한 연극적 실험이 이루어졌다는 점이다. 19세기적 리얼리즘에 의존하고 있던 연극이 일거에 사라지고 있음은 그리 놀랄 일이 아니다. 사실 우리 근대극은 사실주의 일변도의 연극이었다. 유치진과 차범석으로 이어진 사실주의 연극은 1970년대 이후에 삭막한 정치 현실과 개인의 대립이라는 주제를 전달하고자 할 때 강력한 무기로 사용되었다. 정치 풍자극이나 세태 풍자극이 리얼리즘 정신에 크게 의존하고 있던 것도 사실이었다. 그러나 1990년대에 들어와 사실주의극의 퇴조와 동시에 첨단매체가 압도적으로 등장함으로써 새로운 연출 기법이 도입되기 시작했다. 관객들은 더 이상 사실주의극에 매력을 느끼지 않게 되었고, 그에 따라 사실주의극은 그 존재 이유를 위협받게 된 것이다. 사실 이전부터 사실주의 연극의 기본 원칙들은 점차 무시되고 무너지는 과정에 있었다. 소극장 무대에 사실적인 무대 세트를 세워 사실적 재현을 꾀한다는 게 무척 어렵다는 기법상의 한계도 변화를 이끌어낸 한 원인이었다. 그러나 최근의 변화는 보다 근원적이며 폭넓은 방향으로 이루어지고 있다. 이러한 변화는 굳이 사실적인 재현을 원한다면 소설이나 영화를 택하는 게 효율적이라는 인식이 널리 파급된 데 기인하고 있기 때문에 보다 근원적인 양상을 띠고 있는 것이다. 이러한 기법의 변화를 몇 가지로 정리해보면, 브레히트의 서사적 연극과 앙토냉 아르토의 잔혹극 등으로 대표되는 현대극적 경향, 전통연희의 놀이적 기법 차용, 멀티미디어 시대에 걸맞은 새로운 미디어의 적극적인 수용 등으로 정리할 수 있다.

특히 신세대 연극인들이 적극적으로 차용하고 있는 '놀이적 요소'는 이념에 대한 강박증이 사라져버린 1990년대의 시대 상황에서 연극의 주류로 떠오른 듯한 느낌마저 든다. 저승이라는 무대에서 벌어지는 극중극 '태평천국의 흥망'을 태연하게 무대화한 김광림의 「달라진 저승」, 거대한 야외 공사장 무대에서 SF적 상상력의 세계를 펼쳐 보인 조광화의 「철안 붓다」, 재치 있는 말장난과 질펀한 육담, 만화적 상상력이 어우러진 장진의 「택시 드리벌」, 풍자와 개그, 역할 바꾸기, 변신놀이가 돋보이는 박광정의 「마술가게」, 극중극과 버라이어티쇼 기법을 적절하게 접목시켜 1980년대

운동권 세대의 고민을 그린 김명화의 「새들은 횡단보도를 건너지 않는다」 등은 놀이의 유희성을 적극적으로 활용한 작품들로 평가된다. 그들의 연극 속에는 속도감 있는 장면 전개, SF영화와 컴퓨터 게임, 개그, 만화적 상상력의 분출, 버라이어티성의 흔쾌한 활용 등이 두드러지게 나타난다.[5]

뮤지컬의 호황도 특징적이라 할 만하다. 가벼운 주제와 현란한 볼거리를 특징으로 하는 뮤지컬은 전형적인 '스타 탄생'의 플롯을 양산해내지만, 김정숙 작 「블루 사이공」(1996)은 월남전에 참전했다가 고엽제와 전투 후유증으로 시달리는 한 환자의 비극을 신랄하게 그려냄으로써 새로운 모습을 보여주었다. 독일의 원작을 각색한 김민기의 「지하철 1호선」도 노래와 춤, 배우들의 분주한 일인다역 속에서 펼쳐지는 놀라운 극적 앙상블을 통해 장기간 상연 기록을 이어가고 있다. 장정일의 희곡 「긴 여행」을 희랍극 「오이디푸스 왕」과 결합한 김아라 연출의 「오이디푸스와의 여행」(1995), 가상의 책을 매개로 하여 단종과 세조 사이의 역사적 사건을 추적해나가는 이강백의 「영월행 일기」(1995) 등에서도 기존의 리얼리즘 연극에서 찾아보기 힘든 연극적 장치들을 확인할 수 있다.

3. 중견 극작가의 활동—오태석, 이강백, 이윤택

극작가들은 서재에 틀어박혀 작품을 쓸 게 아니라, 극장에서 써야 한다. 이러한 충고는 희곡이 연극 상연을 전제로 하고 있다는 점, 공연을 통해 희곡의 한계를 뛰어넘어 가는 과정이 작품의 완성도에도 막대한 영향을 미친다는 인식에 바탕을 두고 있다. 오태석과 극단 목화, 이윤택과 연희단거리패라는 작가와 극단의 상관관계는 희곡 창작과 연극연출 사이의 생산적인 관계를 잘 보여주는 사례로 꼽을 수 있다.

5) 서연호 · 이상우, 『우리 연극 100년』, 현암사, 2000, 380~381쪽.

오태석은 「운상각」(1990. 3)에서 「잃어버린 강」(2000. 10)에 이르기까지 14편의 연극을 창작 연출했다.[6] 아룽구지 극장에서 극단 목화와 함께 진행해온 그의 작업들은 항상 현장 중심으로 이루어져 왔다. 극작가와 연출가가 분리되지 않고, 연출을 통해 끊임없이 작품을 수정해가는 그의 작업은 처음부터 끝까지 현재진행형으로 이루어지게 마련이다. 따라서 고정되고 완성된 문학 텍스트의 관점에서 평가하기가 매우 힘들다. 그의 작품이 지나치게 비논리적이어서 이해하기 힘들며, 그가 그리는 현실의 모습이 대단히 파편적이고 일그러진 형태를 띠고 있기 때문에, 그의 작품에는 항상 적극적인 옹호와 함께 부정적인 시선도 만만찮게 뒤따른다. 어쨌든 그의 작업에서 발견할 수 있는 연극적 생동감은 그가 40년 동안이나 한국 연극판의 중심에서 버틸 수 있었던 근거가 되어주었다. 그의 희곡은 한국의 비극적인 현실을 다루되, 영원한 시간 여행자로서의 무당을 주인공으로 등장시켜, 그로 하여금 시공을 초월한 여행을 통해 세계의 폭넓은 조망을 얻어내게 하는 방식을 취하고 있다. 조선 시대의 역사적 비극과 6·25 체험, 한국과 외국의 비극적 체험이 병치되는 것은 이러한 방법론에 의해서이다. 개인과 역사 사이의 갈등과 화해를 다루고 있으면서도 무겁지 않고, 시종 다채로운 상상력을 펼쳐 보여주는 오태석 연극은 놀이성이 강한 전통 연희에 그 토대를 두고 있다.[7]

이강백은 「물거품」(1991. 9)에서 「수전노, 변함없는」(1998. 9)에 이르기까지 12편의 작품을 창작했다.[8] 희곡 창작이 연극 공연으로 이어져야 한다는 점을 고려하면, 1년에 두 작품 정도를 꾸준하게 발표해온 것은 상당한 다작으로 볼 수 있다. 특히 이강백은 1970년대 초반부에 보인 관념적

6) 오태석, 『오태석 희곡집』 1~4, 평민사, 1994.
7) 오태석, 서연호 대담, 장원재 정리, 『오태석 연극-실험과 도전의 40년』, 연극과인간, 2002.
8) 이강백, 『이강백 희곡전집』 4~6, 평민사, 1999.

이고 알레고리적인 작법에서 벗어나 연극성과 문학성을 두루 갖춘 작품 창작에 주력했는데, 이러한 연극성의 추구는 1991년 연극·영화의 해를 기념하는 송년 연극제로 준비된 「동지섣달 꽃 본 듯이」에서부터 국립극장 50주년 기념공연인 「마르고 닳도록」(2001)에 이르기까지 일관되게 드러난다. 그는 1990년대 연극의 일반적인 경향인 '극장주의'에 어느 정도 비판적인 입장을 취하면서, 자신이 예전에 고수했던 문학적이고 철학적인 주제 탐구에 점차 연극성을 가미하는 변신을 보여주고 있다.[9]

이윤택 또한 극작과 연출 분야에서 정력적인 활동을 펼치고 있다. 「오구—죽음의 형식」(1989)을 통해 새로운 연극의 문을 활짝 열어젖힌 그의 활발한 연출 작업은 『웃다, 북치다, 죽다』(평민사, 1993), 『문제적 인간—연산』(1995, 공간), 『어머니』(1999, 평민사), 『도솔가』(평민사, 2000) 등의 희곡집들에 잘 정리되어 있다. "희곡작가는 역사를 해석하려는 것이 아니라, 역사 속의 인간, 그 인간의 선택과 실천적 행위를 드러내는 것이다. 역사에 대한 극작가의 저항은 숙명적인 것이고, 여기서 무정부적 상상력은 극작가가 지닐 수 있는 유일한 무기처럼 느껴진다"는 작가의 말 속에 이윤택의 연극적 지향점이 그대로 드러나 있다. 그의 활동은 다방면에 걸쳐 펼쳐지고 있는데, 언어에 의존하던 기존의 극작술과는 다른 방식으로 역사적 격동기에 처한 지식인의 실존적인 고민을 형상화하는 작업, 삶의 정체성에 대한 근본적인 문제 제기를 시도하는 작품들을 발표하고 있다.

노모의 갑작스러운 죽음으로 인해 벌어지는 장례식에 죽음과 삶, 슬픔과 웃음이 함께 공존하는 기이한 한바탕 굿을 해학적으로 그려낸 「오구—죽음의 형식」은 그의 연극적 지향점을 잘 드러내 보여준다. 또 가상의 랑겔한스 섬을 배경으로 하여 권력과 지식, 광기와 이성의 갈등을 형상화한 「불의 가면」(1993), 민간 제의와 서구적 비극 형식, 잔혹극적인 요소를 폭

---

9) 이영미, 『이강백 희곡의 세계』, 시공사, 1998.

644

넓게 활용하면서 역사 속 인물인 연산군을 재해석한 「문제적 인간, 연산」 (1995)도 그의 연극적 장기가 제대로 발휘된 수작으로 꼽을 수 있다.

4. 새로운 연극 세대의 출발

이만희는 「그것은 목탁구멍 속의 작은 어둠이었습니다」(1990)로 삼성문예상과 서울연극제 희곡상을 수상하며 화려하게 등장한다. 그의 후속작 「불 좀 꺼주세요」(1992)는 한국연극사상 최다 관객 동원, 단일 극장 최장기 공연 등의 기록을 세워, 이 시대를 대표하는 연극으로서 서울 정도 600주년 타임캡슐에 수장되기도 했다. 첫사랑을 못 잊는 중년 남녀가 사회적인 규범을 벗어던지고 진실하고 본능에 충실한 사랑을 추구하는 과정을 그린 이 연극은 내용상으로는 그리 새로울 것이 없다는 평가를 받았으나 외면과 내면을 대비시켜 보여주는 분신 기법, 중년층에 호소할 수 있는 보편적인 정서를 성공적으로 형상화함으로써 인상적인 무대를 완성해냈다. 그는 이후에도 「돼지와 오토바이」, 「피고지고 피고지고」(1993), 「돌아서서 떠나라」, 「아름다운 거리」(1996) 등의 작품을 꾸준히 발표해오고 있다. 그의 희곡이 대중적인 인기를 끌 수 있는 이유는 희곡으로서의 문학성을 포기하지 않으면서도 TV 드라마에 익숙해 있는 관객층에도 낯설지 않은 극작술을 활용하며, 대중적이고 보편적인 주제를 내세우고 있기 때문이다. 「돌아서서 떠나라」가 김유진 감독에 의해 〈약속〉(1998)이라는 제목의 영화로 제작되어 나온 걸 보더라도, 그의 작품들이 남녀 사이의 애정에 얽힌 사건이나 지난 시절에 대한 향수 등 보편적인 정서에서 출발하고 있다는 걸 알 수 있다.[10] 이십대 후반의 젊은 극작가 장진은 신세대 작가로서 새로운 재능을 선보였다. 「서툰 사람들」(1995)에서는 훔칠 만한 물건이

---

10) 박명진, 「희곡의 영화화에 나타난 의미 구조 변화」, 『한국극예술연구』 제13집, 2001.

전혀 없는 방 안에서 어떻게 해야 할지 몰라 당황하는 서툰 도둑과 도둑 앞에서도 끊임없이 수다를 떠는 서툰 주인 사이의 희극적 만남을 다룬다. 희극적 상황 설정과 입담에 의해 빠르게 진행되는 그의 작품은 이후에「택시 드리벌」,「허탕」등의 상황극으로 이어졌다. 최근에는 영화 〈간첩 리철진〉의 흥행 성공에 힘입어, 시나리오 창작과 영화 연출에 주력하고 있다.

소설가와 시인이 연극 무대에 뛰어들어 일정한 성과를 거둔 사례도 적지 않았다. 관객과의 직접적인 만남과 소통을 다룬 소설가 최인석의「사상 최대의 패션쇼」(1995) 등을 대표적인 예로 꼽을 수 있다.

무엇보다 1990년대에는 신세대로 분류되는 작가들의 활동이 두드러진 시대였다고 말할 수 있다.「소망의 자리」(1988)의 정우숙,「아바돈을 위한 조곡」(1991)의 오은희,「장마」(1992)의 조광화,「마술가게」(1992)의 이상범,「꿈꾸는 기차」(1992)의 김정숙,「사팔뜨기 선문답」(1994)의 윤정선 등이 그들이다. 이들은 극장주의적 연극을 추구하며 스타일 실험에 적극적인 경향을 보인다. 그 때문에 왠지 '우리 연극'이라는 느낌이 약하며, 삶과 사회에 대한 깊이 있는 문제의식이 부족하다는 평을 받기도 한다.[11] 그러나 이들에 의해 20세기의 연극과는 다른 새로운 연극이 시도되고 있다는 점은 부인할 수 없는 사실이다.

---

11) 김미도,『21세기 한국연극의 길찾기』, 연극과인간, 2001, 81~89쪽.

거대서사의 해체와 하위주체의 발견

— 1990년대 문학비평의 지형도

류보선

1. 하위주체들의 카니발, 혹은 1990년대 문학비평의 풍경

모든 새로운 보편성은 언제나 기존의 보편성에 의해 '쓸모없는 실존 (faule Existenz)'으로 격하된 타자나 하위주체들에 새로운 생명력을 부여하면서 솟아오른다. 그리고 그 새로운 보편성들이 뒤엉켜 서로 경쟁하는 다성적인 시공간이 펼쳐지는 바로 그 순간, 한 나라 혹은 한 시대의 문학은 한껏 풍요로워진다. 1990년대 문학의 풍요로움이 바로 이러하다. 1990년대는 거대한 중심에 가려져 말을 하지 못했던 거의 모든 주체, 대상, 사물들이 비로소 말을 하기 시작한 연대라 할 수 있으며, 1990년대의 문학은 시대를 앞서서 그 중얼거림들을 텍스트화하거나 아니면 그 웅얼거림을 어느 영역보다도 민감하게 포착해낸 바 있다. 그만큼 1990년대의 문학은 그동안 한국문학사에서 배제되었던 거의 모든 대상, 계층, 사물,

주체들의 숨겨진 말들을 듣거나 말을 대신 해주기에 혼신의 힘을 다했다고 할 수 있다. 그 결과 1990년대의 문학은 다양하고 생동감 있는 목소리들이 넘쳐흐르는 혼성적이고 카니발적인 시공간으로 자리한다.

1990년대의 문학비평 역시 1990년대 문학 전반과 크게 다르지 않다. 1990년대 문학 전반이 언어의 감옥에 갇혀 있던 말들을 해방시키고 텍스트화하듯, 1990년대 문학비평은 그 텍스트들을 충실하게 맥락화하여 새로운 보편성들이 지니는 의미들을 규명하는 데 전력을 다한다. 하여, 1990년대 문학비평은 실로 단순화하기 힘들 정도의 세대, 주제, 경향, 섹슈얼리티의 비평 언어들을 표현해냈고, 그 결과 1990년대의 문학비평 전반은 그 모든 것들이 공존하고 길항하면서 다양하고도 생산적인 병존의 과정들로 충일하다.

물론 1990년대 문학비평의 풍부함과 생동성이 손쉽게 이루어진 것은 아니다. 그것은 한편으로는 1990년대 초반의 극심한 혼란을 지혜롭게 넘어선 결과이며, 다른 한편으로는 낡은 보편성이 행한 천재적인 은폐를 계보학적으로 비판하는 것은 물론 그 보편성이 확립된 기원을 찾아가 낡은 보편성에 의해 배제되고 버려진 질들을 고고학적으로 복원해낸 고투의 산물이다. 1990년대 초반만 해도 한국문학 전반을 사로잡은 것은 절박한 위기의식이다. 1990년대 초반 한국문학은 거대한 정신적 지각변동을 경험한다. 그로 인해 1990년대 초반의 문학비평은 단절감, 당혹스러움, 무기력감 등에 빠져들어 그 혼란으로부터 쉽게 빠져나오지 못한다. 이 혼란을 비집고 먼저 등장한 것이 사이비 교양. '문학의 죽음', '작가의 죽음', '주체의 죽음', '지식인의 죽음' 등 그야말로 수많은 것들에 대한 사형선고가 행해지고 그 자리에 광기의 이성이 자연스럽게 자리를 차지한 것이 1990년대 초반의 상황이다. 또한 1990년대 후반에는 비평가의 자질을 문학 구성의 가장 본질적인 요소로 규정하는 소위 '비판적 글쓰기'가 나타나기도 한다.

하지만 1990년대 초반기의 이 문화적 전환기는 동시에 진정한 의미의 문학정신을 불러오기도 한다. 사이비 교양인들이 '문학의 위기'니 '문학의 죽음'이니 하는 선동적인 문구를 빌어 아무 거리낌 없이 광기의 이성을 휘두르는 동안, 다른 한곳에서는 '위기의 문학'을 구해내려는 고투가 치열하게 행해진다. 1990년대 문학비평이 새로운 보편성을 끌어올리는 과정은 결코 만만한 작업이 아니다. 그것은 자신들의 예측이 빗나가자 자신들의 예측 프로그램을 정밀하게 검토하는 대신에 우리가 아는 시대의 종언을 선언할 정도로 자기 확신적이며 동시에 공공 영역 전반을 지배하던 1980년대적 보편성을 넘어서는 일이었기 때문이다. 예컨대 새로운 문학의 형식을 단순히 '반총체성, 반객관성, 반역사성'의 총화이며 또한 '세부의 무연성(無緣性), 주관의 무매개성, 대상의 무시간성'을 특징으로 하는 '무위한 놀음'[1]에 불과하다고 파악할 정도로 1980년대적 시대정신은 자기 확신적인 체계를 지니고 있었으며, 1990년대 문학비평은 이 절대화된 시대정신을 넘어서야 했던 것이다.

1990년대 문학비평은 1980년대의 굳어진 시대정신이 의식적으로 혹은 무의식적으로 배제한 사물들을 찾아 나서서 그것들을 문맥화하면서 이 힘겨운 과정을 성공적으로 수행한다. 1990년대 문학비평은 근대성, 탈근대성, 여성성, 생태학 등등 이전 시대에는 쓸모없는 실존으로 격하되었던 것들이나 1980년대식 위계질서에 의해 주변부로 떠밀렸던 것들을 새로운 보편성으로 격상시킨다. 해서 1990년대 문학비평 전반은 다양한 중심들이 서로 공존하지만, 중심 자체를 부정하는 논리에 의해 그 다양한 중심을 위계질서화하지 않는 양상을 보인다. 1980년대적 보편성이 비루한 질로 격하시킨 모든 것들이 되살아나 같이 공존하는 시공간이 바로 1990년대 문학비평의 자리라 할 수 있다.

---

1) 김철, 『구체성의 시학』, 실천문학사, 1993.

이제 1990년대 문학비평의 장이 형성되는 과정을 살펴보자.

2. 중심의 상실, 혼란, 그리고 갱신—1990년대의 민족문학비평

1990년대 문학비평의 풍성한 장은 1980년대적 시대정신의 동요와 자기갱신에서부터 열리기 시작한다. 1980년대에는 사회구성원들의 원망과 염원을 결집하고 이끌어가는 시대의 중심 논리로서의 역할을 행한 바 있던 민족문학/론이 1990년대로 접어들면서 급격하게 동요했음은 잘 알려진 사실이다. 1990년대 들어 민족문학/론은 더 이상 현실을 정확하게 예측하지도, 또 눈앞에 펼쳐지고 있는 현실에 대한 명확한 해석도 내놓지 못하는 상황에 이른다. 이러한 상황은 우선 현실상의 급격한 변화에서 촉발된 것이라 할 수 있다. 1990년대 초반 한국사회는 거대한 전환을 경험한다. 오랜 군부독재 정치가 종언을 고하고 야만적이고 직접적인 모순이 자취를 감추자, 사회구성원 대부분은 일상적인 삶의 안정성의 그늘로 돌아간다. 여기에 갑작스레 컴퓨터, 멀티미디어, 사이버 등 디지털 세계가 밀어닥침으로써 전혀 새로운 사회적 분위기가 형성된다. 그러자 광장을 가득 메웠던 질풍노도의 물결은 한순간에 스러지고, 각각의 개인들은 세계와는 단절된 밀실로 돌아가 그곳에서 고독과 퇴폐라는 삶의 형식을 향유하기 시작한다. 민족문학/론의 측면에서 보자면 예상치 못한 변화다.

하지만 1990년대 초반 민족문학/론이 혼란에 빠진 더욱 중요한 이유는 민족문학 내부에 있었다. 구체적으로 말하자면 민족문학/론이 설정한 민족적 위기의 내용이 대단히 제한되어 있었다는 것이다. 분단 체제 그리고 그 분단을 지속하려는 야만적인 독재 체제, 이것만이 민족문학/론에서 설정한 민족적 위기의 본질이며 또한 전체이다. 이렇게 민족적 위기를 단순화시킨 결과 민족문학/론은 민족 구성원이 모순의 본질에 도달하지 못할 가능성에 관심이 없다. 이렇게 분명한 것을 발견하지 못하는 것을 불가능하다고 믿는다. 이 때문에 민족문학/론은 인간의 주체성에 대한 절대적인 믿음을 지닌다. 비록 자본주의 체제가 인간을 고독하고 타락한 존재로 전락시키며 또 때로는 인간 자체를 분열의 상태로 밀어 넣는다고는 하나, 사회적 관계의 총화로서 개인의 위치를 정확하게 읽어내기만 하면 그것은 손쉽게 극복될 수 있으리라 믿는다. 이 시대를 살아가는 모두가 그런 것이 아니라면 민중, 혹은 노동자계급은 그것이 가능하다고 확신한다. 그래서 민족문학/론은 인간을 허위의식 혹은 사물화된 의식에 사로잡히게 하는, 또 때로는 고독과 퇴폐의 상태로 인간의 의식을 고정시키는 자본주의적 현실에 대해서 그리 큰 의미를 부여하지 않는다. 그런데, 그랬던 것인데, 민족문학/론이 그 개연성을 인정하지 않았던 시대가 오고야 만 것이다.

이 때문에 1990년대 초반 민족문학/론은 대단히 위축된 모습을 보인다. 그러나 1990년대의 민족문학/론은 거기서 그치지 않는다. 더 나아간다. 1990년대에 들어서면서 민족문학/론은 철저한 자기 갱신을 행한다. 민족문학/론의 갱신은 우선 지난 시대의 민족문학/론을 비판하는 자리에서 시작한다. 최원식은 1980년대의 민족문학운동이 '이론과 현실의 안이한 예정조화의 신앙' 때문에 현실을 정확하게 읽어내는 데 실패했다고 혹독한 자기비판을 행한다.[2] 또 그런가 하면 윤지관의 경우 편향된 몇몇 민족문학/론의 위기를 들어 문학과 현실의 연관성, 변혁의 필요성, 민족적 위기에 대한 각성의 필요성 전체를 부정하는 논의들과 철저하게 맞서기도 한다.[3]

1990년대 들어 민족문학/론이 행하고 있는 여러 모색 중에서 민족문학/론 전체에 커다란 활력을 제공하고 있는 것은 아무래도 이전 시대의

---

2) 최원식, 「80년대 문학운동의 비판적 점검」, 『생산적 대화를 위하여』, 창작과비평사, 1997.
3) 윤지관, 『리얼리즘의 옹호』, 실천문학사, 1996.

민족문학/론이 배제하고 있던 그것, 그러니까 인간의 의식을 허위의식에 빠져들게 하는 조건들에 대한 관심이다. 이제 민족문학 내부에서도 "이를테면 고립성, 스테레오타입, 자동화, 코즈모폴리터니즘, 익명성, 충동성, 이기주의 혹은 개인주의, 금전주의 등은 인간학이자 인류의 정신적 자산인 문학이 풀어야 할 중요한 문제 영역"[4]임을 분명히 하기 시작한 것이다. 민족문학의 창안자인 백낙청은 분단 체제의 본질적 성격을 강조하면서도 전 지구적 자본주의라는 개념을 도입하여 자본주의가 필연적으로 발생시키는 인간소외의 조건에 시선을 돌릴 뿐만 아니라 그 실천적인 방안으로 신경숙, 김기택 등을 민족문학 범주 안으로 끌어들여 민족문학의 범위를 확장하고자 한다.[5] 또 신승엽은 배수아 등의 소설에서 나타나는 분열된 자아 혹은 이미지나 가상에 들린 삶들을 우리 시대의 '리얼한 것'으로 파악하여, 현재의 모더니즘적 조건을 적극적으로 포괄[6]하고자 한다.

하지만 1990년대의 민족문학/론 갱신을 이야기할 때 가장 주목되는 비평가는 아무래도 최원식이다. 최원식은 1980년대 민족문학운동의 반성에서부터 시작하여 민족문학/론의 갱신에 가장 헌신적일 뿐만 아니라 또한 충분히 의미 있는 좌표들을 제시하고 있다. 최원식은 한편으로는 한국적 근대성에 대한 전면적인 성찰을 행하면서, 다른 한편으로는 모더니즘과 리얼리즘의 회통이라는 큰 화두를 제시하고 있다. 물론 '리얼리즘과 모더니즘의 회통'이라는 말에 걸맞은 구체적인 내용이 제시되고 있지 않아서 선언적이라는 느낌을 지울 수 없는 것이 사실이다. 하지만 최근 그의 동아시아적 가치에 대한 관심이나 황석영의 『손님』 등에서 나타나는 전통적인, 그러면서도 혁신적인 내러티브에 대한 남다른 의미 부여 등을 놓고 볼 때

---

4) 임규찬, 『왔던 길, 가는 길 사이에서』, 창작과비평사, 1997.
5) 백낙청, 『분단체제 변혁의 공부길』, 창작과비평사, 1994.
6) 신승엽, 『민족문학을 넘어서』, 소명출판, 1999.

조만간 '리얼리즘과 모더니즘의 회통'에 합당한 구체적인 내용을 확인할 수 있을 듯도 하다. 만약 그것을 중심으로 우리의 근대성을 재구성하고 또 앞으로 나아갈 길을 제시할 수 있다면, 우리의 문학비평은 한껏 더 풍요로워지리라.

3. 모더니티의 발견과 문학주의

1980년대의 중심, 그러니까 민족문학/론은 한편으로는 해방자이지만 다른 한편으로는 억압자이다. 민족문학/론은 그 이전까지 말하지 못했던 많은 것들을 말하게 했지만 동시에 또 수많은 것들을 언어의 감옥 속에 감금하기도 했던 것이다. 민족문학/론은 우선 문학운동을 지향함으로써 문학이라는 고유한 영역이 말할 수 있는 것을 강하게 억압한 바 있다. 그런가 하면 분단, 독재, 자본가와 노동자의 대립 등을 본질로 설정하는 것은 물론 그것의 극복을 지상명제로 제시하고는 그 이외의 현실인식을 모두 인식 부족이나 병든 퇴폐주의 등으로 규정함으로써 자본주의에 대한 다양한 해석의 가능성을 차단하기도 한다. 민족문학/론은 이렇게 문학이 고유하게 말할 수 있는 방식을 인정하지 않았으며 동시에 우리 사회에 산포되어 있는 자본주의적 보편성에 대해 말할 수 없게 만든 것이 사실이다.

이러한 굳건한 1980년대적 중심이 흔들리자 그 틈을 비집고 다양한 목소리들이 쏟아져나온 것은 당연하다. 아니, 정확하게 표현하자면, 새로운 비평적 체계들이 1980년대 정신이 은폐한 비루하고 사소한 것들을 개념화하면서 1980년대적 보편성을 부정하고 해체했다고 해야 하리라. 하여간 1990년대 문학비평은 분단이라는 개별성에 가려진 보편성을, 자본가—노동자라는 프리즘에 국한되어 있던 자본주의의 또 다른 측면들을 읽어내고자 한다. 이것은 또한 이전에도 엄연히 존재했으나 묻혀 있던 삶의 요소들을 찾아내는 것이자 동시에 1990년대 들어 더욱 강화된 근대적, 혹은 탈근대적 삶의 형식에 대한 근원적인 성찰임은 물론이다.

1990년대 문학비평은 무엇보다 자본주의 특유의 등가성과 도구적 합리성, 그리고 자본제적 감시 체제와 제도화 과정에 주목한다. 그리고 새로운 문화적 전환점에서 그러한 성향들이 더욱 강화됨을 직시한다. 이제 1990년대 문학비평에 포착된 우리 사회는 모든 다양한 가치들을 하나로 통합하고 위계질서화하는 등가성의 원리가 지배하는 곳이며, 그 때문에 개별적인 가치, 질, 고유성, 비교 불가능성 등이 자리할 틈이 없는 공간이다. 그런 까닭에 1990년대 문학비평은 문학 전체가 새로운 문화적 환경으로 인해 주변부로 밀려가고 있다는 사실을 잘 알면서도 문학적 실천을 무엇보다도 중요한 영역으로 파악하며 또한 도구적 합리성 대신에 미적 근대성을 조심스레 탐색하기도 한다. 어떠한 균질화 혹은 등가성도 인정되지 않는 미적 근대성 혹은 문학적 실천이야말로 도구적 합리성에 맞설 수 있는 가장 유효한 인간적 실천이겠기 때문이다.

1990년대 문학비평이 가장 집중적으로 행한 작업이 바로 이것이며, 1990년대 문학비평 득의의 영역 중 하나도 바로 이 부분이다. 그중 기억할 만한 것만 대충 꼽아보아도 1990년대 문학비평이 1980년대적 중심에 의해 억압되었던 근대적 요소나 문학의 고유한 방식을 되찾기 위해 얼마나 헌신적이었는가를 쉽게 확인할 수 있다. 김윤식(『현대 소설과의 대화』, 『농경사회의 상상력과 유랑민의 상상력』, 『작가와의 대화』), 김병익(『새로운 글쓰기와 문학적 진정성』, 『숨은 진실과 문학』), 유종호(『문학의 즐거움』, 『서정적 진실을 찾아서』), 김화영(『소설의 꽃과 뿌리』), 김주연(『디지털 욕망과 문학의 현혹』, 『가짜의 진실 그 환상』), 도정일(『시인은 숲으로 가지 못한다』), 조남현(『풀이에서 매김으로』, 『1990년대 문학의 담론』), 권영민(『태백산맥 다시 읽기』), 황국명(『떠도는 시대의 글찾기』), 정과리

(『무덤 속의 마젤란』), 임우기(『그늘에 대하여』), 신범순(『글쓰기의 최저낙원』), 정호웅(『반영과 지향』, 『한국문학의 근본적 상상력』), 한기(『전환기의 사회와 문학』), 권성우(『비평의 매혹』), 이광호(『위반의 시학』, 『소설은 탈주를 꿈꾼다』), 우찬제(『욕망의 시학』, 『타자의 목소리』), 하응백(『문학으로 가는 길』), 남진우(『신성한 숲』, 『숲으로 된 성벽』), 김만수(『문학의 존재 영역』), 서영채(『소설의 운명』), 황종연(『비루한 것의 카니발』) 등의 비평은 1980년대적 중심에 의해 가려진 문학의 고유한 가치를 복원해낸 주목할 만한 성과들이라 할 수 있다. 비록 미적 근대성, 타자성, 탈주, 문학적 진정성, 해체, 부정성 등 핵심 용어는 조금씩 달리하고, 또한 세대에 따라 그 가치의 중심 또한 달리 두는 것도 사실이지만, 1990년대 문학비평은 각각의 문학작품에서 행해지는 다양한 문학적 실천을 통해 균질화되고 집단화된 시간 혹은 기억으로부터 벗어나 자유로운 삶을 향유할 가능성을 탐색한다. 근대의 도구적 합리성에 맞서는 최상의 실천으로 문학의 발화 형식을 설정하고 있다는 점에서 우리는 이러한 작업을 문학주의라고 부를 수 있으리라.

어쨌든 1990년대 문학비평의 상당수는 새롭게 형성된 삶의 징후와 그것을 문학적으로 전유한 텍스트를 꼼꼼하게 읽어내고 의미화하여 한국문학 전체의 깊이를 한 단계 넓히는 데 큰 기여를 한다. 그리고 마지막으로 한 가지 더 주목할 것은 1990년대 문학비평은 1980년대의 비평처럼 작품에 앞서서 어떤 보편적인 규범성을 강제하지 않는다는 점이다. 대신에 1990년대 문학비평은 우선 작품들을 세밀하게 읽고 그런 과정에서, 혹은 사후에 어떤 규범성을 지적하고 또 평가한다. 이는 1990년대 비평정신의 또 하나의 자기표현이라 할 수 있다. "어떤 보편적인 규범성에 직접적으로 부응하는 바로 그 순간 그것은 이미 예술 작품으로서의 자격을 상실한다"(아도르노)는 것, 이것이 1990년대 문학비평이 문학에 주목한 이유라면, 문학비평이 보편적인 규범성을 미리 강제한다는 것은 곧 문학의 존재 의의 자체를 스스로 부정하는 것이기 때문이다.

4. 여성 읽기 혹은 문학의 새로운 길

분단, 혹은 민족적 위기 등에 억눌려 있던 것이 어디 한두 가지랴. 그중 또 하나 빼놓을 수 없는 것이 바로 여성의 목소리이다. 1990년대의 갑작스러운 현실의 변화 앞에서 모두가 당황하고 있을 때, 해서 '작가의 죽음'이니 '문학의 죽음'이니 하는 풍문이 요란스러울 때, 그 당혹스러움과 여러 풍문이 사실은 더 이상 문제의식을 발견하지 못하는 자들의 오만과 편견의 산물이라는 것을 명백하게 보여준 것이 바로 여성적 글쓰기이다. 1990년대의 여성적 글쓰기는 삶의 어두운 실존을 지닌 주체들이 여전히 존재할 뿐만 아니라 그러한 하위주체들의 발화 행위가 문학의 발전을 이끌 수 있다는 사실을 선명하게 보여준 바 있다. 아니, 그 정도에 그친 것이 아니다. 실제로도 여성적 글쓰기는 삶에 대한 새롭고도 밀도 높은 성찰을 함으로써 한국문학의 발전을 주도하니, 저널리즘의 자극적인 표현을 빌자면, 한국문학사에 있어서 1990년대는 '여성문학의 시대'라고도 할 수 있다. 1990년대 문학비평이 이 묻혀졌던, 혹은 어떤 위계질서 때문에 별로 중요하게 다루어지지 않았던 여성의 말을 충실하게 듣고 기록하고 의미화하고 문맥화했음은 물론이다. 해서, 1990년대의 여성문학이 한국문학 전체의 다양하고도 풍성한 결실의 핵심적인 역할을 차지한 것처럼 1990년대 문학비평 전반에서 페미니즘 문학론이 차지하는 위치 또한 만만치 않다.

이들 페미니즘 문학론은 우선 남성과 여성 사이의 성차(sexual difference)를 교묘하게 이용하여 그것을 '적극적인 남성/수동적인 여성' 혹은 '성숙한 남성/ 관능적 여성' 등의 우열 관계로 확대해석하는 모든 사회적 장치와 텍스트를 부정한다. 즉, 이제까지 당연하게 받아들여졌던 남성과 여성에 대한 관념은 실제의 성차에 의한 것이라기보다는 사회적, 역사적 과정 속에서 이데올로기화된 성(gender)일 뿐임을 분명히 하는 것이다. 그리고 남성들에 비해, 혹은 남성들에 의해 자신들의 삶의 가치를 부정당하던 여성들이 자신들의 고통, 행복, 출산, 사랑, 모성 안에 스며 있는 무궁무진한 의미와 가능성을 담론화하기 시작한다. 그렇게 1990년대의 페미니즘 문학론은 한편으로는 기존의 정전(canon)이나 이데올로기에 스며 있는 남근주의적 요소를 부정 · 해체하고, 다른 한편으로는 여성성을 중심으로 한 새로운 정전이나 사회질서를 모색하고 있다.

그렇다고 1990년대의 페미니즘 문학론이 모두 동일한 지향점과 형태를 보이는 것은 아니다. 거칠게 단순화하자면, 1990년대의 페미니즘 문학론은 크게 두 갈래로 나뉜다. 하나는 여성의 정치적 참여의 확대나 가부장제적 가족 제도의 혁명적 개혁 등을 통해 남근주의적 사회질서를 해체하는데 보다 역점을 두고, 그를 위해 문학작품 곳곳에 스며 있는 남성적 오만과 편견, 그리고 그것의 제도화된 형태인 가부장제적 이데올로기를 비판적으로 추출하는 문학론이다. 조(한)혜정(「근대성, 페미니즘, 그리고 글쓰기」, 「박완서문학에 있어 비평이란 무엇인가」)이나 권명아(『맞장 뜨는 여자들』)의 작업이 이에 속한다. 또 하나는 여성의 소설에 집중적으로 표현되어 있는 여성들의 몸과 말의 고통, 상처, 사랑, 모성(mothering) 등을 통해 그것이 지닌 역사철학적 혹은 문학적 가능성을 읽어내는 부류이다. 즉, 여성들의 고통이야말로 진정한 인간적인 가치, 그러니까 문학이 추구하는 본질적인 가치를 유지하려는 자의 고통이며, 따라서 그곳에는 억압과 지배가 지배하는 근대성을 넘어설 수 있는 잠재적인 가능성이 잔잔하게 끓어넘치고 있음을 읽어낸다. 김경수(『문학의 편견』), 박혜경(『상처와 응시』, 『문학의 신비와 우울』), 황도경(『욕망의 그늘』, 『우리 시대의 여성작가』), 김미현(『한국여성소설과 페미니즘』, 『판도라 상자 속의 문학』), 신수정(「환멸의 사막을 건너는 여성적 글쓰기의 세 가지 유형」, 「증언과 기록에의 소명」), 최경희(「〈엄마의 말뚝 1〉과 여성적 근대성」) 등은 이러한 페미니즘 문학론의 정신을 가장 충실하게 구현한 비평가로 기억될 만하다.

5. 한국 근대문학이라는 역설, 혹은 한국근대문학사의 특질

1990년대는 여러모로 상징적인 의미를 지니는 연대이다. 20세기의 마지막 연대일 뿐만 아니라 세계의 주변부에서 근대라는 보편 세계를 경험하기 시작한 지 한 세기가 경과한 시점이기도 하다. 1990년대가 지니는 이러한 상징성이 1990년대 문학비평을 한국 근대문학 전체에 대한 반성적 성찰로 이끌었는지 아니면 근대성 전반에 대한 반성적 성찰의 결과들이 1990년대의 상징성에 주목하게 했는지는 몰라도, 하여간 1990년대 문학비평에서는 유례가 없을 정도로 치밀하게 근대 이후 한국문학에 대한 역사적 문맥화 작업이 수행된다. 이러한 시기적 특성 외에 근대 이후 한국문학에 대한 왕성한 재질서화를 촉발시킨 또 하나의 중요한 계기는 바로 포스트콜로니얼리즘과 오리엔탈리즘의 영향이다. 이들의 영향으로 진리, 진실, 혹은 인식론적 발전이라는 용어 속에 동양과 서양의 차이를 역시 우열 관계로 전도시킨 서구 중심의 오만과 편견이 개입되어 있음이 밝혀짐에 따라 근대 이후 한국문학 전체를 다른 맥락에서 재구축할 필요성이 절실하게 요청되었던 것이다.

근대 이후 한국문학에 대한 이러한 역사적 문맥화 작업은 1990년대 문학비평의 빼놓을 수 없는 영역이라고 할 만큼 다양하고 지속적으로 이루어진다. 그것은 아주 다양한 방식으로 수행된다. 문학, 연애, 사랑, 민족,

고통, 길찾기, 성장, 상상력, 젠더, 주체성 등등의 특정 개념을 통해 20세기 한국문학 전체를 개괄하는 논의(이 중 「한국소설의 고통과 향유」(우찬제), 「탈민족주의 시대의 민족문제와 20세기 한국문학」(하정일), 「한국문학과 극단의 상상력」(정호웅), 「한국소설과 근대성의 세 가지 파토스」(서영채), 「이브, 잔치는 끝났다―젠더 혹은 음모」(김미현) 등은 주목할 가치가 있다)가 있는가 하면, 근대 이후 한국문학 전체의 역사 혹은 개별 장르사를 문맥화, 법칙화하는 시도(「모순으로서의 근대문학사」(이광호), 「20세기 한국의 문학비평」(김윤식), 「한반도 내에서의 식민성 문제와 근대 한국의 이중과제」(백낙청))가 행해지기도 한다. 이러한 논의들은 각각의 개념을 둘러싼 보편적인 맥락과 우리의 특수한 맥락을 비교, 대조, 유추함으로써 근대 이후 한국문학의 특수성 혹은 보편적인 맥락과 차이를 깊이 있게 제시하고, 더 나아가 '새것 콤플렉스'라고 일컬어질 정도로 보편 세계에 근사(近似)한 것만을 의미 있는 문자 행위로 인정했던 근대 이후 한국문학의 오랜 관성을 충격하여 이제 한국문학도 보편성을 특수화하는 단계에서 우리의 특수성을 보편화하는 단계로 나아갈 수 있는 가능성을 확보한다.

20세기의 한국문학을 반성적으로 성찰하려는 시도는 대산문화재단이 기획 · 개최하고 나중에 책으로 묶인 〈현대 한국문학 100년〉 심포지엄에서 그 절정을 이룬다. 근대 이후의 한국문학을 누구보다도 넓고 깊게 이해하고 있는 문학비평가들이 대거 참여한 이 심포지엄은 한국 근대문학의 거의 모든 영역과 계보 등을 집대성하고, 근대 이후 한국문학의 역사를 총망라했다고 해도 과언이 아니다. 이 심포지엄에서는 이제까지 한국문학의 주요한 논리였던 민족문학론이 또 다른 측면에서 억압적인 측면을 지니고 있었음이 논쟁적으로 제기(김철)되기도 하고, 근대 이후 한국문학의 의미 있는 총괄로 공인되었던 리얼리즘과 모더니즘이라는 프리즘이 오히려 근대 이후 한국문학에서 나타나는 보편과 개별, 중심부의 근대와 주변부의 근대 사이의 차이 혹은 갈등을 읽어내지 못한다는 분석에 입각해 문학사의 새로운 모델의 필요성이 제시(김우창, 최원식)되기도 한다. 또한 이제까지의 우리의 문학비평은 세대나 현실의 변화만을 지나치게 강조, 주로 작가들의 초기 작품에만 주목할 뿐 이후의 변모 과정을 배제하는 우를 범했다는 비판이 제기(이동하)되기도 한다.

20세기의 한국문학을 총괄하면서 또 하나 주요한 흐름을 이루었던 것은 한국 근대문학의 기원에 대한 관심이다. 임형택(「근대계몽기 국한문체의 발전과 한문의 위상」), 권영민(『서사양식과 담론의 근대성』), 권보드래(「'문학' 범주의 형성 과정」), 황종연(「문학이라는 역어(譯語)」), 고미숙(「근대계몽기, 그 생성과 변이의 공간에 대한 몇 가지 단상」), 한기형(「신소설 형성의 양식적 기반」), 최원식(「1910년대 친일문학과 근대성」) 등은 한국 근대문학이 어떠한 과정을 통해 형성되었으며 그렇게 형성된 구조가 어떻게 변모했는가를 충실하게 밝혀내어 우리 문학의 특수한 근대성의 구조에 주목하고 그 안에서 또 다른 근대의 가능성을 모색한 의미 있는 작업을 수행한다.

이 중에서도 근대 이후 한국문학의 맥락화에 누구보다도 열정적인 모습을 보였던 김윤식의 성과는 기억할 만하다. 특히 김윤식의 『한국근대문학연구방법입문』은 문제적이다. 김윤식은 우선 우리의 근대적 경험이 후발 자본주의의 그것이자 동시에 식민지 국가의 그것임을 분명하게 설정하고, 그 중층적이고 복합적인 현실 때문에 전도된 형태이지만 다양한 방식으로 모색된 근대성의 여러 계보를 정립하고자 한다. 그를 통해 제도로서의 근대성, 민족의식으로서의 근대성, 근대의 초극으로서의 근대성, 그리고 타자의 근대로서의 근대성 등을 한국 근대문학의 주요한 계보로 지정한다. 이처럼 『한국근대문학연구방법입문』은 선험적인 이념형을 통해 문학사를 구성하는 대신에 실제 있는 그대로의 문학사를 읽고 규범화한 후 그중에서 가장 의미 있는 궤적을 모색하는바, 이는 한국의 문학비평 전체를 진정한 의미의 한국 근대문학의 기원과 계보를 정립할 단계에 접어들게 한 중요한 성찰로 보인다.

6. 또 다른 하위주체들, 혹은 한국 문학비평의 미래

이상으로 1990년대 문학비평 전체를 대단히 거칠게 조감한 셈이다. 하지만 1990년대 문학비평에는 이것 이외에도 기억할 만한 것들이 많다. 1990년대 문학비평이 매우 다채롭고 풍성하다 함은 이 때문이다. 즉, 1990년대에는 그만큼 범박한 개념화를 거부하면서 자신만의 의미 있는 고유한 영역을 유지하고 있는 비평들이 많이 생산된 것이다.

그중에 꼭 기억되어야 할 것으로는 다음과 같은 것들이 있다. 우선 생태론적인 관심. 우리가 살고 있는 시대는 최소한의 투자로 최대한의 이윤을 창출하는 것을 최고의 합리성으로 설정하는 곳이며 동시에 자연과학의 발달로 자연에 대한 외경심을 상실한 시대이다. 하여, 인간은 자연에 대한 무자비한 수탈자이며 정복자로 살아간다. 최근에 이렇게 인간에게 철저하게 희생당하고 수탈당한 자연의 입장에서 미친 모더니티를 읽어내려는 시도가 다양하게 이루어지고 있으며, 1990년대 문학비평에서도 역시 이러한 성찰이 치열하게 행해지고 있다. 최동호(『디지털 문화와 생태시학』), 이남호(『녹색을 위한 문학』), 김욱동(『문학생태학을 위하여』), 정효구(『우주공동체와 문학의 길』) 등이 바로 자연에 대한 관심으로 1990년대 문학비평을 풍성하게 한 장본인들이다.

두 번째로는 북한문학에 대한 관심을 들 수 있다. 우리에게 늘 동질성과 이질성이라는 이율배반적인 정서를 동시에 환기시키는 또 하나의 현실 혹은 또 하나의 문화인 북한문학을 통해 지금, 이곳을 다시 성찰하려는 시도는 매우 소중하며, 따라서 1990년대 문학비평의 득의의 영역이라 할 만하다. 김윤식(『북한문학사론』), 김재용(『분단구조와 북한문학』, 『북한문학의 역사적 이해』), 신형기 · 오성호(『북한문학사』) 등의 작업은 소중한 성과로 기억될 만하다.

그리고 한국문학비평사에 본격적인 의미의 문예학, 혹은 미학을 끌어들인 성과들도 기억되어야 마땅하다. 김상환(『예술가를 위한 형이상학』, 『풍자와 해탈 혹은 사랑과 죽음』), 최문규(『문학이론과 현실인식』), 서동욱(『차이와 타자』) 등은 문학과 미학적인 것과의 관계를 설득력 있게 파헤친 작업들로 한국문학비평의 미답지를 새로 개척한 중요한 성과라 할 수 있다.

1990년대 내내 한국문학을 둘러싸고 있던 풍문은 '문학의 위기' 혹은 '문학의 죽음'이다. 하지만 1990년대 문학비평은 그 풍문과는 다르게, 아니 정반대로 어느 시대보다도 풍부하다. 이러한 1990년대 문학의 풍성함은 시대야 어떠하건 자신의 삶을 말하지 못하는 주체들이 존재하며, 그들이 있는 한 문학은 그 밀도를 더욱 높여나갈 수 있을 것이라는 사실을 암시하는 중요한 표지라 할 수 있다. 말하지 못한 하위주체들이 있는 한 문학은 계속 이어질 것이며, 그에 따라 한국문학비평도 계속 민감해질 것이다. 우리가 1990년대를 통해 배운 것이 있다면, 그것은 문학비평은 앞서서 작품을 이끌려고 할 때가 아니라 작품을 통해 초월적인 가치를 발견할 때만 빛난다는 것, 그래서 누구보다도 밝은 귀가 필요하다는 점일 것이다. 그리고 이것이야말로 1990년대 문학비평의 가장 소중한 성취이다.

2000년대

2000년대 한국시의 세 흐름
— 깊어지기, 넓어지기, 첨예해지기

신형철

한국시에서 2000년대란 무엇인가. 2000년대가 2000년 1월 1일에 시작하는 것이 아니라면, 2000년대가 끝난 시점도 2009년 12월 31일은 아닐 것이다. 그러나 시작과 끝을 확정하기 어려운 2000년대에도 두 번의 결정적인 변곡점이 있었다는 사실은 말할 수 있다. 첫 번째 변곡점은 문태준이 두 번째 시집 『맨발』(창비, 2004)을 출간하고 세 개의 문학상을 연달아 수상하면서 90년대 이래 서정시의 영광을 절정에까지 끌어올린 2004년과 황병승이 첫 시집 『여장남자 시코쿠』(랜덤하우스중앙, 2005)를 출간하여 2000년대를 그 시집 이전과 이후로 나눠버린 2005년 사이에 있다. 두 번째 변곡점은 이명박 정권이 출범하자마자 촛불집회라는 국민적 저항에 부딪친 2008년과 용산참사와 노무현 전 대통령의 서거 등 비극적 사건이 잇달아 일어난 2009년 사이에 있다. 요컨대 2004년에서 2005년으로 또 2008년에서 2009년으로 넘어갈 무렵에 우리는 지금 무슨 일인가가 벌어지고 있다는 것을 감지했었는데,[1] 이제 와 돌아보면 그때 일어난 일은 일단은 다음과 같은 (부정확한) 말로 (불완전하게) 요약될 수 있을 만한 것이었다. '서정에서 실험으로, 그리고 실험에서 정치로.' 한국시의 2000년대를 세 단계로 나눠 정리해보기로 한다.

1. 서정은 오래 지속될까

'서정적'이라는 말은 문학 바깥의 일상에서도 꽤 자주 쓰이지만 이 말의 의미를 정교하게 설명한 사례를 찾기는 쉽지 않다.[2] 그러나 대개는 이 말의 의미를 잘 안다고 믿으면서, "누구는 시의 중심에 서정시가 있다고 생각하고, 누구는 서정시를 시와 동일시하고, 또 누구는 서정시는 한물갔다고 생각한다".[3] 이 문장에 따르면 세 종류의 '누구'가 있다. 2000년대 초반까지만 해도 세 번째 '누구'의 목소리는 크지 않았다. 서정시는 한물간 것이 아니라 최고의 전성기를 누리는 듯 보였기 때문이다. 1990년대에 이르러 절정의 기량을 보여준 시인들이 2000년대로 접어들고 나서도 여전히

---

1) 이를 비교적 빨리 감지한 사람들 중에는 명석한 글을 발표해서 자신의 글이 이 시기를 상징하는 문건이 되도록 만든 이들이 있다. 권혁웅의 「미래파-2005년, 젊은 시인들」(《문예중앙》, 2005년 봄호)과 진은영의 「감각적인 것의 분배」(《창작과비평》, 2008년 겨울호)를 참조하라.

2) 비교적 최근에 출간된 시론서는 서정시를 정의하는 기왕의 말들이 잘못되었거나 불충분함을 조목조목 지적한 뒤에 다음과 같은 대안을 내놓았다. "주체의 정서 표출을 목적으로 하는 시를 서정시라고 정의하자. 주체와 대상과의 관계에서 파생되는 만족과 불만족, 행불행의 정도를 측정하면 서정시의 자리가 드러날 것이다. 서정시의 반대편에는 실험적인 시가 있는 게 아니라 대상의 모습을 특별히 재구성하여 드러낸 시들이 있다. 이성적인 주체와 이성적인 언어를 활용해 우리로 하여금 대상에 관해 새로운 인식을 갖게 하는 시가 있으며, 이런 시를 비서정시라고 불러도 좋을 것이다."(권혁웅, 『시론』, 문학동네, 2010, 137쪽)

3) 김종훈, 「그들이 사는 세상, 그들이 쓰는 시-2000년대 서정시」, 『미래의 서정에게』, 창비, 2012, 71쪽.

문학적 긴장을 잃지 않았으며, 또 새롭게 등장한 젊은 서정 시인들은 선배들의 영향을 자연스럽게 드러내면서도 거기에 자신만의 개성을 더해서 서정의 시대를 이끌었다. 그랬다는 사실을 확인하기 위해서라면 다음 중 누구의 시를 여기 옮겨 적어도 된다. 위선환, 문인수, 이성복, 송재학, 최정례, 김사인, 송찬호, 이문재, 남진우, 안도현, 조용미, 허수경, 장석남, 박형준, 나희덕, 김소연, 이병률, 권혁웅, 문태준, 김선우, 손택수, 신용목 등이 평단에서 특히 주목한 시인들이다.

　　어물전 개조개 한 마리가 움막 같은 몸 바깥으로 맨발을 내밀어 보이고 있다
　　죽은 부처가 슬피 우는 제자를 위해 관 밖으로 잠깐 발을 내밀어 보이듯이 맨발을 내밀어 보이고 있다
　　펄과 물속에 오래 담겨 있어 부르튼 맨발
　　내가 조문하듯 그 맨발을 건드리자 개조개는
　　최초의 궁리인 듯 가장 오래하는 궁리인 듯 천천히 발을 거두어갔다
　　저 속도로 시간도 길도 흘러왔을 것이다
　　누군가를 만나러 가고 또 헤어져서는 저렇게 천천히 돌아왔을 것이다
　　늘 맨발이었을 것이다
　　사랑을 잃고서는 새가 부리를 가슴에 묻고 밤을 견디듯이 맨발을 가슴에 묻고 슬픔을 견디었으리라
　　아— 하고 집이 울 때
　　부르튼 맨발로 양식을 탁발하러 거리로 나왔을 것이다
　　맨발로 하루 종일 길거리에 나섰다가
　　가난의 냄새가 벌벌벌벌 풍기는 움막 같은 집으로 돌아오면
　　아— 하고 울던 것들이 배를 채워

저렇게 캄캄하게 울음도 멎었으리라

— 문태준, 「맨발」 전문[4]

문태준의 두 번째 시집 『맨발』(2004)에 쏟아진 호평은 거의 만장일치에 가까운 것이었고(2년 뒤에 세 번째 시집 『가재미』를 출간하기 전까지 그는 총 다섯 개의 문학상을 받았다), 이 시인은 30대 중반의 나이에 이미 당대를 대표하는 서정 시인으로 추대되고 말았다. 시집의 표제작인 「맨발」은 일단은 시인의 부친에게 바쳐진 작품이겠지만, 넓게는 1945년 해방 전후로 태어났을 아버지 세대 전체에 대한 헌사로 읽힐 법도 하다. 어물전의 개조개가 뻗은 '맨발'을 발견하는 순간 나는 '죽은 부처'의 맨발을 떠올리며 '조문하듯' 그것을 건드려본다. 맨발의 헐벗음도 헐벗음이지만 그것이 자신을 거두어가는 속도의 느릿함마저 나에게는 누구를 떠올리게 하는 것이다. 이 헐벗음과 느릿함은 물론 아버지의 것이다. "저 속도로 시간도 길도 흘러왔을 것이다." 이 문장에서부터 이 시는 '~했을 것이다'와 '~했으리라'를 교대로 사용하면서 서정적 추정의 아름다움을 힘껏 펼쳐낸다. 이 겸손한 추정의 언어는 그 어떤 힘센 단언보다도 더 확실하게 대상, 즉 아버지의 생을 세상의 몰이해로부터 구원해낸다. 영세하고 남루한 일상과 그것을 살아내는 인간을 성화(聖化)해내는 서정시의 위력을 잘 보여주는 작품이다.

헌 신문지 같은 옷가지들 벗기고
눅눅한 요 위에 너를 날것으로 뉘고 내려다본다
생기 잃고 옹이진 손과 발이며
가는 팔다리 갈비뼈 자리들이 지쳐 보이는구나

---

4) 문태준, 「맨발」, 『맨발』, 창비, 2004.

미안하다

너를 부려 먹이를 얻고

여자를 안아 집을 이루었으나

남은 것은 진땀과 악몽의 길뿐이다

또다시 낯선 땅 후미진 구석에

순한 너를 뉘었으니

어찌하랴

좋던 날도 아주 없지는 않았다만

네 노고의 험한 삶마저 치를 길 아득하다

차라리 이대로 너를 재워둔 채

가만히 떠날까도 싶어 묻는다

어떤가 몸이여

— 김사인, 「노숙」 전문5)

    1981년 '시와 경제' 창간 동인으로 출발한 김사인은 『밤에 쓰는 편지』 (청사, 1987)로 주목받았으나 90년대 내내 새 시집을 출간하지 못하다가 첫 시집 이후 20년 만에 두 번째 시집 『가만히 좋아하는』을 출간했다. 이 시집은 2000년대가 산출한 가장 탁월한 시집 중 하나에 속한다. 한국 서 정시가 백 년 동안 세공해온 말 부림 기술의 한 절정이 여기에 있고, 동시 에, 오랫동안 반복되면서 고착화된 서정시의 문법을 어느 한 모서리에서 는 슬쩍 깨는 '파격의 품격'이 또한 여기에 있다. 제목이 가리키는 것은 '노 숙자'의 '노숙'이라기보다는 '풍찬노숙'의 그 '노숙'일 것이다. 경제적으로 나 정신적으로나 파산한 듯 보이는 중년의 남성 화자는 자신의 삶이 결국 제자리로, "또다시 낯선 땅 후미진 구석"으로 되돌아오고 말았다는 사실

5) 김사인, 「노숙」, 『가만히 좋아하는』, 창비, 2006.

에 난감해 하는 중이다. 자신의 몸을 남의 것인 양 바라보는 독특한 설정은 이제 낡은 몸밖에는 남은 것이 없는 상황의 반영인 듯 보여서 안타깝고, 자살을 암시하는 듯한 끝 부분은 그것이 화자에게 남아 있는 마지막 안간힘의 결단인 듯싶어 섣부른 설득과 격려를 부끄럽게 만든다. 문태준의 시가 해방 전후 세대들에게 바쳐진 자식 세대의 헌사라면, 김사인의 이 시는 (시인 자신이 포함돼 있기도 한) 소위 '베이비붐 세대'(1955~1963년생)가 2000년대 중반에 중년의 연령대에 진입하면서 느끼는 피로와 고독을 스스로 들여다본 시라 해도 좋을 것이다. 민주화 및 냉전 해체 이후에 20대를 맞이한 세대의 서정시는 이와 또 다를 것이다.

> 양팔이 없이 태어난 그는 바람만을 그리는 화가(畵家)였다
> 입에 붓을 물고 아무도 모르는 바람들을
> 그는 종이에 그려 넣었다
> 사람들은 그가 그린 그림의 형체를 알아볼 수 없었다
> 그러나 그의 붓은 아이의 부드러운 숨소리를 내며
> 아주 먼 곳까지 흘러갔다 오곤 했다
> 그림이 되지 않으면
> 절벽으로 기어올라가 그는 몇 달씩 입을 벌렸다
> 누구도 발견하지 못한 색(色) 하나를 찾기 위해
> 눈 속 깊은 곳으로 어두운 화산을 내려 보내곤 하였다
> 그는, 자궁 안에 두고 온
> 자신의 두 손을 그리고 있었던 것이다
>
> — 김경주, 「외계(外界)」 전문6)

---

6) 김경주, 「외계(外界)」, 『나는 이 세상에 없는 계절이다』, 랜덤하우스중앙, 2006.

1976년생 시인 김경주를 같은 세대의 다른 시인들과 나란히 놓고, 모험을 두려워하지 않는 그의 예술가적 자의식에 주목하면서 그를 전위적인 시인 그룹에 포함시킬 수도 있겠지만, 그가 무엇보다 탁월한 서정 시인이라는 점도 강조돼야 한다. 이야기 하나를 품고 있는 위의 시를 김경주는 첫 시집 맨 앞에 배치했으니 자화상을 그린 서시로 읽어야 할 것이다. 양 팔이 없이 태어나 입으로 그림을 그리는 화가가 그려온 것은 바람이다. 형과 색을 갖고 있지 않은 그것을 그리기 위해서는 각고의 노력이 필요해서, 절벽에 올라가 몇 달씩 바람을 마시며 바람의 형을 가늠해야 하고, 또 화산 속을 들여다보며 세상에 없는 (바람의) 색을 찾아내기도 해야 한다. 왜 바람에 집착하는가. 세상의 많은 예술가들이 그러하듯 그 역시 자신에게 결핍된 것을 그리려고 했던 것이어서, 그에게 바람을 그리는 일은 자궁 속에 놓고 온 그의 두 팔을 그리는 일과 같은 것이었다는 것이 시인의 설명이다. 그렇다면 이 화가가 그리려 한 "아무도 모르는 바람"이란 곧 자연의 바람[風]이자 내면의 바람[願]이었을 것이다. 세인의 몰이해 속에서 오직 그릴 수 없는 것만을 그리는 이 불구의 화가는 일단 '저주받은 시인'의 현대적 판본이겠지만, 이제는 역사와 현실의 무게로부터는 얼마간 자유로워진 상황에서 내면의 요청에 헌신하는 우리 시대 젊은 예술가들의 초상이기도 하다.

오늘날 한국시가 세계 최고 수준이라고 말하는 이들이 있지만 전 세계 주요 국가의 시를 해당 국가의 모국어로 감상하고 하는 말이 아니라면 그 말에 큰 의미는 없을 것이다. 그러나 한국시의 성취를 시기별로 비교해보는 일은 그보다 쉽다. 90년대 초중반부터 2000년대 초중반까지 우리는 모국어로 쓰인 뛰어난 서정시들을 그 어느 때보다도 많이 읽을 수 있었으니 서정시의 절정기가 그 무렵이었는지도 모른다. 그러나 절정에 도달할 때 쇠퇴가 시작된다. 쇠퇴라고까지 할 수는 없더라도 확실히 그 무렵 우리는 90년대 이래 서정시의 문법들이 어지간히 관습화되었다는 피로감을 느끼기 시작했다. IMF 환란을 겪고 삶의 물질적 · 정신적 터전들이 파괴되자 서정시가 갖고 있는 위무(慰撫)의 기능이 유독 환영받은 것도 이미 몇 년을 경과한 무렵이었다. 서정시에 대한 반성이 필요하다는 주장이 넓게 보아 세 가지 측면에서 제기되기 시작했다. 첫째, 사적인 일상성의 과잉에 대한 반성. 둘째, '자연'이라는 가상의 이상화에 대한 반성. 셋째, '내면'이라는 수단 혹은 목적에 대한 반성.[7] 이와 같은 반성의 와중에, 흔히 '요즘 젊은 시인들의 시'라고 (비난의 뉘앙스로) 통칭되는 시들 중에서 한국시의 새로운 미학적 가능성을 찾아보려는 이들이 나타나기 시작했다. 소위 '미래파 논쟁'과 더불어 '한국시의 2000년대' 혹은 '2000년대 한국시'의 본론이 시작되려 하고 있었다.

2. 70년대산(産), 2000년대발(發) 혁신

먼저 우리가 '2000년대 한국시'라는 부르는 것의 범위를 분명히 해둘 필요가 있을 것이다. 필자가 언젠가 '70년대산(産) 2000년대발(發) 시인들'이라는 표현을 사용한 것은 출생 연도가 1970년 이후이고 첫 시집을 2000년대에 낸 시인들을 통칭하기 위한 것이었고, 실제로 2000년대에 주목할 만한 첫 시집을 출간한 시인들은 대체로 이 규정에 들어맞는다. (이들 중에서도 몇몇 이들이 소위 '미래파'라는 호칭으로 불렸다.) '2000년대

---

7) 특히 두 번째 항목에 대해서는 발표 이후 생산적인 논쟁을 촉발한 김수이의 글 「자연의 매트릭스에 갇힌 서정시-최근 시에 나타난 '자연'의 문제점」(《파라21》, 2004년 겨울호) 참조(『서정은 진화한다』[창비, 2006]에 재수록), 그리고 이상 세 항목에 대한 포괄적인 논의로는 신형철의 「문제는 서정이 아니다」(《문학동네》, 2005년 가을호) 참조(『몰락의 에티카』[문학동네, 2008]에 재수록).

한국시'란 용어는 2000년대에 쓰인 모든 시를 가리키는 것이 아니라 바로 저 시인들이 쓴 시들을 가리키기 위해 사용된다. 이 시인들 중에서도 각자의 방식으로 비평 담론의 생산을 자극한 김행숙, 황병승, 진은영, 심보선 등은 모두 1970년생이다. 2000년대 시인이라고 하면 대개는 1990년대 이후 소위 탈이념 시대에 청년기를 보낸 세대의 시인들이라고 생각하기 쉽고 실제로 그 나이에 속하는 시인들이 많지만, 2000년대 시를 선도한 이들이 모두 80년대의 마지막 학번에 속한다는 것은 흥미롭다. (소설의 경우 이 세대의 등장은 10년 정도 앞섰다. 이 시간차도 흥미로운 생각거리다.) 이것은 세대론적 규정이다. 미학적 층위에서는 어떻게 변별되는가.

많은 논의가 있었다. 이 와중에 환상성, 다성성, 익명성 같은 개념들이 2000년대 시의 본질을 가리키는 표석으로 세워졌다.[8] 이 논의들을 일일이 다시 정리할 수는 없지만, 저 개념들이 하나의 근본 현상을 각자 다른 각도에서 바라본 것일 수도 있다는 점은 짚어둘 수 있다. 우리에게 충격을 안긴 것은, 서정시의 가장 오래된 관습이면서 특히 1990년대의 시에서 지배적 영향력을 행사한 '나'라는 1인칭 주어/주체를 의심하고 전복하는 유희와 실험이었다.[9] 이와 더불어 시에서 '1인칭의 내면 고백'이라는 장치의 미학적·윤리적 한계('그것은 진부하고 또 독단적이다')를 지적하는 목소리들이 들려오기 시작했다. '나'라는 기준점이 흔들리자 다른 것들이 따라 흔들렸는데, 그것은 마치 회화에서 소실점이 흔들리는 현상처럼 보였다. 소실점이 흔들리면 풍경이 그려질 수 없듯이, '나'라는 소실점이 흔들

---

8) 관련 글을 주제별로 모두 정리하는 것은 이 자리에서 가능하지 않다. 2005년 이후 출간된 권혁웅, 이장욱, 김수이, 서동욱, 조강석, 이찬, 김종훈, 함돈균, 강계숙, 박상수, 신형철, 조연정, 권희철, 허윤진 등의 평론집을 참고할 것.

9) 각주 8)에서 언급한 비평가들이 각자 조금씩 다른 어휘와 논리를 사용하면서 이 주제에 대해 두루 언급했다. 특히 서동욱과 이광호는 시의 주어/주체가 점점 '익명화'되는 경향에 주목했다. 이광호의 『익명의 사랑』(문학과지성사, 2009)과 『익명의 밤』(민음사, 2010) 참조.

리면서 '나'를 기준으로 세계를 인식하고 해석하는 '서정적 원근법'10)은 자신이 한국시에서 행사해온 그 막강한 지배력의 일부를 잃어버렸다. 사람들은 거기에다가 '환상시'라는 이름을 붙여보기도 했지만 그 이름은 '현실 대 환상'이라는 잘못된 이분법을 조장할 위험이 있는 것이어서 썩 적절한 것은 아니었다. ('현실'은 자기 이외의 것을 '환상'이라고 타자화할 수 있을 만큼 그렇게 자명한 것이 아니고, 또 '환상'은 누군가에게는 현실보다 더한 현실일 수 있다.)

요컨대 문제는 1인칭이었고 그것의 전제주의였다. 1인칭의 고백, 재현, 정서, 지혜 등등이 이제는 권태로운 습관처럼 느껴지기 시작한 것이었다. 그것을 해체하든 확산시키든 폐기하든 발명하든 하여튼 뭔가를 해야 했고, 그러지 않으면 한국시는 다시 근본적으로 낯설어질 수는 없을 것처럼 보였다. 2000년대 들어와서 개별적으로 고요하게 시도되던 그 작업이 2005년 무렵에 집합적으로 결과보고가 이루어졌다. 그리고 그것은 80년대 이래로 그와 같은 작업을 꾸준히 지속해온 선배 시인들이 후배 시인들에게 미친 영향이 비로소 개화한 것이기도 하다. 오규원, 최승호, 김혜순, 박상순, 김언희, 이수명, 함성호, 이원 등의 영향 속에서 정재학, 김행숙, 황병승, 김언, 이장욱, 신해욱, 장석원, 이근화, 이준규, 김이듬, 이민하, 조연호, 김민정, 강정, 하재연 등등이 주목에 값하는 시들을 썼다. 『Love Adagio』(민음사, 2004)의 박상순, 『너무 아름다운 병』(문학과지성사, 2001)의 함성호, 『고양이 비디오를 보는 고양이』(문학과지성사, 2004)의 이수명, 『야후!의 강물에 천개의 달이 뜬다』(문학과지성사, 2001)의 이원, 『어머니가 촛불로 밥을 지으신다』(민음사, 2004)의 정재학 같은 시인들은

---

10) 이장욱의 「꽃들은 세상을 버리고」(『나의 우울한 모던보이』, 창비, 2005)와 이 글에서 개진된 아이디어를 필자가 발전시켜 본 글 「미니마 퍼스펙티비아」(『몰락의 에티카』, 문학동네, 2008) 참고.

'미래파'(권혁웅)라는 말이 생기기 이전부터 이미 미래파였지만, 지지와
반대가 격렬하게 엇갈리기 시작한 것은 역시 황병승부터였다.

　　나의 진짜는 뒤통순가 봐요

　　당신은 나의 뒤에서 보다 진실해지죠

　　당신을 더 많이 알고 싶은 나는

　　얼굴을 맨 바닥에 갈아버리고

　　뒤로 걸을까 봐요

　　나의 또 다른 진짜는 항문이에요

　　그러나 당신은 나의 항문이 도무지 혐오스럽고

　　당신을 더 많이 알고 싶은 나는

　　입술을 뜯어버리고

　　아껴줘요, 하며 뻐끔뻐끔 항문으로 말할까 봐요

　　부끄러워요 저처럼 부끄러운 동물을

　　호주머니 속에 서랍 깊숙이

　　당신도 잔뜩 가지고 있지요

　　부끄러운 게 싫어서 부끄러울 때마다

　　당신은 엽서를 썼다 지웠다

　　손목을 끊었다 붙였다

　　백 년 전에 죽은 할아버지도 됐다가 고모할머니도 됐다가……

부끄러워요? 악수해요

당신의 손은 당신이 찢어버린 첫 페이지 속에 있어요
— 황병승, 「커밍아웃」 전문[11]

앞에서 말한 대로 황병승의 『여장남자 시코쿠』는 2005년에 출간되자마자 2000년대를 반으로 쪼개버렸다. 그 파괴력의 원동력은 이 시집과 더불어 최초로 한국시사에 입장한 주체성들에게 있다. 같은 말을 거꾸로 하면, 그 주체성들은 황병승을 통해 비로소 '커밍아웃'했다. (또 하나의 원동력인 황병승 시의 독특한 화법은 그 주체성들에게서 딸려 나온 것이라고 해야 한다.)[12] 위의 시를 있는 그대로 읽지 않고 무슨 은유 같은 것으로 읽는 일은 별로 권장할 만한 일이 아니다. 이것은 게이 주체의 발화, 더 구체적으로는 애널 섹스에서 '삽입을 받는' 바텀(bottom)의 발화가 맞다. 이렇게 정리할 수 있을 것이다. "평소에 당신은 나를 경멸하지만(그것은 가식이고) 나의 항문에 삽입을 할 때는 나에게 간절해진다(이것은 진실이다). 그래서 나는 내 진짜 얼굴은 뒤통수인 것만 같고, 쓸모없는 얼굴 따위는 갈아버리고 싶어진다. 그만큼 나는 당신을 사랑하고 그래서 나는 안다. 당신이 나의 항문을 혐오하는 까닭은 자신의 욕망을 혐오하기 때문이고 당신의 정체성과 화해하지 못해서라는 것을. 그러니 이제는 부끄러워하지 마라. 당신이 부인한 당신의 손과 악수를 하라." 이런 시 앞에서 '평범한' 성적 취향을 갖고 있는 2005년의 독자들이 깜짝 놀랐는지 어땠는지는 중요하지 않다. 이 시가 생산해내는 정서를 우리가 이전 시들에서 경험해본 바가 없다는 사실, 그리고 이 정서가 결국 우리를 무너뜨렸다는 사실

---

11) 황병승, 「커밍아웃」, 『여장남자 시코쿠』, 랜덤하우스중앙, 2005.
12) 이에 대해서는 특히 황현산의 「'완전소중' 시코쿠」(《창작과비평》, 2006년 봄호)를 참조.

이 중요하다.

　여자애들은 모두 즐거워 보였다. 열두 살이 되면,

　좋아하는 상점이 생길 거라고 말해주었다. 너희는 매일 상점에 들러서 몇
가지 물건을 쓰다듬을 거야. 그때의 기분과 손길을 잘 기억해두렴.
　열네 살이 되면, 그렇게 백 번 만지고 몇 가지 물건을 사는 동안 열네 살
이 된 여자애를 친구로 사귀겠지. 너흰 둘 다 상점에서 물건을 훔친 경험이
있지.
　이제는 전부 시시해졌어, 그 애가 울면서 말할 거야. 쓰다듬어주렴. 좋은
친구는 아주 부드러워.

　기억할 것들이 생기지. 열두 살이 되면,
　열네 살이 되면, 나뭇잎을 떨어뜨릴 만큼 깔깔깔 웃기도 했지만
　　　　　　　　　　　　　　　　　— 김행숙, 「소녀들−사춘기 5」 전문[13]

　이 시에 뭔가 정리하고 음미할 만한 내용 같은 것이 없어 보인다는 생각
을 하는 것은 이상한 일이 아니지만, 그래서 이 시가 나쁜 시라고 누가 주
장한다면 그것은 매우 이상한 일이다. 오히려 어쩌면 이렇게 아무 내용도
없는 시가 어째서 '좋다'는 느낌을 줄 수 있는 것인지를 신기하게 여겨야
한다. 김행숙은 미성년 화자−주체를 도입했고 그들의 정서를 표현해냈
다. "그때의 기분과 손길"에 대해서, 즉 예쁜 것을 만질 때, 물건을 훔칠
때, 비밀을 공유하는 친구를 사귈 때, 우는 친구를 쓰다듬을 때 그녀들이
무엇을 어떻게 느끼는지, 심지어, 그 느낌들이 열두 살과 열네 살에 어떻

<hr>

13) 김행숙, 「소녀들−사춘기 5」, 『사춘기』, 문학과지성사, 2003.

게 다른지에 대해서까지 말이다. 되풀이 말하지만, 문제는 정서다. 시에 미학적 가치와 인식적 가치뿐만 아니라 정서적 가치가 있다는 것은 시가 우리를 울리고 웃긴다는 뜻만이 아니라 시에서만 포착되고 전달될 수 있는 정서가 있다는 뜻이다. 김행숙의 『사춘기』는 황병승의 『여장남자 시코쿠』와 더불어 이미 문학사적인 시집이 되었다. 이 시집을 읽으며 습작을 한 후배 시인들은, 그로부터 7~8년 뒤에, 지루한 어른 흉내를 내면서 상투적으로 감동적인 시를 쓸 것이 아니라 자신들과 심정적으로 가까운 미성년 화자—주체를 내세워 시를 써도 시적으로 성공적인 결과에 도달할 수 있다는 자신감을 갖게 되었을 것이다.[14]

이처럼 2000년대의 한국시는 시적 주체를 새롭게 창안해냈다. 새로운 일이 아니라고 말할 사람도 있을 것이다. 시인과 화자가 다를 수 있다는 것은 오래전부터의 상식이고, 이미 한국 현대시사에는 수많은 화자들이 출현한 바 있지 않은가 하고 말이다. 그러나 그것들은 퍼스나(persona), 말 그대로 '가면'으로서의 화자였다. 거개가 1인칭의 투사·변형에 가까운 존재들이었다는 뜻이다. '화자—가면'과는 다른 '화자—주체'가 있다. 전자가 아니라 후자에서만 새로운 정서가 창출된다. 어떤 주체성을 이해한다는 것은 그 주체성으로 살아갈 때만 느낄 수 있는 정서를 이해한다는 뜻이다. 황병승과 김행숙의 시에 등장하는 주체들도 이 시인들의 가면에 불과하다는 증거를 찾기로 마음먹자면 그것도 불가능한 일은 아니겠지만, 그보다는 이런 시를 통해서 한국시가 처음으로 전달할 수 있게 된 정서들이 있다는 것을 감지하고 그 정서를 정확하게 설명할 수 있는 표현을 찾아보는 것이 더 생산적인 일일 것이다. (정서들의 차이를 느끼는 것은 어려운 일이 아니지만 그 차이를 정확하게 표현하는 일은 어려우므로.)[15] 한쪽에

---

14) 이들 세대의 시인들에 대한 분류와 평가는 '2010년대의 한국시'를 정리할 때가 되어서야 가능할 것이다.

이와 같은 1인칭의 해체와 확산의 작업이 있었다면 1인칭의 실종과 발명
이라고 해야 할 다른 흐름도 있었다.

너에게 나는 소문이다.

나는 사라지지 않지.

나는 종로 상공을 떠가는

비닐봉지처럼 유연해.

자동차들이 착지점을 통과한다.

나는 자꾸

몸무게가 제로에 가까워져

밤새 고개를 들고 열심히

너를 떠올렸다.

속도 자체는 아무것도 아니야.

사물과 사물 사이의 거리가 있을 뿐.

나는 아무 때나 정지할 수 있다.

완벽하게 복고적인 정신으로 충만하고 싶어.

가령 부르주아에 대한 고전적인 적의 같은 것.

나를 지배하는

기압골의 이동 경로, 혹은

저녁 여덟 시 홈드라마의 웃음.

나는 명랑해질 것이다.

---

15) 혹여 누군가가 시인과 구별되는 주체성을 도입하느라 그렇게 긴 시를 쓰느니 차라리 소설
을 쓰는 것이 낫지 않은가 하고 묻는다면, 시인 자신의 육성과 다르지 않은 1인칭의 고백
만을 반복할 것이라면 차라리 수필을 쓰는 것이 낫지 않은가 하고 반박할 수 있을 것이다.
요점은 이 주장들이 둘 다 공평하게 옳다는 것이 아니라 둘 다 틀렸다는 것이다. 수필이
1인칭의 고백을 대신할 수 없듯이 소설이 새로운 시적 주체성의 창안을 대체할 수도 없다.

교보문고 상공에

순간 정지한 비닐봉지.

비닐의 몸을 통과하는 무한한 확률들.

우리는 유려해지지 말자.

널 사랑해.

— 이장욱, 「근하신년−코끼리군의 엽서」 전문[16]

시의 화자가 게이와 여고생이라는 주체들로 확산되었을 때 그 시들은
그 새로운 주체에 부합하는 방식으로 여전히 '정서적'이었다. 이 말은 우
리가 그 시들에서도 '인간적인' 그 무엇을 감지할 수 있다는 말과 같다.
(황병승과 김행숙의 시를 읽고 눈물을 흘리는 일은 불가능하지 않다.) 그
러나 위의 시에서 그 일은 조금 더 어려워진다. 이장욱의 시에는 익숙한
혹은 진부한 '인간적' 습기가 거의 탈수돼 있기 때문이다. 위의 시에서 그
는 '유연함'과 '유려함'을 대비한다. 유연하다는 것은 하늘의 '비닐봉지'처
럼 무엇이든 담을 수 있고 어디로든 갈 수 있는 가능성의 상태라는 뜻이
고, 유려하다는 것은 이미 부르주아의 미학적 기준에 잘 적응해 굳어졌다
는 뜻이다. 이 시인이 선호하는 주체성은 유려한 쪽이 아니라 유연한 쪽이
다. 더 유연해지려고 하니 더 흐릿해지고 더 인간적이지 않게 되어 더 낯
설어진다.[17] (그렇다고 여기에 정서라고 할 만한 것이 아예 없는 것은 아
니다. '코끼리군'이라는 주체가 낯선 정도만큼 낯선, 그런 정서가 있다.)
그런데 어떤 시들에서는 이제 시의 목소리가 인간적인 것의 세계 바깥에

---

16) 이장욱, 「근하신년−코끼리군의 엽서」, 『정오의 희망곡』, 문학과지성사, 2006.

17) "이장욱의 '나'와 '그'는 주체의 인격적 권위와 실체성을 비워버린다는 의미에서, 탈인칭적
이거나 비인칭적이다. (중략) 그것은 주체화의 불가능성을 승인하는 시적 주체의 존재론에
해당하며, 시간의 무시간성을 받아들이며 만나는 다른 시간 속의 음악이다."(이광호, 「코끼
리군의 실종 사건과 탈인칭의 사랑」, 『정오의 희망곡』, 문학과지성사, 2006, 139~140쪽)

서 들려와서는, 끝내 인간적인 것에 한 번도 합류하지 않고, 다시 비인간의 세계로 되돌아간다. 인간주의로부터의 이와 같은 이탈을 '시학적 반인간주의'라고 불러야 할지도 모르겠다. 그 경향의 한 극한을 보여주는 시인의 비교적 온건한 시 한 편을 옮긴다.

> 그는 괴롭게 서 있다. 그는 과장하면서 성장한다. 한나절의 공포가 그를 밀고할 것이다. 한나절이 아니라 한나절을 버틴 공포 때문에 그는 잘게 부수어진다. 거품과 그의 친구들이 모두 다른 이름이다. 그것은 목적을 가지지 않는다. 공포 때문에.

> 한 번에 일곱 가지 표정을 짓고 웃는다. 그의 눈과 입과 항문과 성기가 모조리 분비물에 시달린다. 한 명이라도 더 흘러나오려고 발버둥을 치는 것이다. 정오에.

> 가장 두려운 한낮에 소란을 베껴가며 폭죽은 터진다. 밤하늘의 섬광이 여기서는 외롭다. 표면까지 왔다가 그대로 튕겨나가는 소음들. 밖에서는 시끄럽고 안에서도 잠잠한 소란을 또 한 사람이 듣고 있다. 그는 전혀 다른 공간이다. 그는 괴롭게 서 있다.

> 공기가 그를 껴안을 것이다.

> ― 김언, 「거품 인간」 전문[18]

비문(非文)에 대한 이 시인의 동정(同情), 그가 시작(詩作)에서 행한 과격한 역(逆)문체반정 등을 떠올려볼 때[19] 온건하다는 것이지, 그의 시는

---

18) 김언, 「거품 인간」, 『거인』, 랜덤하우스중앙, 2005.

(이상한 말이지만) 언제나 잘 안 읽히게끔 잘 씌어졌고, 위의 시도 그렇다. 거품으로 되어 있는 인간이 '괴롭게 서 있는' 모습을 상상하면서 읽기를 시작하면 될 것이다. "그는 과장하면서 성장한다." 거품이 부글부글 끓어오르면서 몸집을 부풀리는("과장하는") 것을 보고 이렇게 적었을 것이다. 이어지는 대목에서 이 시는 '거품 인간'이 붕괴되는 모습을 보여주는데, 그는 자신에게 적대적인 외부 환경 그 자체 때문이 아니라 그 환경 속에서 그가 느낀 공포 때문에 스스로 무너진 것이었다. "한나절이 아니라 한 나절을 버틴 공포 때문에 그는 잘게 부수어진다." 어느 시인이 이처럼 '거품 인간'을 상상할 필요가 있었다면 그것은 거품이 인간적이라고 느껴서가 아니라 인간이 거품 같다고 느꼈기 때문일 것이다. 여기서 포인트는 (그래도 이장욱의 '코끼리'는 동물이기라도 하지만) '거품'은 생명조차도 아니라는 데 있다. 이 시인은 인간을 정확하게 이해하기 위해서는 그것을 가능한 한 비인간적인 관점에서 봐야 한다고 생각하는 것처럼 보인다. 이런 상상 체계 속에서 휴머니즘적인 정서가 산출되기는 실로 어려울 것이다.[20] 2009년에 미당문학상을 수상한 시 「기하학적인 삶」에 이르면 이제 인간의 삶은 기하학적 서술의 대상이 되어버린다. 2000년대 시가 시도한 1인칭의 급진적 재구성은 여기에까지 이르렀고, 그 모험은 아직 끝나지 않았다.

---

19) "한동안 탐색했던 불구의 문장들. 주어가 하나 더 있거나 술어가 엉뚱하게 달려 있거나 앞뒤가 안 맞는 문장들. 팔다리가 하나 더 있거나 머리가 둘이거나 아무튼 정상과는 거리가 먼 문장들. (중략) 비문에서 문장을 발견한다는 것. 장애인에게서 인간을 발견한다는 것. 다르지 않다고 생각한다."(김언, 「詩도아닌것들이-문장 생각」, 『거인』 개정판, 문예중앙, 2011, 118쪽)

20) "그의 시에서 우리가 마주치는 시선은 존재를 뚫고 나온 것이 아니다. 존재에 속해 있지도 않다. 물론 존재를 경유하지 않기에 그의 시는 비상한 명석함을 갖는다. (중략) 김언의 시가 추상적이고 기하학적인 방법으로 자주 지우는 것은 이러한 존재의 원근법, 더 적절하게는 내면의 원근법을 벗어나고 있기 때문일 것이다."(이수명, 「사건의 해산과 무관의 시학」, 『모두가 움직인다』, 문학과지성사, 2013, 184쪽). 이 글은 지금껏 김언의 시에 대해 쓰인 글 중에서는 가장 정확한 것에 속한다.

3. 미학적인 동시에 정치적인

2000년대 시의 모험에 또 하나의 차원이 열려야 한다는 필요성을 절감하게 한 것은 2008년 이후 한국사회에 나타난 일련의 부정적인 변화들이었고 그것이 초래한 비극적인 사건들이었다. 시는 무엇을 할 수 있고 또 해야만 하는가 하는 다급한 물음들이 제출되기 시작했다. 2000년대 시의 (그리고 시를 둘러싼 담론의) 두 번째 변곡점이 이 부근에서 나타났다. 흥미로운 것은 이 두 번째 변곡점이 첫 번째 변곡점이 가져온 변화의 의의를 평가하고 반성하는 방식으로 나타났다는 사실이다. "많은 이들이 입을 모아 2000년대 들어서 낯선 감각과 새로운 어법으로 무장한 젊은 시인들이 '집단적'으로 출현했다고 말한다. 이들의 출현에 대한 반응, 이 집단에 대한 정의는 다양하다. 소통 불능의 자폐적이고 이기적인 문학이라는 신랄한 비판이나 조금만 더 자아 밖으로 나오라는 애정 어린 충고에서부터, 여러분이야말로 '도래'할 문학적 민중이 될 거라는 뜨거운 격려에 이르기까지, 상이한 반응들의 폭발에 정작 시인들은 당황했다. 새로운 시들을 둘러싼 이 논의들은 여러 맥락에서 이해될 수 있겠지만, 적어도 내게는 나를 난감하게 만드는 문제, 즉 문학과 윤리 또는 미학과 정치의 관계에 대해 영원회귀하는 질문들 그리고 그 대답들로 느껴진다."[21] 소위 '미래파' 논쟁은 보수적인 미학과 진보적인 미학 사이에서 벌어졌던 논쟁이었는데, 이제 그 논쟁의 축이 '미학과 정치'라는 층위로 옮겨가기 시작한 것인가?

아니다. 2008년 이전부터 이미 '2000년대 시'에 대한 논쟁의 또 다른 관건은 '미학과 정치'였다고 해야 한다. 당시 젊은 시인들의 새로운 시는 미학적으로 보수적인 이들에 의해서만 공격받은 것이 아니었다('이것도 시인가?'). 정치적으로 진보적인 이들도 그 시들을 공격했다('이런 시가 무

---

21) 진은영, 「감각적인 것의 분배」, 《창작과비평》, 2008년 겨울호, 69쪽.

엇을 할 수 있는가?'). 그러므로 이미 두 개의 대립 구도가 존재하고 있었고 그중 후자가 (위에서 인용한 진은영의 글과 더불어) 수면 위로 부상한 것이라고 말하는 편이 사실에 더 부합할 것이다. 이제 관건이 되는 대립 구도는 '실험적인 미학'과 '진보적인 정치' 사이의 그것이 되었다. 그리고 이로부터 수많은 (시가 아니라) 평론들이 씌어졌다.[22] 실험적 미학과 진보적 정치 둘 모두를 지지하면서 둘은 양립할 수 있고 둘 사이에는 변증법적 지양이 가능하다고 강력하게 호소하는 이들도 있었고, 이 둘의 제휴는 역사적으로 성공한 전례가 없으며 이것은 결국 미학과 정치 둘 모두를 변질시킬 수 있으니 최대한 신중해야 한다고 말하는 이들도 있었다. 이제 와 돌아보면 애초 이것은 결판이 날 수 있는 종류의 논쟁이 아니라 낡은 질문을 좀 더 정교하고 세련되게 다듬기 위한 논쟁이었다고 평가해야 할 것 같다. 과연 이제 질문은 더 정교해지고 세련돼졌는가?

그런 것 같다. 이제 이와 관련된 논의의 장에서, 문학은 정치로부터 최대한 멀어질 때 가장 문학적일 수 있다는 소박한 고집(정치적으로 불순한 '순수문학론')이나, 정치적으로 옳은 시가 문학적으로도 옳다는 식의 강압(참여만 빼고 다 잃는 '참여문학론') 등은 설 자리를 잃었다고 해도 좋다. 이 논쟁의 생산적인 귀결이 어디에까지 이를지는 앞으로도 두고 봐야 하겠지만,[23] 방금 말한 두 개의 낡은 입장이 부활할 가능성은 거의 없어 보인다. 2005년을 전후해서 이루어진 혁신이 있었기에 가능해진 일이다. 2008년 이후의 논쟁은 2005년의 그 혁신이 과연 혁신이라는 이름에 값하는 일인지를 평가하는 논쟁이기도 했지만, 바로 그 혁신이 논쟁의 대상이

---

22) 여기서 관련 평론들의 목록을 전부 제시하고 일일이 개관할 수는 없다. 신형철, 「가능한 불가능－최근 '시와 정치' 논의에 부쳐」(《창작과비평》, 2010년 봄호)의 각주 1)에 제시돼 있는 목록을 참고하라.

23) 그 귀결의 이론적 사례로 다음 두 권의 책을 거론할 수 있다. 심보선, 『그을린 예술』, 민음사, 2013; 진은영, 『문학의 아토포스』, 그린비, 2014.

되는 한에서는 그 구도가 낡은 방식으로 되돌아갈 수 없는 논쟁이기도 했다. 한국시가 2005년 이전으로 되돌아갈 수 없는 한 문학과 정치라는 이슈에 대한 논의의 수준도 2009년 이전으로 되돌아갈 수가 없다는 뜻이다. 그러나 2008년에서 2009년으로 넘어오는 시점에 발생한 이 두 번째 변곡점은 첫 번째 변곡점 때와는 달리 실제 작품들로 자신을 입증하는 데 충분히 성공하지 못했다는 점에서 한계를 가진다. 지금으로써는 이미 2009년의 논쟁 이전부터 독자적인 방식으로 미학과 정치를 동시에 사유해온 김정환, 이시영, 허수경 등의 작품, 그리고 2009년을 통과하면서 미학적·정치적 자의식이 강화된 진은영, 심보선, 이영광 등의 작품을 거론할 수 있는 정도다.[24] 이 명단은 점점 늘어날 것이다. 논의를 촉발시킨 문제들이 여전히 해결되지 않았으며 시가 미학적인 동시에 정치적일 수 있는 방법은 계속 실험될 것이기 때문이다.

돌이켜보면 2000년대 한국시가 단계적으로 산출한 세 흐름 중 그 어느 것도 아직 멈추지 않았다. 2000년대의 한국시는 2010년대에도 계속 서정적으로 깊어질 것이고, 실험적으로 넓어질 것이며, 정치적으로 첨예해질 것이다.

---

24) 이 글의 구조상 본문에서 자세히 언급할 수는 없었지만, 거명한 이름 중에서 특히 허수경에 대해서는 더 많이 더 잘 말해져야 한다. 2008~2009년의 변곡점 이전에 『청동의 시간, 감자의 시간』(문학과지성사, 2005)이 나왔고, 이후에 『빌어먹을, 차가운 심장』(문학동네, 2011)이 출간됐다. 앞의 책도 그렇고 뒤의 책 역시도 국내의 '미학과 정치' 논쟁에 직접 영향받은 것이라 할 수 없지만 독일에서 그는 독자적으로 미학과 정치의 고차원적 지양을 시도해왔으며 이 점에 대해서는 아직 충분히 해석되고 평가된 것 같지 않다. 그의 최근 작업은 토착적(모국어적) 음악성과 동시대적(전 지구적) 사회성이 탁월하게 결합된 최상의 사례다.

시민사회를 꿈꾸는 상상력의 출현

김경수

1.

'근대'를 어떻게 정의할 것인가 하는 문제를 잠시 접어두고 일반적으로 용인되는 선에서 우리의 근대(현대)소설을 말한다면, 서양에서 발원하여 전 세계로 퍼져나간 제국주의에 편승해 우리에게 전해진 근대적 문학 양식의 연장선상에서 그것을 말할 수 있을 것이다. 그렇다면 문학사적으로 근대소설의 효시로 평가받고 있는 이광수의 『무정』이 발표된 게 1917년이니까, 우리의 근대소설은 2000년의 첫 10년이 이미 지나가 버린 현재 시점에서는 거의 백 년에 가까운 역사를 쌓아온 셈이 된다. 따라서 2000년대 우리 소설의 성과와 지형도를 정리하는 일은 지난 백 년간 우리 소설이 거둔 성과와 그 궤적에 대한 올바른 이해가 선행되어야 할 텐데, 이 작업의 지난함을 인정한다고 해도 일단 우리 소설이 겪어온 지난 백 년의 세월이,

서구적 장르를 우리의 현실에 맞도록 변용하는 자기 갱신의 과정임은 부정할 수 없을 것이다. 이 문학적 자기 갱신의 부단한 노력에 대해서는 물론 여러 가지가 거론될 수 있을 것이다. 하지만 그 본질적인 측면만을 거론하자면 우리 소설이 소설이란 무엇인가, 그리고 서사적 상상력이란 무엇인가, 와 같은 본질적 질문을, 소설의 형식을 통해 문제 삼는 수준에까지 도달했다는 것으로 말할 수 있지 않을까 생각한다.

서구문학의 독서체험에 기대어 가까스로 이 땅의 근대를 담아내는 이야기 형식을 체득해야 했던 초기 소설사의 모습과 비교해볼 때, 우리 소설이 소설언어의 본질이며 언어와 지시대상의 관계의 자명성에 대해 본격적으로 의심할 정도에 이르게 되었다는 것은 일종의 문학사적 전회(轉回)라 할 만한 것이다. 그러니까 이 말은, 우리 소설이 서구로부터 수입한 외래 장르의 관습을 습득하던 수준에서 벗어나, 역으로 소설 장르의 관습이 어디까지 확장되고 탐험 될 수 있는지를 물을 정도로 작가의식이 심화되었다는 말로 바꿀 수 있다.

이 모든 일이 특정적으로 2000년대 들어서 이루어졌다고는 할 수 없고 일정 부분 1990년 이후 국내외 정치 상황의 급변에 따른 치열한 현실 모색의 다양한 결과인 것은 사실이지만, 그 대체적인 전회는 지난 한 세기가 끝나고 새로운 세기가 시작된 초엽의 일이라 해도 무방하다. 또한 오랜 세월 동안 우리 소설의 참조점 역할을 해왔던 서구소설을 상대적으로 바라보고, 그 연장선상에서 우리의 전통적인 이야기기법의 가능성을 전면적으로 모색하기 시작했던 시기도 역시 이 시기였다고 할 수 있는데, 이는 소설적 상상력, 문학적 상상력이란 무엇인가에 대한 우리 소설의 원론적 차원의 탐구가, 이제는 개인적 재능의 차원을 넘어 일종의 문학적 전통으로까지 뿌리를 내렸음을 보여주고 있는 예라고 할 만하다.

소설이란 무엇인가라는 물음은 원론에 속한다. 작가마다 자신만이 견지하는 소설에 대한 입장이 존재하고, 또 이전에 많은 작가들이 소설의 인간학적 가치를 피력하는 글들을 발표해왔지만, 2000년대를 전후한 시기에 등장한 젊은 작가들은 이 질문을 보다 본격적으로 천착해갔다. 김연수와 김영하가 그중 대표적이다. 일찍이 김영하는 「아랑은 왜 나비가 되었나」라는 중편소설을 발표하면서 소설이 사건(현실)의 존재를 전제로 하는 것이라는 전통적인 리얼리즘 관념에 도전한 적이 있는데, 이런 방법론은 이후 그의 소설의 주된 방법론으로 심화된다. 영국 작가 존 파울즈가 『프랑스 중위의 여자』에서 시도한 바 있는 메타픽션적 열린 결말의 방법론을 차용한 『아랑은 왜』라는 장편을 통해, 김영하는 우리가 아는 이야기라는 것은 엄밀한 실재가 아니라 우리가 어떤 맥락에 서느냐에 따라 진실 여부가 바뀌는 개연성의 총체라는 입장을 분명히 한다. 그러니까 이야기가 변용되면 과거의 기억도 변용될 수 있다는 인식이 그의 소설에서 뿌리를 내린 것이다.

이야기가 누군가의 시점으로 전달되는 한 그것은 이념의 산물일 뿐 진실과는 무관한 일이며, 그런 시점의 가변적 위치에서 독자 역시 자유로운 자기 선택을 할 수 있는 존재라고 하는 다소 원론적인 문제 제기가 그의 소설에서 제기된 바 있는데, 이후 그의 이런 시점 조작의 방법론은, 2인칭 내지는 이른바 편집증적 시점을 견지하는 인물에 대한 탐구를 통해 객관적 진실의 상대성을 탐구하는 방향으로 전개된다(2인칭 소설의 일시적 붐이 어째서 붐으로만 그쳤는지는 별도의 고찰을 요한다). 『오빠가 돌아왔다』에 수록된 일련의 단편들이 그 단적인 성과물들이다. 뿐만 아니라 그후 김영하는 보르헤스를 필두로 하여 전 세계에 하나의 흐름을 형성한 이른바 형이상학적 탐정소설, 혹은 존재론적 탐정소설의 계보에 동참해, 이성과 합리성의 세계가 얼마나 취약한 현실인지, 그리고 그런 이성적 탐구의 시선에 갇혀 있을 때, 작가뿐만 아니라 인물과 독자도 결국은 역할극의 한 구성소로 남을 수밖에 없을 것이라는 냉정한 인식을 확인해나간다. 그의 단편집『엘리베이터에 낀 그 남자는 어떻게 되었나』가 이를 분명하게 증거한다.

1990년대 중반 등단한 김연수의 방법론 또한 이와 일정하게 연관되어 있다. 우리가 감지하는 현실이 과연 엄연한 현실인지를 묻는 김연수 또한 초기부터 소설 장르의 위상에 대해 고민해온 작가 가운데 한 명이다. 그는 천재작가 이상(李箱)에 대한 소설적 평전인『꾿빠이, 이상』과『나는 유령 작가입니다』라는 작품집을 통해, 그동안 천재적인 재능의 부여자로 인식되어온 작가라는 존재가 고작해야 누군가의 글을 대필하거나 초고를 손봐주는 편집자 정도에 불과한 분업자라는 인식을 내보인다. 작가가 일정 규모의 대규모 프로젝트의 일 구성원에 불과할지도 모른다는 인식, 혹은 사회가 필요로 하는 기초 조사의 일꾼 정도에 불과할지도 모른다는 인식은 우리 소설에서 일찍이 없던 것이었다. 이 분업의 체계를 받아들이는 순간, 소설은 소설 아닌 미완성의 어떤 것이 되며, 그런 만큼 작가와 독자의 위상도 달라진다. 소설의 위상 자체가 달라지는 것은 말할 것도 없다. 이런 그의 인식은 공적 역사 전반이 과연 믿을 만한 이야기인가, 라는 의심에서부터 개개인의 육체에 각인된 사적 경험의 진실성을 어쩔 것인가 하는 의문으로까지 이어지는데, 이런 그의 문제의식은 이후『밤은 노래한다』와 같은 장편소설에서 보듯이(그 완성도에는 이견이 있을 수 있지만), 공적 역사탐구의 불가능성에 대한 인식을 거쳐, 2000년대 후반 소설의 윤리성을 묻는 자리로 옮아간다.

김연수와 김영하로 대표되는 2000년대 젊은 작가군의 이런 소설 원론에 대한 천착은 현실 자체가 구태의연한 리얼리즘의 방법론으로는 포착될 수 없다는 냉정한 인식의 결과물이다. 이런 인식이 집단적으로 발현된 것이 2000년대 소설의 한 특성이랄 수 있을 텐데, 공교롭게도 박민규와 김애란,

그리고 천명관 등으로 대표되는 후발주자들의 작업 또한 이들의 작업과 연결된다. 이 작가들에게는, 파악될 수 없는 현실은 더 이상 현실이 아니며 일종의 몽마(夢魔)와 같을지도 모른다는 인식이 공통적으로 자리하고 있는 것으로 보이는데, 이런 움직임은 어떤 의미에서는 정체 모를 '환상'의 이야기를 장르 픽션으로까지 끌어올리려 했던 이전 시기 젊은 작가들의 실패 원인을 보여주는 거울 역할을 하고 있다고 해도 과언이 아니다.

2.

그렇다면 그런 현실안과 소설적 자의식으로부터 어떤 징후가 흘러나왔을까. 이 질문에 대한 답을 그들의 소설적 관심의 기초로부터 파악해본다면, 일단 사회적 약자와 소수자 집단의 발견에서부터 논의를 전개할 수 있을 듯하다. 2000년대 우리 소설의 또 하나의 특징적인 국면은 소수자의 발견이라 할 수 있다. 다양한 차원에 걸쳐 있는 이른바 사회적 주류 집단과 구별되는 이들 소수자 그룹은, 국적이나 인종, 경제적 성취나 젠더와 같은 성적 지향성 등에서 변두리화되어 있는 인물들의 집단을 일컫는데, 2000년대 소설에서는 이들의 존재가 유달리 눈에 띈다.

지난 세기의 우리 소설에서 이런 인물들을 발견하는 것은 그리 어려운 일은 아니지만, 그 인물들이 차지하는 대표성과 그들을 바라보는 작가의식의 자의식적 측면에서 금세기에 이루어진 소수자의 발견은 질적으로 구별된다. 그들은 우리 시대를 살아가는 숱한 장삼이사(張三李四)들이되, 저마다 우리 사회의 구조적 모순을 대변하는 다양한 소수자 그룹의 성원으로 복합적인 정체성을 가진다. 우리 사회에서 국적과 인종이 다른 사람들이 결합한 다문화가정은 더 이상 새로울 것도 없는 일이지만, 신자유주의 체제 아래 명퇴자들이 급증하면서 비로소 선명해진 중년의 위기, 우리 사회가 급속하게 고령화 사회로 접어들면서 가시화된 노인들의 위상, 그리고 동성애를 비롯한 다양한 성 정체성을 지닌 인물들의 당당한 자기 선언까지를 고려해보면, 그 소수자의 스펙트럼은 생각보다 아주 다양하다는 것을 알 수 있다.

2000년대 초반에 등장하여 왕성한 작품 활동을 하고 있는 박민규와 김애란을 포함하여 이현수, 천운영, 강영숙, 오수연, 천명관, 손홍규, 김재영, 김도연 등 젊은 작가들의 시선은 모두가 한결같다고는 할 수 없어도 우리 사회에서 변두리로 밀려나 그 자체로 사회적 소수자 그룹으로 낙인찍힌 이들의 삶을 조명한다. 직장에서 쫓겨난 무능한 가장, 가정폭력과 경제적 빈곤으로 인해 길거리로 내쳐진 여인들, 거주권조차 법적으로 인정받지 못하는 철거민들, 직장을 갖지 못해 고시원을 전전해야 하는 청년 실업자, 탈북자와 같은 난민, 피부색과 윤곽이 달라 모국에서조차 차별을 받는 다문화가정의 2세 같은 인물들이 이들의 소설에서는 넘쳐난다. 더러는 우리나라에 들어와 있는 외국인이라든가, 모국에서 삶을 영위하는 외국인이 소설의 주인공으로 부상하는 경우도 왕왕 있는데, 이들을 주인공으로 하는 소설도 그들의 변두리적 정체성을 문제 삼기는 마찬가지다.

젊은 작가들이 이런 인물들에게 관심을 두는 것은 기본적으로 그런 소수자들의 삶이 오늘날 우리 사회에서 가장 '문제적'이기 때문이다. 혹자는 이에 대해 사사화(私事化)라는 말을 사용해, 작가들이 거대서사가 불가능한 세계의 반증이라고도 말을 하지만, 이는 어쩌면 서구 제국주의가 만들어낸 근대화라는 거대서사의 미몽으로부터 작가들이 자유로워졌으며, 또 그런 거대서사의 허구를 꿰뚫어볼 수 있는 사회학적 상상력으로 무장했다는 것을 의미한다고 보는 편이 타당할 것이다. 따라서 이런 상상력을 작동시키고 있는 작가들의 세대 정체성만으로도 2000년대 소설은 자신의 변별성을 극대화하고 있는 것으로 판단되는데, 이런 구도 또한 앞에서 말한 소설에 대한 자의식의 급격한 변화와 일정 부분 연관되어 있다고 할 수 있다.

젊은 작가들의 이런 자의식은 또한 그것 자체로 소수자의 위상을 반영하기도 한다. 즉, 이들의 작품은 우리가 살아가는 현실이라는 것이, 누군가는 분석을 하고 또 누군가는 그런 분석의 결과를 일방적으로 소비하거나 전유하는 관계의 대상이라기보다는, 오히려 작가와 독자가 함께 의견을 주고받으면서 경험적으로 파악해야 할 수수께끼와 같은 괴물임을 역설하고 있다. 이런 입장은 작가와 독자 또한 어떤 의미에서 문학의 보편적 권능이 사라진 시대에 여전히 문학적 의사소통의 효용성을 믿고 있는, 그야말로 시대착오적인 소수자일지도 모른다는 인식을 기반으로 한 것인지도 모른다.

2000년대 우리 소설이 사회의 소수자들과 세상의 변두리로 밀려난 사회적 약자들에게 관심을 기울인 것은 1970년대를 풍미했던 이른바 민중문학 연장선에 있는 것으로도 평가할 수 있지만, 질적으로는 결코 그와 동일하지 않다. 소설에 대한 자의식과 연동된 이들 젊은 세대의 상상력은, 상상력이라는 것은 기본적으로 역지사지(易地思之)의 공감과 연민의 능력을 기반으로 하는 윤리적 행동이라는 분명한 자각 위에서 행해지고 있기 때문이다. 이런 도덕 자각의 중요한 계기가 되었던 사건은 이명박 정권 집권 초기에 벌어졌던 전국적인 촛불시위와 2009년 1월 19일 발생한 이른바 용산참사 사건일 것이다. 정부의 미국 광우병 쇠고기 수입 결정에 항의하기 위한 촛불시위와 용산4구역의 재개발 보상대책에 반발한 철거민들이 경찰과 대치하던 중에 발생한 화재로 6명의 철거민이 목숨을 잃은 이 사건에 대한 평가는 보는 시각에 따라 다를 수 있지만, 이 일련의 사건이 국가의 존재 이유에 대한 물음, 그리고 반시대적인 권위주의적 통치에 대해 어떻게 시민적 권리를 지킬 것인가 하는 의식의 각성을 초래한 것은 부정할 수 없는 사실이다.

이 사건이 2000년대 우리 문학에 가한 충격은 용산참사 바로 그 순간부터 다양한 저항의 목소리를 내기 시작했던 '6·9 작가선언'에서도 그대로 확인되는데, 이 또한 2000년대 우리 소설의 지형과 관련하여 기억해야 할 사건이다. 용산참사 현장에서 릴레이 1인 시위를 하면서 자신들의 입장을 '한 줄 선언' 형식으로 피력한 192명의 젊은 작가와 시인들이 함께 1980년대와 1990년대 민주화 투쟁의 역사를 자양 삼아 성장하여 2000년을 전후한 시기부터 자신들의 문학적 발언을 하기 시작했던 세대들이라는 점에서, 이 사건은 2000년대 중반 문학적 상상력의 방향을 특징짓는 상징적 사건으로서의 의미가 있기 때문이다.

이 선언에 참여했던 시인 조원규는 2009년 가을, 젊은 작가들의 이런 행동에 대해 「광장에서의 글쓰기」라는 글을 발표하여 그 의미를 규정한다. 이 글에서 그는 직접, 간접으로 용산참사와 스스로를 연루시켰던 젊은 문인들의 행위를 "우리 문학이 결여했던 '직접성'에 대한 지향"으로 읽어내면서 다음과 같이 평가한다.

젊은 시인, 작가들이 뙤약볕에 피켓을 들고 용산참사 현장에 서 있으면서 한 생각들은 무엇일까? 그 생각들, 그들이 효과적인 2인 시위의 형식을 고안하기 위해서 또는 경찰이나 경비원의 제지를 효과적으로 넘어서기 위해 발휘한 창의성과 유연성, 거리에서 시민들과, 천막에서 유가족들과 교환했을 '눈빛과 말들', 그것들은 결국 훗날 작품에 반영된 형태로 출간되었을 때에야 비로소 '문학적인 가치'를 얻는다고 할 수 있을까? 만일 그렇다면 저 뜨거움과 축축함, 저 말들과 긴장과 생동감은 어떤 이름들 속에 담기고 어떤 가치개념들로 정리되어야 마땅할까?

나는 이를 '직접성'이라고 부르고 싶고 '바깥의 문학'이라고 부르고 싶다.

바깥을 향한 충동이 있었을 것이고, 이는 우리 문학이 결여했던 '직접성'에 대한 지향을 담은 장면이었다고 나는 생각한다. (중략) 소박하게 말해서 그 것은 바깥을, 직접성을 지향하는 연대와 공동체를 통해 하나의 내부가 생겨 났기 때문이고, 이런 작은 생성의 장면들이 저간에 우리 문학에 결여되었던 무언가, 삶의 곁이 되어주며 사람들이 만날 수 있는 '광장(topos)'을 제시하 지 못했음을 확인토록 했기 때문이다. 직접성의 가상으로서의 문학이 아니 라, 그 이전에 실제 '문학하기'의 직접성을 통해서 말이다.[1]

'광장'의 부재는 공론장(公論場)의 전통이 형성되지 않은 우리 사회가 아 직까지도 온전하게 성취하지 못한 근대성의 일부라고 할 수 있을 텐데, 아 마도 반세기 전에 쓰인 최인훈의 『광장』이 여전히 읽히는 현상이 이를 반 증할 것이다. 그런 점에서 위와 같은 지적은 2000년대 들어 첨예화된 우 리 사회의 제반 '소통' 채널의 부재에 대한 솔직한 지적으로 여전히 유효 하다. 뿐만 아니라 조원규의 위와 같은 지적은, 많은 문학인들은 그렇지 않다고 믿고 있지만 기실 우리가 밟아온 전 시대의 문학적 전통과 환경 또 한 엄숙한 교주주의의 권내에 있으면서, 진정으로 동시대인들과 수평적 차원에서 소통하려 한 적이 거의 없는 밀실의 문학에 불과했다는 점을 새 삼 일깨워준다. 신인 배출 과정에서부터 문학상 수상 작품 선정에까지 체 계적으로 작동하고 있는, 이른바 '문단적 권위'의 요지부동한 위상과 그 관여적 성격의 일단만 보아도 이는 충분히 수긍할 수 있는 일이다.

이런 용산참사의 충격과 그로 인한 작가적 의식의 대응은 2009년 김연 수의 「당신들 모두 서른 살이 됐을 때」라는 단편에서부터 그 문학적 형상 을 얻으며, 이후 2010년에는 손아람의 『소수의견』에서 장편소설로서 명 확한 형상을 얻는다. 『소수의견』에 대해서는 뒤에서 다시 이야기하기로 하

1) 조원규, 「광장에서의 글쓰기」, 《작가》, 2009년 여름.

고, 여기서는 먼저 김연수의 소설을 살펴보도록 하자. 헤어진 옛 애인이 택시에 설치한 카메라를 이용해 하는 인터넷 생중계를 통해 용산참사를 접한 서른 살 여인의 우연한 일상을 다루고 있는 이 작품에서, 작가는 이 땅에 살고 있는 우리의 삶에 관여하는 우연이 사실은 우연이 아니라는 점을 나직이 전한다. 우리가, 서울 시민이건 아니건 간에, 용산참사가 일어난 2009년도에 살고 있는 것은 결코 우연이 아니라는 것, 그리고 서울 시민을 포함한 동시대 한국인의 삶은, 2009년도 이후를 살고 있는 한 어떤 형태로든 그 참사 현장에서 숨져간 이웃들의 삶과 연관되어 있다고 하는 우연성에 대한 윤리적 가치부여다. 그리고 그것은 우리에게 어떤 행동까지를 요구하는 일종의 윤리적 독려라고도 할 만하다. 나는 이 소설을 그렇게 읽는다.

이 점에서 비평과 창작 양 측면에서 김연수와 조원규가 전하고 있는 메시지는, 문학은 더 이상 제도권 내의 '문학'으로 미적 차원에서만 고려되어서는 안 되며, 우리 시대를 사는 시민으로서 스스로를 돌아보고 공감의 능력을 확장시켜 동시대인들의 삶에 적극적으로 관여하는 윤리적 행위여야 함을 역설하고 있는 것으로 이해된다. 문학의 원론에 대한 2000년대 젊은 작가들의 깊이 있는 천착은 이 점에서도 다시 한 번 확인되거니와, 또한 같은 의미에서 젊은 작가들의 '6·9 작가선언'은 우리 문학의 주권이 시민에게 있음을 떳떳하게 선언한 것이었다고 해도 과언이 아니다.

이 점에서 2000년대 우리 소설은 지난 백 년의 세월 동안 우리 문학이 도달하고자 애썼던 진정한 시민문학의 문을 열어젖혔다고 할 수 있다. 문학적 상상력이란 역지사지의 능력 이상도 이하도 아니라는 것, 그리고 그런 상상력이야말로 동시대를 살아가는 시민다움의 일차적 요건이며, 따라서 문학은 시민성을 함양하는 상호적 장르(reciprocal genre)라는 의식이 바로 이들의 선언과 작품으로부터 확인되기 때문이다. 바로 이 지점에서,

2000년대 우리 소설은 미국의 법철학자 마사 누스바움(Martha Nuss-baum)이 말한바 '공공(公共)의 상상력'을 작동시킨 거의 최초의 예라고 말할 수 있게 된다.

작가 개개인의 상상력이 허무맹랑한 환상(1990년대에 잠시 붐을 이뤘던 환상소설들은 사실상 이런 유치한 발상의 결과였다)이 아니라 공적인 소통의 바탕, 상호 토론의 장이라는 측면에서 우리가 주목해야 할 2000년대 소설의 또 하나의 두드러진 현상은 이른바 법에 대한 관심이다. 시민 사회가 법에 의한 공공성 확보를 전제로 한다고 할 때 법에 대한 감각은 시민성의 한 중요한 측면이기도 한데, 그럼에도 불구하고 우리 삶의 전 국면에 법이 관여하고 있다는 의식은 망각되기 일쑤다. 그리고 이런 현상은 우리 소설의 경우에도 다르지 않다. 이병주와 같은 작가가 1960년대 이후 우리 사회를 지배해온 반공이데올로기와 보안법의 허구성과 맞서기 위해 법적 상상력을 동원한 적이 없는 것은 아니지만, 그것은 아주 예외적이었고 일반적으로 법은 소설의 탐색 영역에서 제외되었다. 이것은 일제의 식민 지배하에서 법적 현실과 문학적 현실의 길항을 통해 인간과 사회에 대한 인식을 심화시킬 수 있는 기반이 원천적으로 봉쇄되었던 데에서 기인한다.

이런 의미에서 주목해야 할 작업은 공지영의 작업이다. 1988년 등단한 이후 지속적으로 작품활동을 해왔던 공지영은, 2000년대 들어서면서부터 이런 문제의식을 보이는 일련의 장편소설들을 발표한다. 사형제도의 비인간성을 고발한 『우리들의 행복한 시간』(2005)과 호주제 문제를 제기한 『즐거운 나의 집』(2007), 그리고 실제 광주에서의 농아학교 성폭력 사건을 정면으로 다룬 『도가니』(2009)를 발표한다. 공지영이 발표한 세 편 모두 우리 사회를 지탱하고 있는 법적 체계에 대한 의문을 제기했다는 점에서 공통되는데, 특히 가장 최근작인 『도가니』는 작품 발표 이후 여론을 환기시켜 이미 종료된 사건의 재수사를 야기할 정도로 그 파급력이 컸던 작품이다.

한 사회가 올바로 기능하기 위해서 시민들의 준법정신과 법의 존재에 대한 이성적인 이해가 필수적이라는 것은 두말할 나위가 없다. 그러나 그 것만으로는 불충분하다. 법이 소설과 마찬가지로 인간의 삶을 규정하고 있는 허구인 한, 법에 대한 이해는 궁극적으로 변화된 사회와 인간적 욕망에 부합하는 방향으로의 끝없는 갱신의 가능성을 모색하는 경지로까지 나아가지 않으면 안 된다. 하지만 본질적으로 법은 보수적인 까닭에, 급변하는 현실에서 벌어지는 다양한 인간적 갈등을 시의적절하게 조정하지 못한다. 공지영의 작품은 법이 현실을 따라잡지 못함으로써 비롯되는 이런 괴리의 현장을 재현함으로써 법의 허구성에 대한 우리의 전향적인 인식을 촉구한다. 사형제도가 과연 존속해야 하는가에 대한 문제 제기와 이른바 전관예우로 알려져 있는 법조계의 그릇된 관행에 대한 문제 제기를 통해, 공지영은 과연 우리 사회가 사법적 정의를 담보하고 있는 것인지를 묻는다. 이런 물음이 같은 시민사회의 성원인 사회적 약자에 대한 연민으로부터 발원되었음은 두말할 나위가 없다. 또한 『도가니』는 진실을 알고 싶어 하는 독자들을 그 모순투성이의 법정으로 초대함으로써, 스스로 그동안 수용자 역할에 만족해왔던 자신들의 위치를 돌아보고 현실의 부조리에 함께 공분하도록 하는 강력한 표현수행력을 발휘한다.

앞서 이야기한 바 있는 손아람의 『소수의견』(2010) 또한 2000년대 들어 급증하고 있는 법적 정의에 대한 문학적 탐구의 연장선상에 놓여 있다. 이 작품은 아현동 재개발 현장에서 벌어진 철거민 사망 사건을 허구적 소재로 하고 있다는 점에서 용산참사 사건에 대한 우회적 고발 성격을 지니고 있기도 하지만, 단지 그것에만 머물지 않는다. 이 작품은 그 제목은 물론, 각 장의 소제목도 법률적 용어 일색이다. 작품의 제목이기도 한 '소수의견'이란 "대법원 등의 합의체 재판부에서 판결을 도출하는 다수 법관의 의견에 반하는 법관의 의견"을 일컫는 말이다. 작품에서 이 용어는 국가배

상행위를 바라보는 소수의견을 지칭하고 있지만, 작품은 더 근본적으로, 이제 그런 소수의견이 다수의 법 감정으로 전환할 수 있는 시대적 변화를 지칭한다. 다시 말하면 법의 허구성에 대한 사회적 인식을 바탕으로 한 전향적인 법의식만이 우리들의 현실을 건강하게 만들 수 있다는 메시지를 이 작품은 전하고 있는 것이다.

한 편의 작품의 서사 진행 과정이 소송이 진행되는 전 과정을 포괄하고 있다는 점에서 이 소설은 예외적인데, 공교롭게도 이와 같은 구도는 공지영의 소설에서도 발견되며, 더 앞선 예로는 복거일의 『보이지 않는 손』(2006)을 들 수도 있다. 이 작품은 작가 자신이 1987년에 발표한 대체역사소설 『비명을 찾아서』와 유사한 대체역사의 발상법을 무단으로 차용하여 영화를 만든 영화사에 대해 작가가 제기했던 소송과정을 그리고 있는 작품으로서, 작가의 창의적 발상법이 저작권 보호대상이 될 수 있는가 하는 법리논쟁의 과정을 담고 있다. 물론 작품은 원고패소로 일단락된 실화를 재현하고 있지만, 오늘날 우리가 향유하는 예술적 창작물이 어느 정도까지 보호되어야 하는가 하는 문제를 근본에서부터 제기함으로써 법적 허구에 관한 일반의 관심을 환기시키고 있는 것이다.

그동안 성역으로 간주되었던 법정이 소설의 이야기—현실로 설정되었다는 것 자체가 갖는 의미가 무엇인지는 자명하다. 그것은 법정이란 곳이 상반되는 이야기들이 각축을 벌이는 장으로서, 진실이 무엇인가를 알고 싶어 하는 독자들의 욕구를 충족시킬 수 있는 장이기 때문이다. 그리고 그런 이야기가 이 시기에 연이어 발표되었다는 것은 사회적 허구로서의 우리의 법이 제대로 작동하지 않는다는 작가들의 현실인식을 반영하는 것이다. 2007년의 주요 사건이었던 이른바 석궁사건의 영화화가 갖는 의미 또한 이와 다르지 않을 것이다. 어떤 의미에서는 근대성을 담보하고 있는 대표적인 인물이랄 수 있는 변호사를 중심에 두고 진실이 가려지는 전 과정,

혹은 현실을 바라보는 상이한 시각과 전망이 충돌하는 과정을 그려내고 있는 이런 일련의 소설들은, 우리 작가들의 현실 탐구가 소박한 리얼리즘 차원을 넘어 삶을 규율하고 해석하는 사회적 허구 전반에 대한 깊이 있는 탐구로 나아가고 있다는 것을 보여주는 의미 있는 증거들이라고 할 수 있다. 그리고 법 자체의 허구성과 우리 사회의 사법제도 전반에 대한 이런 의미 있는 인식의 변화는 분명히 2000년대 중반에 실현된 로스쿨제도의 시행과도 무관하지 않을 것이다.

3.

공지영의 『도가니』는 농아 성폭행이 실제로 이루어졌던 광주의 인화원 대신, 무진이라고 하는 가상의 공간을 무대로 한다. 이 지점에서 『도가니』는 그것이 김승옥의 대표작 「무진기행」에 대한 공지영의 새로운 해석이라는 점을 분명히 드러낸다. 그렇다면 일종의 패러디라고도 할 수 있을 이 친연성이 단순히 개인적 차원의 독서체험에 그치고 마는 것일까. 그렇지는 않아 보인다. 일찍이 우리 시민문학의 가능성을 언급한 바 있는 백낙청의 논의에서, 그 중요한 대상이 된 작품이 바로 김승옥의 「무진기행」이었기 때문이다. 「무진기행」의 주인공 윤희중이 느끼는 부끄러움은 4·19와 5·16을 겪고 무력한 개인으로 자신 삶의 뒷전에 나앉을 수밖에 없었던 참담한 의식이지만, 한편으로는 자신의 삶이 동시대를 살아가는 수많은 시민들의 삶과 불가분리의 관계에 있다는 자각 없이는 불가능한 의식이다.

이렇게 생각해보면 공지영이 『도가니』를 쓰면서 김승옥의 작품을 패러디한 것은 여러모로 상징적이다. 그것은 윤희중이 느끼는 참담한 부끄러움을 부당한 현실에 대한 공분(公憤)으로 공유하고, 시민적 연대를 통해 맞서지 않는 한 우리의 근대는 없다고 하는 의식의 선명한 표현이기 때문이다. 그리고 이명박 정권 출범 직후 타오른 '촛불시위'와 용산참사로 촉발된 정의에 대한 다양한 요구로 대표되는 시민연대의 경험이 그와 무관하지 않을 것이다. 촛불시위의 소설적 증언이기도 한 김선우의 소설『캔들 플라워』(2010)가 또한 이를 반증한다.

그런 의미에서 본다면, 2000년대 초반의 우리 소설은 지난 세기의 전통을 자양으로 해서, 시대가 요구하는바 자기가 가야 할 올바른 방향을 잘 모색했다고 판단된다. 즉, 백 년에 걸친 우리 소설사가 쌓아올린 전통의 맥락을 그만큼 잘 소화한 것이다. 비록 문화 상품으로서 소설 장르가 차지하는 비중이 전과 같지 않지만, 소설이 시민의식의 함양과 직결되어 있다는 인식이 확고히 마련된 만큼, 앞으로도 우리 소설은 의미 있는 문학적 행보를 지속해갈 것이다.

정치성의 회복과 공공성의 화두

김옥란

1. 1990년대 '해체' 이후 2000년대 '정치적인 것'의 귀환

1990년대의 기억이 삼당 합당(1990), 소련 해체(1991), 성수대교 붕괴(1994), 삼풍백화점 붕괴(1995), IMF 외환위기(1997) 등 총체적인 붕괴, 곧 '무너짐'의 기억으로 점철된 것이라면, 2000년대는 2001년 9 · 11 이후 정치적 보수화, 미국발 글로벌 금융위기와 신자유주의, 진보정권 10년과 다시 들어선 보수정권의 '잃어버린 10년'을 되돌리려는 보수화의 흐름, 연이은 촛불집회 등 다시 '정치적인 것의 귀환'을 논하는 국면이 되었다. 1990년대를 풍미했던 포스트모더니즘 담론이 거대담론의 해체로부터 비롯된 발랄한 일상 감각, 탈정치 개방화의 물결을 타고 이루어진 '세계화'에 대한 핑크빛 전망을 보여주었다면, 2000년대는 지난 냉전 시대의 사생아인 국제 테러 단체 알 카에다, 미선이 효순이 사건(2002), 미국산 광우병 소고기 수입 문제(2008), 용산참사(2009) 등 여전히 우리에게는 정치적 · 경제적 '현실'의 문제들이 해결되지 않은 채 남아 있었다는 사실을 직시하게 해주었다. 2012년 현재, 1987년 이후 정치적으로 실패하고 사상적으로 무장해제당한 지식인들이 1997년 IMF 이후 신자유주의의 급발진에 대해 제대로 대응하지 못했던 지난 20년에 대한 반성의 목소리가 높다.

2. 2000년대 연극과 '일상'의 코드

그렇다면 2000년대 연극의 모습은 어떠한가? 연극은 극장에서 관객들과 함께하는 공연의 존재 조건상 사회적 · 정치적 현실에 민감하다. 공연이 올라가는 매일매일 관객과 직접 만나기 때문에 관객의 매일매일의 삶에 민감하지 않을 수 없다. 그러나 2000년대 전반기 공연장의 풍경은 별다른 이슈 없이 조용히 흘러갔다. 2002년 월드컵으로 광장의 문화가 정치적 공간이 아닌 축제의 공간으로 전환되고, 2002년 미군 장갑차 사건, 2004년 노무현 대통령 탄핵무효 촛불집회 등으로 광장이 다시 정치적 공간으로 회귀하는 등 광장의 역사가 새롭게 쓰여지고 있었지만, 연극 공연장에서는 1990년대 포스트모더니즘의 해체 담론 이후 정치를 벗어난 일상에 주목하는 흐름이 계속되고 있었다.

『문예연감』은 2004년 연극의 특징 중 하나로 '체호프와 일본연극의 열풍'을 꼽고 있다. 2000년대에 체호프와 체호프식의 섬세한 일상 연극과 히라타 오리자로 대변되는 일명 '조용한 연극'의 극사실주의적 일상극이 인기를 끈 것은 정치성이 거세된 2000년대 버전의 포스트모던 해체 연극의 징후를 보여준다. 1990년대 정치성을 기반으로 한 포스트모던의 '격렬한 해체'가 「기국서의 햄릿」처럼 「햄릿」이나 「리어왕」, 「맥베스」로 대변되는 셰익스피어의 원초적이고 강렬한 무엇을 담보로 한 것이었다면, 2000년대 연극은 체호프로 대변되는 '일상'의 코드가 주조를 이루고 있다. 박근형의 「청춘예찬」(1999), 「물속에서 숨쉬는 자 하나도 없다」(2000) 등 삼류인생들의 '비루한 일상'을 보여주는 작품들이 이러한 경향을 대표하고 있다. 그리고 김명화는 「돐날」(2001)을 통해 386세대의 '비루한 일상'의 후일담을 그리고 있다.

다른 한편 이러한 '일상'의 코드는 편안하고 쉬운 일상 화법과 디테일한 묘사를 접점으로 대중적 감각으로 쉽게 확대 재생산되었다. 김한길, 한아름 등 신인 작가들이 처음부터 대중극을 지향하며 등장한 것도 이 시기의 특징 중 하나다. 예컨대 김한길의 「춘천 거기」(2005), 「임대아파트」(2006) 등 쉬운 일상극은 젊은 관객들에게 잔잔한 감동의 연극으로 크게 인기를 끌었다. 그리고 한아름의 「죽도록 달린다」(2004), 「왕세자 실종사건」(2005), 「릴레이」(2006), 「청춘, 18대1」(2008) 등은 '이미지극'이라는 세련된 연극성을 표방하고 있지만 사랑이나 청춘의 한때와 같은 일상의 감각들을 극대화시킨 공연들이다.

예컨대 한아름의 「청춘, 18대1」은 1945년 8·15 광복 딱 한 달 전, 동경의 댄스홀을 배경으로 동경시청장 암살사건을 모의 중인 조선인 독립운동가의 긴박한 이야기를 그리고 있지만 실제로 무대에서 전면화되는 것은 동경의 댄스홀에서 펼쳐지는 차차차와 왈츠, 춤 자체이다. 독립운동가의 이야기를 다루면서도 식민지 조선의 '구질구질한 현실'이 아닌 모던의 첨단인 일본 동경의 한복판 댄스홀의 반짝반짝 빛나는 무대를 보여준다. 이렇듯 2000년대의 대중극은 이전의 '뻔한 저질의 싸구려 연극'이라는 질시의 시선에서 벗어나 편안하고 쉽고 친절한 연극, 게다가 감각적으로 고급스럽게 포장된 연극으로 진화하고 있고, 그 중심 연결 고리에 '일상'의 감각을 보편적인 시대감각으로 받아들이던 분위기가 작용하고 있다.

3. 2000년대 중반, 연극계의 세대교체

2000년대 전반기 연극계의 풍경이 잠잠하게 느껴졌던 또 한 가지 이유로, 이 시기가 연극계의 세대교체기와 맞물려 있었던 점을 들 수 있다. 이 시기의 주요 작품들을 꼽아보면, 이강백의 「마르고 닳도록」(2000), 「진땀 흘리기」(2002), 「맨드라미꽃」(2005), 「황색여관」(2007), 「죽기 살기」(2009), 오태석의 「잃어버린 강」(2000), 「지네와 지렁이」(2001), 「내 사랑 DMZ」(2002), 「앞산에 당겨라 오금아 밀어라」(2003), 「만파식적」(2005), 「용호상박」(2005), 「갈머리」(2006), 이윤택의 「도솔가」(2000), 「시골선비 조남명」(2001), 「아름다운 남자」(2005), 박근형의 「대대손손」(2000), 「물 속에서 숨쉬는 자 하나도 없다」(2000), 「선데이 서울」(2004), 「선착장에서」(2005), 「경숙이 경숙아버지」(2006), 「백무동에서」(2007), 「돌아온 엄 사장」(2008), 「너무 놀라지 마라」(2009), 「아침 드라마」(2010), 김명화의 「오이디푸스, 그것은 인간」(2000), 「닫날」(2001), 「까페 신파」(2004), 「바람의 욕망」(2007), 고연옥의 「인류 최초의 키스」(2001), 「웃어라 무덤아」(2003), 「백중사 이야기」(2006), 「발자국 안에서」(2007) 등 이강백, 오태석, 이윤택, 박근형, 김명화, 고연옥의 이름을 꼽을 수 있다.

2000년대 중반까지 원로급 기성작가인 이강백, 오태석, 이윤택 등이 여전히 활발히 활동하면서 거의 매년 작품을 발표하였다. 그리고 그 뒤를 이어 1999년 「청춘예찬」의 흥행으로 작가이자 연출가로 연극계에 화려한 신고식을 치른 박근형, 1998년 첫 작품 「새들은 횡단보도로 건너지 않는다」를 오태석 연출 작품으로 올리면서 마찬가지로 화려한 신고식을 치렀던 김명화, 1996년 신춘문예 등단작을 제외하고 공식적인 첫 공연작인 「인류 최초의 키스」에서부터 연출가 김광보와 콤비를 이루어 지속적으로 작품 활동을 해오고 있는 고연옥이 중간급 신인 작가의 위치를 받치고 있다.

그런데 이 시기가 연극계의 세대교체기라 함은 이강백, 오태석, 이윤택이 거의 매년 작품을 발표하고는 있었지만, 사실 이 시기는 이들의 후기작의 시기이자 실질적으로 작품 활동을 마감하고 있는 시기이다. 특히 이강백의 「맨드라미꽃」, 오태석의 「용호상박」, 이윤택의 「아름다운 남자」가 한꺼번에 공연된 2005년은 특별히 기억될 만한데, 이 시기를 기점으로 더이상 문제작은 나오고 있지 않다. 오태석이 2011년 셰익스피어 원작의 「템페스트」를 한층 원숙한 태도로 자신의 중심 주제인 용서와 화해의 극으로 보여줌으로써 다시 '거장의 귀환'을 보여주긴 했지만, 2012년 「마늘 먹고 쑥 먹고」 공연에서는 더 이상 새로운 생산성을 보여주지 못하고 있다.

4. 박근형, 과장된 비극성의 신파적 패러디

한편 이들의 공백을 대신하며 박근형, 김명화, 고연옥의 작품이 계속해서 올라가고 있지만, 이들에게서 공통으로 발견되는 '비루한 일상' 혹은 '고립된 개인'의 감각 외에 문제적인 이슈는 제기되지 않는다. 2000년대 중반까지 이들은, 원로 작가들의 거인의 그림자에서 벗어나지 못한 채 삼류 인생들이나 비루한 일상으로 떨어진 386세대의 비틀린 내면이라는 자기 세대의 문제의식을 그려내는 데에 그치고 있다. 이들의 개인적 경험과 문제의식은 사회적으로 확장된 감각으로 나아가거나 폭발력을 가지지 못하고 있다. 김명화(「오이디푸스, 그것은 인간」, 「돐날」) 그리고 또 다른 여성 작가 장성희(「매기의 추억」, 2011)가 보여주는 386세대의 문제의식은 386세대가 현실정치에서 실패하고 실제 현실에서 자기 허무를 극복하지 못하고 한계에 부딪힌 것과 똑같은 지점에서 한계에 부딪히고 있다. 그리고 이는 「이」(2000)의 작가 김태웅이 「불티나」(2001)에서 보여주고 있는 한계이기도 하다.

단, 이 중에서 독보적인 행보를 보이고 있는 작가로 박근형을 주목해볼 필요가 있다. 박근형은 극단 골목길 대표로, 극작과 연출을 겸하고 있으며 2000년대 중반에 이르러 자기만의 독자적이고 확고한 세계를 구축하고 있다. 박근형은 1990년대 중반의 습작기를 거쳐 2003년 극단 골목길 창단, 2005년 「선착장에서」 이후 「경숙이 경숙아버지」, 「돌아온 엄사장」, 「너무 놀라지 마라」 등의 작품을 연달아 내놓으며 2000년대의 대표적인 작가로 자리 잡고 있다. 이 작품들은 삼류 인생들의 밑바닥 언어로 사회를 풍자하고 비트는 연극들로, '신파'와 풍자가 함께하는 박근형식 블랙코미디의 세계를 천연덕스럽게 보여주고 있다. 박근형의 연극언어 대부분은 '개새끼', '깝깝한 년' 등 욕설투성이고, 인물들은 비루하지만 어설픈 자기만족감으로 뻔뻔하다.

예를 들어 「너무 놀라지 마라」의 위악적 주인공의 쿨한 태도는 지금 우리 삶의 허위와 과장과 잉여의 상황을 매달린 시체가 보여주는 '맨발과 고름과 피'의 현실과 대면시키며 조롱하고 있다. 영화감독 남편과 노래방 알바를 나가는 부인, 노래방 남자 손님을 속옷 바람으로 삼자대면시키는 의도적으로 작위적인 상황에 일부러 '사는 게 다 똑같다'라는 식의 상투적 언어와 제스처로 반응하게 함으로써 얻어지는 이질적인 웃음, 부인과 시동생의 불륜이라는 '막장 드라마' 같은 상황에 "비극은 인간을 승화시킨다"는 식의 과장된 비극적 화법을 과시하는 태도는 '타락한 비극' 혹은 '과장된 비극성'의 신파적 태도를 통해 낯익은 일상을 비트는 이중화법을 보여준다. 박근형은 결국 지금 현재 우리의 삶을 "신파다!"라는 한마디로 요약하고 있는 것이며, 우리 사회의 진보의 시간에 대해서 회의적인 시선을 보내고 있다. 그리고 이는 2000년대 연극이 보여주는 세련된 감각의 연극성과 양식성—오태석 연극의 원숙한 양식미로부터 양정웅과 서재형의 연극으로 대변되는 감각적인 연극성에 이르는—과는 또 다른 지점을 보여주는 것으로 흥미로운 대조를 이룬다.

5. 젊은 극작가들, 감각의 전환

2000년대 중반 연극계의 세대교체와 관련하여 중요한 흐름으로 새로운 작가들의 등장을 빼놓을 수 없다. 특히 이 시기에는 주목할 만한 신인 작가들이 다수 등장하여 연극계의 분위기가 훨씬 새롭고 생동감 있게 환기되었다. 이들을 통해 한국 연극계는 실질적인 세대교체를 이루었고 감각의 전환을 이루었다. 구체적으로 배삼식, 최치언, 김지훈, 김재엽, 성기웅, 최진아, 윤한솔 등이 그들이다.

우선 먼저 배삼식은 극단 미추에서 셰익스피어 극의 재구성 대본이나 마당극 각색 대본 등을 집필하는 작업을 병행하면서 2007년 「열하일기만보」로 일약 연극계의 스타로 떠오른 이후 「하얀 앵두」(2009), 「3월의 눈」(2011) 등을 연속해서 발표하며 비교적 짧은 시간 안에 무게감 있는 신인 작가로 성장했다. 최치언은 시인이자 극작가로, 「코리아 환타지」(2005), 「밤비 내리는 영동교를 홀로 걷는 이 마음」(2007), 「충분히 애도되지 못한 슬픔」(2008), 「미친극」(2010) 등 B급 영화의 거친 질감과 광기와 독설의 연극으로 자기만의 색깔을 분명히 보여주고 있다. 김지훈은 첫 번째 작품인 「원전유서」(2008)를 한국연극사상 유례없는 4시간 반짜리 대형 공연으로 올려 처음부터 강렬한 인상을 남겼다. 「원전유서」의 공연은 연출가인 극단 연희단거리패 이윤택의 적극적인 지지 덕분에 가능했던 공연으로, 이후에도 김지훈은 연희단거리패에서 '김지훈 3부작'(「방바닥 긁는 남자」, 2009; 「길바닥에 나앉다」, 2010; 「판 엎고 뛰!」, 2011)을 연속해서 올리는 기염을 토했다.

이렇듯 이들의 작업은 중견급 연출가들의 적극적인 지원 속에서 공연을 올리는 특징을 보여준다. 배삼식은 극단 미추의 연출가 손진책과 극단 코끼리만보의 연출가 김동현, 최치언은 극단 작은신화의 연출가 최용훈과 극단 백수광부의 연출가 이성열, 김지훈은 극단 연희단거리패의 연출가 이윤택과 지속적인 관계를 맺으며 작업하고 있다. 이렇듯 중견급 연출가들의 지원 속에서 신인 작가들이 발굴되거나 성장하고 있는 것은 그만큼 한국 연극계가 성숙한 조건 속에서 재생산을 이루고 있는 모습을 보여주는 것이다. 이들은 기존의 신인 등단 제도인 신춘문예와 같은 일회성 등단 제도를 통해서가 아니라 극단과의 지속적인 공동작업이나 공연을 전제로 한 창작극 지원사업의 일환으로 발굴된 작품을 통해 활동하기 시작한 공통된 이력을 보인다. 특히 2008년 김지훈의 「원전유서」와 최치언의 「충분히 애도되지 못한 슬픔」은 한국문화예술위원회 창작희곡활성화지원사업, 일명 '창작예찬' 당선작으로 나란히 함께 무대에 올라갔던 작품들이다.

젊은 극작가들이 극단 작업과 연계되어 활동하는 양상은 그만큼 글쓰기뿐만 아니라 무대화에 대한 전문적인 안목을 가진 작가들의 출현이 강화되고 있음을 말해준다. 같은 맥락에서 자신의 극단을 가지고 극작과 연출을 함께하는 작가들의 등장 또한 많아지고 있다. 대표적으로 극단 드림플레이의 김재엽, 극단 제12언어연극스튜디오의 성기웅, 극단 놀땅의 최진아, 극단 그린피그의 윤한솔 등이 그 예이다. 이들의 작품은 극단 작업의 공동체적 집단 역량이 뒷받침된 글쓰기로 주목해볼 수 있다.

이 중에서 특히 김재엽과 윤한솔은 동시대의 사회적 이슈를 다루면서 극단의 공동체적 역량을 드러내는 자기만의 공연 양식을 가지고 있는 작가이자 연출가들이다. 김재엽의 작품들, 예컨대 대학 91, 92학번 세대의 대학 시절 사회과학 서점을 재현한 무대인 「오늘의 책은 어디로 사라졌을까?」(2006), 이른바 '88만원세대'의 연극판이라 할 수 있는 「누가 대한민국 20대를 구원할 것인가?」(2008), 용산참사를 다룬 「타인의 고통」(2010)

등은 사회적 이슈를 적극적으로 다루고 있다. 특히 「누가 대한민국 20대를 구원할 것인가?」는 1980년대 연우무대의 서사극적 스타일의 공연으로 젊은 연극인들의 집단적 에너지를 보여준 무대다. 그리고 윤한솔은 한국전쟁에 대한 개인'들'의 기억을 낭독, 영상, 퍼포먼스, 전시, 연극적 장면들의 병치 등 다양한 예술적 재현장치들을 해체 재구성하여 보여준 「의붓기억」(2010), 본인이 직접 출연하여 실행한 '강의(講義) 연극' 「나는야 쎅스왕」(2011), 해방기 진우촌 원작을 1930년대 변사의 말투, 1970년대 호스티스 영화 여배우들의 말투, 녹음된 대사를 틀어놓고 하는 더빙 연기 등 의고체의 대사 발성법을 병치시킴으로써 독특한 음성학적 연극을 실험한 「두뇌수술」(2012) 등에서 이른바 '포스트 드라마'의 한국적 버전을 보여준다. 윤한솔은 그동안 가벼움과 정치성의 약화 등으로 폄하 받던 포스트모더니즘 이후 세대의 정치적 목소리를 발랄하고 과감한 호흡으로 복원한 독특한 무대를 보여주었다.

6. 창작극과 번역극의 정치성

2000년대 중반의 또 한 가지 특징은 사회·정치·역사적 주제가 강화되었다는 것이다. 대략 2008년을 기점으로 젊은 작가들뿐만 아니라 중견과 원로 작가들의 작품에서도 다시 정치성이 살아나고 있다. 그리고 이는 창작극뿐만 아니라 번역극에서도 동일하게 확인된다. 먼저 박근형은 2005년 「선착장에서」, 2008년 「돌아온 엄사장」 등 일련의 정치 비판적 작품들을 계속 올리고 있다. 「선착장에서」, 「돌아온 엄사장」은 울릉도, 포항을 배경으로 직설화법의 경상도 사투리와 욕설이 난무하는 공연들이다. 이 작품들에서 경상도 사투리의 원색적인 욕설이 강조되면 될수록 한국현대정치사에서 권력자들의 주된 출신 지역인 경상도의 지역성이 강조되면서 정치적 풍자 의도가 선명해진다.

그리고 젊은 작가 김지훈의 「원전유서」는 '88만원세대', '청년 백수', '트라우마 세대'로 불리는 젊은 세대의 무의식을 원형적 신화적 상상력으로 보여주고 있는 작품이다. 최치언의 「충분히 애도되지 못한 슬픔」은 5 · 18 광주의 이야기를 외계인의 침공으로 비틀어 표현한 블랙코미디이다. 이 작품은 그동안 '애도'의 비장함의 대상으로만 그려졌던 5 · 18 광주의 이야기에 어설픈 세 친구의 자해 공갈 사기단이라는 황당하고 코믹한 상황을 병치시키는 기지를 보여준다. 그러나 마지막 계엄군의 습격을 '문어 대가리 외계인'의 모습으로 표현한 것은 5 · 18 최종 책임자 전두환을 풍자한 것으로, B급 대중 서사물의 감각을 통해 표현되는 젊은 세대의 새로운 정치 감각을 읽을 수 있다. B급 폭력물에나 나올 법한 과잉된 감정을 표출하는 주인공, 광기와 공포의 괴물 이미지, 장광설과 독설의 절제되지 않은 언어 표현 등은 이전 세대의 극작법과는 확연히 다른 글쓰기를 보여준다.

그러나 무엇보다도 정치적 메시지가 강렬한 것은 번역극에서이다. 대표적으로 2009년 기국서 연출의 「의자들」과 극단 백수광부의 공동창작극 「야메의사」, 2010년 김승철 연출의 「안티고네」, 2011년 (재)국립극단 창단작 한태숙 연출의 「오이디푸스」 등이 그 예이다. 먼저 기국서의 「의자들」은 이오네스코의 부조리극을 용산참사에 대한 이야기로 전환시킨 작품으로, 동시대의 정치적 이슈에 연극인들이 얼마나 민감하게 반응하고 있는지 보여준다. 극단 백수광부의 공동창작극 「야메의사」는 카프카의 원작 소설 「시골의사」를 해체 재구성한 작품으로, 청계천변 포장마차 '야메의사'의 하루 동안의 '서울 오디세이'를 통해 용산참사와 노무현 전 대통령의 죽음이라는 동시대의 현실을 다루고 있다. '시대의 환부(患部)'를 찾아 헤매는 '야메의사' 캐릭터는 1930년대 서울의 거리를 주유(周遊)하는 '구보씨' 캐릭터의 현대적 버전이라 할 만하다.

그리고 「안티고네」는 김승철 연출의 공연뿐만 아니라 이 시기 젊은 연극인들 사이에 시대를 반영하는 작품으로 적극적으로 재인식되거나 일부 장면을 차용하는 방식 등으로 다양하게 변주되었다. 「안티고네」에서 죽은 자에 대한 매장을 둘러싼 크레온과 안티고네의 대치 상황은 「야메의사」의 한 장면으로 차용되어, 2009년 노무현 전 대통령의 죽음을 둘러싼 애도국면의 정치적 대치상황을 환기시키는 등 고전극의 동시대적 의미를 강렬하게 각인시켰다. 곧 「안티고네」는 '영원한 저항'의 상징인 안티고네를 통해 시대적 발언을 하고자 하는 연극인들에게 반복적으로 소환되고 있다. 1970년대 유신독재 시절부터 젊은 연극인들에게 폭넓은 공감대를 이루며 공연된 이 작품이 이 시기에 다시 소환되고 있는 모습은 흥미로운 역사적 풍경이다.

이러한 정치적·역사적 배경 아래서 또 다른 '시대의 아이콘'으로 부각된 인물이 있으니, 오이디푸스가 바로 그다. 한태숙 연출의 「오이디푸스」는 오이디푸스의 마지막 행동을 끝없는 방랑의 길을 떠나는 것이 아니라 높은 절벽에 몸을 던져 죽는 것으로 장면화하는 한편 코러스로 등장하는 시민들의 분열상을 통해 우리 사회의 보수와 진보의 대립과 해결되지 않는 갈등을 압축적으로 보여주었다. 한편 구세대 정치인과 젊은 세대 정치인의 대결구도를 「오이디푸스」를 통해 그린 것은 김명화의 2000년도 작 「오이디푸스, 그것은 인간」에서 이미 보여주었던 것이기도 하다. 그런데 김명화의 작품이 386세대의 관점에서 정치적 대결구도를 그린 것이라면, 한태숙 연출작의 「오이디푸스」는 2009년 노무현 전 대통령의 죽음을 거치면서 새로운 시대의 표상으로서 오이디푸스를 보다 구체적으로 재창조하고 있다. 「기국서의 햄릿」에서 '회의하고 행동하는 지식인'으로서 햄릿이 5·18로 대변되는 1980년대와 응전하는 모습을 보여주었다면, 오이디푸스는 2000년대를 거치면서 '자기희생'이라는 이 시대의 새로운 젊은 지식인의 표상으로 다시 태어나고 있다.

이처럼 이 시기 적극적으로 재해석된 번역극들은 단순한 창작극/번역극의 경계를 넘어서 있다. 오히려 이 시기 번역극들은, 어느 정도 정리의 시간이 필요한 창작극을 대신해, 비교적 빠른 시간 내에, 좀 더 직접 우리의 정치 현실에 대해 발언할 수 있는 통로 역할을 했다. 이 시기 번역극들은 창작극 역할의 일부분을 담당하고 있었던 것이다. 결국 이 시기 창작극이나 번역극을 막론하고 정치적인 성격이 강화되고 있는 것은 2008년 광우병 소고기 촛불집회 및 세계 금융위기로 확산된 신자유주의의 위기, 2009년 용산참사와 노무현 전 대통령의 죽음 등 정치적 국면과 밀접하게 연계되어 있다. 그리고 이는 2009년 6월 '민주주의의 후퇴'에 반대하며 이루어진 1,037명 연극인 시국선언으로 이어지며 시대 인식에 대한 저변의 공감대들이 가시적으로 표출되기에 이르렀다.

7. 한일 연극교류, 재일 한국인 작가의 정체성의 연극

앞서 2000년대 연극의 특징으로 '일상성'의 경향과 함께 '일본연극의 열풍'을 꼽았다. 실제로 2000년대 한국연극에서 일본연극의 흔적은 생각보다 넓고 깊다. 일본연극의 공연은 2002년 발족한 한일연극교류협의회(초대 회장 김윤철, 2012년 회장 허순자)의 희곡낭독공연 및 희곡집 출판 등 조직적인 활동뿐만 아니라 두산아트센터의 기획공연(히라타 오리자 작 · 성기웅 연출의 「과학하는 마음—발칸동물원 편」, 2009; 히라타 오리자 작 · 박근형 연출의 「잠 못드는 밤은 없다」, 2010; 조박 작 · 김수진 연출, 극단 신주쿠양산박의 「백년, 바람의 동료들」, 2011), 재일 한국인 작가 정의신과 지속적인 관계를 맺고 있는 극단 미추의 손진책 연출(정의신 작 · 손진책 연출, 극단 미추의 「적도 아래의 맥베스」, 2010; 정의신 작 · 연출, 극단 미추의 「쥐의 눈물」, 2012; 정의신 작 · 연출, 극단 미추의 「봄의 노래는 바다에 흐르고」, 2012), 히라타 오리자의 「과학하는 마음」 연작 4편 (2006~2011)을 모두 공연한 제12언어연극스튜디오의 성기웅 연출 등 극단 및 개인적인 차원의 교류에 이르기까지 다양한 네트워크를 통해 이루어지고 있다.

최근 한일 연극교류의 흐름에서 주목되는 부분은 히라타 오리자의 일본 연극 공연, 정의신이나 극단 신주쿠양산박의 연출가 김수진과 같은 재일 한국인 연극인의 공연, 히라타 오리자의 「과학하는 마음」 연작 공연과 함께 「소설가 구보씨와 경성 사람들」(2007), 「깃븐우리절믄날」(2008), 「소설가 구보씨의 1일」(2010) 등 식민지 경성의 이중언어적 상황을 연극적인 장치의 하나로 적극적으로 배치하고 있는 성기웅의 작업이다. 히라타 오리자, 정의신, 김수진, 성기웅의 이름은 현재 한국연극에서 '일본' 하면 떠오르는 대표적인 이름들이다. 이중 한국연극사의 관점에서 흥미로운 부분은 재일 한국인 작가 정의신과 연출가 김수진의 활동이다. 현재 재일 한국인의 연극은 한일 연극교류의 중요한 매개 역할을 하고 있으며, 특히 정의신은 한국과 일본 관객 모두를 대상으로 한 작품들을 현재진행형으로 계속 쓰고 올리고 있다. 정의신의 작품은 일본어로 쓰여지고 다시 한국어로 번역되어 공연되고 있지만 애초부터 한국 관객을 위한 공연으로 만들어지고 있다.

정의신이 한국 관객들에게 알려지기 시작한 것은 1993년 한강변에서 공연한 「인어전설」이다. 그리고 2006년 극단 76의 기국서 연출에 의해 공연된 「행인두부의 마음」, 최근엔 젊은 연출가 홍영은의 「겨울 선인장」 (2010) 등 솔직하고 잔잔한 감동의 연극으로 일반 관객들에게도 꾸준히 사랑받고 있다. 정의신의 작품은 일본의 버블 경제 붕괴 이후 소시민의 삶, 구체적으로 정리해고, 실직자, 청년 백수, 이혼, 가족붕괴, 파견근로 자, 이주노동자 등의 삶을 따뜻하게 그려내는 작품들이 많다. 이는 IMF 이후 우리에게도 낯익은 상황으로 깊은 공감대를 가능하게 한다. 특히 정 의신의 작품에는 일본 내에서 사회적인 약자로 살아갈 수밖에 없는 재일 한국인의 관점이 솔직히 드러나 있다. 정의신 작품의 주인공들 중에 절름 발이, 말더듬이, 게이 등 사회적 약자들이 많이 등장하는 것 또한 같은 맥 락에서 이해할 수 있다.

그러나 정의신이 한국 관객들에게 강렬한 인상을 남긴 것은 무엇보다도 「야끼니꾸 드래곤—용길이네 곱창집」(2008) 공연 한 편의 위력이 크다. 이 작품은 일본 간사이(關西) 지방 재일 한국인의 역사와 현재의 삶을 거대한 스케일과 정교한 사실주의 무대를 통해 설득력 있게 그리고 있다. 이 작품 은 일본 내 민족차별의 역사, 전후 일본의 고도 성장기에 소외된 재일 한 국인의 위치 등 묵직한 주제의식 못지않게 함석지붕이 연이어 이어져 있 는 연립주택과 곱창집이 들어선 좁은 골목길 등을 무대 위에 그대로 재현 하고 벚꽃이 흩날리는 결말의 감각적인 미장센 등 짙은 정서적 호소력으 로 관객들에게 크게 어필했다. 정의신의 휴머니즘적 주제의식과 감각적인 미장센의 무대는 최근작 「봄의 노래는 바다에 흐르고」에도 그대로 이어지 면서 '정의신표 연극' 스타일을 확실히 각인시키고 있다.

8. 정의신, 김수진, 히라타 오리자가 한국연극에 던지는 질문

그런데 문제는 「야끼니꾸 드래곤」 공연의 성공과 함께, 일본 패전 직후 싱가포르 연합국 포로수용소에 수감된 조선인 출신 일본군 전범의 이야기 를 다루고 있는 「적도 아래의 맥베스」, 태평양전쟁이 한창인 1944년 목포인근 일본군 주둔지의 어떤 섬을 배경으로 한 「봄의 노래는 바다에 흐르고」 등으로 이어지는 일련의 대형 기획공연들에서 보이는 정의신의 역사의식에 대해서 한국 관객들이 점차 불편함을 느끼기 시작했다는 점이다. 정의신의 이 작품들은 예술의전당, 명동예술극장, 남산예술센터 등 한국의 대표적인 극장과 공동제작 형태로 만들어진 공연들이다. 「적도 아래의 맥베스」에서 싱가포르 포로수용소를 배경으로 조선인 출신 일본군 전범이라는 이중적 정체성의 인물들을 '희생자'의 관점에서 그리고 있는 것은 나름대로 역사적 타당성이 인정된다. 그러나 「봄의 노래는 바다에 흐르고」의 배경인 목포와 1944년 시점에서 절름발이의 선량한 일본군 중좌와 조선인 여성의 사랑은 단순히 보편적인 차원의 사랑으로만 받아들여지기에는 아직도 해결되지 않은 한일간의 민감한 역사적 시각차가 여전히 작동한다.

이와 관련하여 정의신만큼 한국 연극계에서의 위력은 크지 않지만 마찬가지로 재일 한국인의 정체성 문제를 다루고 있는 극단 신주쿠양산박의 「백년, 바람의 동료들」을 참고해볼 수 있다. 조박 작 · 김수진 연출의 「백년, 바람의 동료들」(2011)은 기존의 '재일 한국인' 관점에서 더 나아가 '간사이 지방 재일 한국인'의 구체적 삶을 다루고 있다. 간사이 지방 재일 한국인 특유의 정서, 특히 지리상 가까웠던 제주도 출신들이 많은 점과 자연스럽게 제주도 4 · 3 사건이 중요한 역사적 배경으로 자리 잡으면서 '돌, 바람, 여자 많은 제주도' 특유의 강한 여성 인물의 전형 등 한국과 일본의 '민족주의' 담론만으로는 해결되지 않는 다수의 개인'들'의 이야기를 통해서 '역사' 문제를 다시 생각하게 한다. 남한에 실망하고, 북한에 이용당하고, 일본에 차별당하면서 '민족'의 이름을 버리고 "빈민공화국 간사이 공화국 만세!"를 외치는 역설적인 상황이 말하는, 보편적 휴머니즘으로 수렴될 수 없는 간극의 지점을 보여준다. 「야끼니꾸 드래곤」에서 토키오의 자살이라는 개인적 결말이 보여주는 비장함 대신 「백년, 바람의 동료들」에서는 다 함께 노래를 부르는 열린 결말을 보여주고 있는 것도 흥미로운 대조를 보인다. 재일 한국인의 '경계인'의 정체성의 연극은 여전히 뜨거운 주제다.

다른 한편, 히라타 오리자의 작품이 주로 보편성의 차원에서 받아들여질 만한 「과학하는 마음」 연작 공연에만 편중되어 있고, 한일간의 역사를 직접 문제 삼고 있는 「서울시민」 연작 5부작은 제대로 소개되고 있지 않은 것도 흥미로운 지점이다. 히라타 오리자의 「서울시민」 연작은 1919년 식민지 조선의 일본인 가정을 배경으로 일본인의 시각에서 식민지 조선의 문제를 비상한 긴장감 속에서 그려내는 「서울시민 1919」(이윤택 연출, 2003) 한 편만이 공연되었을 뿐이다. 히라타 오리자가 「과학하는 마음」 연작 공연을 통해 '조용한 연극'으로만 대표되는 것과 달리, 히라타 오리자는 일본의 제국주의 시기 식민지 문제에 관해서 지속적으로 관심을 가지고 있는 작가이다.

말레이시아 은퇴 이민을 다루고 있는 「잠 못드는 밤은 없다」(박근형 연출, 2010)의 말레이시아나 싱가포르는 제2차 세계대전 당시 일본 제국의 식민지 기억이 투영된 곳이고, 히라타 오리자는 '가해자였던 제국주의 국가의 피해자 국민들'이라는 아이러니한 설정을 통해 식민주의 문제를 다루고 있다. 이는 정의신이 자신의 위치를 일본인의 시각에서든 한국인의 시각에서든 계속 '피해자'의 위치에 놓는 것과 겹쳐지는 지점이기도 하다. 우리에게 '일본'의 존재는 서양과는 달리 같은 동양인으로서 느끼는 '감각의 근친성'과 역사적 관점의 차이와 '이질성' 모두를 환기시키는 민감한 영역이다. 이러한 맥락에서 정의신과 히라타 오리자의 연극을 한국연극의 관점에서 지속적으로 관심을 가지고 지켜보게 된다.

9. 공공 제작극장 시스템의 연극적 환경의 변화

마지막으로, 2000년대 후반의 중요한 연극사적 환경의 변화로 2009년 재개관한 명동예술극장, 남산예술센터, 대학로예술극장, 2010년 재단법인의 형태로 재창단한 국립극단의 출범 등 중극장 규모의 공공 제작극장들의 출현을 꼽을 수 있다. 기존의 공공극장들이 주로 대관 공연에만 치중했던 것과 달리 이 극장들은 '제작극장'을 표방하며 자체 제작 공연들을 올리고 있다. (재)국립극단 창단작인 「오이디푸스」(김민정 각색·한태숙 연출, 2011)와 「3월의 눈」(배삼식 작·손진책 연출, 2011)은 공연의 성과와 함께 레퍼토리 공연으로 재공연을 거듭하고 있고, 명동예술극장은 「광부 화가들」(리 홀 작·이상우 연출, 2010), 「그을린 사랑」(와즈디 무아와드 작·김동현 연출, 2012) 등 무게감 있는 해외 문제작들을 올리고 있으며, 남산예술센터는 신인 작가와 연출가들의 무대를 적극 지원하고 있다.

이처럼 중극장 규모의 공공 제작극장들의 출현은 단순히 극장 환경의 변화뿐만 아니라 앞으로 한국연극의 성격과 방향을 바꿔놓을 만큼의 강력한 메시지를 보내고 있다. 우선 첫째 국가 예산으로 운영되는 공공극장의 성격상 연극에서의 '공공성'이 강조될 수밖에 없다. 실제로 국립극단에서는 창작극에서, 명동예술극장에서는 해외 신작의 번역극에서 문제적 성격의 공연들이 연달아 무대에 오르고 있다. 둘째로 이들 극장은 모두 객석 300석 이상 중극장의 '규모'를 갖춘 공연장들로, 기존의 소극장 중심의 실험연극이 강세였던 연극계의 흐름과는 달리 더욱 안정적인 극작술의 공연들이 요구되고 있다. 또한 기존의 '대학로 연극'이 저자본의, 소극장 규모의, 실험연극을 주도해가는 극단과 연출가 중심 연극의 성격이 강했다면, 앞으로는 공공 제작극장의 기획 중심의 시스템 전환이 예상된다. 기업 후원의 두산아트센터의 일련의 의욕적인 기획공연들 또한 이러한 흐름을 공유하고 있다.

그리고 이와 연동되어 이들 극장의 레퍼토리를 채울 수 있는 좋은 작가와 작품의 발굴, 작가적 역량에 대한 기대가 높아질 수밖에 없다. '실험'의 이름으로 오랫동안 지속되어온 '연출가의 시대'의 기존 흐름과 달리, 공동체의 삶을 고민하고 문제를 제기하는 '작가정신', '작가의 의식'이 중요해지는 '작가의 시대'가 다시 되돌아올 수도 있다는 조심스러운 전망 또한 가능하다. 앞으로, 작가든 연출가든 연극인들 모두에게 '공공성'이라는 화두가 그만큼 더 중요하게 작용할 것으로 보인다.

대안 담론과 공론성 회복의 흐름

유성호

1. 비평 지형의 변화

2000년대 우리 비평을 개관하는 일은 1990년대 이후 펼쳐진 이른바 '포스트 담론'의 극복 양상들을 살피는 일과 다르지 않다. 여기서 우리는 그 극복 양상이 비평의 사인성(私人性)을 벗어나 일종의 공론성을 회복하는 일과 관련된다고 말할 수 있다. 그 점에서 2000년대 우리 비평은 우리 사회의 변화 양상과 깊이 맞물리면서 비평의 공공 기능 성찰의 계기를 여러 차원에서 만들어낸 연대로 기록될 만하다.

1990년대 이후 우리 문학계에서 지속적으로 떠돌던 '문학의 위기'라는 풍문은, 2000년대 들어 이루어진 활발한 작품적 성취와 비평적 논의 폭증으로 거의 무색해져 갔다. 물론 문학의 위기라는 진단이 수용층 축소 혹은 문학과 상업 자본의 공고한 결속을 지적한 것이라면 사실에 어느 정도 부합하겠지만, 그럼에도 문학을 이루는 평행 레일인 '창작'과 '비평'은 2000년대 내내 유례없는 호황을 보였던 것이 사실이다. 이 가운데 우리가 가장 이색적으로 치른 경험은, '문학'이라는 현상과 행위를 둘러싼 여러 층위의 컨텍스트에 대한 비판적 점검이었다고 할 수 있다. 명작이나 고전은 씌어지는 것인가 만들어지는 것인가? 근대적 주체로서의 작가의 위상은 어떠한가? 작가는 고독한 창조자의 자리에서 내려와 매체권력과 독자 대중을 매개하는 미적 세공사의 직능으로 강등되고 있지 않은가? 상품 미학의 현란한 후광 속에서 모든 가치가 위계화되고 서열화되는 시점에서, 문학에서만큼은 아직도 작품성이 '좋은 작품'의 규준이 되고 있는가 아니면 시장 원리 곧 광고언어와 상업 자본의 원리에 의해 작품의 가치가 결정되고 유포되고 있지는 않은가?

이러한 질문의 연쇄는 문학이 생성되고 유통되고 소비되는 과정과 그것을 가능케 한 제도 혹은 권력에 대한 문제 제기를 문학사에서 거의 처음으로 본격화한 것들이다. 그 가운데 가장 뜨거운 감자로 부상한 것이 바로 '비평' 장르였다. 문학의 위기 담론이 강조되면서 그 위기의 본질이 '비평의 위기'에서 비롯된 게 아니냐는 진단이 제출되었고, 또 이때야말로 비평의 자기반성이 요청되는 시기가 아니냐는 의문이 여기저기서 범람했기 때문이다. 물론 '비평의 위기'란, 비평의 질적 문제와 함께 비평을 둘러싸고 있는 여러 컨텍스트의 문제가 복합적으로 얽혀서 제기된 것이었다. 비평의 질적 저하 같은 것이 반성의 대상이 되는 것은 자연스러운 일이었지만, 상업주의와 디지털 시대의 도래로 인한 비평의 '존재 방식'에 대한 성찰은 매우 이례적인 사안이었다 할 것이다. 2000년대 비평은 이처럼 '비평에 대한 비평'이라는 반성적 사유의 요청 속에서 시작되었다. 그것이 전대와 달라진 비평 지형의 틀이었다고 할 수 있다.

2. 생태시학과 여성시학

그동안 한국문학을 평가하는 시각은 '근대/민족'이라는 두 가지 준거에 의존해왔다. 이 두 마리 토끼는 사실 서로가 서로를 포용하고 있기도 하지만, 서로 강한 척력(斥力)을 가지고 있는 대립적 실체이기도 하였다. 왜냐하면 근대 지향의 감각이 주로 전(前)근대적 문학 양식으로부터의 탈피와 그것의 극복을 긍정하는 시선에서 나온 것인 반면에, 민족 중심의 감각은 그러한 전통적 양식과 자산을 우리의 것으로 긍정하는 시선에서 나온 경우가 허다했기 때문이다. 따라서 '근대/민족'이라는 개념적 준거와는 다른 제3의 인접 가치들 이를테면 내면, 영성, 감각, 초월, 일상 등을 그러한 거대 담론의 맥락에 끼워 넣어 비평의 다양한 무늬를 늘리고 새로운 숨을 불어넣는 것이 우리에게 필요하게 되었다. 그 점에서 2000년대는 문학의 반성적 자의식으로서의 비평의 위상을 요구받고 있었던 것이다. 그 가운데 가장 강력한 대안으로 부상한 것이 바로 근대의 타자였던 '자연/여성'을 담론의 핵심으로 복원하려는 '생태시학'과 '여성시학'이었다.

2000년대 비평에서 제일 먼저 주류 담론을 형성한 흐름은 '생태시학'과 '여성시학'이었다. 이들은 각각 '과학문명'과 '남성(가부장 체제)'이라는 주체권력들로부터 오래도록 소외되어왔던 '자연'과 '여성'에 대한 근원적 재인식을 통해 형성되고 전개된 흐름이다. 1970~1990년대에 문단을 장식했던 리얼리즘의 성세를 연상케 할 정도의 이러한 '생태적인 것'과 '여성적인 것'들의 활황은, 우주에 가득 찬 뭇 생명에 대한 공경의식과 주체-타자가 공존해야 한다는 감각이 반영된 일종의 탈(脫)근대적 지향으로 나타났다. 이때 '생태적 사유'는 '몸 시학' 혹은 '에코 페미니즘' 같은 것들을 통해 그 구체적 육체를 드러내었고, '여성시학'이나 '동양정신' 등과 함께 '자연/여성'에 내장되어 있던 원초적 생명력을 복원함으로써 근대주의가 남긴

폐해를 비판하고 치유하는 가능성을 제공하였다. 이처럼 이성과 계몽 혹은 성장과 개발로 특징지어지는 근대주의에 대한 전면적 반성에서 촉발된 이들 경향은 2000년대의 가장 강력한 대안 담론으로서의 위상을 보여주었다.

우주에 가득 차 있는 뭇 생명과의 호혜적 공존의식으로 시작된 생태시학은, 치유 불가능에 빠져버린 생태계의 위기와 맞물리면서 대두되었다. 이는 그동안 빠른 속도로 진행되어온 인간의 욕망 실현 과정에 대한 근본적 반성의 의미를 내포하였으며, '자연'을 신성이 깃들인 생명체로 인정하지 않고 인간의 욕망 실현을 위한 '자원'으로 생각해온 근대주의적 개발 논리에 대한 깊은 반성의 의미도 포함하였다. 하지만 문제는 이같이 근대의 타자로 밀려났던 자연을 문학의 핵심으로 복원하는 과정에서 생겨난 안이한 자연 친화 그리고 인간을 혐오하고 자연을 신성시하는 맹목적 경향들이었다. 이때 2000년대 내내 자기 심화를 이룬 생태시학은 이러한 안이한 주객 분리의 경향을 비판하면서 주체와 대상이 날카로운 경험적 접점을 구성하는 쪽을 옹호하게 된다. 우리가 '환경'이라는 인간 중심적 어휘를 버리고 '생태'라는 보다 일원화된 생명계 전체의 네트워크 개념을 쓴 것도 바로 이 때문인데, 그 안에는 성장 위주의 진보주의보다는 자연스러운 순환 체계 속에서 진정한 삶이 가능하다는 비평적 인식이 담겼던 것이다.

그다음으로 활발하게 펼쳐진 경향이 바로 '여성적인 것'을 평가하는 비평적 지향이다. 특히 모성의 따뜻함이라든가 역사적 타자로서 겪은 여성적 경험을 형상화하는 데 많은 관심과 성과를 보인 작품들에 대해 호의적인 이 경향은, 오랜 역사 경험 속에서 자기 목소리를 내지 못했던 '억압받은 타자'들의 귀환 과정을 독려하는 안내자 역할을 했다고 할 수 있다. 이처럼 근대주의에 밀려났던 타자들이 중심으로 복원되는 기획의 하나로

'여성시학'을 이해하는 것은 '자본/노동'이나 '백인종/유색인종', '이성/욕망'처럼 '남성/여성'의 관계가 일정하게 '중심(억압)/주변(피억압)'의 주종적 위계를 형성해왔다는 인식을 바탕으로 한 것이었다. 이때 '여성적인 것'은 생명의 순환 질서에 대한 자각, 오랜 억압과 차별 속에서 전개된 여성사에 대한 재인식, 수단으로 격하되어 자신의 독자적 목소리를 차단당해왔던 여성적 '몸'의 재발견, 이성 과잉에 의해 묻혔던 감성의 계발, 역사주의적 시각에 의해 경시되었던 일상성에 대한 관심 등으로 다양하게 나타났다. 그래서 우리 사회에 촘촘하게 걸쳐져 있는 미세한 억압의 그물망을 '여성'의 눈을 통해 바라보고 치유하고 재구성하려는 비평적 구상이 바로 여성시학의 근간이 된 것이다. 그러나 여성시학이 발전할수록 하향 평준화된 유행 감각으로서의 여성적 소재들이나 오히려 반(反)여성적인 순종적 온정주의에 대한 비판도 강력하게 제기되었다. '여성' 혹은 '여성적인 것'에 대한 과도한 숭배가 불러올 상투성의 위험에 대해서 자기비판의 날카로움을 보인 것이다.

이처럼 2000년대 우리 비평에 집중적으로 나타났던 '생태(환경)', '여성'의 대안적 범주들은, 그 반대편에서 중심 위상을 구가했던 '문명', '과학', '남성', '정신' 등에 의해 받아왔던 억압을 밀쳐내고 새로운 주제인 '일상', '욕망', '죽음' 등을 중심 영역으로 끌어들이게 된다. 이렇듯 생태시학과 여성시학은 2000년대 내내 불요불급한 대안 담론의 위상을 구축해갔다고 할 수 있다.

3. 문학권력 논쟁

2000년대에 치열한 외관을 띠면서 공론성 회복의 한 흐름으로 전개된 것은 '문학권력' 논쟁이었다고 할 수 있다. 이는 비평사 전체 맥락으로 보아도 참으로 첨예한 논쟁 형식으로 진행되었고 지금도 현재형으로 살아 있는 논쟁이기도 하다. 비평가들의 현실 개입이라는 실천적 차원에서 일군의 비평가들이 보여준 이른바 '비판적 글쓰기'는, 비평이 해석의 차원에서 완성되는 것이 아니라 가치 판단 나아가서는 사회적 주체로서 현실참여 차원에까지 나아가야 한다는 당위론적 색채를 띠면서 시작되었다. 또한 비평이 문학 행위에 대한 자의식의 표현이라고 할 때, 문학권력 논쟁은 그 자의식을 '문학'을 구성하는 미적 원리보다는 인적 조직과 행태 쪽으로 초점화하면서 진행되었다. 하지만 논쟁은 비평의 준거를 체계적으로 제시하기보다는 특정 논자의 발언의 일관성이나 그 발언 안의 자체 모순 같은 것을 적시하는 이른바 '인물 비평' 형식을 강화해가게 되었다. 이는 이 논쟁을 한 차원 높아진 미학적 논의로 수렴하지 못하고 독백 과잉의 일방성을 띠게 한 중요한 요인이 되었다. 그리고 그 '인물 비평'이 언론권력의 문제와 함수 관계를 형성하면서 전개된 점도 문학 내부의 문제점을 심화시켜가는 데 일정한 한계로 작용하였다.

또 하나의 문제점은 '문학권력'이라는 용어 개념이 명확하지 않은 데서 발생하였다. '문학 장'이라는 공적 제도의 맥락을 특정 그룹이 독점했다거나, 특정 학연이 문학 생산과 소비 시스템을 장악해왔다든가, 특정 매체나 에콜을 권력의 주요 거점으로 곧바로 환원한다든가 하는 일련의 진단들은, 대부분 개념 공유를 거치지 않은 행태론적 차원에서 이루어진 것들이었다. 특히 상업주의와 특정 매체를 곧바로 연결시킨 비판은, 그 사이에 수많은 구체적 매개항들이 설정되어야 함에도 불구하고, 곧바로 그 둘 사이를 등가로 연관 지음으로써 비판의 대상이 된 매체 간의 변별성을 드러내는 데는 취약한 구도를 드러내었다.

김정란, 남진우, 권오룡, 권성우, 신철하, 윤지관, 류보선 그리고 이들과 한두 세대 뒤인 《비평과전망》 동인들이나 《인물과사상》의 강준만까지

가세하여 힘겹게 주고받은 이 논쟁의 잠정적 결과는, 그 한계점과 함께 매우 중요한 비평사적 의의를 띤다고 할 수 있다. 그것은 비평언어가 발원, 소통, 실현되는 컨텍스트에 대한 중요한 성찰의 계기를 제공하였고, '문학'이라는 것이 보수적으로 고수해온 텍스트주의를 과감하게 벗어나 문학을 살아 있는 사회적 역학의 관점에서 파악하는 관점을 제공하였고, 이념의 동질성보다는 전근대적 학연에 의해 권력이 분점되는 행태에 대한 비판적 시각을 부여하였고, 나아가 비평의 외연을 문인들의 실천 방식으로까지 넓힌 성과를 거둔 것이다. 말할 것도 없이 비평이 회복해야 할 공론성의 흐름을 생생하게 보여준 것이다.

4. 친일문학 논의와 민족주의의 명암

우리 사회에서 친일 혹은 친일파는, 근대사의 특수성과 민족주의적 속성 때문에 언젠가는 청산되어야 할 인적·역사적 범주로 인식되어왔다. 그러나 한 번도 우리는, 광범위한 사회적 합의 아래 친일 당사자는 물론 그 잔재 처리에 대한 공론화를 경험해본 적이 없다. 청산의 목소리는 언제나 때(3·1절, 광복절)만 되면 나타났다가 이내 일상 속으로 슬그머니 잠복하고 마는 한시적 징후와도 같았다. 하지만 우리 민족 내부에서는 여전히, 과거의 치욕적 흔적에 대한 반성의 차원에서, '친일파(제국주의 협력자)'를 적출하고 청산하자는 요구가 강했다. 그러나 그 반대편 목소리들 곧 '친일'을 계속 문제 삼을 때 생기는 역기능들에 대한 문제 제기들 또한 끊이지 않고 계속되었다. 당시 친일로부터 자유로울 수 있었던 사람은 아무도 없다는 '만인친일론', 친일 당사자들이 대개 작고했으니 청산 대상 자체가 존재하지 않는다는 '대상부재론', 친일 당사자들의 정치적·문화적 공헌도 긍정적으로 고려해야 한다는 '공과절충론', 친일을 문제 삼는 것 자체가 진보 세력의 음험한 정치적 의도 아래 진행되는 것이라는 '음모론' 등이 그것이었다.

이런 와중에 작가회의와 민족문제연구소 그리고 《실천문학》 등이 2002년에 친일문학인 42명의 명단을 발표하는 취지의 문학인 선언을 하였다. 그들의 친일 작품을 공개하는 한편, 그들에 대한 선정 경위를 소상하게 설명하였다. 선언문에서는 "역사는 지난 시대의 진실을 유보하거나 우회해서 갈 수 있는 길이 아니다. 광복 57주년을 맞아 우리 문학인들은 제 아비를 고발하는 심정으로 일제 식민지 시대의 친일문학 작품 목록을 공개하고 민족과 모국어 앞에 머리 숙여 사죄코자 한다"면서 이러한 청산 작업의 필연성을 강조하였다. 말하자면 그동안 일부 연구자들 차원에서 진행되어 오던 친일문학에 대한 해석과 평가를 외적으로 확대하여 그 공론화를 시도한 것이다. 이는 또한 근대사의 기형성 혹은 민족주의의 명암을 동시에 고찰해야 한다는 견해를 담고 있어서 단연 주목을 받았다고 할 수 있다. 발표된 친일문학인은 시인 12명, 소설가 · 극작가 · 수필가 19명, 평론가 11명 등 모두 42명이었다. 중일전쟁 이후에 발표된 글을 대상으로 하였고, 식민주의 파시즘을 옹호했는가를 핵심적 기준으로 삼았고, 작품 수가 한두 편에 그친 작가는 제외하였고, 근거 자료가 명백한 경우에 한해 선정하였다고 선정 주체들은 그 기준을 밝혔다.

이 가운데 해방 후 분단 체제 남쪽에서 맹장 역할을 한 이들로는 서정주, 조연현, 곽종원, 모윤숙, 최정희 등이 있다. 문학적 가치로 보아 탁월한 근대 문인으로 기릴 만한 이광수, 김동인, 채만식, 서정주, 박태원, 함세덕 등의 이름이 우리의 마음을 무겁게 만들고 있으며, 식민지 시대 진보주의 운동의 메카였던 카프에 몸담았던 이들인 김동환, 김해강, 이찬, 송영, 김기진, 박영희, 백철 등의 이름이 각인된 것도 불편하기는 마찬가지이다. 이들은 대부분 우리 민족을 심각한 결손 민족으로 과장하면서, 하루

빨리 일본에 동화되는 것만이 민족이 살길이라는 신념을 표현하였다. 또한 내선일체와 황국신민화의 당위성을 고무하면서 전쟁 참여를 독려하는 등 당시 민족 구성원들에 대한 폭력적 담론들을 무반성적으로 양산하기도 했다. 이들에 대한 이러한 공공적 해석과 평가는 민족적 카타르시스 차원에 머무르지 않고 문학과 정치 사이의 매개들에 대해 미학적 성찰의 깊은 계기를 만들어주었고 또한 치열한 논쟁을 유도하기도 하였다. 친일문학 논의는 근대 민족주의의 명암을 공론화하면서, 연구자들과 비평가들의 치열한 후속 논의로 이어지는 충실한 매개가 되었다. 결국 우리는 이 논의를 통해 모든 문학적 실천이 인권이나 민주주의 같은 보편 가치와 매개되어야 한다는 차원에서, 우리의 근대 민족주의가 가진 기형적 이중성에 대한 반성을 치러냈다고 할 수 있다.

5. 시와 정치 논의

2000년대 내내 활발하게 이루어진 '시(혹은 서정)'의 본질적·수행적 기능에 대한 논의는, 시의 존재 방식과 역할에 대한 메타적 담론의 진경들을 연출해냈다. 플라톤과 아리스토텔레스라는 기원으로부터 시작하여 '시'에 대한 각양의 해석적 견해들이 그야말로 백가쟁명으로 전개되었다. 그 논의 결과 '시'의 근대적 규정들 곧 독백적이고 자기 표현적이고 정서적이고 함축적인 양식이라는 생각이 지워지면서, 시가 '감각적인 것'과 '정치적인 것'을 결속하며 전개된 역사적 구성물이라는 것을 우리는 알게 되었다. 사르트르, 바디우, 랑시에르를 집중적으로 호출하면서 이루어진 이러한 시와 '정치(성)' 논의 과정에서, 우리는 자율성을 근대성의 핵심으로 보고 예술에서 정치성을 소거하려 했던 힘과 가파르게 맞선 역사를 '시'가 가지고 있다는 점에 상도한 것이다. 이 과정에서 가장 커다란 비중으로 원용된

이가 랑시에르인데, 그에 의하면 '정치'와 어원을 같이하는 '치안(police)'은 감각적인 것을 구획하여 볼 수 있는 것과 볼 수 없는 것을 분배하는 위로부터의 힘을 말한다. 반면 '예술'은 감각을 분배하는 '치안'과 감각을 해체하고 재분배하는 '정치'가 마주치는 현장이다. 그 점에서 모든 '예술'은 본질적으로 정치적이다. 그런데 '문학'이 정치적인 것은 그것이 세계에 참여하기 때문이 아니라, 사물들에 다시 이름을 붙이고 단어들과 정체성 사이의 틈을 만듦으로써 그 안에 해방 가능성을 개입시키기 때문이다. 이는 기존의 지배 담론 안에서 특정 이데올로기를 옹호하거나 공격하는 '정치'가 아니라, 그 체계를 파열시켜 새로운 감성적 분배를 이루어내는 '정치'를 뜻한다. 랑시에르가 던진 이러한 '정치성' 화두들은 공통 세계를 재편성하는 여러 지표를 포괄적으로 함의한다. 물론 이러한 논의의 후경에는, 2000년대 내내 제기되었던 사회의 지형 변화가 도사리고 있다. 그런데 이렇게 어떤 정점에 올라섰던 시와 정치성 논의에는 두 가지 흥미로운 점이 있다.

하나는 이 논의가 흔히 말하는 리얼리즘이나 현실참여를 미학적 본령으로 삼아왔던 이들의 자기 갱신 의지에서 촉발된 것이 아니라는 것이다. 오히려 세대론적 경험이나 미학적 견지에서 볼 때 아직 정치적 요소들을 적극 실현하거나 본령으로 삼아온 적이 없는 시인과 비평가들에 의해 논의가 진행된 것이다. 그 점에서 이 논의는 경험적 자기반성의 요소보다는 세대론적 자기 개진의 요소가 강했다고 할 수 있다. 다른 하나는 이러한 일련의 논의들이 구체적 시편들을 대상으로 하는 실제비평이 아니라, 다분히 담론비평 형식에 가까웠다는 점이다. 게다가 논자마다 혹은 개별 아티클마다 전혀 다른 '정치성' 개념을 상정하고 논의를 이끌어간 사례도 적지 않았던 터라, 외연적 활황에 비해 작품적 논쟁은 매우 빈곤한 편이었다고 할 수 있다. 이는 1990년대 '시와 리얼리즘' 논의가 구체적 실물들을 둘러싼 첨예한 논쟁이었다는 점과는 현저하게 구별되었다.

사실 우리 현실 속에는 수많은 정치성의 양태들이 존재한다. 국가와 국가 사이에 개재하는 권력 위계를 조정하는 정치 범주로부터, 한 나라를 이끌어가는 현실정치에 이르기까지 그것은 다양한 양상으로 펼쳐진다. 인간의 삶에 지속적이고 전면적인 영향을 끼치는 이러한 '정치' 양상들은, 우리 시가 깊이 관심을 기울여온 문제이다. 말할 것도 없이, 시는 우리의 삶속에 편만해 있는 현실권력에 우회적으로 저항하고, 그 환부를 드러내고 치유의 상상력을 발휘함으로써 부당한 정치가 초래한 상처들을 폭로해왔기 때문이다. 그리고 소수자들을 옹호하고 궁극적으로는 타자성을 통해 서로 이해하고 돕는 상태의 회복을 꿈꾸어왔기 때문이다. 시의 정치성은 이러한 과정으로 발원하고 현상하고 귀결된다. 그런가 하면, 가정이나 학교생활에서 행사되는 다양한 미시정치 또한 만만치 않은 실재라고 할 수 있다. 근대 이후 각성된 개인들이 자기 권리를 확보하고 권력의 간섭에 저항하는 분위기가 일반화되면서, 생활 가운데 행해지는 미시정치 문제는 시의 중요한 관심사가 되었다. 전통적으로 인정되던 가부장적 권력, 관습적으로 굳어 있던 남성 중심주의, 장애인이나 외국인 노동자 등 사회적 소수자들에게 가해지는 유형·무형의 폭력 등 많은 영역에서 이러한 미시정치 문제가 대두하게 된 것이다. 이렇게 한 사회에 불가피하게 발생하는 다양한 갈등과 충돌을 조정하고 통합하는 과정으로서의 '정치'가 시의 장(場)으로 끊임없이 들어와 중요한 모티프로 작용하게 된 것이다.

하지만 2000년대 내내 펼쳐진 시의 정치 논의는, 어떤 현실정치적 맥락을 환기하는 '정치적인 것'이 얼마나 낡은 것인가 하는 쪽으로 수행적 효과를 발휘할 위험성을 드러냈다. 말하자면 시의 외연에 정치적 기표가 등장하거나 현실정치 속에서 어떤 특정 경험을 담은 시편 대신에, 암시적이고 상징적인 맥락을 산포한 시편들이 더 세련된 미학적 산물인 것처럼 오도될 가능성을 드러낸 것이다. 그래서 시와 정치 논의는, 정치시의 전위들이 치러내는 자기 갱신의 장면들 혹은 우리 시대의 맥락과 양상을 비판적으로 사유하고 있는 사례들도 적극 점검해야 하는 과제를 남겼다.

6. 비평의 매체적 조건 변화

우리 문학 내부에서 제기된 '문학의 위기' 담론은 일부 매체권력들이 퍼뜨린 수상쩍은 소문 이상도 이하도 아니었다. 물론 테크놀로지의 비약적인 발달로 비롯된 언어 예술의 근본적 위기는 그동안 인류가 축적해온 형이상학과 정전의 급속한 와해를 초래했다는 점에서, 그리고 급격한 인식론적 단절을 부추기면서 모든 진지한 사유에 대한 냉소를 만연시켰다는 점에서 부인하기 어려운 사실일 수도 있다. 그 점에서 비평의 몫은, 모든 것의 상품화와 파편화 그리고 사물화에 저항하는 방식에 있을 것이다. 2000년대 비평은 이러한 과제를 부여받은 채 진행되었다. 비평의 입법기능이 현저하게 약화된 시대에, 잊혀진 타자들을 비평의 중심에 세우면서도 그것의 타성적 복제를 엄격하게 자계(自戒)하는 이중의 작업을 치러낸 것이다.

또 하나 2000년대에 나타난 비평적 지형의 새로움은, 문학을 둘러싸고 있는 매체 환경의 변화에 즉한 인식과 방법의 변화였다. 우리 사회가 '산업화 시대'를 지나 '정보화 시대'로 진입했다는 진단은 2000년대를 감싼 존재론적 기반이었다. 양치기 소년의 마지막 거짓말처럼 무심하게 흘려듣기만 하던 일부 지식층에서도, 이제 정보화 혹은 다매체 시대에 걸맞은 감각과 지식의 마련은 어느 정도 불가피한 것이 되어버린 것이다. 따라서 급격히 달라진 세계 앞에서, 2000년대 비평이 어떠한 좌표를 그리며 자기진화를 했는가 하는 것은 우리의 피할 수 없는 탐색 과제이다. 분명한 것은, 기존 비평 방식 이를테면 심미성과 사회성을 결합시키는 비평, 독자들의 상상적 참여를 통해 삶의 전체성과 본질에 대해 사유하였던 인문학의 정수(精髓)로서의 비평은 그 지위를 상당 부분 내놓았다는 것이다. 아닌 게 아니라 기존의 문학 담론이 모종의 파국을 맞았으며, 동시에 문자언어로서의 문학의 죽음이라는 다소 과장된 수사를 경험하였으며, 이어서 '저자(주체)의 죽음'으로 이어지는 진단의 가속화를 또한 겪었던 것이다.

이러한 변화를 추동한 주도적인 동인은 문학의 매체적 성격의 변화였다. 그것이 주체의 변화를 가져오고 가치 위계의 변화까지 이끌었기 때문이다. 이는 그동안 근대적 주체의 움직일 수 없는 기율 역할을 해왔던 심미적 이성과 다매체가 주는 감각 지향의 소통 구조를 결합시키는 행위를 함의한다. 자연스럽게 우리 비평은 변화된 매체 환경에 대한 성찰과 진단에 중심을 할애하였다. 한쪽에서는 달라진 매체 환경에 문학이 효율성 있게 적응해야 한다는 논리를 폈고, 다른 한쪽에서는 그럼에도 불구하고 문학의 독자적 위상과 정체성을 더욱 심화시킴으로써 문학의 위기를 극복하자는 의견을 내놓았다.

원래 매체 발전은 하나가 다른 하나를 대체하면서 앞엣것은 소멸해버리는 선형적 성격을 띠기보다는 새로운 매체가 기존의 매체들과 상호작용하면서 나선적 혹은 입체적으로 발전해가는 구조를 취한다. 기존의 창작과 독서가 상상적 의미 작용을 통한 소통 구조를 상정한 것이었다면, 2000년대 들어 보편화된 다매체 세계는 직접적 시지각(視知覺) 작용으로 무게중심을 현저히 옮겼다. 이러한 무게중심 이동은 그 자체가 매체의 기능적 변화라기보다는 문학을 둘러싼 모든 인식론적 기반의 변모를 촉진했다고 보아야 한다.

주목할 것은, 이러한 변화가 시각 기능이 더욱 극대화하는 쪽으로 진행되었다는 것인데, 그동안 '감관(感官)'에도 역사적 억압이 있었던 사실에 비춘다면, 시각 비중이 점점 더 커진 멀티미디어 시대의 문학 또한 그 나름의 중대한 도전을 맞게 될 것이 예견된다고 할 수 있다. 따라서 새로운 '탈(脫) 멀티미디어' 시대의 도래 역시 필연적일 것이다. 그렇기 때문에 우리는 멀티미디어 시대의 문학에 대한 성찰을 피할 수 없는 재앙처럼 재난대비 식으로 신속하게 처리할 것이 아니라, 철저하게 역사적 시각에서 행해야 한다. 이러한 비평적 과제에 부응한 최유찬의 『게임이란 무엇인가』(2002)는 소설의 존재 근거와 방식을 해명하면서, 매체와 소설의 관계를 역사적 시각으로 고찰하였다. 그에 의하면, 『무정』에서 발현된 '감각, 시각의 객관성, 원근법에 기초한 대상 인식'이라는 요소는 「만세전」(원근법적 지각을 위한 거리), 『천변풍경』(모자이크 또는 병렬식 구성), 「서울, 1964년 겨울」(영화 기법), 『난장이가 쏘아올린 작은 공』(사진), 『비명을 찾아서』(가상현실의 도래 예비) 등으로 심화, 발전하였다. 그러면서 그는 어떻게 그러한 원리가 소설미학 내부로 수용되는가 혹은 그것과 어떻게 결합되는가를 묻는다. 이러한 전통의 토양 위에서 1980년대 이른바 신세대 작가들의 영화적 상상력이 나올 "뿐만 아니라 1990년대 후반부터는 컴퓨터 게임이나 SF 영화에서 상상력을 자극받은 신세대의 판타지 소설들이 대거 등장하고 있다"면서, 앞으로의 소설들도 이러한 역사적 추세를 더 깊이 반영할 것으로 예견한다. 특기할 것은, 그가 바라보는 매체 성격 변화의 가장 커다란 의의는 매개 기능의 변화가 아니라 문학이라는 현상의 발생, 유통, 소비 전체에 걸쳐 발생하는 총체적 변화에 있다는 것이다. 결국 경험의 언어화가 인간 사이의 소통을 위해서는 불가피한 요구이듯이, 새로운 시대의 소설에서 멀티미디어의 직간접적 영향은 더욱 커지리라는 것이다. 이 작업은 변화하는 매체 성격을 역사적으로 추적하여 그 필연성을 지적함으로써, 다양한 장르적 변화를 겪는 소설적 경향들에 대해 열린 시각을 주문한 것이다. 우리 비평은 2000년대에 줄곧 이러한 존재 조건의 변화를 성찰하였다.

7. 2000년대 비평이 제기한 과제

2000년대에 이렇듯 달라진 지형 변화에 따라 대안 담론과 공론성 회복의 흐름을 만들어낸 우리 비평은 이제 어떠한 진보를 이루어갈 것인가. 사실 우리 문학사에서는 진보의 철저한 자기 수정과 보완의 의지가 매우 편재적으로 드러난 바 있다. 물론 그러한 작업이 자기 본위적 영웅주의나 값싼 계몽성의 대중화 작업에서 찾아지지는 않았다. 왜냐하면 그러한 방법은 무엇보다도 한 시대의 진보적 이상을 위해 공감하고 시간을 공유했던 이들의 그 시간을 가장 왜소하게 하는 보편주의 혹은 교양주의적 폭력이될 것이었기 때문이다. 또한 근본적으로 진보라는 것이 개인적 사유의 확장이자 통합의 정신을 매개로 하는 한 시대 전체 구성원의 것이기도 하니까 더욱 그렇다. 20세기 벽두부터 전반기 내내 지속되었던 식민지 근대 경험과 후반기에 치러진 분단 및 가부장적 독재 경험은 우리를 심각한 결손 민족으로 규정하게 하였고, 그 과정에서 우리의 국민국가적 이상은 부단히 그 식민지 체제와 분단 체제를 허무는 데 정향되었다. 이러한 경험들이 우리 비평에 공론성이라는 공동체적인 사유와 감각을 불어넣었던 것이다. 2000년대 비평은 이러한 지향이 극히 왜소화되었던 1990년대 비평에 대한 일정한 반작용으로 표출되었다.

또한 2000년대 비평은 비평적 주체들의 지적 풍모나 현실인식의 예각성을 심화하면서 전개되었다. 국내적으로 일련의 민주화 과정이 성과를 거두었고 국외적으로는 냉전 종식의 영향 때문에 진보적 기율과 방법이 탄력과 영향력을 일정하게 소진하면서 탈근대론들의 줄기찬 도전에 직면하기도 하였다. 하지만 근대 안에서 진정한 근대를 완성하려는 미학적 기획으로 우리 비평은 일상과 욕망, 육체와 자기 정체성을 탐색하면서 진보적 충동을 여성·지방·자연 같은 근대의 항구적 타자들에게도 향하게 되었다. 그동안 민족과 민중에 집중적으로 할애되었던 진보적 시선을 다양하게 분산하는 결과를 가져왔던 것이다. 우리가 잘 알거니와, 인류는 아직도 핵과 전쟁, 기아와 빈곤 같은 20세기적 공적(公敵)과 힘겹게 싸우고 있다. 2000년대 이후 폭넓게 제기된 이러한 담론적 진경들이 우리 사회에 아직도 완성하고 관철해야 할 근대적 과제가 산적해 있음을 잘 알려준다. 그 점에서 200년대 이후 비평은 우리에게 여전히 비평의 공론성 회복 가능성과 그 과제를 시사해준다.

찾아보기

ㅂ

■ ㅅ ■

754

756

758

770

■ ㅍ ■

ㅎ

한국현대문학사

지은이 김윤식 · 김우종 외
펴낸이 김영정

초판 1쇄 펴낸날 1989년 8월 20일
2판 1쇄 펴낸날 1994년 3월 2일
3판 1쇄 펴낸날 2002년 12월 31일
4판 1쇄 펴낸날 2005년 3월 22일
5판 1쇄 펴낸날 2014년 11월 3일
5판 8쇄 펴낸날 2024년 7월 25일

펴낸곳 (주)현대문학
등록번호 제1-452호
주소 06532 서울시 서초구 신반포로 321(잠원동, 미래엔)
전화 02-2017-0280
팩스 02-516-5433
홈페이지 www.hdmh.co.kr

ⓒ 2014, 현대문학

ISBN 978-89-7275-719-1 93810